Live Wire

by Lora Leigh

愛は消せない炎のように

ローラ・リー

多田桃子＝訳

マグノリアロマンス

LIVE WIRE
by Lora Leigh

帰らぬ人たちを追悼して

軍人として勇気と決意を胸に抱き、祖国へ忠誠と献身を尽くして最大の犠牲を捧げなければならなかった男性と女性へ。

あなたがたが愛した人々、伴侶、両親、子どもたち、友人たちのために、毎晩、小さな声で祈りを捧げています。あなたがたの犠牲が決して無駄にはならないように。この願いがつねに心にあります。

あなたがたが流した血は尊く、あなたがたの笑顔は惜しまれています。まだ実現していないあなたがたの夢も、決して忘れられることはありません。

あなたがたは最高のヒーローです。あなたがたが生んだ大切な光は、記憶のなかで、心のなかで、そして、あなたがたがわたしたちにもたらしてくれた自由のある暮らしのなかで永遠に輝き続けるでしょう。

御霊が天国で安らかに抱かれますように。わたしたちはこれからもずっと、あなたがたの思い出を心に抱き続けます。

ローラ・リー

謝辞

特別な感謝を

リサ・セサに、あらゆる手助けとアドバイスをしてくださったことに感謝いたします。あなたのように快く時間を割いて友情を示してくれる人が、いつもあたり前のように見つかるわけではありません。本当にありがとうございます。

ロニーおじさんとシュッグおばさん、おふたりが思っている以上に、わたしはおじさんやおばさんと会えずに寂しがっていました。またおふたりと過ごす時間が持てるようになったことは、わたしにとって一生忘れられない贈りものです。

そして、ブレットに。あなたはあまりにも早く大きくなって、本当にあっという間に大人になってしまいつつあるわね。とはいえ、あなたに対して抱く誇りと喜びは尽きることがありません。わたしを理解し、支えてくれて、それになによりも、ただあなたらしくそこにいてくれて、ありがとう。

愛は消せない炎のように

主な登場人物

テイヤ・タラモーシ・フィッツヒュー――エリート作戦部隊。人身売買を行っていたテロリストの娘。
ジョーダン・マローン――エリート作戦部隊の司令官。コードネーム〈ライブワイヤー〉。
ノア・ブレイク――エリート作戦部隊。〈ワイルドカード〉。
ジョン・ヴィンセント――エリート作戦部隊。〈ヒートシーカー〉。
ミカ・スローン――エリート作戦部隊。〈マーヴェリック〉。
ニコライ・スティール――エリート作戦部隊。〈レネゲイド〉。
トラヴィス・ケイン――エリート作戦部隊。〈ブラックジャック〉。
リアダン・マローン・シニア――ジョーダンの父。
フランシーヌ・テイト――テイヤの亡き母。
ステファン・テイト――テイヤの大叔父。
クレイグ・テイト――ステファンの息子。
ジャーニー・テイト――テイヤのはとこ。
ジョセフ・フィッツヒュー――ソレルと呼ばれるテロリスト。テイヤの亡くなった父。
ケネス・フィッツヒュー――レイヴンと呼ばれる、テイヤの亡くなった異母兄。

プロローグ

テキサス州アルパイン
エリート作戦部隊基地

たぐいまれな美女だ。

あまりにも若すぎる。だが、まなざしは二十四歳の女性らしくなかった。あまりにも多くを見すぎ、あまりにもたくさんの危険と苦悩を知りすぎた女性の目をしている。

ジョーダンは、この女性がエリート作戦部隊の援護部隊から課された非常に骨の折れる訓練演習に取り組んでいるところを見つめながら、いったいどのように彼女にだめだと伝えればいいのかと悩んでいた。

彼女は身体能力も持久力もエリート作戦部隊の隊員たちに及ばないが、俊敏さや巧妙さでは隊員たちに勝っている。

「あの子には行く場所がないわ、ジョーダン。生まれてからずっと父親や兄に捕まるまいと逃げ続けてきたのよ。そんな生きかたから抜け出すための教育も、働いていくのに必要な訓練も受けていない。あの子にはここしかないのよ」ジョーダンの隣でカイラ・リチャーズが言った。この中央情報局《CIA》の元スパイは、ジョーダンが隠そうともしていない怒りを、厳粛な、説得力のある口調でなだめようとしている。

ジョーダンがこの訓練施設に来たのは、現在はノア・ブレイクを名乗っている甥と、自身が司令官を務めるエリート作戦部隊に属するほかの隊員たちの状態を確かめるためだった。そこで、小さな妖精を思わせる美女を目にすることになるとは思ってもみなかった。奔放そうな赤毛の、一度見たら心から離れない緑の目を持つ妖精は、肝心の甥とスパーリングをしていた。それにしても、なんと悲しげな顔をしているのだろう。

「エリート作戦部隊は孤児院ではないんだ、カイラ」感情をあらわにしない冷ややかな口調を慎重に保って答えた。

あの若い女性はジョーダンの心の防壁を突いて危険な割れ目を作ったが、その事実を知られるわけにはいかない。二年前、アルバ島でディエゴ・フェンテスにまつわる作戦を遂行する際、彼女と初めて会ったときにそんな欠陥が生じてしまった。現在はカイラの夫になっているイアンと彼の父親ディエゴ・フェンテスがかかわっていた作戦は、非常に危険なものだった。この作戦に、あの若い女性も参加していたのだ。彼女はおよそ二十年ものあいだ父親に追われ、それによってもたらされた死と苦悩に満ちた暮らしを終わらせようと必死だった。あのころの彼女のまなざしは憔悴しきっていた。テロリストのソレルを打ち倒す作戦は成功しないのではないかと恐れ、追いつめられていた。

それでも、彼女は勇敢だった。母親の一生を台なしにし、彼女自身の人生までも破壊しようとしていた男の正体を突き止めるため、なにもかもなげうって立ち向かった。

「エリート作戦部隊は孤児院ではないわね。だけど、われわれはあの子に借りがあるのよ」カイラがきっぱりと言い切った。「あなたにもわかっているはずよね。それに、あの子は基地での任務にぴったりの人材よ。通信や情報の整理の仕方に精通してる。チャンスをやって」

ジョーダンは隣に立つ女性にすばやく目をやった。頼んでいるのではなく、命じている。やってみろ、とカイラは言いたいのだ。四の五の言わずにやれ、と。

「きみはわたしの部隊と契約を結んで雇われているエージェントだ、カイラ」と釘を刺した。「これはきみが決めることではない。あっちにいる男たちが決めることでもない」マジックミラー越しに見えているトレーニンググルームのほうへ手を振ってみせた。

「程度の差はあれ、部隊の全員があの子を受け入れているわ、ジョーダン」カイラは返した。「あなたも受け入れるしかないはずよ。あなたの部隊であの子を引き受けないなら、援護部隊が引き受ける」

ジョーダンは顔をしかめた。

くそ、エリート作戦部隊の援護部隊に対してはほとんど権力を行使できない。レノやクリントにあれこれと指図できないことはよくわかっている。しかも、ジョーダンは援護部隊の連中に借りがあり、その点もよくわきまえていた。また、あの若い女性が援護部隊で働くとなったら、エリート作戦部隊の基地に引っこんでいる場合よりずっと危険な目に遭うであろうこともわかりきっていた。

「あの子はあなたの個人秘書にまさしく適任よ。通信面で、わたしの助手にもなってくれる」カイラは続けた。「これまで長く作戦を続けてきたんだから、あなただって誰かにこの役割を担ってもらわなければいけないとわかってるでしょ。あの子にチャンスをやって。あの子に必要なのはチャンスだけなんだから」

あの女性はまさしく彼の正気を奪うだろう。それはわかっている。これまで何度か彼女と接触したが、そのたびにジョーダンの血圧は上昇して限界を超えそうになり、興奮のしるしがジーンズを突き破りそうになった。

彼女を抱きたいという欲求はすさまじく、長年のうちで初めてジョーダンはおのれに誓ったルールを破ってしまおうかと考えた。部隊の一員である女性とは寝ない、親しい関係にはならないというルールだ。このルールを破るほど愚かではなかった。過去を教訓とするなら、どんな結果になるか目に見えているからだ。

このルールを破れば、集中力を大きく乱す恐れがある。部隊の全員の命が司令官の正常な判断力にゆだねられているときに、集中力を乱すわけにはいかなかった。

彼女はジョーダンよりだいぶ若く、生き生きとした暮らしを追い求めている。テロリストの父親に裁きを受けさせるために何年ものあいだ戦い続けてきた。その戦いにかわる、新たな戦いも求めている。いっぽうでジョーダンは、彼女を部隊に引き受けなかった場合に彼女の身に迫る危険についても熟知しており、そのために不安に襲われていた。

ソレルの協力者たちはあの若い女性を捜し出し、白人奴隷の人身売買を行っていたテロリストの死に対して復讐しようとするだろう。やつらが彼女を殺す前に行うであろう悪魔の所業について考えただけで、悪夢を見るほどだった。

あの女性を部隊に迎え入れることでジョーダン自身や彼の部隊にどんな危険がもたらされるかは承知している。彼女は若く、正式な訓練など受けていない。持っているのは、生き延びるために何年ものあいだ死にもの狂いで戦った経験だけだ。衝動に突き動かされる赤毛の女。男の究極の弱みそのもの。

「あの子はキャサリンではないわ、ジョーダン。現場で戦うエージェントでもない。そうなりたいとも思ってやしないのよ」

なぜジョーダンがあの女性を現場に送りたくないか、カイラはもちろんよくわかっているのだ。

ジョーダンはカイラから顔をそむけた。特に親しかったわけではないが、カイラはキャサリンを知っていた。同じいまいましい諜報機関で、同じような任務に就いていたのだ。ただ、キャサリンは任務を生き延びることができなかった。ジョーダンのせいで。キャサリンも、彼女と夫が生まれてくるのを楽しみにしていた子どもも、ジョーダンは守れなかった。キャサリンは親しい友人だった。それなのに、キャサリンが予期せぬ状況に身を置いてしまったとき、ジョーダンはしくじって彼女を守りきれなかった。

「彼女がキャサリンだなどと言った覚えはない」ジョーダンは冷ややかに返した。「われわれの部隊は孤児院ではないと言ったんだ。彼女を引き入れればリスクが増える」

「それでも、引き入れるのよ」カイラは言い張ったが、口調には充分な敬意もこめられていた。ジョーダンのプライドを刺激して、この要求を拒めないようにするためだ。カイラの言うとおり、テイヤはまさしくエリート作戦部隊にふさわしい人材だ。しかし、ジョーダンの集中力を乱す女でもある。だからテイヤは危険なのだ。

ジョーダンは重いため息をついた。とはいえ、カイラと、彼女の夫のイアンと、イアンの米国海軍特殊部隊《SEAL》の仲間たちに借りがある事実も忘れたわけではなかった。

イアンたちは力を合わせてジョーダンの甥を救ってくれた。甥を地獄から引っ張りあげ、いまもノアの魂に刻まれた傷を癒やすべく力を尽くしてくれている。

それに加えて、いまではジョーダンの部隊とイアンの部隊は協力して働くひとつの部隊となっていた。エリート作戦部隊と援護部隊は団結したひとつのまとまりだ。基地に誰を迎えるかをめぐって争い、協調をぶち壊しにするのは避けたい。

問題はあの女性と、彼女がもたらすリスクなのだ。部隊にもたらされるリスクよりも、ジョーダンの自制心にもたらされるリスクが問題だった。二年前にアルバ島で会って以来、頭から離れてくれない女性だから。

「入隊させろ」そう告げる声は鋭くなったので、ジョーダンがこの決断を苦々しく思っていることはカイラにも伝わっただろう。

「その指示がほしかったの」カイラの声に満足感があふれた。振り返って見ると、彼女の穏やかな灰色の目には楽しげな光が宿っていた。

「こんなまねをしたのは間違いだぞ、カイラ」慎重に抑えていたにもかかわらず怒りがあらわになっていると自覚しつつ、言った。

カイラはじっと見つめ返し、唇のはしをあげ、瞳にとてつもなく危険な喜びの光を浮かべて目を輝かせた。「なぜかしら？　あの子を見ていると興奮してしまうから？　こんなふうに考えてみたらどう、ジョーダン、あの子のおかげであなたの人生にはちょっとした刺激が加わるわよ」生意気な口ぶりにもかかわらず、まなざしには思いやりがたたえられていた。

「人生に刺激など必要ない」

「生き直すために、まさしく刺激が必要なときもある」カイラが静かに言った。「あなたもノアと同じで、心は死にかけてるわ。あなたがそんなふうになるのをキャサリンは望まなかったはずよ。キャサリンの夫のキリアンも、絶対にそんなこと望んでいない。キャサリンはあなたの友人だったでしょう、ジョーダン、悩みの種なんかじゃなかった」

去っていくカイラの背を見送りながらジョーダンはなじみの罪悪感を覚え、カイラさえ真実を知りはしないのだとあらためて思った。

キャサリンが命を落とした責任はジョーダンにある。自分自身にその事実を忘れさせるつもりはなかった。だからこそ、指揮下の隊員たちの生活に深くかかわるのも、ともに働く人間と恋仲になることも避けるのだ。とりわけテイヤはいけない。間違いなくテイヤには興奮させられているからだ。彼女はこれまでに出会ったどんな女性よりも激しく、瞬時に彼を興奮させる。

トレーニングルームをのぞけるマジックミラーに向き直り、ふたたびテイヤを見つめた。

テイヤをエリート作戦部隊に迎え入れはしたが、彼のベッドには、私生活には決して入れはしない。

心にも決して入れはしないと誓いつつも、テイヤはすでにここにいるのではないかと、ジョーダンは恐ろしくなった。

六年後

「遅くなった、父さん」

息子の声を聞き、リアダン・マローン・シニアは大理石の墓石から顔をあげた。もう何十年も前に運命のはからいで引き離されてしまった女性にふれるかのように日の光で温められた墓石を指で撫でながら、おやすみと静かに夜のあいさつをしていたのだった。

奔放なアイルランド人であり、夏の朝を思わせる優しい人だった彼のエリンはリアダンに生きる意味を与えてくれ、さらには父親が誇れる息子たちを授けてくれた。

勇敢で、なにも恐れない、強い息子たち。

長男のグラントは、しばらくのあいだ高潔さと勇敢さを欠くように見られる行動を強いられていたが、それはグラント自身の息子たちを守るためにしたことだった。リアダン・シニアも、グラントの立場だったなら同じ犠牲を払っていただろう。

だが、彼のちっちゃなエリンから〝わたしのちっちゃなローリー〟と呼ばれていたいちばん下の息子こそ、リアダンがもっとも誇らしく思っている息子かもしれない。

「ジョーダン」リアダンの口元に微笑みが浮かんだ。この息子はいつも、歓迎されるかわからないといったようすで帰ってくる。父親の愛情の深さに気づいていないかのように。

ジョーダンは小さな墓地のなかへ入ってきて、たくましく大きな体を長い脚で運び、母親が眠る墓に歩み寄った。

リアダンが見守っていると、ジョーダンは昔からずっとそうしているしぐさで、そっと墓石にふれた。このしぐさからリアダンは多くを見抜き、感じ取っていた。息子が知られたくはないと思うに違いないことまで。

息子は後悔し、孤独な男の寂しさを抱えている。さらに、見抜くのはいっそう難しかったが、確かにそこにあるのは、一抹の疲れだった。ジョーダンは生きるのに飽き始めている。それは戦う者にとって危険なことだった。

「エリンに会いたいな」リアダンは心をこめて墓石をさすり、息子から大理石の墓へと視線を移した。

彼女はリアダンを守ってくれている。彼のエリン。少年時代からの夢、若者のころの想い人。ついには妻になってくれた。息子たちの母となり、彼の魂の礎になってくれた。そのエリンに、自分がこの世を去ったあとも大事な息子たちが幸せと安らぎを得るまで生きて見守ってやってくれと頼まれ、彼はそうすると約束したのだ。そのために生きてきた。その目的だけのために、日々なんとかやってきた。

ああ、それにしてもこの息子は、どこまで老親の生命力を試す息子だろう。リアダンはジョーダンのトラックに目をやってから息子に視線を戻し、「なんだ、テイヤちゃんを一緒に連れてこなかったのか？」と訊いた。

とたんにジョーダンのあごがこわばった。リアダンにテイヤのことを訊かれると、いつもこうなる。まるであの子のことを一言も話さなければ、あの子に対する気持ちがなくなるとでも思ってしまっているようだ。

そんなふうに考えてリアダンは忍び笑いをしそうになったが、息子が気を悪くすると思ってやめた。見せまいとしている感情を否定して、機嫌を悪くするはずだ。

「彼女は荷造りをしてる」ジョーダンがかみつくように答えたので、リアダンは驚いて眉をあげた。

それから、うなずいて言葉を返す。「そういえば先月、引っ越すことになると話していたな」

息子の部隊が解散になると知り、悲しく感じていた。部隊の仲間たちがジョーダンの生きがいになっていると、つねづね思っていたからだ。部隊の仲間たちが去るということは、かわいいテイヤも行ってしまうということだ。それがきっかけでジョーダンはだめになってしまうのではないか、と恐れていた。テイヤがいなくなったら、息子はかねてからなりたがっていた、感情など抱かない、冷たい人間の抜け殻になってしまうかもしれない。

「基地から全員が出払ったあと、しなければいけない仕事がいくつかあるんだ」不機嫌なジヨーダンの声は、ほとんどうなり声のようだった。「帰る前に、なにか手伝おうか？」

リアダンは首を横に振った。「ノアとサベラがなにもかもやってくれてるよ」と言って、家のほうへうなずく。「ひ孫たちのおかげで白髪が増えそうだが、なんとかなるだろう。あ、でもいま食料品をなかに運ぼうとしてたんだった」

ネイサン、いや、いまの名前でいうとノアを小さくしたようなひ孫のことを考えて、頬が自然にゆるんだ。ノアとサベラの最初の息子はすでに父親そっくりだが、母親の顔立ちもしっかり引き継いでいるので、完全にマローン家の息子だという事実を隠せていた。世間には知られていないが、ノア・ブレイクはかつてネイサン・マローンだった。SEAL隊員であり、夫であり、息子であり、孫だった。いまの彼はノア・ブレイクであり、ネイサン・マローンが〝死ぬ〟前に愛していた妻の夫だ。

「持っていくよ」ジョーダンはそう言い、もう一度エリンの墓石に視線を落とした。

やはり、この子は食料品より重いものを胸に抱えている。

しかし、ジョーダンは胸のうちを明かそうとはせずに背を向けてトラックへ歩いていってしまい、リアダンは鋭い落胆を覚えた。

息子がいくつもの袋を抱えて小さな家に歩いていくのを見守り、ため息をつく。

「あの子はあんなに頑固だよ、エリン」ため息とともにささやいた。「頑固なところはきみに似たんだ、嬢ちゃん。おれはあんな石頭だったことはないから」

エリンがいまもすぐそばに立っていてくれたなら、おもしろがって疑う顔をし、ぐるりと目をまわしていたはずだ。

彼のエリンなら、そうしたはずだ。

「なあ、エリン、あの子はいつになったら気づくんだろう？」静かな声で問いかけた。「アイルランドの目。あの子はもうそんな目になってる。もうあの娘から逃げられはしないのに」

赤毛の娘がエリート作戦部隊の基地に来た直後から、ジョーダンの目はサファイアに似た輝きを放つようになった。アイルランドの目だ。

あんな目を見れば、息子がいやがるようなこともわかってしまう。テイヤ……原因は間違いなくあの娘だ。リアダンは息子たちのことを、それぞれの心のなかまでよくわかっている。ジョーダンの心が、あの若い女性だけのものであることもわかっていた。

ジョーダンがいつまでたっても彼女のことなどどうとも思っていないふりをしようとも、父親の目はごまかせない。息子は頑固に自分の心を否定しているがゆえに苦しんでいる。ジョーダンが自分の気持ちを受け入れなければ、苦しみはやわらぎはせず、いっそうひどくなるばかりなのだ。

「これからどうしようか、エリン？」亡き妻に問いかけた。「これからおれたちでどうやってあの子を助けてやろうか？」

もう何年も何年も同じことを問いかけていた。

大理石を撫で続けていると、ジョーダンが戻ってきた。まなざしは落ち着きを取り戻していたが、氷のように冷ややかになっていた。

そうだ、ジョーダンは向き合わないと決めた厄介な感情に襲われたときはいつも、こんなふうにする。感情を凍らせてしまう。

「そろそろ帰るよ、父さん」ジョーダンが言った。「ほかに手伝うことはあるかい？」

リアダンはゆっくり首を横に振った。「おまえにはなにか必要なことがあるのかな、ジョーダン？」

ジョーダンのあごに力が入った。「今日はからかうのはなしだ、父さん」と構えて言う。

リアダンは低く笑った。「あの嬢ちゃんがおれたちの暮らしから永遠にいなくなってしまう前に会っておきたいんだ。ジョーダン、あの子はいったん行ってしまったら、おまえから招いてやらんかぎり、絶対に戻ってきてくれやせんよ。別れを告げておきたいな」テイヤには、いつまでもずっと変わらず友人がいること、必要になったらいつでも帰る家がここにあることも告げておきたかった。

ジョーダンはずいぶん長いこと顔をそむけていてから、そっけなくうなずいた。「伝えておく」息子の口先の約束に、リアダンはだまされないぞと鼻を鳴らしそうになった。

だが、今回は大目に見てやることにした。このメッセージは、テイヤがいなくなってしまう前に別の方法で伝えることにしよう。

息子のトラックがすばやく走り去ってしまうと、リアダンはエリンの墓に向き直った。

「あの子はきみに似すぎてどうしようもないな、いとしい人」またささやきかけた。「レンガの壁に話しかけているみたいなんだ」昔を思い出して微笑んだ。「それでも、きみはいい女だったよ、エリン」

だから本当に、エリンに会いたかった。

会いたくて、体がしなびていく思いがした。妻がいなくては、彼女とした約束をなんとか守ろうにもどうしていいかわからなかった。

「あの子を助けてやってくれ、いとしいきみ」すがる思いでささやいた。「正しい方向に導いてやってくれよ」今回、指は墓石を握りしめていた。「そろそろきみのところに帰りたいんだ、エリン。助けてくれ、今度だけは」

こんなふうにすがるのは初めてだった。ただ、彼は途方もなく疲れたのだ。エリンの顔を最後に見てから途方もなく長いあいだ生きてきた。エリンを愛してから、途方もなく長いあいだひとりでいた。

妻の待つところに帰りたくて仕方なかった。


たぐいまれな美女だ。

ビッグベンド国立公園の中心にあるエリート作戦部隊アルファ基地の薄暗い静かな通信室に立っているテイヤ・タラモーシは、彼女のもっとも不謹慎な夢をかなえてくれる恋人を待っているかのようだった。あまりにも長いあいだ待ちすぎた恋人。テイヤの表情から判断するなら、彼女にあまりにも寂しい思いをさせすぎている恋人だ。

もちろん、これほど現実とかけ離れた憶測はない。テイヤは単なる興奮に駆られた奔放なセックスなんてものを求めているのではなく、永遠に変わらないものを手に入れるという夢をかなえてくれる恋人を待っている。テイヤはおとぎ話のような〝いつまでも幸せに暮らしました〟という結末が似合う女性だ。いっぽうジョーダンは〝いつまでも幸せに暮らしました〟を受け入れる心など持ち合わせていなかった。

ジョーダン・マローンはずっと昔にこの事実を受け入れていた。これを受け入れたことでSEALに入隊し、SEAL隊員として生きるうちに永遠に変わらないものなどありはしないと学んだ。失うわけにはいかない友人も、背を向けて捨ててはいけなくなるような恋人も作ってはならないとも学んだのだ。

いくつかのルールは月日がたつうちに破られてしまったが、SEALにいるあいだは、こうしたルールを守って生きてきた。

第一エリート作戦部隊――通常はエリート作戦部隊と呼んでいる――の司令官としては、たったひとつのルールを守ってきた。指揮下の隊員たちと決して親しくなりすぎないこと。彼にとって近しい者はひとりだけだ。このえり抜きの秘密組織に加わる前に失いかけた甥。だが、ジョーダンはいま視線の先にいる女性を相手に、そのたったひとつのルールを数えきれないほど何度も破りかけていた。

ジョーダンはテイヤを見つめた。ほかに誰もいない通信室は不思議と完璧な背景となり、かろうじて肌を覆っているだけの格好でいるテイヤの姿を引き立てていた。歩きまわるテイヤの姿は、まるで女性の色気の化身のようだ。

もう基地に残っている隊員はジョーダンとテイヤだけで、ふたりともそれを知っていた。今日、最後の隊員が基地を出ていった瞬間に、ふたりともその事実を承知していた。

高い位置にある金属製の狭い通路から見おろしているジョーダンの下、がらんとした中央センターにテイヤは凛として立っている。崩した格好をしようが、めかしこもうが、あるいはまったく服を着ないでいようが、見る者はジョーダンしかいないとわかっているのだ。ここにいるのはジョーダンしかいないと。だが、ジョーダンはここにいるのではなく、自身の居室にいることになっていた。陰に潜んでテイヤを見つめているのではなく。

本来、ここに立ち尽くしていてはいけないのだ。テイヤを求めるあまり体の内側がねじれるような痛みに襲われ、欲求を抑えこんで死にそうになっていてはいけない。

テイヤは裸足だった。黒いシルクのスリップは足首まで届いており、いまにも切れそうな細いストラップで引きあげたそれで豊かな胸をかろうじて覆っている。その姿を目にしたせいで、硬くなったものはまるで鉄の棒のようになっていた。

テイヤを見ると彼女を味わいたいという欲求が激しくなりすぎ、飢えで本当に苦しくなるほどだった。股間は痛いほど張りつめ、脈打って強硬に求めた。テイヤのもとへ行って彼女にふれ、自分のベッドに連れていって抱いてしまえ。抱いて、体の奥で燃えている耐えがたい飢えを鎮め、つめを立てている欲求をやわらげるのだ。

しかしジョーダンはそうはせず、耐えて立ったまま、ただテイヤを見つめた。

テイヤは通信室を見まわしていた。動いていないコンピューター、暗くなった地図画面、これまでは衛星画像が映し出されていた、黒い大きなスクリーンを視線がたどった。テイヤは途方に暮れているように見えた。この人生の一幕が終わってしまったいま、どちらを向いたらいいのか、どこへ行けばいいのかわからないようすだ。

第一エリート作戦部隊の活動は終わった。最後に加わったエージェントも八年の契約期間を満了した。数人のエージェントは十二年の契約を結んでいたが、その契約もここまでで終わった。五人の男たちはそれぞれの人生を送るために去っていった。結局のところ、彼らの命を救った女性たちの心に守られて暮らすために。

それで結局ジョーダンはどうなっただろう？　取り残されたテイヤは？

テイヤは六年をエリート作戦部隊に捧げた。海外の連絡員とのつながりや実際に役立つ通信の知識を買われて二十四歳のときに入隊し、やがて謎《エニグマ》という暗号名《コードネーム》も与えられた。テイヤの入隊の是非は最後の最後まで決まらなかった。テイヤは部隊の一員になるなりすぐ、それまで不完全だったとは隊員たちも気づいていなかった部隊を完全なものにした。

入隊しなかったら、テイヤは人生の若い時期をこんな山のなかで無駄にすることはなかっただろう。テイヤはひたすらコンピューターを見つめ、基地の鋼鉄とセメントの壁の向こうで繰り広げられていた他人の人生模様や任務に没頭して、貴重な人生の時間を費やした。

テイヤは生き生きとした暮らしを送るべきだったのに。大学に行き、結婚し、赤ん坊でいっぱいのにぎやかな家庭を築くべきだった。隠され、守られた、第一エリート作戦部隊のこんな基地に引きこもっているのではなく。

ジョーダンが見守っていると、テイヤは腰まで届く豊かで健康的な赤みを帯びた金髪に指を通した。最近はテイヤがこうして髪をおろしているところを見る機会はめったになかった。ここ何年もずっと、きっちり三つ編みに結うか、ポニーテールにしていた。

テイヤがこれまでもずっと今夜のように髪を結わずに流れ落ちるままにしていたら、ジョーダンはこんなにも長く彼女にふれずにいられたかどうかわからなかった。

あの髪は彼を誘惑し、ふれてみるようそそのかしている。ジョーダンはそんな挑発に背を向けられる男ではなかった。

テイヤがエリート作戦部隊に加わってから六年、ジョーダンはなにがなんでも彼女との距離を保っていようと努めていた。それでも、テイヤが部隊にとって必要不可欠な一員に成長した事実は否定できなかった。

テイヤはカイラ・リチャーズとともに部隊の通信センターを支えてきた。また、ジョーダンの個人秘書の役目も立派に果たした。ここまでそつのない働きをしてくれる者など彼女以外には絶対にいない、とジョーダンが思ってしまうほどだった。

ファイルを完全に整理し、任務の情報を滞りなく流し、ジョーダンのコーヒーがいつも熱いまま大量にあり、ジョーダンの興奮のしるしが硬いまま突き立っているようにしていたのはテイヤだった。

それはいまも硬くなっていた。股間は張りつめてうずき、どうにかテイヤから離れていようとする努力で全身の筋肉はこわばっている。テイヤのまなざしから何度も読み取ってしまった無言の誘いかけを無視しようと努めていた。

この夜が明けて日が昇れば、あの誘いかけを目にすることもなくなるだろう。テイヤは基地を出ていき、彼女自身のための新たな生活を始める。テイラー・ジョンソンという名のごく普通の女性として生きるすべを学んでいくのだ。中央データベース会社の事務管理部門でずっと働いていた女性。ほかの社員たちとはまったく会わない、会うとしてもそんな機会はめったにない、名も顔も知られずに単純作業を行っていた社員。とはいえ、彼女が責任を持って管理するさまざまなファイルや情報に、社員たちはみな頼っていた。これがテイヤの新しい身元だ。テイヤのためにジョーダンが作り出した安全策。

だが、新しい身元とともにテイヤは彼の人生から離れていく。この思考にどう対処したらいいいか、ジョーダンにはわかりはしなかった。

テイヤがこちらに背を向けて絹に似た豊かな髪が波打ったとき、その長い奔放なカールに指を絡ませたくてたまらなくなり、ジョーダンは固く手を握りしめた。

テイヤは長い巻き毛を体のまわりで揺らしながらゆっくりと頭を左右に振り、ため息をついた。尾を引く、重々しい後悔の吐息。それから彼女は向きを変え、薄暗い通信室の出口へ歩いていった。ジョーダンに見つめられていたことも、彼が渇望に襲われて表情をこわばらせていたことも知らないまま行ってしまう。

ジョーダンとテイヤが実際にそばで過ごした機会は、ほんの数回しかなかった。テイヤのどんなシステムにも侵入できるハッキングの能力、海外の情報ルートが必要となり、秘密工作に赴くジョーダンに同行したことが何度かあったのだ。そういうとき、ふたりは非常に近くで活動せざるをえなかった。一度ならず、ひとつのベッドで眠らざるをえなかったくらいだ。

言うまでもなく、そうした任務のあいだジョーダンは睡眠不足になった。今夜も眠れないだろう。テイヤとふたりきりで、そうしようと思えばテイヤを抱けるとわかっているのだから。

テイヤにどうしようもなく欲望をかき立てられていた。耐えがたい欲情でもうろうとしてくることすら何度もあった。熱が高まりすぎて、自身をズボンに収めておくだけで精いっぱいだった。

頭はテイヤをめぐるファンタジーに取りつかれていた。欲情で瞳をけぶらせ、頬を赤らめている一糸まとわぬ姿のテイヤ。ふたりのあいだではじけんばかりに盛りあがるに違いない欲望を彼はじらし、さらに引き出し、満たすだろう。テイヤのクリーム色の肌がほてって色づき、瞳が大きくなって緑色が濃くなるさまを思い描いた。背をそらしてヒップを浮かせるテイヤ。たっぷりと濡れてやわらかく熟れた秘所はきつく引きしまっているはずだ。そこに身を沈め、ひとつになっていく。

無視しようがないファンタジーに浸って鼻の穴をふくらませたところで、下から重いスチールドアが開かれる音がした。テイヤが通信室を出てドアを閉め、山の上階にある続き部屋の居室に向かったのだ。

この通信室は基地の最深部に位置する。山の地下十階にあり、厳重に守られ、外部から完全に隠されている。

居室は地表からすぐの地下一階にある。それぞれのベッドルーム、バスルーム、小さめの居間、調理スペースを備えた続き部屋だ。エリート作戦部隊のエージェントたちは申し分のない待遇を受ける。政府からも軍からも干渉を受けないこの秘密工作員部隊の核心はエージェントたちだ。ジョーダンとテイヤだけを残して、みな去ってしまったエージェントたち。

去っていく隊員たちひとりひとりを見送ったジョーダンは、否定したくてもできない羨望を感じていた。独身を貫き、甥を溺愛する叔父であり、弟であり、息子であればそれでいいと決意したのに、これから人生を満喫しようという部下たちに対して羨望を覚えていた。妻と子どもがいる人生。自由に笑い、人を愛せる暮らし。

これまで、テイヤはそんな自由を追い求めていなかった。だが、年を重ねるにつれ、ジョーダンは恐れを抱えるようになっていた。いつかテイヤもそんな自由を求めるのではないか。テイヤに自由を求められたとき、彼はテイヤを手放すことができるだろうか。

いまいましいことに、いまテイヤを手放さなければならない段になって、それは不可能に思える行為であるとわかってきた。テイヤがまだこの基地にいるのも、ジョーダンがそうなるようにしたからだった。テイヤにあれこれと仕事を与えて忙しくさせ、移動の準備が遅れ、最後まで残るようにさせた。新たな部隊が基地を引き継ぐためにやってくる最後の最後、ぎりぎりまで、テイヤを手放すまいとしていたのだ。

だが、いったいなんのために引き留めているのだろう？　この最後の週はずっとテイヤを避けていた。遠くからテイヤを監視し、夜になってとんでもない欲情が自制心を打ち破りかけたときは自分の手で処理した。そして、テイヤを手放すことは可能だと自分に対して言い張り続けた。

それなのに、まだ手放すまいと抗っている。いまだに、もう時間切れだとわかっているにもかかわらず、ここにテイヤを引き留めておく方法を探している。

抱いてもどうにもならない渇望が自制心をすり減らすのにいら立って頭を振り、両手をズボンのポケットに突き入れて最後の点検を終え、通信室をあとにした。

明日の朝が来たら彼も基地を出る。そして、おそらく戻ることはない。

戻って、新たな部隊の指揮を執る道もあった。その場合、新任の司令官はジョーダンの副官を務めることになる。キリアン・リースは、ジョーダンが基地と作戦行動の指揮を執ることに異論はないと言っていた。

ジョーダンは一カ月もかけずに決断を下さなければならなかった。また十二年のあいだ司令官を務めるか、身を引き、民間人として世間のなかに居場所を見つけ、新たな暮らしを始めるか。

ただひとつ問題があった。この山の外での暮らしなど想像もつかなかったのだ。ある程度まで彼の生活を管理するテイヤがいない暮らし。テイヤの生意気な微笑みや、腹が立つほど気の利いた切り返しに苦しめられることもなくなる。それらに死ぬほど興奮させられ、テイヤがなんでも言うことを聞くまで抱いてしまいたいと悶えることも。

くそ。

硬くなったものの位置をずらすと同時にスチールと鉄で造られた通路のはしにあるエレベーターに乗り、居住階のボタンを押した。テイヤが去っていくと考えると、欲求が身中ですさまじい勢いで荒れ狂い、脚のあいだのものがけいれんを起こしかねないほどの一大事になった。テイヤのもとへ行ってしまいたい。抱き寄せ、抱えあげ、あの信じられないくらいすばらしい脚を腰に巻きつけてもらい、力をこめて彼女のなかへ打ちこむ。

朝が来たらテイヤはあのドアを出ていく。ジョーダンは二度と彼女の人生に踏みこまないつもりだ。しかし、ちくしょう、彼女に熱情のすべてを注ぎこまずに今夜を乗りきれるだろうか？

乗りきれるとは思えない。

まっすぐ自分の居室に行くという固い決意は揺るがない、と胸に言い聞かせた。テイヤに関して、さらに自分をそそのかすようなまねは決してするまい。

にもかかわらず、気づけばテイヤの部屋のドアの前に立っていた。完全に人を支配する欲望がむらむらとわきあがり、ペニスはこわばり、脈は激しくなり、全身に力が入って抜けなくなった。

テイヤにはまだ別れを告げていない。明日の朝テイヤが出ていく前に声をかけてやらなければ、彼女は傷つくだろう。そんなふうに傷つけるわけにはいかない。

それでは、ジョーダン自身も納得がいかない。

ドアの前にいることを伝えるためボタンに指を押しつけ、待った。小型のインターホンから声が返ってくるかわりに、金属製のスライドドアが開いた。

テイヤが立っていた。

流れるような黒いシルクが胸元を覆っている。豊かに流れ落ちる赤みがかった金髪に取り巻かれた、クリーム色の非の打ちどころのない顔立ち。

テイヤは三十歳だが、二十五歳くらいにしか見えなかった。

ジョーダンを見つめる鮮やかなエメラルドグリーンの目には警戒する色が浮かんでいる。けれども、シルクの下の乳首はしこってとがり、布地を押しあげていた。飢えているジョーダンの口のなかに飛びこみたがってでもいるように。

いかん、やはりまっすぐ自室に向かうべきだった。ここで足を止めるべきではなかった。まさしくするなと自分に言い聞かせていたとおりにしてしまおうとしている。

テイヤを抱こうとしている。

「ジョーダン」テイヤの口から発せられると名前が愛撫になった。情熱をたっぷりと含んだやわらかい声には、待ち焦がれてかすれた響きと、問いかけと、一抹の希望があふれていた。

「荷造りは済んだか？」

こんなことを言いたいのではなかった。手を伸ばしてテイヤの体から興奮をあおり立てるスリップを引きはがし、部屋に押し入り、心地よく熱いプッシーにも押し入ってしまいたいかった。

ああ、テイヤのなかはきつく引きしまっているはずだ。部隊に加わってから六年、テイヤに恋人はいなかった。ジョーダンはそのことを知っている。あんなにも近くで監視を続けていたのだから、恋人を作ろうかなどという考えをテイヤがもてあそぼうものなら、その瞬間に察知していただろう。

テイヤはエリート作戦部隊に人生を捧げきっていた。あかしを立てるまでもないことではないか？　テイヤには家族も、友人も、つながりも、ふるさともない。ジョーダンはそれがわかっていて彼女を放り出そうとしていた。

「いましてる途中よ」テイヤはようやく答えて顔をそむけたが、ジョーダンは彼女の目に傷ついた心がのぞいたのを見逃さなかった。「用はそれだけ？」

そんなわけがない。したかったのがこれだけであるわけがない。

しなやかな革に包まれたソファとリクライニングチェアの前に、壁掛けのテレビ兼コンピュータースクリーンがあった。ソファのはしには小さなラップテーブルが置かれ、上にワイヤレスのキーボードやその他のコンピューターの付属品がスクリーンに向けて並べてある。

ソファの背には西部風のカラフルな掛け布。コーヒーテーブルには、まだ湯気の立っているティーカップが置かれていた。テイヤはそちらに向かって歩いていった。

一面の壁には本でいっぱいの書棚があった。書棚のあちこちには、長年のあいだにクリスマスや誕生日に贈られた小さな置きものが飾られている。いろいろな種類を集めて楽しむ、ちっぽけなドラゴンだ。テイヤはこれらをポケットドラゴンと呼んでいた。テイヤが収集しているのはこれだけだった。風変わりで、メルヘンティックだ。テイヤの現実の暮らしとは正反対。

テイヤはドラゴンも箱に詰めていなかった。本もまだ棚に並んだままで、前に置かれた箱にはほんの数冊の本しか入っていない。

「まだまだ終わってないじゃないか」ジョーダンは部屋を見まわして言った。

部屋は驚くほど片づいていた。ものを詰め終わった箱さえ整理されてこぢんまりと積みあがっている。こうしたテイヤの私物は朝が来たら輸送部隊のトラックに積みこまれ、テイヤが指定した保管場所に運ばれる予定になっていた。

「時間には間に合うようにする」テイヤは肩をすくめた。

鮮やかな緑の目がさっとジョーダンを一瞥し、いっそう彼を硬くさせ、手に入れられないものすべてを思い出させた。手に入れることをおのれに許すわけにはいかないものすべてを。

テイヤを抱けないわけではない。抱ける。燃えあがる欲求で体に火がつくのではないかと思うほど、テイヤを欲していた。だが、テイヤを抱いたら、テイヤを支配し、自分のものにしてしまいたがる欲求に身を任せてしまったら、ふたりの心を引き裂くはめになるだけだ。

「なにがしたいの、ジョーダン?」テイヤはついにソファに座りこんで尋ねた。いっぽうの脚を折って反対の脚の下に押しこみ、クッションとクッションのあいだに挟まっている。

「なにかすることがあるみたいにそこに立ってるけど、いまさらすることなんてないでしょう」テイヤの声に響いた未練に、ジョーダンは心の底から揺さぶられた。喪失感も響いた。確かに聞き、感じ取れた。ふたりともが経験することを許されなかったなにかを得る希望を失い、悲しんでいる。

そうだ、いまさらすることなどなにもない。

ジョーダンは無意識にあごに力を入れ、テイヤに近づきたがる心を抑えていた。彼女をあの革のクッションの上に押し倒し、のしかかってしまいたい。

五秒だ。あのソファの上で押し倒し、着ているかいないかもわからない薄っぺらなスリップを腰までまくりあげ、心地よさそうな太腿のあいだに自身をうずめてしまうまでに五秒もかからない。

だが、そんなまねをしたら人生で最大の過ちを犯すことになる。

本来、テイヤは仕事仲間だ。差しあたってエリート作戦部隊は解散するとしても、ジョーダンはテイヤの上官である。そして、テイヤはジョーダンが捧げられるものよりも多くを必要としている。ジョーダンが女性に対して捧げる気があるもの以上を望んでいる。テイヤはすでに、ジョーダンが認めたくないくらい彼の心を奪っていた。

「ジョーダン、そこに立ったままわたしを絞め殺したがってるみたいな目で見るのをやめてくれないと、心配になってきちゃいそうよ」

少しも心配しているふうな口ぶりではない。いら立ち、そわそわし、少し欲求不満を感じているようだ。が、心配はしていない。

「荷造りを手伝おうか？」苦心の末に尋ねた。

このまま去るわけにはいかない。夜が明けたら、輸送部隊がやってきてテイヤの荷物をトラックに積みこみ、運んでいってしまうだろう。テイヤも輸送トラックについていってしまうはずだ。まだ基地の車庫に停まっている、高級で、スピードの出る、しゃれたスポーツカーのいずれかに乗って。ジョーダンは好きな車に乗っていけと許可を与えた。ほかの隊員たちにそんな許可は与えなかった。テイヤだけに許したことだ。

「手伝いなんていらないわ」テイヤの口調は鋭くなっていた。彼女のいら立ちと不満は、すでに短くなっているジョーダンの怒りの導火線にも火をつけそうだった。

「このままぎりぎりになってから輸送部隊の連中にわめき散らして箱づめをさせて、出発を遅らせるつもりか」テイヤと同じ欲求不満に駆られて辛抱を失いかけ、不機嫌な声を出した。

「いいかげんにしろ、テイヤ、連中にも予定があるんだぞ」

「これまでにわたしが予定に遅れたことがあったみたいな言いかたね」テイヤがすっと目を細くした。好奇心を覚えて探るように瞳を光らせてジョーダンを見ている。「この六年でわたしが遅れたためしが一回でもあったら挙げてみて」

テイヤにこんなふうに見つめられるのは嫌いだった。まるでジョーダンの目か表情のなかに、不意になにかを見つけたかのような顔をしている。組み合わせようとしているパズルの新たなピースを発見したかのような顔だ。

ジョーダンはくだらないパズルなどではない。手の施しようがないほどむらむらしている男だ。荒れ狂っている欲情をなんとか抑えこもうと苦しんでいる。

こんな男に、テイヤはいったいなにを期待している？

「荷造りを手伝ってほしいのか？」腕組みをし、テイヤをにらみつけてしまっていた。欲求不満をすべていら立ちに変え、はけ口を求めた。

彼の正気を奪おうと決意している赤毛の小さなならず者を相手にするよりは、怒りに対処するほうがよっぽど簡単だ。

「いいえ。はっきり言って手伝いなんかいらないわ」テイヤはお気に入りの寝床に丸まっていた体を伸ばす猫のように、ゆったりと立ちあがった。

伸びはしなかったが、する必要はないように見えた。いまのテイヤの物腰にけだるさは感じられない。

「誰かの手伝いが必要だろう」あらためて居間を見まわし、うなり声で言った。「ほかの部屋はどうなってる？　ほかの部屋の荷造りは済んでるのか？」

テイヤがさらに目を細めた。「居間以外は済んでるわ。自分の目でチェックして、わたしがちゃんと言いつけどおりにしてるか確かめたいの、パパ？」

相手の甘い声を聞いて、ジョーダンの睾丸は縮みあがりそうになった。一六二・五センチのダイナマイトに怖じ気づくだと？　そんなことはありえない。

とはいえ、この小さなダイナマイトがそうしようと思えば強烈な破壊力を発揮できることは、わかっていた。

不運にも、今夜のジョーダンは健全な良識を発揮できそうになかった。

「わたしを〝パパ〟なんて呼ぶな、テイヤ。きみが父親に対してどんな感情を抱いてるかは、よく知ってるんだ」

テイヤは世の父親に対して不信感を抱いている。ともに何年も働いてきた部隊の男たちに対してでさえ、父親になったとたんに、疑いの目を向けだしたほどだ。

「おかしなことを言わないで、ジョーダン」愛らしいゆったりとした口ぶりは、まなざしの危険な光を少しも減じていなかった。「父親に対してはなんの感情も抱いていないわよ。わたしは父親を持ったことがない。それなのに、どうして父親がどんなふうに振る舞うかわかるっていうの？　精子を提供しただけの人間は父親じゃないわ」

その人間は単なる精子提供者ではなかった。テイヤの母親を拉致して身ごもらせ、成長したテイヤに腹違いの兄の子どもを産ませようとしていたのだ。

「引っ越しの準備をする時間は何週間もあっただろう」ジョーダンはつっけんどんに言った。「とっくにここを出ていけたはずだ」

すぐにテイヤの目に感情がよぎった。いまのは確かに深い悲しみだ、とジョーダンは思った。

悲しみだったとしたら、ジョーダンの胸の奥で大きくなりつつある悲しみと同じものだろう。テイヤのもとを去ると考えたら噴き出してくる猛烈な拒絶反応だ。テイヤはジョーダンを真正面から見据え、仕返しを考えていることを知らせる得意のチクッと刺す冷たい視線を向けた。

「やってみなさいよ」テイヤが唐突に言った。細くした目でジョーダンをにらんでいる。

ジョーダンの全身に危険なほど力がみなぎった。

なんだと。よせ。テイヤに挑発されるな。挑んでなにをさせようとしているかはわかっている。

「なんだって?」

「耳が聞こえにくくなったの、ジョーダン司令官?」赤みがかった金色の眉をゆっくりとつりあげ、テイヤは腕組みをした。おかげで優美なふたつのふくらみが押しあげられる。ジョーダンはその眺めに死ぬほどそそられ、よだれを垂らしそうになった。

「ほんとにわたしにふれてみなさいよって言ったの」説明するテイヤの声には怒りが表れており、ジョーダンは意志を固くして歯を食いしばった。「六年間ずっと、とことんいやな人だったわよね。わたしを無視したかと思えば、わたしに近づくなって命じて部下たちを追い払って。いらいらして髪の毛をかきむしりそうになったわ。男になったら、ジョーダン。できるものならやってみなさいよ。わたしを相手にしてみるか、それができないならこの部屋からさっさと出ていって」

どんなに努力しても、どんなにそうしたいと願っても、男には無視できない挑戦がある。これはそういう挑戦だった。

男になったら、だと?

自分が挑発しているこの男がどんな人間か、テイヤはまったくわかっていない。「挑発するのはやめろ」体のわきでこぶしを固めて警告した。「気に入らない結果になるかもしれないぞ」

「あなたは気に入らないかもね」悲しげな響きが突き刺さるからかいが返った。「どうしたの、ジョーダン、ここ六年セックスしてた尻の軽いかわいこちゃんたちを捨ててきたみたいに簡単にはわたしを捨てられそうにないから、怖がってる？」

相手のまなざしにあふれた軽蔑を目にしてジョーダンはあごをこわばらせたが、胸を引き裂いたのは悲しげな声の響きだった。どんなにあいまいに隠されていようと、テイヤが苦しんでいる声を聞くのはいやだった。あの苦しげな切望、まだ手にしていないなにかを求める必死の願いには何年も前から気づいていた。あまりにも長いあいだだ。いままた痛切なテイヤの声を聞くのは耐えられなかった。

「どんな女性が相手でも、わたしは背を向けていなくなれるんだ、テイヤ」口調を荒らげず、穏やかに保とうとした。すでにささくれ立っている彼女の心を、断じてさらに傷つけたくはない。

やわらかな唇が引き結ばれ、すっと細い鼻が勝ち気にあがった。エメラルドグリーンの瞳の輝きが宝石さながらにまぶしくなったが、涙のせいではない。テイヤはそう簡単に泣いたりしない。ああ、知り合ってから何年もたつが、彼女が泣くところを一度でも見たことがあっただろうか？　テイヤが自分のために涙を流すところなど一度も見たことがないはずだ。

「本当に？」テイヤは頭を横に傾けた。「すごいわね、ジョーダン、自分にはなにも誰も必要ないって、そんなに自信を持って言い切れるなんて。わたしたち並の人間に比べて、自分はそれは偉いと思ってるんでしょうね」

テイヤの鋭く辛らつな言葉は、ジョーダンの冷ややかに相手を見下す態度をあっさりと切り裂いた。テイヤ以外の女性が相手なら、こうした態度を保てるのだが。問題なのはテイヤが相手だと、強烈な欲望と、胸の奥底に隠れていた感情しかなくなってしまうことだ。だからこそ必死に、テイヤからはできるだけ離れていようとしていた。

冷ややかに見下す態度などかもし出せなかった。そんな感情などこれっぽっちも持っていないからだ。あるのは、鉄を打てるくらい硬くなっている興奮のあかしだけだった。

「偉いなんて思っていないさ、テイヤ」実際、自分は欠けた人間だと感じていた。ここ何年かのうちに、冷ややかで非情になっていた軍人たちが幸福に抱かれていくさまを見てきて、ようやく自分が人生においてなにを失ったか気づいたのだ。

そんな損失はずっと昔に受け入れたことではないか、と胸に言い聞かせた。過去の過ちを繰り返すわけにはいかない。血と怒りにまみれたもっとも暗い日々の記憶は決して忘れていなかった。

「うそばっかり」怒りに満ちた声。それでも、まなざしにはむき出しの切望があふれていた。「毎日、自分の部下たちを見下していたじゃない。その高慢ちきなとがった鼻をあげて、人を愛するなんてまねをした部下たちはしつけが必要な手に負えない子どもと同じだって言いたげな態度をとってたでしょ。みんなをばかにしてからかってた」

ジョーダンはひどく面食らった。部下たちにそんなふうに思われていたのか？　甥にもそう思われていたのだろうか？　人を愛したやつらより自分のほうが優れていると考えているというふうに？

そんなふうに考えているわけがなかった。ジョーダンはみずから下した決断の意味をしっかりわかっていた。部下たちのほうが自分よりよほど幸せな立場にあるということも。やつらには夜になればすがりつく相手がいる。胸を裂く寂しさをやわらげてくれる相手がいるのだ。ジョーダンはその寂しさと一緒にいるしかなかった。

「本気でそう思っているのか、テイヤ？」猛烈な欲望と、傷つけられた怒りが混ざり合って押し寄せてきて、彼はテイヤに一歩近づいた。

この部屋に来る前に、テイヤにはふれない、別れを告げるだけだと誓った。

別れを告げるだけでは済みそうもない。

「どうぞ部屋を出ていったら、ジョーダン司令官」口であざけりながら、魔女を思わせる目はきらきらと輝き、彼を誘っていた。玉虫色の瞳のまわりで、赤いまつげがまるで燃えあがる炎のようだ。「ドアはあっちよ。ドアがお尻にあたらないうちにさっさと出てけ。アメリカではそう言うんじゃなかったかしら？」

かすかなフランス訛り。極限の状況でしか出ないはずの魅惑の響きを耳にして、ジョーダンの感覚は刺激された。

感覚は刺激されただけだったが、その響きはさらに彼の脚のあいだで硬くなっているものにまとわりつき、締めつけたかに思えた。睾丸は張りつめ、悶えんばかりの渇望が勢いを増した。自制心が崩壊し、ばらばらになっていくのがわかった。

テイヤのせいでこうなっている。テイヤのせいでこんなふうに気も狂わんばかりにさせられ、とても正気でいられなくなる。欲望が毒か強力な薬のように血流に乗って全身に行き渡り、誇りを抱いていた自制心をはぎ取ってしまう。ついには、残されたわずかな良識に頼り、必死でテイヤから離れていようとした。

「こんな挑発を続けないほうがいいぞ」と警告する。

「あら、なに言ってるの、自分だって楽しんでるんでしょ、司令官。まだそこに突っ立ってるんだから」テイヤは胸を大きく上下させていた。シルクの布地の下で乳首はとがりすぎている。そのうち織り目のあいだから飛び出してしまうに違いない、とジョーダンは思った。

彼は唇をなめたくて仕方なくなった。その衝動と同じくらい、テイヤを求める気持ちは強い。

「抱くことはできる」うなり声を発していた。「望みはそれだろう、互いに望んでいるのは。だが、朝が来たらどうなるのか考えてみたのか？」

「朝なんて来るの？」テイヤはぞんざいに聞き返した。「わたしを抱くことはできるのよね。そのあと、さらにわたしを殺さなければいけないわけ？　００７もあなたにはかなわないんじゃない、スケベ司令官？」

スケベ司令官？　いま本当に〝スケベ司令官〟と言ったのか？　なんてことだ、この女はいつ生意気な口を閉じておくべきか、自分の傷つきやすい心を守っておくべきか判断する分別も持ち合わせていない。

抑える間もなく、両手をテイヤに伸ばしていた。両腕をがっしりとつかんで引き寄せ、相手が見開いた目に見入った。テイヤの体のまわりに流れ落ちているかに見える髪。硬くざらついた両手で絹そのもののような肌を感じる。

そのとたん、動けなくなった。この肌があまりにもやわらかすぎるからだ。手のひらの下の肌は熱くほてっていて、雲そのものを思わせるやわらかさだ。ふれ合ったことで全身に興奮が走り、熱情がかき立てられ、魅惑された。

指を広げてたなごころだけで肌にふれるようにし、自分の手のひらがテイヤの肩の丸みを包みこんでいるさまを見つめた。

くそ、テイヤがほしい。思考力など失って夢中になるまで抱いてしまいたい。テイヤ以外にはなにも、誰のことも頭に浮かばなくなるまで。過去も悪夢も消え去ってしまうまで。

テイヤに破滅させられる。

手のひらで彼女の肌の感触を楽しんでいたら、そんな考えは遠ざかっていった。確かに、この肌のすぐ下を流れる熱いものを感じ取れる気がした。その熱は彼を引き寄せ、彼の肌に染みこみ、体のすみずみまで流れこんだ。

「まずいことになってる」喉のつかえをのみ、テイヤを見おろした。押し寄せてくるすさまじい欲求しか意識になくなり、身を引こうなどという考えは残らず消えていった。

エメラルドグリーンの瞳の色が濃くなって、欲望で輝きを増した。テイヤの唇は震えている。

「六年」テイヤがささやいた。「待ってたの……」

これ以上、聞きたくなかった。聞くわけにはいかなかった。テイヤがこれからささやこうとしている言葉を言ってしまっても、待っていたのが二十年だろうがどうにもならないと悟った瞬間に、そう口にしたことを後悔するに決まっているのだから。

言葉をせき止めるためにジョーダンはテイヤの唇を唇で覆った。続く言葉を耳にするわけにはいかない。

唇が重なったとたん、まわりの世界すべてが吹き飛んだ。

ちくしょうめ。

体じゅうで性欲にかかわる細胞が理性に反してさかんに活性化していなければ、凍りついていただろう。凍りついたら動けなくなる。そんなのはごめんだ。

止まるつもりはない。腕にテイヤを抱いたいまになって止まれるわけがなかった。

テイヤを味わっているのだ。

舌をテイヤの唇に走らせてなめ、必要最小限の常識を取り戻す前に、いまある唯一の渇望に身を任せてしまった。

この場かぎりの行為だ。それ以上を自分に許すわけにはいかない。

それにしても、この悦びはなんとすばらしいのだろう。

テイヤは息をするのも、求めるあまり切ない声をあげるのも、悦びに悶える声を発するのも怖かった。そうしたら、ジョーダンがやめてしまうかもしれない。本気で得られるとは思っていなかったキスに夢中になり、体の奥からどっとわき出した欲望に心を奪われていた。舌がこすれ合い、思ったよりも深くまで根差していた女らしい官能的な一面を刺激した。

ああ、なんてことだろう。

体が震えているのがわかった。ジョーダンに抱かれて震えている。片方の手をあげ、指を開いたけれど、本当にジョーダンにふれはしなかった。彼にふれたい。心の底から彼を感じたい。思いが強すぎて両手も震えだした。

彼はとても温かかった。重ねられた唇から動きが伝わってきて、舌で舌を愛撫されると全身に快感が走った。背伸びをして体を近づける。ジョーダンの両腕をつかんで大胆に胸に飛びこむことはできなかった。

ジョーダンは指でテイヤの肩を包みこみ、抱き寄せている。テイヤは無意識に指を丸め、相手のシャツをつかんでいた。まくった袖を握って。

これでいい、シャツの上からなら、手が震えていることに気づかれないかもしれない。逃れられないと思える途方もない欲求を抱えていることも悟られないかもしれない。テイヤはアルバ島で初めてジョーダンに出会って以来ずっと、この欲求に悩まされていた。

「くそ、テイ」ジョーダンの両手がテイヤの腕を滑りおりてヒップをつかみ、ぐっと引き寄せ、硬く熱くなっている腰のものを押しつけた。

デニムに隠されている太いこわばり。熱を帯びた欲望のあかしはくさびとなってテイヤを誘惑し、満たしてくれることを約束してエロティックに下腹部を突いていた。この約束をもう少しでつかみ取れそうな気がする。ジョーダンは両手で尻をつかんでもむように愛撫しながらテイヤを持ちあげた。太腿のあいだにジョーダンの脚が押し入ってきて、シルクのスリップがぴんと張る。粗いデニムがシルク越しに、両脚のつけ根のふくらみを帯びた敏感な場所をこすった。

テイヤは自分がロマンティックな人間だなんて思いもしなかったのに、このときは目の前にいくつも星が浮かんだ。いまにも溶けていきそうで、膝の力が抜け、息を吸うのも苦しくなってあえいだ。

酸素を取り入れようとして口を開くと、唇をかじられた。ジョーダンの唇が不意に口元を離れ、日中に伸びたひげがあごを優しくこする。このこたえられない感覚をもっと求めて、テイヤはそらした体を押しつけていた。やっと。ジョーダンがやっとふれて、キスをしてくれている。やっと、望んでやまなかったジョーダンの腕のなかにいる。

この上なくすばらしい体験だ。テイヤはとてつもない想像力を持っているのに、これは想像していたよりもすばらしかった。長年の空想が、ようやく現実になっていた。

「ジョーダン」悦びの吐息とともに彼の名前をささやいた。ジョーダンの手がヒップから腿におり、指がシルクのスリップの下にもぐりこむ。硬い指先に太腿の外側を撫であげられると、ざらつく感触で興奮がいっそう高まり、熱くなった。

「こうしてほしいのか、テイ？」腰に腕が巻きつき、抱えあげられ、テイヤはどっと息をつく間に壁にもたれさせられていた。ジョーダンはテイヤの腿をつかんで自分の腰に引きつけ、信じられないくらい熱い肉体にテイヤを密着させた。

硬くたくましい脚が分け入ってきてスリップが太腿からまくれ、つけ根の敏感なやわらかい場所に先ほどよりも強く圧迫が加わった。

「ジョーダン」切ない声が飛び出した。「こうしてほしくて仕方なかったの。こうしてほしくて死にそうだった」

「もっとか？」うなり声で問われた。「もっとしてほしいのか、テイ？」

もっと？　もっとしてくれるなら頼みこんだっていい。頼んだら、そうしてくれるだろうか？

クリトリスがじんじんとうずいていた。弱まらない快感のうずきが内側から高まり、全身をほてらせ、肌を汗で湿らせた。乳房はふくらんで刺激を受けやすくなり、胸の頂はしこって玉のようになった。体じゅうの細胞がひとつ残らずジョーダンの愛撫を求めて騒いでいる。

「答えてくれ、テイ」激情を帯びて荒々しさを増した声に感覚を撫でられると同時に、ヒップの丸みをじかに包みこむ指を感じた。「もっとしてほしいのか、スイートハート？　これが望みか？」指が曲がって双丘の丸みの奥にもぐりこみ、しとどに濡れているなめらかな秘所を見つけた。ふくらみ、感じやすくなったひだは信じられないくらい熱を帯び、愛液に覆われてよりなめらかになっていた。

「ええ」極上の心地よさに押し出された息に乗せて答えるので精いっぱいだった。指が優しく動き、きゅっと閉じた入り口をさすった。刺激をもたらす快感が何度も花開き、敏感なひだ、小さな芯、秘所の奥の内側まで届いた。

いきたくてたまらない。達する寸前だった。欲求が花芯をうずかせ、全身をざわめかせた。これは心から生まれる悦びに決まっている。これまではずっと表に出ないよう抑えていた感情から生まれるものだ。ジョーダンに口づけをされて、ふれられたとたん、感情があふれ出した。

指が入り口を愛撫し、押し、感じやすいひだを分けて滑りこみ、テイヤの全身をかっとほてらせる。少しだけ彼女を貫き、さらに求めさせ、わきあがる興奮に声にならない声をあげさせている。

「こうしてほしくてたまらなかったんだな、テイ」ジョーダンが深い欲望を感じさせる低い声を発した。指先は繊細な場所を撫でこする動きを続け、テイヤを快感で翻弄している。

「あなたもそうだったんじゃないの？」懸命に言ってうしろの壁に頭をがくりと預けると、二本の指がもぐりこんできて、つい高い声をあげてしまった。「あなたが部下たちを近づけさせまいとするたびに……」いきなり指が引かれ、一気にまた入ってきたので、驚いて歓喜に駆られた声をあげるしかなかった。激しい愛撫で彼女の内側を攻めているのは、確実に思考を弱くするためだ。押し開かれ、熱をかき立てられている秘所の内側はさかんに収縮し、ジョーダンの指をどこにも行かせまいとしているようだった。

腰を強く動かし、指をもっと奥まで迎え入れようとした。あふれる潤いに濡れた指をジョーダンが引き、ふたたび突き入れる。浅い行き来に愛撫されているだけで、官能を追い求める熱情はいっそう大きく燃えあがるばかりだった。

「部下の誰かがきみにふれていたら、殺すほかなかっただろうな」不意にジョーダンが野蛮な声を発し、いっそう深く指をうずめた。指を抱く場所は快感の高まりとともに恥ずかしげもなく蜜を生んだ。「そいつが必ずこの世から消えるようにしたさ、テイヤ、どんな手を使っても」

ジョーダンが顔をあげ、彼だけが持つ鮮烈な青の目でテイヤを上から鋭く見据えた。険しい顔を欲情で赤く染めている。テイヤは懸命に目を開いたままでいようとした。苦労したが、ジョーダンを見ていたかった。彼女にふれ、まなざしに熱情をたたえ、表情を張りつめさせるジョーダンを。

テイヤはこのために途方もなく長いあいだ待っていた。ジョーダンにキスをされ、ふれられることを待ち望んでいた。ほんのいっときの興奮も、こたえられないほどすばらしい瞬間も逃したくない。

ジョーダンは答える時間をくれなかった。ふたたび唇を奪われ、もぎ取るようなキスをされた。テイヤは背をそらして身を寄せ、さわり心地のよい豊かな黒髪がかかっているうなじにしがみついた。

こんなにも心をとらえ、恍惚を誘う、信じられないほど鮮やかな興奮を経験するのは初めてだった。セックスをしたことはあった。けれども、すっかり心を奪われ、死にもの狂いになって求めることしかできなくなるのは初めてだ。すがりつき、意味もなさない声でいっそうねだることしかできない。

深く差し入れられた指が突くというより撫でさするように動き始めると、喉から高く尾を引く声を発さずにはいられなかった。ジョーダンがとりわけ敏感すぎる、耐えられないほど熱を帯びた一点を狙い澄まして攻めたので、テイヤは感覚の高まりに襲われて震えだした。指が曲がって体の奥まで届き、押してさすり、電気に似た極上の感覚でクリトリスをしびれさせた。

ここまで想像もしなかった快感に全身をとらわれて、テイヤは酔いしれそうになった。興奮のしすぎで感覚がぼやけ、秘所は引きしまっている。追いつめる悪魔を思わせる巧みな技で愛撫する二本の危険な指をきつく抱きしめた。

「いいぞ、テイ」キスをしていた唇をまたすっと離し、ジョーダンが息を荒くしながら言った。「すごく濡れてるんだな、ベイビー。心地よさそうに熱くなってる。とことんきつく締まって」

ふたたびプッシーが激しく波打ち、指を愛液で包みこんだ。ジョーダンは顔を伏せ、首筋に歯を滑らせて、敏感な肌をかじったりついばんだりしている。

襟ぐりの深いスリップが押しのけられ、手で持ちあげられた乳房に彼が口づけた。硬くとがって待ち焦がれている乳首からもうひとつの乳首のあいだを唇がたどった。

玉のようになった胸の蕾を唇のなかにとらえられたとき、テイヤは一瞬意識を失ったに違いないと思った。胸の先端を力強く引っ張るように口のなかに吸いこまれている。

「ジョーダン……ああっ、いいわ」なりふりかまわず叫んでいた。「すごい。すごくいい気持ちよ、ジョーダン」

刺激を受けやすい蕾を唇に挟まれて引きこまれる感覚は、こたえられない熱を帯びた悦びをまっすぐ子宮に送りこんだ。エクスタシーが花芯を、その奥を襲った。炎が全身を駆け巡り、勢いでクライマックスに押しあげられそうになる。腰を振り動かして、ジョーダンの指をのみこもうとした。

もうすぐ、あと少しだ。達する寸前になっている。オーガズムはすぐそこにあり、思考が吹き飛ぶ恍惚が待っているとテイヤを誘う。指が引かれ、突き入った。豊かな反応を返す場所の奥へと進む指に愛撫され、すぐにすさまじいエロティシズムに襲われた。

「くそ。テイ。これだけではだめだ。ちくしょう、もっときみがほしい」

相手が動いていることを認識する前に、テイヤはキッチンとリビングを分けている低いカウンターの上にいきなり横たえられていた。ジョーダンの指はまだ彼女のなかから離れず、力強い動きで愛撫を加えていた。テイヤはヒップをあげてさらに脚を開き、感じやすい胸の先端にもう一度吸いつき、舌を走らせ、歯を立てるジョーダンに身を任せた。

ジョーダンの反応の荒々しさを感じる。目のなかにかいま見えていた渇望を抑えようもなく燃え立たせている。うなり声をあげながら乳首に歯を滑らせ、彼は顔を引いた。

ジョーダンに見おろされ、まぶしい青い目で燃えている欲望の炎に焼かれた。

「きみのせいでふたりとも破滅するぞ」ささやきつつ、もういっぽうの乳首に唇を移している。

テイヤは答えられず、息をしていることしかできなかった。片方の手ではジョーダンの首にしがみつき、別の手では手首を握っていた。彼の指をもっと強く、奥まで受け入れたくて力が入っていた。すぐそこにある境を越えてオーガズムを迎えるために、あと少しだけの感覚の波が必要だった。

ひたすら絶頂を求めていた。あの熱に包まれる、ばらばらになりそうな解放感を得たかった。なにかの拍子にこれがだめになってしまう前に。ジョーダンが自制心を取り戻して、身を引いてしまう前に。

そのとき、体のなかから指がすっと引かれた。抗議したり、いきなり手を離された理由を理解したりする時間はなかった。両手で太腿をつかまれたかと思うとさらに脚を押し広げられ、心臓が一打ちする間もなく、濡れきったむき出しのひだのあいだをなめられていた。

テイヤは動けなくなった。オーガズムに近づきすぎて待つのが苦しいほどの状態で細かく震え、自分の体を見おろし、ジョーダンだけが持つ野性味あふれる青い目と視線をぶつけた。それから視線をさげ、目にした光景に息をのんだ。ふくらみ、濡れて輝いている花芯を舌で丹念になめられている。

ジョーダンはこんな光景を彼女に見せていた。ふくらんで赤みを帯びた小さな芯に余すところなく舌をあて、愛撫しているようすを。うずいている神経のかたまりを撫でこすられ、貫かれ、締めつけられるような感覚が体の奥へ走った。全身をこわばらせ、抑えがたい声をもらし、背を弓なりにしてジョーダンに身を寄せようとした。襲ってくる快感にぼうぜんとなってあがき、泣き声を発してさらなる悦びを手にしようと請い求めた。

ジョーダンはテイヤの腿を押し開いて口づけの位置を下にずらし、震える入り口をさっとなめたかと思うと、突然、繊細な体内に舌を突き入れた。獰猛で危険なまでの飢えもあらわに味わい、テイヤの解放への導火線に勢いよく火をつけた。

まるで内側から爆発が起こったかのようだった。熱い感覚が何度も全身に押し寄せ、神経のはしばしが強烈に反応して焼けてしまいそうになる。腰をあげ、震えながら背を弓なりにし、ジョーダンの髪を握りしめた。

彼女の両脚のあいだから熱い蜜があふれ、ジョーダンはやわらかいふくらみを帯びた花びらに口づけたまま低い声を響かせた。

愛撫を捧げた女性からこんなにも甘く、優しい雨に似た反応を返され、味わったのは初めてだった。絶頂に押しあげられて歓喜に襲われ、テイヤは全身をぴんと張っておののいている。ジョーダンは彼女を放さず穏やかに舌を動かし続け、クリトリスを下から軽くさすって悦びが高まるようにした。

テイヤはジョーダンの腕のなかで体をはねあげ、彼の名を叫んだ。あふれんばかりの感情で声をかすれさせて。ああ、こんな感情を耳にしてしまいたくなかった。これは一夜かぎりの出来事だ。一度だけのキスで終わるはずだった。だが、すでに取り返しのつかない展開になってしまった。ふたりともこれを求める気持ちが強すぎて、最後までやりとおしてしまわなければ、互いから離れていられないだろう。

これが済んだら、ジョーダンはふたたび本当の彼がどんなに冷たく非情なくそ野郎であるかを世のなかに示せるようになる。テイヤにも、この関係には決して未来などありえないと示すのだ。ふたりが手に入れられるのは、たった一晩だけだったのだと。

テイヤのオーガズムの最後のさざ波を舌で感じたあと、ジョーダンはゆっくりと顔を引き、また繰り返しなめてテイヤの甘さを堪能してから体を起こし、彼女を抱きあげて寝室に運んでいった。

寝室には一度だけ入ったことがあった。テイヤが初めて作戦センターにやってきたときだ。ジョーダンはテイヤを案内し、地下の小さな居室を見せてまわった。

あのころでさえ、ふたりで寝室に入ったときは緊張感がみなぎった。

部屋のようすは当時とあまり変わっていなかった。荷ほどきを待つ箱のかわりに、いまは荷造りの済んだ箱が運び出されるのを待っている。通常サイズのベッドのかわりに、いまはもっと大きなキングサイズのベッドが置かれていた。

ベッドの中央にテイヤを横たえ、ジョーダンは険しいまなざしを彼女に向けたまま服を脱ぎ始めた。

ジョーダンが最後の服を脱ぎ捨てると同時に、テイヤもスリップを床に放った。シルクの服をだめにするなどもったいないが、テイヤがみずから脱いでくれなければ、彼が破って引きはがしてしまっていただろう。

股間でそそり立っているものの根元を握りしめ、いますぐにテイヤとひとつになってしまいたいという欲求をひたすら抑えた。本当なら、いまにもそうすべきだ。ただのしかかり、押し入り、ふたりで一気に果ててしまうべきだ。

しかし、ジョーダンはもっと多くを求めていた。もっと時間をかけたくて仕方がなかった。彼にも今夜実現したい夢があった。特にこの夢は譲れない。

目の前で、テイヤが上半身を起こした。髪をうしろに払い、テイヤだけが持つ魔女めいた目で彼を見あげ、ゆっくりと唇をなめた。

ジョーダンはあせらずにベッドにあがり、テイヤの前で膝立ちになった。猛烈にわきあがってくる欲情で、何年ものあいだしがみついていたささやかな自制心は吹き飛んでしまっていた。

手をテイヤの頭のうしろにまわし、絹さながらにやわらかい巻き毛に指をくぐらせた。

「どうしてほしいかわかってるだろう」自分の欲望に満ちたうなり声に、たじろぎかけた。

「しゃぶりついてくれ、テイヤ。そのやわらかい口に抱かれたいんだ」

テイヤの瞳に燃えあがった情熱を見て、悪態をつきたくなった。おのれをののしりたくなった。欲望に翻弄され、支配したいという欲求にあまりにも芯から染まりきっていて、この繊細すぎる女性を求める気持ちを静めることもできない。

テイヤが彼を迎え入れるために唇を開き、小さな薄紅色の舌をのぞかせ、鬱血してふくれあがったペニスの先端をなめた。とたんに、電流に似た衝撃が矢継ぎ早に神経を襲い始めた。

歯を食いしばったが、胸の奥からわきあがるうめき声を抑えることはできなかった。あまりにも心地よすぎる。ペニスの頂にあてられた舌は鮮烈で、純粋な官能の悦びをもたらし、どくどくとうずく快感の波を睾丸にも全身にも送りこんだ。

太腿に力を入れ、テイヤの髪を握りしめた。脚のあいだで解放の衝動がふくれあがり、いまにも噴き出さんとしているのがわかる。

根元を固く握りしめ、怒張した亀頭を相手の舌と唇に押しつけて動かした。いきり立った男根が温かく濡れた絹の感触をもたらす口に愛撫されているさなかに、テイヤと目が合った。

このなかに沈みこみたい。途方もなく刺激を受けやすくなっているおのれの先端を熱い口に包まれ、吸いこまれたい。期待感でどうにかなりそうだった。

「吸ってくれ」乱暴に命じた。「その熱くてかわいい口のなかに入れてくれ、ベイビー。そこで抱いてくれ。もう何年もずっと、そうされる夢を見てきたんだ」

この行為にまつわる空想をあまりにふくらませすぎていた。どうもそのせいで彼は弱ってきていたようだ。どうにもテイヤから身を引くことなどできそうもないのだから。

テイヤの唇が開いた。

ジョーダンは迎え入れられるのを待てなかった。唇を開いてくれたということは入っていいということだ。

テイヤを見つめながら髪を握ってしっかりと支え、ただ押し入った。すると、さらに奥へとテイヤに吸われ、熱い波に襲われておののいた。

優美な薄紅色の唇が広がり、赤みを増した。テイヤの顔に悦びがあふれ、まぶたがすっと閉じて特別なまぶしい光を放つエメラルド色の瞳を隠す。テイヤの両手は彼のわき腹を撫でおろしたかと思うとまたあがり、いっぽうの手が静かに両脚のあいだに入った。指が張りきって敏感になっている袋にふれ、やわらかい手のなかに包みこんだ。

エクスタシーそのものだ。

ちくしょう、このままテイヤのなかで自分を見失ってしまいそうな気がする。もう寸前まできている。何年も前からおのれに誓ってきたことをすべて破ろうとしている。そんなことになったら、彼は破滅してしまうかもしれない。

「くそ、そうしてくれ！」動き始めたテイヤに対して追いつめられた声を発していた。口が迷いなくエロティックにしゃぶりつき、充血した頂を愛撫している。これを受けて長く持ちこたえられるわけがない。「しゃぶってくれ、ベイビー。心地よくて熱いんだ、この口のなかは……」

欲張りな口にペニスをもてあそばれ始めてからあまりにも力を入れすぎていたため、太腿が痛みだした。亀頭の下部に舌があてられ、こすられている。吸う力が弱まったと思ったら、またすぐにきつく吸われた。

炎に似た髪がテイヤの背で揺れ、肩を滑り、ジョーダンの太腿を撫でた。テイヤの手が止まることもなかった。いっぽうは袋をさすり、もういっぽうはジョーダンの太腿を握りつつ、ときおり肌の上で指先を遊ばせる。彼女は頬をすぼめて脈打つペニスの先を吸いこみ、優美な貪欲さを見せて口のなかで愛撫し、うずく先端に声にならない声の振動を伝えた。

くそ、長くは持ちこたえられない。テイヤのなかで果てたくてどうしようもない。テイヤのなかに注ぎこみたい。欲求が睾丸をふくらませ、全身で荒れ狂っていた。

「だめだ」死にもの狂いでうなった。終わらせたくなかった。この瞬間にずっとしがみついていたい。腰を揺り動かし、熟れた唇のあいだに自身を行き来させながら、テイヤにこんなにも親密にとらわれている感覚を失いたくない。

完全に官能に浸りきっているテイヤの艶然とした表情が、止めどなく興奮を押しあげた。全身の骨が折れそうなほど張りつめていた。口の奥へ迎え入れられ、舌をすばやくあてられ、絹のようになめらかな感触の指先でこたえられないほどすばらしい愛撫をされるたびに、すべての筋肉が、細胞が、刺激を受けて応えた。

テイヤの髪を握りしめた両手に力をこめ、解放を押しとどめようとした。胸からわきあがってくるうめきを出すまいとした。

テイヤに仕留められようとしている。

テイヤを見つめると、アルバ島で彼女に初めて会った日から日々悶えさせられていた空想が現実のものになっていた。この光景を前に、とんでもなく長い八年のあいだずっと頼みにしてきた、テイヤから離れていなければならない理由がすべて、かき消えていった。

「テイ」うなり声を押しとどめておけなくなった。「ああ、ベイビー」

なんてことだ、本当に膝に力が入らなくなってきている。

腰が突きあげるように激しく動いたが、テイヤを傷つけないため懸命に前後の動きをコンパクトにしようとした。とんでもなく難しい。潤うぬくもりの奥へ身を沈めたくてならなかったのだ。テイヤにすっかり包みこまれたくてたまらない。

しかし、強く求めてくれる口の甘美な悦びのなかから身を引くことは不可能だった。テイヤが放してくれないからというだけではない。ジョーダンもみずから身を引くことなどできはしなかった。

不意に強く吸いつかれ、硬い柱の血流の勢いが増した。睾丸が限界まで張りつめ、柱は脈打っている。あと数秒と持ちそうになかった。

「テイ」もうこれまでだ、と口を開いた。「いってしまう、ベイビー。かわいい口をどけてくれないと、そこいっぱいに出してしまう」

テイヤがなまめかしい声を発し、この悩ましげにほしがる声が官能の導火線に火をつけた。爆発のすさまじさで膝がだめになり、ジョーダンは床に落ちかけた。

テイヤの髪を握りしめる手にさらに力が入った。髪の毛を引き抜いてしまいそうだが力をゆるめられない。興奮の奔流がペニスを突き抜け、勢いよく噴き出していき、彼を芯から揺さぶった。

ここまで激しく達したのは初めてだった。何年も待って空想をふくらませた末、解放とともに心まで内側からはじけた。

それでもまだ、充分だとは思えなかった。

まだ硬いままだった。やめられなくなる薬物のように快感が体じゅうを駆け巡り、もっと求めさせた。

どうにかテイヤの頭を引き離す力を発揮できた。突き立っているままの自身が赤い唇のあいだから滑り出るさまを見つめる。あのすばらしい緑色の目が開き、恍惚のもやがおりたまなざしで彼にじっと視線を向けていた。悦びを感じていることは見逃しようのない表情で舌を出し、唇をなめている。

「横になれ」ジョーダンはやわらかな曲線を描く体に熱い視線を走らせた。テイヤの鼻の上に散っているそばかすと同じものが、両肩の先に少しだけある。肌の下にあるほんのかすかな薄い斑点。それがジョーダンを魅了し、なめらかな肌をすみずみまで調べ尽くしたいと思わせた。

テイヤはあおむけに横たわった。胸がさかんに上下している。顔は赤らみ、弾力のある肌は汗で艶めいている。

「脚を広げるんだ」声を出すのにひどく苦労した。

テイヤはジョーダンを見あげ、荒々しい青の瞳に視線を留めた。いままでに見たことがないほど深い色合いになり、まぶしいくらい輝いている。

「きれいだ」感情のこもった声はざらついていた。ジョーダンはテイヤが広げた腿の前に膝を進めた。「自分がとんでもなく美しいとわかってるか？」

テイヤは首を横に振った。自分の姿が美しいとは一度も思ったことがなかった。美しいと思えた経験はなかった。それでも、いまこのときは、少なくともジョーダンには好ましいと思われているのだと信じられた。ジョーダンは彼女を味わえなければ死んでしまうかのように熱烈に見つめてくれている。興奮のあかしを太く硬くそそり立たせ、脈動する先端を濃い赤に色づかせて、彼女の脚のあいだにひざまずいている。

「なんてきれいなんだ」ジョーダンはつぶやき、手を伸ばしてなめらかなひだに指でふれた。一瞬、テイヤを夢見心地にさせ、ほとんど理性を失わせている高ぶりに、少しの不安が交じった。

しかし、ジョーダンは完全に魅了されているようだ。そこを覆う巻き毛はなく、ワックスで脱毛したり、そったりした場合よりもやわらかで、なめらかな肌をしていることに。

これは体質によるものだった。そこが無毛であるように生まれたのだ。テイヤの父親はほしい子どもの特質をあらかじめ指定し、そのために完璧な母親を選んだ。必要とした条件のひとつが、恥毛を生やす遺伝子を持たない女であることだった。

こう考え、過去の記憶がよみがえったために、テイヤを包んでいた悦びが脅かされそうになった。

そのとき、ジョーダンの手がひだを分けて入り口に滑りこみ、二本の指がぐっと押した。

すぐにテイヤは腰をはねあげた。興奮が子宮と花芯を襲い、止めどなくあふれる快感で全身を揺さぶった。

「こんなにほしがってくれてるんだな」ジョーダンはかすれる声を出して覆いかぶさった。手を引き、自身の根元を支えてふくらんだ頂をテイヤの入り口にあてがう。

「ジョーダン」太くたくましい彼がいまにも彼女を貫こうとしているのを感じて、うれしさにまつげがはためいた。

「大丈夫だ、ベイビー。なにも心配しなくていい」

ジョーダンが力をこめて押した。

テイヤはあまりにも長いあいだ待っていた。あまりにもずっとじらされてどうにかなってしまいそうだと感じ、ジョーダンにふれられたい、抱かれたいと必死で願っていて、ついに夢がかなう。やっと、耐えきれないくらい悩まされてきた渇望をやわらげられる。今夜だけだとしても。

ジョーダンを迎え入れ、押し広げられ、熱い刺激を感じながら両手をあげ、相手の硬く引きしまった腕を握った。

そこにつめを埋めるほど強くすがりつき、腰を上下に動かして彼をもっと奥まで受け入れようとした。ふたりの視線が固く結ばれた。

「完璧だ」ジョーダンがささやいた。「いいぞ、スイートハート。攻め返してくれ」

テイヤはどっと愛液をあふれ出させてしまい、頭を振り乱した。ジョーダンの命令にこめられたエロティシズムが、深みのあるセクシーな声がこたえられなかった。ジョーダンにすっかり心を奪われ、押し寄せてくる快感におぼれてぼうぜんとなる。

腰を押しあげて息を詰め、唇をかんだ。ジョーダンは途方もなく太くて硬く、貫かれると衝撃が走るほどだ。テイヤが思い切って腰を突きあげるたびに、秘めやかな花びらを開いて押し進んでいる。

いつしか両脚を大きく広げ、すべての感覚がひとつに溶け合ってふくれあがり、はじけて行き渡る鮮烈な快感に襲われていた。そのころには主導権を握っていたジョーダンに着実に根元まで身を沈められ、テイヤは欲求に駆られて叫び声をあげ、解放を求めた。

「見るんだ、テイ」ジョーダンがテイヤの目を見据えていた視線を、彼女の体に沿ってすっとさげた。テイヤも相手の視線をたどって目をおろし、ジョーダンの体の一部が彼女のなかに入ってひとつになっている場所を見つめた。

ふくらんだひだは濡れて艶めいて分かれ、彼女を貫いている硬い柱の根元をやわらかく包みこんでいた。

この光景を目にして、子宮にずんと響く歓喜に浸された。腰がいっそう彼を求めて突きあがり、しっかりとジョーダンの一部を体のなかに閉じこめた。その先端が押し広げられたヴァギナのずっと奥を強くこするまで。

テイヤはジョーダンを締めつけ、自然に生まれるさざ波を彼のこわばりに伝えていた。このまま永遠に彼を抱いていたい。

テイヤが見守る前でジョーダンは静かに腰を引き、怒張した傘だけを残して濡れて光る柱をあらわにし、ふたたび時間をかけて奥まで彼女のなかに身を沈め始めた。張り出しのある先端が敏感になりすぎた神経を刺激していき、熱を帯びた場所をこすり、興奮の流れをどっと全身に送り出した。

その一突きで抑えが利かなくなったかのように、ジョーダンは激しくうめいてテイヤにのしかかり、唇を重ねた。腰の動きはなめらかな絶え間ないリズムを刻み始めた。

テイヤは必死で彼にしがみついていようとした。熱く燃える快感で意識がかき消えそうになり、全身のすみずみに火がついたように感じながらも、波打つ腰の動きをすべて受け止めた。ジョーダンの背につめをうずめ、丈夫な皮膚の下にある力強い筋肉の盛りあがりに胸を高鳴らせた。

電気を帯びた熱が体じゅうに伝わり、子宮やクリトリスや胸の頂まで刺激をもたらす指を伸ばした。体は解放を求めて悲鳴をあげんばかりだ。ジョーダンに打ちこまれるたびに秘所の内側をくまなく刺激される。息をつく間もない猛攻で感じやすい場所が愛撫され、悶えてしまいそうな歓喜がどこまでも熱く高まっていった。

顔をあげたジョーダンと目が合った。青の輝きに魅せられ、そこに浮かんでいる渇望と求めに心をとらわれてしまう。

同じ渇望と求めがテイヤを翻弄していた。勢いよく突かれ、きつく締まった場所に力強く押し入られるたびに、それらが高まっていく。これは単なる欲情以上のものだ。ふたりのあいだにはそれ以上のものがある、とテイヤは誓って言い切れた。そうでなければおかしい。このあまりにも強烈で深いところからわきあがってくる歓喜が、肉体だけからくるものであるはずがない。ただの肉欲であるはずがなかった。

「テイヤ」やむにやまれず発せられたような呼び声を聞いて、テイヤは相手の腰に両脚を巻きつけ、つかんだ両腕にぐっとつめを立てた。「ああ、それでいい、ベイビー。抱いてくれ」ジョーダンの声にさらに激情がこもり、荒々しくなった。悶えているに違いない。テイヤと同じく抱えきれないほどの悦びに浸されて。

興奮の波が子宮に押し寄せてきて、息ができなくなった。締めつけられる感覚が彼とひとつになっている場所に伝わり、そこも波打たせる。クリトリスがさらにふくらんでうずき、悦びと苦しさが合わさってエロティックな切迫感が生まれた。

体のなかでジョーダンがさらに大きくこわばっていくのを感じた。打ちこむリズムが激しく性急になっていく。

クリトリスでもひだの内側でも興奮が燃えあがった。快感が鮮烈に花開くたびに呼吸があえぎに変わり、高い声がもれた。内側からわきあがってくる力ではち切れんばかりになり、抑えようもなく熱く、燃えると思ったせつな、暴発した花火のように解き放たれた。

背をそらして腰をはねあげ、あえぎながら無我夢中で彼の名前を呼んだ。両脚のつけ根に力が入り、猛攻を加えるペニスを締めつけたあと、まわりの世界は溶けていった。

エクスタシーが怒濤のように押し寄せた。感覚の嵐が巻き起こって舞いあがりそうになる。

弓なりにそって衝撃に震えながらも、力をこめて奥まで身を沈めたジョーダンを感じていた。ジョーダンはテイヤをぐっと抱き寄せると、力に満ちたたくましい肉体を歓喜に波打たせながら精を放った。

体の奥へ勢いよく注ぎこまれた熱いものに圧倒される。同時に自身のオーガズムによっても全身のすみずみに火がつき、その激しさに息をのむしかなかった。

自分が息をしているかどうかもわからなくなった。いま世界が崩れてふたりの上にばらばらと降りかかってきたとしても、テイヤは気にしなかっただろう。この悦び、混ざり合っためくるめく感覚、わきあがってくる感情のほかは、なにもかもどうでもよくなった。

感情。

昔、テイヤは決して人を愛さないと誓った。しかし、エリート作戦部隊に加わる二年前、アルバ島で、この誓いを破ることになるだろうと思った。

ジョーダン・マローンを愛していた。

ジョーダンはたったいま、おのれとテイヤの両方を破滅させてしまった。

テイヤを両腕で抱いたまま天井を見据え、犯した過ちを悟っていた。欲望を満たすためだけにテイヤを抱いたのではなかった。そうするつもりだったのに、そうはならなかった。違う。断じて違った。いまのは、あまりにも愛を交わすという行為に近づきすぎていた。

何年もこんなまねはすまいと闘ってきたのだ。欲求と闘い、屈しはしないと誓った。屈した先に未来などないとわかっていたからだ。ジョーダンがテイヤと築く未来などありえない。おのれの魂をそこまでの危険にさらすわけにはいかない。欲求に屈してテイヤをそばに置いてしまったら、二度と手放せなくなる。すっかりふぬけてそんな状態が永遠に続くなどという幻想を抱いてしまうだろう。愛は幻想にすぎず、永遠などありえないとわかりきっているというのに。

たとえジョーダンが間違っていたとして、テイヤが家庭的なタイプであり、例の幻想が長続きしたとしても、つねに敵の脅威はつきまとう。ジョーダンがエリート作戦部隊の司令官になる前に作った敵が、彼を見つけ出すだろう。ジョーダンを見つけた敵は、彼の弱みも突き止めるだろう。

テイヤを。

テイヤは弱みだ。ジョーダンの自制心を打ち破ることのできる、ただひとりの女だ。

「なんにも言わないの?」ジョーダンに寄り添ったまま、テイヤがささやいた。起きていたのか。眠りこんでくれていますようにと願っていたが、あまりにも虫のいい祈りだった。答えずにいると、テイヤが動いた。ジョーダンは引き留めそうになるのを抑えなければならなかった。テイヤをつかまえて、また胸に抱き寄せそうになった。テイヤのいるべき場所に。

テイヤは彼の横からくるりと体を返してベッドからおり、疲れたように緩慢な動きで床からスリップを拾い、頭からかぶった。打ちひしがれている。こう思った瞬間、ジョーダンは良心に鋭い痛みを覚え、後悔と罪悪感に襲われた。

片方の手で顔をぬぐい、ジョーダンも体を起こしてベッドのはしに腰かけ、むっつりとテイヤを見つめた。くそったれめ、だからこれまでテイヤをベッドに連れこんだりはしなかったのだ。テイヤは一夜かぎりの相手になどしていい女ではない。そんなことはしっかりわかっていた。ちくしょう、テイヤを傷つけるのは死ぬほどいやだった。

長年ずっと、どんなことがあってもテイヤを傷つけまいとしてきた。これまで生きてきて、ここまで誰かを守りたいと思ったのは、テイヤが初めてだった。ここまで手放すのが難しい女など、ほかにはいなかった。

手放すほかないと、最初からしっかりわかっていたというのに。


テイヤは泣かないと誓っていた。涙はなんとか押しこめていたが、胸を締めつけ、心をうずかせる感覚は抑えようがなかった。

胸が痛むなんて比喩的な言いかたで、文字どおりそんなふうになるわけないとずっと思っていたのに、いまは胸のなかで心が真っぷたつに裂けているみたいに痛かった。骨まで痛い。心をずたずたにしている感情が体の外にまで飛び出したがっているかのように、あばら骨が窮屈で押されているみたいに感じた。

「きみを傷つけたくなかった」

あの目。ほとんどネオンライトを思わせるほどまぶしい特別な青い目が、深刻な思いをたたえてこちらに向けられていた。

アイルランドの目だ。テイヤの友だちで、ジョーダンの義理の姪でもあるサベラ・ブレイクが一度話してくれたことがある。ジョーダンはアイルランドの目の持ち主だ。彼の心を奪い、愛された幸運な女性なら、彼の真実の魂を見ることができるようになる。サベラは、夫が麻薬カルテルのボスにとらわれていた際にくぐり抜けた苦しみの恐怖を、どんなふうに〝見た〟かを話してくれた。サベラは夫の苦しみを感じ、愛する人が叫んでいる夢を見たそうだ。

そこまで愛し合うとはどんなものだろう。テイヤはずっと考えていた。いま目の前にいる男性の愛をそんなふうに手に入れたい、と空想したものだった。空想。ただの空想にすぎなかったのだ。もう手放さなければいけない空想。

「荷造りをしてしまわないといけないわ」声がかすれた。望みどおりに感情を隠せていない。テイヤを愛せないからといって、ジョーダンに責任を感じたり、罪悪感を抱いたりしてほしくなかった。ああ、彼女は自分の父親にさえ愛されなかったのだ。どうして、ほかの男性に愛されるだろう?

「テイヤ、きみとの友情まで失いたくないんだ。これが原因で」ジョーダンは座ったままジーンズに足を通し、立ちあがってからたくましい両脚にそれを引きあげた。思いつめたまなざしで、じっとテイヤを見ている。

「わたしたちは友だちなの、ジョーダン? 友だちだったことなんてあった?」テイヤはジヨーダンに友情を感じたことなどなかった。決して、友人どうしなどではなかったはずだ。彼に対してあまりにも強い想いを抱き、心の底から彼にふれられることを願ってばかりいたのだから。

ずっとジョーダンからどんな思いを感じ取っていたかは、はっきり言えなかった。自分が一度と言わず矛盾する感情に駆られていたことはわかっている。それでも、ジョーダンとの関係が友情と呼べるものだったことはないと思った。

「わたしは友情があることを願っていた」ジョーダンの声に表れた悔いるような響きに、胸をえぐられた。

もうすぐ哀れみの響きまで聞かされそうな気がする。絶対に、ジョーダンを撃ち殺すはめにはなりたくない。けれども、テイヤを哀れもうものなら、ジョーダンが心配しなければならないのは飛んでくる銃弾どころでは済まなくなるだろう。

テイヤはすばやくかぶりを振って相手に背を向け、寝室を出ていった。今夜は、こんな状況に向き合えない。そこに立って友情について話し合い、ジョーダンの顔に浮かぶ哀れみを見るなんてごめんだ。長年抱いてきた夢が無駄だったという現実と向き合うのも耐えられない。

本当に、長いあいだだった。ソレルをとらえようとしていたイアン・リチャーズに協力するため、アルバ島に赴いた夜以来。あまりにも長い時間だった。不意に、テイヤは実際よりもものすごく年を取った気がした。もう自分やジョーダンと闘えないくらい、疲れたと感じた。

「テイヤ？」ジョーダンがついてきて、寝室とこちらの部屋の境に立った。テイヤは積みあげてあるからの箱と保護用紙のそばに行った。まだ荷造りを始めていなかった棚の前だ。荷造りが終わるということは、出ていくということだ。だから、どうしても始められなかった。出ていくのがつらくて仕方なかった。

ささやかな小物はひとつひとつすべて、時間をかけて集めたものだった。ポケットドラゴンと、妖精と、思い出の品を入れるための高価な小箱。それに、写真もあった。一緒に働いた部隊の仲間たちやその妻たちの写真。なかには、隊員たちの子どもの写真も何枚かある。笑わないジョーダンの写真も。一枚だけ、テイヤの隣に立っているジョーダンの写真もあった。ふたりでカメラに顔を向け、ジョーダンはテイヤの肩に腕をまわしている。

これらが、テイヤの人生の六年間のあかしだった。

まずジョーダンとふたりで並んでいる写真を取りあげ、紙で包み、箱に入れた。

「これまで、どうしてきみをベッドに連れていかなかったと思ってる？」寝室のドアの横に立ったまま、ジョーダンが声を発した。

どうしてか、テイヤはずっとわかっていた。一度でも彼と寝たら、テイヤは部隊を去るほかなくなっていただろうからだ。

「出ていってくれない、ジョーダン？」顔も見ずに言った。見られなかった。

泣きたかった。わめき散らしてしまいたい。それでも、ジョーダンがそこに立っているうちは、泣いたりわめいたりするつもりはなかった。まるでテイヤが取り乱すのを待ち構えているみたいにジョーダンがじっと見ているうちは、そうできない。

テイヤが気づく間もなく、ジョーダンがすぐ横に来ていた。両手で腕をつかまれ、いきなり向きを変えられた。

怒っているジョーダンの顔が目の前にあった。怒りでぎらつく青い目で見おろし、悔いの残る表情を張りつめさせている。

「きみを傷つけたくなかったんだ！」

「傷つけてないわよ」ジョーダンに気おされて引きさがるつもりはない。けれど、彼のせいで泣いてしまうのも絶対にいやだった。自分のためにも、ジョーダンのためにも、そんなまねはしたくない。

こうなったのはジョーダンのせいではないのだ。ジョーダンが無理に、テイヤにこんな感情を抱かせたわけではない。それに、ジョーダンは何度テイヤを遠ざけようとしただろう？　こんなことをしてはいけないと、実際に言いはしなかったが、ほかの方法をすべて駆使して伝えてきたではないか？　無理にこうさせたのはテイヤだった。ジョーダンを挑発して、自分から失恋した。

こんなはめになったのはテイヤ自身が頑固で、愚かだったからだ。もっと賢かったはずなのに。とりあえず、もっと賢くあるべきだった。

セックスは愛じゃなかった。いまになって、ジョーダンがなにをテイヤに経験させまいとしていたかわかった。セックスをしたってジョーダンは変わらなかったし、いきなり、テイヤなしでは生きていけないなんて思ってもくれなかった。

それでも、テイヤの胸にも怒りはあった。女なら感じるはずの激しい怒りを抱かずにはいられなかった。

「テイヤ、わたしたちは友だちだからな」相当苦労して怒りを抑えている声でジョーダンが言った。「わたしの助けが必要なときはいつでも……」

「この基地に来る前からあなたの助けなんて必要としてなかったし、ここを出ていってからも必要になんてならないわ」無理やりジョーダンの手を振りほどき、部屋の反対はしまで歩いていってから振り返った。ここなら、相手の強烈な存在感も薄まるかもしれないと思った。「楽しかったわ、ジョーダン。思い出とセックスをありがとう。だけど、もう出ていってくれない？」

「くそ、テイヤ！」ジョーダンが髪をかきあげた。絹を思わせる長めの髪が顔のまわりに降り落ち、乱れて、男らしい色気をかもし出している。テイヤはまたあの髪に指をくぐらせたくてたまらなくなり、ぎゅっと手を握りしめた。

「こんなことはやめて、ジョーダン」彼から離れなければ、涙をこらえていなければいけない。「これ以上つらい思いをさせないで。わたしにも、あなたにも。早く行って」

何年も、ずっとこうやってこらえてばかりいた。感情も、夢を持つこともこらえていた。未来には血が流れる悲惨な出来事以外も待っているのではないかと願い、夢見て、生きること自体も我慢していた。

どうやらひどい間違いをしてしまっていたらしい。テイヤがここで過ごせる時間は終わった。エリート作戦部隊は活動を停止し、新しくやってくる部隊は彼女を必要としていない。新たな部隊には独自の人員がいて、専門家がそろっているのだ。白人奴隷の人身売買を行っていた男の娘など、誰も必要としていない。彼女には本物の専門技術も、家族もなく、もはやここにいられる理由などなにひとつなかった。

テイヤは専門の訓練も、本物の教育も受けたことがない。のけ者である事実ははっきりしていて、疑いようがなかった。ほかの隊員たちと違い、テイヤには、この基地を出た先に待っているおとぎ話のように幸せな未来などなかった。

テイヤを待っている家族はいない。訪ねていける友人もいない。新しい身元はあるけれど、その名前でいったいなにをすればいいか、どこへ行けばいいか、まったくわからなかった。

ジョーダンはシャツに袖を通し、ボタンを留めている。手早い、怒りのこもった動作だ。あんなようすのジョーダンの怒りを見逃すわけがなかった。まなざしはぎらつき、体には力が入っている。相手の怒りをやわらげるすべも、テイヤにはありはしなかった。

「互いに連絡が取れなくなるようにはしたくない」ジョーダンは言葉を無理やり押し出すように言った。

無理して機嫌を取られているようで、テイヤは気に入らなかった。ジョーダンは、哀れんでいる女と連絡を取り続けるなんて本当はいやで仕方ないはずだ。

テイヤは重苦しくうなずいた。「音信不通にはならないはずよ。共通の友人がいるんだし。だいたい、そっちからいつだって電話できるでしょ？」

ジョーダンから電話がかかってくるとは思えなかった。割りあてられていた衛星電話も番号もそのまま使ってよい、とジョーダンは隊員たちに許可を与えていたけれど、かけてくるとは思えない。

ジョーダンをじっと見つめ返しているとき、胸に最後に残された夢がふっと浮かびあがってきた。与えられた新しい身元で人生を打ち立てる。そして、ひょっとしたら、世界にたったひとりだけ、テイヤがつながりを持てる相手がいるかもしれない。テイヤの存在も顔も知らない、血のつながった人。その親類と、テイヤは友情を築けるかもしれない。

テイヤは、まだこんな夢のかけらを胸に抱いていた。エリート作戦部隊はとりあえず、テイヤに安全に去っていく能力を与えてくれた。

「テイヤ」また後悔をたたえたジョーダンの声を聞かされて、胸が引き裂かれそうになった。

こんなことは望んでいなかった。ジョーダンを追いつめたりするべきではなかった。夢は夢のまま、現実にしたりせずに、ここを出ていけばよかった。

ジョーダンにふれ、ふれられて、生まれて初めて自分ひとりで得たのではないオーガズムを知ってしまったために、テイヤの人生はだめになりそうだった。どんな悦びがありえたかを知ってしまったからだ。自分がなにを手に入れられずにいるか知ってしまった。そのために死ぬまで毎日苦しむだろう。

「時間がほしいの」テイヤはこわばる喉のつかえをのんで言った。ジョーダンは責任感が強すぎて、こうでも言わなければひとりにしてくれないだろう。

「時間はやれる」ジョーダンも重苦しくうなずいた。「だが、いつまでもは無理だぞ、テイヤ。いずれすぐに、この件について話し合わなければならない日が来る」

いいえ、そんな日は来ない。輸送部隊が私物を運び出しにくるころには、テイヤはとっくにここをあとにしているだろう。あといっときでも、ここにとどまってはいられない。ジョーダンを見ているのに耐えられない。夜が明けるまでにここを去らなかったら、彼にすがってしまうかもしれない。テイヤは死んでも、ジョーダンが与えられない愛を求めてすがったりしたくなかった。

「もちろん、そうね」テイヤは胸の前で腕を組んでジョーダンに背を向け、仕切られていないキッチンに移動した。「いずれ話しましょ」

話す日なんて来ない。ふたりが話すことなどなにもないのだから。

「朝になったら、ようすを見にくるからな」ジョーダンが言った。

テイヤはうなずいた。また、うそをついて。朝になっても、話はしない。顔を合わせたりしない。そのころには、テイヤはもうここにはいない。

ジョーダンが動く音はしなかったけれど、気配は感じた。近づくジョーダンを感じて身を硬くした。こんなジョーダンとのつながりも、基地をあとにしたら永遠に断ち切られてしまう。

終わったのだ。ジョーダンの心をつかむチャンスはもうない。テイヤは失敗してしまった。いままで抱いたなかでいちばん大切な夢だったのに、つかみ損ねてしまった。

ジョーダンが両手をテイヤの肩に置いた。有無を言わさない力で振り向かせ、胸に抱き寄せる。

「決してきみにふれるべきではなかったんだ、テイ」髪に優しく口づけるようにして、彼はささやいた。「大切な存在だから、こんなふうに失いたくない」

テイヤは歯を食いしばった。こらえきれなくなりそうだ。涙が喉を締めつけ、目からあふれそうになっている。一秒ごとに耐えがたい苦しさが増し、胸の奥で心がずたずたになっている感じがした。わめいて、泣いて、すがりたかった。それでも、こらえるプライドがあったことを神に感謝した。

「どちらにしろなにも変わらなかったのよ」テイヤは声を出せたことに驚きながら伝えた。こんなに苦しいのに息を吸えて驚いた。「いいから行って、ジョーダン。朝までにはすべて荷造りを済ませるから。こんなことがあったなんて、ふたりとも忘れられるわ」

テイヤは忘れはしないだろう。彼女を抱きたがっていることをジョーダンに無理やり認めさせれば、彼の心をつかむチャンスを得られると思っていたのだ。一夜かぎりの行為で終わるなんて、思いも寄らなかった。なんて子どもっぽい、ロマンティックな考えを抱いていたのだろう。おとぎ話を信じるなんてばかだと、テイヤは誰よりもよくわかっているはずだったのに。

「テイヤ」顔をしかめるジョーダンを見て、さらに心が傷ついた。

この表情がすべてを語っていた。固く結ばれた唇。冷ややかな光を放つ目。テイヤの感情や、テイヤがありもしないことを期待していた事実に対処するのは、口ではなんと言おうとジョーダンが手っ取り早く逃れたがっている義務なのだ。

部隊に加わってもよいとジョーダンが許可してくれたことに、テイヤは感謝するべきだった。テイヤは、ジョーダンの友人の命を奪い、ジョーダンの甥の心を破壊しかけるのに手を貸した敵の娘だったのだから。テイヤはソレルを殺したが、それでも、あの男の血を引いていることに、娘である事実に変わりはなかった。そんな敵とここまで近い血のつながりがある人間をジョーダンが愛せるわけがないと、テイヤはしっかりわかっているべきだった。

「朝になったら話しましょう」声が詰まった。泣く寸前になっていることが悔しくてならない。いま胸をかき乱している感情がいやでたまらない。無情で冷たい人間でありたかった。相手が誰だろうと友情を感じる心しか持ち合わせていなくても、後悔のうずき程度しか覚えないジョーダンのような人間だ。

テイヤの前でジョーダンは顔をそむけ、あごに力を入れた。それから、こわばった動きでそっけなくうなずき、ドアに向かって歩きだした。

「朝になったら必ずこの件について話し合うからな」ジョーダンはそう言い残し、ドアを開けてテイヤの部屋を出ていった。

すぐに、涙はこぼれ落ちた。

こみあげてくる激しい嗚咽に、テイヤはショックを受けた。嗚咽など押しこめておけるものだと思いこんでいた。膝が弱くなって床に倒れこみそうになりながら、締めつけられて苦しい腹部に両手をぎゅっと押しつけた。

心の痛みは銃で撃たれたときの痛みよりひどかった。

胸の心があったはずのところに、ぎざぎざの穴が口を開けている気がした。このひどい痛みを自覚して恐ろしくなった。内側から死んでいってしまいそうだ。まるで魂の一部がもぎ取られてしまったよう。

ここまでつらいものだとは思わなかった。

ここまで向き合いがたい現実が待っているとは想像もしていなかった。

寝室に戻り、ジーンズとTシャツとブーツを急いで身に着けた。レザーのジャケットは、すでにまとめてクロゼットに置いてあったダッフルバッグにかける。もっと小さいバックパックもその横にあった。

テイヤの私物をどこへ移せばいいか、輸送部隊にはすでに住所と指示を伝えてある。テイヤにはどこにも行き場がないから、荷物はしばらく倉庫に保管することになっていた。

いまのテイヤにわかっているのは、夜が明けてジョーダンと顔を合わすのは耐えられないということだけだった。ずたずたの胸の痛みは怒りに変わるに違いない。ジョーダンへの愛を憎しみに変えたくはなかった。

ふたたびジョーダンと向き合うはめになる前に、出ていけばいいだけだ。ジョーダンの顔を見たら、また彼を追いつめてしまうかもしれない。愛してほしいとすがり、どうして愛してくれないのか説明しろと迫ってしまうかもしれない。

完全に取り乱し、一生抱えていくだろう苦しみと悲しみに負けてしまう前に、去らなければいけない。

ジョーダンに愛してもらえるかもしれないと思いこむとは、なんてばかだったのだろう。テイヤを愛した人など、これまでひとりもいなかったのに。

テイヤの居室に足を踏み入れた瞬間、彼女は行ってしまったのだとジョーダンは悟った。部屋に漂う空虚さと打ち捨てられた雰囲気がまぎれもない証拠だった。この現実からジョーダンが影響を被っていることも否定できなかった。

テイヤは行ってしまった。

胸が引き裂かれるような痛みに締めつけられ、歯を食いしばり、こぶしを握りしめた。なんでもいいから殴りつけたいという激しい衝動に駆られ、自制心が脅かされそうになった。

抑える間もなく、荒々しく苦いののしりの言葉が飛び出していた。

疲れを感じてため息をつき、両手をポケットに突き入れた。わかっていても確かめずにはいられず、広い続き部屋を一室ずつ見ていった。

テイヤが持っていったものはあったとしても、ほんの少しだった。おそらく、数日分の服だけだろう。クロゼットを開けてみると、〝服〟と記された箱が積みあげられているだけだった。続き部屋のほかの場所でも、同じ光景に出会うだけだった。きちんと荷造りが済み、テープで留められた箱があるばかりだ。テイヤの人生は、引っ越しのためにやってくるトラックの容量の四分の一にも満たない量にまとめられていた。

何年もここにいたのに、テイヤには自分のものがこれしかなかったのだと知って、なぜか喉が詰まり、苦労してつかえをのみ下していた。ほかのエージェントたちと違い、テイヤには別宅も、迎えてくれる家族も、持ちものを保管しておく家もなかった。テイヤにはエリート作戦部隊しかなかった。

いまはもう、テイヤには頼れる者が誰もいない。

胸が激しい痛みに締めつけられ、抑える間もなく、険しく顔をゆがめていた。くそ、早くもテイヤに会いたくなっている。テイヤの笑い声、はにかんだ笑み、まだ純粋であると思わせる色気、彼に寄せてくれた好意が恋しくなっていた。

テイヤを抱くべきではなかった。いや、ひょっとしたら、いったん抱いたあと、何度も数かぎりなく抱いてしまえばよかったのかもしれない。テイヤが疲れ果てて逃げられなくなるまで。

ジョーダンは向きを変えて続き部屋をあとにし、車庫を目指した。テイヤはどの車に乗っていったのだろう。

自分のもっとも気に入っていた車が停まっていたはずのからの駐車スペースの前に立ち、

ジョーダンは頬をゆるめそうになった。もっと高級で性能のよい車がいくらでもあったにもかかわらず、テイヤはあの黒のバイパーに乗っていった。ジョーダンの愛車に。ジョーダンが乗り慣れ、何年も自分のものにしてきた車に。

持ち去れるジョーダンの一部はこれだけだと思って、バイパーに乗っていったのだろうか？

テイヤは彼女が思っているよりもずっと多くを持ち去っていた。ジョーダンはすでにからっぽにされた胸の痛みを感じている。魂の奥で報われなかった欲求が凝り固まり、重苦しく、容赦なくうずいていた。

だが、テイヤは生きているのだ。苦しみが深い嘆きに変わりそうだったので、ジョーダンは胸に言い聞かせた。ジョーダンの人生からはいなくなってしまったが、テイヤはこれから自分の人生を築くチャンスを手に入れた。つきまとって悩ませてくる過去から隠れることなく、堂々と生きるチャンスを。

こう言い聞かせてはみたものの、心に開いたずたずたの穴から流れ出る苦しみは止まらなかった。こんな苦しみはまったく予想していなかった。後悔するだろうとは思っていた。テイヤとまた会いたくなるだろうとはわかっていた。しかし、胸に広がっている痛みは単なる後悔などではなかった。単にテイヤにまた会いたいと願っているどころではなかった。

鼻をふくらませて激しく息を吸い、力のこもった動作で駐車場に背を向け、自室に戻った。もうテイヤを行かせたのだ。テイヤにしがみつくなどもってのほかだ。彼女に対してどんな感情を抱いているにしろ、時間がたてばいずれ消えるだろう。ジョーダンは自分に対して言い張った。テイヤはあまりにも長いあいだ彼の人生の一部でありすぎた。ジョーダンを誘惑し、近づこうとし、防壁を固めていた彼の心のなかにまでもぐりこんだ。

おかげで、テイヤを失った打撃はすさまじいものになった。

だが、ジョーダンはこれまでにも失ってきたのだ。友人を、恋人を、ともに働いた仲間を。ジョーダンの人生を貫いていた暴力が、彼らを奪い去っていった。

テイヤは生きているという事実で、ジョーダンはおのれを満足させようとした。テイヤは息をしているから、いずれ愛する人を見つけるだろう。その男とともに笑い、眠るだろう。自分の思うとおりの人生を手に入れるに違いない。テイヤには、これまで一度もそんなチャンスはなかったのだ。

ジョーダンは、テイヤがそのチャンスを得られるよう手を尽くした。

あと戻りするには手遅れだった。

1

九カ月後
テキサス州アルパイン

「彼女の居場所が明らかにされました。テイラー・ジョンソン、三十歳の身元を使用してメリーランド州ヘイガーズタウンに住み、現在は〈ランドスケープ・ドリームズ〉という会社を所有。何者かが彼女の居場所を突き止め、部隊を送りこもうとしています」

ジョーダンは家族の墓地のうしろに沈む日を見つめながら、予想もしなかった報告をするトラヴィス・〝ブラックジャック〟・ケインの声を聞いていた。

みぞおちにこぶしをたたきこまれるのに似た衝撃を覚え、報告はまだこれで終わりではないと本能で感じ取っていた。すぐにただごとではない気配を察知したらしき甥のローリーが、背後からこちらを見据えている。鋭く、警戒したまなざしで。

「誰だ？」彼女を守るために、この手で殺す必要がある人間は誰だ？

いら立ちを含んだ重いため息が電話を通して聞こえた。「ソレルの協力者だったアイラ・アルトゥールとマーク・テニソンです。ふたりは、例のアフガニスタンでの爆発でソレルの娘は死んでいない、との知らせを受け取ったようです。この知らせがどこからもたらされたものかは、まだ情報が入ってきていません。彼女が、生前ソレルの名で知られていたジョセフ・フィッツヒューの娘、テイヤ・フィッツヒューであると考えられています。情報の真偽と彼女の位置を確かめる目的で、今夜フランスから部隊が送り出されます」

「なぜ、やつらに知られた？」

「そこまでの情報は得られていません」元エージェントは答えた。「わかっているのは、知らせがアメリカから送られたものであるということだけです。彼女の死の真相や居所、またはその両方に関心を持つ者がいるとの事情に通じた関係者が存在します。おそらく、アルトゥールとテニソンも例の爆発が仕組まれたものだとする知らせの真偽を確かめることはできないでしょう。知らせの出どころを突き止めるべく調べさせていますが、調査員たちも突き止めることが可能か疑問を抱いています」

エリート作戦部隊が仕組んだ例の爆発は、父親の協力者数人によってテイヤ・フィッツヒューが殺害されたかに見せかけるため起こされたものだった。その協力者たち数人も、いまはもう生きていない。

「彼女の居場所を確認したか？」母の名が刻まれた大理石の墓のうしろに沈んでいく太陽に目を向けながら、重い口を開いて尋ねた。

「居場所に間違いありません」トラヴィスは請け合った。「自分で確認しました。彼女はヘイガーズタウンで、波風を立てず静かに暮らしています。引っ越してから間もなく、小規模な造園設計施工会社を買い取ったようです。届いた報告によれば、今夜中に部隊が出発しようと準備を進めているのです。ある〝関係者〟のために彼女がソレルの娘であるかを確かめ、とらえる目的で。詳細ははっきりしませんが、彼女に危険が迫っていることは確かです」

「なぜだ？」ジョーダンは鋭い声を出した。「ソレルは死に、やつの組織も解体された。いったいなぜ、いまになって彼女を狙おうとする？」

「これ以上の情報はまだ明らかにできていません」トラヴィスの口調にも、歯がゆさが鋭く表れていた。「二十四時間休まずこの件を調査していますが、どの情報提供者からもこれ以上の情報は入ってきていません。彼女と連絡を取ろうとはしていますが、留守番電話につながるだけで、折り返しの連絡もない。彼女の衛星電話を追跡しようとしましたが、なぜかこの電話の位置情報が得られません。彼女が使用しているほかの固定電話や携帯電話があったとしても、番号はまだ明らかになっていません。リリーとともに、じかにヘイガーズタウンへ入ったほうがいいでしょうか？」

　ジョーダンは重く感じる手で顔をぬぐった。「協力してくれる部隊はいる」きっぱりと告げた。「まず、わたしがあちらに行き、彼女と会って話をしたい。だが、赤外線探知装置《ヒートシーカー》やほかのやつらにも連絡を取れ。おまえたちは待機だ。彼女の身元が明らかになる危険があるのなら、われわれ全員が危機に立たされているということだ」

　しかし、部隊の全員の身に危険が迫る恐れがあることよりも、テイヤの身が心配だった。ジョーダンは、もはや過去を恐れる必要はないとテイヤに約束した。テイヤの正体も居場所も誰にも知られない、と言ったのだ。

「おれも同じ恐れを抱いていました」トラヴィスが答えた。「部隊の全員を召集します」

ジョーダンは電話を切り、ゆっくり振り返って甥を見つめた。何年もたつうちに、いつしか甥は屈強な男に成長していた。ローリーは、ジョーダンの父親リアダン・マローン・シニアにちなんで名づけられた。心身ともに充実し、成長しきっている。体つきも成熟し、青い目のまなざしは鋭くなり、顔つきもたくましく引きしまった。ああ、顔の再建手術を受ける前のノアに生き写しと言っていいくらいだ。

ローリーはいまやエリート作戦部隊の援護部隊とともに働いている。援護部隊に協力する陸軍レンジャーの一団に加わっているのだ。この一団の指揮官とは、ジョーダンも何度かともに働いたことがあった。

イーサン・クーパーと彼の指揮下のレンジャー隊員たちは、身体にさまざまな損傷を負ったことを理由に軍務に適さないとみなされた。しかし、彼らは極めて優れた戦闘部隊であったため、あらゆる機関にとって〝有用な人材〟としてたびたび用いられてきた。やがて、ジョーダンに引き抜かれ、彼らはエリート作戦部隊の援護部隊とともに活動するようになったのだ。

ジョーダンが反対したにもかかわらず、ローリーはいつの間にかイーサンの部隊に入りこんでいた。

ローリーはもたれていた柱を離れてまっすぐに立ち、険しく細めた青い目であたりをうかがった。それを見て、ジョーダンは微笑みそうになった。

マローン家の人間はみんなこうする。ジョーダンも、ローリーも、ノア・ブレイクも。〝じいちゃん〟が近くにいて聞き耳を立てていないか、用心しているのだ。

「じいさんは、おまえの父さんのうちにいる」ジョーダンは甥に教えてやった。

ローリーは唇のはしをさっとあげてから、すぐに真剣そのものの表情に戻った。「テイを見つけられちまったのか？」

ジョーダンはすばやくうなずいた。「いくつか情報源をあたって追跡調査をしなきゃならんが、それが済んだら彼女のところへ行く。おまえはタークに連絡を取って、至急ヘイガーズタウンで落ち合え。トラヴィスからおまえにも情報を送らせる。テイヤを見ているだけで、ほかにはなにもするな。彼女から目を離すんじゃないぞ、ローリー。万が一テイヤが連れ去られたら、部隊がヘイガーズタウンに着くまでは追跡するだけにしろ。テイヤが父親の敵の手に落ちたら、わたしが自分であちらへ行けるまで、テイヤを見失わずにいられるのはおまえだけなんだからな」

「アイアンとケーシーにも協力してもらうよ」ローリーは自分で判断して言った。「そうしたら、必要なときはふたりに背中を任せられる。おれとタークのふたりじゃ、この任務には充分じゃないかもしれない。ずっとふたりで見張っていられるようにしたいんだ。四人いれば、交代でそうできる」

なんと、ローリーはいっぱしの秘密スパイになりつつあるようだ。もはや公式には軍務に就いてすらいないと考えられている男たちの部隊の一員として。

「行け」ジョーダンは甥に力強くうなずきながらも、頭のなかでは必要な準備のチェックリストを作成し始めていた。「今夜中にわたしの到着がいつになるか電話で知らせる。おまえに数時間も遅れずに着けるだろう」そこで口をつぐみ、顔をしかめそうになった。すぐにまた口を開いたが、自分の考えをどう言葉にして伝えればいいか見当もつかなかったのだ。この件が自分にとってどれだけ大切か、ローリーに伝える言葉が見つからなかった。

ふたたび怒りをこめて口を閉じた。

「心配しなくていいよ、ジョーダン」ローリーは叔父を哀れに思ったようだ。「わかってる。テイヤはサベラと同じだろ？　彼女をなによりも優先する」

甥にサベラを大事にしろと言ったのは、サベラの最初の夫ネイサン・マローンが死亡したとの知らせが届いたときだ。ジョーダンはネイサンが生きていることを知っていたが、当時はそれをローリーに告げるわけにはいかなかった。だから、この甥にサベラをなによりも優先しろとだけ伝えた。ジョーダンも、ローリーも、ネイサンのためにサベラを守った。サベラのなかで、ネイサンの心は生き延びていたからだ。

テイヤに関して、ローリーになにかを気取られてしまっているようだが、そこを深く掘りさげるつもりはなかった。自身の心のなかで制御できそうもないありさまになっているごちゃごちゃの感情についても、決して深く考えまいとしていた。

はっきりしているのは、なにがあってもテイヤの安全を守らなければならないということだけだ。ジョーダンはまだ、おのれの感情を解明する機会を得ていなかった。この九カ月のあいだに下してきた決断の賛否を胸に問う機会も。ふたたびテイヤの笑顔を見たり、彼女と笑ったり、テイヤを怒らせたりする機会も。またテイヤと愛し合う機会もなかった。

そういった機会を彼から奪おうとする者は、誰であろうと死んでも許せない。

特に、過去にそんなまねをされるのは許せない。過去は、八年前テイヤの父親ソレルがくたばったとき同時に死んで、埋められてしまうべきだったのだ。

メリーランド州ヘイガーズタウン

首のうしろがむずがゆい。

テイヤは背に豊かに流れ落ちる健康的な赤みがかった金色の巻き毛の下に手を入れ、うなじをこすった。〈フレンドリーズ・バー〉の狭い店内をすばやく見まわし、いら立ちを覚えて唇を引き結んだ。

エリート作戦部隊を離れて九カ月たっても充分ではなかったらしい。ジョーダンの部隊に受け入れてもらうまで生活の一部だった病的なまでの警戒心が、ふたたび戻ってきていた。

テイヤが正式に自由の身になったのは九カ月前なのに、つい昨日のような気がする。

「そっちの番だぜ、テイ」酔客は体を揺らしながら不明瞭な声で言い、ポケットビリヤードの勝負にテイヤの注意を引き戻した。

「はいはい、ケーシー」ジュークボックスから流れる音楽にかき消される声でつぶやき、八番ボールを落とした。相手にちらりとからかう笑みを向け、ゲームの賭け金をすばやくいただいた。

「もう一勝負だ」ケーシーはビリヤード台をにらみつけて言い張った。ささやかな賭け金を失ったのは自分のせいではなく、台のせいだと言わんばかりだ。

「今夜はこれで終わりよ、ケーシー」テイヤはきっぱり首を横に振り、もう一度バーに視線を走らせた。「まず酔いをさましなさい」

絶対に誰かに見られている、つけられていると感じていた。もう何週間も前からだ。どこにいようと、なにをしていようと、差し迫る危険につきまとわれていると感じた。

危険など迫っているはずがないのに。生まれてからほぼずっとそうしてきたように、ここでも警戒し、注意を怠らなかった。つけてきた者を捕まえたことも、尾行者の姿を見つけたこともなかった。テイヤに不自然な関心を向ける者も、正当な理由もないのに妙な場所でうろうろしているように見える者もいなかったはずだ。

車や家のまわりに設置してあるセキュリティーシステムで、テイヤを見張っているらしき人間を感知したこともなかった。家に押し入ろうとした者も、私有地に忍びこもうとした者もいない。

それなのに、首のうしろの執拗なむずがゆさは消えなかった。生き延びるための原始的な本能がフル稼働しており、どうしても不安で落ち着かなかった。

踊っている人の誰もいない小さなダンスフロアを横切ってカウンターに戻り、ビールをもう一本注文して傷だらけの天板に数ドル置いた。

バーテンダーのカイルが冷たいボトルをカウンターに滑らせて寄こした。テイヤはボトルを握って傾けながら、また店内にすばやく視線を走らせた。

夜も遅い時間なのでバーには少ししか人がいなかった。全員が常連客で、テイヤよりもはるかに前からこのバーに通っている。テイヤが身元調査を行ったときも問題は出てこなかった。そういえば、ケーシーは別だ。この男がバーに来るようになって日が浅いが、テイヤが調べてみたところレーダーには引っかからなかった。

では、いったいなぜ首のうしろがむずがゆいのだろう？

「テイ、もっと人生を楽しんだほうがいいんじゃない？」壁際のハイテーブルの席からジャーニー・テイトが声をかけ、テイヤに笑顔を向けた。今夜バーにいる数少ない若い女性のひとりだ。「土曜の午前一時よ。もうそんなご高齢なんだから、恋人と時間を過ごしたりなんかするほうがいいと思うんだけど？」ちらりとからかう笑みを浮かべ、緑色の瞳を楽しげに輝かせている。

この年下の女性を見るたび、テイヤの胸はうずいた。彼女を雇った日もそうだった。ジャーニー・テイトはテイヤのはとこだ。テイヤはジャーニーを見守るためにヘイガーズタウンにやってきた。ジャーニーと親しくなるチャンスが得られるとは思ってもみなかった。

「ご高齢ですって？」それでも、この子に自分の正体を明かすわけにはいかない。そう考えると襲ってくる悲しみを押しこめて、テイヤは片方の眉をつりあげてみせた。「経験豊かって言うのよ、お子さま。だから、ひとり寝のよさがわかってるの」

ジャーニーは気の置けない笑い声をたて、ビールのボトルを傾けた。テイヤが会社を買い取ってすぐのころ、ジャーニーは職を求めて訪ねてきた。初めて顔を合わせたそのときより、まなざしに打ち解けた表情を浮かべるようになっていた。

「つたく、きみらのどっちかと寝るくらいなら男は自分の手で命を絶つんじゃないか？」ケーシーが酔って愉快そうな顔つきでうめいた。「おれだったら怖じ気づく」

「いいえ、ケーシー、あなたは酔っ払うだけでしょ。どうせ、目覚めたときなにも覚えてないわよ」ジャーニーはそう言ってからかい、肩までの長さのリボンのようにまっすぐな髪を払った。太陽の光を浴びた赤と金の髪だ。赤毛も金色の筋も生まれつきのもので、ふたつの髪色がひとつになって混ざり合い、テイト家の女性だけが持つ色合いを帯びている。テイヤが部隊を去るときに髪の色を濃く染めたのも、このたぐいまれな髪の色を隠すためだった。

赤毛の色を濃くし、人工的なハイライトをバスルームで加えた。

きれいな色で、日の光によって生まれたハイライトと赤みがかった金髪の自然な組み合わせに充分近い。けれども、ジャーニーの髪よりストロベリーブロンドに近かった。

テイヤは年下のはとこに向かってビールのボトルを持ちあげてみせ、少し口をとがらせているケーシーを見て笑いをこらえた。

ケーシーはテイヤと同じくらいか、おそらく数歳年上だ。魅力のある男で、とんでもなく大きな戦車みたいな体つきだが、振る舞いはむしろ優しい巨人といった感じだった。

このバーに来るようになってからまだ日が浅いケーシーは、テイヤが半年前に買い取った造園会社の隣にある材木置き場で最近働き始めたばかりだ。

フロリダからこのあたりにやってきて、数日前の晩からこのバーに顔を見せるようになった。健康上の理由で除隊になった、陸軍の元レンジャー隊員。だが、あの太くてたくましい左腕にピンやロッドが埋めこまれていると聞いても、テイヤには想像しにくかった。テイヤはケーシーを調べあげた。軍人であったがゆえに、ほかの人たちより徹底して調査を行った面もあるかもしれない。

「ひどい女たちだな」ケーシーは頬を撫でながらうめき、ジャーニーの隣のバースツールに身軽に腰かけた。「大人の男を泣かせたいだけなんだろ」チョコレート色の目をぱちくりさせ、酔った遊び人よろしく魅力たっぷりに微笑んでみせている。

テイヤはあきれて目をぐるりとまわし、ジャーニーは笑ったせいで飲んでいたビールにむせそうになった。

「それじゃ、わたしはそろそろ帰って寝るわ」テイヤはバースツールから立った。首のむずがゆさが治まらず、どうにも落ち着かなかった。

ケーシーが力強くため息をついた。「おれを見捨てて行っちまうってさ、ジャーニー。ハートが張り裂けそうだ」

「そのハートはお酒につかっちゃってるのよ、ケーシー」ジャーニーは笑い声をたてて返した。「さあ、わたしも帰る前に、ビリヤードでまんまとあなたに勝っておきたいわ」

ケーシーはうれしそうに目を見開き、ふらつきながら立ちあがった。

「受けて立つぜ」ケーシーが口元を少し傾けて笑みを浮かべるのを見てから、テイヤはふたりに背を向けた。ふたたびバーの店内に視線を走らせ、そこにいる人々の顔を見ていく。普段どおりでないなにかがないか、誰かがいないか探したが、なにも見つからなかった。

「またな、テイラー」ドアに近づいたときバーテンダーに声をかけられ、危うく立ち止まるところだった。九カ月たったいまでも、自分の新しい名前に慣れていないことを露呈しそうになった。

テイラー。まだ、この名前になじんでいなかった。この名前に親しみなどないし、自分らしいとも思えない。けれども、これはジョーダンが選んでくれた名前だったし、ジョーダンがテイヤに持たせようとしてくれた身元だった。だから、彼女はこの名前で生きていく。

「またね」手をあげて別れのあいさつを返し、裏口から出た。狭いコインランドリーを抜け、駐車場に出る。

駐車場は小さく、十台余りの車が停まるといっぱいになってしまうくらいだった。ここに自分のバイパーを停める気にはなれなかった。少しばかり酔いがまわりすぎた客が大事な愛車にぶつかるのではないか、と恐れたのだ。

バイパーはテイヤの誇りであり、喜びだった。ジョーダンが大切にしていたと思われるもので、テイヤが持っているのはこれだけだ。ジョーダンと一緒に過ごした時間を思い出せる、テイヤに残された唯一のものでもある。

ただの車。なんて悲しい話だろう。これを持っていることでいくらか心が慰められているのだから、もっと悲しい。

駆け足で通りを渡り、車を停めた人目につきにくい場所に急いだ。安全のために、大きなキーを指のあいだに挟んで握りしめている。

歩道にあがってすぐ、リモコンでバイパーのエンジンを入れた。ライトがつき、エンジンが始動する。車のうしろからまわってドアのロックを解除し、数秒もたたないうちに無事、運転席に納まっていた。

ギアを入れる前に、車に搭載してあるセキュリティー機器を作動させ、車体に危険な装置が取りつけられているという通知がないか待った。

追跡装置や爆発物。そういったものが取りつけられていれば、首のうしろのむずがゆさをもたらす本能に狂いはなかったことになる。

通知はなかった。〝異常なし〟の文字がデジタル画面で光り、車は安全だと知らせた。

ジョーダンがエリート作戦部隊に受け入れてくれるまで、テイヤはあまりにも長いあいだ陰に潜んで暮らし、いつ見つかるかと心配ばかりしてきた。いま、どうしても不安に襲われてしまうのもそのせいに違いない。自由な生きかたに、まったく慣れていないだけなのだ。

スピードをあげて駐車スペースから通りに出、昔の体験に影響を受けているだけだと自分に言い聞かせようとした。戦ったり逃げたりせず、どうやってリラックスし、人生を楽しんだらいいかわからない。自由に生きるとはどういうことか、まったくわかっていないのだ。

車で家に帰っているいまでさえ、道路にはほとんど人も車もいないのに、まだ潜んでいる影はないかと探していた。

小さな自宅にはすぐ着いた。通りを走るほかの車はなく、つけられていないのは確かだ。それなのに、あいかわらず首はむずむずし、神経は張りつめていた。

これまでだったら間違いなく、この感覚に襲われた時点ですぐに居場所を移していただろう。荷物をまとめて逃げていたはずだ。なんと、エリート作戦部隊基地の続き部屋を除いて、ひとつのところにこんなに長くいたのは初めてだった。基地には六年いた。しばらくそこで、家族や家に似たものを手に入れていた。ただ、なくなってみるまで、それがどんなにはかないものだったかに気づかなかった。

いったん部隊が解散したら、つながりなんてなくなっていた。隊員たちは、みなそれぞれの道に別れた。テイヤは与えられた安全に通話できる衛星電話も番号も持っていたけれど、電話なんて一度もかかってこなかった。みんなに忘れられてしまったのだ。

自分をあざける思いが胸をよぎった。本気でもっと大事にしてもらえるとでも思っていたの？　テイヤは、部隊の一員にひどい仕打ちをして苦しめろと命じた男の娘だ。テイヤの父親は、のちに隊員のひとりの妻となった若い女性の誘拐に手を貸した。仲間の隊員の両親を殺害した。

生きていくのを許してもらえただけでも、すごくありがたいことなのだと思えるときがあった。もちろん、テイヤがこの手で父親を殺したために、みんな、テイヤの存在を許容しやすくはなったのだろう。とはいえ、部隊の仲間として迎え入れる義理まではなかったはずだ。部隊のみんなはテイヤを守ってくれた。安心できる暮らしを与えてくれた。テイヤが部隊の一員であったあいだは。正直言って、テイヤは部隊が解散したとたんに見捨てられるとは思ってもみなかったのだ。少なくともカイラからは連絡がもらえると思っていた。ベイリーだって電話してくれるんじゃないかな、と思っていた。忘れられてしまうなんて思っていなかった。

逃げるのは論外だ。このときテイヤは思った。エリート作戦部隊に加わる前から、すでに逃げるのにはうんざりしていた。ようやくここに根をおろしたのだ。いまになるまで、その根がどれだけ深く、しっかりしたものになっていたかに気づいていなかった。危険を感じ取り、逃げるより向き合って戦おうと心を決めて、ようやく気づいた。

自宅の狭い私道に車を入れるとガレージのドアがなめらかに開き、テイヤはすみやかになかへ進んだ。うしろでドアが閉まり、セキュリティー機器の画面にふたたび〝異常なし〟の文字が光る。テイヤはサイドブレーキを引いてから、エンジンを切った。

この家へはクッキーを売るガールスカウトすら来ていなかった。近所の人たちはあまり訪ねてきたりしないけれど、会えば手を振ってくれる。たまにテイヤが庭の草を刈ったり花を切ったりしているときに、立ち話をすることもあった。一度、道のはしに住んでいる人のよさそうな若い夫婦がパーティーに招待してくれたこともあった。テイヤはそのパーティーに行かなかった。かわりに、庭のすみの人目につかない場所に隠れてパーティーのようすをのぞいた。たびたび盛りあがっては楽しげにしている無邪気な人たちを見て、おもしろいと思いながらうらやんでいた。外から見ているからそう思うだけ、とそのときは考えた。

そのときは、陰に隠れたままでいるよう自分を抑えるので精いっぱいだった。過去の教訓はあまりにも深く染みこんでしまっている。つねに隠れて、誰とも親しくならずに距離を置く。その人たちを守るために。テイヤを攻撃できなかった敵が、その人たちを攻撃するかもしれないから。

友人は作らずにいるのがいちばんだ。けれども近所の人たちはいて、テイヤはそのことをうれしく思っていた。毎日、同じ人たちと会い、変わらない暮らしを送れるのが、とても大切に思えた。

テイヤの家があるブロックは平和だ。静かで穏やかな住宅街。この家に越してきてから半年たち、魂がいくらか癒やされてきた気がした。

それなのに、こんなにも強く警戒心をかき立てられてしまうのはいったいどうしてだろう？

車からおりて静かにドアを閉め、キッチンに通じる入り口に向かった。

家に張り巡らしているセキュリティーのおかげで、ドアを開くとぼんやりと明かりが灯る。テイヤは暗い家に帰るのが嫌いだった。からっぽの家に入っていくのが。

そろそろ、猫を飼ったほうがいいかもしれない。それか、ずっとほしかった小さくてかわいい犬を飼えたらもっといい。この警戒心が病的なものなら、そのうち頭がおかしくなってしまいそうだから。

鍵をかけ、警報器をセットし直したあと向きを変え、仕切られていないキッチン、ダイニング、リビングを見渡した。テイヤが買い取った、かわいらしい平屋建ての家。なんと、家を買ってしまったのだ。テイラー・ジョンソンには、もう住宅ローンがある。逃げられるわけがない。会社も、その会社で働いてくれている人たちも、責任もあるのだから。テイヤは逃げたくなかった。地獄のような暮らしを送っていたころに戻りたくはなかった。

初めて、ちゃんとした暮らしを送りたかった。

どんな家を買うか、どこに住むか決めるまでにしばらくかかった。しかし、囲われたすてきなテラスのある、このこぢんまりとした家をひと目見た瞬間、恋に落ちていた。

ヘイガーズタウンにやってきたのは、ジャーニーがいるからだった。ジャーニーが大学に通うためにイングランドからメリーランド州に来たときからずっと、テイヤは年下のはとこを見守っていた。息子や娘を結婚させる前にアメリカの一流大学でさらに教育を受けさせるのは、テイト家の伝統だった。

テイヤはじっと楽しみに待っていた。ジャーニーがアメリカにやってくるのを。エリート作戦部隊が解散になる直前に、ジャーニーはイングランドからヘイガーズタウンに到着した。家族が用意したアパートメントに移り住み、ほかのテイト家の娘たちと違ってすぐにアルバイトを探し始めた。テイヤが買い取った会社のオープニングスタッフに応募してきたとき、仕事をするのは初めてだ、とジャーニーは言っていた。

ジャーニーは家族だ。テイヤがこれまで一度も手にしたことがなかったもの。とはいえ、ジャーニーと親しくなれるとすら思っていなかった。思い切ってジャーニーに会いにいこうとも考えなかった。会いにきたのはジャーニーのほうだった。テイヤが小さな造園会社を買い取った週に、職員募集に応募してきたのだ。テイヤは我慢しきれずジャーニーを雇った。我慢しきれずジャーニーとの交流を深め、友だちになり、この友情のせいで相手に危険が及びはしないかと毎日のように心配した。ジャーニーが非常に優れたデザイナーであることも認めなくてはいけない。テイヤはしばしばジャーニーと共同で造園の設計を考えてから、費用の計画を立て、施工の管理をしていた。

ふたりはすばらしいチームになっていた。ジャーニーが働いていることを家族に知られて、彼女の才能や友情を失ってしまったら耐えられない。

テイヤは疲れを覚えてため息をついた。ここへ引き寄せられた理由は、ジャーニーだけではなかった。エリート作戦部隊の元エージェントのひとりとその妻も、この町に住んでいる。ほかのエージェントたちも近くのワシントンDCをよく訪れていた。だから、誰かが連絡をしてきてくれるのではないかとテイヤは期待していた。けれども、誰からも電話はなかった。あちらからかかってきたことは一度もないのに、こちらから電話をかけるのは、プライドが邪魔してどうしてもできなかった。

重いため息をつき、キッチンの陶製タイルの床を歩いて、艶のある硬材でしつらえられた仕切りのないリビングとダイニングへ向かった。暖かみのある色調の室内にいると、いつもほっとした。今夜のように、生まれてからほぼずっとつきまとってきた恐怖から一生逃れられないのではないかと思えてくる夜でさえ、そうだった。

ぬくもりのある秋の色をしたカウチ、ソファ、リクライニングチェアは、それらの上にあるクッションや薄い掛け布の自然で落ち着いた色合いと完璧に調和している。床には何枚もの色彩豊かな敷物が配置され、鮮やかな色のカーテンはのぞき見を防ぐためきっちり閉じられていた。ここはテイヤの家だ。ここを失ったら、死ぬほどつらいだろう。

今夜はくつろいでテレビを見たり、もう一本ビールを飲んだりはしなかった。コンピューターを起動してメールをチェックしたりもしない。電話にちらりと目をやったが、留守番電話のメッセージも、出られなかった着信の記録も残っていなかった。

ああ、なんて惨めな暮らしを送っているのだろう。半年ここに住んでいるのに、たくさんの友だちも、恋人もできていない。しかも、本能はここから逃げろといっせいに叫んでいるのに、別のもっと無視できない魂の部分は、どうしてもとどまって戦わなければならないと主張していた。なにと戦えばいいのかわかってさえいればよかったのだが。

寝室に向かいながら、レザーパンツの上に着ている白いシルクの袖なしブラウスのボタンをはずし始めた。シャワーを浴びようと考えて、ほとんどパニック発作のような激しい動悸を無視しようとした。迫ってくるパニックに襲われ、息もできなくなりそうになる。毎夜のようにこんな発作に見舞われ、神経がすり減り始めていた。

本能の発する警告に従って気をつけておくべきだった。

寝室に入った瞬間いきなり明かりが消え、暗闇でなにも見えなくなったテイヤのうしろでドアがバタンと閉められた。

数秒だ。逃げるか、部屋の奥にある武器を取るのに数秒しかない。

すばやく屈んで転がったテイヤの肩を、ごつい指先がかすめた。押さえこもうとしたのだ。襲撃者がいるほうへ足を蹴り出し、ドスンという胸のすく感触があった。が、人が倒れた音も、痛みにうめく声もしない。ちくしょう。

部屋を転がってカウチのそばまで移動し、真っ暗な室内に懸命に目を凝らして、動く影や武器に反射する光が見えないかと探した。武器を隠してあるサイドテーブルはまだ遠い。

パニックにかわって冷静な決断力に支配されていた。恐れはない。もう何年も前に、本物の恐怖は感じなくなっていた。エリート作戦部隊に加わる何年も前。自分の兄と父親の胸に銃弾を撃ちこむ前からだ。ずっと、自分には本当になにかを感じる力がなくなっているのではないかという気がしていたから、今回はそのことを確認したにすぎなかった。

それにしても、この状況は不利だった。テイヤは白い服を着ていて、同じ部屋にいる何者かはどうやら黒い服に身を包んでいる。目に見えない敵と戦うのは困難だ。前向きに考えられる唯一の要素は、相手には明らかにテイヤを殺す意図がない点だった。侵入者がテイヤの命を奪うつもりだったなら、いまごろテイヤは銃で撃たれて血を流していたはずだ。

相手が動いたのか、影がかすかに揺れた気がした。もてあそばれるのは頭にくる。部屋にいる何者かは、あからさまにこのゲームを楽しんでいた。

テイヤはじりじりとサイドテーブルに近づき、その下に隠してある武器を取ろうとした。たたんで置いてあるタオルに指がふれた。あと数センチ先に銃がある。そのとき、影がこちらに向かってすばやく動いた。警告なしの、音もたてない瞬時の攻撃だ。

テイヤは分厚い絨毯を力強く蹴り、襲ってくる相手を避けようとした。かわしたと思ったせつな、たくましい指に足首をつかまれた。体をひねり、足をばたつかせて手を振りほどき、横に転がったが、すぐに硬くて重い男の体にのしかかられた。床に押しつけられてほとんど動けなくなる。それでも、逃れようともがいて戦った。

指をかぎづめのように曲げて相手の顔をかきむしろうとしたが、両方の手首はつかまれて頭上に引きあげられ、両脚は筋肉に覆われたびくともしない腿に押さえこまれた。不意に、なじみ深いなにかを感じた。音かにおいか気配で、予感がした。

「白い服を着てるとはな、ベイビー。そんなまねはするなと教えなかったか？」

ジョーダン。

テイヤは凍りついた。一瞬、心臓が止まった気がして、すぐにまた激しく打ちだし、アドレナリンとエロティックな興奮がどっとわきあがった。生き延びるための冷たく固い決意が変化した。興奮が全身を駆け巡り、目がくらむほどの熱を発して肌を敏感にさせ、体じゅうで燃えて、九カ月前からテイヤを包みこんでいた冷気を追い払った。すっかり凍りついていた体がいきなり常温に戻されて生気を注ぎこまれたみたいに、テイヤはふたたび感じるようになった。あっという間に、感じすぎるようになった。熱すぎる。肌は敏感すぎる。この男を求める想いも強くなりすぎて、圧倒された。

手首をつかむジョーダンの指に力がこもると同時に、テイヤはいきなり組み敷かれたまま暴れだした。生き延びたいという本能が突然、理解できないものに変化していた。欲求、渇望、怒りがこみあげてきて怖くなった。

「どいて！」不意に荒れ狂いだしたのは怒りなのか欲情なのかわからず、鋭い声を発した。「いったいここでなにをしてるの？」

怒りに駆られた言葉を、ジョーダンの唇が封じこめた。顔を傾けて口づけたジョーダンに怒りを奪われ、かわってすぐに欲望があふれ出した。テイヤはされるがままにキスを受け、もっと求めることしかできなくなっていた。

はっと目を見開いたあと、まぶたはしだいにおりていった。官能に浸って全身の力が徐々に抜けていき、血流に乗って熱がはじけ、めくるめく感覚が走った。舌と舌が出会い、こすれ合い、競って悦びのダンスを始めると、テイヤはすっかり快感に包まれてとりこになってしまった。

気づけば、ジョーダンの味と感触を必死に求めていた。ひとりぼっちであてもなく漂い、なにをしたらいいかも、どう感じたらいいかもわからなくなっていた九カ月の埋め合わせをしようと一心に求めた。九カ月、ジョーダンの存在をよりどころにすることも、せめてジョーダンの姿を見て一日を乗りきることもできなくなっていた。ジョーダンに会いたくて仕方がなかった。哀れっぽいくらい切ない想いに駆られ、ジョーダンに近づこうと必死で、常識など押しのけられてしまった。

ジョーダンがテイヤの手首をつかまえていた手のいっぽうを離し、彼女の頬を包みこんで独占欲もあらわに舌で舌を愛撫した。重ねられた唇を通して、声にならない声の響きを伝えてくる。テイヤは死にもの狂いで彼を欲していた。いままわりで世界が爆発してはじけ飛んでも、大事なのはこのキスだけだ。

テイヤはジョーダンに向かって背をそらし、脚を広げ、腰を浮かせたジョーダンの太腿を挟みこんだ。彼のこわばりが、敏感な両脚のつけ根に押しあてられた。彼女のレザーパンツ越しに花芯を押し、動いて熱情をかき立てる。

九カ月間、眠れぬ夜を過ごし、幻想に苦しめられてきた。ときおり、魂にまで焼きつけられてしまったのではと思える愛撫の記憶によって、心が折れてしまいそうなほどだった。そして訪れたこの輝かしいひととき、命がふたたび体に注ぎこまれているかに感じていた。熱がまとわりつき、すばらしいぬくもりが体の奥で花開き、どっと伝わってふくらんだクリトリスを包むように刺激した。

生存本能から欲情への瞬時の移り変わりに翻弄されていた。生存本能がいきなり消え、欲情が次から次へとすさまじい勢いで押し寄せた。テイヤは噴きあがる興奮に真っ逆さまに投げこまれ、完全に浸りきってしまった。

ジョーダンにふれられることを夢見ていた。ジョーダンの名を叫んで目覚めた夜が何度もあった。ああ、いまようやくその夢が実現した。あと一度だけでもいい。覆いかぶさっているジョーダンの体は硬く引きしまり、強い欲求を発散している。両脚のつけ根に腰を押しつけてくる彼のズボンの向こうで、興奮のあかしは太いくさびのようにいきり立っている。

硬くなったジョーダン自身に敏感になった神経の蕾を愛撫されて、欲求がいっそう激しさを増した。舌を彼の舌にこすりつけ、離すまいと相手の髪を握った手に力をこめて、どうか夢ではありませんようにと祈った。この興奮が去ってしまうときのため、すべての感覚を記憶に、全身の細胞ひとつひとつに刻みこんでおきたかった。ほんのささいな細かいところまで、かすめるような愛撫さえ、覚えておきたかった。寒い夜がやってきても、ぬくもりを思い出せるように。

ジョーダンはずっととどまっていてはくれないだろう。テイヤにもそれはわかっていた。でも、理由はなんであれ、ジョーダンはいまここにいる。テイヤを抱き、愛撫し、キスをしている。テイヤを幾晩も悩ませ続けたのと同じ、抑えがたい欲望をあふれ出させている。

ブラウスの前が乱暴に開かれてボタンがはずれ、パンツから裾が引き出された。テイヤも相手のシャツを引っ張り、鍛えあげられた腹筋をあらわにする。硬く熱い手のひらが下腹部にふれ、すっとあがってブラジャーのフロントホックに達すると、テイヤは心を乱され、相手のシャツをめくってあらわにした肌を探検するどころではなくなってしまった。

ホックが簡単にはずれて薄手のブラジャーがはらりと落ち、ふくらんだ乳房を覆うものはなにもなくなった。テイヤがそっと目を開くと、ジョーダンがキスをやめて静かに顔を引いていた。荒く悩ましげな息遣いが響く暗い部屋で、ふたりの目が合った。ジョーダンは唇を開いて顔をおろし、愛撫を求めているふくらんだ乳房のとがった先端を口に含んだ。

玉になった乳首を口のなかに吸いこまれて、電気が走ったように感じた。熱い快感に子宮とぴんと立った花芯を襲われ、無意識に腰を上に向かって小刻みに揺らしていた。両脚のつけ根のやわらかい場所を、ズボンの下からくっきりと浮き出ているこわばりにいっそう強く押しつける。歓喜があふれて全身を駆け巡り、テイヤの打ち立てていた防壁などありもしなかったかのように押し流されていた。ジョーダンから身を守ることなどできるはずがない。ジョーダンにキスされ、ふれられ――彼のものだと主張されたら、燃えあがっている、決して断てない悦びを受け入れるしかなかった。

胸の頂に吸いつかれて、そこがひどく熱くなった。ジョーダンは指で乳房をもんでふくらませながら、濡れた炎に似た熱い舌をあてている。口の奥まで力強く引きこまれるたび、電気に似た刺激が両脚のあいだの奥へまっすぐ突き抜けた。

ジョーダンの唇に吸いつかれ、大きな体で組み敷かれて支配されている感覚はこたえられなかった。この九カ月のあいだで初めて、テイヤは生きていると感じた。温かく、安全だ。日々かろうじて動き続けていたロボットではなく、もう一度、女になっていた。

「ジョーダン」弓なりにした体を近づけ、欲情に満ちた声でささやきかけた。「ねえ、お願い。もっと強く。もっと強くして」もっと強い感覚を求めずにはいられなかった。以前ジョーダンが与えてくれた激しく燃える悦びと刺激の合わさった感覚を求めてやまなかった。

ジョーダンは求めに応えるかわりに乳房の先に心のこもったキスをしたのち、顔をあげた。真っ暗な部屋のなかで、青い目の輝きがかすかに見える。

「やめないで」テイヤは懇願し、なじった。「ひどいわ、ジョーダン、じらさないでよ」

「魔女め」ジョーダンはうなった。欲情がこもり、深みを帯びた声。それからすぐ、テイヤは乳房のわきにこすれる伸びかけのひげを感じた。

首をそらし、ジョーダンに身を寄せて、熱く止めどなく燃えあがる欲求に浸って目を閉じた。ジョーダンにふれたい。彼の感触を堪能したい。やわらかい体を張りつめた体で撫でられる感触を味わいたい。ずっしりと熱を帯びたもので体の奥まで満たされたい。

ジョーダンと過ごした一夜だけの記憶がどうしても頭を離れず、悩まされていた。もう一夜ほしい。あと一夜だけ、と胸に言い聞かせた。思い出をあとひとつだけ。それを手に入れたらきっと、ジョーダンがいなくてもなんとか生きていけるだろう。

背をそらし、両手をジョーダンの背から肩へと滑らせた。手をさげていき、腰にしがみつこうとする。ところが、片方の手にあたったのはジョーダンの武器だった。

テイヤは凍りついた。ジョーダンの低い声の悪態が頭に響き、同時に悟った。ジョーダンはこんなことをするためにここに来たのではなかったのだ。

ジョーダンは任務のときしか武器を身に着けない。ジョーダンにとって武器は個人のアクセサリーではないので、見てくれのために武装したりしない。武器は人を守るためだけのものだ。

ジョーダンも乳房の丸みに唇を押しつけたまま凍りついていた。やがて、彼はゆっくりと顔をあげた。暗闇を通して光を放つ目でテイヤを見おろしている。テイヤは疲れとともにあきらめを感じながら、彼を見つめ返した。ジョーダンがテイヤのためにここに来たりするわけがないとわかっているべきだった。

それから急に、腹の底から生まれるあの恐ろしいパニックを感じた。逃げ、隠れ、名前も顔も居場所も変えなければならないとあせり、いても立ってもいられなくなる。あの本能が発していた警告、危険が迫っているという恐怖を呼び覚ます予感は、単なる気にしすぎなどではなかったのだ。

「どうしてここにいるの?」小声で訊いた。自分でもわかる声の震えがいやでたまらなかった。「わたしに会いにきたんじゃないっていうのは、お互い了解済みよね」

ジョーダンが体を返してそばを離れたので、テイヤは武器から手を離した。彼はテイヤの横の床に腰をおろし、疲れと後悔を含んだため息をついた。

「きみのために来たんだ」ジョーダンはテイヤの言葉を否定した。

「だけど、さっきまで床の上で楽しんでたささやかなデートをするために来たんじゃないんでしょ?」テイヤは声に刺々しい怒りと皮肉をこめた。

「ああ」ジョーダンはようやく認めた。「そのためにここへ来たんじゃない」

ジョーダンはテイヤの手を取り、引き起こした。「姿勢を低くしていろ」立とうとしたテイヤに命じる。「バッグに荷物をまとめるんだ。それが済んだら出発するぞ」

ジョーダンからはテイヤの表情も目も見えなかったが、見る必要はなかった。テイヤの緊張がまわりの空気を張りつめさせるのを、ひしひしと感じた。彼女の顔が見えなくて本当によかったと思った。決して向き合うわけにはいかない感情が相手の顔に浮かんでいるというのを、いや応なく感じ取ってしまうときがある。

テイヤのまなざしに恐怖がよぎり、表情が変化するのを見てしまったら、胸が締めつけられるなじみの感覚に襲われるに違いない。どう対応したらいいかも、どこから生じるのかもわからない、あの後悔の念に襲われる。テイヤはすでに胸が痛むほどひどく傷つけられてきた。彼女の心の痛みや恐怖をさらに増やすなど、恐ろしい罪に思えた。

ジョーダンは見なくても感じられた。テイヤの顔に心の痛みと恐怖が浮かんでいるのを。

「どうしてバッグなんているの？」傷つきやすさと不安に満ちた声。これまでテイヤのこんな声を聞いたことはなかった。エリート作戦部隊を離れ、普通の人間として暮らしたことで、テイヤはまるでか弱くなったようだった。

生きるために闘えないほど弱くなってはいませんように、とジョーダンは願った。

「ここを出ていくためだ」冷静に告げた。「きみを移動させるときが来たんだ、テイヤ」

「いやよ！」

ほんのいっとき、ジョーダンはショックを受けたと認めざるをえなかった。くそ、思い出せないくらい昔から、女にここまで驚かされたことはなかったはずだ。それどころか、誰からもここまで驚かされたことはなかった。つまり、こんな展開は彼の計画に含まれていなかったのだ。

ジョーダンはつねに、すべての不測の事態に対応できる計画を立てていた。それなのに、このときは気づけば途方に暮れていた。

あまりにも面食らい、一瞬なにも考えられなくなった。

だからこそ不意を突かれて、テイヤに勢いよく立たれてしまった。ジョーダンが止める間もなく、ベッドのわきのテーブルに置かれている小さな明かりのスイッチを入れている。姿勢を低くして明かりをつけるなと命令したのに、これだ。

テイヤの腰から上は裸で、胸は薄紅色に染まってふくらみ、乳首はつんととがって甘いキャンディを思わせるピンク色になっていた。あまりにも甘そうで、ジョーダンはもう一度そこを味わいたくてたまらなくなった。くそ、テイヤは安全のために必要な彼の理性をことごとく狂わせ、股間のものを痛いほど硬くそそり立たせる。

それでも、またテイヤを床に押し倒そうとはせず、ジョーダンも立ちあがった。テイヤはドレッサーから黒いTシャツを引っ張り出し、頭からかぶって着ている。

ほっそりとした華奢な体つきで、はかなげだ。濃淡のあるストロベリーブロンドの巻き毛を背に垂らし、特別な緑の目を大きく見開いてこちらをにらんでいる姿は、ビスクドールさながらに繊細に見えた。黒いTシャツ、黒いレザーパンツ、十センチヒールの黒いレザーブーツは似合っているが、危険な存在に見られたいのなら、そのもくろみはうまくいっていなかった。彼女は強烈にセクシーなダイナマイトだ。いまにも爆発しそうな、あるいはいまにも激しいセックスに突入しそうな官能の女神だ。彼女が危険をもたらすとしたら、男の性欲と心の平穏に対してのみだ。

ジョーダンは髪をかきあげ、テイヤが音をあげるまで抱いてしまうという計画を懸命に頭のなかで却下しようとし、目の前の問題に集中しようと努めた。テイヤが生きていることも、どこで暮らしているかも知っている人物を突き止めるまで、テイヤの身の安全を確保しなければならない。

「何者かがきみを見張っている恐れがあるんだ、テイ。だから明かりをつけてほしくなかった」ジョーダンは告げた。「ここ一週間近く、きみは尾行されていた。やつらは可能なかぎりすみやかにきみをとらえろと命令を受けている」

ジョーダンがじっと見つめる前でテイヤはすばやく顔をそむけ、疲れとあきらめが漂う表情でふっと目を閉じた。

「見張られてる気はしてた。つけられてる感じも」テイヤがこの事実をすんなり受け入れているかのような声を出したので、ジョーダンはまたもやショックを受けた。なんてことだ、今夜テイヤは次々と記録を塗り替えている。

まさか、身元が暴かれる危険があるとわかっていながら、ジョーダンに知らせもせずのほほんと暮らしていたわけではないだろうな？　そう考えただけで愕然とし、怒りで全身がこわばった。

「見張られていると気づいていたのに、まだここにいたのか？」焼けつくような怒りがじわじわと大きくなりだした。見張られているというのはもはや推測ではない。テイヤの言葉で証明された事実だ。「わたしに連絡もしなかったし、隠れ家に向かいもしなかった。なぜだ？」

ジョーダンは、どんな場合も不慮の事態に備えておくことが大事だと考えており、国のいたるところに六つの隠れ家を用意していた。どの家にも武器を隠し、現金や車も置いてある。部隊の仲間と連絡を取ることが可能になるまで、当座の新しい身元をそこで作ることもできる。

それなのに、テイヤはそれらを活用しなかったのか？　そもそも、あのひどく男を誘う尻を守るためになにかしたのか？

テイヤがわざとらしく驚いた顔で目を見開いてみせた。その表情を見て、ジョーダンは欲望をそそる尻を引っぱたきたくて仕方なくなった。「なぜだか知りたいの、ジョーダン？なぜなら、もう逃げるつもりはないからよ。あなたに連絡したり、隠れ家に向かったりしてたら、残る一生をずっと逃げ続けるはめになってた。逃げるのはうんざりなの」この最後の言葉には途方もなく疲れ果てた響きがあり、ジョーダンは喉を詰まらせた。テイヤは首を左右に振り、はたから見て胸が痛むほど守ってやりたいと思わせるしぐさで、顔をこすった。

「とにかく逃げるのに疲れたの、ジョーダン。終わりにしたい。どうなっても」

テイヤを抱き寄せ、慰めたいと痛切に感じ、両腕がうずいている気がした。こんな状況にいったいどう対処したらいい？　感情を抑えておくのが突如としていままでになく難しくなっているのに、どうやってテイヤの身の安全を確保したらいいのか？

テイヤめ。テイヤのせいでジョーダンはあらゆる感情を抱いてしまっている。懸命に防壁が損なわれないよう努力しているにもかかわらず、感情をあふれ出させてしまっている。男か女かに関係なく、テイヤはジョーダンの魂にふれた唯一の人間だ。

「荷物をまとめろ」いまテイヤと言い争うつもりはなかった。ジョーダンにとって、テイヤの命は失うわけにはいかないものだ。残りの問題の解決はあとまわしにしなければならない。「きみがなにをする、しないはあとで話し合おう。どこか安全な場所にきみを隠してからだ。とにかく、ここを出るんだ、テイヤ。おとなしく歩いて出ていくか、縛られて肩に担がれていくか。いますぐ決めろ」

2

「どこか安全な場所に隠す？　そんなに大切にしてもらえて、なんて光栄なのかしら」テイヤはそう言ってジョーダンから顔をそむけた。声からは途方に暮れたような寂しさが伝わってきて、ジョーダンは彼女を抱き寄せたくてたまらなくなり、両手を握りしめた。

一瞬、テイヤの優美な顔に内心の悲しみがあふれ、ジョーダンはどうしてやったらいいのかわからなくなった。しかし、その表情は表れたときと同じくまたたく間に消え失せ、テイヤは真正面からジョーダンを見据えた。女らしい決意に満ちた顔つきになっていた。

「だったら、わたしの口もふさいだほうがいいわよ、ジョーダン。わたしは、どこにも隠されるつもりなんてないから」

くそ、こんなふうに頑固に意地を張られるとは思ってもみなかった。テイヤが強情になるときがあるとは知っていたが、ジョーダンに対して頑固な振る舞いに出るとは思わなかった。

「誰に見張られているかわかっているのか？」もしやテイヤはうすうす感づいていて、相手が誰だろうと逃げなくてよいと考えているのだろうか。それとも、うすうす感づいていて、相手がわかっているからこそ、ここまでかたくなになっているのだろうか。

テイヤの口元に力が入り、深い緑の瞳に影が差した。「ソレルの協力者か、旧敵のどちらかでしょう」この答えに、ジョーダンはまたしても驚かされた。「おかしいわよね？　あいつはとっくに死んでるのに、まだ影につきまとわれるなんて」

「われわれはこんな事態が起こるとは思っていなかったが、備えはしてきただろう」テイヤのまなざしに表れ始めている暗い苦悩を見ているのに耐えきれず、堅苦しい口調で告げた。「死亡」したと見せかけるための工作も、こんな事態が起こらないようにするためだった。ソレルの敵が何年ものあいだ断続的に行ってきた調査も、きみが死んだと見せかければ終わるだろうと願っていた。だが、なぜか何者かが事実を突き止め、ソレルの協力者だったアイラ・アルトゥールに、きみの死は仕立てあげられたものだったと伝えた。何者かがきみの居所を探り出し、きみの正体がテイヤ・フィッツヒューであると証明しようとしている。そんなことになったらどんな危険な状況に陥るかわかるだろう」

テイヤがテキサスを去る前に、ジョーダンは打てるかぎりの手を残らず打ったはずだ。それなのに、どのようにしてテイヤが死んでいないことが突き止められてしまったのか、理解できなかった。

テイヤはジョーダンを見つめ返していた。静かで、落ち着いた表情をしている。テイヤと知り合ってから初めて、ジョーダンは彼女の感情も考えも読めなかった。

「なら、わたしの正体が突き止められたかどうかはさだかではないのね？」用心深い口調だった。

ジョーダンは信じられんという気持ちをこめて相手を見据え、断固として首を横に振った。

「テイヤ、わたしにはとんでもなく確かな危険だとしか思えん、ベイビー」

「何者かが、わたしの正体を証明しようとしているって、あなたが自分で言ったんじゃない」テイヤの目には、はかない希望の光があった。その光をジョーダンが消さなければならない。こう考えると、胸の片すみではどうしてもテイヤに希望を持たせたままにしてやりたいと思ってしまい、力をこめて両手を握りしめた。

「そいつらがいったんきみをとらえたら、ソレルの娘であると証明するのに大して時間はかからないだろう?」テイヤが彼女を狙う者の手に落ちると考えるだに恐ろしく、言葉を無理やり押し出さなくてはならなかった。

「わたしを捜している者が誰かも、その目的も、確かにはわかっていないのね?」テイヤはさらに訊いた。手を口にあて、考えながら親指のつめをかじっている。

「伝わってきた情報だけで充分だ」ジョーダンは張りつめた口調で言い募った。「きみも自分で認めただろう、テイヤ。ずっと見張られていると気づいていたんだろう」

「確実にそうだとは思っていないわ」テイヤは手をおろし、今度は下唇をかんだ。「セキュリティーシステムで感知した異常なんてなにもなかったもの。つけたり、見張ったりしてる人間を実際にこの目で見たわけでもない。首のうしろがむずがゆくて、いらいらしただけよ」口ぶりにもいら立ちが表れていた。「ただの気にしすぎで、そこに偶然も重なっただけかもしれないわ。元スパイが陥りがちな精神状態ってあるでしょ、ジョーダン。なんにもないのに、何者かが潜んでるって思ってしまうの」

「きみが気配を感じただけで充分だ、テイヤ」テイヤの本能は生き延びるために非常に鋭く研ぎ澄まされている。ジョーダンなら、決してそれを無視したりしない。「わたしは偶然など信じない。だいたい、きみの本能がとんでもなく優秀なことは、お互い承知しているはずだ。それに、忘れてるぞ、スイートハート。わたしは今夜この家に気づかれずに忍びこんだんだ」

「だけど、あなたはここのセキュリティーシステムをよく知ってる」テイヤは手を振って彼の意見を退けた。「わたしは逃げまわる暮らしが長すぎて、気にしすぎになっちゃっただけよ」彼女はぶるっと頭を一振りした。「なにか飲まなきゃ」

ジョーダンはテイヤの前に立ちふさがった。「絶対確実なシステムなどないんだ、テイヤ。いくらきみでも、そんなものは作れない」

「情報だって絶対確実ではないわ」テイヤは言い返した。「さあ、通して、ほんとに飲まずにはいられない」

天気のようなささいな話題を中断するくらいの無頓着な態度で寝室を出ていくテイヤを、ジョーダンはかっとなっていらつきながらも追うしかなかった。

「くそ、テイヤ、ここを出なければならないんだ。部隊の連中を集めて、セントラルイリノイ地域空港で私用機を待たせてある。それで基地へ行け。キリアン・リースを説得して、新しい作戦部隊にきみも加われるようにしたから――」

「なに言ってるの、やめて」拒絶の言葉を強調するかのように頭を振り、テイヤは離れていった。「基地に戻る気はないわ。死んでもキリアン・リースの下では働かない」

テイヤめ。

ジョーダンは歯を食いしばり、テイヤを追ってリビングルームに入った。テイヤは部屋の向こうはしにある小さなバーまで歩いていった。

チーク材のバーカウンターの横にはフレンチドアがあり、外にある人目につかない広めのテラスに通じている。

テイヤが注いでいるのは、間違いなく好みのウイスキーだ。彼女は注ぎ終えたグラスを木のカウンターにどんと置くと、別のグラスにも酒を注ぎ始めた。おそらく、ジョーダンのためだろう。彼も飲まずにはいられなくなりそうだった。

「どうやってキリアン・リースを説得して、わたしを引き受けてもいいなんて言わせたの?」テイヤはいら立ちのこもった目でジョーダンをにらんだ。「だいたい、なんでそんなことするの?　あの人はソレルとわたしをひとくくりに考えてるのよ。奥さんを殺されたからソレルを憎んでて、わたしのことも同じくらい憎んでる」

いっとき、ジョーダンもキリアンがソレルを憎む理由を思い出した。キリアンが決してテイヤを信用しようとしない理由だ。倉庫から逃げ出し、雨のなかを駆けるキリアンの妻。金色の髪をうしろにたなびかせ、腕には小さな子どもを抱えていた。ソレルが誘拐し、白人奴隷市場で売ろうとしていた少女だ。

雨が降りしきるなか、銃声が響いた。ジョーダンは激しい怒りと、現実を否定しようとする思いに駆られながら、キャサリン・ライアンが目を大きく見開き、倒れるのを見つめていた。ジョーダンたちの目の前で血を流して事切れる間際にも、キャサリンの頭には腕に抱えている少女と、腹に宿している子どもを守ることしかなかった。

キャサリンの命を奪ったのはソレルだった。しかし、援護もなく倉庫に入ると決めたのはキャサリンであり、なにがあってもキャサリンを守るという責任を果たせなかったのはジョーダンだった。その件でテイヤが責められるいわれがあるわけがない。キリアンも、この事実を完全に認めていた。

「キリアンはきみを責めたりしていない、テイヤ。現状について、彼もわたしと同じくらい心配しているんだ。きみは基地に戻れ」いら立ちが勢い余って怒りに変わってしまいそうで、食いしばった歯のあいだから言葉を押し出さなければならなかった。

「わたしは基地に戻ったりしないわ、ジョーダン」テイヤはまたさっと頭を振り、顔をしかめもせずウイスキーを飲み干した。「どんな終わりかただろうと、こんな状況はここで終わりにする。そもそも、本当に見張られてるんだったらね。確かなことがわかるまで、わたしはどこにも行かない」疲れが彼女の顔をよぎった。「逃げるのはうんざりだもの」

テイヤの命が奪われて終わりになるかもしれない。ジョーダンはしばらくテイヤの顔を見つめたまま、彼女にどう対処したらよいかわからず、途方に暮れてしまった。

「わたしが狙われてるってどうしてわかったの?」とうとう、テイヤが訊いた。「誰かに見られてる気がし始めたのは何週間か前からよ。見てたのはあなただったの、それともほかの人? ソレルの協力者や敵だったら、とっくに手を出してきているはずじゃない」

何者かがテイヤにつきまとっていると考えるなり、全身の血が凍る心地がした。だが、テイヤの言うとおりだ。テイヤの居場所も身元もすでに割れているのなら、彼女を狙う者たちがいましているようにうろうろと見ているだけというのはおかしい。「きみを見ていたのは、わたしが送りこんだ者ではない」ちくしょう、テイヤの居場所をかぎつけられる前に、ジョンのもとに情報が入っていればよかったのだ。「ジョンの情報提供者のひとりが接触して知らせてきたんだ。テイヤ・タラモーシはまだ生きているとのうわさが流れており、居場所も特定されたと確信している人々もいるとな。この情報提供者自身、きみの居場所も、新しい身元も知っていた」

ソレルの協力者、あるいは敵の手にテイヤが落ちると考えたとたん襲ってきた混じり気のない恐怖を、いまでも忘れられなかった。

「わたしはここにいる」テイヤが芝居がかったしぐさで両腕を広げてみせ、すぐにだらりと垂らした。「警告は受け取ったから、もう帰ってくれていいわよ」

ジョーダンはテイヤの言いぐさのばかばかしさに笑ってしまうところだった。「わたしがきみをここにひとり残して帰ると本気で思っているのか?」

こんな状況に単独で立ち向かうことをジョーダンが許すかもしれないなどという考えをテイヤが抱いてしまうとは、いったいどういうわけだろう? ジョーダンも、テイヤの仲間だった元エリート作戦部隊の連中も、そんなまねを許すわけがないではないか。

「さあね、ジョーダン、だって九カ月もたつけど」口を開いたテイヤはあざけりのこもった声を出した。「電話もしてくれなかったし、訪ねてもくれなかったでしょ。そんなふうにされたら、わたしがどうなろうがどうでもいいんだって思えるわ」そこでテイヤは目を大きく見開いた。「あっ、わかった、あなたはただ、わたしを飛行機まで引っ立てていくためにここに来たのよね。わたしを都合よくほかの人に押しつけたんですものね」ジョーダンはこのころにはテイヤが傷ついて怒っているのだと感じ取り、わけがわからず眉を寄せて相手を見つめた。

「わたしはもう作戦部隊の人間ではないんだ、テイヤ。いま基地で指揮を執っているのはわたしではなく、キリアンだ。きみが守られるよう、キリアンが適切に――」

感情を豊かに伝える緑色の目が、激しい怒りの光を放った。

「消えて、ジョーダン、キリアンもどうだっていいわ。あなたの助けなんていらない。電話もしてくれなかったし、これっぽっちも気にかけてなんかいなかったんでしょ。部隊のほかの人たちの身元も危険にさらされるまでは。認めなさいよ」かっとなっているせいでまぶしい緑の目をぎらぎらさせ、顔を紅潮させている。

「ばかを言うな」ジョーダンはもう少しで怒鳴り返すところだった。何年も保ってきた冷静さを完全に失ってしまうところだった。「わたしはひたすら心配することしかできなかったんだ。あの日、目を覚まして、きみが〝さよなら〟の一言すら言わずに基地を出ていってしまったと気づいて以来な。しかも、今度の言いぐさはなんだ？　いいかげんにしろ、テイヤ、現状で部隊のほかの者たちの身元の心配などしていない。必要がないからだ。やつらは危険にさらされていない。危険にさらされているのはきみだ、まったく」

「どうしてうそをつくの？」テイヤがカウンターをまわってきて怒りに満ちた顔で詰め寄り、かみつくように言った。「いつでも携帯に電話してくれれば済む話だったじゃない、ジョーダン。わたしはずっとここにいたのよ。基地を出てから、誰からも一度も電話なんてかかってこなかった。それなのに、いまさら、あなたからひたすら心配されてたって話を信じなきゃいけないの？　信じるわけないでしょ、女たらし。あなたたちみんながなにより心配してるのは、自分たちの身の安全だけだってお見通しなのよ」

ジョーダンはすばやく腕を伸ばして、横を通り過ぎようとしていたテイヤの腕をつかまえた。「一カ月前から毎日欠かさず、きみのしょうもない衛星電話に電話をかけていたさ。その前にも、九カ月のあいだに十回以上はかけていた。カイラも、きみが基地を出てからずっと連絡を取ろうとしていたはずだ。きみがなにをどう思いこんでいるのか見当もつかないが、われわれがずっと心配していたのは、間違いなくきみの身の安全なんだよ」

ジョーダンがじっと見つめていると、テイヤはまなざしを険しくして唇を引き結んだ。

「誰からも電話なんてかかってきてないわよ、ジョーダン。念のために電話は一日じゅう肌身離さず持ってたんだから、確かよ。しかも、着信記録だって留守番電話だってメールだってチェックしてた。それなのに、なにもなかった」

心の痛みが伝わってくるかすれ声を聞かされて、ジョーダンはいら立ちを静め、テイヤを凝視した。彼女は傷ついている。目を見て、声を聞けばわかった。これまでずっと部隊の誰からも連絡がなかったと思いこんでいて、傷ついているのだ。それを責めるわけにはいかなかった。

「衛星電話はどこだ？」だが、テイヤの身が危険にさらされているとの情報が入ってくる前、ジョーダンが十回どころではない回数の電話をかけたことは疑いようのない事実だ。情報が入ってからも、この家に足を踏み入れるまでほぼ一時間に一回のペースで電話をかけ続けていたことも、自分の行動なので間違いない。それに加えて、カイラとベイリーもかなりの頻度で電話をかけていたはずだ。

テイヤは怪訝そうにまなざしをとがらせつつも手をうしろにまわして、すぐにポケットから携帯電話を取り出した。

それをジョーダンの手にたたきつけるようにして渡す。

「これのセキュリティーは毎週、確かめてるわよ」と、テイヤ。「チェックになにも引っかからないから、不正にいじられてるってことはない。いつもこれを持ち歩いて仕事にだって使ってるの。あなたが電話なんかかけてきてないって、ちゃんとわかってるわ」

テイヤは衛星電話を接続して使用するコンピューターープログラムを持っている。コンピューターで電話内のプログラムを調べ、隠された追跡システムやサイバーボットがあれば発見できる。

なにかおかしい点があるに違いないと考えたジョーダンは、衛星電話の背面を開いた。セキュリティープログラムでなんの異常も検知されなかったのだとしたら、ほかに考えられる可能性はひとつしかない。エリート作戦部隊の極秘情報が削除されたあと、テイヤが基地の外にこれを持ち出す前に、何者かが電話本体になんらかの手を加えたのだ。プログラムの変更はそのときにしかできなかったはずだ。そして、そんなことができる人間はほんの一握りしかいない。

「カイラとベイリーも部隊が解散した週にきみに電話をし、メッセージも残した」テイヤに告げながら、衛星電話のバッテリーをはずし、唯一、手を加えられた恐れのある部分を調べた。「わたしはきみが出ていった朝に電話したんだ。別れのあいさつもせずに姿をくらましたことについて説教してやろうと思ってな」そのちょっとした過失をまだ忘れていないぞと伝えるために、すばやくテイヤをひとひらみした。

無視された。

ジョーダンは歯を食いしばり、電話に注意を戻した。

一分もたたないうちに問題が見つかった。

一見して、なんの変哲もない小さな金属の突起にしか見えなかった。同じような複数の突起物と見分けがつきにくい。それでも妙に違和感を覚えさせる問題の突起は、バッテリーパックのすぐ下に位置する内蔵セキュリティーチップの小さなプログラミング部にあった。

ジョーダンはこのあるべきでない突起をつめの先でへし折った。

そのあと腰のホルダーから自分の電話を取り、あらかじめテイヤの番号を登録してあるボタンを押した。すぐに、テイヤの電話の着信音が鳴った。

じっと目を向けているテイヤの前でジョーダンは電話を切って着信音を止め、手を差し出して、そこにのっているちっぽけな金属片を見せた。

「いままでも、ほかの電話はかかってきてたわ」テイヤはかすれる声を出したが、ジョーダンを疑っているわけではない。ジョーダンが彼女にうそをつく理由などないからだ。

「これは増設された追跡装置だ。これがあればマスタープログラムは着信、発信両方の電話、留守録メッセージ、メールをすべて追跡できる。しかも、特定の番号からの電話やメールは転送するようあらかじめプログラムすることもできるんだ。だが、この追跡装置は直属の諜報員ではなく、協力関係にあるスパイや連絡員に渡す電話に内蔵されているはずだ。あるいは、可能であれば容疑者や標的の電話に組みこまれる。きみの電話に、こんなものが入っているはずがないんだ」信用が疑われる者だけに使われる装置。テイヤの信用が疑われたことなどなかったはずだ。

「なら、基地にいる誰かがいじったってことね」テイヤは言いあてた。疑いが芽生え、胸がさらに締めつけられる。ジョーダンに差し出されて、衛星電話を受け取った。「ところで、誰の仕業かしらね?」わざとらしく問いかけた。テイヤが裏切る恐れがあると本気で考えるような人物は、ひとりしか思いつかなかった。

テイヤとジョーダンが出ていく前から、キリアンと彼の部隊の隊員たちは何度も基地に来ていた。ジョーダンの部隊のメンバーの衛星電話から機関のプロトコル、メール、任務記録を消したのちに返す作業を行ったのは、キリアンの部隊だった。テイヤの電話に手を加えることができたのは、キリアンの部隊のメンバーか、キリアン本人だけだ。

ジョーダンがため息をついた。「この装置はエリート作戦部隊の技術者が、部隊で使用するためだけに開発したものだ。こんな装置を使っている諜報機関はほかにはない」

「ふうん、だったら犯人はだいぶ絞れるわよね？」だったら、ここを出て基地へ行っても、まったく安全ではないということだ。それどころか、キリアン・リースならテイヤを少しずつ敵の餌にするくらいやりかねない。つまり、自分の身は自分で守ったほうが安全だ。

「誰がこんなまねをしたのか必ず突き止める」ジョーダンが氷を思わせる冷ややかな声で告げた。「約束する、テイヤ、必ず事情を確かめるよ」

テイヤに言わせれば、こんなまねをした人間が誰かはわかりきっていた。事情を確かめる必要などない。そこまでテイヤを疑える人間は、ひとりしか考えられなかった。

「誰がやったかは、わたしもあなたもしっかりわかってると思うけど。あの人がどうしてわたしを基地に引き受けてもいいなんて言ったと思ってるの？　あの人が自分の手でわたしを完全に処理するために決まってるじゃない。あなたとの友情があるからでも、正義感があるからでも、ほかのどんな理由からでもないわよ」

「確認する」ジョーダンの声はこれ以上ないほど険しくなっていた。

テイヤはほとんど聞こえないくらい小さく鼻を鳴らした。「これでも、基地へ行ってわたしが安全でいられると思う？　キリアンとわたしはお互いを理解し合ってる。あなたはずっと理解しまいとしてるけど。キリアンはわたしを憎んでるのよ。わたしはキリアンと距離を置いてるの。あの人はいつまでもソレルの罪をわたしに重ねて考えるってわかってるから」

本音を言えば、テイヤはキリアン・リースを嫌ってはいなかった。キリアンは冷徹な、筋金入りのこだわりを持った人間で、途方もなく危険だ。新しいエリート作戦部隊にはうってつけの司令官。それに、キリアンの立場だったら、テイヤも相手に同じ感情を抱いただろう。テイヤは心の底からキリアンを優れた司令官と認めているが、彼から敵とみなされていることもよくわかっていた。逆の立場だったら、テイヤも相手を同じようにみなしていたに違いなかった。

ソレルはキリアンの妻と、生まれてくるはずだった子どもの命を奪った。そんなひどい人間の娘を、キリアンが信用するようになるわけがなかった。

「テイヤ、このままここにはいられないぞ」ジョーダンがにべもなく言った。「きみを追っているのがソレルの敵だったらどうなるか、自分でもわかっているだろう。ソレルの協力者や仲間だったら、はるかにひどいことになる」

「そうかしら、性奴隷として訓練するにはわたしは年を取りすぎてるわ」テイヤは答えた。「ソレルの協力者だったら、目的は単に復讐することだけでしょ。わたしはソレルと息子のレイヴンを殺して、組織をほぼ壊滅させるのに手を貸したんですものね。八年以上たつのに、なぜいまになってそんなことするの？　意味がわからないわ」

「やつらが単にきみを殺して復讐を済ますとでも思っているのか？」ジョーダンの青い目の輝きが増し、激しい感情を燃やしているかに見えた。「テイヤ、いま話題にしているのはソレルから資金を与えられ、やつに忠誠を誓った人間たちなんだ。何年もきみと母親をとらえようと追ってきたやつらと同種の人間だ。やつらはきみに感謝などしないぞ、ベイビー。きみを苦しめ抜き、死なせてくれと請わせたくて躍起になっているんだ。やつらが狂信的に忠誠を捧げきっていた男と組織を、きみがつぶしたからだ」

その人間たちに憎まれているのは、テイヤがソレルとレイヴンの命を奪ったからだ。ふたりの正体はテイヤの父親ジョセフ・フィッツヒューと兄ケネスだった。ふたりとも地獄で焼かれていればいい。

「五歳のときから逃げ続けてるのよ、ジョーダン」テイヤは疲れのこもった吐息をついた。また以前のように逃げまわる暮らしを送ると考えただけで、疲労に押しつぶされそうになった。

自覚していたよりも、ここ二週間のストレスが体にこたえていた。よく眠れていなかった。何者かにつきまとわれる恐怖。父親の仲間か、敵に見つかったのかもしれないという不安。気づけば、それらに押しつぶされそうになっていたのだ。

「テイヤ、作戦基地のほかにも行ける場所はある。どうか、おとなしくわたしの言うとおり隠れてくれ。われわれがきみの新しい身元を作り直すまでだ。顔も指紋も手術でそっくり変えよう。手を尽くせば、もう誰にも見つからないようになる、約束するよ」こう言うジョーダンの声に感情がかすかにでも表れていたなら、かろうじてにじみ出ている必死さが聞き取れたなら、テイヤは考えてみたかもしれない。ただ、それだけだ。考えるだけ。

「指紋を変えたって役に立つことはめったにないわ、DNAを変えることはできないし。逃げるのはうんざりなの」テイヤはジョーダンを見つめて、小さな声しか出せなかった。心にのしかかる重みで膝が弱り、倒れてしまいそうだった。「自分でがんばって手に入れたものをなにもかも失うのはうんざり。どこかの人間たちが、わたしには生きる権利も自由を手にする権利もないって決めたからって、そんなふうになるのはうんざりよ」人を愛する権利や、場合によっては、思うようにいかなかったことを後悔するために費やす残りの人生を奪われるのはうんざりだ。

「では、ここでのらくらして、くそ野郎どもが襲撃してくるのを待つつもりか?」ジョーダンが胸の前で腕を組んだ。彼がこうしたあとは、決まってまずい事態になる。ジョーダンは、テイヤがこれまでに会った経験のある大勢の男たちのなかでも、おそらくもっとも横暴で、威張るのが好きな男だ。あの体勢になったジョーダンを揺り動かせるものはなにもない。ジョーダンがいまみたいに腕組みをしているときは、部隊の男たちでさえ彼に逆らわないようにしていた。

幸い、テイヤはジョーダンの部下の男たちとは違う。ジョーダンに逆らってやるのは、何年も前からの楽しみになっていた。

「わたしはこの手で父親と兄を殺したわ」テイヤは肩をすくめた。逃げようとするより、襲撃を待つほうが簡単だ。友人も持たず、どこにも属さず生きていくよりは、そのほうが簡単に決まっている。「それを苦にして悪夢を見たことなんて一度もないのよ。だけど、また逃げ始めなければいけないとしたら、地獄みたいな暮らしに逆戻りすることになるの、ジョーダン。もう、そんな生きかたには絶対に耐えられない。やつらに居場所をかぎつけられたとしても、わたしは母のようには簡単に捕まってやらないわ」

テイヤの母。たおやかで華奢な人だったフランシーヌ・テイト。テイヤを連れて逃げ出した十年後、ソレルの手下たちに追いつめられてとらえられ、ニカラグアでひどい苦しみを味わわされて亡くなった。フランシーヌはテイヤが隠れていた場所を決して明かさなかった。ソレルが血統をつなぐために利用すると決めた娘を捜し出すための情報を、なにひとつ与えなかった。

テイヤの父親の一族は血統の存続に取りつかれていた。血統がすべてであり、なにがあろうともその純潔を汚してはならない。血統の維持のため莫大な金や土地や権限がやり取りされ、ときには力ずくの手段がとられることもあった。ソレルの一族は途方もなく裕福で排他的な階級の人間たちが集まる世界で、とりわけ危険な闇に包まれた領域を支配していた。その世界では妥当な対価さえ払えば、名門の出の令嬢に意に染まない結婚をさせることも可能だった。テイヤの母親も、そんな運命を強いられた女性のひとりだった。ソレルは繰り返しフランシーヌを犯し、テイヤを身ごもらせた。フランシーヌは娘が自分と同じ運命をたどることを望まなかった。

それでも、ソレルはフランシーヌを見つけ出した。地獄のような長い年月のあいだ、彼女に手を差し伸べようとした人々をことごとく殺し、平穏を得られたかもしれない場所から徹底して切り離した。そこまでしてなお、常軌を逸した精神で、妻は必ずみずからの意思で夫のもとへ戻ってくると信じこんでいた。

「なにを言ってる、テイヤ」ジョーダンはいら立ちを隠しもしない口調になっていた。

「あなたがわたしを鍛えあげてくれたでしょ、ジョーダン」テイヤは彼に思い出させた。「少なく見積もっても、わたしには勝つチャンスがあるわ。獲物が反撃してくるとは、やつらも思ってないわよ」

テイヤはエリート作戦部隊にいるあいだに多くを学んだ。自分には勝つ見こみがあると信じられるだけの経験が得られた。

「どうしようもない愚か者になれとは教えなかったぞ」ジョーダンがうなり声を出し、青の目を深いサファイア色に陰らせてテイヤをにらみつけた。「テイヤ、たったひとりでやつらに立ち向かえるわけがないだろう。なにを考えてるんだ、やつらが犠牲者に血も涙もないどんな残忍な仕打ちをするか、きみもその目で見ただろうが。わたしがきみをあんな犠牲者のひとりにすると本気で思っているのか？」

大変だ、ジョーダンがここまで誰かに腹を立てているところなんて見たことがない。特に、テイヤに対してこんなにあっという間に逆上するなんて初めてだ。ふたりで過ごしたあの一夜を除いて、ジョーダンはいつも冷静に、落ち着き払って、ほとんど感情がないみたいにテイヤに接していた。ジョーダンが備えているらしい自制心の壁をテイヤがどんなにつついても、そうだった。

「愚か者には自分で勝手になったのかもね」テイヤはこわばる唇で笑みを浮かべてみせ、くるりと向きを変えて寝室へ歩きだした。「じゃあ、わたしはシャワーを浴びてベッドに入らせてもらうわ。週末だといっても、明日することがないわけではないの」

ジョーダンは、ドアを開けてすたすたと寝室に入っていくテイヤを見つめた。堂々とした姿勢だ。あのとんでもなく魅惑的な巻き毛に指をうずめ、握りしめたくなった。そうやって彼女を動けなくさせ、ふたりともを芯から揺さぶるキスをしてしまおう。テイヤを弱らせ、抵抗する気を失わせるキスを。

くそったれめ。

自分の髪を指でかきあげ、腰のホルダーから電話を乱暴に引き抜き、キリアンの番号を打ちこんだ。

「彼女と会ったようだな」最初の着信音が鳴り終わる前に、キリアンは電話に出た。「彼女の電話に仕込んであったプロトコルをはずしただろう。どうしてわかった?」

骨にひびが入るのではと思うほど、あごに力が入った。いまキリアンが目の前にいたら、あのくそったれを殺してしまっていたに違いない。「あんなものが仕込まれているとは知らなかったさ、キリアン。彼女にすでにつきまとっている危険について前もって知らせようと電話をしていたのに、そんな電話は受けていないと本人に言われてわかったんだ」

キリアンがなぜこんな正気とは思えない行動をとれたのか、ジョーダンには想像もつかなかった。キリアンは、おそらく誰よりも、テイヤを攻撃されやすい状況に置いた場合の危険性を把握していたはずだ。

「やつらはもうそちらにいるのか？　それなら、おまえの予想より早く動かれたんだな」ジョーダンの口調に潜む怒りなど少しも聞き取っていないかのように、キリアンは冷静な声で述べた。

「なんで彼女の電話に汚い操作をした？」ジョーダンは自分でも獣じみたうなり声になっているとわかった。聞き逃しようのない激しい怒りが表れていた。

頭に浮かぶのは、テイヤが自身の血だまりのなかに横たわっている姿だけになった。迫りくる危険について警告するすべがなかったせいで、ジョーダンが駆けつける前に無惨に傷つけられてしまったテイヤの姿だ。

キリアンのせいで。このくそ野郎は、テイヤが持っていた部隊の仲間たちとつながる唯一の手段を台なしにするまねをした。トラブルに巻きこまれたとき、テイヤがジョーダンに連絡を取る手段はこれしかなかったのに。

キリアンは長いあいだ黙っていた末に説明を始めた。「彼女はリスクだろう、ジョーダン」慎重に一語ずつ言葉を選んでいるかのように、抑えの利いた口調だった。「単に彼女の動向を把握しておこうとしただけだ」

動向を把握しておこうとしただと？　テイヤの電話を盗聴し、行動を追跡し、所属していた部隊の仲間からの連絡を受け取れないよう妨害していたのではないか。

「だったら、わたしがおまえに電話してテイヤを守るために協力を求めたとき、このことを伝えなかったのはなぜだ？」声を低く保ち、氷さながらに冷えきった感情が爆発して完全に手のつけられない激怒に変わらないよう抑えるので精いっぱいだった。

「伝える必要はないと考えたからだ」キリアンは遠慮会釈もなく答えた。「彼女の動向をチェックしていただけだからな」

「部隊の連中からの電話は受信されず、ブロックされていた」ジョーダンは鋭く返した。「テイヤは命にかかわる危険にさらされていて、われわれから警告を受け取れない状態だった。まさに、警告が届くかどうかに生死がかかっていたかもしれないのに」

「その点は意図していなかった」キリアンが慎重な口ぶりで答えた。「わざとそういった機能に変更したわけではないんだ。追跡プロトコルを入れたあと、すでに登録されていたはずの保護された番号からの受信ができなくなることがある。だが、おまえならよくわかっていると思うが、彼女からおまえに電話することはできたんだ。それを妨害するプロトコルは入れていないし、初期設定では、登録されているどの番号にも問題なく発信できたはずだからな。ただ、ときどき受信を探知するだけでなく、ブロックしてしまうことがあるんだ」

キリアンがここまで虫ずが走るほど冷たく、情け知らずになれる人間だとは思ってもみなかった。ジョーダンは、ともに働いた人間の行動は残らず予想できると自負していた。それが彼の司令官としての強みであり、この能力のおかげで自分と部下たちの身を幾度となく救ってきたはずだった。

ともに働いたエージェントに関して判断を誤った回数は片方の手で数えられるほどだが、

そのたびに人の命が失われた。

キリアンの行動を予期できなかったがためにテイヤの命が失われていたら、ジョーダンは罪の意識に耐えられなかったはずだ。憤怒も抑えきれなかっただろう。キリアンを殺していたはずだ。いまでさえ、テキサスに飛んで帰り、激しい怒りに任せて相手をぶちのめしたくてたまらなかった。そこまで感情を抑えきれなくなったのは、しょうもない十代の若造だったとき以来だ。

キリアンがテイヤを信用していないことは知っていた。しかし、キリアンが進んでここまで極端な行動に出るとは思っていなかった。テイヤの電話に追跡やセキュリティーのプロトコルを埋めこむとは。この九カ月、キリアンはテイヤの位置を逐一把握していたのだ。テイヤが交わす会話を盗み聞き、おそらく彼女の暮らしぶりを子細もらさず知り尽くしていた。にもかかわらず、テイヤの身が危険にさらされる事態になっても、得ていた情報をジョーダンに提供しようともしなかった。

「この件が解決しておまえをぶちのめす時間ができたら即、基地に戻る」いまにも表に噴き出す寸前で渦巻いている激情が声ににじんだ。

この約束を、ジョーダンは必ず守るつもりだった。さらに重要なのは、キリアンもジョーダンが約束を守ることをわかっている点だった。キリアンは一週間ほど寝たきりにならずに済めば幸運なほうだろう。

「感情的になっているんだな」相手の冷ややかな声を、ジョーダンは黙って聞いていた。相手にさらに深い墓穴を掘らせておいて、この上ない喜びを得るがためだ。「この件が終わったら、おまえも曇りのない見かたをしてくれるようになっているだろう」

ジョーダンはゆっくりと息を吸った。「キリアン、テイヤがとらえられていたら、危害を加えられていたら……口を割らされてエリート作戦部隊についてもらしてしまうまで、どれだけのあいだ持ちこたえられていたと思う？　考えてみろ。おまえがわたしの部下だけでなく、おまえ自身の部下をもどんな危険にさらしていたか、考えてみるんだ」

ジョーダンはテイヤの持ちこたえる力を疑っているわけではなかった。テイヤなら、多くの男たちが口を割る数々の状況でも耐え抜くだろう。テイヤの母親も強い精神力の持ち主だった。薬を投与されて殴打され、両足を骨まで焼かれ、何本も指を折られても娘の居場所を明かさなかった。

「おい、おれは彼女を自分の部隊で引き受けてもいいと言ったじゃないか」キリアンがぞんざいに言い返した。「おれが、あの女を殺そうとかとらえようとかしたわけじゃない。単に動向を把握しておこうとしただけだ。こう考えたらどうだ、もし彼女が連れ去られても、セキュリティープロトコルが入っているから、なしの場合よりもずっと簡単に位置を追えただろうってな」

「そもそも、なんでテイヤを保護してもいいと同意したんだ、キリアン？」突然、ものすごい勢いで疑いがわきあがってきて、ジョーダンは問いつめた。「基地に来たテイヤを、どうする気だった？」

長い沈黙があった。

「どういう意味だ？」キリアンの口調が険を帯びた。

「訊いたとおりの意味だ。いつかは、テイヤを二度と戻ってこられないような任務に送りこむつもりだったのか？」

電話を通して聞こえてきたそっけない笑い声は冷淡で、苦々しかった。「おれが実際にあの女を作戦にかかわらせると思ってるのか？」キリアンの口ぶりには冷笑が漂っていた。「いつからおれをばか扱いするようになった、ジョーダン？　彼女には自室でゆったりくつろいでもらって、ずっとそのままでいてもらうつもりだったさ。おれの作戦にも、部隊にも、いっさいかかわってもらうつもりはなかった。おれがいま自殺するつもりなら、いくらでももっとらくな方法を考えつくよ。あの女のこととなると、おまえはすっかり理性をなくすからな。彼女が引っかき傷でも負おうものなら、おれを殺す気だろう。それ以上ひどい事態になったら、どうなることか」

一生続くはずだった友情もこれでおしまいだ。ジョーダンは思った。友であった長年のあいだ、ジョーダンは相手に便宜を図ってくれと求めたことなど一度もなかった。キリアンに助けを必要とされたときは、決して拒まなかった。

キリアンはその長年の友情をたった一度の無情な行動で台なしにしたのだ。キリアンはテイヤを守ることを拒んだ。かつて、ジョーダンは相手に請われるまでもなく、キリアンの妻を守った。友だったからだ。だからこそ、ジョーダンにとってはキリアンの命と同様、キャサリンの命もかけがえのないものだった。

それでも、キャサリンの命は奪われたのだ。ソレルに撃たれて殺された。やつはキリアンの妻の命を奪っただけでなく、ふたりの生まれてくるはずだった息子の命も奪った。検視解剖が行われるまで、キリアンは妻が身ごもっていたことを知らなかった。いまになって、キリアンは父親の罪をテイヤに償わせようというのだろうか？　テイヤにはなんの罪もなく、彼女もまた父親によって地獄のような苦しみを味わわされて生きてきたというのに。

「だったら、わたしはこれまでともに働いたなかでもっとも優秀な通信、後方支援担当のエージェントをおまえのところに送りこまなくて本当によかったということだな」ジョーダンは言った。「今後は、協力が必要な場合はエリート司令部に連絡を取る。二度とおまえをわずらわせはしない」

「よせよ、ジョーダン、いったいなにを言ってるんだ？」キリアンの口調に愕然とした響きが表れ始めた。「いつだっておまえの援護はする。それは変わっていない」

「いいや、キリアン、変わったんだ。おまえが自分の悲しみのせいで父親が誰かという曇った見かたでテイヤを判断することしかできず、成長したエージェントと認められなかったために彼女の命を危険にさらした時点で、変わってしまった。それでわたしの援護をしているると言うつもりなら、ソレルをよみがえらせて背後を取られたほうがましだ。少なくとも、やつからならどんな手を使われるか予想がついた」

電話の向こうからは沈黙しか返ってこなかった。キリアンは筋の通る弁解を試みるくらいはするだろうか。ジョーダンはそう考えて待ったが、まともな弁解などあるはずがないとも思った。しかし、ときには人を驚愕させる事実が明らかになることもある。

「おまえは過ちを犯そうとしている、ジョーダン」キリアンに言えるのはそれだけらしかった。

「生きているうちにまたわたしと会ったら、それこそどうなるかわからないぞ」ジョーダンは冷ややかに告げた。「そうなったら、おまえは死ぬだろうからな」

キリアンにそれ以上なにも言わせず電話を切った。心中では激しい怒りがふくれあがっているため、失われた友情を惜しむ余裕は残っていなかった。人生の大半にわたって続いてきた友情だ。ジョーダンは考えつつ、現時点で援護を任せられる数少ない男たちのひとりに連絡を取った。

「おれたちもメリーランド州に向かってます」ジョン・ヴィンセント、別名ヒートシーカーは電話に出るなり言った。「ベイリーがそっちからの電話を待ってられないって言うもんで。心配でしょうがないんですよ」

ベイリー・セルボーンはジョンが結婚した大金持ちの女相続人だ。エリート作戦部隊のテイヤやほかのふたりのエージェントたちと共同で作戦を行った際に、彼女はテイヤと親しくなっていた。この作戦で、テイヤは珍しく基地を離れて働いた。自分のそばを離れてテイヤが現場で活躍しているあいだ、毎晩ジョーダンは心配でたまらず部屋を歩きまわっていたのでよく覚えている。

「トラヴィスとは話しましたか?」と、ジョン。「トラヴィスとリリーも同じくらい心配してましたよ。ふたりももうジョン・F・ケネディ空港に着いて連絡を待ってると思います」

任務のために召集を命じられなくても、部下たちはみずから集まってきている。テイヤは彼らの部隊の一員だからだ。テイヤを信頼しているのだ。

「トラヴィスにも伝えろ」ジョーダンは指示した。「状況が変わった。見張る者があまりにも多い。テイヤは隠れることを拒んでいる」

「本気でテイヤが隠れてもいいって言うと思ってたんですか?」ジョンがおもしろがっている口ぶりで尋ねた。「いくらあなたでもそれはやってのけられないだろうなあって、おれは思ってましたよ、ジョーダン」そう言うジョンは、数年前からジョーダンを〝奇跡の人〟と呼ぶようになっていた。

「ローハイドが接触してきても、信頼できないものと考えろ」ジョーダンは冷ややかに告げた。「トラヴィスとリリーにもそう伝えるんだ」

キリアンのコードネームが出て、いっとき沈黙が流れた。

「驚きはしないですけどね」しまいに、ジョンはため息をついた。「キリアンはソレルを忘れる気がない。もうキリアンに恨めるのは、おれたちのテイヤだけだ。責められるのはテイヤだけ。キリアンがそういう精神状態になっちまってるならね」

ジョーダンは、ジョンからもトラヴィスからも警告されていたのだ。キリアンがテキサスの基地から新たなエリート作戦部隊を指揮すると知ったとき、ジョンは言っていた。元のエリート作戦部隊の隊員はみな、なにかあったら基地に避難してもよいと通達されたが、テイヤが基地に避難するはめにはならないといい。テイヤが助けを求めていっても、閉め出しを食らうに決まっているから。ジョンの意見が間違っているよう願っていた。

「詳しい情報は会ってから伝える」ジョーダンは、ジョンはきっぱりと告げた。「それまでは、わたしがテイヤのそばについている。だが、隠れるよう説得するのは無理そうだ」

しばらく回線に沈黙だけが流れたあと、ふたたびジョンが悲しみの漂う重い口調で言った。

「テイヤは生まれてからほぼずっと逃げ続けてきたんですよ。隠れるのはもう死ぬほどうんざりなんだと思いませんか?」

ジョーダンは首を横に振ることしかできなかった。「トラヴィスやリリーと合流したら連絡しろ。いまのところ、安全は確保されている。実行可能な計画を思いつくまで、そのままでいられるだろう」

テイヤをどこにかくまうか決め、おとなしく言われたとおりにするようどうにかテイヤを説得するまで。

くそ、あの女は守られなければならないというのに、いちいち戦う気だ。いまではジョーダンにも先が読めていた。

しかし、テイヤは故意に戦っているわけではないし、ジョーダンは戦うからといってテイヤを責められるわけもないのだ。テイヤは三十歳で、テキサス州にあるエリート作戦部隊の基地で過ごした年月を除けば、安全で守られていると息をつける日など一日もなかったはずだ。

ジョーダンは電話を切り、リビングルームのクロゼットの前に行って、持ちこんでいたバッグを取り出した。まず戸締まりを確認したのち、椅子が置かれている部屋の中央に戻る。パッド入りの重いダッフルバッグには、念のため大量の武器を入れてきていた。ほかに服が入っているバッグと、必要にならなければいいと願っているさまざまな電子機器を収めた小型のパッド入りバッグがある。

この家に侵入する前に、屋内と敷地周辺のセキュリティーは確かめていた。テイヤとともにここのシステムを構築したも同然でなければ、彼女に気づかれずに侵入するのは無理だったはずだ。

エリート作戦部隊が解散する何年か前に、ジョーダンとテイヤは同様のシステムをジョーダンの甥や父親の家に導入していた。テイヤはここに、ジョーダンには思いも寄らない新しいセンサーや、ジョーダンが驚いて首を振るしかない、不注意な侵入者を引っかけるためのいくつかのトラップを追加していた。何者かがここに侵入しようとしていれば、最悪でもテイヤはすぐさま察知していただろう。

武器のバッグを開いて拳銃をもう一丁取り出し、横に置いたあと、疲れを感じてため息をついた。ああ、九カ月前、テイヤを目の届かないところへ行かせたりするのではなかった。テイヤをそばから、彼のベッドから離れさせずにいれば、いま直面している事態を正確に把握できていただろうに。

ここでテイヤを守るにはどうするのがいちばんよいか考えながらダッフルバッグを寝室に運び、こちら側で眠ると決めたベッドの片はしに静かに置いた。

幸い、テイヤはたいていジョーダンが選んだ側とは逆側で眠る。この家でテイヤを守らざるをえないならば、なんとしても徹底したやりかたで彼女を守るつもりだった。

ここを出ていきたくない？　だったら、テイヤには彼の存在に耐えてもらう。ジョーダンはテイヤを置いてどこへも行く気はなかった。テイヤをずっと自分のものにしておくことはできないかもしれないが、なにがあっても、彼女の安全は確保するつもりだった。

テイヤがタオルだけを体に巻いた格好で寝室に入っていくと、そこではジョーダンが堂々とくつろいでいた。ほかでもないテイヤのベッドで。

ベッドに座って武器のチェックをしていたジョーダンは、バスルームのドアが開く音を聞きつけて顔をあげた。

テイヤの姿を見た瞬間、かき立てられた興奮もあらわに瞳を陰らせた。まなざしが彼女の体をすばやくたどり、まだ濡れている肩も、不意に落ち着かなくなってタオルを握りしめるしぐさも見逃さなかった。

ジョーダンの陰ったまなざしの奥で欲望が燃えているのが見え、テイヤは一瞬、本当に息もできなくなった。いきなり胸の先端がとがり、両脚のつけ根の芯が見えない手に愛撫されたように感じ、さらにふれてほしくなってうずいた。

先ほど、テイヤは達しなかった。ジョーダンはオーガズムの寸前までじらしておいて、腰の武器を見つけさせてテイヤを怒らせたのだ。

ジョーダンがここに来たのは、テイヤに会いたかったからでも、テイヤを心配していたからでもなかった。テイヤをどこでも安全な場所に隠し、またしても彼女の身元を変えるためだった。そうやってテイヤの暮らしを完全にめちゃくちゃにしたあとは、ふたたび平気な顔で彼女を放り出す気だ。前とまったく同じように。

ジョーダンなんて自分の住みかがあるテキサスにずっといてくれればよかったのに。そうしてくれていたほうが、テイヤの心はずっとらくだったはずだ。

「人のベッドでなにしてるの？」

ジョーダンとひとつのベッドで眠るのは、とても無理だ。この男と眠るつもりはない。ふれてほしい、愛してほしいと懇願してしまう危険がまだ表面下のすぐそこに潜んでいて、テイヤはそんな場面に身を置く自信が持てなかった。

ジョーダンは手にしていた拳銃を静かにサイドテーブルに置き、まなざしをさらに陰らせ、真剣にした。「きみが行くところに、わたしも行く。きみが眠るところで、わたしも眠る」

こう告げられて、テイヤの怒りはいっそう燃えあがるばかりだった。ジョーダンの返答に表れている横暴さと、完全にわたしが正しいと言わんばかりの態度は、くすぶっているだけだった怒りを爆発寸前にさせた。

「無理よ。うまくいくわけないでしょ」うまくいかせるわけにはいかない。そこまでジョーダンが暮らしに入りこんできたら、どうやっても心を守るなんて無理になる。

「うまくいくようにしなければならないんだ」言い切るジョーダンは落ち着き払った表情をしているのに、目だけは欲望に燃えていた。燃えさかっている。そのせいで鮮やかな青の色合いが濃くなり、いっそう輝きを増して熱を放っているかに見えた。ジョーダンはその目で、タオルを固く握りしめているテイヤの指を見つめていた。

　こんな状況には耐えられない。あふれる感情で、テイヤの胸は締めつけられていた。不安、欲求、彼のものになりたいという切望。あまりにも長いあいだ、テイヤはジョーダンを手に入れられる見こみがあると自分の胸に言い張り続けてきた。自分は父親には似ても似つかないとジョーダンに証明できたら、強くなって、必死に訓練に取り組んで、忠実で使える価値のあるパートナーになれたら、チャンスがあると思いこんでいた。

　それなのに、テイヤが去るときが来ても、ジョーダンは彼女を手放すことを少しも苦にしていなかった。部隊の誰も、テイヤがいなくなっても気にしなかった。本当にみんなが言うほど心配していたのなら、テイヤが電話に出なかったときに会いにきてくれたはずだ。あのエージェントたちは人の居場所を探り出すプロだし、テイヤの新しい身元も知っていたのだから。そうするのに、少しの手間しかかからなかっただろう。

「カウチで眠って」刺々しく言った。「わたしのベッドで寝ないで」

　ジョーダンは頭を横に傾けた。伸びすぎた黒髪が顔にかかり、危険な海賊めいた雰囲気をかもし出している。

「ベッドの自分の側でじっとしていられなくなりそうで不安なのか、テイヤ？」ジョーダンが低い声でたしなめるように訊いた。「大丈夫だ、ベイビー。そうしたくなったら好きなだけしなだれかかってくれていい」

その気になっていることを隠しもしない低い声音を聞かされて、テイヤは大きく目を見開いた。

「いきなり、大した変わりようじゃない？」皮肉をこめて返した。「九カ月前、わたしと寝て後悔してた人とほんとに同じ人？」

「きみと寝たことを後悔したんじゃない」ジョーダンは訂正した。「こっちに来てくれれば証明しよう」

「おことわりよ」本当は、ベッドに行ってしまいたくて仕方ない。ジョーダンの肌のなかにまで染みこんで、心の奥底から彼の熱を感じたかった。

ジョーダンは気軽に、冗談めかした笑い声をあげた。「後学のための経験ととらえたらどうだ。この件が終わるころには、無事ヒロインを守りきれているか、われわれのどちらも死んで後悔もできなくなっている。最後には、しがらみなどなにもなくきみは自由になれるよ、テイヤ。もう傷つくこともない。というのも、そのころにはわたしを愛しているなんて思いこみを、もうきみは抱かなくなっているはずだからだ」

テイヤは内側から凍りついていく心地がした。獣のにおいをかぎ取った獲物のように、本能がいっせいに生き残るために働きだした。

ジョーダンは知っている。テイヤが自分自身にうそをつくのをやめて認めた、彼を愛しているという事実を知っていて、それでも彼はなにも感じていない。

「いったいどこをどうして、わたしに愛されてるって思ったの？」女はいくらかのプライドを持ち続けなければならない。

ジョーダンは深刻だと言わんばかりの表情で首を左右に振った。テイヤには読み解けない感情でまなざしの光を揺らめかせている。「いまは、愛していると思っているだろう。だが、この件が終わるころには、わたしが心底いやな人間だときみも気づくんだ。恋愛をする相手として、ましてや冗談ではないが夫として、わたしがどんなにふさわしくないか、すべての理屈がきみにもわかるようになる、テイヤ。任せてくれ、きみの熱を冷まさせてみせる。あとになったら、それでわたしに感謝するはずだ」

テイヤにはこんなことを言われている状況が信じられなかった。ジョーダンの正気を疑って見つめ返した。現状のストレスにさらされていなければ、おもしろがっていたかもしれない。「昔からずっと、ほかの恋人たちにも同じことを言ってきたの、ジョーダン？　ほんとにそんなセリフを吐いて、その人たちをベッドに連れこめた？」その場合、ジョーダンがつき合ってきた女性たちは本当に頭がからっぽだったに違いない。

「これをそういうふうに考えてるのか？」ジョーダンの唇が奇妙な笑みのかたちに曲がった。

「いいや、テイヤ、この特別なセリフを前に使ったことはない。つまり、わたしの申し出を受け入れてくれるのか？」

「そのうち、あなたを殺してしまいそうだわ」テイヤはつぶやいた。

「その可能性もつねにある」同意するジョーダンを、テイヤは警戒の目でにらんだ。「そうしてもとりあえず、きみはわたしから自由になれるだろう」

ジョーダンの声やまなざしのなかにあるなにかが引っかかって、テイヤは言い返さずに口をつぐんだ。テイヤがどうしてもこれといって特定できない、陰のある愁いを伴った〝なにか〟。ジョーダンは、ふたりが互いから自由になるとは言わなかった。彼がテイヤから自由になるとも。ジョーダンは自分が言いたいことを言うとき、とにかく首尾一貫した話しかたをする人なのに。

けれども、テイヤはジョーダンに伝えておかなければならない。テイヤがジョーダンから自由になることは決してないだろう。それは言い切れる。アルバ島でジョーダンに出会った夜から、彼がどんなにいやな人間のふりをしようが、彼に気にもかけていないそぶりをされて何度も落ちこまされようが、彼を求める気持ちは大きくなるばかりだったのだ。

テイヤをジョーダンに結びつけているものがなんだろうと、それは八年前の夜にアルバ島で生まれた。エリート作戦部隊に加わる前、ソレルを打倒する作戦にテイヤもかかわってよいと、ジョーダンがついに認めてくれたとき。テイヤの母の人生を破壊し、テイヤも同じ目に遭わせようとしていた父親の命を彼女の手で奪ってもいいと約束してくれたときに。

「いいわ」テイヤはぴしゃりと言った。「今夜はわたしがカウチで寝る。だけど、明日になったら出ていってね、ジョーダン。この戦いではあなたの助けも、ほかの人たちの助けも必要ないから。お互いにとっていちばんためになることがしたいんなら帰って。そうしてくれれば、わたしは気が散らなくて済むわ」

本当にソレルの手下たちに狙われているなら、気を散らすわけにはいかない。理性を保っていなければならないはずだ。もうずいぶん前に、そうすべきだと学んだ。

ジョーダンがまなざしをとがらせた。「カウチで眠ろうとしてみろ。ベッドに縛りつけてやるぞ、テイヤ。あと、言っておくが、明日になったら、わたしはきみのまわりのセキュリティーを改良し、きみにつきまとっているのがいったいどこのどいつなのか探り、見つけたら一網打尽にする。この目的が達成されるまで、きみはなにが気に入らないだの、いやだの言うのをやめろ。どのみち、わたしと一緒に眠るんだ。きみが望もうが、望むまいが」

ここまで言うということは、本気でテイヤをベッドに縛りつける気らしい。テイヤは疲れていた。一晩じゅうロープや手錠と格闘するのはどうしても避けたい。プライドなど抜きにして望んでいるのは、ただひとつだった。たった一晩だけでもジョーダンの腕に包まれて眠りたい。しかし、たった一晩だけのつもりでも、そのあともっと多くを求めてしまう気がして不安だった。

「明日になったら出ていって」ジョーダンの隣で眠ると考えたら、怒りと激しい性的欲求が燃えあがりだして、内側からかっかしてきた。

ジョーダンは鼻を鳴らして応じた。「明日になったら、そのかわいい尻を救い出すべく動きだそう」彼の視線がテイヤの体をさっと撫でた。目の暗い陰が薄れ、不道徳な光が灯った。

「その尻をどうしてやるか、はっきりした計画を立ててるんでね」

興奮をかき立てる警告を突きつけられ、テイヤはわきあがって全身を駆け巡るアドレナリンを抑えられなくなった。

「計画は見直して」鋭く言い返しながらも、不意に怖くなった。敵と対峙するなど、この男に心をさらけ出すことに比べたら危険でもなんでもないに違いないと思えた。今晩、彼に身を任せてしまったら、心を残らずさらけ出してしまうだろう。

こんなジョーダンはめったに見たことがなかった。なにか企んでいるようすで、愉快そうにふざけているジョーダンなんて。ジョーダンがこんな顔をしているときは、部下のエージェントたちもたいてい身を守るために大急ぎで逃げていた。こうした気分のときのジョーダンの行動を予測するのは、とても不可能だ。

「明日になったら、話し合おうじゃないか」ジョーダンがゆったり構えて言った。「それまでは」とベッドをたたいている。「ここにもぐって待っていてくれ、スイートハート。シャワーを浴びたらすぐ戻ってくる。細かい点はふたりでベッドに入ってから解決していこう」

ジョーダンは立ちあがり、テイヤのクロゼットの前に行ってなかから自分の服を取り出し、憤慨して見つめているテイヤのわきを通り過ぎてバスルームに入っていった。

ジョーダンの姿が見えなくなってからようやく、テイヤは息をすることを思い出した。

体じゅうに酸素が行き渡るなり全身がかっとほてり、敏感な神経のはしばしが炎になめられるような刺激を感じて興奮が高まった。

高ぶりにより両脚のつけ根が潤い、ふくらんで感じやすくなったひだと花芯に蜜がなじんだ。懸命に深く息を吸い、ごしごしと顔をこすった。自制心。なんとしても自制心を立て直さなければいけない。

いまから自制心を失っているようでは、すぐにもハートを切り取ってあっさりジョーダンに渡してしまったほうがましだ。なぜなら、ジョーダンと眠ったりしたら、太陽が東から昇るのと同じくらい絶対確実に、テイヤのハートは無事では済まない。ジョーダンと一緒に行動するのも同じく無理だ。ジョーダンにふれられたら無事ではいられない。ふれてほしくて死にそうなほどなのだから。

ジョーダンにいなくなってもらう方法を見つけなければならない。ジョーダンに消えてもらい、テイヤはひとりでこの戦いに臨まなければいけない。いま戦おうとしているのはテイヤの過去であり、悪夢だ。ジョーダンは彼女の心。両方と同時に戦うのは無理だった。

3

テイヤを基地にかくまえたら、ジョーダンの神経はとても助かっただろう。翌朝、キッチンを歩きまわってコーヒーを用意しているテイヤを見つめながら、ジョーダンは思った。この戦いを有利に進めるためには、テイヤが安全に守られていて、連れ去られる危険などまったくないことを、つねに確認できる状況にいなければならない。また、決しておのれの欲望に負け、気を散らしてはならない。ちょうどいま、テイヤに気を散らされているように。

すり切れたデニムのショートパンツは丸い尻をかろうじて覆い、ほつれた糸が軽く日焼けした、張りのある引きしまった肌を撫でている。肌の下のたるみのない女らしくしなやかな筋肉を見れば、トレーニングを欠かさなかったことがわかる。タフィー色のトップスは豊かな胸にぴったりと張りつき、細いストラップは肩から背へ交差していた。大胆に肌を見せる格好をしているテイヤは、いつになく華奢で繊細に見えた。ジョーダンのなかで荒れ狂っている欲望に満ちたエロティックな飢えを向けるには、繊細すぎると思えるほどだった。

テイヤはブラジャーをしていない。硬くなった胸の先が薄いトップスを押しあげている。ジョーダンはそこに視線を引きつけられ、味わいたくなった。テイヤの乳首の熱のこもった甘い味わいを覚えている。飢えた口に吸いつかれて、どんなに敏感に反応してくれたかも。

いっとき見つめることしかできなくなっていたジョーダンの前に、テイヤはコーヒーを注いだマグカップをカウンターに滑らせて寄こした。目を三角にして迷惑そうな顔をしているテイヤを見て微笑ましい気持ちになりそうだったが、テイヤをここまで動揺させるのは気がとがめた。

「家を買ったんだな」テイヤの怒りを静める話題を求め、きれいに片づいている広々とした室内を見まわした。

テイヤが寝室から出てくる前に、ジョーダンはコンピューターを使って調べていた。テイヤは家を購入しただけでなく、倒産しかけていた小さな造園会社を買い取り、半年で好調な業績をあげるまでに成長させていた。

「家を買ったのよ」と返事があった。

テイヤが家を買ったことに、ジョーダンは驚いていた。テイヤがそうせざるをえないわけでもなく、ひとつの場所に根をおろすとは思ってもみなかったのだ。

「どうしてだ、テイヤ？　どうして家を借りずに買ったんだ？」ジョーダンは身を乗り出した。口調はさりげなく、表情は好奇心だけを浮かべるよう気を使った。今朝はテイヤをいら立たせたくない。プランAが過去のものとなったいま、どんどん新たなプランを考え出さなければならなかった。同時に、ジョーダンが予想もしなかった新たなテイヤの一面も知っていかなければいけない。

テイヤはキッチンの中央にあるカウンターに寄りかかり、穏やかな自信を漂わせてジョーダンを見つめ返した。そうされて、彼の欲望のあかしは硬くなるばかりだった。「どうしてわたしが家を買いたがっちゃいけないの、ジョーダン？」と問い返された。「過去の危険はもうなくなったはずだったでしょ。結局こうなるってわかってたら、違ったふうにしてたかもしれないけど」

「だったら、テキサスでも家を買う決断ができたはずじゃないか」ジョーダンは静かに言った。テイヤの口調からなんとなく、この家を買い、会社を持つことは、テイヤがテキサスを去ってから初めて強く望みだしたことではないかという気がした。基地でできた家族を失ったと感じたために、こうしたものをほしがったのではないか。「家を買うなんて、思いつきでできることではないだろう」

テイヤはなにげなく肩をすくめて家のなかを見渡した。一瞬、彼女の表情はやわらいだ。ほんの短いあいだだけ、テイヤが胸に秘めているとは知らなかった夢が、ジョーダンにもかいま見えた。なんてことだ、彼のテイヤが心からどこかに根をおろしたいと願っていた事実を、どうしていままで見過ごしていられたのだろう？

「かもね」ようやく、テイヤはつぶやいた。

かもね。いや、間違いない。テイヤが危険にさらされている事実と同じくらい間違いない。

「テイヤ、いまきみが向かう隠れ家を検討して……」

「そんなことしても時間の無駄よ」テイヤが言い切った。彼女は本気だ。「隠れ家に行ったって事態を引き延ばすだけだわ、ジョーダン。身元を変えて、逃げて、隠れても、うまくいったためしなんてなかった。今回もうまくいかない」悲嘆に満ちた、身を刺すような現実を受け入れているテイヤの顔つきはこわばっていた。

ジョーダンは顔を手でぬぐい、この場でなんとか新たなプランを考え出そうと頭を絞った。

「ねえ、ジョーダン」テイヤはふたたび家のなかをじっと見渡していた。「わたしは五歳のときから、どういった状況であれ逃げ続けてきたのよ。普通の学校に通ったこともないし、遊び友だちがいたこともないし、家を持ったこともなかった」ジョーダンのほうを向いた彼女の目には苦悩が宿っていた。「髪や顔や名前や指紋や居場所をいくら変えても役に立たなかった。あいつらはいつだって最後にはわたしを見つけ出した。これからもずっと、それは同じだわ。避けられない事態を遅らせても、敵にこちらの不意を突くチャンスを与えるだけよ。あなたは部下たちを連れて早くここを去るべきだわ。わたしが自分の過去と向き合って、これっきり終わりにできるように。自分がなにを相手にしてるか、どう対処すればいいかはわかってる」

なんだと。

ジョーダンはバースツールにもたれ、黙ったままテイヤを見つめた。テイヤはここに根をおろしたあげく、ここから一歩も動かず戦うと決意してしまっている。彼はテイヤのこんな行動を予想していなかったが、予想しておくべきだったのだろう。

これまでもテイヤは必ず思いも寄らない行動に出てきた。

「テイヤ、もしわたしが危険にさらされている立場だったら、きみはあっさり去っていくか？」問いかけたが、答えはわかっていた。テイヤも、ジョーダンもまたあっさり去っていったりするはずがないとわかっていてしかるべきだ。

「それとこれでは話が違うわ」テイヤは小さな声を出した。「わかってると思うけど、わたしは困るくらいあなたのことが好きだから」

なんてことを言うんだ。テイヤには彼の防壁をくぐり抜けてしまう力がある。ジョーダンがまったく予想もしなかったやりかたで、必ず彼を驚愕させる。

「わたしはきみのことを気にかけていない、と思いこんでいるのか？」いったいどうやったら、そんな結論に達することができる？

「あなたをよく見てればわかる」テイヤは鼻を鳴らした。「それで、わたしの電話についてリース司令官と話し合った？」中央のカウンターを押して離れ、ジョーダンの真向かいに立つ。答えを待って眉をあげているテイヤの前で、ジョーダンは相手の最初の一言をどう受け止めればいいか悩みつつ、突然の話題の変化とキリアンに裏切られた記憶への対応も迫られた。

元友人の行動について考えるなり、すでに何度も襲われた怒りがまたわきあがった。「きみから部隊の人間に電話をかける機能は損なわれていなかった」テイヤに告げた。「プログラミング部に追跡ピンが取りつけられていたんだ。やつは初期設定が働いて保護された番号からの着信を受けられない状態になっていたと言い張った。その可能性はある。だが、やつが追跡ピンを取りつけた事実は変わらん」

テイヤが口を開き、上唇の先に舌をさっとふれさせた。テイヤがする独特のしぐさだ。冗談めかして信じられないという気持ちをあらわにしながら、傷ついた心ものぞかせるしぐさ。「キリアンは完全に、血は争えないって言葉を信じてるみたいね」テイヤは感情を表に出さずに言った。「ショックを受けるところかしら?」

実際、ジョーダンはショックを受けた。ショックを受け、猛烈に腹が立った。キリアンがなにをしたかジョーダンが気づいたときに本人が近くにいたら、その場に血が流れていただろう。

「きみも、部隊の誰にも電話をしなかったな、テイヤ」厳しい声で問いただした。「つけられていて、何者かに居場所を知られたと気づいていたのに」

テイヤは首を横に振り、一瞬、唇を引き結んだ。長いポニーテールにまとめられた髪が背をかすめて揺れている。「本気で自分の気にしすぎだって思ってたの」彼女は悔しげに答えた。「数カ月以上ひとつの場所にとどまるって経験が一度もなかったから。あなたの部隊に加えてもらうまで……」そこまで言って、頭をぶるっと振っている。「基地はとにかく安全で、わたしの部屋も完全に守られてたでしょ。生活の場も仕事場も一緒だったし。危険がある恐れなんて少しもなかった」いっとき、テイヤは息を詰まらせた。「気にしすぎるのは、安全な場所から離れたせいだ、ひとりになったせいだって思ってた」

テイヤは本能の発する警告を無視しようとしていたのだ。そのせいで命を失っていたかもしれないのに。

テイヤが直面していたかもしれない危険が頭に浮かび、ジョーダンは荒々しく息を吐いた。

「ジョンとトラヴィスが、それぞれ夫婦でこっちに来る」テイヤに告げた。「誰がなんの目的できみを追わせているのか突き止めなければならん。ここに送りこまれる一団は手下どもにすぎない。アイラ・アルトゥールとマーク・テニソンも指導者ではない。やつらの背後には何者かがいるに違いないんだ」

「この件であなたたちの助けはいらない」テイヤは心を閉ざした表情になっていた。「自分でなんとかする。言ったでしょ、ジョーダン。何回言えばわかるの。あなたの助けなんか必要ない」

「本気で、わたしがきみの好きにさせると思ってるのか？」もう少しでテイヤのそんな思いこみをおもしろがるところだった。そんなふうに思われていることがおかしいと同時に、とことん傷ついた。「ばかなことを言って息を無駄にするのはやめろ」

テイヤは胸の下で腕を組んだ。「なんで気にするの？　九カ月前は、わたしのそばを離れたくて離れたくてしょうがないって感じだったじゃない。いまになって、わたしに必要とされてるって本気で思ってるの？　言っとくけど、必要としてませんん」

テイヤほどいとも簡単にジョーダンをかっとさせる人間はいない。ちくしょう、テイヤはまっすぐこちらを見つめ返し、その口から止めどなく発しているおかしな思いこみが正しいと信じきっている。ジョーダンが去っていくなどと、本気で信じている。

そう悟り、怒ると同時に、興奮もぐんぐんと高まるばかりだった。テイヤはなんの気なしに彼をそそのかし、たてついている。けろりとした顔でそこに立ち、彼女が死んでもジョーダンには関係ないという態度をとっている。そんな事態になったら疑いの余地なく、ジョーダンは破滅するだろうに。

「きみは誤った考えを抱いて生きているようだな。きみが決めることではないんだ。わたしがここに滞在して、そのかわいいお尻ちゃんを守るというのは」ジョーダンははっきり言い渡して、バースツールから立ちあがった。相手の信じられないくらい美しい緑の目に燃えている抵抗の炎を見て、あごに力が入った。

「あなたに会う前から、わたしは誰かに自分の身を守ってもらう必要なんてなかったし、いまもそんな必要ないの」言い張るテイヤのかすかに日焼けした頬には、赤みが広がり始めていた。

乳首もさらにとがらせている。ジョーダンは誓って言い切れた。くそ、深刻な話し合いをしているさなかに、ふたりの体は互いを求めてぴんと張りつめている。

ここまで命にかかわる深刻な危機にさらされていなければ、おもしろがるところだ。

「いったいなぜカイラがきみを作戦部隊に引き入れたと考えてる、テイ？」ふつふつとわき始めている激しい怒りを感じながら、尋ねてみた。「単にカイラがきみのかわいらしい顔やら、愛すべき人柄やらを気に入ったからだとでも思ってるか？」

テイヤはいら立った表情でジョーダンをにらんだ。「助けてもらったことは感謝してる」歯ぎしりでもしていそうな声だ。「平和な時期を過ごせたことは感謝してるわ。カイラだって、それはわかってくれてるはずよ」

テイヤのまなざしの奥にある恐怖には、ジョーダンも気づいていた。テイヤはソレルの死後ずっと彼女を追い続けてきた何者かとの戦いに敗れる寸前だと、心底よくわかっている。ソレルと息子を殺す前、ソレルとの戦いに敗れかけていたように。

しかし、テイヤが部隊の仲間にかかわってほしくないとここまでかたくなに言い張るのは、ジョーダンや部隊の仲間たちの身の安全が脅かされることを恐れているからだけではないはずだ。

「死ぬことより、わたしたちのあいだで燃えあがって止まらない情熱が怖いんだろう」カウンターに両手をつき、自信を持ってテイヤの顔を見据えた。テイヤが彼とともにいるよりは、ひとりで過去に向き合いたいと考えるわけはしっかりわかっている。

ジーンズのなかでジョーダンの分身は激しくうずいていた。これまでに経験がないほどの激しさで自制心を脅かしている。テイヤを味わいたい。死ぬほど熱くてきついテイヤの体の奥に包みこまれたい。そういった欲求でどうにかなりそうだった。

昨夜はひとつのベッドでテイヤの隣に横たわって寝たふりをしながら、何度となく寝返りを打つテイヤの動きに耳を澄ましていた。眠りはなかなか訪れなかった。ようやく眠りについてからも、テイヤを抱きたいという願望が夢にあふれていた。

テイヤのそばにいると彼女を欲し、体の奥まで食いこむ渇望を抱かずにはいられない。テイヤはさらに悩まされているに違いない。愛しているという錯覚に理性も感情もとらわれている。その錯覚以上に女性の官能を高めるものなどないのだから。

「怖がってるのはわたしじゃないわ」テイヤはせせら笑うかのように答えた。「あなたが思い出せるように言っておくけど、たった一度だけふたりで過ごした夜について後悔してるのもわたしじゃない。あなたのほうでしょ、ジョーダン」

ああ、例の出来事については死ぬほど後悔している。テイヤを忘れるのは不可能に近いと最初からわかっていたからだ。想像していたよりも事態は深刻だった。ほぼ毎晩、眠れなかった。そよ風のようなささいな事象でさえ、優しくふれるテイヤの手を思い出させた。夏の熱い日射し、テキサスの暖かい雨。どこを向こうが、テイヤの記憶に悩まされた。

「傷ついたのか、テイヤ?」ジョーダンは慎重に訊いた。「朝が来て、この関係はどんなふうにも発展しない、たった一晩だけのものだったと気づいて、傷ついたのか?」

テイヤはぐっと唇を引き結んだ。「少しも傷ついてないわ、ジョーダン。前もって言っておいてくれるべきだったのよ。立ち去るのがどんなに簡単か。言っておいてくれてたら、もっと早くに出ていってた」

かわいいうそをついて。テイヤの口からはうそがすらすらと飛び出してくるが、目ではそれほどうまくうそをつけていなかった。

「六年かけて、わたしは自分がどんなにたちの悪い人間か、きみに納得させようとしてきただろう」背をまっすぐにしてテイヤを見つめた。「きみを傷つけるまねだけはしたくなかったんだ。きみが大切だからだよ、テイヤ。きみはまだ、愛とはあらゆる幻想のなかでも最大の幻だとわかっていなかったが、わたしはそれを教える人間になりたくなかった」

ジョーダンは自分がどんな男で、テイヤがどんな女かわかっている。テイヤの心を引き裂けば、ジョーダンがまだ自分でも存在を認めていない彼の心の一片を破壊することになる。

「あなたからはなにも教えてもらえなくていいわ」テイヤはまなざしをとがらせて、はっきり言った。「なにか知らないことを証明してやろうっていう余計なお世話もおことわり。だから、そっちこそ息と時間を無駄にしてるわよ。つき合いのあるばか女でも見つけにいったら？　その人たちなら、あなたの努力に感謝してくれるかもね。わたしはしない」

挑戦だ。ジョーダンとともに働くあいだに、テイヤはこの教訓は学んでいなかったらしい。ジョーダンに挑んではならない。ジョーダンはテイヤをよく知りすぎていた。彼女のことはよくわかっている。ジョーダンがほんの少しでも譲歩すれば、テイヤはすさまじい精神力を発揮して、はるかに多くをもぎ取ろうとするだろう。

「そうかな、テイ、きみに教えられることはたっぷりあるんだが」甘い声を出し、テイヤの頬が赤く染まっていくのを見た。ジョーダンの声の調子を聞いたとたん、テイヤの熱情が高まって美しい深緑色の瞳がきらきらと光った。

カウンターをまわり、しっかり目を合わせたままテイヤに近づいた。テイヤがどれだけ間違っているかはっきり示すのに、いまがもっともふさわしいと決めてしまっていた。錯覚だろうとなんだろうと、この状況が解消されるまでテイヤは彼の女であり、恋人になる。神にかけて、テイヤを奪おうとする者には容赦しない。

ジョーダンに詰め寄られて、テイヤの胸は高鳴り、体の奥から抵抗する力が抜けていく気がした。あとずさりし、L字形のカウンターの角に身を寄せる。

ジョーダンはあせって動いてはいなかった。目を細め、長身のたくましい肉体を張りつめさせ、獲物を狙う獣さながらに、欲望にとらわれた表情でテイヤだけに視線を据えている。彼はテイヤの目の前まで来て、彼女を自身の体とカウンターのあいだに閉じこめ、腰を押しつけた。デニムの下で、彼はテイヤに衝撃を与えるほど太く硬くなっていた。

「こんなことをして、なにを証明しようとしてるの？」声に弱さと、切れ切れの息と、切望が表れ、テイヤはいやになった。

ジョーダンはふれるだけでこんなことができてしまう。彼女は、よほどみずから苦しむのが好きな人間なのだろうか。ジョーダンがずっとそばにいてくれるわけがない。テイヤとは深くつき合ったり愛し合ったりする価値はないと考えている。わかっていても、そんなことはどうでもいいと思ってしまうなんて。ジョーダンにふれられたら、彼がふたたびテイヤの前に現れたのは単に責任と義務を果たすためだとしても、どうでもよくなる。大事なのは、ジョーダンにふれられることだけになる。ジョーダンがここにいて、彼の腕のなかでまたひとときの悦びを手に入れられれば、それだけでよくなってしまうのだった。

「こうすればお互いに、この件に一緒にかかわっているあいだは情熱に逆らうわけにはいかないってことがわかると思う」ジョーダンは顔をさげていきながらささやき、唇をテイヤの耳に軽く滑らせた。「それぞれ隠れていられる山のなかにいたときは、逆らうのもいまよりはらくだったな、ダーリン？」

テイヤはかすれる息を懸命に吸った。「だけど、逆らってたのはわたしじゃないでしょう、ジョーダン？」

テイヤはジョーダンとのふれ合いにあこがれ、必死に求めていた。九カ月間ずっと夢見ていた。

「ああ、きみは逆らってなかった」ジョーダンが唇でテイヤのあごを愛撫し、伸びかけの黒いひげがこすれて、肌に鋭い快感が伝わった。「もうこうなったら、わたしにも互いを救う力がまったく残されていないんだ」

ぐっと抱き寄せられて息をのむ間もなく、顔を傾けたジョーダンに唇を奪われていた。この上なくすばらしい感覚と燃えるような欲望の渦のなかへ一瞬で引きこまれた。

ジョーダンはテイヤの首を硬くたくましい手で支え、重ねた唇をふれ合わせ、こすれ合わせた。やがてテイヤの唇を割って、彼女を味わうことだけを望んでいるように舌で舌を撫でた。

テイヤは泣いているような切ない小声で喉を震わせ、両手を彼の髪にうずめた。鮮烈な快感に理性を乱され、興奮に包まれていると、ジョーダンがテイヤの腰に腕をまわし、カウンターに座らせた。この体勢はぞくっとするほど情欲をそそり、支配し、意のままにしようとする男の欲望をひしひしと感じさせた。

ジョーダンが両手をおろしてテイヤの脚を開かせ、そのあいだに腰を入れると、テイヤのなかで欲望が燃えあがった。両脚のつけ根に盛りあがったこわばりを押しつけられて、にじみ出た愛液がシルクのパンティを濡らす。クリトリスがふくらんでうずき、テイヤは相手の髪にさらに指をうずめて離れさせまいとした。同時に祈り始めていた。ジョーダンがやめてしまいませんように。身を引いてしまいませんように。大事に取っておくための思い出を、あとひとつだけでも与えてくれますように。

「やめないで」ジョーダンがキスをしていた唇を引いた瞬間、必死の思いですがっていた。けれども唇はすぐに首筋に戻ってきて、ついばむように鎖骨まで下った。キスを受けるたびに力を奪う快感に浸されて、首をうしろにそらした。

「やめるはずがない」ジョーダンは力をこめて言い切り、テイヤのシャツの裾を両手でつかんで引きあげ、張って、ふれられることを待ち望んでいる乳房をあらわにした。テイヤが見守る前で、ジョーダンの視線が胸の先端に落ち、まなざしの奥の欲望がいっそう激しく燃えあがる。

「ジョーダン」両手で乳房を包みこまれて、はねあげた体を彼に押しつけた。とがって感じやすくなっている胸の頂を指先で刺激しながら、ジョーダンはそこへ口を近づけていく。

「ジョーダン。そうよ。そうして。そのまま胸を吸って」敏感な胸の先を濡れた熱い場所に閉じこめられて首をそらし、率直な願いを無意識に言葉にしながら相手に体を押しつけた。ジョーダンは願いを聞き届けて感じやすい胸の蕾に強く吸いつき、舌をさらに激しく動かした。

テイヤは彼を見おろした。初めてふれ合ったときよりもいっそう強烈な感覚の高まりにシヨックを受け、翻弄されていた。前のときも快感はあったけれど、あのときのジョーダンは欲望の赴くままではなく、もっと自制していた。いまは自分を抑えたりしていない。自制心を取り戻そうともしていない。

見おろすと、ジョーダンは深い色合いを帯びた青の目から危険な光を放ってテイヤに視線を向けていた。頬をすぼめて、そうせずにはいられない飢えもあらわに乳房の先に吸いついている。テイヤは舌をあてられるたびに、刺激がまっすぐ両脚のつけ根の奥まで伝わってくる気がした。そこに悩ましいほど力が入り、満たされたい、ジョーダンのものにしてほしいという切望が高まってうずき、けいれんするように波打った。

ジョーダンの舌が丸まって敏感な頂をこすり、熱い刺激を子宮まで送りこみ、彼女からかすれた声にならない声を引き出した。テイヤは彼の太腿に脚を巻きつけ、みずから腰を寄せて、ジーンズの向こうのずっしりとした存在感のあるこわばりが、両脚のつけ根のやわらかいふくらみに熱く押しあてられるようにした。

「いいぞ、ダーリン」ジョーダンはいったん顔をあげ、もういっぽうの感じやすい乳首へとキスをしながら移動していった。

テイヤが見ていると、ジョーダンはまずそこをぺろりとなめ、悦楽に備えさせた。舌がしこった蕾の先にふれ、つんとつつく。それから、エロティックな飢えもあらわになめた。全身に熱い波が押し寄せ、テイヤは息をのんだ。次の瞬間、敏感な先端を歯でこすられ、ふたたび叫び声をあげる。ヒップははねあがり、両脚のつけ根に押しあてられているずっしりとしたこわばりをさかんに求めていた。

ジョーダンは唇を開き、むさぼるように乳首を口に含んでいる。吸いつき、なめ、夢中でしゃぶりついて、渇望をたたえた顔を赤らめている。テイヤは両脚のつけ根の奥から生まれる耐えがたいほど強い欲求のうずきに襲われて、必死に息を継ごうとした。ジョーダンの口のなかに引きこまれ、かじられ、なめられている乳首からクリトリスまで何度も鋭い刺激が走った。感じやすい胸の先端を念入りに愛でられ、悦びの声を発した。

悦楽は燃え広がるように神経を伝わり、意識を満たした。口のなかに胸の頂を引きこまれるたびにぞくぞくする興奮が走って子宮が収縮し、圧倒される快感に襲われて張りつめた。

「ちくしょう、会いたかったんだ、テイ」ジョーダンは低い声をもらして胸の丸みにキスをしながら唇を滑らせ、舌で味わった。同時にテイヤのショートパンツの留め金を自信に満ちた迷いのない手つきではずしている。

「きみとやる夢を見ていた」荒々しいうなりに似た声、みだらな言葉に感覚を刺激されていると、ショートパンツのジッパーがさげられた。ショートパンツを脱がされて、体に期待の震えが走る。アドレナリンのおかげでいっそう刺激を受けやすく、熱くなっていた。

九カ月ずっとジョーダンの夢を見ていたけれど、そのどれもこの体験にはまるで及ばなかった。九カ月前の一夜でさえ、これとは比べものにならない。いまテイヤを包んでいる熱情と悦びはそれほどすばらしかった。

テイヤは両手をジョーダンの肩にのせ、呼吸を乱しながら見つめていた。ジョーダンは唇で彼女の腹を下り、両手で太腿を開かせたあと、テイヤがデニムのショートパンツの下に身に着けていた白いソングのレースに指を近づけている。

確かに、テイヤは少しジョーダンをからかってやるつもりだった。興奮させるつもりだった。けれども、こうなるとは予想もしていなかった。自分が欲望に燃えあがってしまうとは。

ジョーダンがまぶたをあげ、テイヤを見あげながら、ゆっくりとパンティをさげ始めた。赤みを帯び、濡れてふくらんだテイヤの秘所があらわになるまで。

「きみの甘いプッシーを食べてやる夢を見ていた」ジョーダンがあからさまな言葉を発した。「この前ちょっと味見したくらいでは足りなかったんだ、テイ」

ちょっと味見したくらい？　舌で彼女をいかせて、どうにかなりそうなくらい乱れさせたのに。

テイヤがジョーダンのシャツを握りしめたすぐあとに、ジョーダンがみずからそれを脱いでしまった。Tシャツが頭から抜け、広々とした胸板、赤銅色の肌にうっすらと広がるやわらかい黒い巻き毛がむき出しになった。セクシーな柔毛の広がりはしだいに細くなって鍛えあげられた腹筋を下り、ジーンズのなかに消えていた。

テイヤは緊張してごくりと喉を鳴らした。「後悔するのはなしよ」と小声で言う。

テイヤを抱いたあとでジョーダンの目に後悔が浮かんでいたら、彼女は我慢できるか、耐えられるかわからなかった。なにもなかったかのように立ち去られたら、耐えきれるかわからない。

ジョーダンの目の色がさらに深くなった。「最初のときも後悔なんてしてないんだ、テイ」ジョーダンがはっきり言った。「人生のなかであの晩よりもすばらしい出来事があったとしても、記憶にはない」

惜しいけどだまされない。テイヤは口を開いてそう言おうとした。相手の言葉に反論していたはずだ。ちょうどそのときを見はからって、ふくらんで熱を帯びた秘所の上にジョーダンが指を滑らせなければ。テイヤは鮮烈な感覚に襲われ、口を開く余裕を奪われ、秘所をさらに潤わせた。

「ワックスで脱毛を？　すごくやわらかいな」ほれぼれとして、喜んでくれている声。

ふれられてテイヤの背筋には震えが伝わり、クリトリスのまわりを炎になめられているような刺激を感じた。生まれて初めて、いまは愛液で濡れているそこが生まれつきむき出しであることを恥ずかしいと感じなかった。

首を横に振った。「生まれつきなの」

ジョーダンの目に驚きが浮かんだ。驚きと熱望が。

「ささやき声くらいやわらかい」指が濡れたふくらみをなぞり、待ちわびている秘所のさらに奥へ、かっと燃える欲望の炎を送りこんだ。「砂糖みたいに甘い」一本の指がふくよかなひだを分け、とろりとした蜜をかすめ取って離れた。

テイヤがショックを受けて見守る前で、ジョーダンは指を口に運び、喜びを隠そうともせずに味わった。テイヤを見つめ、テイヤの味を楽しんでいるジョーダンの鮮やかな青い目は欲情に燃えていた。

テイヤを味わううちにジョーダンの表情は張りつめ、目の色はより深くなった。日に焼けた浅黒い顔のなかで、濃紺色のまぶしい輝きを放っているかに見えるほどだ。

ジョーダンの行為から官能をにおわせる意図が伝わってきて、不意に激しくヴァギナが収縮し、そのままオーガズムに達してしまいそうになった。強烈な興奮の高まりが何度も押し寄せ、電気の火花に全身を貫かれているようだ。体じゅうが敏感になり、どこをふれられ、どこに息を吹きかけられても恍惚を覚えるようになっていた。

「甘いテイヤ、きみの味で酔ってしまう」ジョーダンの悩ましげな声を聞きながらテイヤはおののき、見守り、待ちわびていた。ジョーダンが頭をおろしていき、唇がキスを待ってうずいている場所に近づいていく。

テイヤは彼の唇と舌にふれられる用意はできていると思っていた。「お願い」ささやきかける。「早くして、ジョーダン。じらさないで」ところが、秘所の割れ目をすっとなめあげられ、花芯に軽くふれられたとたん、切れ切れの悲鳴が飛び出していた。「こうか、シュガー？」舌が花芯をすばやくなめ、こすってそこに火をつけるように快感をはじけさせた。

「ジョーダン。ああっ、すごくいい」テイヤは懸命に答えた。舌でふれられた場所のすべての細胞が刺激に打たれているかのようだった。「とてもいいわ。もっとして、ジョーダン。もっとしてほしい」ジョーダンがほしくてたまらなかった。

感じやすすぎるむき出しの場所を攻めているのは濡れた熱だ。燃え立つ欲望をテイヤの五感に勢いよく送りこんで、熱でなにもかも溶かしてしまう。ジョーダンの舌が飽くことなくテイヤをなめ、豊潤な悦びに浸りきって食べ尽くそうとしていた。

両手がテイヤの脚をさらに押し広げ、両膝を持ちあげてカウンターのはじに足をつかせた。飢えた舌でテイヤをいっそうむさぼれるように。舌はクリトリスの上をかすめ、まわりをなぞり、熱い興奮の嵐を巻き起こして、激しい悦楽の高波で全身を翻弄した。

「そうして」テイヤは感極まって悦びを言葉にせずにはいられなくなり、すがるような声を出した。「ジョーダン。あなたが必要なの。すごくあなたがほしくてたまらない」

「なにが必要なんだ、ベイビー？　どうしてほしいのか言ってくれ、テイヤ」ジョーダンは指でひだを分け開いたかと思うと、すぐさま花芯に親密な深い口づけをした。

繊細な蕾を唇のなかに閉じこめられて、ぐっと吸いあげられる。またしても意識を揺るがすショックを受けた。じっとしていられなくなった。あおむけに体を倒してカウンターに横たわり、どこかにつめを立てずにはいられず天板のはじを握りしめた。

絶頂の目前まで近づいている。クリトリスをなめられ、吸いつくキスをされるたびに、はじけんばかりに張りつめていく。全身が熱に包まれてほてり、顔のわきに汗が浮くなか、快感にむせび泣く声を出した。

いまにも爆発すると思ったそのとき、ジョーダンが唇を浮かせた。

「やめないで！」喉を詰まらせながら必死に叫び、ジョーダンに向かって両手を伸ばしていた。相手の髪を懸命につかみ、引き戻そうとする。

テイヤの抗議の行動に男を感じさせる荒々しいうなり声で答えたあと、ジョーダンは指でもっとテイヤを分け開き、さらに下へとなめ、ひだの内側にすばやく舌を走らせた。同時に、彼女の入り口のまわりを指でなぞり、愛撫し始める。

テイヤはジョーダンを必要としていた。舌で、指で愛してほしい。ジョーダンに貫かれ、激しく所有される感覚を残らず必要としていた。

背をそらして彼に身を寄せ、エクスタシーに到達して舞いあがるための最後の愛撫を死にもの狂いで求めた。

「甘いよ、テイヤ」ジョーダンが低い声を響かせた。「きみの味で酔っ払いそうだ、ベイビー」

舌が下っていき、やわらかい場所をなめ、さすっている。テイヤは髪をつかんだ手に力をこめ、彼をどこにも行かせまいとした。あと少しだけ強く、あと少しだけ上をなめてくれたら。

「お願いよ」苦しいほどの快感に襲われて、大きな声を出した。「舌を入れて、ジョーダン。お願いだからやって。舌でやって」

熱烈に待ち望んできつく締まっていた秘所の奥へ、彼の舌が沈んだ。力強い、渇望のこもった一突きだった。

「ジョーダン！」快感に圧倒されて呼吸もままならなくなり、愛撫に身を任せて震えるしかなかった。舌は内側のごく感じやすい場所をなめ、愛液を集めた。ジョーダンに内側から炎をかき立てられて逃れられない。舌が突き入り、熱い渇望もあらわにきつく閉じた場所を押し開き、繊細な神経を刺激にさらした。貫かれるたびに、かき立てられる欲求は大きくなるばかりだった。

　ジョーダンは闘っていた。テイヤを味わい、引き寄せ、やわらかいテイヤの内側が波打つ動きを舌で心地よく感じる。そんな闘いに彼は敗れようとしているとわかっていた。闘って、ただテイヤだけを悦ばせようとした。おのれは超然と距離を保っていようとした。だが、テイヤにふれもしないうちから、超然としてなどいられなくなっていた。

　ジョーダンは身をもってテイヤに示す気だった。テイヤがジョーダンを追い払うのは無理である。テイヤがジョーダンを必要としているときに、彼女の暮らしから彼を力ずくで締め出すのは無理であると。ところが、気づけばジョーダンのほうが、あれよという間に完全に自制心を失っていた。自分を見失った。いつの間にか、自分はテイヤから伝わってくる悦びに没頭していた。

　テイヤから流れ出る熱くて甘い秘密の花蜜は彼を酔わせる。ジョーダンはそれに取りつかれ、死ぬほど飢えた男のように、テイヤの味がいったん舌の上ではじけた瞬間、身を引くことなどできなくなった。自分を抑えることなどできなくなった。

　テイヤの太腿を両手で力をこめてつかんで開いたままにし、愛撫が暴走しないよう懸命に抑えていた。だが、その闘いにも敗れつつあった。舌をテイヤのなかにうずめ、きつく引きしまっている体内の、深みのある温かい味わいをむさぼった。

ジョーダンは自分でも気づかぬうちに、テイヤの秘所からしたたる甘くなめらかな蜜を下へ運び、尻の繊細な入り口をなぞって潤いをなじませていた。この悦びを、テイヤにゆっくり教えるつもりだった。この悦びを、ジョーダンはテイヤに捧げずにはいられなかった。

テイヤは体をはねあげ、彼の髪をきつく握りしめた。ジョーダンの名を叫ぶ声は割れ、激しい渇望を伝えた。舌を秘所に突き入れながら、指をすぼまっているうしろの入り口に差し入れると、その敏感な場所がぐっと締まった。愛液がジョーダンの舌を濡らし、さらに下の割れ目に伝わった。彼はとろりとした蜜を指で受けて、小さなアナルのいっそう奥まで指を押し入れた。

指を引き、また濃厚な蜜をうしろへ運んで繊細な入り口に指を差しこむ。そうしながら、甘いプッシーから舌を引き出した。テイヤがここまで親密に彼を受け入れている光景を見たかった。激しい渇望もあらわに受け入れてくれているところを。

「ジョーダン」ふたたびテイヤが彼の名を叫んだ。背をそらして、小さなうしろの入り口を浅く貫いている指を押している。

「ああ、テイヤ」ジョーダンは驚嘆の声をもらし、親指でさらに愛液を集めて指をもっと奥へ進めた。花芯に熱のこもったキスをして、いったん指を引き、ふたたび貫く。同時に、感じやすい蕾にまた唇を引き寄せられた。

ふくらんでうずいているであろうピンク色の甘い蕾が唇と舌を誘った。指では穏やかに彼女の双丘のあいだを貫き続け、熱にぴったりとらわれる感覚を堪能した。

以前は、ベッドをともにする相手は静かなほうがいいと考えていた。テイヤを抱くまでは。彼の愛撫を受けて、テイヤが普段身につけていた抑制を崩すところを見てしまった。テイヤのなまめかしい叫び声を聞いてしまった。これからは、こうしたテイヤの反応を得られなければ二度と満足できないだろう。

テイヤのやわらかくてなめらかな秘所に舌を滑らせていると、いまだかつて体験したことがなかった飢えがわきあがってきた。テイヤの尻に指をうずめて彼女の体内の感触を確かめ、悦びに満ちた彼女の声を聞いていると、心地よさに浸れた。テイヤは握った彼の髪を引っ張り、彼のために両脚をいっそう大きく開いている。ジョーダンはうしろの繊細な入り口の奥に指を滑りこませ、きゅっと閉じているプッシーにまた舌をあてた。

「あなたのせいでどうにかなりそう」テイヤがあえいだ。声に表れた恍惚の響きを耳にして、ジョーダンは全身をこわばらせた。股間を襲う猛烈な衝動を抑えようとする。

テイヤのなかに入らなくてはならない。いきり立っているものを彼女のなかに打ちこまなければ死んでしまう。

彼は強いてテイヤの尻から指を引かなければならなかったが、プッシーから唇を離すことはどうしてもできなかった。脈打っている花芯にまた関心を移し、唇で包みこみ、口のなかに吸いこんで舌でもてあそびながら、喉の奥から満足げなうなり声を響かせた。テイヤを求めて死にそうで、もっと味わわずにはいられなかった。

テイヤのオーガズムが近づいてきているのを感じる。二本の指先を小刻みに動いているプッシーの入り口に差し入れると、優美な場所がきゅっと締まり、蜜が流れ出て、テイヤは体を彼の唇に押しつけるように腰をくねらせ始めた。ジョーダンのために、テイヤはまさに達する寸前だ。テイヤが到達しようとしている恍惚を、ジョーダンも誓って感じられそうなほどだ。

さらに力をこめて吸い、クリトリスの横に舌を押しあて、その繊細な蕾を撫でこすり始めた。指もいっそう強く速く動かし、熱い体内を激しく深く貫き、テイヤの喉からもれるかすれた懇願の叫びに応えた。

それからすぐ、テイヤが一気に上りつめるのを感じた。うずめた指を締めつけられ、圧迫される。花芯が激しくけいれんするようにぴんと立ち、蜜が指を伝った。熱い体内が波打ち、ぐいぐいと指を引きこんで閉じこめ、エクスタシーに打ち震えた。

テイヤがジョーダンのために達し、彼を包みこんだまま溶けている。花芯に口づけたまま離れないジョーダンの下で体をはねあげている。指はさらに奥深くへ引きこまれ、吸いつく唇、愛撫する舌に花芯が押しつけられた。ジョーダンは自由なほうの手で、悶え苦しんでいるペニスを外に出した。

まっすぐ立ちあがり、両手でテイヤのヒップをつかんでカウンターのはじまで引き寄せ、腰に脚を巻きつけさせる。

「やって！　早く！」テイヤが叫んで手を伸ばした。目にエメラルド色の炎を燃やしている。ジョーダンはいきり立っているものの先端を吸いつく割れ目に押しあてた。

「やるのか、ベイビー？」すさまじい欲情のせいで口調が荒々しくなった。「あとどれだけほしいんだ？　どうやってほしいのか教えてくれ」

押しあてた太い亀頭を動かした。温かい蜜がそこに絡みつき、悶えるほどの快感をもたらす。恍惚を予感して睾丸は張りつめた。耐えがたい九カ月のあいだ夢見てきたのはこれだった。

「じらさないで」テイヤは叫び声をあげ、ヒップを押さえているジョーダンの手首にすがった。「お願い、ジョーダン、入ってきて」手首をつかむ指に力をこめるテイヤの緑色の目に、必死の願いのこもった涙が光った。

ジョーダンの腰がひとりでに動き、広がった亀頭の先だけがわずかにテイヤのなかに沈んだ。ぴたりと締めつけてくる熱い場所が激しく波打ち、苦しいくらい敏感なペニスの先を搾る。

テイヤはかすかな尾を引くなまめかしい声を発し、華奢な細い首をうっすらと浮いた汗で光らせている。彼女のなかにいると液状の熱にくるまれているようだ。ペニスの先端を蜜で優しく包まれて、ジョーダンは息を吸い、この世のものとは思えないほどの悦びを余さず堪能しようとした。

あごが痛むまで歯を食いしばって勃起したものを握り、きつい入り口にゆっくりと亀頭を押し入れた。ほんの先端だけで感じられるテイヤの内側のさざ波は、電気を帯びたエクスタシーの細かい指のようだった。

テイヤの目をじっと見つめて、あと少しだけ身を捧げた。かろうじて感じ取れるだけ、引きしまったヴァギナの入り口を押し広げる。

「ジョーダン、お願いよ！」テイヤがカウンターにのせた頭を上下させ、腰に巻きつけた脚に力をこめて懸命にもっと奥まで彼を引きこもうとした。「お願いだからじらさないで。いいでしょう、ジョーダン。ずっと待ってたのよ。ずっと」テイヤの左の目からすっと涙がこぼれた。

「じらす？」ジョーダンはうめいた。「いいや、ベイビー、じらしてなんかいない。捧げてるんだ。知ってることをなにもかもやって、すべての悦びをきみに捧げてる」

いったん腰を引き、テイヤの腿のあいだに視線を落とした。ペニスの頂を艶やかな蜜がしっとりと覆っている。そこでふたたび腰を押し出した。さっきよりほんの少し深く。固く締めつける熱を帯びた場所の少しだけ奥まで分け入った。

「強く」背をそらして身を寄せるテイヤの声に反応して顔をあげ、目を合わせた。「入ってきて、ジョーダン。もっと強く。お願い。感じたいの。あなたのすべてをよ、ジョーダン。燃えあがらせて」

震えださずにいるだけで精いっぱいだった。ぶるっときたその瞬間に彼女のなかで果てずにいるだけで。なんてこった、テイヤにせがまれている。ジョーダンがほかのなによりもしたいと欲している行為だ。強烈な刺激と混ざり合う悦びを捧げたい。力強く、奥まで彼女とひとつになりたい。彼女をわがものとし、しるしをつけてしまいたい。テイヤは自分がなにをせがんでいるか、まったくわかっていないのだ。

テイヤはもうろうとなりながら一心に彼を見あげた。全身を駆け巡る狂おしい欲求を感じ、燃えあがっていた。切ない思いがクリトリスをじんじんとうずかせ、両脚のつけ根をほてらせ、体のすみずみまで興奮を行き渡らせた。

「ジョーダン、もう待てない」あえいで相手を見あげた。彼の顔のわきを一筋の汗が伝う。腰を動かし、ほんのわずかに彼をもっと奥に迎え入れた。「強く、抱いて……」

言い終える前に、叫びを発した。

目を大きく見開き、上半身をカウンターからぐっと浮きあがらせる。強烈な一突きが激しいエクスタシーを引き起こして緊張を走らせ、意識に衝撃をもたらすとともに、ペニスをなかほどまで埋めていた。

これでもまだ充分ではなかった。ジョーダンのすべてを手に入れてはいない。ジョーダンも止まってはいなかった。

テイヤは炎でできた台に縛りつけられている心地で、喉の奥から高い声を絞り出した。猛然と突き入れられるたびに感じる。ジョーダンが奥深くまで入ってきて、長いあいだふれられずにいた感じやすい場所を押し広げ、途方もない歓喜をもたらして熱い烙印を残した。これが完全に消えることなどもうないとテイヤには思えた。ジョーダンがいなくなっても、彼がテイヤのなかに残した燃えさかる熱を消し去るすべがあるわけがなかった。

ふたりの視線がぶつかった。テイヤに覆いかぶさっているジョーダンは張りつめた表情をし、根深い渇望から顔を紅潮させ、両手でテイヤのヒップを固くつかんで、猛々しい力をこめて自身を奥までうずめている。

彼の顔も、日に焼けた肩も汗に覆われていた。ジョーダンの全身にぐっと力がこもると同時に、テイヤは息さえしづらくなって浅くあえいだ。硬く、たくましすぎるジョーダンが押し入って、それ以上受け入れられないところまで進んできても、テイヤはさらに受け入れようとした。

両脚のあいだに燃えるような快感が走って力が入り、泣き声に似た悩める声が出た。解放が迫って体の奥がざわめき、クリトリスがうずいて興奮が広がった。熱を帯びた恍惚に全身をとらわれ、オーガズムが内側から勢いよくわきあがった。

「ああ、いいぞ、テイ」ジョーダンがうめいた。激情を秘めた低い声の響きに、テイヤの興奮はさらに押しあげられる。「こいつを搾ってくれ、ダーリン。感じさせてくれ、テイヤ。きみがいくところを、ベイビー」腰の動きが激しさを増し、速くなる。「やわらかいプッシーで搾りあげてくれ」

あからさまで深い欲望のこめられた、官能を刺激する言葉をぶつけられ、エロティックな悦びが血流に乗ってどっと送り出された。体がぴんと張りつめ、快感がはじけて火花となって飛び散り、全身が爆発するように感じた。細胞ひとつひとつが歓喜にわき、喜びが心を駆け巡った。意識に焼きつき、魂に染みこんだ。

恍惚として揺さぶられた。心の底からエクスタシーに圧倒され、息も奪われ、正気も失って、身を硬くした。

ジョーダンの荒ぶる雄叫びが体に響いた。根元までテイヤのなかに身を沈め、背を弓なりにし、体の奥でどっと精を放ったジョーダンの感触そのものは、魂に響いた。熱い種の奔流を受けて、テイヤはいっそう高く舞いあがった。強烈な興奮が体じゅうではじけ、目もくらむほどまぶしい純粋なエクスタシーのなかで溶けていった。

ひとりでにおりるまぶたをどうすることもできずに目を閉じた。テイヤとひとつになったままジョーダンは達した。たくましい体を震わせながら勢いよく精を放ったたびにテイヤに腰を打ちつけ、炎の奔流で彼女のなかに焼きつくしるしをつけた。烙印だ。ジョーダンのものとしてつけられたしるしは、いつまでも消えないだろう。

耐えきれないほどの悦びがやわらぎ始め、とらわれていた恍惚のなかから徐々に自由になって、テイヤはぐったりとカウンターに横たわった。力が抜けて、ゆっくり倦怠感に包まれていき、満たされた心地よさのなかにぼんやりとたゆたった。

基地での最後の一夜の出来事よりすばらしいことなど、なにもないと信じていた。絶頂を感じたあとに悲しみが残っても、この悦びはなににも勝ると考えていた。

間違っていた。あのときの悦びに勝る悦びはあった。完全に比べものにならない大きな悦びが。しかも、ジョーダンはテイヤの魂に烙印を押したのだ。

テキサスを去った夜は、なんとかジョーダンに魂を奪われずに済んだ。魂を大事にしまいこんで、ジョーダンを失う苦しみや、彼のそばを離れて生きていくつらさを感じまいとした。

それなのに今回は、ジョーダンに魂のなかにまで押し入られてしまった。防壁を崩され、平和も、ぬくもりも、恋人のそばにいる安心感も知らずにからっぽだった魂の暗いすみずみまで満たされてしまった。

ついさっきまでからっぽだった魂。今夜、ジョーダンが壁を打ち破って魂を征服し、テイヤが隠していた一面を手に入れてしまった。

今度ジョーダンを失ったら、テイヤはだめになってしまうだろう。

4

ジョーダンはゆっくりと身を引いた。まだ敏感な状態でうずいているペニスをぴたりと包むプッシーに優しく撫でられる感触がたまらなく心地よく、あごに力が入った。まだ硬いものをやわらかく繊細な体内に愛撫され、締めつけられて、快感に悶える顔になった。

テイヤめ。こんな悦びを味わったことなどなかった。テイヤほど迷いなく、情熱をこめて受け入れてくれた女性などひとりもいなかった。セックスをするようになってから初めて、上りつめたあと膝が抜けそうになった。解放の勢いはあまりにもすさまじく、種と一緒に魂まで注ぎこんでしまったのだろうかと思うほどだった。

あおむけに横たわり、体の両わきに静かに腕を垂らしているテイヤは女神のようだ。くそ、飢えた性欲の神に捧げられた絶世の美女のようだ。しかも、ジョーダンはまだ終わりにはできないという気がした。たったいまテイヤとともに達した快感の境地を追求しなくていいなどと思えるわけがなかった。

重たそうなまぶたがかすかにあがり、テイヤ独特の輝かしい魔女を思わせる緑の目が、赤金の豊かなまつげの陰からジョーダンを見つめた。警戒、悦び、艶めいた熱情のきらめき。すべてが瞳に表れていた。テイヤの目を見て、ジョーダンはすでにわかっていたことを確認した。あまりにも早く終わってしまった。テイヤが求めていた現実からの逃避は、とにかく早く終わりすぎてしまった。

現実はあらゆる意味で、あっという間にテイヤにのしかかっていた。

ジョーダンのジーンズは中途半端に膝までおろされていた。ちくしょう、ジーンズを膝に引っかからせたままにしておいたことなど、しょうもない十代の若造だったころ以来だ。こんな事実に気づいたら、少しは気まずさを覚えるはずだ。テイヤに許すべきではなかった影響を及ぼさせてしまったあかしなのだから。しかし、気まずさを覚えるどころか、まだ体じゅうに広がっている信じられないほどすばらしい悦楽の余韻に浸ることしかできなかった。

ジーンズを引きあげて前を閉じてから、手を差し伸べてテイヤを助け起こした。彼女はカウンターのはじに座ったまま、黙ってじっとジョーダンを見つめた。ぼんやりとしたまなざしで、いまにもジョーダンから打撃を加えられるのではないかとでも考えているように目を向けている。

ああ、前回の夜、基地であんな仕打ちをしたあとだ。警戒しているテイヤを責められるわけがなかった。

テイヤを決して一夜だけの相手にはするべきでないと最初からわかっていた。テイヤの感情はあまりにも傷つきやすく、心はあまりにも繊細だ。神に誓って、ジョーダンはテイヤの繊細で誠実な心を傷つけたくなどなかった。だが、まさにそうした気がしていた。ジョーダンは、テイヤの女らしい心の奥底までぐさりと傷つけたのだ。

ふたりでベッドをともにするなんて出来事は起こるべきではなかった。ジョーダンがそう言った理由を、テイヤは理解してくれていなかった。あのときのジョーダンにわかっていたのは、もうあの時点で、彼は病みつきになる欲望にがっちりと体の奥までとらえられているという事実だけだった。心の奥底からわかっていた。二度とテイヤからは自由になれない。自分が自由になりたいのかどうかさえわからないと思っていた。

ジョーダンは重くのしかかる認識を抱いていた。テイヤをめぐる不明確な感情とずっと闘ってはいるが、この感情から逃れるのは無理だ。距離を置かなければならないと確信した。そして、そんな事態は断じて許さないが、テイヤの身になにかあったら、彼は回復不能になるに違いない。キリアンと違い、ジョーダンはテイヤを失ったら生き延びられないだろう。

黙ってテイヤを見据えたままうしろにさがり、手を貸してカウンターからおりさせた。しっかり自分の足で立つまで支えてやったあと、仕方なく手を離した。

「なにか言って」テイヤがかすれた声で強く求めた。

ジョーダンに背を向けて床に落ちた服を拾い集め、手早く身に着けている。しぐさのひとつひとつに特別な優雅さが、無垢な色気があり、ジョーダンはまた硬くなった。あっという間に股間に欲望の火がつき、血がたぎるとは、ショックだった。

「なにか?」テイヤはほっそりとした脚にパンティを通して引きあげている。セクシーな尻の丸み。そのまろやかな曲線にふれたくてたまらなくなり、両手がうずうずした。しかし、テイヤはジョーダンになにかを言わせたがっている。が、ジョーダンの脳はまだまったく働いていなかった。なにを言うべきかも、まったく浮かばない。このていたらくには、ただ情けなく驚くばかりだった。

「あと三十分くらいたったら、ジョンとトラヴィスとベイリーとリリーが来るからな。ランチにはなにを頼んでほしい？　なんらかの決定にいたってミーティングを終えるまでに、腹が減るに決まっているぞ」

使い慣れた手段に頼った。いま頼れる防衛手段はこれだけだ。距離を保つ。混乱しきっている感情を適切に抑えられるようになるまでは、それらと距離を置く。

テイヤは体を起こした。シャツを頭からかぶって着、ジョーダンを見据えた。彼のゆったりとした平淡な口調に、まなざしをとがらせた。

この声を出すジョーダンは第一エリート作戦部隊の司令官だ。昨夜、テイヤの部屋にいきなり現れた男でも、たったいま、女に飢えきっていたようにテイヤを抱いた男でもない。テイヤににらまれても、断固として横柄に構えた表情を崩さず、視線も揺るがさない。この男は断固として感情を抱かず、他人に近づきすぎないと決めこんでいて、絶対に人を愛すまいとしている。

頑固でどうしようもないジョーダンを前に、テイヤは奥歯をきしらせた。ジョーダンは揺るぎない決意を抱いて、尊大な空気にすっかり包まれている。彼がつねに自分と外の世界のあいだに置いている冷ややかな距離が、テイヤを押しのけていた。

「出ていく気はないのね？」テイヤはショートパンツをはき、いら立ちのあまりこわばる指で前を留めた。「なにも言わずに押し入ってきて、ここを占拠する気ね。わたしの希望も、考えも無視して。押しかけてきて、わたしを怒らせて、ふたりとも叫び声をあげるまでわたしを抱いておいて、なんにもなかったふりをするのね」

ジョーダンは片方の眉をつりあげた。「なんにもなかったふりなどしないさ。なにがなんでも、またあんなことをする気だからな。ソレルの話だが、やつの組織は念には念を入れて隠されていた。捜査機関がソレルの屋敷を押さえてファイルを調べたあとでさえ、有力な手下たちが逃げおおせたのは確実と見られていたくらいだ。運がよければ、そういう手下どもをとらえて尋問できるかもしれん」

寄り添われたり、愛をささやかれたり、余韻に浸ったりする時間はあきらめるしかない。とらえられたソレルの元協力者たちは、初めのうちの尋問では揺るがず尊大に口を閉ざしていた。しかし、テイヤがエリート作戦部隊に加わってから知ったところによると、ジョーダンによってイスラエル対外情報機関モサドの尋問の専門家たちの手に引き渡されたあとはすぐ、歌うカナリアのようにしゃべりだしたそうだ。

「ひょっとしたら運がよくて、ただの人騒がせなうわさかもしれないわ」テイヤは希望をこめて言った。

だが、ジョン・ヴィンセントの情報源は恐ろしいほど抜かりがない。ジョンと、妻の元CIAエージェントで莫大な富の相続人である女性は、何カ国にもまたがる情報ルートを築きあげていた。

「ありえんな」腹が立つほど自信ありげな声で返された。

「何事にも最初というものがあるでしょ」内心とは裏腹な軽々しい口調で答えた。「どこかの誰かがわたしの居場所や素性を知ってるからって、即、わたしを捜し出して痛めつけようってことにはならないと思う」

また危険や恐怖に向き合うのはいやだった。自分の人生には安心や安全などありえないのだとあきらめるのも。

キッチンを見まわし、不動産業者に家と土地を初めて案内してもらったとき、わきあがった感覚を思い出した。

あのとき、エリート作戦部隊の基地に迎え入れられた日にしか感じた経験がなかった、ここにいてもいいのだという感覚に包まれて、気持ちがらくになった。日あたりのいいキッチン、仕切りのない広いリビングルームを見まわして、ここでなら自分もほかの人のように暮らしていけるかもしれないと思った。売りに出されていた地元の造園会社を見にいったときも、同じように感じた。

次の経営者が望むなら、従業員たちは引き続き会社に残ると言ってくれていた。まるでテイヤが必要としていたものをすべて、運命が目の前に用意してくれていたみたいだった。それなのにいまになって、運命はすべてを取りあげようとしている。

「いつか、ママと一緒におうちに住みましょうね、テイ」母親が浮かべた笑みは疲労と消えかけた希望を漂わせていて、まなざしに明るさを灯してはいなかった。あの夜、テイヤは母親の胸に抱かれ、ニューヨークの橋の下で暮らす人々にまぎれて隠れていた。何度もソレルに見つかりそうになった。あのときも、追いつかれそうになって逃げてきたあとだった。

ふたりともぼろぼろの服を着ていたけれど、寒さはしのいでいた。テイヤは怯え、恐怖に震えていた。母親の強い意志に忍び寄り始めているあきらめを、敏感に感じ取っていた。

「想像してみて」母はテイヤの額にキスをしながらささやきかけ、ふたりの体を覆っている毛布を娘の体にきつく巻きつけた。「本物のおうちよ。ドアも窓も電気もあるの。裏には小さなお庭もあるといいわね」母の手が震え、声がしだいに途切れた。テイヤが見あげると、母の頰には一筋の涙が伝っていた。

「ママ?」テイヤは小さな声を出した。母が涙を流すところなど本当にめったに見たことがなかったから、怖くてたまらなくなった。

「テイはおうちに住むの」母は不意に力強く、決意に満ちた口調で、娘にきっぱりと言った。テイヤの記憶にある母は、いつも強く、決意に満ちていた。「テイヤ、あなたはいつか、自分の家に住むのよ」

ほとんど忘れかけていた記憶がよみがえって、衝撃に近いものを覚えた。裏にすてきなお庭がある小さなおうち。穏やかで安心できる居場所。

テイヤはまわりに視線を向け、はっきりとは気づかないうちに自分がかなえていた夢を見まわした。過去がこれを奪おうとし始めるまで、夢をかなえていたことに気づかなかった。

過去の恐怖にこの家を奪われるくらいなら、立ち向かったほうがまし。そう決意するまで気づかなかった。

ジョーダンは、自分の家を見まわすテイヤを見つめていた。彼女の顔に打ちしおれた表情が浮かび、こらえているに違いない涙で目が光った。悲しみにとらわれているテイヤの瞳の奥にある気持ちが、ジョーダンにも見て取れた。テイヤは、ずっと手にしたいと夢見てきたものすべてを失ってしまうかもしれないと恐れている。そのせいで胸が張り裂けそうな思いをしている。おそらく、エリート作戦部隊の基地でジョーダンが彼女の心を傷つけてしまったときよりも、つらい思いをしている。苦しんでいるテイヤの姿をまのあたりにして、怒りが燃えあがった。

ちくしょう、テイヤにここから逃げろと強いるわけにはいかない。実状がどんなに危険か気づいて、いまさらテイヤが逃げようとしたとしても許すわけにはいかなくなった。初め、ジョーダンは無理やりにでもテイヤを移動させ、新たな身元と暮らしを受け入れさせなければならないと思いこんでいた。しかし、そんなまねをしたら、それきりテイヤの人生は変わってしまうだろう。消え失せようとしない過去にこの夢を奪われてしまったら、テイヤはもう二度と自分の力を信じられなくなる。たとえか細い根でも、それを張れるだけの自分の居場所を、ふたたび見つけることができなくなる。テイヤはこれまで勇気を出して抱いてきたほかの夢の数々を、すでにことごとく過去に奪われてきた。

ジョーダンは、テイヤがこの夢を手にしたままでいられる方法を見つけ出さなければならない。過去の悪霊どもをこれっきり消し去る方法を。

「ジョンとベイリーは、いつ着くって？」一心に見つめているジョーダンの前で、テイヤはようやくため息とともに声を発した。

「三十分後だ」ジョーダンは、なにげなく腕時計に目を落とした。

ふたたび目をあげたときには、テイヤは隙のない冷めきった表情を浮かべ、まなざしにはほとんどなんの感情もあらわにしていなかった。静かで、落ち着いた表情。それでも、テイヤの内側は怒りと苦悩をいまにも噴きあげようとしている火山のようなものだと、ジョーダンにはわかっていた。

「どうしてこんなことをしてるの、ジョーダン？　どうしてここにいるの？　このあいだまで気にも留めていなかったのに、なぜ、いきなり気にしだしたの？」

「本気で、気にかけていなかったと思いこんでるのか？」怒りを隠そうともせず、ものすごい剣幕で聞き返した。「ばかを言うな、テイヤ、わかってるだろう、部隊は家族と同じだ。部隊の全員がそうだ。部隊の誰のためにだって全員が同じことをする。わかってるだろうが」

テイヤはとにかく驚いて、首を左右に振った。「あなたは誰とも親しくなりすぎないようにしてたじゃない、ジョーダン。ノアは別として」

「部隊の男どもの何人かとは最大十二年、きみとは六年も行動をともにしてきたんだ。わたしがそこまで距離を保っていられたと本気で考えてるのか？　きみを抱いて一緒にいったとき、わたしはそんなに遠くにいたか？」

ジョーダンはあまりにも多くを隠す人だ。ずっと前からそんな気がしていた。愛さずにはいられないこの男性の新たな一面をまた見つけた。けれども、こうした発見をするのが遅すぎたのだ。何年も前に、ジョーダンがこういうチャンスをくれていたらよかったのに。せめて、九カ月前に。

たぶん、ジョーダンは部隊のほかの人たちのことも、このくらい熱心に守ろうとするのだろう。そう考えたところで、テイヤの気持ちは変わらなかった。六年間、テイヤが基地から守ってきた仲間の男女たち。その友人たちには、テイヤのために身を危険にさらしたりしてほしくない。

「着替えないと」テイヤは肌もあらわな格好をしている自分の体の前でさっと手を振った。暮らしに訪れたあまりにも多くの、あまりにも急な変化に、なんとか対応しなければいけない。「ピザかなにか頼んでおいて。ひとり分以上の料理を作る材料は手元にないわ。正直言って、料理をする気分でもないし」

背を向けて寝室へ歩いていくテイヤを、ジョーダンは驚いて見つめていた。なんだと、料理ができるなんて聞いていないぞ。食事を作ってあげましょうか、などと一度も言われたためしがないではないか。

腰のホルダーから衛星電話を取りはずし、地元の配達してくれるピザ店を探しあて、電話をかけて注文した。

本当のところなぜトラヴィスやリリーたちを呼んだのかは、テイヤに明かさなかった。リリーなら、ここを離れるようテイヤを説得してくれるだろうと願っていた。が、テイヤがここを離れることでどんなにつらい思いをするか気づけばすぐ、リリーは説得をやめるに違いない。ジョーダンも、すでに説得をあきらめている。

部隊に女性がいると、これだから困る。ジョーダンはため息をついた。女たちが考えるのは、単なる身の安全のことだけではないのだ。安心とはなにか、女は男とはまるで違う考えを持っている。男は女を守ることだけ考える。

とりあえず、テイヤは安全確保の意味を理解する訓練は受けてきた。テイヤを守るにあたって必要な行動に協力する訓練は受けてきたはずだ。それに、テイヤもともに行動させれば、彼女が持つソレルの組織に関する知識を活用できるという利点もある。

今回のテイヤとの再会は、思い描いていたのとはまるで違う結果になった。九カ月もたつのだから、どう考えても恋人のひとりくらい作っているだろうと覚悟していた。新しく始めた生活には、おそらくデートの予定くらい入れているだろうと。

家や会社を買っているとは思ってもみなかった。ここに根をおろし始めているとは思わなかった。テイヤは若いころも、テキサスにいたころも、決してそんな危険を冒そうとしなかったのだ。

これで作戦はより複雑になったが、こうするのがいちばんなのかもしれない。テイヤを隠しても、執念深く彼女を追っている者の正体が明らかになるとはかぎらない。将来のテイヤの安全が確保されるともかぎらない。

少なくとも、このやりかたでいけば、ジョーダンがテイヤの人生から去るとき、ふたつのうちどちらかの結果となるのは確実だ。テイヤの安全が確保されるか、ジョーダンとテイヤのふたりともが死ぬか。選ぶなら安全のほうがいい。

実際は一時間近くたってから、ジョンとベイリーとトラヴィスとリリーが家にやってきた。四人はそれぞればらばらに音もなくテラスのドアから滑りこんできた。

ジーンズとTシャツとスニーカー、それに、まだぴんと立っている胸の頂を隠すのにあまり役立っていないブラジャーに着替えたテイヤは、コーヒーをもう一ポット用意した。

部隊がそろって基地にいるとき、作戦の準備を進めるあいだ、隊員たちが熱くて濃いカフェインをどれだけたくさん摂取していたか、テイヤはよく覚えていた。準備期間は何日も続くこともあった。作戦の第一段階の計画を練りあげ、手に入れられる情報を残らず集めるため、判断力に支障が出るまでめったに眠ることもなかった。眠っても数時間の仮眠程度ですぐに起きてきて、まずコーヒーを飲み、それから作戦会議室に戻ってきた。

食料品店に行ったら、みんなの燃料になるコーヒーをたっぷり仕入れなければいけない。食料もたくさん買いこんでおいたほうがいい。あきらめてそう思った。あの一団のために一から料理するなんて絶対に無理だからだ。そんなことをしようとしたら、昼も夜も料理にかかりきりになる。サンドイッチと缶詰スープで、みんなには満足してもらうしかない。買いものリストを作成しているとき、トラヴィスやジョンより先にベイリーとリリーが静かに家に入ってきた。

「わたしたちからあなたに連絡が取れなかった謎が解けたわ。ごめんね、テイヤ。キリアンにそんな根性悪なまねができるなんて思いもしなかったの」ベイリーがカウンターをまわってきて、テイヤをきゅっと抱きしめた。リリーもすぐうしろに続き、ふたりして眉をひそめている。「あいつをぶっ飛ばしてやらなきゃね」

「それで済んだらめっけものよ」テイヤは小さな声で応じたが、公正に考えるなら、キリアンを責められないと思った。テイヤも、自分の友人たちを、家族と考えている人たちを守るためだったら、なんだってしたのではないだろうか？　キリアンと同じような行動を、テイヤだってとったに違いない。

「そうね、心配しなくていいわ、テイヤ」リリーが弧を描く眉をあげ、すかさず微笑を浮かべた。「機会がありしだい、その点は処理してもらえるはずだから」と言って、ジョーダンに視線を向けている。ジョーダンは部屋の向こうはしで、ジョンやトラヴィスと低い声で話していた。

目の前の女性ふたりは雰囲気も気性も昼と夜くらい違っているけれど、任務に臨み、友人を守らなければならないとなると、どちらとも恐ろしいくらい切れ者になる。テイヤは何年も近くで見てきた。カイラ・リチャーズとともに、彼女たちは基地での活動が滞りなく進むよう取りはからってきた。男性隊員たちが中心になって活動してはいたが、女性たちがいなければ彼らの活動が成り立たなかったことをテイヤは知っている。男性たちは、彼女たちがいるからこそ、自分たちは人間のままでいられると断言していた。

「あなたとジョンの情報源からの報告で話が発覚したってジョーダンに聞いたんだけど」テイヤはベイリーに問いかけた。「なにがあったの？」

ベイリーは整った顔をしかめた。「アフガニスタンに何人か連絡員を抱えてる。彼らは、テイヤ・タラモーシ・フィッツヒューの死について調べられている気配があったら、とりあえず探ってみることになってるの。何日か前、安全な手段を通じて連絡員ふたりから知らせがあった。部隊があなたの身元を隠すために爆破した倉庫の跡地を、アイラ・アルトゥールとマーク・テニソンがうろついていたとね。アルトゥールとテニソンは、あなたにまつわる情報について話し合っていたそうよ。あなたが死んでいないという事実、あなたの新しい名前、考えられる居場所まで。アルトゥールたちに情報を流したのが誰かは、まだ突き止められていない。でも、いま調べさせてるところよ」

「そのふたりを使ってるのが誰か、連絡員にもまるでつかめていないの？」警戒をかき立てる震えがテイヤの背筋の下から上へ走った。

「まるでね」ベイリーはうなずいた。「ただ、昨日の夜ワシントンＤＣに着いてから知ったんだけど、ステファン・テイトと彼の関係者の何人かが、先週からアメリカに来ているそうよ。ピッツバーグにある化学製品製造工場の買収を監督するために。アルトゥールとテニソンもステファンの動きを見張っていると報告があった」

ステファン・テイト。

テイヤはふたりの女性に背を向けた。戸棚からマグカップを取り出すことで、この知らせに対する自分の反応を隠すためだ。

ステファン・テイトはテイヤの大叔父だ。母方の祖父の弟。ベルナール・テイト夫妻が亡くなったとき、ステファンはテイト家の財産と事業資産を引き継いだ。テイヤが聞いた話では、兄と義理の姉の死後、株主が離れ始め、ステファンは事業の存続に非常に苦労したらしい。

テイト家にとって、つらい時期だった。そのころテイヤは母の死を乗り越えなければならなかった。母に説得されてテイヤを守っていた元海兵隊員の死も。

あれからどのくらいたっただろう？

途方もなく昔だ。祖父母が死んだ同じ月に、母親もニカラグアで殺された。あのころ、フランシーヌはほかにどうしようもなくなって両親に電話をし、自分と娘のために手を貸してくれる人を送ってほしいと必死ですがった。テイヤはあとになって知ったのだが、ソレルはあのころフランシーヌとテイヤの両方に追いつく寸前まで迫っていた。

娘の電話から二十四時間もたたないうちに、ベルナール・テイトはパリの街角で車にひかれて亡くなった。翌日、ベルナールの妻も自宅の寝室で息絶えているのが見つかった。死因は薬物の過剰摂取と考えられた。

そして、テイヤの母親も狂った男の手にかかって命を奪われた。テイヤがいまだに完全には理解などできない理由で、娘を見つけ出す執念に取りつかれていた男。

ソレルは、彼の息子であるテイヤの異母兄にテイヤを与えると誓った。テイヤはそのための子どもであると主張していた。父親のもとに戻ってきさえすれば、決して母親のような目には遭わせないと言った。

あきらめてしまい、自分で命を絶とうかと、テイヤは何カ月も悩んだ。テイヤを守るためにあまりにも多くの人たちが命を失ってきた。それを考えると、テイヤはとても祖父の弟であるステファン・テイトに連絡を取ることなどできなかった。大叔父も、ほかの家族も残らずソレルに殺されると恐れていた。

「これだけ時間がたってもまだやつらは、わたしが家族に連絡を取るとでも思ってるのかしら？」訪問者たちに背を向けたまま、つぶやくように疑問を口にした。マグカップを出してから、別の戸棚から砂糖と粉クリームも取った。

「あなたがフランスの捜査機関に協力してソレルのコンピューターセキュリティーを回避し、ソレルが誘拐した少女や女性たちがとらえられていた地下の密室の場所を特定したとき、ソレルとフランシーヌ・テイトの娘であるという素性があの国の捜査機関に知られた」リリーは続けた。「それから数年、ステファンはあなたに接触しようとしたでしょう。あなたが本当にテイト家の継承者なのか確かめるために。それでも、ステファンがフランスの機関を通じて送ったメッセージに、あなたは一度も答えなかったわね」

テイヤはそろそろ感情を表に出さずにいられることを願って振り返り、首を横に振った。

「答えたわ。ステファンに、あなたの親族ではないと伝えたの」テイヤは明かした。「姪やその娘を捜しているなら、ほかをあたったほうがいいって。そしたら、ステファンは二度と接触しようとはしなくなったけど、わたしはまだソレルの屋敷にいるうちに殺し屋に狙われて、数日のうちにそこから逃げなくてはいけなくなった」

親族ではないというテイヤの言葉を、ステファンが受け入れてくれていたらいいのだが。祖父母は娘と孫娘を救おうと決意したせいで命を奪われた。もう、これ以上は家族に命を落としてほしくない。母が父親を頼って連絡したときよりも恐ろしい危険に、親族をさらしたくはなかった。

「それでも、何者かはステファンとあなたのあいだにつながりがあると知っていて、あなたから親族に接触すると考えているようね」と、リリー。「ゆえに、アルトゥールとテニソンはステファンを見張っているのではないかしら。ほかの者たちにあなたを監視させておいて」

「わたしたちの連絡員が受けた報告によると、あなたはフランスを出てから政府のエージェントとして働いていたとのうわさがあるらしいんですって。その後、職を解かれ、死がでっちあげられた」ベイリーは瞳を明るく輝かせている。「とにかく、ちょこちょことじっとしてられない女ね？」

「そう見えるみたいね」テイヤが眉を寄せてつぶやいたとき、ジョーダンとジョンとトラヴィスがコーヒーを取りにカウンターにやってきた。

「で、プランCとかDとかEはもうできた？」ベイリーも男たちを振り返った。辛抱しているふうな口調だが、三人を見つめるまなざしは楽しげだ。

つねに複数のプランを用意するよう、ジョーダンは部下たちに教えこんでいた。テイヤは、ジョーダンのプランAとBをすっかりだめにしてしまったようだ。部隊の仲間たちも、とっくにそのことに気づいているらしい。

「もうすぐできるかな」ジョンが答えた。妻に向けるまなざしには愛と情熱があふれている。ジョーダンにあんなまなざしを向けられたい。テイヤはそんな夢を抱いていた。テキサスを発った朝に消えてしまった夢だったが。

同じまなざしを、トラヴィス・ケインも妻であるリリーに向けていた。リリーはトラヴィスを満たす存在なのだ。トラヴィスもまたリリーを満たす存在である事実は、はたから見てもひと目でわかった。二組の夫婦は、テイヤがジョーダンとはぐくみたいと夢見ていた絆の完璧な見本だった。

「アルトゥールとテニソンを捕まえて、ミカに尋問させたらどう？」テイヤは提案した。「ふたりとも自分を雇った人間が誰かは確実に知ってるでしょ？」そんなに簡単にいくだろうか？　ああ、ただ早くこの件が終わってほしくてたまらない。昔、テイヤや母を守ろうとした人をソレルがことごとく殺したのと同じように、ソレルの手下がテイヤの友人たちを傷つけてしまう前に。

テイヤが六歳になったばかりのとき、彼女を引き受けてくれた女子修道院の若い修道女《シスター》も同じ運命をたどった。テイヤの母親はあのとき、ソレルや手下たちを娘から引き離そうとしていたのだ。

数カ月後には、母娘それぞれの居場所をソレルにかぎつけられたかもしれないとフランシーヌから知らせがあった。テイヤはシスター・メアリーに起こされたときのことを覚えている。暗い部屋でシスターに着替えを手伝ってもらい、つまずきながらも急かされて部屋を出た。

地下のワイン貯蔵室の岩壁に隠されていた狭いトンネルを通り、ふたりは修道院から脱出した。トンネルを抜けて鬱蒼とした森を歩きだしたとき、テイヤの耳に遠くから聞こえる銃声と女性たちの悲鳴が響いた。その夜、修道院に残ったシスターたちは恐ろしい殺されかたをした。

三年ほどのち、シスター・メアリーは大学で知り合いだった元海兵隊員にテイヤを守る役目を託した。彼がテイヤを守れたのは、ほんの数年だった。

彼はテイヤをバスに乗せて送り出してからわずか数日後に殺害された。テイヤは国を横断し、元海兵隊員の友人である、ワシントン州の山中で暮らす男のもとへ向かった。

同じような筋書きが耐えきれないほど何度も繰り返された。ほんの短いあいだの平穏。それから、ようやく恐怖を忘れて眠りにつけるようになったとたん、恐怖が初めから繰り返された。

母親の死を知らされたとき、テイヤは十五歳だった。以降は、たったひとりで逃げなければならなかった。自分のせいでほかの人を死なせてしまうことに耐えられなくなっていた。

思いやりを示してくれた誰にとっても呪いでしかない子どものために血が流されることに、もう耐えられなくなっていた。

そして、いまになって、過去が一段と悪意を増して戻ってきつつあるらしい。

ここにいる男女たちが、テイヤのためにみずからの命を、互いに見つけた愛情を危険にさらそうとしている。そんな状況に、テイヤが耐えられるはずがなかった。

「尋問という手もあっただろうけれど、アルトゥールたちが自分たちを使っている人間の正体を知らない恐れもあって思いとどまっているの。現時点では、その危険性が高すぎて踏み切れない。いまのところ、こちらがアルトゥールたちの存在に気づいていることを相手に知らせたくないのよ」リリーが説明した。

テイヤは指を丸めて固く握りしめ、恐怖とパニックを撃退しようとした。「こんなの耐えられない！」飛び出した大声に、ほかの人たちどころか、自分までひどく驚いた。「みんな帰らなきゃだめよ。ここに来て、こんなふうに自分たちの身を危険にさらしていいはずないでしょ。どうかお願いだから、帰って」

誰かから返事があるのを待ったりしなかった。女性ふたりのそばを通り過ぎて、寝室に逃げこむために急いで歩いていった。こんな戦いにみずからかかわってきて、あの人たちがどんな危険を冒そうとしているかわかっていながら、二組の夫婦それぞれのあいだにある愛情を見ているなんて耐えられない。テイヤだって耐えようとした。恐れと闘おうとしてきた。それでも、この恐れは、ジョーダンを除けばテイヤの唯一の弱みだった。テイヤを助けようとした人のなかに、生き残った者はいない。

誰よりも、ジョーダンがこんな危険を冒すのを許せるわけがなかった。自分が原因でジョーダンや彼の家族の命が奪われでもしたら、テイヤの心は破壊されて絶対に生きていけないだろう。

エリート作戦部隊はテイヤに六年間の平穏を与えてくれた。それ以上のなにを望めるだろうか？　部隊が解散し、みんなの契約が切れてしまったのは彼らの責任ではない。テイヤが父親の作り出した過去につきまとわれて苦しんでいるのも、みんなのせいではないのだ。

「テイヤ」リリーの固い意志を秘めた声に呼び止められ、寝室のドアノブに手をかけたまま動けなくなった。「わたしたちは友人でしょう。トラヴィスやわたしが困っていたら、あなたも助けてくれるのではなくて？」

テイヤは部隊の仲間たちを見られるくらいだけ顔をうしろに向けた。つい、視線でさっとジョーダンを捜した。「でも、わたしには、わたしのことをそこまで気にかける人はいないもの、リリー。あなたとトラヴィスが愛し合ってるみたいに、愛し合ってる相手はいないだから、比べるわけにはいかないでしょ？　あなたたちみんな、その点を考えなきゃいけないと思うの。あなたたちには家族がいる。ほかの人たちには子どもだっているじゃない。あなたたちには生きなきゃいけない理由があるでしょ。本気でそれを危険にさらしたいの？　そうする価値もない人間のために」

ドアを乱暴に開いて寝室に入り、たたきつけるように閉めて鍵をかけ、ドレッサーに駆け寄った。

小さな緊急用バックパックが、そこのわきに置いてある。武器、現金、クレジットカード、車に乗っていくための予備の鍵が入っている。

車までたどり着ける見こみはまったくない気がするけれど、なんとしてもこの家を出なければいけない。受け入れ合い、愛し合っていることがひしひしと伝わってくる二組の夫婦から逃げなければならなかった。テイヤも受け入れ合い、愛し合える人がほしくて死にそうだった。それをすでに手に入れている人たちが、それを危険にさらそうとしている。テイヤを助けるために。こう考えただけで、心がひとかけら死ぬかと思うほどだった。

ここにいては、感情に左右されず論理的に考えるのは無理だ。ジョーダンがテイヤを守ると言い張り、ほかの四人も自分たちの身の安全をかえりみずにジョーダンの意見を支持している。ここにいてはいけない。

テイヤはもう基地にいるわけではないのだ。ここでは少しも安心できない。まったく安全ではない。ジョーダンだって、テイヤを守るためにいつまでもここにいてくれるわけではない。

これは、戦うか戦わないかをテイヤが決めなければならない戦いだ。テイヤひとりで。

「こっそりガレージに出ていってます」ジョンが、手にしている携帯モニターを見ながら静かに知らせた。夜明け前に取りつけておいた複数ある小型カメラから無線で受信している映像が、鮮明に表示されている。

ジョーダンは裏のテラスに通じるフレンチドアを向いて立っていた。腕組みをし、ここから一歩も動くなとおのれに命じている。

「ミカとニックは配置についているな？」低い声で確認した。

「ふたりともいつでも動ける状態です」ジョンが答えた。「テイヤがカメラに映る範囲から出るまでは、おれの手元にあるのと同じ映像を見ていられるはずです。そのあとは、テイヤの車に仕掛けた追跡装置に頼るしかないですけど」ジョンは小声で愉快そうにうめいてみせた。「おおっと、テイヤが基地からちょろまかした電子機器探知器について、前もって教えてもらっててよかったですよ。ちょうどいま、そいつを使って車を調べてる。おれが追跡装置を改良して、あの探知器でも見つけられないようにしましたけどね。とんでもなく苦労したんだから」

ジョーダンは笑みを浮かべかけてしまった。テイヤは部隊が任務中に使用していたおもしろい小型装置を、いくつかひそかに持ち出していた。あの新しもの好きのかわいいやつは、優に百万ドルは超える価値のあるハイテク機器をまんまと持っていったのだ。

ジョーダンは知りながら、テイヤの好きにさせた。テイヤが守られるよう、新たな身元が作りあげられたものだと暴かれないよう手を尽くしたが、それでも、ああいった装置を持っていかせた。

そうすれば、テイヤが安心するとわかっていたからだ。

「テイヤがあなたに捧げた六年間と引き換えに基地から持っていけたものがあったなんて、ほっとしたわ」ジョーダンの思考の流れを見通していたらしく、ベイリーがさらりと言った。

あまりさりげなくない皮肉に、ジョーダンはたじろぎそうになった。何年も前から基地の女たちがジョーダンとテイヤのようすに注目していたことには気づいていた。ふたりの関係がさらに進んだものになるのは、いまかいまかと期待を抱かれていた。そんな日は来ないとわかったときの、彼女らのジョーダンに対する失望はあからさまだった。

「テイヤがガレージの出口をあげて車で出ていきますよ、ジョーダン」ジョンが報告した。

「ミカとニックもすぐうしろにつけてる」

異端者《マーヴェリック》と反逆者《レネゲイド》なら、確実にテイヤを守ってくれるだろう。

テイヤは飛び出していくに違いないとジョーダンにはわかっていた。ジョンとベイリーとトラヴィスとリリーが現れたら、テイヤはパニックになってしまう。カイラの予想したとおりになった。ジョーダンはヘイガーズタウンに着く前にカイラに電話をし、状況を知らせていたのだ。

テイヤに飛び出していかれたら、せめてここでテイヤをつけている何者かの姿をとらえられないかと願っていた。つけている者が誰かを突き止められたら、運よくそいつのあとをつけ、雇い主までたどっていけるかもしれない。

カイラには、部隊のほかの者たちよりはるかに長いテイヤとのつき合いがある。基地に来た最初の年、テイヤは恐怖に駆られて飛び出していきそうになったことが一度ならずあった。

そんなとき、テイヤをひたすら仕事に集中させ続けたのがカイラだった。安全に暮らしていられるという考えにテイヤが慣れるまでに、一年近くかかった。

ひとつの場所にじっとしていることなど、テイヤには経験がなかったのだ。生まれてからほぼずっと逃げながら暮らし、父親や、父親が絶え間なく送り出す追っ手の一歩先を行くので精いっぱいだった。

ひとつの場所に安心して住み着く。それはテイヤにとって、いきなり慣れることなどできない暮らしだった。そして、カイラが予想したとおり、いったんテイヤがこの暮らしを受け入れたあとは、エリート作戦部隊のエージェントたちが彼女の家族になった。

その家族を危険にさらしてしまう。子どものころのテイヤを守ろうとしてくれた人たちが危険にさらされたのと同じように。こう考えてテイヤは昔と同じパニックに襲われ、逃げるしかなくなった。

テイヤを守ろうとした人間たちは、ほかの者にテイヤを託して隠れさせたあと、ひとり残らず数週間以内に命を落とした。テイヤの父親が彼らに追いつき、拷問した末に命を奪ったのだ。テイヤは基地の居室に住むようになってから何カ月も、悪夢に苦しめられては寝室の外のスチール張りの廊下に悲鳴を響かせていた。ジョーダンは何度もテイヤのもとへ駆けつけずにはいられず、彼女を部屋から引っ張り出し、疲れ果ててしまうまで働かせるため仕事を与えた。

「テイヤが戻ってこなかったらどうするの？」リリーが心配そうに問いかけた。

「戻ってくるさ」ジョーダンは部隊の連中を振り返った。「もうテイヤはここに根をおろしているんだ、リリー」家のなかをじっと見渡し、テイヤが所有している小さな会社を思った。「あいつはこれまで根をおろしたことなどなかった。根を張ってしまったら、ほかのなにがだめでも、あいつはこの立派な家に帰ってくる」

リリーは頭を左右に振り、憂えるまなざしをしている。「友人や、あなたが危険にさらされるとなったら、テイヤをつなぎ留めておけるだけの丈夫な根などないわ」

「だったら、ミカとニックが引きずってでもあいつを連れて帰ってくる」ジョーダンは冷やかに言い切った。「どちらにしろ、テイヤの言っていたとおり、こんな状況はここでこれっきり終わらせなければならん。テイヤを隠すというプランは、すでに選択肢から消えた。テイヤ自身がこの状況に向き合わなければ、自分の身を守る作戦に協力して働かなければ、あいつは二度と安全だと実感できなくなる」ジョーダンとて、それを認めるのはつらかった。テイヤを攻撃にさらされやすい場所にいさせておくのは、たまらなくいやだった。

ソレルが殺された夜に、あのテイヤの父親の邪悪な影も消し去れたものと考えていた。以降はテイヤも安全でいられると、ジョーダンは思いこんでいた。しかし、そう思いこんでいられたのも、テイヤがフランスで襲われるまでだった。あのころテイヤは、ソレルの屋敷を捜査していたフランスとアメリカの機関に協力していた。

今回の脅威を及ぼしているのは、テイヤの父親の元協力者か敵のどちらかだ。だが、やつらが手を出してきた理由は、ジョーダンにもまだつかめていなかった。ソレルは死んだ。ソレルの敵にとって、テイヤを利用して得られるなにかがあるとは思えない。そして、ソレルの組織は解体され、組織の人間で刑務所に入らなかった者は、より金になるベンチャービジネスに移っていったはずだ。そうした人間たちが、テイヤに危害を加えたがる理由はない。理屈に合わない事態だ。とはいえ、この脅威はどういうわけか、どこからか、テイヤとソレルのつながりが生んだ事態であるに違いない証拠がそろっており、疑いようがなかった。

「あなたはテイヤをひとりで行かせるべきではなかったのよ」リリーのヨーロッパ風のアクセントにははっきりと女性らしい高慢さが表れていて、彼女が不満に思っていることを強く伝えていた。リリーは自分の不満に正当な理由があると考えるときは、迷わずそれを伝えてくる。

ジョーダンはむっと口を引き結んだ。

「もういい」冷たく言い渡した。「わたしは正義の味方ではないんだ、リリー。テイヤの救い手にはなってやれない。できるのは、テイヤがこの事態を生き延びられるよう努力することくらいだ」

リリーは上品に小さな音をたてて鼻を鳴らした。彼女の夫は咳払いをしている。笑いそうになったのを隠しているのは誰が見てもわかる。

「救い手と恋人は別物よ、ジョーダン」ベイリーが口を開いた。「テイヤに対してそういう気がなかったとか、いまも気がないとか、そんなこと言っても無駄だから言わないで」

ジョーダンはジョン、それからトラヴィスをにらみつけた。

ジョンはお手あげとでも言いたげに両手をあげた。「ちょっと、ボス、ベイリーにはベイリーの口があるんですよ。おれは、彼女があんまりにも大勢の人間を切れさせたときは、とりあえず彼女を守ろうと努力するだけ」

くだらん。こんなくだらんやり取りにつき合っているひまはない。ジョーダンはここを飛び出してテイヤを追っていくべきなのだ。ほかの者に任せたりせず、自分でテイヤの身の安全を確保すべきだ。いましばらくは、テイヤは彼の女、恋人なのだから。ジョーダンが責任を持って守るべき存在だ。

部隊の連中ではテイヤを完全に守りきれないというわけではない。それでも、ジョーダンのなかで勢いを増している男の保護本能はそんな事実を歯牙にもかけなかった。テイヤは彼のものだ。テイヤを守れるのは彼だけなのだから、誰にも任せられない。

「テイヤが所有してる造園会社の調査に、やっと取りかかれたわ」ようやくベイリーが、リリーとふたりしてジョーダンにねちねちと聞かせ続けてきた非難以外に言うことを見つけてくれた。「今朝ヘイガーズタウンに入る前に会社の前経営者に連絡を取ったの。引退してフロリダ暮らしを送ってるのよ」大げさにあきれた顔をしている。「一年以上も会社を売りに出してて、ついにテイヤが買ったみたいね。会社に怪しいとこはどこもないわ。ただ、前経営者はテイヤを完全に気に入っちゃったらしくて。その人はとことんがんばったのに、テイヤに何千ドルも値切られたの。彼が言うには、自分の子どもからお金をだまし取ってる気がし始めて、値引きに応じてしまったんですって」ベイリーの口調にはおもしろがっている気持ちと、愛情があふれていた。

それはそうだろう、とジョーダンは思った。テイヤにノーと言うのは、とんでもなく難しいのだ。ジョーダンをもってしても難しい。

「テイヤが買い取ったとき、会社は倒産寸前だった」今度はリリーが引き継いだ。「それがいまや成長している。たくさんの顧客を抱えているの。大半の人は単純で小規模な工事から依頼するけれど、結局それからまた電話をかけてきて別の工事も依頼するのよ。テイヤの才能あふれる造園が有名になり始めているから、依頼を検討しているふりをして顧客に電話をしてみたの。そうしたら、その人、テイヤの会社がどんなにすばらしいか宣伝してくれて、ぜひ依頼しなさいってほとんど迫ってきたのよ」

「テイヤには申し分のないビジネスのセンスがある」トラヴィスが続けて言った。「今朝、テイヤの会社のコンピューターに侵入したとき、彼女の口座も調べました。徐々に資産を増やしているようです。時間をかけて、背伸びしすぎないように気をつけている。先ほどリリーが言ったように、テイヤはとても優れた造園技師で、さらに優秀な従業員たちもそろえています」

「その会社を失ったら、どんなに悲しむことか」リリーはそう言って、ジョーダンにきっと視線を向けた。なぜか、リリーたちがとても愛している友人の会社を危険にさらしているのはジョーダンだとでも責めるように、厳しいまなざしだ。

なんなのだ、このふたりの女どもは暴走をやめる気はないらしい。

「わたしはテイヤに会社を捨てろなんて言っていないぞ、リリー」いらいらして口調が鋭くなった。「わかってるだろう」

リリーは唇を薄く引き結び、ぷいっと顔をそむけた。わけがわからないが、ここにいるふたりの女は明らかに、こんな事態になったのはジョーダンのせいだと考えている。

これ以上こんな態度を続けられたら、この二組の夫婦を作戦に引き入れるという決定自体を見直さなければならないだろう。ジョーダンは心のなかで認めた。四人を自分たちの家へ送り返さなければならない事態になるかもしれない。

「テイヤが車を停めました、ジョーダン」耳に装着しているワイヤレスの通信装置を通して報告があったらしく、ジョンが彼の自省を中断させた。「ヘイガーズタウンのバーです」

「〈フレンドリーズ・バー〉だな」ジョーダンはきびきびとうなずいた。「テイヤはしばらく前からそこに通っている」ローリーと相棒のケーシーが、一週間ほど前からそこでテイヤのようすを見守っていた。

「尾行もついてます」ジョンが振り返って伝えた。激しい怒りに駆られるとともに緊張が走り、ジョーダンの体はこわばった。「けど、テイヤがバーに車を入れたら、なぜか引き返していったそうです。ミカは、自分とニックの存在を気取られたわけではないって言い切ってます。ただ、テイヤがバーの向かいの駐車場に車を入れたら、尾行の車は向きを変えて消えてったみたいです」

「テイヤがバーに入ると把握しているんだろう」ジョーダンは推測した。「バーで待機している仲間がいるか、あとから送りこむつもりだ。テイヤのあとからついていく者がいないか、やつらも見張っているに違いないぞ」

ジョンは緊張の面持ちでうなずいた。「テイヤのあとをつけてるのがどこのどいつだろうと、厄介なくらい腕が立つやつらですよ、ジョーダン。これまでに尾行だとわかる動きを取ったのは、いまの一瞬だけだった。用心深いやつらだ」

「厄介なくらい用心深くて、不気味なくらい静か。テイヤを見張っている者が何人いるか、彼らを雇っているのは誰なのかすら、わたしたちにはわかっていない。相手の目的にいたっては、ちらりとも見えてこないわ」リリーは胸の下で腕を組み、眉を寄せた顔を部隊の仲間に向けた。

ジョンは途方に暮れたように首を横に振り、妻のベイリーが歩み寄ってくると、彼女の体にしっかりと腕をまわした。「でも、やつらだっていつまでも隠れてるわけにはいきませんよ。遅かれ早かれ、動かないわけにはいかないはずです。やつらが動いたら、おれたちが迎え撃つ」

ジョーダンは、彼を見つめている部下ふたりと、それぞれの非常に有能な妻たちを見つめ返した。そして、テイヤのうしろについているふたりの部下たちと、いままさに飛行機でメリーランドに来ようとしているもうひとりについても考えた。ジョーダンは、望みうるなかで最高の助けとなってくれる者たちを呼び集められた。少年のころ以来初めて現れた、心の底から大切だと思える唯一の女性を守るために。

ジョーダンは、これまでに存在した最初にして最高のエリート作戦部隊を呼び集めたのだ。彼の部隊が戻ってきた。彼の女を守るために。

5

「よう、テイラー、今日は早いな」テイヤが薄暗いバーに入っていくと、バーテンダーのカイルが声をかけた。彼女は店内を見まわした。

土曜の午後の常連客がいる。たった六人。ジャーニーもそのひとりで、バー名物の抜群においしい鶏の手羽肉料理ウィングディングスの皿と、ソーダのグラスの横に分厚い教科書を置き、読みふけっている。〈フレンドリーズ・バー〉が唯一の行きつけの店になった。数週間前、ジャーニーからそんな話を聞かされた。ジャーニーにとって、心からくつろげるのはここだけなのだそうだ。

顔をあげたジャーニーはちらっと笑みを浮かべ、片方の手をあげてあいさつをしたのち、すぐに教科書に視線を戻した。いまはおしゃべりより勉強がしたい気分らしい。

肩までの長さの炎を思わせる赤みがかった金髪を繊細な顔のまわりに降りかからせ、なんの教科書か知らないが、ぐぐっと眉間にしわを寄せて文字を追っている。

「ここは勉強するのにふさわしい場所じゃないわよ」ジャーニーが音楽に合わせてつめでテーブルをたたいているのを見て、テイヤはおもしろがりつつ小言を口にした。「テストの日が間近に迫ってないといいけど」

ジャーニーはしかめっつらで言った。「詩について書かれた、すっごくつまらない論文なの。元の詩はもっとつまらないんだけどね。英文学の専攻をやめてグラフィックデザインを勉強させてって、いまだにおじいさまを説得しようとしてるところ」

「そんな態度じゃ、立派な英文学の専攻学生にはなれないよな」ジャーニーの隣のテーブルから、ケーシーが同情を寄せた。「ジャーニーはきっぱりやりたいことをやって、みんなにはくそ食らえって言っとけばいいんだよ」

「アドバイスはそれで精いっぱいなの、ケーシー？」テイヤは苦労して陽気な表情を浮かべ、友人に視線を向けた。「なんなら、おじいさまをかっとさせる秘訣を教えてあげたら？」

「そうしたっていいけど、ジャーニーがいつもあのしょうもないボーイフレンドの話を持ち出してくるんだ」ケーシーはすばやくにやりとしてみせた。「セバスチャンなんて腰抜けの名前だって、ずっと言ってるのに。絶対、懐かしい昔人間のじいさんに一緒に立ち向かったりしてくれないって」

テイヤは、また内心とは裏腹の、気楽に聞こえる小さな声で笑った。ジャーニーは何週間か前からセバスチャンとつき合い始めたらしい。しかし、テイヤにはほんの二、三回しか彼のことを話してくれなかったし、ラストネームは一度も口にしていなかった。

ケーシーはビールを手にテーブルに戻ってきた。ジャーニーはあいかわらず教科書から視線を動かさない。

テイヤはカウンターに行って、カイルが出してくれた冷たいビールのボトルを受け取った。ジャーニーの横の席に戻り、黙ったままボトルを握って一口飲んだ。

まったく、どうしてここへ逃げてきたのだろう？　テイヤは狭い店内を見まわした。ジャーニーは、セバスチャンについてからかわれたときのつねで、ひたすらケーシーを無視している。

「どうしたんだよ、テイ、今日は静かじゃないか」数分後、ケーシーがテイヤを見やった。ビールをちびちびとやりながら、茶色の目に好奇心を浮かべている。「なにかあった？」

テイヤはあいまいにかぶりを振った。「なんにも、ケーシー。ただ、ブラブラしてるだけ」

普段、土日は働いていなかった。たいてい家の掃除をしたり、庭をいじったり、書類を作ったりしていた。いつもは、夜になってからここに飲みにくる。ほかの客たちを眺めながら、自分も彼らがかもし出している陽気な雰囲気の一部になっているふりをするのだ。

〈フレンドリーズ・バー〉は名前のとおりの場所だった。気取っている人も、ほかの人より自分のほうが優れているふうに見せかける人もいない。単純にビールを飲み、親しみやすい仲間とつき合い、くつろげる、感じのいい小さなバーだった。

それなのに、今日のテイヤは場違いに感じた。今日は、まったくくつろげない。いつもよりいっそう鋭く、自分はここにいてはいけないと感じた。

いつも、なかには入れず外から見てあこがれるだけ。

いつも生き生きとした暮らしを夢見ているくせに、実際はそんな暮らしを送ったことがない。そんなふうに生きるチャンスも、不安を抱かずに人を愛するチャンスも、夢を見つけるために努力して進んでいくチャンスもなかった。この現実がいやでたまらなかった。

店のわきにある入り口が開いてまぶしい光が射しこんだ。ボトルを口にあてていたテイヤはそちらを見て一瞬、動きを止め、ごくんとビールを飲んだ。

いら立って、うめきそうになった。そうするかわりに、バーに入ってきた男を見ないようにした。彼はテイヤのテーブルに歩いてきて椅子を引き出し、腰をおろした。

それでも、バーにいる数人の女性は振り返って彼に視線を送った。なんといっても、この男は背が高く、肩幅が広く、尊大な態度で、色気と見るからに危険な空気を全身から発散しているのだ。

ジーンズ、カジュアルな深い色のシャツ、レザージャケット、ブーツを身に着け、さらに、おそらく六つ以上の武器を体のいたるところに忍ばせているに違いない。テイヤはうんざりして息を吐きながらテーブルを離れ、ケーシーとジャーニーの好奇心に満ちた視線を無視してカウンターに向かった。みんなが注目しているだろう黒い目の男も無言でついてきた。この男の到着は、どんな言葉よりも明確に事態を伝えていた。今回の正式に認可されていない作戦に、ジョーダンは真剣に取り組んでいる。本気で、なにがなんでもテイヤに護衛をつける気だ。

男は静かにテイヤの横のバースツールに座った。「彼女と同じものを頼む」テイヤのビールをあごで示し、バーテンダーに注文した。

カイルはテイヤに驚いた目を向けてから注文に応え、カウンターにのせられた金を取った。

「なんの用?」テイヤは声を低く抑え、ビールを飲んだ。「で、わたしをつけてるのは誰だった？　あれはあなたじゃないでしょ」この男だったら、テイヤも姿を見ていたはずだ。ミカなら、テイヤから隠れようとはしない。

「ああ、おれではない」日焼けした顔で、真っ白な歯と悪魔を思わせる黒い目が光った。

ミカ・スローン、コードネームはマーヴェリック。

テイヤはため息をついた。「家で家族と一緒にいなさいよ」

ジョーダンはなんてまねをしてくれたのだろう？　部隊の全員を引っ張りこんだのだろうか？

「最近の写真は見せたかな？　聞いてくれ、あのちびすけは本当に手に負えないんだ」ミカは誇らしくて仕方がないといった声を出し、ジャケットの内ポケットから写真を取り出した。

相手の親ばかな父親そのものの行動にあきれ、テイヤはぐるりと目をまわしかけた。

笑顔がいっぱいで、まぶしかった。ミカのブロンドの若い妻と、彼女の腕のなかにいる黒髪、黒い目の幼いトレイスは、あふれんばかりの愛情で輝いていて、写真自体もきらきら光っているように見えた。ミカも妻に腕をまわして隣に座り、別の腕にはピンクの服を着せた赤ん坊を抱いている。生まれて半年のエメライン・アリージェンス・スローンだ。

いたずら好きそうな笑顔の小さな男の子、父親の腕に抱かれて安心しきっている無垢な女の子、モナリザのような秘めやかな微笑みをたたえてカメラを見つめる母親。この女性は、たくましく力強い男性に愛される喜びも、秘密も知っている。

ミカはふたたび写真をしまいこんだ。

「すてきな家族ね」テイヤはまたビールをあおった。「どうしてその奥さんや子どもたちと一緒に家にいないの？」

テイヤが目のはしでうかがっていると、ミカは手をあげてあごをかきながら彼女の横顔にじっと視線を注いだ。黒い瞳のまなざしは優しく、表情は思いやりに満ちていた。

「そうだな、ある友人のためなんだ」ミカはテイヤだけに届く低い声で、打ち明けるように答えた。「彼女はトラブルに巻きこまれているのに、助けを受け入れようとしない。あともうひとり、別の友人もいる。彼はある女性に心を奪われているのに、それを受け入れようとしないんだ。おれはこのふたりに手を貸すためにここに来た。いいやつだろう」

テイヤは泣きたくなった。ミカは本当にそういういい友人で、友を助けるためなら自分の身を危険にさらすことも少しもいとわない人だからだ。

「あなたの友だちの男は心を奪われたりしてないわよ」ミカが話しているのが誰のことかは、しっかりわかっていた。「安心して、あの人の心はちゃんと本人の胸のなかにしまわれてるから。あいかわらずガチガチに堅くて冷えきったままよ」

ミカは喉を鳴らして笑った。

「おい、テイラー、そこの礼儀知らずな野郎にしつこくされてるのか？」うしろからケーシーの声がした。彼のこんな攻撃的な声を聞くのは初めてだ。ミカへの警告がはっきりこめられている。大変、ケーシーはけんかを吹っかけようとしている相手がどんなに危険な凶器か、まったくわかっていない。

テイヤは疲れを覚えて首を横に振ることしかできなかった。

「おい、口出しはいらない」ミカはおもしろがっているのか、辛抱強くかすかに笑みを浮かべて答えた。「きみはきみで自分のかわいいお楽しみを見つけにいったらどうだ?」

テイヤはげんなりしてうめきそうになるのをこらえ、むせてしまった。こんなときに男どうしのきざな態度を見せつけ合うのは本当に勘弁してほしい。

「平気だから、ケーシー」テイヤは振り返って告げた。「わたしの友だちは、自分がいけ好かない口を利くいやなやつだってことを教えたいんだろうけど、それでも、わたしは我慢してやれるってわけ」

「ふうん」ケーシーは険しいまなざしをミカに向け、威嚇する表情を浮かべた。「おれには厄介なやつに見えるんだけどな、テイ」

「違うの、この人は厄介な知らせを持ってくるのが好きなだけ」テイヤは言い張った。「まったく心配いらないわ、ケーシー、約束する」

ケーシーはわけがわからないといった顔で頭をかき、ずいぶん時間をかけてテイヤとミカを交互に見ていた。

「おれはおとなしく席に戻って、またジャーニーをいらつかせてたほうがいいってわけか?」

ケーシーはそう言ったが、まなざしにはまだ疑いが色濃かった。

テイヤは重い気持ちでうなずいた。「ええ、そうしたほうがいいわ、ケーシー」

ケーシーはもう一度ミカを一瞥し、気分を害したかのようにうなったあと、あいかわらず黙って勉強に熱中しているジャーニーのもとへ戻っていった。

「なあ、テイ」ミカがゆったりとした口調で言った。「ここにいるきみの友だちは、いまいち大人になりきれていないんじゃないかな。またここを出て、大人の男女と楽しく過ごしたいとは思わないのかい？」

テイヤはどっとため息をついた。「わたしが出ていくまで、ここを動かないつもりね？」

ミカは真剣な表情になって顔を寄せた。「知らせておこう。おれも家からきみのあとを追った。きみを尾行する者がいたが、そいつはここまでの道中の大半は姿を見せずにだいぶ離れたところにいた。きみがこのバーに車を入れたとき、尾行者はそのまま走り去っていった。つまり、どういうことだと思う？」

つまり、テイヤは非常に厄介な状況にあるということだ。日ごとに強く本能に訴えかけてきたパニックは単なる気にしすぎなどではなく、危険が迫っている証拠だった。母や親しい人たちの命を奪い、六年前までテイヤの人生を地獄も同然にしてきたのと同種の危険。つまり、テイヤの処理能力を超えた状況だ。

「尾行者の仲間が元々ここにいるか、わたしがここに到着してすぐにあとから入ってきたかのどちらかね」胸が締めつけられる心地で答えた。

ミカは目立たない動きでうなずいた。「おれは、きみのあとからこのバーに入る者の姿を見なかった。きみは見たか？」

テイヤは緩慢な動作で首を横に振った。バーには三つの入り口があり、店のなかに入らなければ店内の人間を見張るのは無理だ。テイヤはずっと店内にいた。ミカを除けば、自分のあとからバーに入ってきた者はいなかった。

「入ってきた人は誰もいないわ」テイヤは苦しくなって、小さな声を出した。「だいぶ前からわたしを見張ってたのね。わたしの習慣を把握して、どんな行動をとるか予測できるくらい」

「きみに弱みがあれば、それも把握しているだろう」ミカが念を押した。

テイヤはこわばる喉のつかえをのんだ。それでも、あたりを見まわしたりはしないようにした。ここにいる人たちのことは全員よく知っている。みな常連客だ。つまり、テイヤを見張っているのが誰であれ、その人物は最初からここにいたことになる。テイヤは、いまバーにいる全員の経歴を念には念を入れて調査した。誰からも、怪しい点など見つからなかった。ミカが正しいなら、テイヤを見張っている何者かは、調査にも引っかからずに動けるだけの莫大な資金と権力に支えられているということだ。テイヤが行える調査ですら暴けない経歴を作りあげるには、莫大な資金や権力が不可欠だからだ。

ふたたびさりげなく店内に視線をさまよわせ、ふつふつとわきあがってくる悔しさを感じた。

テイヤはどこかに属しているという感覚がほしくてたまらなかった。このバーなら目立たず安全だと思いこんで、ここを選んだ。これまで頼ってきた自分の判断力は、実はあてにならないものだったのだろうか？　このなかの誰が、彼女をそこまでだましおおせたのだろう？

「では、細心の注意を要する事態というわけね」つぶやき、ボトルを傾けてビールを飲んだ。「あなたが秘密工作モードに入ってる理由がわかったわ」

ミカがバーに入ってきたときから想像はついていた。彼の頬骨のわずかな変化、長くなった髪、顔の横で縦に走る、本当は存在しない傷痕。彼の姿が写真に収められれば、薄暗い店内でテイヤが判別できない変化がほかにも明らかになるだろう。彼が妻や子どもたちのもとに戻るときには、消えているだろう変化。これだけの変化が加えられていれば、彼がジョージア州アトランタに住む個人セキュリティーの専門家ミカ・スローンであるとは決して悟られない。

「ああ、そうだろう」ミカは顔をテイヤに向け、見つめ返した。「だが、きみが安全な家にとどまって、あのボス人間がつねに要求する通常プランや代替プラン、さらには代替プランの予備プランまでみんなで練りあげるのに協力せず、こんなバーに来ている理由は説明がつかない」

テイヤは愉快な気持ちになりかけた。ジョーダンは確かに代替プラン、さらには代替プランの予備プランにこだわっている。

とうとうテイヤはため息をついた。「あなたたちみんな、こんな件はわたしひとりで対処できるよう任せてくれればいいのよ」そう言いつつも、この件は想像していたよりもずっと悪い事態だと思い始めていた。

「やれやれ、きみだっておれたちがそんなまねをするはずがないとわかっているんだろう?」ミカの口調からは穏やかな好意がひしひしと伝わってきた。「きみも家族の一員なんだ、テイ。おれたちは家族に背を向けたりしない。おれたちに必要とされて、きみがいっさい手を抜かずに働いてくれたときと同じだ」

涙がこぼれそうになって、テイヤはぐっとつばをのみこんだ。

「またこんなことができるかわからないわ」ミカがなにも言わずにいるので、口を開いた。「ここで築いたものすべてを失ってしまったら、耐えられるかどうかわからない」悲しみに胸をえぐられるようだった。

「おれもきみもわかっているはずだ。いまさらあとへは引けない。逃げて隠れるか、とどまって戦うか。中途半端はないんだ、テイ」

中途半端などないことはテイヤにもわかっていた。わかっているからといって、どちらかを選ぶのがらくなわけではない。

「ボスから警告しろと命じられたよ。彼に黙って逃げ出したりしたら、きみの車を攻撃目標にして走れなくしてやるだとさ」ミカは静かに誠意をこめて続けた。「そうするとなったら、おれも彼に協力する。逃げるのはもう手遅れだ」

テイヤは手にあごをのせ、相手を不機嫌に見つめた。まったく、いやになる。ジョーダンはそばにいもしないのに、テイヤに指図する方法を見つけ出している。

「とにかく間違ってるわ」テイヤはぶつぶつ言った。「とにかく間違ってるってあの人だってわかってるはずよ、ミカ。あれはわたしの車なの。もう、あの人の車じゃないのよ」

ミカはバースツールからゆったりと立ちあがり、薄暗がりで黒い目を光らせた。

腰を屈め、テイヤの耳元でささやきかける。「いまのところは、また陰にまぎれさせてもらうよ。早いうちに家に帰るんだ、ダーリン。きみは自分で思っているより、ここ六年間ほしがっていたものすべてを、あと少しで手に入れられるところまできているよ。やっと戦いを挑むチャンスを手にできるというときになって、あきらめてしまってはいけない」

テイヤは相手のアドバイスを聞いて、頭を横に振りたくなった。ミカは落ち着き払った自然な態度で出口へ歩いていった。彼がドアを開くと暗く感じるバーに陽光が射しこみ、気づけば彼の姿は消え、ドアは閉まっていた。

ミカがジョーダンの心のことを言っていたのなら、大間違いだ。ジョーダンは基地での最後の夜に、はっきり示してくれた。とりあえずテイヤに関係があるたぐいの心は、ジョーダンにはない。いまの状況だって考慮には入らない。ジョーダンは義務感からテイヤのそばにいるのだ。ジョーダン自身がテイヤを必要としているから来てくれたのではない。

ジョーダンが心のかわりに持っているのは性欲だけだ。ジョーダンの性欲はテイヤの性欲にも火をつけ、テイヤはひたすら傷心への道に引き寄せられていた。

「ねえ、テイ」隣のスツールにジャーニーがすっと腰をのせた。「いま話してた、すごくかっこいい人は誰？」いたずらっぽい笑みを浮かべ、意味ありげに眉をあげさげしている。

「固定観念の持ち主よ」テイヤはこのバーにいる誰が敵なのだろうと考え、ため息をついた。

自分は愚か者だ。このなかの誰かが自分に危害を及ぼすなんて信じられない、なんて思っているのだから。

十代のうちから学んだはずだった。敵は誰であってもおかしくない。友人であっても。どうやら、この教訓も充分に役立つほどには身に染みこんでいなかったらしい。

ケーシーかもしれない、カイルかもしれない、あるいは、ジャーニーだとしてもおかしくはない。ジャーニーはリスクだと最初からわかっていた。しかし、ミカが目を光らせているタイプのリスクだとは考えなかった。

「固定観念と、すごくすてきなお尻の持ち主ってわけね」ジャーニーが笑った。

「すごくすてきなお尻ってだけじゃ片づかない問題よ」テイヤは告げた。「じゃあ、わたしはそろそろ帰る」

バーから出ずにはいられなかった。そこでテイヤだけを見つめている人間、テイヤを裏切っている人間から逃げたかった。その誰かはソレルの執念を果たし、テイヤを破滅させようとしている。

ここはテイヤが思いこんでいたような安全な場所ではなかった。あれほど念入りに観察し、身元調査も行ったのに、なぜか大間違いをしてしまった。まんまとだまされてしまった。

もしくは、ヘイガーズタウンに越してきて最初の二カ月のうちに居場所を突き止められていて、テイヤが周囲の人間を調べているさなかに、テイヤ自身も観察されていたのだろうか。

それならば、テイヤを追跡している何者かが、誰かをこの町に送りこんで、適当な身元を

用意することもできただろう。特に、テイヤがこの町におびき寄せられた、あるいは、どこ

に移り住むか予想できるほど敵がテイヤのことをよく知っていたとしたら、その可能性は高

くなる。

何カ月も前から監視されていたのに、自分は数週間前まで気づいていなかったのかもしれ

ない。そう考えると、恐ろしくてぞっとした。

視線を周囲に走らせても、ミカやほかの誰かの姿は見えない。それなのに、誰かに見られ

ているると感じた。ああ、本能の発する警告に従って、首のうしろがむずがゆく感じた最初の

晩に逃げているべきだった。

二週間前だ。

しかし、テイヤやミカの疑いが正しければ、二週間前の時点でとっくに手遅れだったはず。

なのに、どうしてそれまで危険を察知できなかったのだろう？　なぜ、二週間前になってか

らいきなり視線を感じ始めたのか？

ジーンズから小さな電子キーを引っ張り出し、通りを渡る前に車のエンジンをかけた。車

のそばまで行くと、まわりを歩き、電子キーの画面をじっとにらんで、電子装置や爆発物が

仕掛けられていないか確認した。

画面には異常なしと出た。

車に乗りこんだあとも動きはせず、黙ったままフロントガラスの向こうを見据えた。ふく

れあがりつつある恐怖を抑えようとしながら、覚悟を決めて気づき、受け入れようとしてい

た。父親は本当に墓の下から魔の手を伸ばし、娘を自分がいる地獄に引きずりこもうとしているのだ。

ジョーダンやほかの隊員たちに帰ってもらうことはできないだろう。ジョーダンがテイヤの家に現れる前から部隊を召集していたとしたら――まさしくそうしていたと思われるが――彼はテイヤを基地か隠れ家に移動させたのち、独自にテイヤを捜している者の正体を突き止めるつもりだったに違いない。

ジョーダンのことはよくわかっている。彼はなにをするにしても必ず、慎重に考え抜いて計画を立てたのちに行動する。テイヤをエリート作戦部隊の基地へ送り届けてから、彼女に関心を抱いているらしき何者かを追うつもりだったのだろう。ジョーダン自身の力で問題を解決しようとしていたのだろう。

しかし、ジョーダンは気づいていなかったのだ。テイヤが消えた瞬間、テイヤを追う影もまた同時に消え去っていただろうことを。そして、やがていつか追っ手はふたたびテイヤを見つけ出す。やつらは必ずそうする。必ず誰かが命を奪われる。

テイヤのために彼女の戦いをかわってやれると考えた人たちが、これまでに何人、命を奪われてきたことだろう？　どんなに見こみが低くても、テイヤや母親を救ってやれると考えてくれた人たちが。

けれども、ほかの人たちと違って、ジョーダンは用意周到だ。テイヤにはよくわかっている。ジョーダンがいかに抜け目なく計画を練り、作戦を行うかを。

テイヤは駐車場から車を出し、家へ向かった。バックミラーとサイドミラーに注意深く目をやり、尾行している者の姿を確認できないかと願って、しばらくあてもなく走った。自分では確認できなくても、ミカのために敵の姿を確認するチャンスを作れるかもしれない。とはいえ、追ってきている者がここまできて、そんな不注意なまねをするわけがないと思えた。

ミカは後方のどこかにいるはずだが、彼の姿もまた確認できなかった。腕が鈍ったのだろうか？　テイヤの本能や、尾行者を誘い出す能力は、以前はいまよりずっと優れていた。

自宅のガレージに車を入れるころには、いら立ち、怒りを募らせていた。かんしゃくを起こす一歩手前の状態になっている。めったにこんな状態にはならないようにしていたのに。恐怖のせいだ。不安で、逃げ出し、隠れ、友人や知り合った人たちから危険を遠ざけたくて、いても立ってもいられなくなっている。

テイヤの心がまだ弱くて恐怖をコントロールできなかったころ、母によく言われていた。赤毛の子特有のかんしゃくに気をつけないと、追っ手よりも怖いトラブルに巻きこまれるかもしれない。

小さい子どものころは、強いストレスを感じると、テイヤはひどいかんしゃくを起こしていた。でも、十代になってからかんしゃくは克服したと思っていた。克服するしかなかった。かんしゃくを抑えなければ、母親や守ってくれる人の命を危険にさらすことになる。それなのにいま、止めようのない嵐のように、激しい感情がむくむくとわきあがってきていた。恐怖に染まっていっているようだ。恐怖にかきむしられ、体の奥が燃えるように痛む。

車をガレージに停め、家に入っていくと、テイヤを迎える人の数は出かける前より増えていた。

待ち構えていたのはジョーダンと、最初からいた二組の夫婦。さらにはジョーダンの甥で、もうひとりのエリート作戦部隊の元エージェントであるノア・ブレイクまで現れていた。テイヤがガレージからキッチンに続くドアに鍵もかけ終わらないうちに、ミカとニックもテラスのドアから忍びこんできた。

「わたしが車を走らせてるうちに尾行の姿を確認できた?」テイヤはドアに寄りかかってミカに尋ねた。

相手は引きしまった口元をゆるめ、笑顔で返した。「今回は確認できなかった。やつらはバーへ行くきみを尾行したが、帰りは追わなかった。おれたちは移動してきみの車の後方も前方も監視したにもかかわらず、疑わしいものや人の姿をとらえられなかった」

テイヤはジョーダンに顔を向けた。「大げさに部隊の全員を呼び集めただなんて、言ってなかったじゃない」続いて、ジョーダンの甥をにらみつけた。「サベラはもうすぐ赤ちゃんを産むんじゃないの?」

ノアの妻は夫婦のふたり目の子どもを妊娠中だ。ひとり目の妊娠のときにテイヤも目にしていたのだが、ノアは任務のせいで産気づいた妻のそばにいられない、あるいは産後数週間の大事な期間ずっとそばにいられないかもしれないと不安になるだけで、ぴりぴりしたくそ野郎になる。

「必要なときは家に帰る許可を取りつけてある」ノアはにっと笑った。濃い青の目におもしろがっている表情を浮かべているが、そのまなざしは心配そうでもあった。「今回は理解ある上官に恵まれてるからな」

前回は、サベラの予定日ぎりぎりに任務が終了した。ジョーダンは冗談のつもりで、家に帰る前に任務の報告書を提出しろとノアに言ってしまったらしく、その後しばらく消えない青あざを目のまわりに作るはめになっていた。

「わたしがいないあいだに、なにかわかった？」ジョーダンに問いかけた。

ジョーダンはキッチンのカウンターの前に座っていた。向かいにはジョンとトラヴィスがいて、ミカとニックもすでにその横の席に着いている。ノアはジョーダンの隣の席だ。女性ふたりはリビングルームのソファに座り、コーヒーテーブルに置いた数台のノートパソコンを使って仕事に励んでいた。テイヤの家のリビングが、いまや司令部と化している。

「調査中だ」ジョーダンの口調は淡々としていたけれど、彼の全身から発散されている張りつめた空気に気づかずにいられるわけがなかった。テイヤがあんなふうに逃げ出したことで、ジョーダンは怒り狂っている。

「そう、あなたたちみんな、くつろいでくれてるみたいね。全員のために寝場所を確保しなくちゃいけない？」テイヤはもたれていたドアを離れ、キッチンに進んだ。「寝袋で満足してもらえるかしら」

ジョーダンが立ちあがった。たくましい肩幅がいつもより広く見え、目の青がいっそう鮮やかに見えた。

「逃げるのはやめにしたのか？」尋ねるジョーダンの声は低く、物騒な響きがあり、文句があるならはっきり言えとあからさまに要求していた。

テイヤは眉をあげ、陶磁器タイルの床の真ん中で立ち止まった。全員がテイヤとジョーダンのやり取りに注目している。

驚いたことに、家に入ってジョーダンの姿をひと目見た瞬間、それまではなかった活力が不意に体のなかでぱっと灯った気がした。ひょっとしたら、小さな希望の光かもしれない。アドレナリン、期待。消したくても消せない切望の炎。

「やめにしてないかもね」がんばっても隠せないとわかっている怒りと闘いながら生意気な口ぶりで答え、ちらっとミカに視線を向けた。「少なくとも、あなたがけしかけたロットワイラー犬を振り切る方法を見つけるまでは」

いまの表現に驚いて思わず笑ってしまったらしく、ノアとミカが噴き出した。

「こいつはロットワイラーっていうより、ガラクタ置き場にいるだめ犬じゃないか」ノアがミカをばかにする。

「おまえはいつもそう言う」ミカも笑って応じた。「だが、テイヤのたとえのほうがいいな」

テイヤは胸にぐっとくるものを感じた。なんだか、また基地にいたころに戻ったみたいだ。仲間意識、男どうしの友情に裏打ちされたくだらないやり取り、ばかげた振る舞い。テイヤはいつも、そういうやり取りを見ているのが大好きだった。

「この人たちはみんなわんちゃんよ」リリーが澄んだ声で言って、艶っぽく夫に微笑みかけてみせた。「そうでしょ、ダーリン？」

トラヴィスは妻のためにセクシーな低いうなり声を響かせている。テイヤがジョーダンに目をやると、彼もテイヤを見つめていた。ふたりのあいだの緊張感がさらに高まる。

ジョーダンも、まわりの隊員たちをうらやんでいるだろうか？　テイヤと同じように、心の片すみでは、彼らが結んでいるのと同じ心の絆を胸がうずくほど欲しているだろうか。テイヤの切望を満たせる男性はいないはずだ。ジョーダンを除いては。

ときどき、ジョーダンに呪われている気がしてしまう。エリート作戦部隊を離れてから何カ月もかけて、どんなにがんばっても、ジョーダンのことを考えずには、想わずにはいられなかった。いまではあきらめていた。ジョーダンは、テイヤが抵抗できる見こみのない彼女の弱点だ。ジョーダンは、テイヤをほかの男性を愛せない女にしてしまった。

「全員、指示を受けただろう」ジョーダンがあいかわらずテイヤの視線をとらえたまま、ほかのエージェントたちに命じた。「必要な連絡を済ませろ。それが済んだら作戦開始だ」

ジョーダンは全員に彼の真剣さが伝わる口調を使った。この声を聞けば部隊のメンバーはすぐさま跳びあがって、いちばん近くの安全地帯を目指す。テイヤは、この声を聞いて興奮した。いつもそうなる。この声は必ず彼女を濡らし、両脚のあいだは彼を求めてうずき続けた。

エージェントたちは全員出ていく用意を始めたが、リリーとベイリーは優雅に立ちあがり、キッチンにやってきた。男たちは書類を集め、帰れる態勢だ。

「イアンとカイラに連絡を取ったの、テイヤ」リリーが言った。「ふたりは何カ月か前からワシントンDCにいる。カイラは、あなたが基地を出ていって以来ずっと連絡を取ろうとしてたって言っていたわ。きっと、彼女からすぐに連絡が来るわよ」

テイヤは重い息を吐き、目を閉じた。これ以上この件に人を巻きこみたくない。

「カイラたちに連絡なんてしてくれなくてよかったのに」

「ダーリン、連絡しなかったらカイラに殺されてしまうわ。カイラのことだから苦しませようとするでしょうね。それもひどく」リリーは明らかにおもしろがっている。「とにかく恐れないで。イアンとカイラも会議に加わって、いくつもすばらしいプランを練りあげたの。わたしたち、とっても楽しみながら、気難しいあなたの身を守ってあげられるわ。あなたもあとになったら、わたしたちに感謝するはずよ」

鈴を転がすような声で笑って、リリーはテイヤの頰にキスをした。続いて、ベイリーがテイヤをすばやく抱擁した。「じゃあまたね、またすぐに会いにくるから」

テイヤは黙りこみ、警戒のまなざしでふたりを見るようになっていた。これまでずっと、このふたりが部隊の男性たちをもてあそんでは大喜びするところを見てきたけれど、標的になるのは初めてだった。うれしい気はしない。いまになって、このふたりを手伝ってさまざまな行為を企ててきたことを悔いてしまいそうなくらいだった。

数分のうちに小集団はばらばらに音もなく家を出ていき、テイヤはふたたびジョーダンとふたりきりで残された。両脚のあいだでは欲望が熱を発していた。

テイヤは近所に人がいる環境に慣れていなかった。そのため、広いブロックの真ん中にある家に住むのは、人に囲まれて暮らすすべを学ぶいい機会だった。だが、このブロックにはそんなに人が多くない。家どうしはプライバシーを保つため、だいぶ離れて立っている。テイヤの家の裏はずらりと並ぶ木々に守られており、左隣の二軒は親戚どうしで、いまはそろって休暇に出かけていた。

ジョーダンが戸締まりをしているあいだに、テイヤはリビングルームに行ってフレンチドアの厚手のカーテンをきっちり閉めた。家のなかをのぞかれるのを防ぐため、二枚のカーテンのあいだに少しも隙間ができないよう気をつけた。

「それで、プランはC、D、E、Fまでできたの？」こちらを振り返ったジョーダンに問いかけた。

「GもHもIもできたさ」ジョーダンは淡々と答えた。「計画は立てすぎて余るということはないんだ、テイヤ」

ジョーダンがまとっている尊大さは、まるで王さまのマントのようだった。

「はいはい」テイヤは肩をすくめ、胸の前で腕を組んで腰を横に突き出した。片方の眉をつりあげて、相手を見る。

「わたしに向かってそんな顔はやめろ」ジョーダンが警告した。「ちゃんと家にいて自分の身を守るための計画を練るのを手伝って当然だろう。あんなふうに逃げ出すのではなく」

「だって、家を出ていくか、殺人を犯すかの瀬戸際だったんだもの」ふざけた口ぶりで返した。「あなた、死ぬほど態度がでかいわよって誰かに言われたことない、ジョーダン？　それか、あなたなら聖人にも殺人願望を持たせられるでしょ、とか？」

「きみがそばにいたころは、毎日そう言われてたがな」ジョーダンは鼻を鳴らした。腕を両わきに垂らし、純粋で揺るぎない支配力をたたえたまなざしでテイヤを見据えた。「なぜ逃げ出したんだ、テイヤ？」

理由を尋ねられるとは予想外だった。

「六年も一緒に暮らしてたも同然なのに、そんなこともわからないの？」ほのかに皮肉をこめて問い返した。「この状況がわたしにとってどんなに受け入れがたいか、想像もつかない？ソレルは死んだはずでしょ！」気づけば、テイヤは大声を出していた。飛び出した激しい怒りに、自分でも驚く。「こんなふうにあいつにつきまとわれていいはずない」

テイヤの声にこめられた苦しみを聞き取り、ジョーダンはまたしても胸をかきむしられる心地がした。必死でこらえても、なんとしてでもテイヤの苦しみを取り去ってやりたいという気持ちがこみあげてきた。苦しんでいるテイヤを見、彼女の苦しげな声を聞くのは耐えられなかった。

ちくしょう、ずっと前からテイヤには彼にこんな影響を及ぼす力があった。テイヤは抗えない力で、どう対処したらいいかもわからない感情をジョーダンに抱かせる。おのれとテイヤの両方を裏切っている気分にさせられるのだ。いまのように、テイヤにかき立てられた、心の底から激しくこみあげてきて息が詰まるほどの感情に、対処できないがために。

「テイヤ、きみが子どものころ手を差し伸べてくれた人たちには、ソレルに立ち向かえるだけの力はなかった。幼かったきみも同じだ」ジョーダンはカウンターに両手をつき、テイヤにふれまいとした。「きみは子どもだった。大人になっていなかった。なにひとつ、きみのせいではなかったんだ。状況を変えるために、きみにできることはなにもなかった」

テイヤはジョーダンから目をそむけ、さっと出した舌で上唇の先にふれた。暗い悲嘆で表情をこわばらせ、すばやく肩をすくめた。ジョーダンの説明も、理由づけも、結局は意味がないと言うように。

テイヤが豊かな髪に手を突き入れて頭のてっぺんに向かってかきあげたので、奔放な長い巻き毛が肩のまわりと背ではね、ジョーダンの指を誘った。「終わりなんてないんだわ」聞いているほうがつらくなる声で、テイヤはささやいた。「あいつはいつまでもわたしを放さないって誓ってた。死んでしまっても、あいつはわたしを放さないでいられる」

「どんなに遠くへ逃げても変わらないんだ、テイヤ。あるいは、どんなに激しく戦っても。きみは気づかなくてはならない。ソレルがきみを放さずにいるのは、きみがそれを許しているからだ。過去がきみの人生を台なしにするのは、わたしが許さない。きみの友人たちも、そんなまねは許さないだろう。だが、きみにも理解してもらう必要がある。われわれで協力すれば、この作戦をやり遂げられるということを信じてもらわなければならない」

テイヤは首のうしろをこすった。いら立ち、怯えている。こんなテイヤにいったいどうやって手を差し伸べたらよいのか、ジョーダンは途方に暮れるばかりだった。

それでもなお、なんとか、なにかをしてやりたい。テイヤの目から恐怖をぬぐい去ってやりたい。そうした必死の思いが、テイヤに会うまで残っているとも知らなかったジョーダンの心をかきむしった。

テイヤの唇に力が入り、青ざめた顔のなかで濃い緑の瞳は光を放っているかに見えた。血の気が失せてしまったせいで、日焼けしているにもかかわらず、鼻の上に点々と小さく散っているそばかすがくっきりと浮き出た。テイヤの肌は全身、小麦色をしている、とジョーダンは知っていた。

「母は逃げ出してまず、わたしと一緒に女子修道院に身を隠したの。そこのシスター・メアリーは母の幼なじみだった。母はしばらくのあいだ修道院にいたけど、父の手下が追ってこないように、すぐにそこを出ていった。ある晩、母からシスター・メアリーに電話があって、わたしはシスターにベッドから引っ張り出されて一緒に逃げた。森を走ってるとき、銃声を聞いた覚えがある。ソレルの手下たちはシスターを何人も強姦したのよ。修道院長は拷問されてから殺された。ひどい仕打ちを受けて」

ジョーダンも知っていた。聖恵女子修道院のシスターたちが殺害された恐ろしい事件のファイルを、彼も読んでいた。

「シスター・メアリーと一緒に何年も逃げまわったわ」テイヤは続けた。「母とは本当にたまにしか会えなかった。それから、ある夜、元海兵隊員のマシュー・トーマスと会ったの」

テイヤは急に寒けを覚えたかのように自分の両腕をさすった。

「マシューはわたしを連れてひそかにアメリカに入国した。あのころは、マシューといれば安全だって思ってたわ。マシューなら、どんな悪者でも退治できる。すごく強いからって。マシューと母は親しくなっていたみたいだった。もしかしたら、愛し合っていたのかもね」テイヤは苦しみをもたらす記憶を思い出して荒涼とした目つきをしながら、ごくりと喉を動かした。「何カ月かたって、シスター・メアリーの遺体が発見されたの。わたしをマシューに託した直後に殺されてた。マシューもわたしも、わたしが誰とどこにいるかをシスターがソレルに話してしまったことはわかってた。シスター・メアリーはすごくか弱い人だったんだもの、ジョーダン。すごく華奢だった」

テイヤはジョーダンを見つめた。悲しみにとらわれているまなざしを前に、ジョーダンの胸がつぶれそうになった。「マシューはワシントン州の山のなかに住んでいた友人のボイドのところへわたしを送り出すとき、こんな問題はこれっきり終わりにしてやるからなって言ってくれた。母を連れて迎えにいってやる、そしたら、みんなで安心して暮らそうって」テイヤの顔にあふれた苦しみを目にして、ジョーダンはこぶしを固めたくてならなくなった。「二カ月後、真夜中にボイドがわたしをベッドから起こして、わたしたちは逃げ出した」このとき初めて、テイヤの頬に涙がこぼれた。「マシューの遺体が見つかったの。生きたまま皮をはがれてた」

ジョーダンはこれ以上、一瞬でもじっとしていられなくなった。

「もうよせ、ファイルは残らず読んだ」すさまじい怒りに駆られて激した声が出た。テイヤの頭から、彼女を苦しめる記憶をもぎ取ってしまわなければならない。そんな衝動に流されてテイヤをつかまえ、抱き寄せていた。「わたしもファイルを読んだんだ、テイヤ」

「じゃあ、わかってるでしょ」テイヤはむせび泣いていた。怒りと恐怖と絶望が声に表れていた。「ここにいるのもソレルの手下なら、どんな連中かわかってるでしょう。どんなことができる連中か。どうしてなの、ジョーダン？ なんで、あいつらはわたしを放してくれないの？ なんで放っておいてくれないのよ？」

ジョーダンはテイヤの両腕を支えて身を引き、彼女を見おろした。片方の手をあげ、涙に濡れたテイヤの頬をぬぐった。

「テイヤ、スイートハート」ささやきかけた。「わたしたちはこの件に対処すべきときにそうせずに、きみを隠していた。ソレルがきみにつきまとっているわけではない。だが、ソレルとかかわりのあった何者かが、自分たちがほしいものをきみが持っていると思いこんでいるらしい。とにかく、やつらがほしがっているものを突き止めよう」

理屈から言って、こう考えるしかない。

テイヤはかぶりを振った。「わたしは滞在していたソレルの屋敷から、なにも持ち出してない。持っていった服だって、襲撃があった晩に置いて逃げたのよ」

「これから確かめていこう」ジョーダンは約束した。十中八九、それはテイヤが目にした可能性のあるファイルだとか、そんな単純なものだろう。あるいは、あの夜ソレルが死ぬ前にテイヤにもらした、ほんのわずかな情報の断片か。

しかし、いまのところは、テイヤを抱いていることしかできない。テイヤを慰め、テイヤの人生から盗まれた年月を惜しむことしかできない。

「もう平気」テイヤはぶるっと頭を振ってジョーダンの腕のなかから出ていき、カウンターまで歩いていって振り返り、ふたたび彼と向き合った。

テイヤを腕のなかから出ていかせるのは容易ではなかった。が、テイヤが目に浮かべる苦しみを見ているよりはらくだった。

「これからはずっと平気になる」ジョーダンはテイヤに誓った。「われわれが必ずそうなるようにしよう、ダーリン」

ジョーダンはテイヤの顔に浮かぶ表情を見ていた。決意、苦悩、そして、彼女が幼いころにソレルを打ち負かす方法さえ見つけられていたら、自分の身も心も守れるようになっていたはずだという信念。

「本当に？」やがて尋ねたテイヤの顔からも、目からも表情が消え去り、ジョーダンは彼女の心が見えなくなった。「本当によくなるの、ジョーダン？　それとも、わたしは残りの人生まで、過去に奪われてしまうのかしら？」テイヤは鋭く突き刺さるような笑い声をあげた。「やっぱり、子犬なんかほしがって飼わなくてよかった。こんな暮らしをさせられたら、子犬には散々だものね、ジョーダン？」

テイヤの頰に涙が伝った。「子犬なんて、みんな飼ってるのに」彼女は息を詰まらせた。

「わたしは子犬とすら一緒に暮らせない」

ジョーダンがまたテイヤをつかまえて抱き寄せる前に、彼女は口に手を押しあてて、くるりと背を向けてしまった。見ずとも、さらにぼろぼろと涙を流しているのはわかる。彼女が部屋に駆けこんでいってしまうのは、この日二度目だった。

なんてことだ、テイヤが子犬をほしがっていたことを、ジョーダンは知りもしなかった。

状況は変わりそうもない。友人たちは、このままテイヤのそばに張りついているつもりだ。とはいえ、テイヤも認めざるをえなかった。この状況にひとりで向き合わなくていいとわかって、胸を締めつけていたパニックはやわらぎ、次の誕生日まで生きられないかもしれないというあきらめの気持ちも薄れた。けれども、自分以外の人が犠牲になるかもしれないとの恐怖のせいで、治りにくい過去の傷がふたたび開いていた。

世のなかは薔薇色の場所なんかじゃない。少なくともテイヤにとっては。テイヤの人生は終わりのない戦いで、自由に暮らせる一日一日が、他人の血によって買い取られたものだった。

6

日が暮れて夜が訪れつつあるいま、テイヤはコンピューターの前に座って、月曜日に渡す給与明細の最後の一枚を作成し終えた。ぼんやりと頭の片すみに残っている、この家を抜け出してひとりで逃げる計画を実行することはないと悟ってもいた。逃げられる段階は過ぎた。ジョーダンが現れてすぐ、テイヤがみずから告げたように。

生まれてからいくつもの道を経て、ここにたどり着いたのだ。運命が用意した戦いがどんなものだろうと、それに挑むために。

会計プログラムを閉じ、給与明細をそろえて、一枚ずつ各従業員用の封筒に入れていった。

最後の従業員の名前を書きこみながら、じっと文字を見つめた。

ジャーニー・テイト。

ため息をつき、名前を指でなぞった。

ジャーニーはどうにかして伝統を破って仕事に就き、それを家族に気づかれずに済んでいるようだ。テイト家の娘たちは働かない。フランシーヌ・テイトは昔、懐かしげに語っていた。家族の伝統だ。テイト家の娘たちは、いかなる代価がかかっても、世間から守られる。クレイグ・テイトの末娘であり、ステファン・テイトの孫であるジャーニーは、明らかに守られまいと決意しているらしい。

ジャーニーとテイヤははとこだけれど、ジャーニーはテイヤの存在すら知らない。しかし、テイヤはジャーニーのことをよく知っていた。ジャーニーがアメリカに到着した瞬間から知っていて、テキサスにいたころから、年下のはとこを見守るようにしていた。

新しい家を見つけなければならなくなると、気づけばヘイガーズタウンに来ていた。思いがけなくジャーニーに会ったりもできるはずの場所だ。いまではすっかり気に入っているバーにちょくちょく顔を出してしまうようになったのも、ジャーニーがいるためだった。

自分はジャーニーも危険にさらしているのだろうか？　ああ、どうかそうではありませんように。

それに、ここにはジョーダンもいる。

リビングルームのソファに座って無言で仕事をしている。紙と紙がこすれる音すらたてないので、いるかいないのかわからなくなりそうだ。なのに、テイヤにはジョーダンがそこにいるとわかっていた。先ほどジョーダンに指摘された問題に、これから対処しなければならない。

家に戻ったばかりのときは、どんなプランなのか知りたくもなかった。しかし、何時間かたったいま、懸命に気にしないようにしているにもかかわらず、どんなプランだろうと考えてしまっていた。

テイヤは封筒をきちんとそろえて横を向き、机のわきの床に置いてあった革のブリーフケースにしまった。会社の従業員たちは、テイヤが給与明細を持ってくるのを楽しみにしているだろう。

会社には十二人の従業員がいる。人手は足りていないけれど、事業を大きくするのはもう少し待とうと思っていた。待ってよかった。疑う相手も、守らなければと心配する相手も、少なければ少ないほどいい。

「会社はどうすればいいの？」席から立って、静かに尋ねた。

ジョーダンがノートパソコンから顔をあげた。鮮烈な青い目の視線が、レーザー光線さながらにテイヤに突き刺さる。

眉があがって、わざとらしく驚く表情を作った。「とうとう話を聞く気になったのか？」

こんなふうに言われても仕方がない。いままでジョーダンが問題について話し合おうとするたびに、テイヤが遮っていたのだ。

「いいか、テイヤ、きみにはあきれてしまったぞ」がっかりしたという口調で言われた。「われわれはきみのために、ここへ来たんだ。部隊の全員が、きみが危険にさらされていると知るなり駆けつけた。援護部隊の者も、ひとり残らず手を貸すと申し入れてくれた。それなのにきみは、われわれがどうやってきみの命を守るつもりか聞こうともしなかった」

ジョーダンの口調には、かすかな怒りも交ざっていた。これも責められない。

「いまさらそんなこと言ってもしょうがないでしょ？」とうとうテイヤはため息をつき、ソファと向き合っているリクライニングチェアまで歩いていった。「もう対応する気構えができたわ、ジョーダン。さっきは、どうしても受け入れられなかっただけ」乱暴に顔をこすった。疲れて頭が鈍くなっている気がした。くたくたで、こんな話し合いに耐えられるか不安になるほどだ。「ジョーダン、ひょっとしたら、人生のうちで今回ばかりは、もう安全だと思いこみたがってたのかもしれないわ。家も、普通の暮らしもほしかった。猫か犬を飼うのもいいかなって」こう悟り、否定するのも疲れて受け入れた。自分はペットをほしがっていた。「哀れすぎるでしょ？　ペットを飼ったことすらなかったんだから」

「無理もない」同情がこもっていながら厳しい声でジョーダンは続けた。「ではわれわれで状況を改善し、きみが犬猫と暮らせるようにしよう。だが、協力が得られなければ、わたしでも状況を改善させられないからな」

テイヤは身構えて肩に力を入れた。「これ以上わたしになにをさせたいの、ジョーダン？　これからは逃げないわ。必要なことはなんでもする。いままでと同じようにね」

目の前にいるのは、エリート作戦部隊の司令官だ。動じず、冷ややかで、腹が立つほど理づめで議論を押し進めながらテイヤを見据えるようすは、しゃくに障るロボットだとしてもおかしくはなかった。

「ソレルが死んでから、問題の影が示し続けている執念を考慮に入れる必要がある。やつらは定期的に調査を行い、われわれが仕組んだきみの死の真相にあからさまな関心を抱いていた。きみがなぜソレルにとってあそこまで重要な存在だったか、わたしは知っているが」

「じゃあ、そいつらはわたしより事情に詳しいのよ」テイヤは鼻を鳴らした。「つまり、ソレルと近い関係にあった者じゃない？ ひょっとしたら、もうひとりの息子とか、兄弟とか？ ソレルは、とにかくかぎられた人間しか信用しなかったから」しかし、テイヤの知るかぎり、あの父親には家族などいなかったはずだ。「ただ、ソレルには兄弟なんてひとりもいないといううわさだったわ。死んだとき、財産を受け取る権利を主張する者は誰も名乗り出なかったし」

「それはソレルが財産を息子と娘に継がせるつもりだったからだ」ジョーダンが思い出させた。「きみとレイヴンに。息子のレイヴンは死亡していたから、相続人はきみしかいなかった。この時点で誰かが名乗り出たとしても、利益はなかっただろう。フランス政府がソレルの犠牲者への補償のため財産を差し押さえた。とはいえ、ソレルの死に対する復讐の線が消えるわけではない」

テイヤもそれは覚悟しているが、復讐を狙っているのは血のつながりがある者ではなく、ソレルの元協力者だろうと考えていた。「どっちにしろ、どうやって誘い出すの？」

ジョーダンはフラストレーションをあらわにして唇を引き結んだ。「このプランをきみは気に入らないだろう。それでも、最後まで話を聞くと約束してほしい」

テイヤはうなずいて答えた。「いいわよ、でも、さっそく始める前に聞いておいてほしいの。わたしも自分の会社をどうすべきか知っておかなくちゃならない。従業員たちは仕事を失ったら暮らしていけないわ、ジョーダン。一時的にでもみんなを解雇したり、業務を停止したりしたくない」

「会社については簡単だ」ジョーダンは請け合った。「明日になったらクリントとモーガナが来るから、経営に必要な情報を伝えろ。ふたりは今夜アトランタから飛行機に乗ってこっちに来る。夜明けまでにこの町に着くだろう。問題が片づくまで、ふたりが仕事を引き継いでくれる。ついでに、きみが会社の売却を検討しているとのうわさを本当らしくしてくれる」テイヤが口を開きかけると、ジョーダンが手をあげて遮った。「このうわさで、きみの会社や従業員が標的にされるのを防ぐんだ。クリントとモーガナの隠蔽工作は単純だ。彼らは本来の身元を偽らずに、この町にやってくる。最初に一度会うだけで、以降はわれわれと接触しない。作戦が終わったら、きみは会社に戻って、単に気が変わって売却するのはやめたと言えばいい。従業員たちは不安がるだろうが、売却に伴って従業員が解雇されることはないとクリントとモーガナが保証すれば、取り乱さず了承してくれるはずだ」

テイヤはぐっと口を閉じ、無言でうなずいた。気に入らないけれど、ジョーダンは正しい。

アルトゥールやテニソンの背後にいる人間、あるいは集団がフランスで襲ってきた連中と同種だったら、いや、もっと恐ろしいことに、ソレルの面影や遺志に狂信的に傾倒している人間だったら、テイヤにとって会社や従業員が少しでも意味のあるものだとかぎつけるなり、標的にするに違いない。

「わたしが気に入らないだろう話っていうのはこれだけ？」これだけではない予感がした。

「いや、これだけじゃない」ジョーダンが身を乗り出し、がっちりとふたりの視線を合わせた。テイヤは下腹部に集まってくるなじみの熱を感じてしまった。

「じゃあ、ほかの話はなに？」気短に答えを求めた。「早く言って、ジョーダン、引き延ばさないで、どうせ苦しめるなら骨まで一気にしゃぶってよ」

彼の唇のはしがあがって微笑になりかけたが、すぐに無表情が戻った。

「われわれは追っ手を引き寄せるためにテイト家を利用することになる、テイヤ。きみは、そろそろ家族と向き合うべきだ」

驚愕とともに激しい怒りに襲われて、テイヤは跳びあがるように立ちあがった。「冗談じゃないわ」

ジョーダンが鷹揚な態度で立ちあがった。「いいか、テイヤ、そういうかっとなりやすいところを直さないとトラブルに巻きこまれるぞ、スイートハート」いかにも無理やり辛抱しているふうに注意する。

「いいかげんにして、ジョーダン！」乱暴に言って髪をかきあげ、ジョーダンが主張するプランとやらを理解しようと頭を絞った。「あなたに指図されたからって、わたしが素直に家族と向き合うとでも思ってるの？　これまでずっとそんなまねをするまいとしてきたわたしが言うとおりにするなんて、どうやったら思いこめるのよ。いったいなにさまのつもり？」

「そのかわいい尻を守ってやろうとしている男のつもりだ」ジョーダンは激昂した口ぶりで言い切り、テイヤをぐっと抱き寄せた。

「わたしの家族を犠牲にするなんて許さない」敵意をこめて声を張りあげた。ジョーダンがこんな提案をするなんて信じられない。テイヤがこんな案を考慮に入れるとでも、本気で思いこんでいたのだろうか。

「そうか、わたしはステファン・テイトでも、やつの息子でも、親戚その他百人でも犠牲にするぞ。それできみを守れるならな！」野蛮な決意でジョーダンの表情は険しくなっていた。「この事実を一瞬でも疑うな、テイヤ。わたしにとって、きみときみの安全より重大なものなどなにひとつ、いいか、なにひとつだぞ、存在しないんだ」

ジョーダンがむき出しにしている怒りを、テイヤはほとんど気に留めなかった。感じられるのは自分自身の怒りだけだ。家族に自分の存在を明らかにするなんて、絶対にいやだという思いだけ。

母でさえ、家族に頼るのは拒んでいた。テイト家に富があり権力があっても、母が誘拐されてから何年もたっていても、家族に助けを求めようと勧められるたびに、母は激しく拒絶していた。ボイドが殺されるまで。彼が死んだとき、母は両親に連絡をした。そのために、両親とみずからの命を失った。テイヤは同じ過ちは犯すまいと誓ったのだ。

いまも、テイヤは家族を頼ったりしない。家族を自分の戦いの巻き添えにしたりしない。

「拒んでも、もう遅いんだ、テイヤ」ジョーダンの口調は荒々しく、いつもの冷えきった理屈は消え失せ、瞳は青い炎の輝きを放っていた。「きみがおとなしくこのプランのとおりにしないのなら、われわれは次善のプランに移る。ステファン・テイトと報道機関の両方に、きみの所在を匿名で知らせる。さあ、この戦いを私的に進めることもできれば、本当になにもかも公にしてしまうこともできるんだぞ。いいから選べ」

ジョーダンは完全に頭にきている。

テイヤはここまで怒ったジョーダンを見たことがなかった。燃え立つ感情で目をぎらぎらさせている。とはいえ、テイヤ自身、ここまで頭にきたこともないはずだ。

すっかり憤怒にとらわれ、どんどん反感がわきあがってくる。

「勝手に人の暮らしに踏みこんできて、わたしの問題をどうするか、偉そうに独断で決めつけていいと思ってるの？　わたしの父親でも夫でもないんだから、引っこんでてよ！」

「いま、わたしはきみの正真正銘の恋人なのだから引っこみはしない。ソレルにも引きはしなかったし、きみを苦しめ続けて無事でいられるなどと考えているどこのどいつかわからん人間に対してでも引きはしない。そんなわたしが、きみから身を引くなんてことがありうるわけがないだろうが」

テイヤは相手に怒りをぶつけるため、わきあがる激しい憤りを発散するために唇を開いた。

そのとき不意にジョーダンがテイヤを強く引き寄せ、顔をさげ、支配欲と荒れ狂う飢えをこめていきなり唇を奪った。

ジョーダンの怒りと保護欲に満ちた抱きかたや口づけがテイヤの欲望の導火線に火をつけたかのように、彼女は暴れだした。相手の腕から逃れるためではなく、キスの主導権を奪うために。

テイヤの舌をむさぼるようになめるジョーダンの舌に歯を立てる。顔を傾けて唇を重ね合わせているジョーダンの胸にあてていた両手は、いつしか彼の髪に埋もれていた。

敏感な舌をかじられたジョーダンはいったん身を引いたが、一瞬だけだった。すぐに片方の手でテイヤのあごをとらえて動けなくさせ、ふたたび力強く唇を重ねた。

優位を主張する、信じられないほど官能を引き出す行為に押されて、喉からさらに求める声が出ていき、テイヤは相手の胸板を覆う服を握りしめた。

ボタンがはじけ飛び、シャツの前が開く。一秒後には、胸板に広がるセクシーな巻き毛に感じやすい手のひらをくすぐられていた。

すばらしい心地だ。力と力がぶつかってジョーダンが低い声をもらし、キスが深くなる。テイヤは胸板につめを滑らせ、手のひらで愛撫しながら腹から下へ、彼が腰ではいているジーンズのウエストまでたどり着いた。

丈夫なデニムを硬く押しあげている盛りあがりに惹かれ、存在感のあるふくらみにぴたりと手のひらを押しあてた。欲望を抑えきれなくなって発した悩ましげな声で喉を震わせつつ、性急に留め金を引っ張った。

ジョーダンを味わい、彼を自分のものにしたい。いっときだけでも、ジョーダンの揺るぎない力と支配欲を残らず意のままにしたい。親密な愛撫にとらえられているときは、たとえジョーダンでも否定できないはずの渇望と欲求を感じたかった。

ようやく留め金がはずれ、太いものの上を走るジッパーをさげることができた。

どきっとするほど熱く、怒張したペニスに手がふれ、鋭い興奮が神経を襲って燃える感覚を残した。

乳首がうずき、あまりにもとがり、感じやすくなっているかに思えた。クリトリスが耐えられないほどじんじんと脈打ち、ヴァギナはうつろであることに耐えきれずきつく締まった。欲望で体がほてり、全身が敏感すぎる状態になった。どんなささいな接触でも感じられ、切に求めてしまう。そのとき、ジョーダンの手がテイヤの髪のなかにもぐりこみ、豊かな巻き毛を握りしめた。

かっと燃え立つ快感とも痛みともつかない感覚が頭皮に走った。いっそう勢いを増した欲望に襲われ、クリトリスにも両脚のつけ根の奥にも衝撃を受け、腰をはねあげる。するとそこには鍛えあげられて隆起する太腿があり、花芯を強く押し返した。テイヤは手をおろし、ペニスの根元まで張っている睾丸を包みこんだ。みだらな肉欲に駆られ、ジョーダンの体のすみずみをむさぼりたくなって切ない声をあげた。

「ちくしょう」ジョーダンがキスをやめて急に顔を引き、テイヤを見おろした。野性をあらわにした荒ぶる表情は、欲情のすさまじさとテイヤをわがものにしたがっている気持ちの強さを物語っていた。

「したいようにしてみろ、ベイビー」ジョーダンは挑んだ。髪をつかんだ手に力をこめ、下半身へテイヤを導くように引っ張っている。髪を両手でつかまれている感覚、力と支配を感じて、テイヤの全身に恍惚としてしまうけだるさが流れこんできた。

官能に酔ってしまった。自由にキスをし、硬い胸板の輪郭を夢中でなぞっていたら、激しい怒りも苦しみも恐れも崩れてなくなった。押してもへこまない平たい乳輪にふれられてジョーダンはうめき、髪をつかんだ指に力を入れてエロティックにひざまずかせようとした。テイヤは舌をさっと出し、引きしまった腹筋をなめた。ぐっと収縮したそこに唇と舌を添わせると、興奮をかき立てる男の味が味蕾にはじけた。

ジョーダンの反応をすぐさま感じ取れた。髪をつかむ手にいっそう力がこもり、胸の奥から荒々しいうなり声を響かせている。この反応を受けて、期待が一気に高まった。

「ああ、かわいいテイヤ」ジョーダンがかすれる悩ましげな声を出した。「ちくしょう、ベイビー、その小さな熱い舌は最高だ」

口づけ、なめ、愛撫しながら、さらに下を目指した。ゆっくりと膝をついていき、大きすぎて握りきれないペニスに指を巻きつけた。いきり立って濃い赤に染まっている、絹にくるまれ熱を帯びた鉄のように硬いもの。指のなかでずっしりとした柱が脈打っていた。

片方の手にはとても収まりきらない。それでも、テイヤは熱のこもったジョーダン自身に手を滑らせて愛撫し、思い切って舌を伸ばし、湿ってふくらんでいる頭部をすばやくなぶった。

「くそ、いいぞ」かすれきった声を聞かされて、テイヤはさらに高ぶり、大胆に振る舞うしかなかった。「しゃぶってみろ、テイヤ。こいつを吸ってみてくれ、ベイビー」

ジョーダンが腰を突き出し、ふくらんだ頂が唇に押しあてられ、口のなかに割りこんだ。テイヤはそっとそれをしゃぶり、じらすように時間をかけて吸いこんだ。

ジョーダンは上からテイヤを見つめ、衝動に押し流されていますぐテイヤを床に押し倒し、抱いてしまったりしてはいけないと必死に闘っていた。この女に対するほどの欲求を、ほかの女に抱いた経験などなかった。テイヤはまるで彼の体の内側で燃える炎のようだ。テイヤからごうごうと燃える炎が舌を出し、ジョーダンの血管に燃え移り、神経のはしばしを焼いて魂まで届く。

優美でふっくらとした唇が分かれ、太さのあるペニスを囲んでいる。混じり気のない欲望が睾丸ではじけ、さらに張りつめさせた。肉欲が途方もない熱さで燃えあがって、意識はめくるめく渇望に占領された。テイヤを抱いてから、あまりにも間が空きすぎた。この女性とだけ見いだせる悦び、理性を切り裂く悦びを感じてから。

髪にうずめた指がほとんど無意識にけいれんのような動きをして、炎の色をしたカールを両手いっぱいに握りしめた。相手の頭を支え、みずみずしい唇を貫く力をコントロールする。

こんなにも悦びと飢えもあらわに、どこまでも深く彼を受け入れているテイヤを見つめていると、支配しているという強烈な感覚で有頂天になりそうになった。

普段は完全に抑えこんでいる欲求が、テイヤにふれ、テイヤにふれられた瞬間、制御不能になった。ふたりのあいだで荒れ狂っている悦び、分かち合っている炎に似た熱情のほかはどうでもよくなった。テイヤは両頬をくぼませ、顔を赤らめている。そんなテイヤを見て、ジョーダンの太腿に痛みが走るほど力が入った。

ペニスの先を潤いに満ちたぬくもりが包みこみ、機敏な動きをする小さな舌がふくれた亀頭の頂をくるりとなめた。それから、この上なく敏感な亀頭の下部を強くこすった。

恍惚とした表情のテイヤを見つめ、彼女の頭を支えたまま、ジョーダンは腰を揺らした。ゆっくりと穏やかに自身を熟れた唇のあいだに前後させる。猛烈なまでのエクスタシーが押し寄せてきて、出かかるうなり声をかろうじて抑えた。

くそ、恐ろしいほどよすぎる。くせになる。燃えあがる純粋な欲情に自身をなめられて。テイヤの口は潤いに満ちた炎さながらにジョーダンを焼き、彼の自制心をずたずたにした。快感に翻弄され、立てていた予防策は破壊され尽くした。テイヤの愛撫への果てない欲求を抑えることはおろか、テイヤから感情的に距離を置き続けることもできなくなっていた。

テイヤは彼の弱みだ。何年も前から、そうなると感じ取っていた。ジョーダンがそばを離れることも、失って耐えることもできない唯一の女性。テイヤは彼の悦びであり、苦しみだ。そして、間もなく彼女のなかに入ることができなければ、彼の死ともなるだろう。

ジョーダンの両手に肩をつかまれ、引っ張られて立たされてしまうと、テイヤは文句を言いたくなり、口を開きかけた。ところがそのとき、ジョーダンがテイヤのジーンズに手を伸ばし、前を閉じている金属のボタンをたくましい指ではずし始めた。

テイヤはさっと下を見た。服を脱がされている。急にその事実に夢中になった。ジョーダンの手で裸にされようとしている。なぜか、こう考えると非常に気持ちが高ぶった。

「スニーカーを脱げ」テイヤの前に屈みこんで見あげているジョーダンの顔つきは険しかった。

テイヤはスニーカーを蹴って脱いだ。息があがり、荒くなっている。体はさらなるふれ合いを待ちわび、請い求めていた。両脚のつけ根がうずき、腰をくねらせると、下着にクリトリスがこすれた。

数秒でテイヤは一糸まとわぬ姿にされ、ジョーダンの前に立っていた。体はほてり、もの言わぬまま愛撫を求めている。

いつもよりふくらんだテイヤの乳房を見つめつつ、ジョーダンはシャツを脱いだ。力に満ちた肩を覆うたくましい筋肉が、乱れる息に合わせて上下している。

ジョーダンはソファの横にもたれてブーツを脱ぎ、ジーンズも引き抜いてから体をまっすぐに起こした。がっしりとした指でペニスの根元をつかんでいる。

「こんなに硬くなったのは生まれて初めてだ」欲望にあえぐ声を発しながら近づいてきて、片方の手でテイヤの腰をとらえ、もういっぽうの手で頬を包みこんだ。

顔をさげた彼の唇がテイヤの唇とそっと重なり、男を感じさせるうなり声が響いたせつな、口づけが深くなった。テイヤの手足からどっと力が抜け、両脚のあいだのうずきがひどくなって太腿をきつく閉じ合わせる。

「かわいいベイビー」ジョーダンがテイヤの体を静かにうしろに引いてささやいた。

テイヤの脚のうしろにリクライニングチェアのはじがぶつかる。

「座ってくれるか、テイヤ」

すごくセクシーで、刺激的だ。

チェアにゆっくり腰をおろし、やわらかい上質な革のクッションに沈みこんだ。ジョーダンは彼女の前にひざまずき、テイヤの両脚を広げた。

「おいで」テイヤの腰をつかまえて優しく引き寄せる。ヒップがクッションのはじにのった。

ジョーダンがそこにふれやすいように。

ジョーダンの唇が太腿の片方に、それからもういっぽうに押しあてられた。肌をなめられて興奮がいや増し、クリトリスがしびれてさらにふくらんだかに思えた。

「じらすのはやめて!」鋭い叫び声はかすれ、必死の思いが響いていた。指がむき出しのひだをなぞって熱い感覚を残した。

「じらしてるんじゃない、スイートハート」ジョーダンがなだめた。「なんとしても望みをかなえようとしてる」

ジョーダンはテイヤの太腿の下に手を差し入れて持ちあげ、彼の肩にかけさせた。

テイヤは息をのんだ。鞭の一撃を思わせる強烈さで快感が襲い、ふくらんで敏感になったクリトリスを打ち、ひとりでに腰がはねあがった。

熱く湿った舌が小さな神経の集まりをはじいていた。指は、ぎゅっと閉じた秘所の入り口のまわりをゆっくりとなぞっている。

テイヤはジョーダンの髪に指をうずめ、握りしめて懸命に体を寄せた。押し寄せて砕け散る興奮の波に乗って、しだいにまぶたを閉じた。興奮の波に巻きこまれて、ぼんやりとした官能の極致に引きずりこまれる。ここにとどまっているわけにいかないのに。

「そうだ、ベイビー、ゆったり力を抜いて任せておくだけでいい」ジョーダンが空いているほうの手をテイヤの上半身に滑らせ、硬い指先でしこった乳首を見つけ、喜悦を呼び覚ます力でつまんだ。

電気に似た快感のさざめきが走り、極度の興奮に体が躍った。秘所に力が入って引きしまり、愛液が染み出す。そこへジョーダンの指が滑りこみ、繊細な内側の肉をさすり、感じやすいどころではなくなっていた神経を愛撫した。

舌は動き、もぐりこみ、花芯をかわいがっている。快感が火を噴いて大きくなるかに思え、テイヤは焼き尽くされそうになった。

ジョーダンの頭につめを立て、熱い愛撫に身を寄せようとした。つんと立ったクリトリスをまわすようになめている舌に。

ゆったり一様なリズムでプッシーにもぐりこむ指。その指を迎え入れようと腰を突きあげるテイヤの胸の奥から、無我夢中の切ない声がこみあげた。彼を抱きしめたがっているヴァギナをもっと深く、強く貫いてほしい。クリトリスをもっと力と熱意をこめて押してほしくてもがいていた。

「ジョーダン、お願い」ささやいて求める声には満たされていない欲望があふれていた。するとふくらんだ花芯から唇が離れ、きつく吸いついていた秘所から指が引かれた。

テイヤはまぶたをあげ、めくるめく期待に駆られてジョーダンを見つめた。彼はずっしりと怒張したペニスを手で支え、彼女の両脚のあいだで身を起こした。

太い頂をひだに押しあてるとともに、乳房の感じやすい蕾にキスをする。ふたつの感覚が合わさって押し寄せ、続けざまに快感がはじけて響いた。

ジョーダンは玉になった胸の先端を吸いつつ腰を押し進め、ペニスで入り口を広げ、狭くて繊細な秘所の深みに時間をかけて入っていった。

「ああ、くそ。きついな。テイヤ、なんてきつく締めつけてくれるんだ」テイヤの胸の丸みに口づけたまま息をしようとした。酸素を充分に体内に取りこみ、くらくらする頭をはっきりさせようとした。押し寄せてくる悦楽におぼれすぎまいとした。

テイヤを感じる。ぴたりと彼を包んでいる場所が波打ち、ペニスを搾るように動いて彼を奥深くへ引きこもうとする。背骨に沿って汗が噴き出した。

「ジョーダン！」切れ切れの叫びに感覚を愛撫された。エクスタシーにじかに撫でられているようだ。テイヤの声にあふれる必死の思い、高まっている解放を求める思い。それらは、ゆっくり彼女のなかに進んでいくと自身の先端で感じられるテイヤの体内のさざ波や欲求に駆られた動きと同じくらい、こたえられなかった。

最後に乳房の先をひとなめして顔をあげ、テイヤの伏せられたまつげの下からのぞく切望の光に見入った。

テイヤは首をそらし、腰をうねらせて浮かせ、彼の肩に指を食いこませて泣くような声をたてた。

「入れて、ジョーダン」彼女はささやきかけた。彼女だけが持つ深いエメラルドグリーンの瞳を燃え立つ情熱で内側から輝かせて、彼を見あげた。瞳の奥から、あなたがほしくてたまらないと強烈に求めている。

ここまで奔放にセクシーに求められてジョーダンの欲情に火がついてしまい、渇望が怒濤の勢いでわきあがった。

彼は待ちすぎたのだ。そんな思考も遠くかすんでいるかに感じた。この途方もない勃起に夜のあいだどころか一日じゅう苦しめられていた。飢えが腹の奥につめを立てている。それでもなお、彼はテイヤを抱くのを待ちすぎていた。

無意識に腰が激しく突き出て、強く締めつけるプッシーの深みにペニスが埋まりこんだ。女性の力が急かすようにきつく、熱く彼を握りしめた。

燃えるように熱く、なまめいている。自制心など忘れ去られ、エクスタシーの境地に駆け上ることしか頭になくなった。

力強く、わがものとするように押し入られて、テイヤは自然に背を弓なりにそらした。ジョーダンが猛攻を加え始めると、熱い刺激がヴァギナを貫き、クリトリスのまわりに熱が集まり、全身がほてった。

鮮烈な痛みにも似た快感が秘所から体の奥へとはじけ始め、興奮が幾筋も弧を描いて噴き出し、全身を爆発させていった。

「ああっ。テイヤ」荒々しいしゃがれ声がテイヤの感覚をこすり、歓喜をさらなる高みに熱く駆り立てた。

弓なりにした体をジョーダンに押しつけ、あえいだ。乳房の先を刺激する胸毛。重ね合わされた唇。なめ、まさぐる舌。彼女の内側を押し広げて熱をかき立てるペニス。

それらの感覚が合わさって、ふくれあがっていった。燃えあがる熱情、電気を帯びた狂おしいほどの快感の高まり。クリトリスに火がついているようだった。ジョーダンの腰がのしかかって愛撫となるたびに、混じり気のないめくるめく興奮がまっすぐに子宮に届いた。

体じゅうが生気に包まれ、脈打っていた。

太く重くいきり立っているジョーダンが身の奥へ突き進んでくる。

歓喜の波が押し寄せ始めた。

空気を求めてあえぎ、大きく目を開けた。自分が誰かもわからなくなる陶酔にのみこまれながらも、ジョーダンを見あげるために。体の奥深くから激しく脈打ち、全身をばらばらにしてしまいそうなオーガズムが生まれた。こらえようもなく締めつけられ燃えあがる感覚があってから、最初の圧倒されるほどの解放の炸裂を感じた。

太腿のあいだを行き来するジョーダンの分身を秘所がきつくとらえた。ジョーダンの顔のわきを汗が流れ、顔つきは獣じみて見えるほど鋭くなった。

テイヤは最初の悶えるほどの解放の高波にさらわれた。力をこめて深く突き入ってくるジョーダンを感じる。ペニスは震え、脈打ってテイヤのなかで放出し、おののきはジョーダンの全身にも伝わった。テイヤの視界は暗くなり、肺で息が閉じこめられた。そののち、喉からかすかな、理性に縛られない歓喜にむせぶ声がもれた。

奥深くで放たれた精液の奔流はテイヤの解放を引き延ばした。いつまでも終わらないかのようだった。エクスタシーの激しいさざめきに襲われるごとに、荒ぶる歓喜の波のなかに投げこまれた。

リクライニングチェアの背に頭を打ちあてた。ジョーダンの両腕につめを埋め、叫ぼうとしたのは間違いなかった。

それとも、本当に叫んでしまったのだろうか？

いや、そんなはずがない。そんなまねはしない。

かすれた声で叫んだのは、テイヤであるはずがなかった。「ああっ、ジョーダン、愛してる……」

まさか。

そこまで正気を失っているはずがなかった。

7

そのあと何分も、テイヤはベッドに横たわっていた。ジョーダンの腕に包まれて、背中を彼の胸板にくっつけていると、相手のゆったりした力強い鼓動を感じられた。気づけば、テイヤはこれを壊したくないと思っていた。〝これ〟とは、振り払おうとしても払えない満足しきったけだるさのことだ。

満足感が全身に染みこんで内側から熱を発し、テイヤを温めた。ぬくぬくととても心地よく、身じろぎもしたくなかった。

そんな状態が〝これ〟だ。

体の欲求が満たされ、感情がぐんと高ぶり、ようやく自分の居場所を見つけたと感じた。ジョーダンの腕に抱かれて。完全な、欠けたところのない、深い心の結びつきを感じた。達したときに生じた、正気の沙汰とは思えない感情は、なんとか表に出さずにいられたに違いない。ジョーダンはテイヤの過ちを指摘したりしてこない。〝わたしを愛してはいけない〟とか、〝作戦が終わってからも、いつまでもわたしと一緒にいられると思うな〟とか諭してもこない。錯覚だとか、アドレナリンによって引き起こされた感情だとか、この信じられないくらいすばらしいひとときを壊すに決まっているキーワードを持ち出して、説教しようともしてこない。

たぶん、あの愛の告白は心のなかで言っただけで、声にはせずに済んだのだろう。そう祈るしかなかった。またジョーダンがいつものように知ったかぶりをして、〝愛は錯覚だ〟の演説を始めたら、絶対に耐えられない。

ジョーダンはただテイヤを抱きあげ、このベッドに運んでくれた。いまも寄り添って横たわり、温かな体で包みこんでくれている。

たくましいふくらはぎはテイヤの脚のあいだに、腕は乳房の下に、あごはテイヤの頭のてっぺんにある。ふたりとも親密な空気に包まれ、息をするたびにこの空気を吸いこんでいた。

テイヤは安全にくるまれ、安心して落ち着いていられた。

初めて家や会社を買ったときでさえ、こんな気持ちには浸れなかった。生まれてから一度も、こんな安心感は抱けなかった。ほぼずっと、この安心感を求めて生きてきた気がするけれど。

これこそ完璧な平穏に近いのではないかと思える感覚だった。ふたたびテイヤの身の安全が保証されるや、ジョーダンは夕日の彼方に去っていってしまう。それがわかってさえいなければ、完璧だったに違いない。

正義の味方は、いつも去っていくものではないだろうか？

正義の味方が救うべき人は必ずほかにもいるものでは？　この世でテイヤだけが、救いを求める乙女であるわけがない。

「寝てないな」ジョーダンの声はけだるげで、リラックスしている響きがあった。満たされた男の声だ。テイヤの胸に、女として誇らしいという思いがこみあげる。

とはいえ、男性の欲求を満たしたプライドも、親密な雰囲気も、秘めた愛も、テイヤの安心感を持続させるには足りなかった。ふたりがこうするにいたった経緯をはっきり思い出し、最初のキスを引き起こす原因になった言い争いが頭によみがえってくるなり、現実がそれらを押し流した。

ボス人間、暴君、横暴。ジョーダンは勝手にいくつものプランを作ってきて、なんとしてもそのなかのひとつは実行に移そうとしている。ひどいことに、すべてのプランにおいてジョーダンは、ある家族を巻きこもうとしていた。

テイヤの家族を。

「どうして、テイト家の人たちを巻きこもうとするの？」テイヤはとうとう口を開いた。胸をかき乱す感情や、いつまでもしがみついてはいられない気持ちと向き合っているよりは、訊いてしまったほうがいい。

ジョーダンは腕を動かし、テイヤの腹を指ですっと撫でてから腿に手をのせた。

肌を愛撫されて、体じゅうにぬくもりが波のように伝わった。ぬくもりに誘われ、体の力を抜いて余波に浸りたくなる。

「理由はいくつもある」静かな答えが、ジョーダンから返ってきてしまった。「ひとつには、アフガニスタンできみの死について調べていた男ふたりが、ステファン・テイトを見張っているからだ。明らかに、きみときみの家族にかかわる何事かが起きるのを待っている何者かがいて、別の何者かに報告をしようとしている。反応を引き出す最適の方法は、何者かに報告すべき事柄を与えてやることだ」

「誰かは、わたしが生きてるって本当に知ってるのね。フランシーヌ・テイトの娘だってことまで」テイヤはかろうじてささやいた。「永遠に続くものなんて、なにもないんでしょ?」

「続くものもあるさ」ジョーダンはため息交じりに言った。「ただ、残念だが、ここでの状況は変わった」

テイヤは唇をなめた。こんなに不穏なエネルギーが高まってきては、ジョーダンの腕のなかに落ち着いていられなくなって当然だ。しかし、テイヤは横たわったまま、自分がすべきことをすべきなのか、したいようにすべきなのか判断しようとしていた。それに、もはや考えていたほど安全な立場ではないという事実に、どう対処したらいいだろう。

「テイト家の人たちに素性は明かせないわ」テイト家の人たちと本来の自分として向き合うことも、彼らを危険にさらすことも耐えられない。必死に涙をこらえて、きっぱり告げた。

「テイト家の人たちに知られずに対処しなくてはだめよ。わたしが家族のもとに戻るのは手遅れなの、ジョーダン。わたし抜きで平穏に暮らしている家族にいまさら加わろうなんて、手遅れなのよ」

背後に寄り添うジョーダンは黙っていた。テイヤは不安で体の奥がよじれるように苦しくなり、目を閉じた。ジョーダンは初めからこうするつもりだったのだろうか。最初からずっと、テイヤを家族と引き合わせるつもりだったのか。

ジョーダンから愛されてはいないだろうけれど、気にはかけられているとわかっていた。何年も前にも、家族のもとへ行き、無事でいることを知らせたらどうかと、ジョーダンに勧められていた。そのときもテイヤは拒んだ。いまも気を変えるつもりはない。

「そんな決断をきみに押しつけはしない」むっとした口調だ。ジョーダンの感情を傷つけてしまったらしい。「わたしがそんなふうにしてきみを傷つけると思っているのか、テイヤ？　いま、そんなふうにきみの将来を危険にさらすわけがないだろう？　きみの過去の問題はまだ解決していないのだから」

テイヤが心配しているのは自分の将来ではなかった。心配なのは、面と向かってぶつけられるに違いない拒絶と、テイヤが直面している危険が家族にも及ぶ恐れがたとえわずかではあっても存在する点だった。だいたい、テイヤの帰還なんて、テイト家にとってはもっとも望ましくない事態だろう。

テイヤが戻れば、〈テイト・インダストリーズ〉を自分の家族ではなく、テイヤと彼女の相続人に引き渡さなければならなくなることを、ステファン・テイトは知っている。テイヤの祖父であるベルナール・テイトは、娘の行方を突き止められず、遺言書を書き換えなければならなくなったとき、唯一の兄弟であるステファンを相続人にした。しかし、その遺言には、万が一ベルナールの娘か彼女の相続人が見つかった場合に備えて補足書がつけられた。

娘か彼女の相続人が見つかった場合、ベルナールの財産はすべて彼女のものとなり、ステファンは事業の最高経営責任者《CEO》の地位しか得られなくなる。

そんな事態になったら憤りと不和が生まれるだろう。たとえ、テイヤが全財産の権利を主張しなかったとしても。

　また、テイヤしか受け取ることができない遺産という、ささいな問題もあった。

　テイト家が享受している富はベルナール・テイトが築いたものだったが、ステファン・テイトと息子クレイグは十五年にわたってその富をゆだねられていた。それをいまになって手放したくはないだろう。テイヤも彼らを責められはしない。

　こうした事実があるがために、テイト家の人たちはテイヤを拒絶する。テイヤを恐れるだろう。

　テイヤはステファンや息子クレイグに会社を譲り渡すことはできるが、〈テイト・インダストリーズ〉の事業がうまくいかなかったときのために、別に蓄えられている遺産の相続分というのもあった。現金、金、債券のかたちで蓄えられている遺産を合わせれば、いまごろは〈テイト・インダストリーズ〉の資産価値をはるかに上まわっているはずだ。この遺産を、テイヤは手放すつもりはなかった。テイヤ自身が母になるという夢がかなう、または、いま直面している危機をいつか打ち負かすことができる。そんなわずかな希望が現実になった場合に備えて。

「テイト家の人たちにわたしの素性を明かさずに、どうやって作戦を進めていくつもりなの?」テイヤは涙をこらえて、枕にうずめた手を握りしめた。現実を受け入れ始めていた。家族と向き合わなければならない。家族として一緒に過ごすことも、おそらくつながりを認めることも許されない人たちと。

「きみはすでにテイト家のひとりと接触したじゃないか、テイヤ。家族のほかの者たちと向き合うことを、どうしてそこまで恐れるんだ？　もう、はとこを雇い、彼女と友情をはぐくんでいるようなのに」ジョーダンに指摘され、テイヤの心は沈んだ。

部隊がこの町に到着する前から、ミカは〈フレンドリーズ・バー〉に出入りする人間全員の身元調査を行ったに決まっている。知られていると、とっくに覚悟しておくべきだった。

「はとこを見つけるのにどのくらいかかった？」テイヤが答えずにいると、ジョーダンが問いかけた。

テイヤは目を閉じた。はとことの交流は自分だけの胸に秘めておきたかった。たとえささやかな交流でも、せめて家族のひとりと持てたつながりを、そっと楽しみ、大事にしていたかった。自分が直面している危険によって、そのつながりを汚したくなかった。

「きみが彼女と交流を持っていることは、こっちに来る前から知っていたんだ」と、ジョーダン。「いつから、はとこと接触しようと考えていた？」

「何年も前から、あの子の動向を見守ってたの」テイヤは明かした。「部隊が解散する直前に、あの子が大学に通うためにアメリカに来ているって知ったわ」頬がゆるみそうになった。

「あの子は風みたいに自由気ままなの、ジョーダン。トラブルに巻きこまれてほしくなかったのよ」

「だから、彼女を見守っていられるようにヘイガーズタウンに来たのか？」ジョーダンは慎重に口調を抑えているようだった。少しでも怒りをのぞかせれば、また激しい言い争いになるだけだとわかっているらしい。「彼女はきみにそっくりじゃないか。気性が激しいところも同じだ。彼女に関するミカの報告書を読んでいたら、あの家に生まれ育っていた場合、きみが歩んでいただろう人生を読んでいる気になった。反抗してばかりで、独立心が旺盛で、死ぬほど頑固。祖父とはしょっちゅう角を突き合わせて引けを取ってはいないといううわさだ。聞いた話では、あれでまだ私立の女子大に送られていないのは、ひとえにイギリス女王その人のおかげらしい。女王陛下が仲裁に入り、きみのはとこの父親に、娘たちの教育の仕上げはアメリカでというテイト家の伝統を守るよう〝お願い〟してくださったんだと」

ええ、それでこそジャーニーだ。若さに満ちあふれ、とにかく意志が強い。はとこのそういうところを知って、テイヤはものすごく誇らしかった。しかもジャーニーは目的を果たすためとなったら、とてつもなく抜け目なくなれるのだ。

テイヤは突然、これ以上おとなしくベッドに横になっていられなくなった。先ほどから身中で大きくなりつつあった不穏なエネルギーを、無視できなくなっていた。

ベッドの上で体を起こして振り返ると、薄暗い部屋でもジョーダンの問いたげな表情がかろうじて見えた。

「ねえ、そんな話、いまは関係ないでしょ?」抑えた声を出す。「もし、あなたのささやかな企みを実行するためにジャーニーを利用するつもりでいるなら、計画を見直したほうがいいわよ。その場合、わたしが本格的に冷静さを失ってしまうのは確実だから、ジョーダン」

ジョーダンは口元をゆるめそうになった。テイヤは、あの口の悪いジャーニー・テイトを守ってやらなければと感じている。意外ではなかった。ジャーニーは、自分が行方不明のはとこにどれだけ似ているか知りもしない。ふたりはうりふたつだ。外見まで似ていなくてとにかく運がよかった、とミカが安堵していたほどだった。外見まで似ていたら、ふたりの血のつながりを隠しようがなかったはずだからだ。

ジョーダンはベッドの上で肘をつき、手に頭をのせて辛抱強くテイヤを見つめ、彼女がまた話しだすのを待った。

「ジャーニーは、わたしの母の若いころに本当にそっくりなのよ」ようやくテイヤは静かな声で話し始めた。声には、母を亡くした喪失感が響いていた。「ソレルが母の人生を台なしにしていなかったら、母と一緒にどんな暮らしが送れただろうって、ときどき想像してみるの。きっと、母は幸せに暮らしたと思う。まわりにいる人たちみんなのことも幸せにして。逃亡生活がどんなにひどい状態になったときでも、母はいつだってわたしを笑顔にすることができたもの」

「お母さんはきみにその才能を引き継がせているよ、テイ」ジョーダンは確信をこめて言った。

テイヤは首を横に振り、美しい炎に似た巻き毛をそっと揺らした。見入っているジョーダンに、テイヤは尋ねた。「どうやってテイト家を巻きこむつもり？　ジャーニーを利用するのは間違ってるわ、ジョーダン。そんな目に遭っていい子じゃないの」

そのジャーニーは、テイヤが亡きフランシーヌの娘なのに素性を隠していた事実を知ったら、心を痛めるだろう。ジャーニーが少しでもテイヤに似ているなら、テイヤに秘密を打ち明けてもらえなかったと知れば傷つくに違いない。傷つくどころか、怒り狂うかもしれない。

「実は、別の人間を通して、きみとテイト家の人間を接触させようと考えているんだ」ジョーダンは答えた。「ケル・クリーガーは政界に入ることを決めている。義父であるスタントン上院議員の後押しを受けてな。クリーガー夫妻は最初の選挙運動の一環として舞踏会や昼食会を催し、スタントン上院議員の支援者に自分と妻のエミリーについて知ってもらおうとしている。その支援者のひとりが、ジョーダン・マローンというわけだ」冗談めかしてにやりとした。「よき友人であり、SEAL時代の仲間である男を支えるために、わたしはできたばかりの恋人テイラー・ジョンソンを伴って駆けつける」

テイヤはいま聞いた情報をとりあえず検討しながら、ベッドの横の椅子にかけてあったローブを取り、急がずに身に着けた。

夜が明けるころには頭痛に悩まされていそうだ。目のすぐ裏で痛みが生まれつつある気がして、わきあがる不安を懸命に押さえこもうとした。

「あなたは身元を隠さないの？　あなた自身だけじゃなく、家族の身も危険にさらされるじゃない」ジョーダンがそんなまねをするなんて信じられなかった。作戦に臨むときに、あえてマローンの名前を使うなんて。

「わたしは多くの人間に多くを知られすぎている。特にワシントンDCではな。身元を偽れば、問題を解決するより増やしてしまうだけだ」

「こんなプラン、気に入らない」テイヤは力をこめて一回かぶりを振った。「冗談でしょ、ジョーダン、おじいちゃんを危険にさらすの？　サベラや子どもたちを？」

「危険などないさ」ジョーダンの決めつける口ぶりに、テイヤも危うく納得してしまうところだった。危なかった。「あったとしても、危険が及ぶのはわたしだけで済むはずだ」

テイヤは首を左右に振り、口を開きかけた。

「テイヤ」ジョーダンの口調が厳しくなった。「きみを追っている者たちがなぜ、わざわざわたしの家族を襲うというんだ？　そんなまねをしても、なんの役にも立たんだろう。ソレルでさえ、そこまで面倒なまねはしなかったろう。だいたい、いったんやつらが残らず制圧されれば、やつらにわかるのは、法執行機関がやつらに対して仕掛けた作戦が成功したということだけだ。ジョーダン・マローンの名が、そこに結びつけられることはない」

テイヤは首を左右に振り続け、口を開いた。

「どうかしてる」鋭い声が出た。

「いつでもプランAに戻れるんだぞ」ジョーダンは肩をすくめた。「すでに伝えたと思うが、きみがキリアンの部隊に行かないと聞きつけるやいなや、フロリダにあるSEAL基地の司令官が連絡を寄こしてきた。ぜひ、きみを部隊に迎えたいんだそうだ」

テイヤはジョーダンをきっとにらみつけてからベッドのはじに腰をおろし、あらためて相手を怒りに満ちた目で見据えた。

「いいわ。フロリダに行く」一生、隠れて暮らす。本当の友だちも、本当の意味で自分のものだと言えるものもなしに。また、窓のない地下の住みかに逆戻り。自分には本当の居場所などどこにもないとあきらめる。幸せからはじき出されて、あこがれるだけ。

そんな暮らしに耐えられるわけがない。もっとまずいことに、テイヤが耐えられないとジョーダンも知っているに違いなかった。

ジョーダンはテイヤの考えはお見通しだと言いたげに、引きつった笑みを浮かべた。「そうしたってプランは変わらない」と落ち着き払って告げる。「だが、それが望みとあらば、朝いちばんにフロリダへ送り出してやるよ」

「あなたなんか引退生活に戻ればいいのに」テイヤはごくりと喉のつかえをのんだ。「家に帰って、甥のちびっ子育てを手伝ってればいいのよ。自分がそばで見張ってないと、ノアとサベラがあの子を甘やかしてだめにするって、いつも言ってたでしょ」

本当に、ジョーダンはいつもそうやってノアに文句をつけていた。ノアと妻のサベラは自分たちの息子に夢中になるあまり、完全な親ばかになっている。すでにミラと名づけている女の子が近いうちに生まれてきたら、ふたりの親ばかぶりはさらに深刻になるだろう。

ジョーダンは鷹揚に首を横に振った。人をばかにした笑みと同じくらい、気に入らないしぐさだ。

「三日以内にゲーム開始だ。明日の晩、ワシントンＤＣへ向かおう。ジョージタウンのフォーシーズンズホテルにスイートルームを押さえてある。慎重に調整を行った社交の催しに参加していき、何者かが食いつくのを待つ。釣りだぞ、スイートハート」

釣り。

前に、釣りにたとえるわけを説明してもらったことがある。慎重に調整を行った上で外出し、そこで餌を演じる。そして、誰が食いつくか待つ。ソレルの手下たちに対して、テイヤが過去にも仕掛けたことのある駆け引きだった。あのころも、こんな駆け引きは嫌いだった。いまはもっと嫌いだ。「あまりにも運任せだわ」反論を試みた。「それに、リスクが大きすぎる」

ジョーダンがベッドからすっくと立ちあがった。全裸で、力に満ちている。

テイヤが見ていると、ジョーダンはベッドをまわって近づいてきて手を伸ばした。テイヤの肩をつかまえ、引っ張りあげて立たせたあと、ゆっくりローブの帯をほどく。

「寝る時間だ、ベイビー」優しげに言ってシルクのローブを脱がせ、テイヤをベッドに横たわらせる。「さあ、テイヤ、あと少しだけ一緒に横たわっていてくれ。ゲームの賛否はワシントンDCに向かう道すがら話し合おう」

ジョーダンもテイヤの隣に体を伸ばしたのち、ふたりの体の上にシーツをかけ、ふたたび両腕で彼女を抱いた。

「いま話し合わないと」ジョーダンに抱き寄せられて、力なく言い張った。ジョーダンが言い返してくれなければ、口げんかをしようとしても決まってうまくできなかった。「ジョーダン、そんなに意地を張らないでよ」

「理屈に合った行動をしているんだ。そうするのはかなり得意だから任せてくれ、テイヤ」

テイヤはじっと横たわって闇を見つめていた。自分の重苦しく鈍い心臓の音が聞こえる。パニックで息が詰まりそうだ。いままでずっと引き延ばし続けていた最後の戦いが迫っている。

けれども、本人が言っているとおり、ジョーダンは理屈や彼のプランがかかわるときは、いつでも本当にやり手だった。物事をすべての角度から調べあげ、それぞれの面に潜むどんな小さな点も見逃さない。生き延びたいなら、ジョーダンに頼るのがいちばんいい。わかっていても、この案を気に入っているわけではなかった。

テイヤが不安にとらわれていることに、ジョーダンは気づいていた。抱き寄せ、ただぬくもりを分け与えて、テイヤが必要としている時間を得られるようにした。ジョーダンたちが準備を進めている作戦と、彼女が懸命に避けようとしてきた過去について、真剣に考えるための時間を。

テイヤの背を撫でながら、彼女の心臓が激しくどくどくと高鳴っているのを感じた。逃げて隠れたいという衝動が、耐えがたいほど高まっているに違いない。テイヤはこれまで安全に生き延びるために、そうするしかなかった。穴を探し、そこに逃げこむしかなかった。

だが、もう隠れることはできない。テイヤを見つけ出した者、時間と労力を費やし、言うまでもなく危険を冒して、アフガニスタンでの爆発について調べた者が、あきらめるわけがない。

そいつらはヘイガーズタウンまでテイヤを追ってきた。そのあとは、手を出さず、見張るのみにしているようだ。テイヤからなにかを得ようとしている。でなければ、すでに攻撃に出ているはずだ。ジョーダンはSEALとしてもエリート作戦部隊の司令官としても多くの作戦に臨んできたため、敵がなにかを狙っている徴候を感じ取れた。

テイヤは徴候をあるがままにとらえられていない。過去の記憶、流血や死しか見えなくなっているからだ。

いっぽう、ジョーダンはすべてを考え抜いていた。それでも、答えが見えず、追うべき明確な線が見えない。ゆえに背筋に悪寒が走った。人が身を隠すのは、大半の人間が考えているように簡単なことではない。アルトゥールやテニソンのような手下を抱えていては特に容易ではないはずだ。どこかで誰かがうわさをもらすかもしれない。酒に酔った手下が舌を滑らすかもしれない。なんらかの情報があって当然だ。背後にいる者の正体を暴く手がかりになる名前が、せめてひとつくらいあがって当然なのだが。

「どうしていま、ここにこうしているの？」テイヤが暗がりに顔を向けたまささやいた。

小さな問いかけには困惑が色濃かった。

「いまなにをしている理由が聞きたいって？」テイヤの背を流れ落ちているやわらかな巻き毛を、思わず一本の指に巻きつけていた。

「どうしていまわたしのベッドにいるの、ジョーダン？　あと、どうしてそこまでしてわたしを助けようとするの？」

本気で困惑している声だった。まるで本当に、ジョーダンが気にかける理由がわかっていないかのように。テイヤめ。彼女のせいで髪が真っ白になりそうだ。

「きみがエリート作戦部隊に加わることを、わたしがなぜ許したと思う？」穏やかに尋ねた。「きみは民間人だったんだぞ、テイヤ。名の知られたテロリストで、白人奴隷の人身売買を行っていた男の娘だった。とてつもないリスクになる恐れがあった。それなのに、どうして入隊を許したと思ってる？」

腕のなかで、テイヤは身を硬くした。この質問で、テイヤが忘れたがっていたに違いない事実を思い出させてしまったとわかっていて、ひどくつらかった。

「カイラとイアンに頼まれたからでしょ」きっぱり言い切る口ぶりから、テイヤがこの説を完全に信じているのだとわかった。

ジョーダンは軽く笑い声をたてた。「ああ、あいつらは確かにしつこくそうしろと言ってきたよ。だがな、テイヤ、わたしはノーと言うこともできたんだ。あのふたりは気に入らなかったろうし、腹も立てただろう。それでも、すべき仕事はしてくれたはずだ」

テイヤが少しばかり体を緊張させた。ジョーダンの説明について考えてみているようだ。

「じゃあ、なんで入隊させたの？」ふたたびテイヤは問いかける声に困惑を響かせた。

本当に、わかっていないのだ。

「きみがほかの男から絶対にふれられないようにしたかったからだ」テイヤのヒップにのせ

た手に力をこめて引き寄せ、股間でいきり立っているものを押しあてた。「いいか、テイヤ、わたしはそんな感情が死ぬほどいやで許せなかったが、どうしてもきみを頭から追い出せなかったんだ」

事実そのものだった。

ジョーダンは容易にテイヤにノーと言えたはずだった。そんなまねをしてのける男だった。部隊そのものより優先されるものなどなにもないはずだった。ところが、彼はテイヤを優先した。六年間、テイヤから身を守るため持っていたのはそれだけだった。テイヤは彼の弱みであるという自覚だけだった。

テイヤがジョーダンを振り返りかけたとき、耳をつんざく甲高い警報が家じゅうに響き渡った。

「侵入者」テイヤは即座に動きだしていた。アドレナリンが放出され、入念にプログラム化された本能にもとづく反応によって恐怖はわきに追いやられた。六年間の厳しい訓練で鍛えあげられた生存本能だ。

テイヤに続いて、ジョーダンもベッドから体を返しておりた。

双方とも数秒で服を身に着け、寝室のドアに走る。

ふたりとも武器を手に持ち、予備の武器と弾薬を入れた小バッグを肩にかけている。テイヤはクロゼットの横から緊急用バッグを引っつかみ、ジョーダンはより強力な武器を詰めこんだもっと大きなバッグを、小バッグとともに肩にかけていた。

ジョーダンはバッグのサイドポケットから通信装置を取り出し、すばやく作動させてからひとつをテイヤに渡した。すぐさま小型イヤホンを耳に装着して通信をオンにしつつ、急いで寝室を出る。

寝室の外に出た瞬間、警報が突然やんだ。と同時にガラスが室内に向かって破裂し、爆発音が響いた。

ジョーダンは氷を思わせる憤怒に身をさいなまれながら迷わずテイヤを前に押し出し、肩にさげたサブマシンガン、ウジで援護した。

通信リンクを介し、衛星の熱感知システムによって得られた敵の位置情報を知らせるミカの鋭い声が聞こえる。オートマチック火器による反撃があり、銃弾が破損したテラスドアを突き破って壁を覆う石材や木材を砕いた。

「急いで！」テイヤが張りあげた声に驚かされた。ガレージに通じるドアの前に立ち、改造したらしき個人防衛火器《パーソナル・ディフェンス・ウェポン》P90で援護射撃をしてくれている。

ジョーダンもテイヤを待たせず行動した。

頼りない冷蔵庫の防壁の陰から飛び出し、キッチンを駆け抜けてテイヤを一緒に引っ張り出した。

間一髪だった。反撃の銃弾がドア枠をえぐって降り注ぐなか、ジョーダンはテイヤもろとも床に伏せた。

テイヤは右腕に鋭い痛みを感じたが、叫ばなかった。

すぐさまジョーダンがテイヤの腕をつかみ、床の上を引きずって迅速に出口を目指した。

「ミカ、配置についているか？」リンクを通じて大声で確認する。

「いま車を寄せます」ミカが打てば響くように返した。

「ドアの前です。援助が必要ですか？」

「すぐ走りだせる状態でいろ、襲撃者はすぐうしろにつけている」

ドアノブをつかんで押し開くと同時に、ガレージの反対側にある金属製のドアが内側にはじけた。

仲間の手が伸びてテイヤを黒の装甲車両ハマーに引っ張りこみ、ジョーダンも続いて飛び乗った。ミカがアクセルを踏みこみ、猛スピードで私道をあとにする。

「やつら、援護の人手を待っていやがったんです」ノアが報告した。オートマチック火器の弾丸がハマーの装甲に食いこむと、ミカが急カーブを曲がって木々と家々と他の車で銃撃を防いだ。

「私道に入るためにくそたれを三人始末しなきゃならなかった」ノアが助手席からジョーダンを振り返り、報告を続けた。「そのせいで救出に手間取ったんですよ」

「近くの基地から借用した衛星画像を見ると、テラスから侵入したのが四人、寝室の窓から入ったのが三人、私道を歩いてたのが三人、ガレージに向かったのがふたり、家からすぐの目につかない裏通りに停めたバンを守ってたのがふたりでした。バンと私道にいたやつらとガレージに向かってたやつらは片づけたんですが、家への攻撃を止めるすべはなかった」ノアはジョーダンとニックに挟まれて座っているテイヤを見つめ、あやまった。見つめるジョーダンの横で、テイヤはすばやく一度だけ首を横に振った。手をあげて震える唇を覆っている。「平気よ、ノア」かすれる声でささやいた。平気なはずがない。ジョーダンにはわかっていた。

「ノア、警察無線を傍受しろ。死骸は残してきたのか?」

ノアは〝わかってるだろ〟とからかうように司令官を見つめ返した。「敵の車には追跡装置を残してきました」

ノアが死体など残してきていないのは当然だ。襲撃者たちに反撃して傷を負わせた者の顔を見せることも、当然、許されていない。敵の何人かには重傷を負わせたかもしれないが、目撃者が現れる前に家のそばから逃げ出すだけの生命力は残っているだろう。

「ノアとおれが忍びこんだとき、襲撃者たちは私道に侵入していました」ニックが口を開いた。「配置につくのが間に合わなかったので、かわりにガレージの裏から侵入したやつらを排除することにしたんです」

「敵は段階を踏んで動いていました、ジョーダン」ミカが知らせた。「テイヤがどんな防御手段をとっているか確かめようとしていた。まずテラスを攻撃し、それから私道の出口、裏のガレージのドアへと移った。入念に調整し、装備し、要員を配置した襲撃です。攻撃を行うごとに、およそ二分の間隔を置いていました」

「おれたちの存在を疑ってたか?」ノアが疑問を口にした。「ちっちゃな女ひとりに十数人とは大げさだ」

痛みはテイヤの敏感な皮膚を引き裂く灼熱のようだったけれど、傷を負ったのは初めてではなかった。初めて軽い傷を負ったのは十二歳のとき、初めて銃傷を負ったのは十五歳のときだった。傷の痛みは忘れられないものだった。が、今回は痛みに動く力を奪われたりはしない。

「それは、そこのお嬢さんのおかげだ」ミカがまたバックミラーに目をやり、ぶつくさ言った。「エリート作戦部隊に加わって姿を消すまで、テイヤ・タラモーシは彼女をとらえるために送りこまれた敵をひどい目に遭わせると評判だったのだから」

ジョーダンはふたたびテイヤに視線を向け、すばやいまばたきと、彼女の頰にうっすらと光っている汗に気づいた。

「相手はわたしを守る者がいるんじゃないかと疑ってたんでしょうね。次からは、きっと準備してくるわよ」

「やつらは疑っていた」ジョーダンは断言した。「わたしには、やつらは知っていたのだとしか思えない。ただ、やつらがどのようにして知ったのか、なにがなんでも突き止めたくてたまらないんだ。われわれの姿が目撃されたなどありえんからな」

部下たちの実力はわかっている。

「おれたちだって、やつらの姿は一度も見てないですよ」ノアが指摘した。「なのに、やつらはテイヤが家を出たとき、そのことを知ってたでしょう」

「敵は知りすぎている」ジョーダンは同意した。「やつらがどうやって情報を察知しているのか、なにを知っているのか、誰に報告しているのかを、そろそろ突き止めなければ」

ジョーダンたちが安全確保の手段や、細かな手配や、プランについて話し合っているあいだ、テイヤはいつしか故意に話し声を耳から締め出していた。心と体からくる痛みに叫び、わめきださずにいるためには、そうするしかなかった。

とはいえ、右肩のかすり傷の痛みは、心をえぐるひどい苦しみに比べればなんでもなかった。

テイヤの家。大切なうち。

そこが破壊されてしまった。

すてきなテラスも、こぢんまりとしたぴかぴかのキッチンも。

広々とした開放感あふれるリビングルームも。

なにもかも、めちゃくちゃにされた。

まっすぐ前に視線を向けて、大事な家について考えまいとした。ものすごく時間をかけて探しまわった末に手に入れた、厚手のふかふかの絨毯。ゆったりくつろいだ気分に浸りながらショッピングを楽しんだ、使い心地のいい家具。毎週磨いて輝かせていた木の床。

テイヤの安息の場だったのに。唯一ほっとできる場所を奪われてしまった。

流すわけにはいかない涙で喉が詰まった。体の内側が激しい怒りで震えた。見知らぬ人間たちが、うちを歩きまわっている。

大切なうちを。

昔は、テイヤが自分のものと呼べるものなどほとんどなかった。単にそこにいるのではなく、ようやく生きられる。初めて、そう信じたのに。

とんだ勘違いだった。

「大丈夫か？」ジョーダンに見おろされていた。テイヤが隣で黙りこんだままなので、心配になったのだろう。

顔が青ざめているのがわかるだろうか？　ひょっとしたら、目ににじんでいる涙も光っているだろうか？　とりあえず、ゆっくりと腕を伝っている血は見えないはずだ。

「大丈夫」普段どおりの声を出すのに苦労した。こぼれ落ちる寸前になっている涙を押しこめるのにも。声はやはりかすれ、涙も少しこぼしてしまった。

もうずっと昔、前世ではないかと思えるくらい昔に、涙は役に立たないと学んでいた。涙を流したからといって、痛みはやわらいだりしない。心の痛みも、銃で撃たれて負った傷の痛みも。

「本当か？」顔をあげてみろとうながすように、あごの下に指があてられた。

「平気だったら」ジョーダンの指からさりげなく身を引き、また前を見据え続けた。

横にいるニックが、かすかなうなり声をたてた。テイヤの行動にがっかりしているか、よくないと思っているらしい。けれども幸い、ニックはテイヤの傷に気づいていたとしても、口を閉ざしたままでいた。

「ボス、長距離通信です」ノアが先ほどの通信機より大きい衛星通信装置をジョーダンに手渡した。「援護部隊とつながってます」

「援護部隊って？」テイヤは小声でニックに尋ねた。十年前からエリート作戦部隊に付属している部隊が、いまも援護してくれているのだろうか。

「現在は休暇中の海兵隊員の小規模な部隊から援護を受けている。緊急の援護部隊だ。必要なときに備えて待機してもらっていた」

政府から後押しも資金の提供も受けていない集団にしては、エリート作戦部隊はつねに軍に属する複数の部隊、それに最新式の武器を自由に利用できた。

「逃げられた」数分後、ジョーダンは衛星通信装置を頭からはずし、ぞんざいにノアに向かって放った。ノアは器用にそれをつかまえている。「くそ。クリントやレノがいれば決して逃げられはしなかっただろうに」

襲撃者たちは逃げた。ひとり残らず。

テイヤはフロントガラスの先を見据え、震える息を深く吸った。

テイヤのうちを侵した何者か。テイヤが何カ月もかけて築きあげた安全と安心感を守るための防御手段を引き裂いた何者かが、逃げていった。

「援護部隊が家の安全を確保して、ドアに指紋が残ってないか調べてます。だが、おれの予想じゃ、なにも見つからないだろうな」ノアはそう言ってから、自分の通信装置から聞こえる声に耳を傾けた。「援護部隊の司令官がテイヤの親族ってことで当局に話をつけてる。なにもかも適切に処理されてますよ」

テイヤは自分の腕をつかむ手にさらに力をこめた。心臓がどくどくと激しく打ち、血管に押し出した血をまっすぐ傷まで送りこんだ。しずくがぽたぽたとジーンズに垂れ、腿まで染みこんでいく。引き裂かれた胸に怒りがこみあげた。よくも大事なうちを。

「ワシントンDCに向かえ」ジョーダンがミカに命じた。「まずはテイヤを安全な場所に移し、残りはそれからどうにかしよう」

テイヤは頭を左右に振った。

息が詰まり、さらに涙がこぼれ落ちそうになった。額のわきから頬へ、とろりと血が伝った。銃弾がドア枠をえぐったときに飛び散った破片で切り傷ができていた。

でも、胸の傷のほうがよほど痛んだ。心の傷のほうが。

正体もわからない人間が、家に侵入しただけでなく、うちを奪った。

「なぜ襲撃するのをこんなに長く待ったんでしょう?」ワシントンDCへ向かう州間道に車を走らせながら、ミカが問いかけた。「テイヤ自身、何週間も前からつけられている気がしていたと言っていたのに。テイヤが助けを呼ぶ前に、どうしてもっと早く襲おうとしなかったんだろう? あるいは、もっとたち悪く、テイヤが襲撃をまったく予想もしていないときに、どうして襲わなかったのか?」

「やつらはテイヤを守る者がいると知っている」ジョーダンの動きをテイヤは感じた。いら立って腕をあげ、うなじをこすっている。「わたしは慎重にテイヤの家に侵入し、それ以来、一歩も家を出ていない。部隊のひとりまたは複数が家に出入りするところを見られたか、家に盗聴器が仕掛けられていたのか」

「盗聴はないですよ。テイヤがバーに行ってるあいだに、おれが調べたんでね」と、ノア。

「いま話し合っても答えは出んな」ジョーダンの声が殺伐とした響きを帯びた。「だが、あとで必ず突き止めるぞ。誰が裏にいるか必ず突き止める」

「では、本格的におもしろくなりますね」ミカはつぶやくように言い、車のスピードをあげた。ワシントンDCへ。どうやらジョーダンが採用すると決めているプランに向かって。

テイヤは自分の膝に視線を落とし、いっとき目を閉じた。

何者かにもてあそばれているに違いない。このなぶり殺しのようなゲームで、相手はリスクをあげて今回の襲撃を仕掛けた。間もなくテイヤが援護を得ると恐れたのだろう。ジョーダンの存在を疑うか確信するに足る情報を得たに違いない。そうとしか考えられない。

「やつらがなにを狙っているにしろ、われわれのほうで勝負を難しくしてやろう」ジョーダンがきっぱり言った。

「おれたちの姿は見られてませんでしたよ」ノアが請け合った。「テイヤの家の警報が鳴って、連動させてたおれの携帯の警報も作動したとき、おれたちはまだ援護部隊の連中を集めてるところでした。敵の第二部隊を食い止めるのにかろうじて間に合ったが、実際、通りのちょっと先より遠いとこにいたら、間に合わないところだった」

「襲撃するタイミングを図ってたのよ」テイヤはか細い声を出した。「本当につけられてない？」

「つけられていない」ミカがすぐさま否定した。「追跡するチャンスなど与えずにあの場を離れたんだ。信じてくれ、テイヤ、誰にもつけられていないし、追跡装置も仕掛けられていない。もっとおれたちを信頼してくれていいはずじゃないか」

そうだ、この部隊の人たちなら、テイヤを守るすべを心得ている。それを疑うほどばかではなかったはずだ。

「そうよね、ミカ」バックミラーに笑顔を向けたけれど、どうしようもないくらい唇は震え、内心の気持ちをさらけ出してしまった。「ごめんなさい」

「一時間半でワシントンDCに着く」ノアが静かな口調で言った。「今回の埋め合わせとして、あっちに着いたらジョーダンをおとなしく寝かしつけてくれよ。ジョーダンは自分が頭にきてるからって、おれたちを倒れるまで働かせようとするだろ」

「必ずおとなしくさせるわ」テイヤの声はあいかわらず震えすぎていた。

「一時間半は長すぎる」

ニックの荒々しい、危機感をあおるうなり声を聞いて、テイヤは胸で息を詰まらせた。

ジョーダンが身じろぎし、テイヤの頭越しにニックをにらんだ。

「彼女は撃たれてる、ジョーダン」ニックが言った。

8

テイヤは大丈夫だ。

大丈夫だ。

ジョーダンはワシントンDCへ向かう車中で、この言葉を頭のなかで唱え続けずにはいられなかった。

短い時間だけ車を停めて傷を確かめ、ジョーダンがすばやくテイヤの腕に包帯を巻いているあいだにニックが助手席に納まり、ノアは最後部席に移って、ミカは運転を続けた。

襲撃者たちはテイヤを傷つけるつもりだったのか？

そうではなかったはずだと、ジョーダンは考えるしかなかった。なぜかはわからないが、敵は慎重に銃弾を浴びせる場所を選んでいた。この傷を負わせたのはテイヤを混乱させて怯えさせるためで、それ以上の目的はなかったのではないだろうか。テイヤを弱らせ、とらえやすくするためだったのではないか。

リビングルームでの威力を抑えた爆発は、爆音を響かせて驚かせるためだけのものだった。それぞれの動きが、ただひとつの目的のために予定された行動だった。テイヤを捕獲するため。弱らせ、混乱させるためだ。

目的地に向かってミカが車を走らせるあいだ、ジョーダンはテイヤの肩にまわした腕に滝の流れのようにかかっている巻き毛を指でもてあそんだ。

これは抗生物質だとうそをつき、なんとかテイヤに鎮痛剤を投与していた。すっかり意識を失わせ、有無を言わせず移動のあいだテイヤを休ませる量を与えた。こうでもしなければ、テイヤは決して鎮痛剤をのもうとしなかったはずだ。テイヤはどんな場合でも、薬を服用するのをひどくいやがる。しょっちゅう悩まされているひどい頭痛に襲われたときでさえ、薬づけになるよりはましと言い張って、鎮痛剤をのまずに耐えていた。

目を覚ましたら、恐ろしく憤慨するだろう。前回、ジョーダンがひそかにテイヤに鎮痛剤を投与したのは、彼女が一週間以上も続くひどい頭痛に苦しめられていたときだ。その日、とうとうジョーダンがテイヤの部屋にようすを見にいくと、彼女は痛みでほとんど意思の疎通もできない状態になっていた。そこで、ジョーダンは耐えられなくなってしまったのだ。

だが、その後、目を覚ましたテイヤの頭痛は治っていた。怒り狂ってジョーダンの頭めがけてグラスを投げつけてきたが、すっきりした顔つきで、目は澄んでいた。もう痛みにすすり泣いていなかった。この行動の選択にジョーダンは迷わない。今回は特に迷わなかった。有無を言わせずテイヤを休ませる手段をとらなければならなかった。

テイヤのまなざしの奥に宿っていた感情を見て取り、正気を失いかけた。

苦しみにとらわれたエメラルド色の目を無理にでも閉じさせ、あふれる苦しみをやわらげてやらなければならなかった。泣くまいとしているせいで乱れ、不規則になっていた呼吸を、らくにしてやらなければならなかった。

テイヤを見ているジョーダンの胸がつぶれかけていたからだ。

何者かが家に侵入しようとしていると気づいたとき、テイヤの大きな瞳と目が合った。安心感が奪い取られようとしていると気づいて、心を打ち砕かれたまなざしをしていた。

テイヤは居所を知られ、何者かに追われていた。それでも、自分の家を破壊されたとき、これまでとは比べものにならないほどひどいダメージを心に負ったのだ。今夜、テイヤに対しこんなまねをした者たちを、ジョーダンは迷わず殺す。テイヤの家を侵した男たちは、そこを散々に踏みにじった。テイヤがようやく勇気を出しておろした根に、取り返しのつかない被害を及ぼした恐れがある。

「あと十分で着きます」ノアが静かに知らせた。「ニックがケル・クリーガーにメールを」

ジョーダンはすばやくうなずいた。「テイヤをフォーシーズンズホテルに連れていきたい。上院議員の家に立ち寄ることはできない。ケルの家族に及ぶ危険性が高すぎる」

「尾行されてはいません」ミカが怒りをのぞかせて抗議した。「まったく、テイヤのおれを信頼しないところがあなたにも移ったんですか、司令官？」激した口調ではまったくないものの、明らかに立腹した響きはある。

「かかっているのがリサやおまえの子どもたちの命でも、そう言い切れるのか？」ジョーダンは尋ねた。「ほかにも選択肢があるときに、わたしたちを自分の家に連れていくか？」

ジョーダンはバックミラーに視線を据え、元エージェントの表情を見つめた。ミカがどれだけ訓練を積んできたかは承知している。尾行されていないことも。だが、追跡されている恐れがまったくないわけではないのだ。

ミカは顔をしかめ、「フォーシーズンズですね」と言った。

「おまえも賛成してくれると思っていた」ジョーダンはうなずいた。「われわれがケルやスタントン上院議員と接触するのは、ほかに選択肢がない場合を除き、親しい知人であり取引仲間として不自然でない程度のみだ。それ以上のつき合いも、それ以下のつき合いもしない。最初の接触は、明日の夜のパーティーだ」

「ミケイラが、テイヤの服をほぼ仕上げています。部隊解散の直前にテイヤの週末用の衣装を仕立てていたので、同じ寸法でこしらえてしまえたんですよ」ニックは自分の妻を誇りに思っている。ミケイラは成功を遂げたドレスメーカーだ。上流階級の人々のあいだで社交に用いられる彼女のドレスは〝ユニーク〟な〝マストアイテム〟と評判を呼び、どんどん名が知られるようになってきている。幸いミケイラは新たに女性裁縫師を雇っており、テイヤのために早く完成させる必要のあったドレスを仕上げてくれている。

ジョーダンは小さく首を縦に振って応じ、テイヤをあまりきつく抱きすぎないよう気をつけた。テイヤを抱きしめ、自分のなかに溶けこませてしまいたかった。願うだけで、テイヤの苦しみを癒やしてしまえればよかった。くそ、今夜の出来事でテイヤが被った苦しみを知っていながら、なにもできないのはつらい。

「スタントンとクリーガーにも最新の情報を知らせ、作戦の立案に加わってもらう必要があります」ノアが低い声で述べた。「知人としてかかわるのみで、ボスが本物の身元を使うつもりなら、調整が難しくなりますね」

ジョーダンはかぶりを振った。「ケルたちをフォーシーズンズでのランチに招待する。ケルとわたしが共有するさまざまなビジネスの関心事について話し合うという名目でな。その場でなにもかも調整できる」

「おれたちの存在についても説明を考えておかねばならんでしょう」ノアが指摘した。

「こんな展開は予想していなかった。これに対するプランは用意してないんじゃないですか？」甥は、どこか悦に入っている口ぶりだ。

「それはどうかな」ジョーダンは鼻で笑った。「フォーシーズンズに着いたらジョンとトラヴィスに連絡してみろ。ふたりはすでにホテルにいて、わたしたちのスイートルームも用意されているぞ」

ニックが軽く笑い声をたてた。「司令官がプランを用意していない事態に直面した瞬間をとらえるってのを、まだあきらめてないのか、ノア？」

ノアは鼻を鳴らした。「一生あきらめないぜ。いつか、その瞬間をつかんでやるからな」

甥の答えを聞いて、ジョーダンは口元をゆるめた。しかし、ノアは本気だ。歩けるくらいになったころから、プランをなくした瞬間の叔父をつかまえようと躍起になっている。幸い、ジョーダンが問題をあらゆる角度からとらえるのに失敗したとき、甥はたまたまそばにいなくて結果を目にせずに済んだ。ジョーダンがここまで用心にこだわるのには、わけがあるのだ。

「成功の見こみは薄そうだが」ミカはくっくと笑った。「まったく、おまえはボスにそっくりじゃないか、ノア。おれたち全員、彼の下で働きだしてから、そっくりになってきている。いずれ、おれたちのほうがプランなしの状態でいる瞬間を、自分の子どもたちに狙われるようになるんだろうな」

ノアとニックはそろってふざけ半分にうめき声をあげた。それでも、ジョーダンは何年もかけて部下たちを訓練して教えこんできたことを後悔しなかった。テイヤでさえ、この教えからは逃れられなかった。逃げなければならなくなったとき、必要なものすべてが入った緊急用バッグを、テイヤはいつでも持っていける状態で用意していた。教えをちゃんと覚えていた証拠だ。

ノアも訓練の成果を証明していた。近くに住む引退した特殊部隊の司令官と部下ふたりに連絡を取り、自分の自動車修理工場の上にあるアパートメントに住まわせ、隣の小高い丘にある自宅と家族を守らせているのだ。ほかのエージェントたちも、家族を守るため同様の手配をしている。万が一の事態に備えて。

「じいさんとサベラとグラントを守るために雇った男たちが配置についているか確認しておけ」甥に命じた。「あっちで面倒なことになるとは思えんが、この件の裏にいる正体のわからん野郎を暴き出す作戦を始めてから後悔するよりは、安全策をとりたい」緊急時の対策、援護部隊の配置。しばしば被害妄想ぎみのくそ野郎とののしられるが、用心を怠った場合の結果を受け入れるよりはましだ。

「間もなくフォーシーズンズに到着します」ハマーを運転し、高級ホテルを目指していたミカが知らせた。

「ジョンとトラヴィスに連絡する」ニックは野蛮に聞こえる声を普段よりいっそう険しく、低くし、後部座席でジョーダンの腕に抱かれて眠っているテイヤに目を向けた。

部隊の全員にとって、テイヤは妹のような存在なのだ。ジョーダンは思った。何カ月もテイヤと連絡が取れなかったとき、エージェントたちが距離を保とうとしたのは、テイヤがそう望んでいると信じていたからだった。

部隊が解散する前、基地に滞在していた時間を利用してキリアンがテイヤの電話をいじっていたなどと、誰も想像しなかった。

衛星電話とバイパーは、エリート作戦部隊からテイヤへの〝贈りもの〟だった。隊員たちがいつでもテイヤと連絡を取り合えるように。隊員の身元が暴かれるか、部隊自体になんらかの危険が迫った場合に備えて、配られたものだった。

「リリーとベイリーが陽動を行い、トラヴィスとジョンがホテルの監視カメラを操作しています」携帯電話を耳にあてたニックが報告した。「裏口に車を停めたら、人目につかないようリリーとベイリーがふたりをスイートに誘導します。ミカ、ノア、おれはこのハマーを処理し、別の安全な車両を入手する」

ジョーダンは緊張をはらんだ動作でうなずき、慎重にテイヤを抱きかかえ、彼女のあげたか細いうめき声にたじろいだ。

まどろんでいるテイヤが発した小さな泣き声に胸を突かれた。与えた鎮痛剤は強力なものだったのに、それでもなお痛みはテイヤに届き、ジョーダンが彼女を動かした拍子にか弱い泣き声を引き出した。

「あと十秒です、ジョーダン」ミカが知らせた。「十、九、八……」

一でハマーの速度は停まる寸前まで落ち、テイヤを抱いたジョーダンはドアを押し開けて車外に出た。

トラヴィスの妻、リリー・ハリントン・ケインがホテルの裏口にいた。ドアを開けた彼女の横を通ってジョーダンはすばやくホテル内に入った。入ってすぐのところで、ジョン・ヴィンセントの妻で元CIAエージェントのベイリー・セルボーンが根気よく待っていた。

「監視カメラを妨害できるのは二十秒よ」ベイリーが小声で告げた。「スタッフ用エレベーターで上に」

開いていたエレベーターにジョーダンたちが乗りこんだところでリリーもやってきて手早く電子キーを差しこみ、通常の動作を無効にして最上階のボタンを押した。

「部屋はプレジデンシャルスイートよ」と、ベイリー。「ジョンが宿泊手続きを済ませておいたの。ミカとニックとノアには両隣のスイートルームがある。テイヤの家への襲撃にかかわる情報を、リース司令官から受け取ったの。ジョンとトラヴィスが戻りしだい、ファイルを渡すわ」

「リース？」ジョーダンは乱暴に問い返し、怒りに燃える目を相手に向けた。「なんだってやつが襲撃についてかぎつけた？　しかも、情報だと？」

ベイリーは濃い色の髪をさっと左右に揺らした。「わたしにもさっぱり。だけど、あなたが手配した援護部隊が現場に入るなりキリアンから彼らに連絡があって、一緒に衛星から得られた情報や襲撃に関する情報をまとめたそうよ。キリアンはあなたから至急、連絡がほしいって。あと、作戦から締め出されていることに対して異議があるんですって」

「むかつく野郎だ」ジョーダンが吐き捨てると同時に、エレベーターが静かに停まった。

「こっちよ」リリーは厚手の絨毯が敷きつめられた廊下を足早に進み、エレベーターホールを抜けてすぐ段を上ったところにある、開け放たれた両開きのドアに向かった。

スイートルームに入って間を置かずリリーがドアを閉め、ジョーダンは大またで奥にある寝室を目指した。

「医師を呼んだわ」リリーが知らせた。「一時間以内に到着予定よ。先ほどと同じく人目につかないよう、ここに通します」

ジョーダンは寝室に入っていき、部屋の向こうにある広いベッドに近づいた。

雲さながらにやわらかそうで真っ白に輝いている掛け布団が折り返され、下のシルクシーツに血がつかないよう保護するために敷かれたカバーが見えていた。

そっとテイヤをベッドに寝かせ、横に置いてあった洗えるシーツをかけてやる。

「鎮痛剤で眠っているんだ」ベッドの足側にたたずんだリリーに告げた。慎重にテイヤをおろしているジョーダンを、深いモスグリーン色の瞳に気遣いをこめて見つめている。「軽傷だったが、それでも……」ジョーダンは手で顔をぬぐった。苦しそうな目をしているテイヤをあれ以上見ていられなかったのだが、そんなことを死んでも言えるか。

ジョーダンは非情な軍人である。それなのに、テイヤは彼の心に特殊な影響を及ぼしてしまう。

「それでも、テイヤの目をのぞきこんで、打ち砕かれた夢を見てしまったら、あなたの胸がつぶれてしまったのね」リリーは静かに言った。貴族的な顔に気遣いと思いやりが浮かんでいる。「どうしてテイヤに鎮痛剤をのませたのか、本当によくわかるわ。そうでもしなければ、絶対にテイヤは眠ってくれなかったでしょうし」

「テイヤがわたしに及ぼす影響に、全員が気づいているのか？」ジョーダンは自嘲ぎみに口元をゆるめた。「こちらは隠しおおせていると考えていたのにな」

リリーの微笑は優しく、慈悲深かった。「テイヤ以外の全員が気づいていると思うわ。テイヤは自分ではあなたにふさわしくないと思いこんでしまっているのよ。だから、あなたの本当の気持ちを見抜けずにいる。それに、ソレルの娘であるということが、テイヤには途方もない重荷になっているわ。あなたにとっても、そのことが重荷になるのではないかと怯えているのよ」

ジョーダンは相手に鋭いまなざしを向けた。

「ソレルの娘であることはわたしの判断になんの影響も及ぼさないと、テイヤもわかっている」力なく首を左右に振った。「テイヤがあんなにも頑固に逃げようとしたのには、別の理由があるに決まっている」

リリーはふっと辛らつな笑い声を発した。「いいえ、ジョーダン、信じて。自分はまぎれもない邪悪から生まれた存在だと知らされて、その事実を乗り越えるのは並大抵のことではないわ。これを身をもって学んだとき、そばで支えてくれるトラヴィスがいなかったら、わたしは生き延びられなかったかもしれない」

リリーは、実の母親から欠陥があり、利用価値のない娘だとみなされていた現実に直面しなければならなかった。しかも、母親は血を分けた娘の殺害を入念に企てていたのだ。

「トラヴィスとジョンに連絡を取って、なにもかも計画どおり進んでいるか確認してくれ」ジョーダンは命じ、危険を疑わせるものはないか室内を見まわした。「リースが送って寄こした情報とやらも見たいと伝えろ、至急だ」

リリーがすばやくうなずきかけたところで、ベイリーが寝室に現れた。

「ジョンとトラヴィスが来たわ」と、ジョーダンに告げる。「医者の到着予定時刻は二十分後。ニックとミカとノアが彼の到着を待ち、裏口から誘導してここまで連れてきてくれる」

ジョーダンはさっとテイヤを見おろした。ひとりでここに残してそばを離れることが、どうしても耐えられない。

「行って、わたしがそばについているわ」リリーが声をかけ、ベッドの横にある座り心地のよさそうなリクライニングチェアに近づいてジョーダンに微笑みかけた。「約束します、わたしといればテイヤは安全よ」

当然、テイヤは安全なはずだ。たったいま、テイヤの命に別状があるわけでもない。それでも、テイヤのそばから離れ、スイートルームの寝室から出るのは不可能と思えるほど難しかった。

目を覚ますとき、テイヤは状況もわからずもうろうとして、死ぬほど腹を立てるだろう。どういうわけかわからないが、そんなテイヤのそばにいるのは必ずジョーダン自身でありたかった。テイヤがふたたび落ち着きを取り戻すまで、ひとりで守っていてやりたかった。

リビング兼ダイニングルームに入っていくと、話し合いの最中だったらしきジョンとトラヴィスが振り返った。ふたりとも、開けたままの寝室のドアに心配そうな視線を送っている。

「まだ眠っている」ジョーダンは部下たちのまなざしに宿る無言の問いかけに答えた。

「くそ、襲撃を覚悟してはいましたが、こんなに早く仕掛けられるとは」トラヴィスはいら立ちもあらわに、ダークブロンドをぞんざいにかきあげた。ジョーダンも胸で荒れ狂っている自身の感情がなんであれ、ああいったいら立ち程度まで抑えられればと願いそうになった。

「つねに最悪を予想しろ」ジョーダンはため息をついた。「とはいえ、正直言ってわたしも、こんなに早い段階で襲撃されるとは予想していなかった」

「幸いヘイガーズタウンで配置につけてあった援護部隊が、いくつか指紋を見つけてくれました」ジョンが報告した。「連邦捜査局《FBI》にいる連絡員が指紋の主を見つけてくれれば、捜してるのがどこのどいつか正体を突き止めやすくなりそうですね」

「ソレルの組織の残党だ」ジョーダンは言った。「十中八九そうだろう。理由がわからんだけだ。これだけ何年もたったあとで仕掛けてくる理由が。テイヤがやつらにとってどんな脅威になるというんだ？　なぜ、言うまでもなくとてつもない金をかけて面倒な調査を行ってまで、テイヤをとらえようとする？」

ジョーダンの話を聞き、トラヴィスがジョンに鋭い視線を向けた。

仲間の視線の意図をはっきり読み取り、ジョンは顔をしかめている。

「ボスがキリアンをこの件にかかわらせたくないっていうのはわかってるんですけど」そう言いつつ、重そうなファイルが置いてあるテーブルに近づいた。「ボスたちが到着する三十分くらい前に、運び屋が置いていったんです。どうも数年前から、ソレルの事業を立て直してよみがえらせようとする動きがあるみたいです」

「誰がそんなまねを？　そのためになんだってテイヤをほしがる？」くそ野郎どもめ。

テイヤは正しかった。どうしてか、ソレルは墓の下から魔の手を伸ばしてテイヤを苦しめている。

「キリアンが集めおおせた情報によれば、正体不明の黒幕はテイヤこそ事業に必要な資金調達の鍵だと考えてるんです」ジョンはテーブルの上にあるファイルの前の椅子を引き出した。

ジョーダンも寝室のドアをすばやく一瞥したのち、テーブルに着いた。

「テイヤの祖父であるベルナール・テイトが生前に残した遺書」ファイルのなかから法的文書の束が引き抜かれた。「これによると、フランシーヌ・テイト、または彼女の子どもの存在が明らかになれば、信じられないほど膨大な額の遺産を相続することになる。現在、ベルナールの弟であるステファン・テイトと家族が住んでいる本家の地所も、即座に相続人に引き渡される。つまり、二軒の広大な屋敷、四軒の客用コテージ、種々の車、リムジン、使用人、宝石類もってことです。わかりますよね」ジョンは手を振って遺書を示した。

「テイト家はフランスでも有数の富を持つ家柄です」トラヴィスがあとを引き継いだ。「フランス、イギリス両方の王家と血のつながりがあります。ステファン・テイトは王と親がはとこどうしというだけでなく、顧問団の一員も務めている」

「相続人が戻ってきた場合、〈テイト・インダストリーズ〉はどのくらい金を払うはめになるんだ？」ジョンが疑問を口にした。「もっと言えば、テイト家の誰か、または全員ぐるかもしれないけど、テイヤに永遠に消えてもらうためならいくら払うかな？」

「むしろ、先ほどの夜間の襲撃でテイヤをとらえ、洗脳して意のままにできた場合、やつらにとって彼女はどれだけ価値のある存在になったか」

テーブルの向こうの分厚いカーテンの細い隙間から、夜明けの日が射した。

トラヴィスは椅子の背にもたれ、しばらくじっと遺書を見つめていた。

「ベルナール・テイトの遺産を引き継ぐ法定相続人が受け取るはずの額は、おれならとても腰を据えて勘定して差しあげる気が失せるほど莫大な額でしょうね」

ジョーダンも勘定してみたくもない。だが、人間が危険を冒してでも自分のものにしようとするに違いない額だ。

「テイヤの死の細かい真相についてアルトゥールとテニソンに知らせた人物に関して、そのファイルになにか情報はあったか？」

ジョンがファイルから紙束を取り、いっときぺらぺらとめくったあと、印刷された報告書を抜き出した。

ジョーダンはそれを受け取り、詳細な報告書の文字を追うごとに眉間のしわを深くした。

「発信元、メリーランド州ヘイガーズタウン」声に出して読み、ジョンとトラヴィスに視線を向けた。「この番号を追跡したのか？」

「確かに、ヘイガーズタウンの番号でした」トラヴィスが報告書を取り出した。

町にある高級ホテルの七一四号室からかけられた電話だ。

「電話がかけられた日、テイヤも同じホテルに泊まっていました。自宅の内装工事を行っているあいだ、このホテルに滞在していたのです」

「電話をした人間はテイヤの居場所は明かさなかった。なんでわざわざそこだけ隠しておいたのか、わけがわからない」ジョンがぶつぶつ言った。「テイヤが使ってる名前はばらしたくせに」

「相手が有利になる情報を与えすぎれば、自分が不利になる場合がある」ジョーダンは指摘した。「連絡をした人間は、テイヤの件が確実に調べられるよう、最小限の情報を与えただけだ」ファイルに指をたたきつけた。「キリアンはこんな情報をどうやって手に入れたんだ？」

「キリアンはテイヤを基地に戻す件をあなたと話し合ったあと、アフガニスタンに四人の小部隊を送ったようです。ちなみに、そのことで話があるのであなたから連絡してほしいと言っていましたよ」トラヴィスはあざけりのこもった口調で知らせた。

ジョーダンは嫌悪をこめて低いうなり声を発した。

「ええ、おれたちも同感です」ジョンが共感を寄せた。「だけど、キリアンはまだ部隊を使ってこの件を調べさせてる。キリアンの部隊はいまフランスで、アイラ・アルトゥールとマーク・テニソンのおもな協力者のリストをまとめようとしてるらしいですよ。運よくそこから黒幕が見つかるかも」

ジョーダンは首を横に振り、椅子の背にもたれて、向かいにある窓を覆っているカーテンをにらみつけた。

決して断てない習慣がある。ジョーダンはいまだにテキサスの自宅アパートメントで、ブラインドをきっちり閉めきっていた。しかしテイヤは、キッチンの流しの上にある窓のカーテンを開け放していた。テイヤは、こんな習慣を断とうとしていたのだ。

「この問題の裏にいる人間はリストなどからは見つからない」間を置いて、ジョーダンはふたりの部下に告げた。「アルトゥールでもテニソンでもほかの何者でも、テイヤを追う役の人間が自分たちを動かしている者が誰かを知っていたら、とっくに名前が挙がっているはずだ」

ジョンがもらした悪態が、全員の気持ちをおおよそ代弁していた。

「トラヴィス、連絡員たちをフランスに結集させろ」ジョーダンは指示した。「知りたいのは、金のある上流社会の連中のなかで、ソレルが死んでからやつとつながりがあったと特定された人間。こんな問題を引き起こせるだけの資力を持つ、ソレルの関係者。ソレルが属していた社交界の人間で、やつの事業を立て直してよみがえらせられる者。このリストからなら、黒幕の名前が出てきそうだ」

ファイルを閉じようとしたとき、寝室の入り口で誰かが動く気配がした。

そちらを振り向くと、ベイリーが合図していた。テイヤがもうすぐ目を覚ます。

「これはテイト家と、あの家の金と影響力に関係する問題なんだ」立ちあがって言い終える。「アルトゥールとテニソンはテイト家を見張っている上、明らかにテイヤを狙っている。こちらから動いてみせて、やつらがどう出るか見てみよう」

隊員たちの意見を待ちはしなかった。部屋を横切り、さっさと寝室へ向かった。あまりにも多くのろくでなしどもから我慢ならない関心を寄せられている女性のもとへ。

「もうすぐ起きそう」ジョーダンが寝室に入っていくと、穏やかな微笑みを浮かべたリリーがテイヤのほうへうなずいた。「間もなくドクターが着くわ。テイヤが治療に協力するように言い聞かせてみて。テイヤが医療関係者をどう思っているか、みんな知っているものね」

「毛嫌いしていることをな」ジョーダンはむっつりと答えつつ、ベッドに横たわっている女性に視線を引きつけられた。

リリーが眉をわざとらしくあげさげし、訳知り立てな笑みを浮かべたとき、テイヤのまぶたが揺れ動いて開いた。リリーとベイリーは部屋の外へ出ていき、ドアが静かに閉まった。

ジョーダンはテイヤをじっと見おろし、寝ぼけまなこの彼女の顔に最初のむっとする表情がよぎったときは、頬をゆるめそうになってしまった。状況を徐々に認識していくとともに怒りをかっと燃えあがらせ、焦点をさだめ、ジョーダンの存在に気づいた。

「薬をのませたわね」どっと息を吐いている。「むかつく」

「傷を診に医者が来てくれるぞ」ジョーダンは告げた。「痛がってただろう、テイヤ」

弱々しい音ではあったが、テイヤは鼻を鳴らしてみせた。「これが初めてのロデオじゃないのよ、カウボーイ」

確かに、テイヤは以前にも傷を負ったことがあった。

テイヤには、ときおり目を見張ってしまう。ついさっきまで自宅を侵されたために涙を浮かべていたと思ったら、もう、ジョーダンの非常な怒りをかき立てる銃傷などなんでもないという顔をしている。傷にこんなに無関心になれるとは、どんな過去を経験してきたことかと、ジョーダンの額に汗を噴き出させる。

「初めてのロデオじゃないかもしれないが、きみが弱って大量の血を失っていたから、わたしはおとなしくしていられなくなったんだ」と説明した。「安全な場所に到着し、傷を調べ、医者を呼んで手当てしてもらうまで、きみはじっと横になっていなければならなかった。縫ってもらわなければいけないかもしれないぞ」

弱っていながらもきっとにらみつけるテイヤはかわいらしく、ジョーダンは微笑ましい気持ちになりかけた。テイヤのまなざしに宿っている怒りに気づかなければ、微笑ましい気持ちになっていただろう。あの目つきは、いったん力を取り戻して意識がはっきりしたらひどい目に遭わせてやると約束していた。

ジョーダンは、ある程度までならテイヤにまんまとなにかをさせることができるときもある。しかし、コントロールするのは無理だ。とりわけ、テイヤが完全に頭にきているときは無理だ。いまテイヤはジョーダンに対し、完全に怒りを爆発させる寸前になっている。

「移動中に襲撃されたらどうするつもりだったのよ？　ねえ、どうする気だったの？」テイヤはベッドの上で起きあがろうともがき、腕の痛みにひるんで、またむっとした顔つきになった。

「手伝うよ」伸ばした手はぴしゃっと払われ、にらみつけられた。「まったく、テイヤ、貼ってやった絆創膏がはがれたらまた血が出始めて、本当に縫わなくてはいけなくなるぞ」

テイヤは慎重にベッドから体を起こしたが、頭がくらくらして歯を食いしばった。

薬を盛られるのは本当に我慢ならない。我慢できないことがあるときは、誰が相手でも遠慮なく知らせてやる。

テイヤが黙って怒りを抱えこんでいてもジョーダンや彼の手下たちは気にしない。それは早いうちから学んだ。

手を貸そうとするジョーダンを無視して自分のなんともないほうの腕で体を起こし、ベッドのわきに足をおろして座り、ジョーダンをにらんだ。「答えて」わずかに力を取り戻した声で鋭く要求した。「わたしが意識を失ってる状態で移動中に襲撃されてたら、どうなってた？　わたしはみんなのお荷物になってたに決まってるじゃない、ジョーダン」

「きみに大した重さがなくてよかったな」ジョーダンは冗談めかして答え、相手を見つめた。

テイヤはがっくりとうなだれ、頭をゆっくり左右に振っている。彼女の頭には、状況の別の面は浮かびもしていないのだ。まだ明らかになっていない目的を持つ敵にとって、テイヤこそが捕まえる価値のある標的だ。なのに、テイヤの頭に浮かんでいるのは、自分がジョーダンや部隊の仲間の足手まといになっていたかもしれないという不安だけだった。

「わたしの対応に手抜かりはまったくなかったんだ、テイヤ」彼女がなにも言わなくなってしまったので、ジョーダンは請け合った。「一時間半の移動だったし、きみはひどく痛みに苦しんでいた。寝不足でもあったし、神経も消耗していただろう。あのまま苦しませておくわけにはいかなかったんだ。鎮痛剤をのめばらくになれる状態だったんだからな。それに、あれには抗生物質も入ってたんだぞ。感染を防ぐための早めの対応が取れてよかっただろう」

テイヤは顔をあげ、相手を見据えた。怒りに燃えて。薬を盛るなんて信じられない。そんな大事なことを決める権利を本人から奪って勝手に決めるなんて、なにさまのつもりだろう？

「わたしは薬が大っ嫌いなの」怒鳴りつけたつもりだったが、まだあまりにも弱っていて大した迫力は出なかった。「しかも、わたしは平気だった。痛みはあったし、家に侵入されて頭にきてたのは確かだけど、わたしを信用してくれてるなら薬なんか盛らなかったはずじゃない。そうしなきゃいけない理由でもあったの、ジョーダン？　わたしに見られたり聞かれたりしたくないことをしてたの？」

ジョーダンはいつも複数のプランを用意している。本人以外の誰も知らない緊急時対応策を立てておくのが特に得意だ。テイヤに薬を盛った背景には、そうしたプランに関係する理由があるのだろうか？　ジョーダンがテイヤに知られたくない、事件に関連した事情があるのだろうか？

テイヤが見ていると、ジョーダンはまなざしを険しくし、表情をこわばらせて怒りをのぞかせた。そんな質問をするとは信じられん、と思っていそうだ。「わたしはつねにきみを信頼してきた、テイヤ」

「あっそう」テイヤは鼻であしらった。どうだっていい、ジョーダンが言うことなんて全然信じない、という態度で。

しかし、内心ではジョーダンの言葉を信じたかった。いまほど、ジョーダンを信じたくてたまらないときはなかった。いきなり、まわりの世界すべてが足元から引っこ抜かれて放り出されてしまった気分だからだ。「シャワーはどこ？　体から血のにおいがする。こんなにおい大っ嫌いなの」

意識をはっきりさせ、裏切られたという気持ちを洗い流さなければいられない。それ以上に、血のにおいが呼び覚ます記憶から逃れたくてたまらなかった。

母親の血。ナイフで切りつけられた傷からどんどんあふれ出てくる。傷が深すぎて、固まってくれない。「ママは大丈夫」母親が止血帯を巻くのを必死で手伝おうとするテイヤが息をすると、気持ちが悪くなるほどの金臭さが鼻に入った。「大丈夫よ、ありがとう。ほらね、ママは平気でしょ」母はすごく弱っていた。それでも、痛みなど無視して懸命に微笑もうとしていた。

耐えられない。思い出したくない。母が敵に追いつかれそうになるたびに幼い自分が感じていた思い。そんな思いなどしたくなかった。

「立つのに手を貸そう」ジョーダンはノーという返事など聞こうともしなかった。テイヤが避ける間もなく近づき、ベッドからほとんど抱えあげてしまった。

テイヤは自分の足でしっかり立つなり、ジョーダンを押しのけた。薬をのまされて気分がよくない上に、いらいらする。力さえ出れば、ジョーダンの尻を蹴っ飛ばしてやっただろう。足を蹴り出す力さえあればよかったのに。

そうすれば、蹴っ飛ばしてみようとしたはずだ。ともかく、やってみようとするだろう。ジョーダンを脅かすために。成功はしないだろうけれど。

「ジョーダン、また薬を盛ったら、わたしはこのささやかなゲームから抜けるわ。小さなころから隠れてきたのよ。隠れるのがどんなに得意か、それっきり雲隠れして、あなたやわたしを捕まえたがってるやつらに教えてやる」

どうかジョーダンがこの脅しを信じてくれますように。テイヤは祈った。ジョーダンがこんな愚かなまねを繰り返そうものなら、テイヤは最後には確実に彼を殺してしまいそうだからだ。

「テイヤ」ジョーダンはテイヤの腕をつかんでいた手に力をこめ、いかめしい顔をして威張りくさる男そのものになった。「わたしを脅すのはやめろ。逃げるのもだめだ。いいか、わたしが気に入らないからといって逃げたりしたら、きっかり二十四時間以内に、その行動がいかに誤っていたか徹底的にわからせてやるからな」

テイヤは怒りにものも言えなくなって相手を見つめ返した。

「ベッドに縛りつけて、二度と逃げようなんて考えられなくなるまで抱いてやるよ、スイートハート。きみがへとへとになって、悦びの記憶がどこまでも深く、もっと求める気持ちがどこまでも体の奥に染みこむまで、逃げるなんて考え自体が頭からきれいさっぱり消えてしまうまでだ」

テイヤは片方の眉をつりあげた。「ジョーダン、そうしてくれるってわかってたら、何年も前に逃げ出してたわ」声をわざと色っぽくし、思わせぶりに相手の体に視線を走らせた。

ふたりのあいだで燃えている渇望を利用するすべを心得ているのは、ジョーダンだけではない。

ジョーダンは興奮している。彼自身はジーンズのジッパーを張りつめさせるくらい硬く突きあげている。テイヤははっきり思い出した。とてもはっきりと、実際にジョーダン自身を体の奥深くに迎え入れたときの感覚をよみがえらせた。これ以上は絶対に無理と思えるくらい押し広げられ、貫かれ、完全にむき出しになったかに思える神経でエロティックな脈動を感じる。

あらためてジョーダンの目を見ると、青の色合いが濃くなり、渇望と支配欲の光でぎらついていた。そんなまなざしを見ただけで両脚のつけ根がうずいて潤い、彼がほしくてたまらなくなる。ああ、ジョーダンがいなくなったらどうしよう。二度目の今回もまたジョーダンを失ったら、心のよりどころにする夢の家ももう存在しないのに、どうやったら生き延びられるだろう。

ジョーダンはゆっくり身を引いた。脅しを実行に移すこともなく。失望に胸を締めつけられ、テイヤはかすれる息を吸った。

「あと二十分くらいで医者が着くからな」警告するジョーダンの声は低く、わずかにあらわになったみだらな心情で深みを帯びていた。「気をつけろ、テイヤ、さもないと見せたくもない状態をふたりで医者に見せるはめになるぞ」

テイヤは彼にふれられてしまいたいくらいだったけれど、シャワーに逃げこんだ。テイヤたちがいるスイートルームは豪華で品があった。大理石の床のバスルームにはゆったり入れる大きさのシャワー室と、広いジャグジーがある。電気をつけると頭上で太陽灯が光を発し、バスルーム全体をゆっくり暖めた。テイヤは服を脱ぎ、湯の温度を調節してから熱いシャワーの下に入った。

腕には湯がかからないよう注意した。シャワーから身を引いて、ぎこちない手つきで髪を洗う。髪をすすぐために横向きになってシャワーの下に入り、長い巻き毛から泡を洗い流した。

シャワーを浴びるのに普段の二倍くらい時間がかかったけれども、体を洗い終えるころには、もうすぐ実際に頭をはっきり働かせられそうだという気がしてきた。シャワーの熱で頭がぼうっとする倦怠感がいくらか薄れ、まだ体が本調子ではないものの、とりあえず立ったまま眠りこけてしまいそうではなくなった。

タオルを体に巻きつけ終わると同時に腕に走った鋭い痛みに、ひるみそうになるのをこらえた。ばったり気絶しなければ、鎮痛剤も役に立つのに。残念ながら、鎮痛剤をのむたびに意識がなくなる。痛みより恐ろしい思いをすることになる。自分のまわりでなにが起こっているのか、把握していられなくなるのだから。

シャワー室を出るなり、胸で息が詰まって、ぴたりと足が止まった。ふたたび興奮が体じゅうを駆け巡り、期待が太腿のあいだを濡らした。

ジョーダンがバスルームに足を踏み入れたところだった。

どうやら彼もシャワーを浴びたようだ。豊かな黒髪はまだ湿ったままで、スウェットパンツとTシャツに着替えている。

あっ、裸足だ。

男の人の足がセクシーであるはずがないのに、ジョーダンの足はセクシーだ。目を見張るほど大きくて、たくましく、男らしく、力にあふれている。足のつめでさえ、罪なまでに完璧だった。

「なんなの？」テイヤの声はかすれ、途切れそうだった。胸で鼓動が激しくなりすぎているからだ。

ジョーダンの存在は犯罪だ。人目につくところでは醜い変装をするべきだ。人類の女性に対して及ぼす影響を軽減するために。ジョーダンをひと目見た瞬間に興奮してしまう女性は、テイヤだけではないはずだから。

「医者が来てる」ジョーダンはけだるげにゆったり告げた。テイヤの興奮を悟って彼も興奮しきった声を出し、熱い視線でテイヤの全身をなめている。「そのままタオルは巻いておけ。腕は診る必要があるだろうが」

テイヤはわざとらしくあきれ顔をしたが、彼女もばかではなかった。傷を診てもらわなければならないことはわかっている。タオルは充分、体を隠せる大きさがありながら、上腕の外側の深い切り傷はむき出しで手当てしやすい状態だった。

幸い医師は年配の男性で、テイヤも特に緊張せずに済んだ。それに、この医者は仕事に必要なあらゆる商売道具を豊富に用意していた。そのひとつが、包帯を巻く前に傷に塗ってくれた麻酔効果のあるクリームだ。

数分もしないうちにひどい痛みはやわらぎ、テイヤは薬でもうろうとなることなく、ほっと息を抜けた。

「このクリームは自分のバッグにしまっておかないとね」ジョーダンに言う。「盗んででもなにしてでも」

「傷はそんなに深刻ではありませんからね」医者はジョーダンとふたりしてテイヤの言葉を聞かなかったふりをした。それでも、なんて心優しい人なのだろう、バッグに道具を詰めるとき、クリームだけはテーブルに置いたままにしてくれ、テイヤを思いやりのこもったまなざしで見おろした。「しばらく眠って傷がちゃんと治り始めれば、すっかり健康になりますよ。クリームを塗り続けて、絆創膏も包帯もはずさないでください。傷のある腕を必要以上に動かさないこと。そうすれば、問題なく順調に治るはずです」

医者が小さな薬瓶を置いた。「あまり強い薬ではありません。あなたのような体質の人にもね」口のはしをあげてにっこりしている。「鎮痛剤に過敏に反応するとマローンさんから説明を受けました。この薬には鎮痛剤と抗生物質が含まれています。恐ろしい感染症にかかりたくなければ、四時間ごとに服用してください」

テイヤは追いつめられた気分で歯をきしらせ、小さな薬瓶をにらんだ。どんなたぐいのものでも薬は大嫌いだ。投与される前にどういった説明をされようと、こういうしろものは必ず、もっとも軽い場合でも、テイヤの意識をもうろうとさせた。

「さっそく一錠のんで、お嬢さん」医者が長円形の錠剤をテイヤの手にのせた。「壊疽《えそ》を見たことがありますかな？　こんなかわいいお嬢さんがあんな恐ろしい感染症にかかりたいはずがありませんからね」

間違いなく、この医者はジョーダンとぐるになっている。

テイヤは錠剤をのんだ。これで意識を失って、また無事に目を覚まして動けるようになったら、必ずジョーダンに仕返しをしてやる。この気持ちをこめた目で、すばやくジョーダンをにらんだ。どうやったにしろ、薬をのませるためにジョーダンが手をまわしたのは確実だからだ。

医師が部屋を出ていってドアが閉まると、テイヤはジョーダンが用意していた着替えの服を抱えこんだ。

ゆったりパンツ、ぶかぶかTシャツ、ぬくぬくソックスだ。これらを必ず緊急用バッグに入れておくようにしていた。女の子には、いついかなるときにくつろぎ服が必要になるかわからない。くつろぎ服とメイク道具。これさえそろっていれば、たいていテイヤはどんな状況にも乗りこんでいけた。

バッグから化粧ポーチと保湿剤を取り出し、バッグをチェストの上に置いた。

「なにをしてる？」バスルームへ向かおうとしたとき、ジョーダンが目の前に立ちふさがった。

「服を着にいくのよ、ジョーダン」皮肉たっぷりに答えた。

「ベッドに入る時間だろう、テイヤ」ジョーダンはすぐさま言い返した。「ベッドに入るのに服を着る必要はないはずだ」

ジョーダンにこんなふうに低い声を出されると、切望でみぞおちが締めつけられてしまうのが悔しい。こうやってジョーダンを愛し、求めてしまうことで、ひどく気が散って困る場合がある。いまはまさに困る場合だった。

「もうとっくに寝たでしょ、忘れたの？」相手にきついまなざしを向けて反論した。

「あれは単なるうたた寝だ」ジョーダンは鼻であしらって、ふたたびテイヤの行く手をふさいだ。

なんだって、いちいち文句をつけてくるのよ？

「こんな状況じゃ落ち着かなくて眠れない」テイヤはすっと目を細くして、うさんくさそうに相手を見た。「どいて、ジョーダン。わたしを死ぬほどいらつかせるより、よっぽどましなことを見つけられるでしょ」ジョーダンに思いつかないなら、確実にテイヤが見つけてしまうだろう。

ジョーダンがにやりとした。「いいだろう、ベイビー、眠れるようにしてやる」

テイヤがはっと息をのむと同時に、タオルが床に落ちていた。体が一気に熱に包まれ、敏感になる。エアコンのついた室内のひんやりした空気を鋭敏に感じた。ジョーダンにうしろから寄り添われて、冷気もひとつの愛撫になった。ぬくもりのある胸板で温められ、安心感が生まれる。いっぽうで、抑えようがない高ぶりもわきあがっていた。ジョーダンがテイヤの両腕をゆっくり撫でおろし、傷を負っていないほうの手をとらえ、彼のうなじに指を巻きつけさせた。

すばやく動いてジョーダンの手を振り切りかけたが、すぐに腕のなかへ引き戻された。ジョーダンは意地悪な笑い声をたて、テイヤの手を元の位置に戻した。どうして抵抗しているのだろう？　ああ、そうだ、ジョーダンがわざと薬をのませたからだ。テイヤが薬を嫌っていることは知っているはずなのに。

「逆らうのはやめるんだ、テイヤ。自分がしていることをわかってないんだな」

どうやらジョーダンは、テイヤがまたしても逃げ出そうとするとは予想していなかったらしい。今回はジョーダンの腕のなかから抜け出し、彼と向き合うことができた。相手の横暴さについてどう思っているか、はっきり教えてやる気満々だった。ジョーダンにふれてほしいと熱望しないときは一秒もないとはいえ、テイヤを好きなときに好きにしていいなんてジョーダンに過剰な自信を持たせるのは間違っている。

しかし、ジョーダンの目に宿るものを見た瞬間、両脚のつけ根に愛液があふれ、なめらかなひだに潤いが広がり、花芯が敏感になった。支配せんとする欲情が燃えてジョーダンの目をほとんど内側から光らせ、猛々しい肉欲の熱い高ぶりのせいで表情は張りつめていた。相手の猛烈な欲求に、テイヤはもうぐらつきかけていた。

ジョーダンのなかに猛烈な欲求が潜んでいるのではと、ずっと疑っていた。あの圧倒的で純粋な支配欲が彼のサファイア色の目の奥できらめいていた。ジョーダンが食い入るように彼女の体を見据えるときに。

「わたしがなにをしているっていうの、ジョーダン？」テイヤは唇を開いてあえぐように息を吸い、あえて彼を挑発した。「頭を垂れて、あなたの言うことなすことに従わないで逆らってる？　あなたは自分の女にそういうのを求めるの？　服従を？　しまったわね、わたしじゃ、あんまりうまく服従させられてないみたい？　お尻をたたいてみたらいいかもしれないわよ」ゆっくり唇に舌を滑らせた。「それとも、ほかのことをしてみる?」

テイヤはなにも身に着けていない姿でジョーダンに挑んだ。するとスリルが全身に走り、酔いしれるような高揚感を覚えた。いまは、自分には力があるという感覚が荒々しくわきあがってきていた。愛する人に対する理解、本能が。テイヤ自身のなかに隠れていて、気づいてもいなかった欲求は、それまで静かに眠っていた。それがいま、あっという間に目覚め、抑えが利かない状態になろうとしていた。

ジョーダンは、テイヤの目のなかでしだいにまぶしさを増していく挑戦の光に見入っていた。官能の熱がむんむんと立ち上り、色気をかもし出す熱望と、挑戦を受けて征服してほしいという欲求で、テイヤの表情はもやに包まれたようになっている。

テイヤを抱こう。ふたりとも息も絶え絶えになり、身動きする力もなくなるまで。あの途方もなく美しく、情熱をかき立てる体がいったい誰のものであるのかを、テイヤが決して忘れられなくなるまで。

テイヤはジョーダンを見つめた。ジョーダンのなかで肉欲の勢力が激しくなっているのを感じ取り、息がしづらくなってかすれた。相手の目に宿る表情を見て、ぞくぞくする期待感が背筋の下から上へ走った。こんな表情のジョーダンは見たことがなかった。非常に用心深く隠されていた激しい欲求が、ほんの一瞬よぎるのを見たことがあるくらいだった。

「きみはわたしのものだ」いきなり力のこもった口調で言い切られ、その宣言にたぎる気持ちの深さにテイヤは衝撃を受けた。「今回の問題にふたりで立ち向かっているあいだは、誰がなんと言おうと、きみはわたしのものだ。そして、きみは今回の問題を解決して生き延びるんだ、テイヤ。そのために必要なら、どんな行動だろうがわたしは遂行する。だから、きみの身を守るための行動に関して、これ以上わたしに逆らうな」

逆らうなですって？

「ふざけんな《キス・マイ・アス》」テイヤは言い返した。こう言えば相手がどんな反応をするか、しっかり承知していた。

テイヤの口から言葉が飛び出していき、ジョーダンの感覚に影響を及ぼすと同時に、彼はすっと細くした目から青い炎さながらの輝きを放った。

「ああベイビー、喜んできみの尻にキスをしてやる《キス・ユア・アス》よ。そうできたら、これほどうれしいことはない」

混じり気のない欲情を瞳からはじけさせ、ジョーダンはテイヤの手首をつかまえて、すぐさま腕のなかに引き寄せた。ぴったりと抱きしめられて、抱擁を解くのは無理だった。

乳房の先端が途方もなく硬く敏感になる。ジョーダンのTシャツにこすられてさらにふくらんでうずき、張りつめる。体は彼のものになる準備をしてなめらかな愛液をしたたらせ、秘所をじんわりと温めた。反応はとにかくあっという間で強力だ。自制心など一瞬で吹き飛ばし、消してしまった。テイヤは息を詰まらせ、懸命に空気を吸おうと唇を開き、ジョーダンに絶好の機会を与えることになった。

ジョーダンはその機会を完全に生かしきった。顔をさげてキスをし、テイヤの防御を粉々にした。ジョーダンに対する防御がこの時点で少しでも残っていたとしたらの話だが。ジョーダンの唇はテイヤの唇をわがもの顔に略奪し、愛撫し、瞬時にテイヤは死にもの狂いで求めることしかできなくなった。口づけを受けていきなり興奮がはねあがり、抗うことなどできなくなった。相手から注ぎこまれている圧倒的な欲求に同じ力で応えてキスを返した。

互いの唇をむさぼり合った。舌がぶつかり合い、キスの主導権を争い、どちらも相手を支配しようとした。

腕の傷など忘れ去られた。クリームか、薬か、欲情のおかげなのか、三つの効果が合わさったおかげなのかはわからない。つらいといえば、ジョーダンにもっとふれてほしくてたまらないというもどかしさだけになった。

必死でさらに身を寄せ、なにも身に着けていない体のすみずみでジョーダンの愛撫を感じたくて、思うようにいかず悩ましい声を発した。充分にジョーダンに近づくことができない。充分にキスをし、ジョーダンを味わうことが。

荒れ狂っている飢えに見合うほど激しく、すばやくジョーダンを手に入れることができなかった。両手を彼のシャツのなかに押し入れ、男らしい丈夫な肌にふれるなり、つめを食いこませた。

もっとふれよう、もっと近くにしがみついていようとするテイヤを抱くジョーダンの両腕に力がこもった。テイヤは抱えあげられ、運ばれていた。両脚のうしろ側にベッドがあたった。興奮がふくれあがり、テイヤを内側から襲った。抵抗などできない嵐に、快感に翻弄され始めた。

ジョーダンが不意に顔を引き、ふたりの目が合った。青い目は燃えている。

「尻にキスしろだと?」彼はうなり声を出した。「ああベイビー、きみのぷりぷりしたすばらしい尻にキスどころではないことをしてやるよ」

9

テイヤの背にベッドがふれた。ジョーダンはテイヤをマットレスに横たえたあと、彼女の前で同じく一糸まとわぬ姿になった。胸の下の鍛えあげた厚みのある筋肉を波打たせてベッドに膝をつき、中央にいるテイヤに覆いかぶさる。顔を伏せて彼女の鎖骨に唇を滑らせ、敏感な肌に舌で熱そのものの道筋を残した。ふれられてテイヤは悩ましげな声をもらし、弓なりにした身をジョーダンに近づけた。

炎を思わせるほてりが体じゅうに広がり始めた。刺激をもたらす唇が胸の丸みをなぞり、手はわき腹を上ってふくらんだ乳房に下からふれる。ジョーダンはわがものとするように乳房を手ですくいあげ、硬くとがった先端に口づけた。

口のなかまで吸いこまれて、敏感すぎる玉のようになった蕾は快感にうずいた。乳首を引っ張られると、体がばらばらになりそうな欲求の高まりが、ぴんと立ってふれられることを求めている花芯にも伝わった。

ジョーダンが空いているほうの手でテイヤの腹部をすっと撫でおろした。硬い指先で肌をこすられ、こたえられない悦楽に襲われる。震えだしそうだった。強烈な官能が身のうちではじけそうなまでに高まっていき、おののいてしまう。

指がテイヤの太腿に行き着き、優しく動いて愛撫した。テイヤは腰を浮かせ、太腿のあいだの、ふくらみを帯びて待ち焦がれているひだに懸命にふれてもらおうとした。

そうするための息さえあれば叫んで求めていただろう。酸素をもっと吸えさえすれば、泣き声以上の声が出せたはずだ。もっと強く、激しくふれてほしいと懇願するために。

クリトリスが強烈な欲求でうずいた。じんじんする花芯に電気でしびれるような感覚が鋭く集まり、ヴァギナの奥へも悶えるほどの切望が走った。

こらえられない。いますぐそこにふれてほしくてたまらない。指で撫で、さすり、突き入り、雄々しく攻めこんで、オーガズムの境地にはばたかせてほしい。

奇妙に弱々しい泣き声が喉を震わせた。自分の口からもれるこんな声は聞いたことがなかった。切望と欲求に満ち満ちた声。抑えようもなく全身を駆け巡っている高ぶりの表れ。

指がついに太腿のあいだに差し入れられ、すっかりほてったひだの合わせ目を撫であげ、花芯にふれると、テイヤは息ができなくなった。力も思考も奪われ、必死で相手に身を寄せることしかできなくなる。ふれられて、エクスタシーの境地に早く達しようともがいた。

酸素が吸えなくなり、大きな声を出せない。ましてや叫ぶなど無理だった。指で秘所を愛でられ、感じているしかなくなった。指がなめらかな割れ目に、ふくよかなひだのあいだに滑りこみ、こたえられないほどうずいているクリトリスのまわりをなぞる。迷いなく円を描くような動作でふれられると、衝撃をもたらす鮮烈な快感が伸びて全身をくまなく刺激した。

感じやすい胸の蕾にそっとかじりつかれ、緊張の走った体を浮かせて相手に押しつけて、彼の肩につめを埋めた。指でまさぐられ、腰をさかんに揺らす。力をこめて押しあげ、より深く、激しく貫かれようとした。ジョーダンなら与えられる熱く押し広げられる感覚、悦びと混ざり合った痛みを求めた。

興奮の波に襲われ、ジョーダンにしがみついていようとした。テイヤを巻きこんでいる純粋な悦びの渦は、大波のごとく自制心をのみこんだ。

それでも理性の最後のかけらにはしがみついていられると思った瞬間、口から悲鳴が飛び出した。

二本の指が、きつく締まって潤っている体内に突き入り、テイヤは一気に境を越えて上りつめそうになった。子宮が収縮して差し迫ったざわめきが起こり、五感はショックに打たれた。

乳首から離れた唇が胸の丸みをキスでたどり、繊細な肌に歯を立てる。テイヤは脈打つ熱い感覚に体を震わせた。

ジョーダンは締めつけるテイヤの体内から静かに指を引き、体を起こした。体の奥を愛撫する手に去られて、テイヤは必死で彼を離すまいとした。信じられないほどすばらしい悦びを失いたくない。

「こっちだ、ベイビー」ジョーダンは深みのある声を発し、あおむけになってテイヤを抱きあげ、膝をつかせた。テイヤの尻はジョーダンの顔の目の前にあり、テイヤの顔の真下には、彼が根元をぐっとつかんで太くそそり立たせているペニスがある。

くっきりと血管の浮いた男性のあかしは頭部が怒張して色が濃く、下腹部から丈夫な柱のように伸びていた。ジョーダンは空いているほうの手をテイヤの肩に流れ落ちている豊かな巻き毛に差し入れ、髪を握りしめて引っ張った。

所有欲を感じさせる行為のエロティシズムに打たれ、テイヤは息を詰めた。ジョーダンは言葉にはせず、途方もなく親密なふれ合いを要求している。

「どうしてほしいかわかってるはずだ、テイ」ジョーダンの悩ましげな声は、深い官能をかき立てる愛撫となってテイヤの感覚を刺激した。

テイヤが体をひねってジョーダンの顔を見ようとすると、たくましい手に腰をつかまれて動けなくなった。ああ、ジョーダンがどうしてほしがっているかはわかっている。彼がなにをしようとしているかも感じ取れた。これまでテイヤが誰とも分かち合った経験のない、男女のふれ合いだ。ジョーダンとともにしたいと夢見てきた行為。

「こうだ」ジョーダンはきっぱり言って、片方の手でテイヤのヒップを自分の肩に引き寄せ、また髪を引っ張って官能をかき立てた。「こんなふうに、ベイビー。どちらが先にまともでいられなくなるかやってみよう」

テイヤは震えながら唇をなめ、いきり立って鬱血したペニスの先端に顔を近づけた。ジョーダンはテイヤの膝をつかんで彼の顔をまたがせ、愛液で濡れそぼったむき出しの秘所が唇のすぐ上にくるようにしている。乳房のとがった先端が相手の下腹部にこすれた。全身に広がっていく熱を感じながら、テイヤはペニスの根元に指を巻きつけた。大きすぎて握りきれない。それでも支えて、顔を近づけていった。

太腿にジョーダンの唇を感じて、息をしよう、酸素を吸おうとあえいだ。熱のこもった口づけを受け、飢えているようになめられて、腰をくねらせた。両脚のあいだの熟れた花びらを相手の唇に押しつけたくてたまらなくなり、そうできないように押さえつけている力強い手に抗った。

ふくらんだ亀頭に舌を走らせると、脈打っている先端に光る男の熱情と欲望の味が舌ではじけ、もっとほしくなって切ない声を発した。

快感におぼれてしまいそうだ。唇を開き、丸みのある大きな先端を包み、硬い、魅惑の味わいのする熱を口の奥まで招き入れた。丸い頂の上でさかんに舌を動かし、いま手にしているものの力強さと欲求のあかしを味わい、楽しんだ。

ジョーダンは、テイヤの両脚のあいだの熟れて濡れそぼったひだに舌を走らせた。じらすように、探るように舌は動き、もぐりこんだ。きつく閉じたヴァギナの入り口をなぞり、しっかり心をこめてひとなめしたと思ったら、すばやく突き入って味見をしてからさっと引いた。

割れ目をなめあげられ、クリトリスのまわりを何度も間を置かずなぶられて、テイヤは叫びたくなり、叫ばずにはいられなくなったが、口に含んだジョーダンの分身のせいで声はくぐもった。液状の炎に熱を送りこまれているかのような強烈な感覚。烈火を思わせる刺激が感じやすい蕾を取り巻き、どくどくと子宮に流れこんでくる。全身のすみずみの神経に興奮が波となって打ち寄せた。

ジョーダンから及ぼされている壊滅的な影響を食い止めるためには、どうにかして頭を使わなければならない。わきあがっている快楽を求める本能を操り、ジョーダンに与えられている快感ではなく、ジョーダンに意識を集中させなければならない。

そそり立っているものの広がった傘の部分を包んだ口を動かし、手で太い柱を撫で、その下にある張りつめた袋をまさぐり、ときおり太腿に強くつめを立てて引っかいた。より深く彼を口のなかに迎え入れ、亀頭の傘の縁に下から舌を押しつけて撫でこすった。すると、秘所に押しつけられた口からくぐもった荒々しいうめき声が伝わってきて、自分が誇らしくなる。

ジョーダンは腰をはねあげ、胸に閉じこめていたうなり声を抑えておけなくなると同時に、自身をいっそう激しく相手の唇の狭間にうずめていた。

舌はテイヤの体内への入り口をなめ、愛撫し、探っている。愛液を引き出し、甘く豊かな味わいを楽しんだあと、クリトリスに舌を移し、わき出るこっくりとしたクリームに指を浸した。

体内に指をゆっくり押し入れられて、テイヤは身を震わせた。指はいったん引かれ、またなかに戻ってくる。ジョーダンが意図を完全に明らかにするまで、テイヤを欲求で気も狂わんばかりにするための手段だ。

ジョーダンが指で愛液をアヌスになじませ始めた。神経が集まる小さな入り口にふれ、とろみのある蜜を感じやすいくぼみに塗りこんでから、禁断の入り口に指を慎重にそっと押しこんでいく。

テイヤの体が押し広げられ、熱い感覚が神経を襲って圧倒されてしまうほどの興奮をもたらした。

ジョーダンがいったん指を引き、さらに愛液を運んでくる。また時間をかけて慎重に指先を差し入れる。テイヤの興奮と渇望はかっと燃えあがった。この渇望が、抗えない絆をふたりのあいだに築き始めているようだった。テイヤが決して逃れられない絆を。

ジョーダンの女を支配しようとする欲求と、テイヤのなかに不意に生じた、従ってしまいたいという渇望から生まれた絆。いまはジョーダンがテイヤに望むものをなんでも、なにもかも差し出してしまいたい。

ジョーダンの舌は秘所のふくらんだ花弁をなぞり、そのあいだをなめ、ヴァギナの入り口を探りあてた。

テイヤは腰をさらに落とし、相手の唇と舌に近づこうとした。内側から生まれた熱に外側からも包まれている心地になりながら、手をおろし、ずっしりとした重みのある睾丸をもてあそび、すくいあげた。

ジョーダンは巧妙に、熱をこめて舌をテイヤのなかに深く突き入れ、なめらかな侵入と熱をかき立てる舌使いでテイヤを叫ばせた。片方の手でテイヤの腰をつかんで支え、舌で貫くごとに快感を送りこむ。

ジョーダン自身はテイヤの口のなかで脈打っていた。テイヤはジョーダンに飢えていたので、喉に届く寸前までジョーダンをくわえこんだ。ジョーダンの味と愛撫を求めてやまず、無我夢中になるうちに快楽の渦に巻きこまれていた。ジョーダンの腿につめをうずめてもみさすっている。押さえつけられている腰をくねらせ、貫く舌に身を寄せ、あえいでいた。興奮がわきあがってきて平静を失い、燃えあがりそうになって、懇願するように彼の名を叫んだ。

本当に達する寸前だった。手を伸ばせば、そこに届きそうなほど。いってしまう。クリトリスは燃えている。双丘のあいだを貫いているジョーダンが指を広げて彼女の内側を押し伸ばし、快感とも痛みともつかない感覚を炸裂させた。アヌスを貫く指と同じくらい、飢えた舌もすさまじい影響をもたらした。舌は荒々しく秘所に侵入している。

テイヤはあえぎながらジョーダンの分身を口で愛し、それが張りつめるのを感じた。そのとき、指が引かれ、それから耐えがたいほど時間をかけて優しく、もう一本の指が加わり、うしろの小さな入り口を広げ始めた。

ふれられた経験のなかった場所に走る鋭いかぎづめに似た刺激が、激しい炎に運ばれて全身に行き渡る。身を硬くこわばらせて、声にならない声の振動をペニスに伝えた。

もうすぐだ。熱が手の施しようのないほどまで高まってきている。テイヤは恍惚としておののき、絶頂の際まで打ちあげられて体は張りつめきった。

と思った次の瞬間、絶頂が遠のいた。

「やめて！」ジョーダンに軽々と抱えあげられて、テイヤは抗おうとした。振り返って彼に襲いかかろうとした。さっきの境地に戻らなければ。

なんてまねをするのだろう、いまさらやめるなんて許さない。

ジョーダンの手を押しのけ、息を乱して彼の腿をまたぎ、そそり立っているものにみずから貫かれようとした。

ところが、気づけば膝をつき、肩甲骨のあいだを重い手に押されて掛け布団に顔をうずめていた。ジョーダンは背後で体を起こし、両手で彼女の尻の丸みを撫でている。

「さあ、このすばらしい小さな尻にどういうことをしてやるか教えるよ、テイヤ」うなり声で言って覆いかぶさり、テイヤの肩にかじりつく。「この尻とはやるしかないということを教えてやる。ずっとそう思ってきたんだ」

ジョーダンはもう欲求を抑えられなくなっていた。これまでふたりは何度もぶつかり合ってきた。テイヤは何度もふたりが求めてやまないことをやってみろとジョーダンを挑発してきた。それらすべてが積もり積もって、もはやあとには引けない猛烈な欲求が生まれていた。もう否定できない。

サイドテーブルに手を伸ばして小さなバッグをつかみ、そこからひそかに持っていた潤滑剤のチューブを取り、先ほどよりもぴったりとテイヤの背後に身を寄せた。

「あなたのせいで死にそうよ、ジョーダン」テイヤがハスキーな声に欲望を漂わせて不満げに言った。

テイヤはこうなるとわかっていた。自宅の寝室で彼女を組み敷いた相手がジョーダンだと気づくなり、いつかはこうなると思っていた。

「自分はわたしにいったいなにをしていると思っているんだ、シュガー？」うなり声に意欲を満ちあふれさせて、テイヤの尻の曲線に手を滑らせている。「こうするところをいつも思い描いていたんだ、テイヤ。空想のなかで、きみはこのぷりぷりとしたかわいい尻を突き出し、わたしはそこに自分のものが沈んでいくのを見つめる」

テイヤは目を閉じ、あえぐように懸命に空気を取りこんだ。背後でジョーダンがヒップの横に唇を押しあてつつ、張りのある双丘を手で押し開いている。

ひんやりするのに熱い感覚をもたらしながら、双丘のあいだの入り口にとろりとしたなめらかなジェルを塗ったあと、ジョーダンの指はふたたびテイヤの内側を愛撫しだした。

今回のふれかたはゆっくりでも、探るようでもなかった。すでにジョーダンの手によって準備はされていたので、テイヤの体は愛撫を求めてやまない状態になっている。彼女はシーツを固く握りしめた。

「ジョーダン」弱々しい泣き声を発した。欲情に力を奪われ、相手のなすがままになって腿を広げた。

「こんなぷりぷりとした尻をして」ジョーダンが二本の指を滑りこませて悩ましげな声を出した。「きみが歩いていても、走っていても、いじくっていたなにかの装置に屈みこんでいても、見ていた。この愛らしい尻に誘われていたんだ。欲望のせいで死んでしまいそうになるまで」

テイヤは夢うつつになって従ってしまう心地と、激しく燃えあがる渇望の混ざり合った感覚にとらわれて身を震わせた。抑えようのない嵐に巻きこまれた気分だ。どう対処したらいいかわからない。理性をかき乱され、正気を脅かすすさまじい感情の爆発のなかに投げこまれてしまった。

男性にふれられた経験のなかった繊細な内側の組織を指で撫でまわされ、広げられ、徐々に慣らされて、体の芯からの震えが背筋を伝わった。

秘所からにじみ出る愛液が太腿を濡らしている。欲求が充分に高まって痛みなど感じられず、熱いつめを立てる飢餓感だけがあった。一刻も早くという思いが募り、あまりにも深く徹底して情欲にとらわれて見境がなくなり、ジョーダンを、さらに先へ進んだ行為を求めて高い声を発した。

「よし、テイヤ」ジョーダンが指を引き抜き、テイヤはまた貫かれようと必死になった。懇願しだす寸前だ。「じっとして、わたしに任せてくれ、ベイビー」

ヒップをそっと撫でられ、ジョーダンが動き、態勢を整える気配がした。それからすぐ、熱を帯び、いきり立ったペニスの先端が、引きしまっているアヌスに押しあてられた。テイヤは胸で息を詰まらせ、切望の声をもらして、下にある掛け布団を握りしめた。ずっしりとした存在感のあるペニスの傘が押し進み、ゆっくりと彼女を内側から広げ始める。

悦びと痛み。

テイヤの内側は引き伸ばされ、双丘のあいだに時間をかけて押し入ってくるふくらんだ亀頭を徐々に包みこんだ。鉄のように硬く熱を帯びた太い柱に入り口を焼かれ、押し広げられる。狂おしいほどの快感に襲われて叫び声を発した。

侵されたことのなかった繊細なアヌスの入り口に食いこむ、ジョーダンの大きな分身。目もくらむような強烈な感覚にとらわれてしまった。

テイヤの想像など決して及ばない感覚だった。永遠にしがみついていたいと望んでしまう苦しみ。いつまでも終わってほしくない悦びだ。

初めてジョーダンとベッドをともにしたとき、テイヤは処女ではなかった。ヴァージンとは程遠かった。それでも、以前のテイヤは男性にふれられるのがどんなにすばらしい体験か知りもしなかったのだ。以前から知っていた感覚、想像していた感覚以上のものを、ジョーダンとなら得られるだなんて思ってもみなかった。

「ああ、テイヤ」ジョーダンは低くかすれたうなり声を出し、きつく環状に引きしまっている筋肉を太い先端で広げ、ざわめかせ、おののかせている。

「ジョーダン」自身の泣き声に宿る切ない響きを聞き取って、さらに体に震えが走った。ジョーダンにふれられ、支配されることによって生まれる大渦に、どんどん引きこまれている。もう止まれない。

ジョーダンは双丘のあいだにきつくとらわれながら、男として純粋な歓喜に駆られてあげてしまいそうになるうめきを、歯を食いしばってこらえなければならなかった。自制心を失いかけている。自制心こそ、彼が誇りとしていたものだった。女性といるとき、とりわけ女性とこの行為をしているとき、彼は決して自制心を失わなかった。しかし、相手がテイヤでは話が違った。

ジョーダンの額にも肩にも汗が浮き始めていた。うずくものの先端だけがテイヤのなかに残るよう身を引き、懸命にあえいで息を吸った。

こたえられない。テイヤのヒップを固くつかむ彼の背筋に一度、二度と火柱を思わせる熱い感覚が走ったあと、ジョーダンは完全にわれを失ってテイヤに没頭した。

一気に腰を突き出して奥深くまで身を沈め、尻のさざめきをペニスで感じてうめく。テイヤの体の下に手を差し入れ、腿のあいだに指をもぐりこませて熟れて濡れた花びらを探りあて、ぴんと立って硬くなっている花芯も見つけた。

クリトリスは硬い小さな蕾のようになり、ジョーダンのペニスの頂と同じくらい激しく脈打っていた。ジョーダンはとろりとした蜜で濡れそぼってほてったひだを探り、愛液をしたたらせるきつく締まった入り口に行き着き、二本の指をなめらかな深みにうずめた。

攻めこんだ指のまわりで秘所の内側は波打った。アヌスはジョーダンをしっかりとくわえこみ、ペニスを搾り、さらに奥へと引きこもうとしている。ジョーダンは懸命に呼吸を整えようとした。自制心を保とうと努力しても、いまさら遅すぎる。すでに失いかけているものを心配しても、とっくに手遅れだ。

失おうとしているのが、心くらい重大なものでも。自分が持っているとは思ってもみなかった心でも。

ジョーダンはぶるっと頭を振った。こんな考えを否定しようとしているのか、自制心を失うまいとあがいたのかわからない。

残念ながら、もはやなんであれ引き留めておくことは不可能だった。

ペニスも、指も。

いまいましい心も。

ジョーダンは無意識のうち、肉欲の悪魔に取りつかれた男のようにテイヤに打ちこんでいた。テイヤがいっそう求めてほとばしらせた悲鳴を受けて、ジョーダンは持てる力すべてを注ぎこんだ。

穏やかに抱いていない。テイヤに示したいと願っていた優しさをこめて抱いてはいなかった。

そんなまねは無理だ。

技巧を凝らす時間も、優しさや品をかもし出す時間もなかった。睾丸はあまりにも張りつめて苦しいほどで、ペニスは鉄になったかと思えるほど硬かった。

手首をひねってきつすぎるプッシーを指で激しく攻めた瞬間、テイヤが絶頂寸前まで上りつめ、いっそうきつく体を張りつめさせた。

慈悲深き天の恵みを感じながらジョーダンは力をこめてテイヤの尻を貫き、搾られる感触を堪能した。テイヤの双丘の割れ目にある入り口は、この世でもっとも熱を帯びた、小さくてきつい口のように彼の硬い分身に吸いついている。

テイヤの秘所に入れた指を動かしつつ、手のひらのつけ根をクリトリスに押しつけると、ふくらんだ蕾が熱を発して脈打っているのが感じられた。

プッシーが引きしまる。

アヌスも引きしまり、鋭く食いこむ悦楽そのものでジョーダンの分身を包みこんだ。波打つ動きを感じ、愛撫されながら柱は押し進んでいき、最後には根元まで彼女のなかに埋まった。

くそ、テイヤは達しようとしている。彼女のなかでふくれあがっていくオーガズムを感じられた。テイヤの体が張りつめる。その瞬間、ジョーダンにとってテイヤの快楽以外はなにも重要ではなくなった。重要なのはテイヤが満たされることだけ。そしてしまいには、彼の分身をとらえたまま解き放たれたテイヤを固く抱き留めていられさえすればいい。

悦びは耐えがたく、苦しみは恍惚にまでいたった。

テイヤの全身に液状の歓喜が流れこんできて目がくらみ、焼き尽くされそうになり、気づけば喉から叫び声が飛び出していた。はじける感覚にとらわれて理性も現実も消え去った。

「ああっ、いいぞ!」背後からジョーダンが猛然と力をこめて突き入れた。ペニスに双丘の奥をえぐられ、押し広げられ、荒々しいうずきが抗えない歓喜にまで高まった。

テイヤは境を越えたかった。手を伸ばせば届きそうなほど近くに浮かび、彼女を待っている、めくるめく純粋なエクスタシーに飛びこみたかった。テイヤは境の手前で小さくはぜる感覚に揺さぶられて上っていき、絶頂から飛び立つ瞬間を求めてもがき続けた。

「夢よりいい」うしろからジョーダンが険しい声を出した。指の動きを激しくして、テイヤの体のずっと奥までふれている。指先が愛撫しながら突きあげ、花芯のちょうど裏側にある神経の小さな集まりを撫でた。不規則なふれかたをされて、テイヤは平静を取り戻せず上っていくしかなかった。

いまや液状の炎に肌をなめられ、血管にまで火が燃え移ったようだ。

「ジョーダン」掛け布団につめを立て、ジョーダンに向かってヒップを突き出した。アドレナリンと高揚感の奔流に押され、感じやすいうしろの入り口にもっと強くジョーダンを埋めこませようとした。

欲求に駆られて。ああ、もうとてもこらえきれない。

「お願い」必死にかすれる声を発した。

「まだだ」ジョーダンの声はしゃがれ、激情がこもっていた。「待ってくれ、テイ。あと少し持ちこたえるんだ、ベイビー。ためこんで。燃え続けてくれ、わたしのために」

もっと?

テイヤは死にそうだった。これ以上、情熱が燃えあがったら耐えられそうにない。体の内側の炎にこれ以上、熱く責め立てられたら。

「早く」叫んで懇願した。すがる心地で。

なんてことだろう、懇願するなんて。

「まだだ。テイヤ、かわいいやつめ、こんなに締めつけてくれて。こんなに心地いいんだ」

子宮が締めつけられ、オーガズムが迫って秘所にさざ波が走った。

こらえられない。達しなければ耐えられない。絶頂を迎えられなければ、生き延びられるかわからない。

無我夢中で解放を求めるあまり、待ちあぐねて肌が汗で覆われ、ヴァギナから愛液があふれた。蜜は、そこを貫いて徐々に愛撫の激しさを増していく指に伝った。

持ちこたえられない。これ以上あと一分でも耐えられない。

そのとき不意に指がより強く押し、こすり、撫で、かっと燃えあがる感覚があって、テイヤは解き放たれた。

全身の筋肉が張りつめ、骨が固まり、頭をがくりとうしろに倒して高い声をほとばしらせた。荒れ狂うオーガズムに翻弄され、震えを止めようがなくなる。

体のなかで内側に向かってはじけた太陽の中心にあるのが悦びだった。熱、炎、燃えあがるクライマックスに圧倒されて、体を混じり気のない鮮烈な興奮が吹き荒れた。

背後ではジョーダンが猛攻を続けてテイヤのオーガズムを押しあげ、引き延ばしている。そしてついに、突如として体内に勢いよく注ぎこまれたジョーダンの解放のあかしを受けて、最初の爆発のさなかに第二のめくるめく爆発が起こって鋭い感覚が放射された。

最後の強烈な一突きに続いて双丘の奥深くで熱い噴出が起こり、精に満たされた。ほとばしらせるごとに、背後でジョーダンが激しく体をぶつけた。テイヤの腰をつかむ手に力がこもり、秘所に埋もれている指は奥深くの敏感な一点をなぶった。

この境地が永遠に続くかに思われた。

終わってほしくない、とテイヤは願った。これ以上続いたら生き延びられそうにないのに、いつまでもこの感覚を身のうちに閉じこめておきたかった。

「ああっ！　テイヤ！」荒ぶる心を感じさせるうなり、歓喜の雄叫びとともに最後の解放の奔流がテイヤを満たし、彼女の体にも締めくくりのすさまじい快感がはじけ渡った。熱が波状に広がり、神経のはしばしが燃え立ち、最後のおののきが伝わるとともに秘所が収縮し、彼の指を締めつけた。

テイヤはベッドに倒れ伏した。

体にエネルギーは少しも残っていなかった。生存に不可欠な脳の活動のほかはすべて震えて動きを止めた。息はしているけれど、それだけ。ほかにしなければいけない活動はないといい。

目を閉じて、思考を漂わせるだけになった。

うしろからジョーダンが覆いかぶさった。テイヤを押しつぶさないよう、片方の腕で体重を支えている。秘所にきつくとらえていた指が引き抜かれた。

また悦びを感じて、テイヤはおののいた。おののくだけのエネルギーが体に残っていたのが驚きだ。

ジョーダンの唇が肩にそっとふれた。

テイヤの背に押しあてた胸板を大きく波打たせ、ジョーダンもテイヤと同じように懸命に息を継いでいる。

テイヤはジョーダンを感じられた。

体のなかで。

肉体のなか、双丘のあいだに埋まって硬いまま脈打っているペニスを通してだけでなく、彼女の内側で。まるで、ジョーダンにどうにかして魂そのもののなかにまで突き入られ、心を盗まれてしまったようだ。もう心はジョーダンのものになってしまった。決してほかの人のものにはならないに違いない。

「かわいいテイヤ」ジョーダンがささやき、ゆっくりと身を引いた。体のつながりが解けるまで離れられて、テイヤは思わず泣き声をあげた。

掛け布団に顔をうずめていて、ジョーダンに顔を見られなくてよかった。見られていたら、まばたきで必死に涙をこらえていると気づかれていただろう。

どうしよう、ジョーダンを愛してしまった。

いいえ、ずっと愛していた。エリート作戦部隊に加わる何年か前、アルバ島で彼女を見つめるジョーダンの目を見つめ返したときから愛していた。

あの夜以来、ほかの男からはふれられていなかった。いままでずっと、夢や空想にさえ、ほかの男が占める場所はなかった。

テイヤはジョーダン・マローンのものだった。テイヤが彼に捧げてしまった心を望みも、必要ともしていない男。愛など錯覚にすぎないと信じこんでいる人。

「かわいいな、テイヤ」ジョーダンはテイヤの髪を払いのけ、うなじに名残を惜しむように口づけてから、彼女のそばを離れた。

テイヤはジョーダンのものでいられる感覚を失った。ジョーダンの体のぬくもりを失った。ジョーダンは少し身を離して隣に横たわっただけなのに。

「わたしはきみをどうすればいいんだろう?」ぽつりとつぶやいたジョーダンの声は低く、テイヤはもう少しでその言葉を聞き逃すところだった。

テイヤにはもちろんしてもらいたいことがいくつかある。

無理やり目を開いて、慎重にジョーダンを振り向いた。

「なんですって?」声は聞こえた。ただ、本当にテイヤが思ったとおりのことを言っていたのか、確かめたかったのだ。

こちらを見つめ返したジョーダンの目はあまりにもまぶしいサファイアの輝きを放っていたから、テイヤは一瞬でとりこになってしまった。

いつまでもこうして生きていられたら。こうして、とりこになったまま。

ジョーダンは唇のはしをゆっくりとあげ、「きみを傷つけていないといいんだが」と言った。

テイヤは眉を寄せた。さっきは、もっと違う口調だったはずだ。さっきはジョーダンの声から、確かに後悔に近い思いが聞き取れた。それに、間違いなく、さっきと言っていることが違う。

ジョーダンがテイヤの顔から髪を払う。テイヤは長い巻き毛を体にまとわせ、両腕に頭をのせて彼を見あげた。ゆったりと隣に横たわるジョーダンは肘をついて手で頭を支え、いまにも笑みを浮かべそうな顔をしていた。

「平気よ」ジョーダンにはそう請け合ったが、内心ではよくわかっていた。

平気でいられるのは、またジョーダンに置いていかれるまでの話。ジョーダンが行ってしまったら、平気だなんて絶対に言い切れない。自分から去る、あるいは去っていくジョーダンを見送るのは、それまでしてきたことのなかで二番目に難しい行為になるだろう。いちばん難しかったのは、最初にジョーダンのもとを去ったときだったから。

ジョーダンが一本の指先でテイヤの頬をそっとなぞった。

「きみにすっかり燃えあがらされたよ、テイヤ」彼女を見つめて、ジョーダンは静かに言った。

テイヤは黙っていた。心臓が喉から飛び出していきそうだった。傷つきやすい心臓に、希望が鋭いかぎづめを食いこませたせいで。

ジョーダンは時間をかけて重い息を吐いた。

「あなたに同じことをされたわ、ジョーダン」テイヤはささやき返した。ジョーダンからもっといまみたいな言葉を聞きたい。肉体にも影響が出そうなほど、こんな言葉に飢えていた。

ジョーダンのまなざしの奥で感情が揺らぎ、表情が陰った。

「いよいよ明日からだな」ジョーダンの表情はよそよそしくなったわけではなかったけれど、もうさっきほど甘くもなかった。「上院議員が義理の息子を支援者に紹介するためのパーティー。会場はスタントン邸だ」

テイヤは喉を詰まらせた。いまはまだ、こんな話はしたくない。

「もう少し余韻に浸っていたかったわ」無理やり冗談めかした。「そんな話はもっとあとにしない？」

人生でもっともすばらしいオーガズムを体験したあとなのに、睦言が長続きしてくれなかったせいで傷ついた心が癒えてから。

「テイヤ、ぐずぐずしてる時間はないぞ」そむけようとした顔を、ジョーダンの手にしっかりつかまれた。「いまのうちに聞いておかなければいけない。テイト家の人々と向き合うのに耐えられるか？　紹介されて、彼らと赤の他人のふりをするのを我慢できるか？　やり遂げられると思うか？　別れるときも、自分の家族なのに……」

「あの人たちはわたしの家族じゃない」彼らに好感が持てるかどうかさえ、テイヤにはわからなかった。元々自分のものではないなら、惜しまずに済む。

簡単なことだ。この点に議論の余地はない。

「テイ、こっちを見てくれ」ジョーダンの優しい口調に、か弱い防御の壁を崩されそうになった。「どうしてなんだ？　なぜ、手に入れられるものから身を引いてしまう？　きみの家族、きみが引き継ぐべき遺産だろう？」

本気で知りたがっているのだろうか？　どうして知りたがるのか？　まったく、こんなふうに頭をさっさと切り替えないでほしい。ある程度は一貫性を持って行動するべきではないだろうか。こんなにたやすく頭を切り替える人ほど始末に負えないものはない。

「いい」テイヤはうんざりしてため息をついた。「いまのところ、テイト家の人たちはわたしのことを知らないし、わたしもあの人たちのことを知らないの。母の血は絶えたと思われてる。わたしは死んだと思われてるでしょ。わたしが生きてたってことになったりしたら、財産を取りにきたんじゃないかって、テイト家の人は恐れるだけよ。それ以外の理由なんて信じてくれない。絶対に信用してくれないわ。どうしてもうまくいかない状況なのよ、ジョーダン。わたしは争うのはうんざりなの。しばらく休めればそれでいい。だいたい、懐かしの家族のもとに戻るっていうより、あの人たちのなかに入りこもうと無理するなんて、わたしの今年の目標には含まれてないの」

争うのも、ひとりきりでいるのもうんざりだし、過去の影に平和な暮らしをことごとく邪魔されるのもうんざりだ。

ひたすら疲れた。今回の問題が解決したら、とにかく隠れて散々傷ついた心の傷を癒やしたい。

ジョーダンを見つめ返したら、気づけば、彼の腕のなかで休みたいとだけ一途に願っていた。

「おいで、ベイビー」ジョーダンが彼女の体にしっかりと両腕をまわし、胸に抱き寄せた。

「わたしがついている」と約束する。「必要なら頼っていいんだ。だが問題が解決したら、また話し合わなければいけないな。今回の決定を石に刻んで変更不能としたわけじゃない」

残念ながら変更不能だ。テイヤはずっと昔にこの決心を固めた。いまさら変えるつもりはなかった。

決定は変更不能だ。石にでも、セメントにでも、鋼鉄にでも刻まれているように。

10

翌日の晩、テイヤは胸で誓いを新たにしていた。

母にも自分にも誓ったではないか。祖父母の命が奪われたあと、テイヤは家族のほかの人たちを守るため、彼らから離れていると母に約束した。ほかに頼れる手段がなくなった場合を除き、すべての危険が過ぎ去るまで、祖父が母に与えたたったひとつの秘密だけは守り通すとも誓った。

この秘密、一連の数字は、テイヤ自身の相続財産よりも、ソレルに誘拐された当時のフランシーヌ・テイトが奪われた相続財産よりも大きな価値を持つ。これはベルナール・テイトが行方知れずになった娘のために蓄えておいた遺産だった。現金、金、債券、家族に伝わる宝石類、そして、ベルナール・テイトの死後に〈テイト・インダストリーズ〉が得る年間利益の一部。テイヤは祖父が残したこの遺産を、結婚するか、年齢が四十歳に達するまで受け取ることはできない。または、遺産を返上してテイト家の全財産に組み入れ、全体のほんの一部だけ手に入れることはできる。テイヤは、祖父が残しておいてくれた遺産だけはテイト家から得るつもりでいた。これだけは少しももらさず手に入れる権利があると、彼女は思っている。

「一時間くらいしたらドレスが届く」ジョーダンが寝室に入ってきた。テイヤはドレッサーの上の壁にかけられている明々と照らされた大きな鏡の前に立ち、化粧の仕上げをしていた。鏡台のライトは嫌いだ。寝室にはもっと自然な光があったほうがいい。

シャワーを浴びたばかりで、薄手のショートパンツとキャミソールを着て裸足でいる。まだ前夜の出来事を完全に受け止めきれていないテイヤはジョーダンと目を合わせるのを避け、目鼻立ちを際立たせる化粧の済んだ顔に仕上げのパウダーをのせたあと、ドレッサーに置いたバッグにメイク道具をしまった。

「了解」簡潔に答え、顔立ちを引き立たせるための化粧の仕上がり具合を確かめた。アイシャドウを施した目元、はっきりさせた頰のライン。黒系のアイシャドウで目が映え、エメラルドグリーンの色合いが濃く見えた。

まったく、行方不明のテイヤ・タラモーシ・フィッツヒューに見えないどころか、テイラー・ジョンソンにも見えない。テイヤ・タラモーシ・フィッツヒューだと見破られないようにするのが狙いだった。化粧は本当に女性のいちばんの味方だ。

部屋を横切って近づいてくるジョーダンの姿を、用心深く視界のすみでとらえた。

黒いシルクのスラックス、オーダーメイドの革靴、あまりに値段が高くてテイヤが笑ってしまいそうになったエジプト綿の白いシャツを着ている。マローン家の人たちが実は信じられないくらい大金持ちであることをテイヤは知っている。エリン・マローンが亡くなったとき、息子たちはそれぞれ多額の遺産を引き継いだ。けれども、彼らはめったに裕福であることを表に出さないので、テイヤはその富の証拠をまれにまのあたりにすると、いっそう目を見張ってしまうのだった。

スラックスとそろいの夜会服の上着は別の部屋の椅子にかけられているはずだ。テイヤはジョーダンのくせをよく知っている。ジョーダンも同じくらいこちらのくせに気づいているに違いない。

「今夜のパーティーについて特に心配していないようだな」ジョーダンがうしろに立ち、テイヤの顔にじっと視線を注いで、プロ級の腕前のメイクの仕上がりに見入った。

「心配するべき？」テイヤは片方の眉をつりあげた。

「ジャーニーを除けば、テイト家の人々と面と向かって会うのはこれが初めてじゃないか。こんな複雑な事態を楽しみにしていたわけではないだろう」

テイヤは苦々しい気持ちをこめて唇をゆがめた。「そうね、だけど複雑じゃなかったら人生はつまらないんじゃない、ジョーダン？　いちいち問題にすることないでしょ？　しかも、あっちはわたしが誰かも知らないのよ。パーティーに出席する重要人物も誰ひとり、わたしの正体なんて知らない。どうして、わたしが不安にならなきゃいけないの？」

ジョーダンはドレッサーのはじに寄りかかり、腕組みをしてテイヤを見据えた。

「テイト家の人間がそろってやってくるんだ、テイ。ステファンと妻のローレン。クレイグと妻メリサンド、その子どもたち。クレイグの息子であり跡継ぎであるロイス、娘のアレクサとジャーニーだ」

テイヤは顔をしかめて振り返った。「なんだか変じゃない？　ステファン・テイトにはひとり息子のクレイグしかいないのに、クレイグには三人も子どもがいるなんて」

「妙だな」ジョーダンは考え深げに口元を引きしめたが、目にはおもしろがるような光が宿っていた。「ひょっとしたら、クレイグはひとりっ子の立場がいやだったんじゃないか」

「母が言ってた。クレイグは、両親が自分に割く時間を奪うきょうだいなんて絶対に現れてほしくないって、それは強く言い張ってたのよ」母と交わした会話の断片が頭によみがえってきて、この話を思い出した。「母はこういう思い出話をするとき、いつもすごく懐かしそうで、楽しげだった。クレイグがひどく独占したがってたのは両親だけではなくて、両親が亡くなるときに手に入るはずの遺産もだったみたい」

「つまり、どういうことだ？」ジョーダンが興味を示した。

つまり、なにが言いたかったのだろう？　とりあえず本当に不安は抱いていなくて、いまになって初めて自分の家族についてほとんどなにも知らないと気づいたという事実のほかに。テイト家の末娘を雇っているにもかかわらず、ジャーニーが家族の話をしているとき、テイヤは聞くまいとしていた。

「別に意味はないわ」見つめ続けるジョーダンの前で、テイヤはようやく肩をすくめた。

「ただ、なんだかおかしいなって、ずっと引っかかってただけだと思う」

「テイト家の人間たちに自分の正体を明かすつもりもないのに、どうして変だとか、おかしいとか気にかけたりする?」

テイヤはドレッサーに両手をついて、鏡に映った自分の顔を見つめた。長い、張りつめた間が空いたあと、視線を落とし、振り返ってジョーダンを見あげた。

自身のまなざしに宿る感情を見ているのにも、あきらめきれていなかった悩ましい夢と向き合うのも耐えられなかった。

「母は家族を深く愛していたのよ」小さな声で言うと、胸が締めつけられて顔をしかめた。これまでに失ってきたすべてのものを思うと心が痛かった。「いつか家に帰る方法を見つけることだけが母の夢だったの。両親を殺されたあと、ソレルに追いつかれる直前に最後の電話をくれたとき、母は気力を失ったような声で話してた」

母は完全に希望を奪われていた。テイヤは心のなかで言い直した。母フランシーヌの声から伝わってきた。癒えようがない深い苦しみ。もう帰る家はなくなったという絶望。

「誰も信じないで、テイヤ」母は抑揚を欠いた口調でささやいた。声はかすれ、途切れそうではあるのに、抑揚はなかった。「残りの家族を決して危険にはさらさないと約束して。あなたが充分に大人になるまでよ、テイヤ。遺産を引き継げる年になったら、どうか約束して、あなたが手にするはずだったものの残りをすべて受け取ると。誓いなさい。そして、すべてを手に入れたら、あいつを見つけるのよ。ソレルに手を貸した人でなしを突き止めて、復讐をしてちょうだい。なんとしても。誓って!」

テイヤは誓った。本当は、ママがやってとすがりたかった。あのときフランシーヌは三十三歳だった。あとたった七年だったのに。四十歳になれば遺産を受け取り、自分で復讐を果たせたはずだ。

母はあそこまで生きたのだ。報われる権利があった。フランシーヌの両親を殺してから一週間もたたないうちに、ソレルの手下たちはフランシーヌを見つけた。そして、フランシーヌをとらえ、拷問して殺した。テイヤを見つけるために。

母はテイヤを守るために命を落とした。

「きみも、フランシーヌ・テイトの家族だったんだ」ジョーダンの声で、記憶の底から引き戻された。「彼女の娘だった」

「わたしは母の苦しみの種だったのよ」答える声はかすれた。つねにつきまとう悲嘆が、抑えようとしたにもかかわらず、かすかに声に表れた。

「フランシーヌはきみを大切に思っていた」ジョーダンが確信をこめて言った。「きみが彼女の苦しみの種なんかであったなら、ソレルの好きにさせていたはずだ」

「そうしなかったから、母はわたしを守るために地獄のような人生を送った」テイヤはこの事実を忘れられなかった。くじけることはできない。過去に打ち負かされるわけにはいかない。そうなったら、母の死が無駄だったことになる。

「ソレルとの戦いに決して家族を巻きこまないと母に誓わされたの」ジョーダンの顔を見て、自分の選択が間違っていませんようにと祈った。たとえわずかではあっても、ジョーダンがテイト家の人たちを問題に巻きこむことを許そうとしてしまっている。

しかも、テイヤは家族がそろって出席するパーティーに出かけていくことで、ジョーダンの計画を後押ししようとしている。パーティーに行けば、そこにいる全員の憶測を呼ぶだろう。あの造園会社の経営者とは何者なのか。あの女が、ワシントンＤＣでもとりわけ人望を集めるジョーダン・マローンとなにをしているのか。

「きみは家族に電話して助けを請おうとしているわけではない」ジョーダンが指摘した。「ステファン・テイトがどうやって居場所を突き止めたらよいのかもわかっていない姪の娘とはなんの関係もない人物として、テイト家の人間たちと会うんだ」

うわさによれば、ステファンはテイヤの祖父母と母が亡くなったあと、何年もテイヤを捜していた。なぜ捜すのか、テイヤにはまるでわからなかった。

テイヤは鏡に向き直り、腰まで届きそうな巻き毛をふくらませ、目元を強調するセクシーなアイシャドウの入れ具合を確かめた。サファイアブルーの目から逃れずにはいられなかった。ジョーダンのまなざしの奥に隠されているかに思える、口にされない問いかけから。

「アイラ・アルトゥールとマーク・テニソンもパーティーに来ると思う？」しばらく沈黙が続いたのち、尋ねた。

「ふたりは招待状まで手に入れてる」

テイヤはショックを受けて相手を振り返った。「どうやって、そんなまねができたの？」

「フランス大使館を通して入手したんだ」ジョーダンは唇を引き結んだ。「招待状を入手した経緯の詳細はまだ調査中だ。詳細がわかるまでは、わたしのそばを離れるな。きみの家への襲撃について話が出ないか気をつけていよう」

「襲撃について知られてるの？　無名でいられた暮らしなんかもう終わりってわけ、ジョーダン？　いったいどうなってるのよ？」

「事情の大部分は、なんとか公にせずに済んだ」ジョーダンが請け合った。「だが、うわさがどんなものかわかっているだろう、テイヤ。誰かは耳にしているかもしれない」

「確実にね」テイヤは乱暴に息を吐いた。「訊かれたら、なんて言っておくの？」

「何者かがきみの自宅に押し入ろうとしたとき、家のなかにはきみの親戚であるデンヴァー・ロバーツがいた。手に負えない状況になって、撃ち合いになった。簡単だろう」

「簡単ね」また乱暴に息を吐いた。

自宅のことは考えたくなかった。どんな損害を被ったか考えたくもないし、話し合いたくもなかった。

「もういい」会話をこれ以上続けさせまいとして手をあげた。「ひょっとしたら、運よく誰もうわさなんか聞いてないかもしれないし」

「テイ、心配しすぎるな」ジョーダンが深刻な顔つきになった。「顔合わせはすぐ終わる。紹介し合うだけだ。テイト家やきみを見張っている男たちに、雇い主への報告のきっかけをやるだけなんだから。凶暴な犬どもの鎖を引いているのがどこのどいつか知りたい。やつらが上院議員のパーティーへの正式な招待状を、いったいどうやって手に入れたかもだ」

「ワシントンDCはそういうところでしょ」テイヤはあっさり言った。「招待状が野球カードみたいにトレードされる」

ジョーダンは同意のしるしに頭を傾けた。「だったら、コレクターを見つけないとな」

「犬どもの飼い主は誰か、少しはわかってきてるの?」アルトゥールやテニソンをこうたとえるのが、なんだか気に入ってきた。

ジョーダンは口元をゆがめた。「手がかりひとつすら得られていない。さっき言ったとおり、パーティーのあと、やつらを追って雇い主にたどり着けないか狙っているんだ。とりあえず、数歩でも敵に近づけないか」

数歩。

「資金も豊富で、身を隠すのも巧みで、有力なコネもある相手」テイヤはつぶやいた。「わたしが実際に捕まってみなくちゃ、正体は割れなさそうね」

ジョーダンがすばやく背後に迫り、鏡越しにテイヤの目をにらみつけた。

「そんなまねをしてみろ、いいか、無事に助け出してから、必ず後悔させてやるぞ」

テイヤは相手の口調に含まれた怒りを聞き取り、脅されていると感じて顔をしかめた。

「五歳のときからほぼずっと逃げ続けてきて、いまさら捕まってやるつもりはないわよ、ジョーダン」

「絶対に捕まらないようにしろ」ジョーダンはうなり声を出した。「きみを失ったらわたしはおしまいだ、テイヤ」

彼の言葉が意外で思わず鏡に目をやり、相手の表情を見ようとした。けれども、テイヤがそこに隠された感情を見て取る間もなく、ジョーダンは顔をそむけてしまった。わざとだ、とテイヤは疑った。

「九カ月前に黙ってわたしを去っていかせた人間が、そんなセリフをよく言えたわね」淡々と述べた。「ねえ、ジョーダン、わたしの身元が暴かれたってわかる前には、わたしについて考えたことすらあったの？」

どんなに努力しても、相手の発言をそのまま聞き流すことはできなかった。

「あのときは、きみを失ったわけではなかった」ジョーダンがまたテイヤに顔を向けて冷静に答えた。「見つけようと思えば見つけられたんだからな、テイヤ」

テイヤはぐっと唇を引き結んだ。「ええ、キリアンに電話一本入れれば見つけられたでしょうよ」

新たな考えが浮かび、テイヤはくるりと体をまわしてジョーダンと向き合った。

「この問題が持ちあがる直前にわたしの携帯がこっそりいじられてたなんて、敵には都合のいい話よね」わざとらしく言ってみる。「内部の調査も始めたほうがいいかもしれないわよ、ジョーダン。キリアン・リースを調べて、わたしを敵に売ったのがあの人じゃないか確かめたほうがいい」

キリアンは、ソレルの娘である事実を理由にテイヤを憎んでいる。ソレルの敵にテイヤを引き渡すくらい平気でやるだろう。キリアンにとっては、血は争えないのだ。平気で面と向かってテイヤにそう言ってのける人だ。

「もう始めている」ジョーダンが請け合った。「しかし、キリアンがどうであれ、われわれのいまいる状況は変わらない。だから話題を変えようとするのはやめろ。今夜のパーティーに臨む心の準備はできているのか、テイヤ？　テイト家の人間たちと会って平然としていられるか？」

「いいえ、ジョーダン。平然となんかしていられない。でも、過去に経験してきたいろんなことと同じで、わたしには選ぶ権利なんてないんじゃない？」激しい怒りを抑えこむのに相当、苦労した。

ジョーダンに背を向けて彼のわきを通り過ぎ、部屋を横切って居間に行くつもりだった。これまで決して逃れられなかった現実から逃れるために。一秒ごとに現実と向き合うときが近づいているという意識から逃れるためにも。

「こんなふうになっているきみを見るのは初めてだ」通り過ぎようとしたところを、ジョーダンに腕をつかまれた。「集中もしていないし、これまでのようにわたしを信頼してくれてもいないじゃないか、テイ。いったい、どうした？」

不意にどうしたらいいかわからなくなって、ジョーダンをにらみつけた。

「わたしにどうしてほしいの、ジョーダン？　ほかにどうしろっていうのよ？　生まれて初めて安心して暮らせると思ったのに、結局、暮らせなかった。うちを土足で踏みにじられた。また人生のなにもかもが、自分ではどうにもできない状況に放りこまれてる。それでもひたすら落ち着き払って冷静に、なにもかもあなたに任せていろっていうの？」胸の奥で燃えあがっていた怒りが、声にすっかり表れていた。

抑えきれなかった。あまりにも急に未知の領域に連れこまれてしまい、落ち着きを取り戻せなくなっていた。やっと見つけたささやかな平和を失った。気づかないうちに胸が締めつけられるほどあこがれていた安心感を奪われた。

「いつも信頼して、きみを守らせてくれたじゃないか」

不機嫌になったジョーダンの口調、青い目に光る怒りにとまどわされた。

「保護してもらえるかどうかとは、なにも関係ないわ、ジョーダン」こんな会話からは逃げ出したくてたまらなくなり、言い返した。

「では、なにと関係しているんだ?」ジョーダンは腕をつかんでいる手をテイヤが振りほどこうとしても離さず、問いただした。「答えろ、テイヤ、相手が誰だろうが、きみを傷つけるなんてまねをわたしが許すなどと、いつから思いこむようになったんだ」

テイヤからの信頼にここまでこだわっているわけを、ジョーダンは説明できなかった。再会以降、ずっとテイヤから目を離さず、信頼されているかどうか探り、限界を試すようなまねをしているのはなぜなのか。

昨夜、ジョーダンは、テイヤの彼に対する遠慮を肉体の面では打ち破った。あれは越えなくてはならない壁だった。理屈はさっぱりわからないが。おのれにさえ説明できないのだ。テイヤからも説明など求められないことを祈る。昨夜の出来事がきっかけで、テイヤはかき立てられた感情を深く見つめずにはいられなくなっている。そして、殻から飛び出してしまった。身を守るための殻を立て直すのを、ジョーダンが手伝ってやらなければならない。テイヤはすでにあまりにも多くを失っている。ジョーダンへの信頼までも失わせるわけにはいかない。今回の問題が片づき、またしてもテイヤが新しく人生を立て直すときが来たとき、怖がって夢に手を伸ばせなくなるような状態にはさせたくなかった。

残念なことに、信頼はさらなる感情ももたらす。これ以上、テイヤに直面してほしくなかった苦しみも。ジョーダンはテイヤの苦しみをまのあたりにするにつれ、テイヤに人を信頼する心が残っていたことに驚嘆しながらも、凶行に及びかねない怒りに襲われる。

女性が恋人に捧げる究極の信頼は、愛という錯覚から生じる信頼と同じものだ。そして愛が生じたら、必ず心が打ち砕かれる。もちろんテイヤの心を傷つけたくはない。しかし、家を持つ夢を失うよりは、失恋の痛みのほうがましだろう、とジョーダンは思った。

「あなたのことはずっと信頼してるわ」ようやくテイヤが答えた。目には傷つきやすさを宿していて、ジョーダンは驚かされた。彼が予想もしていなかった感情も、まなざしの奥に光っていた。まさか、もうそこまでの感情を抱いているのか。ジョーダンの心が一部、凍りついた。否定が脳をのたくって理性をかき乱した。

テイヤは、ジョーダンを愛していると信じこんでいる。そんな信念がテイヤにすでにもたらした苦しみ、これからもたらされるだろう苦しみを悟って胸が締めつけられ、苦しくなった。もうすでに、テイヤが感じている深い悲しみが伝わってくる。愛情が返ってくることは決してないのではと恐れる気持ちも。

ジョーダンが想像していたよりも、これはずっと身にこたえた。

「きみを守ってみせる、テイヤ」ジョーダンは抑えた声で伝え、腕をつかんでいないほうの手でテイヤの頬を包み、親指で唇を撫でた。「一緒に働いてきた何年ものあいだ、わたしがエージェントを死なせたことなど一度もなかっただろう？」

「なかった」答えてジョーダンを見つめ返すテイヤのまなざしは痛々しかった。あまりにも多くの希望と不安に悩まされている。夢は決してかなわないものだというあきらめにも。

ジョーダンはただ、テイヤのまなざしから苦しみを取り去ってやりたくてたまらなくなった。かわりに微笑みのきざしを見たかった。ほんの小さな輝きでもいいから、テイヤの幸せそうな顔を見たかった。このとき、ジョーダンは気づいた。テイヤに幸せを手に入れるチャンスを与えるためなら、彼はどんなことでもするだろう。たとえ、テイヤが彼に対して抱いていると錯覚している感情を破壊することになっても。

親指の下でテイヤの唇が開き、信じられないほど美しい緑の瞳のなかに、まさにジョーダンが見たいと願っていたとおりの思いが灯った。この瞬間、テイヤの心も脳も意識も、傷つきやすさと混ざり合ったテイヤが愛だと信じている感情と固く結びつき、彼女のジョーダンへの信頼は揺るぎないものになった。

いっとき、ジョーダンはテイヤから放たれた感情の熱に浸ってしまった。この反応は、テイヤが完全に意識もしないうちに生じたに違いない。絶対に間違いない。

そして、こんなにも素直に引き出されたことから、テイヤがジョーダンに対して抱いていた感情の深さがうかがえる。テキサスの基地を去る前から抱いていてくれたのだろう。こう悟って、体の奥が締めつけられる心地がした。またたく間に股間を硬くし、衝撃を覚えるほどすさまじい自責の念に襲われた。

テイヤが愛だと思って抱いている感情が単なる錯覚であり、残酷でたちの悪い感情のいたずらであることをジョーダンが知っているからといって、テイヤがいつかこの事実を受け入れるとはかぎらない。テイヤが信じ続けるのをやめるとはかぎらない。

テイヤが自宅に帰ってきてそこに侵入していたジョーダンに気づいたときから、ジョーダンはひとつの目標へ向けてテイヤを追いつめてきた。ジョーダンは、テイヤに完全な信頼を抱かせようとしてきた。その目標を見事に達成したいま、ひたすら自己嫌悪しか感じられなかった。

「わたしの家族も守って、ジョーダン」テイヤのまなざしに鋼を思わせる意志が光った。信頼もそこにあった。テイヤがジョーダンに逆らうのではなく、ともに動いてくれるよう、彼が死にもの狂いで得ようとしていた信頼。だが、信頼に加えて、テイヤの目には警告も宿っていた。テイヤなら恐るべき敵になる。彼女の家族に被害が及んだりしたら、間違いなくテイヤを敵にまわすことになる。

ジョーダンはかすかに唇のはしをあげ、楽しげに目を輝かせるふりをした。楽しい気分には程遠いのだから、うそだ。

彼のかわいいテイヤと違って、ジョーダンは完全に見破られようのないうそをつく方法を心得ていた。

「きみの家族の守りは徹底する」安心させるように言った。「約束するよ、彼らの安全と保護に関して、プランB、C、Dまで用意しているくらいだ」

ジョーダンにとってはプランがすべてである。一瞬、ほんのいっときだけ、自分にも現実を信じる心だけでなく、愛を信じる心があったならという思いが浮かんだ。

そんな自責の念を抑えるため、顔をさげてテイヤの唇にそっと唇を重ねた。しかし、自制を利かせていたので力が入り、余計にわきあがった欲望で体がうずいた。

やがてテイヤが唇を開き、口づけに炎を思わせる情熱と感情が注ぎこまれた。そのときジョーダンは、もう思い出せないほど昔からしていなかったことをした。愛を信じたいと願った。

しだいにキスの情熱が収まっていき、テイヤはゆっくりと目を開いた。意識はふれ合いの悦びにすっかり浸っていた。ここまでの影響を与えられるべきではないのに。

ジョーダンを愛してしまっているのだから仕方ない。ジョーダンを見あげると、これまでもずっと抑えこむことなどできなかった感情がこみあげた。こんなにも簡単に彼女の心をとらえてしまえる男性の心を、自分のものにできたら。愛が幻想以上のものになることを信じようとしない男性を。

テイヤが話そうと口を開きかけたとき、寝室のドアを力強くノックする音が響いた。

「よう、熱いおふたりさん、届けものだ」陽気に喉を鳴らして笑うニックの声がした。

ジョーダンならあきれた顔をして目をぐるりとまわすだろう。テイヤはほぼ確信していた。ところがジョーダンは上からテイヤを見つめ、名残惜しげに身を引いた。「わたしが出て、やつと話してこよう」おもしろがるように唇をゆがめて言う。「なぜか、ふたりの寝室できみがしどけない格好をしているところを、ニックのやつに見られるのが気に入らん」

ショックだった。ジョーダンからショックを受けることなど、めったにないのに。

ジョーダンの口調には、ほのかに男の独占欲が漂っていた。まるで、もうテイヤは自分のものだと決めてしまったかのように。ずっとテイヤのそばにいるつもりのように。

ニックと話すために寝室を出ていくジョーダンを見送って、テイヤはぶるっと頭を一振りした。彼の声に表れていた独占欲の響きに、まだ感覚を揺さぶられていた。どんなにこの響きが聞きたかったことか。ジョーダンが独占欲など抱くはずがなかったからだ。彼が女性のために嫉妬心を抱くなんて、話にも、直接にも聞いたことがなかった。

数分後、テイヤが鏡で自分の姿を確かめていると、ジョーダンが寝室に戻ってきた。「ミケイラがドレスを届けてくれた」部屋の奥へ進んでベッドの足側のはしに夜会ドレスを置き、テイヤを振り返る。

ジョーダンの目の色は濃くなっていた。サファイアブルーというより、濃紺に近い色合いに見える。まるで、ふたりが離れていたあいだに、濃厚な記憶に心を占領されてしまっていたかのようだ。

濃い菫色のドレスのやわらかな布地は光沢を帯びて波打ち、白い掛け布団の上に流れ落ちた鮮やかな刺激の奔流のようだった。ミケイラと話し合ってデザインを決めたとき、頭に描いたままのできだった。ストラップレスのドレス。高めにデザインされたウエストから菫色のシルクがたっぷりと足元まで垂れ、真っ白なシルクのペチコートを覆っている。ロマンティックでありながら、あでやかでもある。

コルセットが胸を押しあげてぴったりと包みこみ、体のほかのまろやかな曲線は巧みにほのめかされ、関心を誘う。このドレスを着ると実際よりすらりとして見え、ドレスと一緒に届けられたそろいのハイヒールをはくと、さらに十三センチほど背が高くなる。

肌ざわりのいい白いシルクの裏地のついた菫色のケープ。必需品を入れる白のクラッチバッグ。この姿なら人目を引くに違いない。

ジョーダンがドレスを完成させるにあたってつけた注文のひとつが、人目を引くことだった。ジョーダンの感覚を悦ばせ、奮い立たせるようなものにしろと言っていた。描きあがったデザインを見たとき、ジョーダンはすっと目を細めた。そんな欲望をうちに秘めた表情を見せられて、テイヤ自身が興奮を覚えてしまうほどだった。

「少し遅れて会場に行くぞ」きらめきを放つシルクに指を滑らせていたテイヤに、ジョーダンが声をかけた。「遅れるのは一時間くらいがいいだろう。今夜は、会場に入っていくときがいちばん大事だからな。すでに招待客リストが招待客全員に配られている。もう、われわれにもほかの招待状が届き始めているぞ。マローン家やわたしの知人から、テイト家とつき合いがある連中からもだ。わたしたちはスタントン上院議員と義理の息子どのを支援するためにワシントンDCに来ているだけなのにな」

テイヤはゆっくりうなずいた。「わかってる」ジョーダンの友人たちは、テイヤのことを誰だろうと不思議に思うだろう。そして、あとからいろいろ訊いてくるだろう。テイヤがジョーダンの人生から姿を消したあとで。

当然、ジョーダンは気づまりに感じるはずだ。ジョーダンはめったに恋人を自分の家族とかかわらせたりしない。テイヤはもう一度、ドレスに指を滑らせた。友人たちもいるなかで、ジョーダンがテイヤを連れ歩きたくないと思っているからといって、これから作ろうとしている思い出を台なしにしたりしない。

とはいえ、胸が締めつけられたのは、テイト家の人たちについて考えたときだった。

「テイヤ？」

テイヤの沈黙が気になってジョーダンは彼女に近づいていき、顔をあげて目を合わせた相手の表情を見つめた。

「一緒に過ごせていたら、わたし、あの人たちに好かれてたかしら、ジョーダン？」問いかけるテイヤの声はほとんど聞き取れないほど小さかった。なんて傷つきやすそうな、受け入れてもらえる場所を必死で求める思いに満ちた表情をしているのだろう。この表情を見て、ジョーダンは自分の手でソレルをふたたび殺したくなった。テイヤは誰よりも美しく、心優しく、思いやりに満ちた人間だ。どんな家族だろうと、彼女を誇りに思うだろうに。

「テイヤ、彼らはきみを好きにならずにはいられなかったはずさ」このとき、テイヤに対する名も知れぬ感情をめぐって、ジョーダンは深刻な問題を抱えていると自覚した。感情は怒濤のようにわきあがってきて、普段の彼が持つ分別をのみこんでしまいそうになっている。

気づけばテイヤの体に両腕をまわし、胸に抱き寄せていた。そうして不意に、何年ものあいだテイヤもあらゆる感情を隠してきたのだとわかった。テイヤはずっとうちにこもって、個室に引きこもっていた。ジョーダンも、ひたすら打ちこむ仕事がないときは同じことをしていた。

テイヤもジョーダンと同じように距離を保とうとしていた。理由も同じだ。幻想が引き裂かれたとき、襲ってくる痛みは耐えようもないくらいひどいものだからだ。あるいは、テイヤの場合は、愛する人を失うときの痛みを恐れているからか。

そんなふうに隠れて生きることを、決してテイヤに許すべきではなかった。ジョーダンは心から悔いた。

「もう遅い」テイヤはジョーダンの胸に顔を寄せてささやいた。彼のシャツを固く握りしめ、しがみついている。「いまさらそんなことを言っても手遅れなのよね」

いまになって家に帰っても遅い。いまさら、非情な現実によって作りあげられたこの女性を決して理解してはくれないだろう家族の一員にはなれない。ある意味では、ジョーダンもテイヤの言うとおりだと思った。テイヤを作りあげた世界がどんなものだったか、まったく思いも寄らないのであれば、家族の者たちは決してテイヤとともに心地よく過ごせはしないだろう。

「あの家族のもとへは帰れないかもしれない」ジョーダンはささやき返した。「だが、だからといって、きみがテイラー・ジョンソンとして自分の居場所を築けないなんてことはないだろう」そっと身を引き、ふたたびテイヤを見おろした。「テイヤ、血のつながりなど明かさなくても、家族の一員になることはできる。友人になろうとするだけでいいんだ」

テイヤなら、どんな友人、家族を選ぼうと、相手にとって貴重な存在になれる。ジョーダンは信じていた。テイヤがごく自然に持っている誠実さと思いやりがあれば、どこにいても人が集まってくるだろう。とことんテイヤに魅了されて。

ジョーダンも魅了されていた。この複雑にもつれた感情から逃れるすべはあるのだろうかと悩む日もあった。テイヤは可能であれば、感情の網でジョーダンをがっちり包みこんでしまっていただろう。

愛。くそ、この幻想は強烈すぎる。ジョーダンの意志より強い、とわかってきた。

ついに、テイヤはすばやくきっぱりとうなずき、ドレスが置いてあるベッドに顔を向けた。テイヤを離すのは人生でもっとも難しい行為だった。ジョーダンは彼女を抱いていたくてたまらなかったのだ。そして、誰にも捧げないと誓ったものを彼女に捧げてしまいたかった。いつの間にか、できるものなら本物だとおのれに信じこませたくてならなくなっていた錯覚の感情を。

愛を。

「じゃあ、ドレスを着てしまうわ」テイヤはちらりと時計に目をやって静かに告げた。「あなたが到着したい時間に、それでちょうど間に合うはずよ」

ジョーダンは怪訝なまなざしで相手を見据えた。「ドレスを着るのに一時間もかからんだろう、テイ」

テイヤはジョーダンの疑わしげな口調と顔つきに頰をゆるめそうになった。

「そうね」と認める。「でも、外見をふさわしく整えるには軽く一時間以上かかってしまうものよ、ジョーダン。ストッキングが脱線していたらいけないし、スカートのかたちをきちんと整えなくてはいけない。メイクだってドレスの色に合わせて調節しないと。完成したドレスを見るまで、こんなに奥行きの深い輝きがあるなんて思わなかったもの」

テイヤは必死で落ち着きを保とうとしている。だが、ジョーダンは彼女のまなざしに浮かぶ苦悩をやわらげてやるすべを知らなかった。そうなると、選ぶべき対処方法はひとつしかない。戦略的退却だ。テイヤがふたたび抱擁を必要とするまで。テイヤが愛されない理由などこの世には存在しないと、ふたたび安心させる必要が生じるまで。

「よし、わかった」ジョーダンは手をあげ、ほのかな皮肉のこめられた説明を遮った。「きみがひとりでゆっくりドレスを着られるよう、わたしはほかの者たちと警備の配置や招待客たちについて話し合ってくる」さっと首を向けてスイートルームの別の部屋へ続くドアを示した。「用意ができたら知らせてくれ」

「必ずそうします」テイヤは約束し、ベッドの横でパッドつきのハンガーからドレスをはずした。「さっき言ったとおり、一時間か、それよりちょっと長めにかかるかもしれないわ」

テイヤが引き延ばせるだけ長く。

どういうわけか、ジョーダンはテイヤと家族を引き合わせたがっている。テイヤを脅かしている者たちの背後にいる人間の正体を突き止めるのに役立つと考えているからというより、テイヤが家族と親しくなったほうがいいと信じているからではないか。テイヤにはそう思えた。

家族や絆はほしくてたまらないけれど、テイヤにはわかっている。あの家族とのつながりは、祖父母の命が奪われたときに断たれたのだ。この世のすべての願い、涙、心残りをもってしても、それを変えることはできない。

「自分らしくしていればいいんだ、テイヤ」とっくに寝室を出ていったと思っていたのに、いきなり背後からジョーダンにもう一度、声をかけられた。

いっとき力強い手でテイヤの腰を支え、顔を伏せて肩の線に優しく唇を押しあてる。「保証する、本来のきみを愛さずにいられる人間などいない」

ジョーダンは別として。

「そうよね」本気でそう思っているとジョーダンに信じさせようとしたのだが、口だけだと互いにわかっている。「ただ、こんなかたちで家族と会うのはいやだっただけ」

そのとき不意に肩をかじられ、テイヤは跳びあがって振り向き、ジョーダンを見つめた。

「わたしだったら、こんな機会は絶対に見逃さないぞ」にやりとしている。「これから大いに楽しもうとしているんじゃないか、ベイビー。冒険心はどこへやったんだ？」

テイヤが答える間もなく、ジョーダンは離れ、寝室から出ていってしまった。ドアが開き、彼が部屋をあとにし、きっぱりした音とともにドアが閉じられた。

ジョーダンがテイヤを誘惑するより無視するほうに時間を割いていた日々にも、間違いなくいい点が少しはあった。テイヤはため息をもらした。

とりあえずあのころは、テイヤの未来もいまほど明白ではなかったのだから。

いまはもう確信してしまっている。ジョーダン以外の男性ではだめだ。つまり、ジョーダンに去られたら、ひたすら孤独な存在として生きていくことになる。

それでも、テイヤだってこんな機会は絶対に見逃さないつもりだった。


「おっと、失礼」寝室のドアを開けたとき、ちょうどトラヴィス・ケインがノックしようとしているところだった。

寝室から出てドアを閉めるジョーダンを呼び止め、小さなセロファンの包みを渡す。

「人工皮膚絆創膏です」と、トラヴィス。「傷を保護して隠せる。ストラップなしのドレスを着るならこれが必要だろうと、リリーが。何回か使える量が入っています」

ジョーダンは眉をひそめて部下を見た。「とても簡単に手に入るしろものではないはずだぞ、トラヴィス」ジョーダンにはよくわかっていた。エリート作戦部隊の司令官だったころでさえ、入手するには苦労したのだ。しかし、トラヴィスの言うとおり、テイヤはこの絆創膏を非常に重宝するだろう。

てみせた。

「すまんな、トラヴィス」ジョーダンは相手にうなずきかけた。「礼を言う」

「いえ、礼ならリリーに。思いついたのは彼女ですから」トラヴィスは妻のほうへ首を傾けてみせた。

「当然だな」ジョーダンはきびきびと言って、ほかの者たちが待つ部屋の奥へ向かった。

スイートルームの居間にそろっていた部下たちに険しいまなざしを向ける。テイヤに対しては向けていたかもしれない愉快な態度も、ユーモアのセンスもすっかり消え失せていた。

部隊の連中を呼び戻すのに苦労はしなかった。テイヤが危険な状況にあると知るやいなや、全員が駆けつけた。非常に危険な妻を引き連れてやってきた者たちもいた。その妻たちもこの場にいる。パーティーに臨む完璧ないでたちで、人間の男たちを誘惑するため地上に送りこまれた美の女神さながらの姿だ。

「どうなってる？」非公式の副司令官である甥に目を向けた。

「全員が招待客リストを受け取って、そろってざわついてますよ。まったく、ジョーダン、うちの人間はもっと人づき合いをしたほうがよさそうだ」ノアは報告しながら、叔父のものより濃い色の目を楽しげに光らせた。マローン家の人間が街に出てくると、まわりの人間たちが期待して騒ぐのがおもしろいらしい。若かりしころのリアダン・マローン・シニアの人望を物語る反応だ。「テイト家はかなり静かなほうですが、ステファンの妻ローレンが、昼食会の招待状をマローン家に送ってくださった」皮肉っぽく唇のはしをあげている。「それにしても、ボスの連れであるテイラー・ジョンソンの素性をめぐる憶測はすさまじい勢いで広まってますよ。テイト家でさえ探りを入れてきたくらいだ。数時間以内にテイト家の連中も気づくでしょうね。ボスが確かに、アイルランドであの連中がなんとしてでも手に入れようとしているマローン家の土地を売るのを拒んでいるジョーダン・マローンと同一人物だってことを」

テイト家があの土地をほしがっていると、ジョーダンは何年も前から気づいていた。テイト家の人間には悪いが、ジョーダンにはマローン家の土地を売る気はない。アイルランドの土地だろうと、アメリカの土地だろうと売らない。

「テイト家の人たちは、普段はうわさなどまったく気にされないかたたちなのにね」英国貴族の令嬢であるリリー・ハリントン・ケインが口を開いた。「うわさ話は慎み、かわりにさまざまな慈善活動や家族とともに過ごすことに時間を割いているかたがたよ。そのテイト家の人たちが誰かにまつわる何事かについて探りを入れるだなんて、青天の霹靂ね」リリーの言葉に皮肉はなく、単純に事実を述べているだけのようだった。

「ジョーダンの魅力のなせる業なんだよ」ノアがにやりとした。「テイト家の連中も、ジョーダンに〝だめだ〟って言ってほしくてたまらないんだろ」

ジョーダンも思わず笑みを浮かべかけた。テイト家の連中はとにかく引かなかった。間違いなく、テイヤもそうした特質を引き継いでしまっている。

「テイト家の連中が面と向かって土地の件を持ち出してくるか見てみよう」ジョーダンは言った。「今度こそ、あそこは売りに出していないという返事を信じてくれるかもしれん」

「ステファン・テイトは、世のなかにあるものはすべて売りに出されていると考えてらっしゃるわ」リリーがそこで口を挟んだ。「あの城を必ず自分のものにすると決意しているのよ、ジョーダン。今週アメリカにいらっしゃってから何時間もたたないうちに、トラヴィスがあなたの知り合いかもしれないと、どこかでお聞きになったようよ。今朝もまた、わたしたちに連絡をくださったの。あなたと会えるように取りはからってくれないかって。おことわりしておきましたけど」

リリーの小生意気な笑顔に、ジョーダンは鼻を鳴らした。

「一度ことわられたものだから、どうしても手に入れたい気になっているだけだろう」不機嫌にうなり、部屋を横切ってバーに向かった。

「このホテルで尾行につかれましたよ」ニックが会話の流れを変えた。「テニソンとアルトゥール、それに援護部隊は二手に分かれ、ここと テイト家の動きを見張っている。テイト家の借り住まいを盗聴しているのではないかと見ていますが、まだ確認できてはいません」

「当然、盗聴しているだろうな」ジョーダンがテニソンとアルトゥールの立場だったら、盗聴するに決まっている。電子盗聴器の助けがあれば、監視部隊を配置につける時間を容易に設定でき、重要な人物の動きを見逃す危険もなくせるはずだ。

「テニソンやアルトゥールを雇っているのが何者かは、まだつかめていません」と、ノア。

「いまだに調査中です」

ジョーダンはうなずき、強い酒を注いで一気にあおり、腹の底に沈む熱い感覚を味わった。

しかし、なにをしても心をむしばんでいる自己嫌悪を焼き消すことはできなかった。テイヤの感情をもてあそんで駆け引きをしているおのれに対する、決して静まらない怒りも消せない。テイヤのためによかれと思ってしていることだ。そんな言い訳をしても、少しも役に立たなかった。

「そのくそ野郎どもの正体をさっさと突き止めろ」女性たちの前であることを考えて、ジョーダンはあまり刺々しく怒鳴り散らさないよう口調を抑えた。

自分がある女性と収拾のつかない状態になっているからといって、ここにいる女性たちの夫をかっとならせてもどうにもならない。

それでも、エージェントたちはいっせいにジョーダンを見つめた。この作戦が急に、これまでのどの作戦より重大なものになっているわけがわからずにいるようだ。

「いま調査を進めているところです、ボス」ここで言葉を返す度胸があったのは、ミカただひとりだった。「黒幕が明らかになるまでは、テニソンとアルトゥールの動きに警戒しましょう」

「だけど、ほかにもなんか出てきたみたいですよ」それまで会議用テーブルの前におとなしく座っていたジョン・ヴィンセントが口を開いた。「新しい重要人物が」

ジョーダンは重苦しいため息を吐いてジョンに視線を向けた。「どこのどいつだ?」

「ジャーニー・テイトの彼氏が出てきたんです」ジョンはのんびり答えた。「ジャーニーよりいくつか年上のボーレガード・グラント。アンドリュー・グラント、メリッサ・グラントとは親どうしがはとこの間柄らしいですね」

「しかも、イギリスのローデン・グラント卿とは六世代前のご先祖が同じ」リリーがつけ加えた。「けれど、ボーレガードは一族の厄介者とみなされているようよ。大学を中退して、しばらく軍隊に入ったあと、任務遂行の能力が不充分であること、それに不適当な振る舞いを理由に除隊となっているわ」

「そんな男が自分の娘に近づくのをテイトが許しているとはな」ジョーダンはぶつぶつ言った。

リリーの辛らつな微笑には嫌悪感があふれていた。「それでも、ボーレガードは王族なのよ、おわかり、ミスター・マローン？　グラント卿と六世代前の祖先が同じということは、皇太后さまとも十三世代くらい前のご先祖さまが同じということなの」

ジョーダンは片方の眉をつりあげた。「血統というやつか？」

「血統よ」リリーはあきれた顔をしてみせた。皇太后に少しでも血のつながりがある者はそのつながりを重要視し、どこまでも広くそれを誇示しようとする。

「ボーレガードは問題にならんだろう」ジョーダンは言った。「ジャーニーはテイヤをテイラー・ジョンソンとして知っているだけで、ほかにはなにも知らん」部下たちをひとりひとり見て告げた。「テイヤから目を離すな。テイヤの身の安全がほかのなによりも重要だ。そして、テイヤの家への襲撃を命じた何者かを一刻も早く見つけ出さなければならない。終わらせたいんだ」口調が険しくなった。「テイヤが安心して暮らせるように」

見つめ返すそれぞれの隊員の顔から、彼らも理解し、同意してくれているのだとわかった。隊員たちにとって、それぞれの妻の身の安全より重要なことはなにもない。ジョーダンにとっても、彼の……。ジョーダンは内心でおのれを揺さぶった。テイヤを守り、テイヤが自分で選んだ暮らしに戻してやる。それ以上に重要なことなどなにもない。

テイヤが選ぶ暮らしなら、ずっと遠い昔に愛や、愛する者といつまでも一緒に幸せに生きる夢などを信じることの危険性を学んでしまった男とともにする暮らしより、はるかにましなものに決まっているからだ。

いつまでも続くものなど、なにもないのだから。

11

政治家や後援者が集まるパーティーに派手に乗りこんでいくより、よっぽどましなことがたくさんある。テイヤは考えた。歯根幹治療とか、骨折とか。まったく、鬱蒼としたジャングルの奥地で戦闘に巻きこまれるほうがましなくらいだ。ジャングルなんか嫌いなのに。ジャングルと同じくらい政治家のパーティーも嫌いだ。

とはいえ、このパーティーにもうれしい要素がなくもなかった。ジョーダンと一緒に会場に入っていくなりいっせいに注目を浴びて、純粋に女として誇らしいと一瞬思ってしまった。特に女性たちが注目していたからだ。

テイヤと同じく、ジョーダンから目を離せなくなっているらしい。

荒々しく危険な雰囲気を漂わせ、自信と野性を感じさせる、余裕のある態度を身につけ、成熟した雄の獣。ホルモンのある女性なら、本能で彼に惹かれてしまうだろう。この会場にいる女性たちが即座に彼に注目したところをみると、彼女たちのホルモンは豊富そうだ。

ジョーダンが曲げた腕に心地よく手を預けて短い階段をおりながら、テイヤはいまだけ自分たちは本当の恋人どうしだと思うことにした。ふたりは、ただ友人を支えるためだけにここにいる。危険も、つきまとう過去もありはしない。心配することも、不安や恐れを感じる理由もない。

先ほど、ジョーダンに信頼してくれと頼まれた。ジョーダンは知らなかった、わかっていなかったのだ。テイヤはずっと彼を信頼しているのに。

「ジョーダン・マローン」リチャード・スタントン上院議員が進み出てふたりを迎えた。温かい笑みを浮かべ、青い目を明るくきらめかせている。いかにも親しげに腕を差し伸べてジョーダンと握手をし、彼の背をたたいてから、テイヤを振り向く。「テイラー・ジョンソン、いつもどおり完璧な美しさだね」

「上院議員」テイヤは顔をあげて頬にそっとふれるあいさつのキスを受け、心から微笑みを浮かべた。

上院議員も出席する会議に同席するのを、テイヤはいつも楽しみにしていた。六年間、ジョーダンの個人秘書として、たびたび、この年長の男性と志を同じくして働くことができた。スタントン上院議員はエリート作戦部隊司令部の委員だ。

「娘夫婦には会ってくれたかな？」上院議員がケルとエミリーのクリーガー夫妻に顔を向けた。

「ようこそ、テイ」エミリーがいたずらっぽく声をかけた。青い瞳を楽しげに輝かせている。テイラーなんてほんとの名前じゃないわよね、とでも言いたげに。

ケルも同様に温かく迎えてくれた。深緑色のまなざしは、会場の関心を集めていることをおもしろがっているようだ。

「また会えるとはうれしくてたまらんよ、ジョーダン」上院議員は気さくに壮気あふれる声を張った。「一緒にバーに行かないか。一杯やりながら、きみにぜひ会いたがっている客人たちに会ってくれたまえ」

　上院議員に伴われて会場の奥へ向かうテイヤたちの前で招待客たちは道を開き、彼らに熱心な視線を注いだ。テイヤは、並んで立っているふたりの若い女性に気づいた。ひとりは炎のように赤い髪、もうひとりはブロンドだ。赤毛の女性はテイヤに親しみを向けながらも困惑しているようすで、ブロンドの女性は冷ややかに落ち着き払い、高慢な表情を浮かべている。

　ジャーニーと姉のアレクサだ。昼と夜ほど違うふたり。赤く輝く髪のジャーニーに対し、アレクサは氷のプリンセスのような外見だ。横には整った容貌の兄弟ロイスの姿もあった。髪も目も色濃く、表情は冷淡だ。目の奥の感情は読みにくく、生命を感じさせないと言っていいくらいだ。冷ややかとも言えない、まったく情を感じさせないまなざしでこちらを見ている。興味も、好奇心も、退屈もない。ひたすら生気のない目だ。

　上院議員に連れられてバーに向かうテイヤの視界のはしに、さりげなく並んで彼らの行く手に立つステファンとクレイグ・テイト親子の姿が入った。

　親子はそろってジョーダンを見据えていた。目つきは鋭い。尊大そうなとがった顔は、どちらも獲物を狙う表情で張りつめている。

　ジョーダンがアイルランドに所有している城は、何年も前から争点になっていた。テイト家は、かつてはあの城もテイト一族のものだったと主張し、とにかくあの城を手に入れようと躍起になっている。家父リアダンにも、ジョーダンの兄グラントにも会おうとし、一度などはジョーダンに会うためテキサス州まで飛行機でやってきた。

いまも機会あるごとにメールや手紙を送ってきて、土地を譲れと言っている。それに対してジョーダンは、とりあえずいやいや返事をするときには、はっきりことわっていた。

「なにを飲むかね？」濃い色合いの木でできた長いカウンターに着くと、上院議員がジョーダンたちを振り返った。

ジョーダンが自分の酒とテイヤの分まで注文する。テイヤは礼儀を損なわない程度にあきれた顔をしてみせ、バーテンダーに好きなウイスキーを頼んだ。ジョーダンを振り返り、ショットグラスで乾杯する。それからグラスを傾けて酒を飲み干した。

ウイスキーのおかげで体に熱い感覚が灯り、虚勢が生まれて不安がやわらぐ気がした。目を開けた瞬間、大叔父と、会ったこともなかったその息子の非難のまなざしと視線がまともにぶつかった。

テイヤは明らかな作り笑顔を見せた。大叔父の息子があらわにした非難、大叔父の目によぎった嫌悪に、傷ついた心を見せるわけにはいかなかった。

「ステファン」スタントンが抑えの利いた声を発した。「今夜はお越しくださってありがたい」

ステファンは威厳たっぷりにうなずき、ジョーダンに目を向けた。「ようやく宿敵と対面がかなった」本心から述べている口調だ。「まだ静かな闘いにおいて互いに譲れないといったところか。この男が占領している一部の土地をめぐって」

「わたしが法的な所有権を持つ土地です」ジョーダンは釘を刺し、テイヤのそばに立って彼女の腰に腕をまわして引き寄せた。「あいかわらず、あの土地は売りに出していませんよ」

「もちろん、そうだろうな」クレイグの口ぶりは傲慢に見下す感がたっぷりで、神経に障った。

クレイグ・テイトの青緑色の目は氷を思わせる冷ややかさだが、年長のテイトは苔のような緑の目に、好奇心をのぞかせていた。

「あんな荒れ地にしがみついて、てこでも動かないとは意外なものだ」しばらくしてステファンが微笑みを見せたが、笑みはまなざしに及んではいなかった。

これが、家族？

「そんな荒れ地を買いたがるかたがいらっしゃるとは意外ですね」切り返すジョーダンの口ぶりには対抗心というより、きっぱりとした誠意があった。

突然、テイヤはありのままのテイト家の人たちの姿を見せられていた。かかわりがなかったとき抱いていた薔薇色の想像を通してではない、本来の姿を。こんな悪意に満ちた偏見や、人を見下す傲慢さを持った人たちだとは思ってもみなかった。テイヤの正体を知られていたら、もっとどんなにひどい反応をされただろう？

「ジョーダン、ちょっと失礼するわ、ダーリン」うわべだけの笑みを浮かべてジョーダンを振り返り、よどみなく告げた。「なんだか落ち着かなくて。たぶん空気のせいだと思うの。

化粧室に行って頭をすっきりさせてこようと思うんだけど、かまわないかしら？」

「かまわないさ、ラヴ」テイヤの内心を知っていてたしなめるようでありながら、ジョーダンの口調は温かく、思いやりに満ちていた。「ここで待っているよ」

ジョーダンはさりげなく手をあげ、トラヴィスとリリーのケイン夫妻に合図を送った。ふたりはすぐさま近くに来て、女性用化粧室へ続く廊下へ歩きだすテイヤのあとを追った。

ジョーダンはステファンとクレイグに顔を向けた。わきあがる怒りでまなざしが凍りつくままにして親子を一瞥し、上院議員に向き直る。「血統にこだわっても、礼儀の面ではいまひとつ残念な結果になることもあるようですね」

クレイグ・テイトはシルクの夜会服の下で骨張った肩を怒らした。「それは侮辱かね、マローン？」

「もちろんそうです、確かに侮辱です」ジョーダンは慎重に声を抑え、会話がこの場だけに収まるよう、四人にしか聞こえないようにした。「そちらがテイラーを侮辱したんだ、テイト。ご自身にとって非常に都合の悪い過ちを犯したのかもしれませんよ」

クレイグは上品ぶって鼻を鳴らした。「あの女性の振る舞いがひどいものだったのではないか、ミスター・マローン。人前でウイスキーをあおるとは淑女とは言えん」

「不快な連れに耐えるために人目のないところで飲むのが淑女ですか？」クレイグの妻が酩酊状態になるほどアルコールをたしなむために、多くの社交の催しに同伴できない事情をよく心得た上で、ジョーダンはあえて口にした。

侮辱であるとクレイグが明白に反応しにくい言いかたで。

「じかに会えば将来のための知的な話し合いができると考えたのは、どうやらわれわれの思い違いだったようだ」ステファン・テイトが残念そうにため息をついた。「きみとわれわれのビジネスの関心が一致する点もたくさんあるだろうに。互いに協力できればと考えていたのだよ」

「わたしの知るかぎり、あなたがたと一致するビジネスの関心事などないはずですが」ジョーダンははっきり答えた。「われわれが共有する問題といえば、そちらが自分のものでもないものを得ようと、ひたすらこだわっておられることだけだ」

これからも、この男たちのものになることは決してない。

ステファン・テイトは三十年以上前に姪が誘拐される直前に、例の土地をジョセフ・フィッツヒューに売った。朽ちかけていた城に大した関心など抱いていなかったはずなのに、ジョーダンがそこを買い、修復して、荒涼たる美を備えた現在の姿にするなり執着しだした。

「きみに売られるべき土地ではなかったのだ」ステファンがくたびれたようにため息をついた。「だが、ビジネスとはそういうものか。きみはどうも単なる気さくな会話にへそを曲げてしまっておるのかな、ミスター・マローン。残念なことだ。率直に言って、確かにわたしはあの土地にこだわっている。まだ若く、自分のものを大事にする心がいまほどなかったころに、フィッツヒューにやってしまったものだったからね」

ジョーダンは、テイヤがフィッツヒューを殺した数カ月後に、フランス当局からあの土地を買った。あれはかつてマローン家の土地だったのだ。マローン家がアメリカに渡ってくる前、ジョーダンの祖父が所有していた。「心配は無用ですよ、わたしが状況を見誤ることはめったにないのでね、ミスター・テイト」ジョーダンは断言した。「相手の考えを正確に読むすべを心得た上でビジネスを行っていますから」

テイトは眉をつりあげた。「それで、正確にはどんなビジネスを行っておられるのかな、ミスター・マローン？　というのも、きみがかかわっているビジネスを完全に理解しきれていないのでね」

「というのも、わたしのほうから完全に説明した覚えもないものですからね」ジョーダンはにべもなく告げて、上院議員を振り返った。「よろしければ失礼して、義理のご子息と大事な話をさせていただきたいと思います、上院議員。先にテイラーも迎えにいかなくては」

テイヤがこの家族の一員だったかもしれないとは。テイト家の人間がジョーダンの土地を是が非でも得ようとする執着ぶりから、彼らの性分をうかがい知っておくべきだった。テイヤが決して長くは我慢していられそうにない性分だ。

いま目の前でふたりの男たちがはっきりあらわにしていたもったいぶった思いあがりに、テイヤがなじめたはずがない。

あの男たちの貪欲さを上まわるのは、彼らが抱いている優越感だけだ。ジョーダンは怒りを抑えるのに必死で、おまえたちはたったいまとてつもなく危険な敵を作ったぞ、とやつらに面と向かって言い渡さずにいるので精いっぱいだった。

ステファンとクレイグがテイヤに向けた表情を無視するのは不可能だった。あんな表情を見せられて、テイヤは逃げてしまった。みずから選んだ好きな酒を飲んだことで、あんな嫌悪を向けられて、テイヤの自信に傷がついてしまった。

くそ野郎どもめ。何年も前からジョーダンを侮辱してきたのに飽き足らず、テイヤまで侮辱するとは許せない。テイヤの家族があそこまでひどい連中だったとは想像もしなかった。テイト家の連中がやたらにほしがっている土地。ステファン・テイトはジョセフ・フィッツヒューと友人どうしだった若いころ、あの土地をただ同然でフィッツヒューに譲った。ジョーダンがあの土地を手に入れられたのは思いがけない幸運だった。

土地は普段、管理人夫婦に任せきりにしている。夫婦の身の安全はそこで作りあげた身元と、彼ら自身が偽りの身元をいかに維持していけるかにかかっている。

廊下に出て奥の突きあたりにある女性化粧室に向かうと、化粧室のすぐ横の壁にトラヴィスが寄りかかって立っていた。肩をこわばらせ、険しく気難しい表情をしている。

トラヴィスはジョーダンの近くまで来て低い声で話しかけた。「テイヤがあんな性根の曲がった連中と血を分けているとは信じられませんね。やつはテイヤだけでなくリリーも侮辱したんですよ。まるで自分たちの血統はまわりよりはるかに優れているという顔をして」

ジョーダンは、そんな考えかたに対する軽蔑もあらわに鼻を鳴らした。「あの男に関する調査書からも読み取れたことだ」肩をすくめるしかなかった。「あらかじめ覚悟しておくべきだったな」

トラヴィスは首を横に振った。「まったく、リリーはあんな連中と同じ社会で育ったんです。リリーも警告してくれていた。一年ほど前からおれもテイトのいる社交界に加わりましたが、紹介すらされたことがなかった。いまなら理由がわかります。ろくでなしめ。テイはあんな連中と違い、地にしっかりと足がついていますよ。それに、なによりも人柄がいい」

テイヤを知っているからこそ、テイト家の人間があそこまで性格に難があるとは想像しにくかった。

「おまえはテイトに避けられていたんだな」ジョーダンも事情を察して静かに言った。

トラヴィスのあごに力が入った。「惨めたらしい老いぼれめ、誰を相手にしているかもわかっていないのでしょう。かつてのおれなら血筋でも資産でも、あの男より格が上でした。はっ、いまだって張り合うまでもありません」

トラヴィス自身、かつては英国貴族だったからな、とジョーダンは思い出した。身分もなにもかも捨てて、復讐に走るまでは。

「かつての立場に戻りたいか?」ふと好奇心に駆られ、尋ねてみた。「部隊に加わるために捨ててきたものは多かったろう」

トラヴィスがゆっくりと唇の片はしをあげ、不意におもしろい話を聞いたかのように目をきらりと輝かせた。そのとき化粧室のドアが開き、なかからリリーが現れた。夫と視線を合わせた瞬間、微笑みが彼女を変えた。一瞬で顔が明るくなり、彼女を包む空気まで温かみを帯びたかのようだった。

「まさか」トラヴィスはため息をついた。「おれがなにを手に入れたか見てください」

しかし、ジョーダンの注意は完全にそれていて、部下の答えはほとんど聞こえていなかった。リリーに続いて、テイヤが出てきたからだ。目を合わせてすぐ、テイヤのまなざしの倦み、沈んだ表情に気づいた。

トラヴィスとリリーは舞踏室へ歩きだす。ジョーダンはテイヤを抱き寄せ、胸板に頭を預けさせた。テイヤは途切れそうな息を深く吸った。

「平気よ。足元から絨毯をいきなり引き抜かれた気分っていうのかしら。ちょっとびっくりして息を整える必要があっただけよ」

テイト家の人たちがあんなにもなにげなく残酷になれるとは、テイヤは思ってもみなかった。母がかつて属していた社交界の話は、おもしろおかしく語って聞かせてもらっていたのに。社交界という世界では、とても親しい友人どうしが裏では中傷し合う敵どうしにすぎず、信頼など子どもだけが信じることを許される幻想である。歯の妖精と同じような迷信だ。

テイヤはジョーダンの胸からそろそろと身を引き、顔をあげて慎重に微笑を浮かべた。これもまた幻。自分は平気で、少し時間がたてばショックから立ち直れるという、うそ。

何年も夢見てきた家族からあからさまに見下されたときは、散々むち打たれて、骨が見えるまでずたずたにされた心地だった。

母もあんなふうに生きていたころがあったのだろうか？　祖父母も？

突然、自分は母と違ってああした生きかたを大事にし、惜しむよう育てられなくて本当によかったと思えた。

　フランシーヌ・テイトは、奪われた自分が元いた暮らし、家族を恋しがって嘆き悲しんでいた。フィッツヒューの屋敷を逃げ出したあと、親子で一緒に過ごせるめったにない機会があったとき、母はいつか帰りたいと夢を語っていた。

　しかし、それも母の両親の命が奪われるまでだった。それから数日もたたないうちに、フランシーヌも殺された。

「こういうことになるから、再会の場面なんて避けるのよね」なかなか抱擁を解こうとしないジョーダンに、こっそりおもしろい話でも打ち明けるようにささやいた。「ステファンとかクレイグ・テイトみたいな、うるさいおじいさんたちに我慢しなくても済むように」傷ついた心は重くずっしりと胸をふさいでいたけれど、慎重に隠していた。

　こんなのはジョークにしてしまえる。ジョーダンをだますためのあいだくらい、こんなのなんでもないというふりができる。

　いくらそう思いこもうとしても本当は無理だとわかっていた。心がずたずたに引き裂かれていた。

　ジョーダンが口を開きかけたとき、テイヤは視界のすみで動きを察知した。

　殺し屋でも、襲撃者でも、ジャーナリストでも、テイヤが避けたい大勢の人々のひとりでもなかった。

　それどころか、テイト家のなかで唯一、心があるべきところに冷たい大理石ではなく、ちゃんとした心を持っていそうな人物だった。

「テイラー」いままでに見たことのないもじもじしたようすでそこに立っていたのは、二十二歳のジャーニー・テイトだった。エメラルドグリーンのシフォンとサテンに身を包んでいる。夜会ドレスを着た姿は清らかであると同時に、とても女らしかった。長い赤金の髪は豊かに美しく波打って肩から流れ落ちている。いつも仕事をしているときのおさげのジャーニーとは大違いだ。

「どうしたの、ジャーニー」背に添えられるジョーダンの手を感じた。温かく、慰めてくれている。

ジャーニーは両手に持った小さなクラッチバッグをすがるように握りしめ、こちらを見つめていた。テイヤには、はとこがなにをそんなに心配しているのか、ちゃんとわかっている。

「約束したでしょ、ジャーニー」安心させるように言った。「約束を破ったりしない」

ジャーニーがテイヤの会社で働いていることを、国税庁のほかは誰にも明かさないという約束。

ジャーニーはゆっくり、ためていた息を吐き出した。すると、まばたきするくらいの間に、もうジャーニーの一部としか思えなくなっていた自然な快活さが戻ってきて、瞳を輝かせた。

「おじいさまかお父さんのどっちでも、発作を起こさせるのはいやなの」こそこそ話をするように打ち明ける。「あの人たちのお尻に突き刺さってるお堅い棒を抜いちゃうようなまねもね」

ジョーダンが軽く咳をした。どう考えても笑い声をごまかそうとしたのだろう。

いっぽうテイヤは、いっとき涙をこらえるのに苦労した。この年下のはとこは、テイヤがこんな家族だったらいいなと思い描いていたままの人だった。温かみがあって、愛敬たっぷりで、いつも明るく、広い心を持っている。

「あなた、養子？」三人そろって向きを変え、舞踏室に戻りながらテイヤは訊いた。「あなたが本当にあの人たちと血のつながりがあるなんて、まったく信じられなくて」

ジャーニーはにこっと笑ってこの指摘を受け止めてから、不意にまじめな顔になった。「実は、母からはよく、あなたを見てるとおじいさまの行方不明になった姪を思い出すって言われてるの。そのフランシーヌという親戚の女性に、わたしはすごく似ているんですって。母が、いつか自分も娘のわたしを失うんじゃないかって心配するほど」

テイヤは泣き崩れたくなった。ジャーニーとこれまで真剣に打ち明け話なんてしなかったのには理由があった。これが理由だ。過去を思い出すのは、まだあまりにもつらかった。

「親戚の女性は行方不明なの？」問いかけるテイヤの背のくぼみを、ジョーダンが慰めるように撫でた。

「フランシーヌは三十年以上も前に誘拐されたの」ジャーニーは悲しげな表情になって答えた。「そして、十五年ほど前に殺されてしまった。彼女には娘がいたといううわさがあって、家族が捜そうとしたんだけど、まだ見つからないまま」

テイヤはあいまいな相づちを打ち、口は開かずに、ジャーニーが家族の話をするのを聞こうとした。

「親戚のフランシーヌとは会ったこともない。でも、お父さんも、わたしはすごく彼女に似てるって言ってるわ」

そうなのだろうか？　テイヤはすばやく年下のはとこの顔を見つめ、すぐにふたたび入っていった舞踏室の人だかりに視線を走らせた。

「だったら、そのフランシーヌという人も、とてもきれいな人だったんでしょうね」テイヤは心から言った。

ジャーニーの笑顔にはそうだったらいいという希望が満ちたけれど、この外見の女性なら持っていてあたり前に思える自信はうかがえなかった。

実際、ジャーニーはかなりフランシーヌ・テイトに似ていた。テイヤも、若いころの母を写真で見たことがある。はかなげで華奢な若い女性の笑顔には、人を明るくできるユーモアと魅力があふれていた。ジャーニーならフランシーヌの娘で通っただろう。ひょっとしたら、テイヤよりもフランシーヌに似ているかもしれない。

テイヤたちは人目につきにくいすみの、椅子が並ぶこぢんまりとした場所を見つけて腰をおろした。ここからなら大勢の招待客たちが見えて、しかも話ができる。テイヤはミカ・スローンの存在に気づいていた。単独のボディーガードとして、テイヤから適度な距離を置きつつ、慎重に彼女を守れる位置についている。

「あなたの会社の新しい経営者の人たち、あんまり好きになれないな」ジャーニーがそう言って、ありがたいことに話題を変えてくれた。

　相手のすねたような顔つきを見て、テイヤはくすくす笑いそうになるのをこらえた。

「どうして?」

「マッキンタイアさんたちは、いい人たちだとは思うわよ」ジャーニーは肩をすくめている。「でも、仕事に対してあなたみたいなビジョンは持ってないのよね、テイラー。あの人たちが、あなたほど会社に利益をもたらせるとは思えない」

「どう違うの?」純粋に知りたくなって、テイヤは尋ねた。

　ジャーニーは考え深げな表情を浮かべ、肩にかかった健康的で豊かな髪の先をもてあそんだ。

「あなたは自然にクライアントを引き寄せるのよ。クライアントの人たちも、いつの間にかあなたの設計のビジョンに、一緒になって胸をわくわくさせてしまう。だけど、マッキンタイアさんたちは、なんだか本当の意味ではこの仕事に真剣ではないみたい。なんていうか、鬼軍曹がふたり来たって言うほうがぴったりくる感じ」

　テイヤのかわいそうな造園会社。完全にあの会社を失ってしまうかもしれないと考えて襲ってきそうになった悲嘆を、抑えこまなければならなかった。造園をするのも、クライアントとやり取りするのも大好きだった。クライアントが直したがっている場所にテイヤが色彩と活気をもたらすために注いだ努力の成果を、持ち主はいつも喜んで気に入ってくれた。

「マッキンタイアさんたちは、なんとかうまくやってくれるわ」どうにか請け合ったが、クライアントたちが逃げずにいてくれるかどうか、まったく確信を持てなかった。

ジャーニーの言うとおりだったからだ。テイヤはどうも巡り会うクライアントそれぞれと相性がよく、各クライアントにもっとも合う設計を提案することもできた。

「どうして会社を手放そうかなんて考えてるの、テイラー？」ジャーニーが心配そうに訊いた。「資金繰りが理由？　それなら、わたしも手伝って後援者を見つけて……」

「ジャーニー。違うの」テイヤはジャーニーの腕に手を置いた。「資金とは関係のない問題で、それに、まだ最終的な結論を出してもいない。とりあえずどうなるか、時間を置いてみましょう」

言葉は喉で詰まりそうになった。内心ではつらい事実が見えていたからだ。テイヤがどんなにそうしたくても、自分のために築き始めていた暮らしにはもう二度と戻れないかもしれない。

ジャーニーはいったん顔を伏せたがすぐにあげ、まわりを見渡した。この子はなにか思いを胸に抱えている。一瞬、ジャーニーが胸いっぱいに悲しみを抱えていることがテイヤにも伝わってきた。

なにがそんなに悲しいのか尋ねようとしかけたとき、ジャーニーの顔に相反する感情が次々とよぎった。

まず、いら立ちと怒り。続いて無意識に閃いてしまう関心。そこには、テイヤがいつも非常に感心してしまう英国風の控えめさも交じっていた。

ジャーニーの視線の先には、力強い存在感を持つボーレガード・グラントの姿があった。バーからこちらへ歩いてこようとしている。

二十九歳のボー・グラントは長身で、見る者に畏怖を覚えさせる容貌をしていた。型どおりのハンサムというのではなく、どこか暗く、危険な雰囲気をたたえている。顔の下半分を覆う、口とあごのまわりの短く刈りこまれたひげは、何年か前に車の炎上事故に巻きこまれた際に負った細かい網目状の傷も隠していた。

イギリス女王と血のつながりがあることから、ボーはどの街に滞在しても催しに引っ張りだこだったが、犯罪にかかわりのある複数の人間ともつながりがあるために、警戒すべき影響力を持つ人間とも目されていた。

そんな男がジャーニーとつき合っている。テイヤは間違いなく、心配で夜も眠れなくなりそうだった。

「ジャーニー」ボーはふたりが座っている場所へ近づいてきて、若いガールフレンドの頬に優しげにキスをした。「どこに消えてしまったかと思ったよ」

「化粧室でミス・ジョンソンと会ったの」ジャーニーはすらすらとうそをついた。「ドレスの話をしていたのよ」

ボーはこの説明を信じているとも信じていないともつかない表情で、さりげなくテイヤを一瞥した。

「きみの父上もきみを捜していたよ。おれは、きみが約束してくれていたダンスを、そろそろ一緒に踊ってほしい」こう言われた側が、とてもことわる気にはなれない口調だった。

テイヤは思わずまなざしを鋭くしてふたりのようすを見守っていた。ジャーニーが小さなあきらめのため息とともに立ちあがった。「できればまた今度、服のデザインについておしゃべりしましょう」無意識に警戒心を発揮しているかに見えるジャーニーのことが、テイヤは心配になってきた。「楽しい晩を過ごしてね、ミス・ジョンソン」

「あなたも、ミス・テイト」テイヤは静かな声で返し、離れていくふたりを見送った。

グラントはジャーニーの背のくぼみに手を添えた。自分の女としてジャーニーを支配しているかのようなしぐさ。すぐさまテイヤの頭のなかで警鐘が鳴り響いた。

あの男はあまりにも暗さを秘め、危険で、あらゆる経験に富みすぎているのではないか。ジャーニーはまださまざまな面で、おとなしい子どもなのに。

テイヤが立ちあがったとき、ジョーダンが隣に並んだ。バーで男性たちと話していたジョーダンは、人目を欺く鷹揚な態度で歩いてきた。ジャーニーとボーのふたりが離れていくのを待っていたのだ。

「おもしろいな」ジョーダンがつぶやいた。「わたしが父親なら、娘にはもっと明るいたちの男を選びそうなものだが」

テイヤは困惑して相手を見つめた。「どういうこと?」

「今夜、うわさが出まわっているんだ。ジャーニーの父親とミスター・グラントは、いろいろな共通の関心事について合意に達したんだそうだ。クレイグが娘とグラントのつき合いに賛成し、ひいては無理にでもジャーニーをグラントと結婚させることに同意するのと引き換えにな。一昔前なら、政略結婚と呼ばれてたんじゃないか」氷を思わせる冷ややかな光を帯びた目がテイヤを見据えた。「ジャーニーが無理やり結婚させられてしまう確率はどのくらいかな?」

テイヤは重いため息をついた。「かなり高い。ジャーニーはまだ父親に逆らえるだけの力を身につけていないわ。なんていったって、いまだに目の届くかぎり娘の生活のほぼすべての面を管理してしまっているのよ。ジャーニーは働いていることを隠してるくらいなんだから」

近いうちにジャーニーに会って、このことを話し合おう、とテイヤは心に決めた。はとこがそんな結婚からは逃げ出したい、あんな冷血家族からは姿をくらましたいと言ったら、テイヤは手助けするつもりだ。

「遺伝学は難しい」ジョーダンが低い声で言った。「きみがあの一家と同じ遺伝子プールから生まれたとは想像しがたいよ」

「そうね」ステファンとクレイグ・テイトが全身からにじみ出させていた、あの傲慢さ、優越感。テイヤは悲しくなって頭を横に振るしかなかった。想像していた家族の姿とはかけ離れていた。ジャーニーが持っている温かいユーモアも、無意識に発揮しているかに思える魅力も、あの男たちからは少しも感じられなかった。テイヤの母も彼らと血がつながっていたとは、さらに受け入れがたかった。

「ジャーニー自身がどうしたいと望んでいるか、必ず突き止めるわ」テイヤの目は押しこめた怒りでぎらぎらしていた。「あの子が結婚みたいな重大事を無理強いされたりしないようにする」

それでこそ彼のテイヤだ。純粋な決意と、大事な者を守ろうとする気持ちをわきあがらせているテイヤをまのあたりにし、ジョーダンは誇らしさでぐっときてしまった。

「とりあえずようすを見よう」と同意した。「ところで、今夜のところは用が済んだんだ。ほかに用ができて邪魔される前に、とにかく美しい恋人に一緒にダンスをしてほしいのだが」

「邪魔が入らなければね」テイヤは答えてまたジョーダンが曲げた腕に手をのせ、ダンスフロアに導かれていった。そこでは、楽団がほかの曲にそっとまぎれこませるように奏でたスローに誘惑をかき立てる音楽に乗って、男女たちが仲むつまじく踊っていた。

「そうだな」ジョーダンは応じた。

「監視役たちはまだ餌に食いついてないの？」テイヤはジョーダンの肩に頭をもたせて尋ねた。ジョーダンはテイヤに顔を寄せた。

「まだ動いていない」口調が険しくなった。「最初からパーティーのあいだに動きだすとは思っていなかった。だが、やつらは電話すらしていないんだ。その点はあてがはずれたよ。番号を追跡できないかと考えていたのに」

「相手はこれまで何年も用心深く手のうちを見せずにきたのよ、ジョーダン」ふたたび、テイヤのなかで疲れと、悲劇が差し迫りつつあるという感覚が大きくなってきた。「そんなに簡単にへまをしてくれるわけがないわ」

「簡単にいくなんて、わたしも言っていないだろう？」ジョーダンは少しおもしろがるように指摘した。

テイヤはつい微笑みを浮かべ、認めた。「ほんとね。簡単にいくなんて約束は一度もしていないわ」

ジョーダンが指をテイヤのあごの下に差し入れて顔をあげさせ、じっと瞳を見おろした。

「わたしをどうにかしないかぎり、敵はきみを傷つけられないんだ、ベイビー。わたしと、とんでもない部隊の連中全員をどうにかしないかぎりな」彼は言い切った。

ジョーダンと部隊の全員。ジョーダンは自分の保護下にあると考える人全員を守る。部下のエージェントたち、彼らの妻、それに必要とされれば子どもたちも。みんなまとめて背負えるくらい自分の肩は広い。ジョーダンはそう言い張っているのだ。

つまり、テイヤはいまだにジョーダンの部隊の一員でしかないのだ。全然、特別な存在ではない。全然、ロマンティックな関係でも、ジョーダンがいつまで続いてもいいと考えるような関係でもない。

でも、いまがあるじゃない。テイヤは胸に言い聞かせた。大事な思い出を作るチャンスはある。ジョーダンのぬくもりと情熱を自分のなかに取りこんでおくチャンスはある。これから寒々しく暗い日々が来ても、思い出やぬくもりを抱けるように。

ジョーダンはテイヤのあごをあげさせたまま顔を伏せ、そっと唇をふれ合わせた。この口づけに秘められた飢えを感じ取ってテイヤの全身がかっとほてり、欲望で子宮が締めつけられた。すさまじい熱でやけどしそうなほど。

ああ、ジョーダンを愛している。炎のなかを歩いてもいい、降り注ぐ銃弾の下をくぐり抜けてもいいと思えるほど。ジョーダンがそうするのがいちばんいいと考えるなら、それだけで、あの家族と向き合ってもいいと思えるほどだ。

顔をあげたジョーダンに手を伸ばし、きちんとそりあげられているあごに指先でふれた。誰に見られていようが、どんな憶測をされようが、かまいはしなかった。伝えずにはいられない、心でも魂でも燃えている想い。決してやわらぎはしない飢えを言葉にしてかすかにでも声にせずにはいられなかった。

なにが起こっても、大きくなりつつあるパニックがなにを意味しているのであっても、このまま世を去るわけにはいかない。ジョーダンに伝えなくては……。

テイヤが唇を開いたとき、ジョーダンがそこに指をのせ、顔を寄せた。一言だけ「わかっている」とささやいた。

12

真夜中を過ぎてようやく上院議員のパーティーは終わりに近づき、ジョーダンはそろそろ辞去するころ合いだと見はからった。ダンスをし、おしゃべりをし、社交的に振る舞うのに何時間も費やした。テイト家の人間たちも、ずっとつかず離れずのところをうろついていたが、ふたたび実際にジョーダンと対決しようとはしなかった。

「おや、帰るのかい、ジョーダン」あいかわらずはつらつと目を輝かせている、エネルギッシュな上院議員が、大きな両開きの扉に近づいていったふたりに声をかけた。

「もう、こんな時間ですから、リチャード」ジョーダンはにっこりして、テイヤをぴったり引き寄せた。「明日も遅れたくない会議がいくつかありますし」

「わかるとも、わかるとも」上院議員はすばやくうなずいて屈み、親愛の情をこめてテイヤの頬にキスをした。「またすぐ会いにきておくれ、テイラー。いままでどおり、いつでも待っているから」

別れのあいさつは心のこもったメッセージでもあった。今回の作戦が終わる前であっても、訪ねてきてくれていい。友人として。

「ぜひ、また会うのを楽しみにしてるわ、テイ」エミリー・クリーガーが父親の誘いをさらに固めた。わざと〝テイ〟と縮めて呼び、いまのあなたが誰であるかだけでなく、かつてのあなたが誰であったかもわかってる、と伝えてくれている。

「ひょっとしたら、また」テイヤはあやふやに答えたが、エミリーに抱きしめられると、しっかり感謝をこめて抱擁を返した。

危険が去って、生き延びることができたなら、きっと友人が必要になる。テイヤの気持ちを理解してはくれるけど、ジョーダンを突っつき、テイヤを捨てたと言って罪悪感を抱かせたりはしない友だちがいい。

部隊がどんなにうまくいっていたか、そして、そのおかげで友情が築かれたことを、テイヤはよく承知している。部隊の仲間は、あらゆる意味で家族のようだった。

「またすぐに顔を見せにうかがいます、リチャード」ジョーダンがあらためて約束し、テイヤの腰にあてた手に力をこめ、屋敷の外へと導いた。「招いてくださり、本当にありがとうございました」

屋敷の大理石でできた玄関ポーチと広々した階段では、すでに帰ろうとする招待客たちが群れていた。階段をおりた先の環状の私道を、何台ものリムジンがゆっくりまわっている。ニックがリムジンを停め、車外に出て後部座席のドアの横に立つ。そこでジョーダンはテイヤを伴って悠々と階段をおり始めた。テイヤはジョーダンが曲げた腕に心地よく手をゆだね、寄り添っている相手のぬくもりを感じた。

背後からの凝視、突き刺さる視線も感じた。

ジョーダンが現れる前より、見られている感覚は強くなっていた。パニックがどんどんわきあがってきて胸が苦しくなる。まわりで生じつつある嵐はいまにも吹き荒れて手のつけられない状態になると警告してくる。

リムジンの座席に座ってからゆっくり体をまわし、ジョーダンのほうを向いた。視線をずらし、大理石のポーチに集まっている大勢の招待客たちを見る。

大勢の人のなかですぐさま彼女の視線をとらえたのは、ジョーダンのリムジンを凝視するステファンとクレイグ・テイトだった。

ステファン・テイトの顔をじっと見てみて、写真で見た祖父に似ていると気づいた。母にも少し似ている。クレイグ・テイトはもっと母に似ていた。長身ですらりとした体形のクレイグは、フランシーヌ・テイトを強くたくましく男にしたような見かけだった。

考えこみ、ひょっとしたら困惑しているかに見えるステファンの表情は、謎めいていると言ってもよかった。まるでパズルでも解こうとしているように、走りだしたリムジンをじっと凝視したままでいる。

息子クレイグの表情はより非難に近いものを浮かべていたが、ほかにもかすかな関心と、あれは――陰鬱な悲しみ、それに認識だろうか？　それとも、単にテイヤが見たいと望んでいるものを見ているだけなのだろうか？　いもしない家族を見つけようとしているだけ？

テイヤは無理やり目をそらし、テイト家の人たちを見まいとした。心のなかで秘密をささやく母の声がした。テイヤは、巨大企業テイトを崩壊させる鍵を握っている。だから、なにがなんでもテイト家からは離れたままでいようとしていた。これまで抱いてきた夢のすべてを押しやろうとしていた。テイト家の人々の身の安全だけでなく、彼らが保持している資金力のバランスも守るためだ。

テイヤの家族なのだから。

母は家族を思って嘆き悲しんでいた。母と実際に一緒に過ごせたのは途切れ途切れに数カ月ずつくらいだったけれど、泣いていた母の声は記憶に残っている。

フランシーヌとテイヤは、この世に頼るものもなく孤立してしまった。ベルナール・テイトと彼の妻が亡くなったときに世界から切り離された。フランシーヌは両親を殺されたあと、残りの家族も恐ろしい目に遭うに違いないと確信し、恐れ、家族に助けを求めることができなくなった。

「テイ」しゃがれているのに優しい声のジョーダンに引き寄せられた。「作戦はうまくいくよ」

テイヤは涙を押しこめようとしながら、首を左右に振った。「母は何年もずっと失ったものすべてを思って嘆き悲しんでいたの。祖父母が亡くなったとわかってすぐ、母から電話があった。罪の意識で理性を失ってしまっていたわ。自分が電話をして助けを求めたから、ふたりは殺されたんだって。祖父母は事故に見せかけて殺されたの。祖父はひき逃げで、祖母は自殺を図ったように見える状況で命を奪われた。捜査した警察官たちでさえ、ただの事故や自殺ではないとわかっていたはずよ。でも、証拠がなかった」

自分は震えているのだろうか？　テイヤはパニックがふくれあがりつつあるみぞおちの奥

が震えている気がした。

「テイヤ、よすんだ」力強くたくましい手に突然ウエストをつかまれ、ジョーダンの膝の上に抱きあげられていた。頬に手があてられ、ジョーダンのほうを向かされる。

ジョーダンの目はサファイアのようなまぶしい光を放っていた。テイヤの目の奥を見据え、ふたりの魂を結びつける。

「きみの素性を知る者はいない。疑う者はいるかもしれないが、保証するよ、そんな疑いだけでテイト家に手を出す者はいない」

募る不安でいても立ってもいられなくなり、ジョーダンの手首にしがみついた。苦しくなって考えてしまう。どうして、ふたたび見張られていると気づいたときに、すぐ逃げなかったのだろう。

「怖いの、ジョーダン」とうとう苦しい思いを打ち明けた。「またほかの誰かを失うのはいや。わたしのせいで、ほかの誰にも死んでほしくない。もう、たくさんの人を失ってきたのに」

エリート作戦部隊との契約期間、ともに働いた仲間たちはテイヤの友人になっていた。彼らの妻たちとも友だちになったし、写真で見せられた子どもたちにも親しみがわくようになった。みんなが抱いている希望も夢も知っている。これまで知り合ってきた誰よりも、部隊の仲間やジョーダンと近い関係を築いていた。実の母とさえ、こんな関係は築けなかった。

そして、ジョーダンは特別だ。彼の親指に唇を撫でられ、一気に呼び覚まされたすばらしい感覚に押し流されて彼の手首をつかむ指に力をこめた。

パニックがふくれあがっている最中だというのに、ジョーダンがもたらす感覚にはテイヤの身中で荒れ狂っていた嵐を静める力があった。ぬくもりがはじけて炎となり、恐怖は追いやられた。渇望が一瞬で燃えあがって、すさまじい欲求になった。

「生き延びられるかわからないから……」

「しーっ」指がテイヤの唇をふさいだ。「われわれが問題を解決する、テイヤ。すべての問題をだ。解決したら、きみは二度と隠れなくても済むようになる。約束だ」

こう言われても、ジョーダンのしていることはわかっていた。ジョーダンは、聞くのに耐えられない言葉を声にさせまいとして、指で口を封じたのだ。

ジョーダンはテイヤを欲している。それは顔を見ればわかった。テイヤの体を、愛撫を欲している。それでも、テイヤが何年も前に彼に捧げた心はほしがっていない。

テイヤが手に入れられるのはここまでだ。これで満足しなければいけない。胸に固く言い聞かせる。

テイヤが言葉をあきらめてゆっくり首を横に振ると、ジョーダンの指はすっと唇を離れてあごをたどり、首から肩へおりていった。熱いささやき。かすかに肌をなめる炎のようだ。

「ふれて」ふれてくれなかったら、ジョーダンが彼女の気をそらしてくれなかったら、どうやって感情を押しこめておけるだろう？

いいえ、感情を押しこめたりはしない。ジョーダンが想いを言葉にしてささやいてほしくないのなら、想いを伝える別の手段を与えてくれなければならない。

悦びを通して伝えなければ。

ジョーダンが自由なほうの手でドレスのスカートをまくりあげていき、テイヤはゆったりと相手の腕に頭を預けた。テイヤの足首を横から包んでいた手のひらが、熱い感覚をもたらしつつ膝まで上る。

経験豊富な硬い指先が膝の裏に滑りこみ、小さな円を描くように愛撫を加えた。テイヤの脚にぴんと力が入り、熱が子宮まで届く。

「どんなふうにふれてほしい？」待ち受ける官能に張りつめた声でジョーダンがささやきかけた。

テイヤは目を見開き、相手の顔とまなざしに宿る混じり気のない男の飢えをまのあたりにして、わきあがる欲求に胃が締めつけられた。

手を下に伸ばしてジョーダンの手首に指を巻きつけ、彼の手を自分の胸に導いた。

「ここがうずいて」震える小さな声が出た。

本当にうずいていた。ジョーダンにふれてほしくてたまらず、胸の先は火がついたように熱い。ぬくもりと潤いに満ちた口でそこを包んでほしい。激しい欲求に翻弄され始めていた。

「うずいているのか、ラヴ？」ジョーダンはテイヤの背にまわした腕を動かし、ドレスのジッパーをおろしている。

コルセットがゆるみ、ふくらんで張りつめた胸の丸みから前身ごろが徐々に滑り落ちて、痛いほどしこった蕾があらわになった。

感じやすい先端に空気がふれ、体に震えが走る。期待感がふくれあがり、情熱が高まり、欲情をかき立てるアドレナリンがどっと全身に流れた。

「かわいいな」ざらつく指の先に敏感すぎるとがりをこすられて、体がびくりとはねあがった。快感がさらなる飢えを生み、強烈な感覚が苦しみに近くなる。

「じらさないで」あえいで吐息を押し出し、まぶたを重く感じる。「そこに口をあててほしいの。お願いよ、ジョーダン。舌で感じさせて」

あとでまともに考えられるようになったら、こんなふうに露骨な願いを口にするなんてとショックを受けるだろう。いまは考えることなど頭のすみに押しやられ、感じ、経験しようとしていた。燃えあがろうと。

見守っていたテイヤは、唇をなめるジョーダンを前に息を詰めた。彼は顔をさげていき、湿らせた唇を開いた。

木苺のように熟れた場所に熱い舌が走ったとたん、ジョーダンの腕につめを食いこませて頭を振り乱した。自制心を失うまいと抗い、手足から力が抜けていく感覚と闘った。

ジョーダンの唇が玉になった乳首を覆った。口で吸いつき、舌で洗う。

「すごくいい」かすれる声でささやいてしまってはっとし、歯を食いしばってそんな言葉は出さずにいるべきだと思ったけれども止められなかった。

舌が蕾に巻きつき、ゆったりと堪能するようになめる。それからジョーダンはさらに顔を寄せ、うずいている肌を唇で覆った。

テイヤの唇からは張りつめた声にならない声がもれた。必死にジョーダンと空気を求める声。快感が神経を焼き、心まで届いた。乳首をなぶる熱い唇は炎を思わせ、恍惚をもたらした。

テイヤは相手の首に両腕を巻きつけて頭を起こし、丈夫な耳たぶに唇を押しあて、さらにその下の敏感な肌に口づけた。

ジョーダンの味に酔いしれる。ほのかに塩気があって、男そのものの味がする。彼のうなじの長めの髪に指を埋め、少し硬めの太い質感、ひんやりする毛束の感触を楽しんだ。新たな感覚に盛りあげられた興奮が襲ってくる。

全身でジョーダンを感じたかった。ジョーダンの舌は彼女を愛撫している。ああ、いい、そうして。

舌は感覚が高まりすぎた乳首の先をこすっていた。まるでテイヤの味を愛しているかのようになめてくれる。まぶたをあげた彼の目は、まぶしいほどの輝きを放つ青。中心で燃えている炎からは欲望があふれていた。

テイヤに向けられた欲望が。

「ジョーダン」泣くように呼ぶ声がもれた。

できることなら、もっと言葉を発していただろう。もっと想いを言葉にしたくてたまらなかった。それなのに言葉が音になる前に、頭をもたげたジョーダンに唇を奪われた。意識は悦びに浸され、官能は燃え立って魂まで届いた。

ジョーダンの両腕に包まれて、きつく抱きしめられる。ふたりは向き合い、夜会服の上着越しの胸板に、熱を帯びた乳房の先端がエロティックにこすれた。

テイヤの喉から発せられた切望に満ちた声はキスに吸いこまれた。テイヤは身をよじって動こうとし、必死でジョーダンに、ふくれあがっていくばかりの悦びにすがりつこうとした。ジョーダンは応えた。

ふたりのあいだで激しく燃え立つ炎をジョーダンも感じていた。テイヤが炎そのもののようだ。彼の腕のなかで燃えあがっている。ジョーダンがドレスの裾を一気に腿までまくりあげてしまうと、テイヤが彼にまたがり、両手を彼の髪に埋めた。重ね合わされた唇の奥で、テイヤがジョーダンの舌に舌をすり寄せる。

ペニスは途方もなく硬くなり、生き物のようにうずき、責めさいなまれ、死にもの狂いになっていた。その重いこわばりにしっとりとした熱いプッシーがのったとき、ジョーダンは腰を突きあげてしまった。テイヤをジョーダンの侵入から守っているのは、彼のズボンと超薄のシルクパンティだけだ。

生まれつきなめらかなテイヤの秘所の花びらが彼を招き寄せ、引きこもうとしている。彼女の太腿の狭間から放たれている豊かな熱。それを感じたジョーダンはテイヤがほしくて気も狂わんばかりになった。

テイヤをシートの上で押し倒し、麗しい太腿を広げさせて彼を待っているなめらかな秘所から超薄のシルクパンティを引きちぎってしまうのは、いとも簡単だ。

テイヤを貫きたくてたまらない。欲求がつめを立てていた。

睾丸が張りつめ、こらえがたい欲情が背筋を駆け上り、全身がこわばった。

ジョーダンはテイヤを求めて燃えあがっている。テイヤを自分のものにするしかない。そうすれば、この炎も静まる。

いや、そんなわけがないだろう。

テイヤのためにかき立てられた炎が静まるわけがない。

キスをしていた唇を無理やり離し、絹に似た豊かな巻き毛にすぐさま手を差し入れ、握り、テイヤが頭を動かせないようにして彼女を見つめた。テイヤだけが持つ美しい緑の目が、恍惚にとらわれながらも驚きに見開かれた。

六年前、エリート作戦部隊の基地にやってきた日と同じくらい、テイヤは純粋無垢に見えた。男にふれられたことがないような。だが、テイヤは男を知っている。その事実をジョーダンは完全に把握し尽くしている。あらゆる機会を見逃さずテイヤを抱いた。それでもなお、テイヤを満足いくほど手に入れられたとは思えなかった。

このままテイヤにふれ、彼女を抱き、味わえば、いつかはテイヤを求めて荒れ狂っている渇望を静めることができるのだろうか？

「やめないで」やわらかいささやきに秘められた切望を耳にして、混じり気のない欲望の矢がペニスを突き抜けた。

「まだだ」なんとか押し出せた言葉はこれだけだった。「部屋で」テイヤが安全にいられる場所で。ジョーダンが時間をたっぷりかけられる場所。望みどおりに、テイヤを抱ける場所。ありとあらゆる望みどおりに。

テイヤの髪をまた引っ張ってみると、彼女のまつげがはためき、表情に悦びがあふれた。「苦しいくらいなの」テイヤはほとんど泣きだしそうな声を出し、恍惚の極みに近づきすぎて一瞬、顔つきまで変わって見えた。「すぐそこなのよ、ジョーダン」

ジョーダンは歯を食いしばった。テイヤめ。ホテルまで待てるかどうかわからなくなってきた。股間への圧力は高まるばかりで悶えそうなほどだ。自制心を手放さずにいるための闘いに、勝てるかどうかわからなくなってきた。

「どうしてもあなたに入ってきてほしいわ、ジョーダン」テイヤが腰をまわした。プッシーがペニスを撫でる。血圧が限界を超え、頭で確かにロケット弾が数発はじけた気がした。

それからすぐ、テイヤが顔を寄せて唇をわずかにふれ合わせ、ささやきかけた。「して」

ジョーダンはまなざしを鋭くした。

テイヤは欲求で見境をなくしている。見ればわかった。体の上で動かれては感じるしかなかった。

ジョーダンが髪を握る手に力をこめ、別の手をヒップにあててそこも握ると、テイヤは頭をうしろに倒して切ない声で喉を震わせた。ジョーダンの待とうという考えは一気にどこかへ吹き飛んだ。

ちょうどこのときニックがホテルにリムジンを入れなければ、ジョーダンも見境を失っていたはずだ。

「着いたぞ」ジョーダンは声を振り絞った。

すばやく動いてテイヤのドレスを整えてやり、ジッパーをあげ、膝から彼女をおろした。テイヤは突然の展開に懸命に対処しようとしている。

テイヤに顔を向け、片方の手で彼女の頬を包んで動けなくさせ、うなり声で言い渡した。「部屋に入った瞬間、ドレスを腰までまくって、きみがパンティだとか呼んでいるそんなシルクは腿のあいだから引きちぎってやる。それからすぐだ、テイヤ、してやるぞ。きみのなかにどこまでも深く、とことん激しく入っていってやる。ふたりともそれ以外なにも感じられなくなるまでだ」

「わたしにはもうこれしかないわ」

いったいなんと答えればいいのだ？　彼がこれまでの経験から身に染みて学んだことを説明するには、どう言えばいい？　テイヤにどうやったら、わかってもらえるというのか？ジョーダンは幻想のなかでは生きられない。そうできたらと喉から手が出るほど願ったとしても。

幸い、なにも言わなくて済んだ。リムジンのドアが開けられる音で現実に引き戻された。この世で置かれた状況に、彼らを取り巻く危険のただなかに。

身を引きながらテイヤの頬に指を滑らせ、車をおりた。一秒じっくり動きを止めてあたりに危険がないか確認したのち、車内に腕を伸ばしてテイヤの手を握り、リムジンからおりるのを助けた。

とても小さくて優美な手をすっぽりと彼の手のひらに包まれて、テイヤはひんやりとした夜気の漂う外に立った。

下界に遊びに現れた妖精のようだ。菫の色合いのドレスがふわりとはためき、乱れた豊かな赤金の長い巻き毛と神秘をたたえた緑の瞳を引き立たせた。

みずみずしく熟れた唇、薄紅色に色づいた頰。テイヤは花開いた官能を身にまとっていた。瞳は輝き、顔立ちまで変わって見える。そんな変化をまのあたりにしたジョーダンの体の全細胞が彼女を求めてうずいた。

ニックにうしろを任せ、すぐさまテイヤをホテルのなかへ導き、豪奢なロビーを通ってエレベーターに向かった。

エレベーターホールで壁にもたれて配置についていたミカが体を起こし、ニックにうなずきかけてテイヤの背後の守りを引き継いだ。

危険性は残らず排除する。

ジョーダンはテイヤを失うわけにはいかない。テイヤのもとを去ることはできる。いずれ危険が消えたら、ジョーダンに選択肢はなくなるだろう。去るほかなくなる。去れるはずだ。どうしても不可能なのは、テイヤが息絶えた場合に自分だけが生き延びることだ。

無人のエレベーターに乗りこんで、テイヤをかたわらに引き寄せた。なんて壊れやすそうな、華奢で優美な体つきをしていることか。それでいて頑固な意志は強く、鋼のごとき気骨を持っているのだ。

「ノアがスイートルームの安全を確かめています」最上階へ向かうエレベーター内でミカが静かに知らせた。「あなたがたが到着する前に、少しおもしろいことがあったんですよ。アフガニスタンからやってきた昔なじみたちが、最上階に忍びこもうとしました」

「捕まえたのか？」凶暴な感情が欲情のまわりを渦巻いた。

「残念ながら捕まえていません」ミカは肩をすくめた。「ですが、必ずとらえます。やつらは大胆になってきている」

ジョーダンはテイヤの頭のてっぺんに目をやった。テイヤのなかでいよいよ緊張感が増してきている。ジョーダンはこんな緊張感でテイヤの心を満たしたくはなかった。

ミカに多くを語る視線を向け、口を閉ざしたままでいた。

ジョーダンは二十年以上もかけて、狩るすべも、狩られる獲物になった場合どうするかも学んでいた。初めて近所の牧場主と手下たちがジョーダンを射撃練習の的として使えると考えたとき、彼は十代の若造にすぎなかった。

長い年月をかけて、多くの経験と知識を積んできた。

相手はそのうち動きだすに違いない。ジョーダンはそのときを待っている。

パーティーでも気配を感じていた。テイヤを取り巻く危険が高まりつつある。

テイヤたちを見張っている者の監視は、あらゆる面で緊密の度を増していて気味が悪かった。テイヤたちを取り巻く緊張感が徐々にふくれあがっている。

相手がこれからどういう動きに出るつもりなのか、確実なところはわからない。狙っているのは明らかにテイヤだが、傷つけるのが目的ではない。とりあえず、最初のうちは。やつらがほしがっているものがなにかあるに違いないのだけれども、どれだけ考えても、敵がほしがりそうなにをテイヤが持っているのか、見当がつかなかった。

いまとなってはテイヤが守られていることに敵も気づいているだろうが、それにたじろいではいなかった。相手にはあまりにも余裕がある。ミカが言ったように、やつらは大胆すぎるのだ。

エレベーターが静かに停まり、ミカがふたりの前に立った。鍛え抜かれた体を張りつめさせて身構える彼の前で、ドアが音もなく開いた。

エレベーターの外で待ち構えていたのはノアのみだった。甥は青い目を細め、怪訝そうに表情を険しくして、じろじろとジョーダンを見た。

「スイートルームは安全です」エレベーターをおりるジョーダンたちにうなずいて請け合う。「ボスのスイートルームの両側の二部屋と、向かいのスイートも二室押さえました」ノアはそれぞれの部屋を指し示した。

ジョーダンはきっぱりとうなずき、テイヤを連れて両開きのドアへ歩きだした。

「休んでおけ」部下ふたりに命じた。「朝食の席で手元にある情報を見直そう。明日は少し状況を景気づかせてやれないか検討するぞ」

いくつか考えがあった。もっとも重要なのは、こちらを見張っている敵が行動に出るほかなくなるようにしなければならないという点だ。そうすれば、態勢が整わなくなった敵を追って雇い主にたどり着く可能性が高くなる。

スイートルームのドアを開けてなかに入り、室内を見渡してからテイヤもなかに引き入れた。

ドアが閉まった瞬間、見張る者たちの存在などなくなった。危険も存在しなくなった。脅威も、現実も。

両腕でテイヤを包み、抱えあげ、部屋の中央にある広い会議用テーブルまで運んでいった。ベッドまでたどり着ける可能性は万にひとつもない。

くそ、テーブルまでたどり着けただけで、テイヤには幸運だったと思ってもらわなければならない。

ひやりとする木のテーブルの上にテイヤを乗せ、ふたたび片方の手の指をテイヤの髪に滑らせた。

「考えるな」うなり声を発した。やわらかな髪の毛を握りしめ、彼女をのけぞらせてしまう。いまここでふたりのあいだに燃えあがろうとしている灼熱に比べたら、リムジンで分かち合った悦びなどかすませてやると決意していた。

「ジョーダン」不安でテイヤの目が陰った。

「よせ」荒れ狂う欲情と、こうせずにはいられなくしている目もくらむほどの激情をこめ、逆らわせないまなざしで相手を見おろした。「今夜は考えるな、テイヤ。今夜は、きみはわたしのものだ。心配も恐れもいらない。ああ、これだけなんだ。これだけ」

これだ。

テイヤの唇を奪い、合わせ目に舌を押しつけた。テイヤの髪にうずめていた手をヒップのまろやかな曲線に滑らせ、太腿を開かせてから、そのあいだに踏みこむ。

見おろすと、自身の両手が菫色のドレスの波間で黒く見えた。ドレスをかき寄せ、テイヤの両脚の上へ引きあげていく。

「今夜は、わたしのものに」わき起こり荒れ狂う飢えに押されて、またうなった。「いまここで、すぐにだ、テイヤ、これより大事なことなどなにもない」

スカートの下からテイヤの脚が、太腿が、菫色の薄もやに似たストッキングが現れた。伸びるレースのバンドが腿の上でぴんと張っている。

息遣いが荒くなった。胸が締めつけられ、息をするたびに苦しい。生まれてから一度も、女性からここまでの影響を及ぼされた経験はなかった。こんなにも美しいものを見たこともない。家族のほかに、こんなにも大切に思える存在もいなかった。

「くそ、なんなんだ、この愛らしさは」視線をあげ、テイヤを見つめた。官能の悦びに浸っていくテイヤの目を、顔を。「見ていてくれ、テイ。見ているんだ、きみにふれるところを、ベイビー。きみを堪能し、きみを……」もっと言ってしまうところだった。

本心をさらけ出してしまうところだった。

テイヤとのあいだに生じている錯覚に屈してしまうところだった。それは欲情どころではない。たかが快感などというレベルではなかった。
本当に愛というものがあったなら……。

13

部屋が暑くなっている、とテイヤは感じた。それとも、熱はテイヤのなかから生じているだけなのだろうか？

両肘で体を支えて横たわり、ジョーダンを見つめた。ジョーダンを悩ませたい、誘惑したいという思いが募って抗えなくなりそうだ。

自分のための思い出はもちろん蓄えたいけれども、それ以上に、内側からテイヤを突き動かす衝動があった。ジョーダンも彼女のことを決して忘れられないようにしてしまえ。

ジョーダンに見おろされながら背を浮かせて腰へ走るジッパーをおろし、ドレスをゆるめる。ジョーダンの表情が張りつめた。

「手伝って」ほとんど声にならなかった。ジョーダンの両手がコルセットにふれ、テイヤの体からドレスを引きおろしていくと、体じゅうに興奮が満ちて、息をするのにひどく苦労した。

シルクのスリップが肌を滑る感触はこの上なくすばらしく、狂おしいほどだった。彼の手にふれられたいという欲求が一秒ごとに高まっていく。

ジョーダンの表情にじっと視線を注ぎながら腰を浮かせた。彼はドレスを腰から脚へと引きおろし、床に落としてしまった。

あごを固め、小刻みに動かしている。彼の両手は撫でるように脚から腿を上り、テイヤが身に着けているちっぽけなソングパンティに行き着いた。

一秒もたたないうちに、パンティは引きちぎられ、はらりと床に落とされた。ジョーダンはテイヤの両腕をつかんで上体を起こさせ、片方の手を赤い髪にうずめ、もういっぽうの手で背を支えて顔を寄せ、唇を奪った。やけどしてしまいそう。テイヤがそう感じてしまうほどの激しい飢えをこめて。

キスがもたらした官能に五感をかっと燃えあがらされ、わきあがる興奮の勢いはすさまじく、抗える見こみはないと思えた。

ジョーダンの首に両腕をまわして強く抱きしめた。懸命にジョーダンにしがみつこうとしていた。説明もつかない方法で彼女をジョーダンに縛りつけている、うちに秘められた口にされない〝なにか〟にしがみついていようと必死だった。

ふれられ、口づけられ、快感がまぶしくはじけるごとに熱情をさらにかき立てられながら、ある認識が脳裏で燃えた。テイヤにとって、ジョーダンは不可欠な存在になっている。すでにテイヤの魂にしるしをつけ、彼女を自分のものとしている。

テイヤは背をそらしてキスに身をゆだね、太腿を完全に開いた。そこへジョーダンが猛然と腰を押し入れた。

感じやすい腿の内側にジョーダンのズボンがこすれ、両脚のつけ根のむき出しのひだを途方もなく硬い盛りあがりが突いた。

喉から荒々しい高ぶりの声を低く響かせるジョーダンに唇をかじられて、敏感な花びらのあいだから燃えるように熱い蜜があふれ、テイヤは高まる欲求に襲われて泣き声をあげた。首をうしろにそらせると、テイヤの口元からジョーダンの唇が離れ、じりじりと平静を突き崩す刺激を広げる道筋を残しつつ首を伝いおり、胸に達した。そこでふたたび、ぴんと張りつめた乳房の頂を見つける。

先ほど愛でられて火がついた余韻でふくれている乳首。敏感な先端を唇で吸われてテイヤは背筋をぐっと伸ばし、悲鳴を発した。

ジョーダンの頭皮につめを埋め、彼の下で腰をくねらせた。われを忘れて、快感をもたらす愛撫を、ふれ合いを、興奮を残らず得ようとしていた。

腰を突きあげて相手のウエストに両脚を巻きつけ、近づこうとする。ところがジョーダンに両脚を押さえこまれ、広げさせられた。彼はテイヤから顔を離し、体を起こしている。

「やめないで」言葉を押し出すのに苦労した。

「やめるわけがない」険しく激情を帯びたかすれ声を聞かされて、悦びが高まる。ジョーダンも彼女と同じくらい平静を保てなくなっている。テイヤと同じくらい求めずにはいられなくなっている。ぞくぞくする高揚感が打ち寄せた。

息を継ぐのもやっとの状態で見守っていると、ジョーダンがふたたび唇を寄せた。今度は胸の谷間に。熱く繰り返される口づけと飢えた舌が、理性を崩壊させる炎の道を残しながらテイヤの体を下った。

舌がへそのまわりをなぞるようになめ、エロティックにすっとなかに入ってきた。それからまた、下腹部のやわらかい肌をゆるりと下り始める。

ジョーダンの両手は太腿に沿って腰へと撫であげていた。力強い手のひらを感じるごとに、テイヤはエクスタシーの渦のさらに奥深くへ引きずりこまれていく。

「きみの味は死ぬほど刺激的で甘いんだ、テイヤ。くせになってしまうんだよ、かわいいやつめ」

ジョーダンの表情、声にあふれる悦びに、テイヤは息を詰まらせた。かすかなテキサス訛り。ジョーダンも、テイヤと同じくらい快楽に夢中になってしまっているのだ。いつだって用心深く発揮していた自制心のことなど、すっかり忘れている。

さらに太腿を押し広げられて、テイヤは期待に打ち震えた。

ジョーダンは舌でなめ、口づけで進んだ。テイヤの脚を広げさせたまま、花芯に優しく息を吹きかける。テイヤはオーガズムに近づきすぎて、手を伸ばせばふれられるに違いないと思った。

ジョーダンは頭をもたげ、伏せたまつげの下からテイヤを見据えた。熱い快楽を知り尽くしたまなざし。男らしい支配欲に駆られて表情は張りつめ、瞳の奥では見つめられた者をぞくっとさせる純粋な欲情が光を放っている。

テイヤは希望を抱いた。ジョーダンは自制心を失いかけている。ひょっとしたら、すでにほんの少し失ってしまっているかもしれない。しかし、快楽を追い求めるセクシーな獣と化していても、ジョーダンにはまだテイヤをコントロールする意識は残っていた。

ジョーダンの指がテイヤの太腿をくすぐりながら上ってきた。期待感が広がり、悶えそうなほどの快感でクリトリスがふくらむ。

「ジョーダン」無我夢中で彼の名を呼び、懇願していた。

「わたしがほしくてたまらないのか、テイ？」

ええ、どうしようもないほどあなたがほしい。

「前からずっと」無性にしがみつくものがほしくて、ふたたびジョーダンの髪に手を伸ばした。

「前からずっと、わたしがほしかったのか、テイ？」ジョーダンの指がテイヤの太腿のつけ根にふれ、花びらを開き、ひたすら撫でた。

テイヤの腰がはねあがって全身に力が入り、折れてしまいそうになる。

「ジョーダン、前からずっとあなたがほしかったわ」身も心も彼を必要としていた。焦がれていた。夢見ていた。「こんなにほしいと思った人は、いままでひとりもいなかった」

ジョーダンはテイヤを見つめ返した。失いかけている。ずっと超然としたままでいたおのれの一面を。つねに冷静で、弱さも感情も切望も認めまいとしていた一面を。かわりに、これまで慎重に隠してきた一面が、テイヤを求めて表に出てこようとしていた。

テイヤを見あげる視線ははずさずに、頭をおろしていった。唇を開き、ふくれたクリトリスの蕾をとらえてキスをした瞬間、甘いテイヤの味が舌にはじけた。

テイヤが激しく腰を浮かせてジョーダンに身を差し出す。彼女がもらした叫びが、彼の自制心を切り裂いた。

テイヤの味はたまらなくくせになる。とろけた熱情、欲望をあおる花蜜が唇を濡らす。唇をすぼめてクリトリスを口に含むと、それがぴんと立って舌を突いた。

テイヤはもうすぐだ。達する寸前だ。解放の欲求が花芯を脈打たせている。とろける果汁が唇に流れ落ちてくる。

ジョーダンを待ち受けるものはなにか。悦びだ。これから訪れる歓喜は、ジョーダンがいままでに経験したどんな悦びよりもまばゆく、熱く炸裂するだろう。

花芯を口に含み、そのふくれた神経の集まりを強く吸った。指は下に向かい、きつく閉じた入り口を見つけて、絹さながらになめらかな深みにもぐりこんだ。

弾力に満ちたやわらかい肉は押し入った二本の指をすぐさま締めつけた。静かな部屋に高い声が響き渡り、熱い蜜が伝って指を濡らした。

そうされて、ジョーダンはさらにテイヤを求めるばかりだった。飢えさせられた。ずっと隠し続けてきた一面があがいてテイヤに近づこうとした。

ペニスがどくどくとうずき、睾丸は限界まで張りつめて解放の衝動は耐えがたいくらいだ。愛すべきプッシーの豊かな味を堪能すればするほど、飢えは激しくなった。もはや、これまで散々テイヤに信じるなと警告を発してきた錯覚を自分が必死に求めてやまなくなっていても、気にしなくなっていた。

指を引き出し、猛然と服の檻のなかから彼自身を自由にした。高価な革靴を蹴って脱ぎ、すばやくズボンを足から抜く。そしてシャツを脱ぐためにテイヤから体を離した。

上体を起こし、テイヤの体をじっくりと視線でたどる。その場で果てずにいるために自身の根元を握りしめていた。懸命な努力にもかかわらず、解放が一気にはじけようとしている。

「見せてくれ、テイヤ」うなり声は意図したよりも荒々しく、激情がこもっていた。「自分にふれてみろ、ベイビー。見せてくれ」

そうだ、テイヤを見るのがたまらなく好きだ。

テイヤの両手があがり、ほっそりした優美な指が両方の乳房を下から包みこんで押しあげ、それぞれの手の一本の指先がぴんととがった乳首をかすめた。

テイヤの視線は食い入るようにジョーダンの体をたどり、こぶしで抑えこまれているペニスをとらえた。すると、テイヤはヒップを浮かせ、あふれ出すあでやかな欲望もあらわに頬を赤らめた。

「わたしも見たいわ」テイヤはささやき、両手を胸から下へ滑らせていく。腹をゆるゆると撫でてから、かすかに盛りあがる恥丘のすぐ上まで。

ジョーダンは床に踏ん張って立ち、ペニスを握った手を動かした。ゆっくりとしごき、いまにも達しようとする睾丸のうずきに顔をしかめる。

テイヤに及ぼした影響は予想をはるかに上まわるものだった。自身を愛撫するジョーダンを目にしたとたん、テイヤはひどく悩ましげな声を発し、ひだの割れ目に指を滑りこませ、ふくらんだ花芯を転がすように刺激した。

ヒップを浮きあがらせるテイヤの薄桃色のクリームを思わせるまろやかな場所に果汁がたまり、豊潤すぎる女性の高ぶりのあかしがなまめかしく光った。

テーブルに横たわるテイヤは、まだ華奢な足に危険なほど色気のあるハイヒールをはき、菫色の薄もやのようなストッキングに脚を包まれている。彼女の左右にある椅子それぞれの肘掛けに足をのせている姿は、現代版の欲望への捧げものを思わせた。

みずみずしく、なめらかな肌。輝きを放つエメラルド色の瞳。クリトリスをつまびく優雅な指。秘所の甘く熱い蜜に接近したペニスの先端は、いきり立ってうずいた。

テイヤの熱を感じる。彼の分身にきつくまとわりついて搾りあげるそこの感触を思い出しただけで、ふくらみを帯びて赤らむ花びらの上を滑るテイヤの指を見ながらいってしまいそうになった。

テイヤが花びらを分け開き、小さく締まった割れ目をなぞる。そして、息を詰めて見守るジョーダンの目の前で、二本のほっそりとした指の先がすっとなかに入った。

「やめろ」抑える間もなくジョーダンはテイヤの手首をつかんで指を引き離し、さらに身を寄せていた。

テイヤのぬめって光る指を自分の口元へ持っていき、舌をのぞかせて指から温かい女の蜜をなめ取ると同時に、ペニスの頂を濡れそぼっている入り口に押しあてた。

ふたりの目が合った。

これまでジョーダンは恋人の顔を見つめないよう、つねに用心を怠らずに生きてきた。恋人の目を見つめなければ、男は女に心を奪われたりせずに済む。

しかし、本能では悟っていたのだ。自分が誰かに心だろうと奪われることはありえないとわかっていた。テイヤに会うまでは。自分のなかで存在を否定してきた飢えを、テイヤの瞳の奥に見つけるまでは。

もうテイヤを拒めない。心では無理だ。男が生まれ持つ本能で、この女こそ魂の伴侶だと知ってしまった心では。

ジョーダンはほかの者たちのようには愛という錯覚を信じていないかもしれない。とはいえ、この女こそ自分のために生まれてきた女だと男は知ることができると思う。これは愛ではない。決して単なる欲情ではない。

これは、主張だ。

テイヤは彼のものである。

テイヤを見つめ、まだ彼女の手首を握ったまま腰に力を入れ、信じられないくらい硬くそそり立ったペニスを一息に強く押し進め、苦しいほどきつい肉体の奥、エクスタシーへと何センチも身をうずめた。

とどまるすべはなかった。

洗練された振る舞いをしようという気は消え失せた。

男の欲望だけに心も頭も満たされる。テイヤの手首をつかんでいた手を離して両手で彼女の腰を支え、動きだした。途方もなくきつく締めつける彼女を、いきり立つペニスで貫いた。

焼きつくような力で彼を締めつけ、搾りあげながら、テイヤは両脚を彼の腰に巻きつけた。覆いかぶさるジョーダンの腹に両手をぴたりとあて、胸から首に滑らせる。

ジョーダンは力強くキスをして相手の唇のあいだに舌を差し入れると同時に、激しく突き入った。やわらかい秘所の奥深くまで刺し貫き、ひどく熱く感じる蜜に包みこまれた。

テイヤの腰を支えて頭をもたげ、なんとか目を開いて相手の瞳をのぞきこんだ。テイヤのなかに沈みこんでいく気がした。

予想もしなかったことに、テイヤもまた彼のなかへ沈みこんでいっている、とジョーダンは感じた。

深みを増した青いジョーダンの目を見て、テイヤは息をのんだ。野蛮なほど鋭く張りつめた顔つき。彼の奥深くに秘められた渦巻く感情を女の直感で見抜いた。

激しく貫かれるたびに勢いを増していく歓喜に全身を翻弄されながらも、ジョーダンの奥深くで渦巻く感情も色濃くなっていくのを感じていた。

ジョーダンはテイヤの腰を支えていた手を太腿に移し、自身の腰に巻きついていた脚を解かせた。テイヤの足を自分の胸板に滑らせて肩にのせ、いっそう強く彼女のなかへ打ちこむ。

充血して太くなった亀頭にこすられて、敏感な神経がざわめいた。彼が根元まで身を沈めるたびにクリトリスが彼の恥骨に押されて興奮をもたらす炎に包まれる。ジョーダンは太くて硬い分身で攻め入るように猛然と突き、彼女を満たし、はち切れんばかりにした。

快感は苦しいほどに高まった。テーブルのはしに指を巻きつけ、木につめを立てる。ジョーダンはテイヤの両足首をつかんで、いっそう強く攻めていた。彼の腰がテイヤの太腿に打ちあたる。肌と肌がぶつかり合っているうちに、テイヤは不意に目もくらむオーガズムの境地に押しあげられた。

解放の瞬間、意識もともにはじけ飛ぶ気がした。胸で息を詰まらせ、腰を押しあげる。悶えながらあげた悲鳴は喉で封じられ、震えが波のように全身に伝わった。

激しい興奮がはじけるごとに身をはねあげてジョーダンに体をぶつけ、秘所の奥を収縮させ、ますます固く搾りあげた。そのとき体内でジョーダンが達し、テイヤは二度目のめくるめく恍惚の放散に襲われた。

ペニスが力強く脈打ち、熱い精液の奔流が注ぎこまれるごとに、テイヤの解放の激しさは増していった。押し寄せてくるまぶしい色、感覚、歓喜はすさまじく、これから普通の状態に戻れるかどうか心配になった。

そして、この至福のあいだずっと視線はジョーダンと結ばれていた。間違いなく、テイヤの魂は彼の一部になった。出会った日から、テイヤはジョーダンのものだった。ジョーダンは初めて抱いてくれた夜、テイヤにしるしをつけた。けれども今回、いまは、魂の奥底までジョーダンのものになったと感じた。

今回は、ジョーダンもテイヤの一部になった。

「ああ」途切れそうな吐息が唇からもれ、今度ばかりは自分がなにを言おうとしているかわかっていた。「ああ、ジョーダン、愛してる」

ジョーダンは黙ったまま細心の注意を払って、しわの寄った自分のシャツをテイヤに着せかけた。慎重にボタンを留め終えてから、うしろに身を引き、ズボンをはいた。

自分の一部分を打ち砕かれたように感じていた。

説明はできない。どうしたって理屈もわからない。神経がささくれ立っていた。鉄の神経を持つ男であったはずなのに。心中ではおかしな怒りが燃えていた。それとも、この激情は怒りではないのだろうか？

なんだろうと、胸の奥で荒れ狂い、ぶつかり合っている激しい波に魂は打ちのめされていた。

「ジョーダン？」ズボンのジッパーをあげ、部屋の向こうのバーに歩いていくジョーダンの背に、テイヤが小さな声で呼びかけた。

くそ、いまテイヤと話をすることはできない。いまとれるもっとも思いやりある行動は、離れていくことのみだ。ふたりともを破滅させてしまう前に、離れていく必要があった。

手をあげてうなじをこすり、疲労感のこもった息を吐いた。逃げても無駄だ。どれだけの距離を置こうと、テイヤから逃れるすべはない。そのことはすでにつらい体験を通して学んでいた。

「ごめんなさい」テイヤの声に宿る胸を切り裂くような嘆きを耳にして、ジョーダンの心に、なにかわからない強烈な感情が熱くこみあげて突き刺さった。

ちくしょう。いったい、この感じはなんだ？　怒りか？　怒りのように思える。なすすべもない感もある。なすすべもない心地など、ジョーダンにはとても向いていない。

「あやまるな」とうとう荒く息を吐き、テイヤを振り向いた。どうか泣いていませんように。ああ、くそ、泣いてはいない。頑固にあごをあげ、挑戦の目つきでにらんでいる。しかし、緑色の目の奥深くでは、やはり悲嘆が影を落としていた。

「つい口が滑ってって言いたいところだけど、そしたら、こらえようとはしたってことになっちゃうわよね？」テイヤは妙におもしろがって自分をあざけるように唇をゆがめた。

「きみは何事もびっくりするくらい遠慮なく言ってくれる」ジョーダンはため息をついた。

「しかも、口を滑らせたのはさっきが初めてじゃない」

ジョーダンに抱かれるたびに必ずと言っていいくらい、テイヤは口を滑らせて例の言葉を聞かせ、彼の魂に鋭いかぎづめを食いこませた。毎回、ジョーダンは相手の唇を奪って言葉を封じてしまおうとするのだが、それでも声はもれ届き、なにを言われたか、ジョーダンにはわかってしまうのだった。

テイヤは肩をすくめ、豊かで健康的な髪を片方の優美な耳にかけた。

輝く赤毛がカールしてテイヤの顔と肩を取り巻いている。ジョーダンの手によってかき乱され、彼に組み敷かれて迎えたオーガズムのさなかに頭を振り乱したせいでもつれた髪。おかげでテイヤは放埒で、とてもあでやかな女に見えた。ところが、まなざしに傷つきやすさをたたえた表情により、あまりにも純粋で、たやすく壊れてしまいそうにも見えた。

テイヤのことはよくわかっている。テイヤの思いやりも、テイヤがどんな女であろうとしているかも、本当のテイヤがどんな女なのかも。

「きみを傷つけたくないんだ、テイ。それなのに、きみがわたしを愛していると自分に思いこませてしまったら、そんな錯覚に身を任せてしまったら、最後にはまさしくわたしはきみを傷つけてしまうじゃないか」

またしても、テイヤの顔に浮かんだのは先ほどと同じ妙な微笑。なかばおもしろがり、なかばあざけるような笑み。こういう顔つきをされて、ジョーダンが平静を失わずにいられたためしがなかった。テイヤがこんな顔をするときは、なにを考えているのかジョーダンには絶対にわからないのだ。

「わたしを傷つける心配なんかしなくていいのよ、ジョーダン」テイヤはふたたび顔から髪を払ってジョーダンに背を向け、寝室へ歩きだした。「そんな心配、ずいぶん昔に手遅れですから」

寝室に入られる直前に、ジョーダンはテイヤをつかまえた。腕をつかんで引き留める。と同時にテイヤが振り返り、隠す間のなかったまなざしの怒りをジョーダンに見せつけた。

ジョーダンは驚いて動けなくなった。テイヤは決意に満ちた表情でかたくなにあごをあげ、猫を思わせる緑の目を細めて警戒し、彼をにらんでいる。

「そんなお説教は聞き飽きたの」きついまなざしのまま、はっきり言う。「部下たちにも散々、言ってたでしょ。愛は錯覚だ。うしろから錯覚に食いつかれないよう用心しておけって。だから、そんな話うんざりなの。新しくくっつける独創的な話もなにもないんなら、できれば、同じことを何回も聞かせるのはやめて」

確かに、部下たちには繰り返し説教をしていた。自分の部隊の部下なのだから仕方ない。家族同然だ。最低限とりあえず警告しておくのが司令官の義務だと思ったからそうした。部下たちの結婚相手が気に入らないというわけではない。それどころか、もったいないほどすばらしい女性たちだ。しかし、男がむざむざ虚構の世界で生きることを選んでしまっては……。

「きみは自分をだましているんだ」無理に言葉を押し出さなければならなかった。「欲情と快感にあっさりだまされてしまっているんだよ、テイヤ。たぶらかされている。そういうのが消えてしまえば、残るのは友情か憎しみだけだ。憎しみが残った場合が心配なんだ。恋人どうしだった者は互いに相手をつぶすためのあらゆる細々した手段を蓄えているものだろう。そういった知識が危ない。わたしはきみとそんな道をたどりたくない。きみに憎まれたくない」

テイヤを失うと考えただけで、恐怖ではらわたが締めつけられた。テイヤに憎まれる、テイヤのまなざしに浮かぶあこがれを二度と見られない、テイヤのキスにこめられた熱情を感じられなくなる、などと考えたら、いまにも怒りが爆発しそうになった。

「あなたは誰につぶされたの、ジョーダン？」テイヤが腕組みをして唇を引き結び、反抗的な顔になった。「わたしがあなたの心を手に入れるチャンスさえもらってないうちから、あなたの頭をめちゃくちゃにしたのは誰よ？」

悲嘆や苦悩に駆られての問いかけではなかった。まさか、相手はテイヤだ。ジョーダンがたじろぐほど対決を辞さない構えでいる。わけがわからないが、まるで、ジョーダンにテイヤと出会う前の人生があるから悪いとでも言いたげだ。

問いかけの意味を理解するのにも、テイヤが浮かべている怒りの表情を理解するのにも一瞬とまどった。どう答えればいいのだ？

「あなたは別の女にされたことを、わたしに償わせているのよ」言い切るテイヤは口元に力を入れ、憤りに目をぎらぎらさせていた。

「この問題に別の女はなんの関係もないだろう、テイヤ」ジョーダンはうなった。

あるひとりの女が原因だったら、どんなにらくか。ある一回の失恋、若い男の幻滅が原因だったら。それなら、いまも心の奥底でふつふつとわいているひそかな渇望に身を任せてしまうのが、どれだけらくだったことか。

ずっと前からカイラには、キリアン・リースの妻キャサリンと生まれてくるはずだったふたりの子どもを守れなかったために愛をあきらめている、と非難されてきた。妻に死なれたキリアンの変わりようをまのあたりにして、それをキャサリンと彼女に対するキリアンの愛のせいにしているのだろう、と。

確かに、それは決定打だったが、それだけが理由ではなかった。

「じゃあ、なにと関係があるの？」激しい感情で目をきらめかせるテイヤを前にして、ジョーダンはふたたびわきあがりつつある欲情に身を任せてしまいそうになった。テイヤめ、また彼女をほしがってなどいないし、決して彼女を自分のものにしてなどいない。

「現実と関係がある」頭にきて言い返した。「この目で見てきた出来事と関係があるんだ。友人が友人を裏切り、国が自軍の兵士を裏切り、恋人が自分で誓った愛にそむく。闘いが困難になりすぎたか、自分のプライドがもっと大切になったのが原因でな。こうした現実から生まれた考えかただ」

テイヤは首を横に振った。まなざしには哀れみをあふれさせている。「自分の部下たちの愛がどんなだったかも見てきてるでしょう、ジョーダン。あの人たちの奥さんが彼らにすべてを捧げているところも。あなたは忠誠も愛も見てきてるはずよ、ジョーダン、それなのに否定してる」

ジョーダンは手を伸ばしてテイヤの頰にふれた。絹さながらになめらかで熱を帯びた肌はぬくもりを放ち、彼を誘う。「ときには」と口を開き、「錯覚が真実をねじ伏せてしまうことがある。しばらくのあいだだけ」と言い終えた。

テイヤはあきれ、ジョーダンの目を見て彼が自分で言っていることを信じきっていると悟り、ばかじゃないのと怒りに包まれた。この人は、本気で愛は永遠には続かないと思いこんでいる。

「わたし、あなたのお父さんと会ってるのよ」ついに小さな声で告げた。

ジョーダンは険しく眉をひそめた。「どこにどう父さんが関係してくるんだ?」

「お父さんは、亡くなったあなたのお母さんの死をいまも悲しんでいるでしょう。毎日お母さんのお墓に行って、先立ってしまった女性を想って涙を流してる」

テイヤはリアダン・マローン・シニアと親しくしていた。アイルランドの花嫁と結ばれ、生まれたマローン家の息子たち、孫息子たちを見守っている一家の父だ。

ジョーダンのあごがこわばった。テイヤにどう反論しようかと奮闘して青い目から強烈な光を放っている。

テイヤはあきらめて頭を左右に振った。「わたしはベッドに入るわ、ジョーダン。だけど、あなたは考えたほうがいいんじゃないかしら。夢を壊すのは現実ではなく、信じる心を持とうとしないあなたよ。お父さんとキリアン・リースが直面させられたっていうふうにあなたが考えている悲劇に、自分も直面するのが怖いからでしょ。手に入れた夢と、心にふれる唯一の女性を失うことを怖がってるのよ」

くるりと背を向け、腕をつかんでいたジョーダンの手を振り切り、寝室に入っていった。

ジョーダンと言い合ったり、争ったりはしない。ジョーダンのために闘い、ジョーダンをめぐって闘いはするけれど、ジョーダンが最初から向き合うのを拒んでしまっていることをめぐって彼と闘ったりは絶対にしない。

ジョーダンにとって、母親を失った経験はそれだけで非常につらいものだった。しかも、それから何年も、心がうずく寂しさを抱える父親の姿をまのあたりにしてきたのだ。リアダン・マローン・シニアは妻に先立たれて光を失ったように悲しみで胸をいっぱいにし、いつまでも悲嘆を手放せずにいる。キャサリン・リースは、ソレルとソレルに誘拐された少女がかかわる作戦中に、ジョーダンの命令にそむいた。キリアンとジョーダンがどうすることもできず恐怖にとらわれて見つめる前で、キャサリンは危険を冒し、殺されてしまった。

ジョーダンの愛を信じる心を破壊したのは、決して一度の失恋などではなかった。彼を幻滅させた、どこかの女性などではなかった。本当にいつまでも続く愛などないとジョーダンに信じこませたのは、彼らを残して逝くことで父の人生もジョーダンの人生も壊してしまった女性と、生き延びるすべを知らなかった友人だった。

テイヤは暗い寝室を歩いていき、ジョーダンが着せてくれたシャツを脱いで、冷えきった毛布のなかにもぐりこんだ。ベッドに横たわったまま、隣室からの光が射しこむ入り口を見た。ジョーダンがそこに立ち、なにも言わずにこちらを見つめている。

こんなに静かに黙りこんでいるときのジョーダンは、もっとも危険だ。企み、計画を立てている。あるいは、さらに危ないのが考えているとき。

ジョーダンは恐ろしく曲がりくねった心の持ち主だ。自分が信じていることをひたすら信じ、力ずくではどうやっても考えを変えさせられない。

「きみは間違っている」部屋の向こうから届いたジョーダンの声はひどく冷ややかで、感情を欠いていて、テイヤの心が凍りつきそうなほどだった。

「ええ、そうね」テイヤはこみあげてくるものをのみこみ、涙をこらえた。泣いて役に立つのなら、涙を流していただろう。泣いて愛する人の心を勝ち取ることができるなら、止めどなく涙を流していたはずだ。

「きみを気にかけている」唐突に荒々しくなった声。そこに秘められた激しい憤りを聞き取り、テイヤは胸を痛めて目を閉じた。喉を詰まらせまいと我慢する。むせび泣いてしまわないように。「きみを失いたくないんだ、テイヤ。きみとの友情を。それに……こういう仲も」苦しげなジョーダンの声から、決して、ふたりが基地で築いてきた関係のことだけを言っているのではないとわかる。

「だったらずっとそばにいればいいじゃない、ジョーダン」テイヤはベッドから動かず、直接ジョーダンを見ることもしなかった。「でも、それもできないんでしょう?」

弱さを見せてはいけない。先ほどジョーダンに抱かれているとき、感じるものがあった。理解できないなにか、どう表現したらいいかわからないなにかを、ジョーダンから感じた。ジョーダンと争うつもりはないが、だからといってあきらめるつもりもない。ジョーダンには、ときには時間だけを与えなければいけないのだ。自分で真実を見つけ出せるように。たとえ真実を見つけるためにジョーダンが離れていってしまうことになっても。

「おやすみなさい、ジョーダン」それきり黙りこんでいるジョーダンに静かに告げた。

ジョーダンは入り口に立ち尽くし、テイヤを見つめ続けていた。陰影のできた顔立ちはいつもより野蛮に見え、うしろから届く弱い光を集めて輝いている瞳はいっそう青かった。

ときには、そうならないさだめだったとあきらめなければならないこともある。テイヤは自分に言い聞かせた。覚悟はできている。だとしても、希望を抱いていけないわけではない。祈っていけないわけではない。問題が解決して、ついに過去を打ち負かし、二度とよみがえらないよう徹底的にやっつけて埋めてしまったら、ひょっとしたら、ジョーダンの心を手に入れるチャンスが舞いおりるかもしれない。

〝マローン家の男はな、心だけでなく魂で愛すんだ〟リアダン・マローン・シニアの言葉が頭によみがえった。何年か前、マローン家の人たちが数十年暮らしているテキサス州の小さな町アルパインで会ったときに、話してくれた。〝覚えておいてくれ、テイヤ。マローン家の男を導くのは心じゃなく、魂なんだ。そういう男と愛し合うのは簡単にはいかんよ。そういう愛を本当に勝ち取るには、女性が心から熱い情をこめて信念を抱いてやらないとだめなんだ。直面している闘いがどんなものか理解する力のある女性でないと〟

あのころは、ジョーダンの父親がなぜテイヤにそんなことを言うのかわからなかった。いまはわかる。あのころすでにテイヤが胸に抱き始めていた想いを、リアダンは見抜いていたに違いない。自分の息子がどんなに頑固で、どこまで手に負えない強情者になれるか、はっきりわかっていたのだ。

テイヤもあのころから知っていた。ジョーダンがどんなに支配的で、力にあふれているか。それでいて、どんなに胸が痛くなるくらい優しくなれる人なのかも。

ジョーダンは何年も前に自分なりの決断を下し、自分なりに世界を解釈して、それと向き合ってきた人だ。必要な防壁を築き、自分の知る唯一の方法で生き延びてきた。人を信じず、愛さずに。しかし本当のところ、ジョーダンは決して認めはしないだろうけれども、ずっと大きな愛を抱いてきたのだ。

テイヤは自分の魂が狂おしく求めるものを得るために直面している闘いを、理解してはいない。どう闘えばいいか見当もつかない。

ただ、ジョーダンがいなくては生きていけないのではないかと、自分がひどく怯えていることだけはわかっていた。

14

寝室のドアが閉じられて部屋に射す光が遮られ、テイヤは暗闇を見つめた。

耳を澄ますと、ジョーダンが服を脱ぎ、武器を確認している音が聞こえる。彼は光がない状態で作業をすべて終え、サイドテーブルに武器を置き、静かにベッドに入った。

ジョーダンが寝床に入ってからしばらく張りつめた沈黙が部屋に満ちたのち、彼は口を開いた。

「わたしが十六歳のとき、彼女は家族と一緒にイングランドから近所の家を訪ねてきたんだ。ブロンドで、品があって、きれいな娘だった。あっという間に、彼女にぞっこんになったんだ。

つき合い始めたんだが、夏の終わりごろに相手の両親にばれた。近所の牧場で雇ってる男たちにわたしを散々ぶちのめさせて、それでも聞かないとなると、娘を寝室に閉じこめた。娘をイングランドに戻す手配が済むまで、表に出さないつもりで。わたしは彼女を救い出せると思ったんだ」こう語るジョーダンの声を聞いて、テイヤは不安になった。ひょっとしたら、その若き日の愛は消えていなくて、ジョーダンがかつては抱いていた愛を信じる心を殺す一因になっているのではないか。

「こっそり近所の家へ行って彼女の寝室の鍵をこじ開け、忍びこんだ」

ジョーダンはいったん口をつぐんだ。なにを考えているのだろう、なにを思い出しているのだろう。テイヤは気にかかった。沈黙は先ほどまでより重々しくはないけれど、彼が心の奥底に抱えているに違いない傷の重みは物語っていた。

「彼女はわたしも含め、まわりの者全員をもてあそんでいたんだ」とうとうジョーダンはため息交じりに言った。「イングランドに送り返してもらうために企んだことだったんだよ。両親にアメリカで入学させられそうになっていた私立学校に通いたくなかったから。アイルランド人の恋人と一緒になりたがっていたんだ」声に自嘲があふれる。「でも、一夏の代役としてなら、わたしを相手にしてもいいと思ったんだろうな」

十六歳。ああ、そんな年でひどい仕打ちをされて、彼の男らしいプライドや心はどんなにねじ曲げられてしまったことだろう。

ベッドで隣に横たわるジョーダンが体を動かし、テイヤのほうを向いた。暗闇で光る彼の瞳に引きつけられ、心から求めている彼とのつながりが得られた。

「それから十年近くたったあと、彼女と再会した。わたしは小規模な部隊を指揮し、イギリスの部隊と協力してロンドンでテロリストの下部組織を追っていた。そこで、アフガニスタン人の指導者が会合を行っている現場を押さえることができたんだ。そこにはアイルランド国籍のナンバーツーもいた。何年も組織を率いてきたやつだ。そいつらを尋問しているとき、わたしを訪ねてきた人物がいた。最初、それが彼女とは信じられなかったよ。振る舞いだけでなく、見た目も年を取っていた。品も失せ、十代のころなりすましていた淑女には見えなくなっていた。彼女は特別なはからいを求めてやってきたんだ」声には怒りも心痛も表れていない。ただ、おもしろがり、その上あざける調子が色濃かった。「懐かしい思い出のよすがにわたしとしっぽりやって、恋人を自由の身にする手助けをさせようと考えていたらしい。アイルランド人のナンバーツーというのが、彼女が昔わたしや両親をいいように操って、また一緒になろうとしていた例の不良だったんだ。彼女の人を欺く目を見て、わたしはまるで自分のキャリアの成功をのぞきこんでいる気になったよ。われわれは、英国情報部からテロリスト組織へのつながりがあることには気づいていたんだが、つながりの正体はつかめていなかった。その正体が目の前にいたんだ。彼女は英国軍事情報部六課《MI6》で上層部にいる諜報ディレクターの娘だった。彼女がテロリストに情報を流していたんだ。だが、証拠を手に入れなければならなかった。わたしは証拠がほしかった。だから、一瞬のためらいも罪悪感もなく、証拠を得るために彼女を裏切った。十六歳のわたしなら、彼女のために命を捨てただろう。その後何年も、女性とベッドをともにするたびに彼女と比べていたくらいだ。それなのに、わたしは一瞬の迷いもなく彼女を裏切った。再会から二週間後に、あの女が手錠をかけられて連行されていっても、なにも感じなかった」

「ジョーダン、裏切ったのはその女のほうよ」テイヤは静かな声で言った。「ふたりの人間が互いに愛し合っていた場合とは話が違う。ふたりで人生をともにして、一緒に未来を築いていこうとしていたわけではないでしょう」

「そうか？」ジョーダンは手を伸ばして、ふたたびテイヤの頰にふれた。ささいなものであっても、このふれ合いをどうしても必要としているように。

「母さんと父さんは一緒に未来を築こうとしていたぞ。子どもたちがいて、人生もともにしていた。ふたりとも強く信じきっていた理想の愛に、身を捧げきっていたんだ」今度は怒りと心痛がはっきり表れていた。「父さんは妻より大事なものはなにもないというくらい母さんを愛していた。だが、うちの牧場で働いてくれていた若い夫婦が人種差別主義者の標的にされたとき、母さんはやつらに立ち向かったんだ。自分がなにをするつもりか、父さんにも、大人になりかけていた息子たちにも言わなかった。誰にもなにも告げず、車で若夫婦を助けにいって、隣の郡に住む友人の家に連れていこうとした。母さんの車は崖から転落して炎上した。保安官はそれを事故として片づけた。ろくな捜査も、聞きこみもしなかった。車のなかからは、大人三人と子どもひとりの遺体まで見つかったのに。いったいなにが起こったのかまるでわからずにいたわたしたち家族のもとに、ある夜遅く母さんの友人たちがひそかに訪ねてきて、母さんがなにをしようとしていたのか話してくれた」いっとき、胸に突き刺さる笑い声が部屋に響いた。「母さんは深い愛を抱きすぎて、自分の命を危険にさらすことをなんとも思わなくなっていたんだ。その命に、夫も子どもたちも頼りきっていたのに」

どう答えればいいのだろう？　テイヤは目に染みる涙を浮かべながらジョーダンを見つめた。

「あなたとあなたの部下たちが、世界を守って救うために、命の危険を冒さざるをえないのと同じだわ」かすれる声で懸命に答えた。「少しも違わないでしょう、ジョーダン？　お母さんは救おうとした家族三人だけのことを考えて行動したんじゃない。自分の家族が同じ危険にさらされていたらと考えて、行動せずにはいられなかったのよ」

「なあ、それはわたしがキリアンにしたくだらん言い訳と同じだぞ。キリアンの妻キャサリンが命令にそむいて、ソレルの手下たちが小さい女の子を誘拐して閉じこめていた倉庫に潜入していってしまったときにな。われわれは突入せよとの命令を待っていたんだ。ソレルの手下たちは女の子を連れて移動する準備を始めていた。だが、まだ時間はあったんだ。わたしはディレクターと電話でつながっていて、いまにも突入の命令を受けようとしていた。あと少しだった」ジョーダンの声は険しくなっていた。「わたしたちは命令が出てからで間に合うとキャサリンに言い聞かせた。それなのに、キャサリンは行ってしまった。倉庫に入っていき、女の子を抱きかかえ、倉庫から走り出てきた。

敵に撃たれ、キャサリンは安全な場所までたどり着くことができなかった。われわれも間に合わなかった。キャサリンは助け出した子どもを守っていたよ。自分の体で覆いかぶさって、わたしたちが駆けつけるまで、女の子の命を守りきった。だが、キャサリンは死んだんだ、テイヤ、生まれてこられなかったキリアンの息子も一緒に連れていった。その子を身ごもっていたことを、彼女は夫に告げてすらいなかったんだ。そんな目に遭ったキリアンに、まわりの人間はきみがさっき言ったのと同じなんの役にも立たない慰めしか言えなかった。母親の本能だの、守らずにはいられなかったんだろうだの」

いきなりジョーダンが覆いかぶさり、ベッドの上でテイヤを組み敷いた。テイヤは息をのんで目を大きく見開き、彼を見あげた。

「きみが万一、一度でもキャサリンのように自分の身を危険にさらすまねをしたら、わたしは消えていなくなるからな」ジョーダンが歯をむいて言った。「きみが自分の人生をふいにするのを、わたしは黙って見ていたりしないぞ、テイヤ。きみが死ぬほど頑固だからといって、わたしの心まで殺すのは許さない」

「それなら、あなたにも同じルールに従って生きてもらうわよ」テイヤもかっとなり、歯をむいて真っ向から言い返した。ジョーダンの気持ちを思うとつらく、心が痛む。それでも、彼から旋風のように激しく伝わってくる感情の渦に、テイヤも引きこまれていた。「どうぞ、わたしを綿にくるんで大事にしてみたら、ジョーダン。わたしは気にしないから。だって、その場合、あなたも一緒に綿のなかに入るのよ。それがいやなら勝手にどっか行って」

ジョーダンはテイヤを見おろした。顔の輪郭はぼんやりとしているが、目は見えた。危険な魔女めいた猫の目が彼をにらみつけている。有無を言わさず同等の権利を要求し、決して引かない構えだ。

なにを言っても、テイヤには答えを返される。

テイヤには、愛を信じたいと思わされる。自身の胸にあってどうすることもできず、言葉にもできない感情を、信じたいと思わされる。これまでずっと見下し続けてきた錯覚を。

テイヤといると、ジョーダンは彼女に世界を捧げたくなる。十六歳のころ、底なしの阿呆だったころでさえ、本気で誰かに世界を捧げたいなどと考えたことはなかったのに。

テイヤにいったいなにをされたのだろう？　間違いなくテイヤは自分の弱みだ。だから、ここから去ってしまいたい。テイヤと距離を保ち、超然としたままでありたい。しかし、そんなまねができるわけがなかった。テイヤはジョーダンをとことん混乱させると同時に、どういうわけか彼の意識をがっちりととらえて、決して集中をそらさせないのだ。

どうしてテイヤにはそういうことができるのか、彼は理解できなかった。

「いまは一緒にいる」ジョーダンは口を開いた。「問題が片づいたら」無理にかすれる声で言葉を継がなければならなかった。「テイヤ、この作戦が終わっても、わたしはきみのそばを離れたくない。ともかく、急には」

テイヤは静かに動かずにいた。傷ついているのだ。もっとましな言葉を期待していたに違いない。

「行ってしまわないで、ジョーダン」涙を流すまいとして喉を詰まらせたテイヤの声が、暗い部屋でかろうじて聞こえた。「あなたがいられるだけずっと、そばを離れないで」

ジョーダンはテイヤの隣に体を横たえ、両腕で抱き寄せて頭を彼の肩にもたれさせた。どう伝えたらよいか見当もつかない言葉を山ほど胸の奥に詰めこんだまま、テイヤを抱いていた。くそ、なにを伝える言葉なのかもわからないのに、それらはひたすら飛び出していこうとしている。そのなにかが胸に閉じこめられている感じがした。

暗闇を見据えながら、初めて考えていた。愛の錯覚を望み、大切にしたら、なんとかそれを維持することはできるのだろうか？

ジョーダンに眠りはなかなか訪れなかった。両腕にテイヤのやわらかな重みを抱えているのは、ごく自然なことに感じられ、あまりにもしっくりきすぎて、不思議に思わずにはいられなかった。

いままでに何人もの恋人や愛人の女性と寝てきた。そして、そのなかの誰とも、彼のベッドで心地よく寄り添って横たわるどころか、ぐっすり眠れた経験はなかった。

しかし、とこのときテイヤを抱きながら思った。テイヤを抱いたまま眠りに落ちるときはいつでも、そうするのがごく自然なことのように感じた。

テイヤに変えられている。悟って、いささかとまどいを覚えずにはいられなかった。テイヤを失えば、ほかの誰を失ったときともまるで違う影響を被るに違いないと気づいたからだ。

眠気に包まれ、疑問も不安も押しのけることにした。とりあえずいまは、受け入れるほかはない。テイヤをそばで守っているためには、これしか方法がない。これまでのところ、テイヤをつけ狙っている者たちは気味が悪いほど巧みに、ジョーダンたちが手を出せない微妙な距離を保っている。テイヤを連れ去られる危険を冒すつもりはなかった。

万一の場合に備えて、安全措置も講じている。二十四時間つねにテイヤを見守る目があり、ジョーダンがすべての面をカバーしきれなかったときに起こりうる非常事態に備えている。

こうした監視の目が、ジョーダンが失うことに耐えられない唯一の女性を守る最後の砦だ。危険が迫っているのを感じられたからだ。

ただ、いま急に危険に見舞われるとは思っていなかった。

なにかがおかしい。軽くつつかれるような意識を覚え、眠気が失せた。自然ではない音、感覚、空気の動きがあった。

なにかがテイヤを脅かそうとしているという認識、警告だ。

ジョーダンは眠りこむ前、グロックをサイドテーブルに置いたままにするのではなく、枕の下に忍ばせていた。

わき腹を下にして横たわり、テイヤに片方の腕をまわしている状態で、空いているほうの手を慎重に枕の下に差し入れて銃床を握った。そのとき、テイヤがほんのかすかに身じろぎした。毛布の下で片方の腕をベッドのわきに伸ばしている。

テイヤも目を覚まし、動く準備はできている。思ったとおり、彼女もジョーダンと同じように気配を察知して覚醒していた。エリート作戦部隊に加わる前から何年も逃げ続けていたのだ。危険を察知する本能は消えてはいなかった。

ジョーダンは感覚を研ぎ澄まして聞き耳を立て、どこから危険が襲ってくるか判断しようとした。居間の明かりはつけたままにしていたので、ドアの下の隙間からわずかな光が射しこんでいるはずだった。

ところが、いまはそんな光はなかった。明かりは消されている。だからこそ、テイヤを脅かす者はドアを開けたとき寝室に射しこむ光でふたりを起こすことなく、室内に忍びこめたのだろう。

ふたりが目を覚ましたのは、ドアを閉じるかすかな音がしたために違いない。ほかの場合ならすでに動きだしていただろうが、今回ジョーダンは動かずにいた。どんな小さな音も聞き逃すまいとしながら、視界のはしで状況を確認できるだけわずかに目を開けた。いた。かろうじて見分けられる影が、ひとつだけではない。くそ、ふたりか。

なんとか同時にふたりの動きを封じなければならない。あるいは、ふたり目が発砲しだす前にひとりを倒し、すばやく銃弾を避けるという幸運に賭けるか。

ふたつの影が動き、配置につき、武器をジョーダンに向けた。テイヤではなく。ジョーダンは笑みを浮かべかけた。しめた。襲撃者たちはジョーダンを殺そうとしている。テイヤを助けて守る者を排除し、彼女を孤立させようとしている。だが、そんな状況にはならない。ジョーダンの身になにがあっても、部下たちが決してテイヤを連れ去らせはしないだろう。

とはいえ、ジョーダンもそう簡単に排除されるつもりはなかった。

テイヤのようすが伝わってくる。すぐさま動けるよう備え、緊張し、パニックに襲われる寸前になっている。背中をぴったりと彼の胸板に寄せているので、激しく高鳴る鼓動も伝わってきた。危険のただなかで全身にアドレナリンが駆け巡っているのだ。

眠っているときからテイヤの腰にのせていた手に力をこめた。

もうすぐ仕掛けてくる。ジョーダンは気配を感じた。襲撃者たちが銃口を彼に向け、引き金を引こうとしている。だがもう、ジョーダンにも敵の位置がわかっていた。ふたり。協調して動いている。ひとりがジョーダンを射殺し、もうひとりがテイヤをとらえるつもりだ。テイヤを殺すつもりではないだろう。

時間がなくなってきた。

ふたたび目のはしで影の動きを察知し、時間切れだと悟る。

ジョーダンは動いた。

まるでジョーダンと本能がじかに結びついているかのように、テイヤも同時に動いた。その瞬間、赤い火が噴き、消音装置つきの銃が発砲される音が部屋に響いた。

ジョーダンはひとり目の暗殺未遂犯に飛びかかった。相手の頭に銃床をたたきつけてそいつが倒れる手応えを感じ取るやいなや身をひるがえし、ふたり目を片づけるあいだは倒れたままでいてほしいと願った。

消音装置つきの銃から弾が発射される音がまた鳴り響き、ジョーダンは体をひねった。銃弾はさっきまで彼の頭があった枕に命中した。

「電気は消したままにしておけ」テイヤが明かりをつけないよう、低い声を発した。「なにかの陰に隠れろ」

身を守れる場所に。テイヤを守らなければならない。この本能、絶対に達成しなければならない思いのみが彼を突き動かしていた。

いまは暗闇が必要だ。突然の光は視覚を奪い、運命を分けるかもしれない数秒のあいだ、彼を無防備にしてしまう。襲撃者たちにとっては有利に働くだろう。彼らが目的を達するチャンスになるかもしれない。ジョーダンを殺すための。

ジョーダンは鋭くした視線を闇に走らせ、ふたたび横に跳んで銃撃を誘った。テイヤがいないほうへ。

ジョーダンがふたり目の動きを封じているうちに、床に倒れたひとり目が起きあがらないようテイヤが手を打ってくれるはずだ。ジョーダンは武器を放り、ふたり目の襲撃者に素手で飛びかかった。激しい怒りが全身を興奮させて精神まで燃え立たせ、危険によって生じるアドレナリンの導火線に火をつけた。

愚かな人でなしども。あらかじめ暗い寝室に侵入することがわかっているなら、暗視装置をつけてきて当然だろうに。ジョーダンなら、獲物と同じく目が利かない状態で襲撃を仕掛けたりはしない。

闇のなかで影が動く気配がした。

横に飛びのいて転がる。血を思わせる赤い閃光が闇を切り裂いた。あせって向きを変えようとした襲撃者の不意を突いて飛びかかり、腎臓にこぶしを見舞って太い叫び声を引き出す。相手を床に押し倒すと同時に、こちらに向けられそうになる銃を取りあげようとした。

銃を握っている襲撃者の手をつかみ、ふたたび発砲される前に武器をもぎ取ろうと力をこめる。

「くそ野郎！」襲撃者の股間に膝蹴りを食らわせると騒々しい悲鳴があがり、その拍子に銃が暴発して弾にわき腹をえぐられ、ジョーダンはうめいた。

相手のあごにこぶしをたたきこんだあと、銃をもぎ取り、床に投げ捨てた。もう一発殴ろうとしかけたとき、寝室のドアが乱暴に開かれ、急に射しこんできた光で一瞬、目が見えなくなった。

ついさっき放った銃を取ろうと、そちらへ身を投げた。

「危険なし」氷のように冷たく、殺気を帯びたミカの声。これを聞いてジョーダンは部屋に入ってきたのは敵ではなく、仲間だと安堵した。

ためらわず床を蹴り、ベッドを跳び越えて体を回転させ、テイヤがいるはずの場所に身を低くして着地した。

テイヤは身を隠すかわりに、最初に倒した襲撃者の両手にロープの帯を巻きつけて、すばやく縛り終えるところだった。

いつの間にかまたジョーダンのシャツを身に着け、胸の下でふたつだけボタンを留めている。赤みがかった金髪がカールして両肩に流れ落ちるさまは野性を感じさせ、猫を思わせる目は激しい怒りと恐怖にぎらついていた。

「ほかの者はどこにいる?」ジョーダンは鋭い口調で尋ね、ベッドの足側にかかっていたズボンを取って手早くはいた。視線は動かなくなったふたりの襲撃者のあいだを行き来する。

ミカがふたり目も拘束していた。

「居間にいます」黒い覆面の穴からのぞくミカの暗い目は突き刺さるように鋭かった。「廊下も含めスイートルーム全体の安全を確保しました」

「このくそふたりを予備のスイートに連れていけ」憤怒がジョーダンの血を騒がせ、心をむしばんでいた。振り返って、ふたたびテイヤの全身に視線を走らせる。彼女は、意識を失って足元に倒れている襲撃者を見つめていた。

ジョーダンはこの男の動きをいったん封じただけだった。テイヤが敵のうしろから忍び寄り、意識を失わせたに違いない。

テイヤが本当に言われたとおり安全な場所に隠れてくれるなどと、ジョーダンはいったいどうして思いこめたのだろう？　彼女には安全でいてほしかった。先ほど本人が言っていたとおり、綿にくるまれて守られていてほしかった。だが、恐ろしいことに、こうした危険が存在するかぎり、テイヤが初めての平穏や安心を手に入れられる見こみはないのだ。

黒い覆面をしたジョーダンの部下たちが部屋に入ってきて、いっさい無駄のない寒慄を覚えさせる手際で、意識のないふたりの襲撃者をすばやく隣室へ運び去っていった。

襲撃者たちが侵入した際、隣接するスイートルームにはミカ、ノア、ニックがおり、廊下の向かいのそれぞれの部屋にはジョンとベイリー、トラヴィスとリリーがいたはずだ。

二組の夫婦は居間で覆面はせず、武器を構えて開いた隣のスイートルームへのドアを守っている。

予備のスイートルームに引きずっていかれるふたりの襲撃者を寝室の入り口から見つめ、ジョーダンは抑えきれなくなりそうな憤怒に駆られて歯を食いしばった。

殺したいという欲求が激しくわきあがり、自制心を脅かそうとしている。あの男たちの頭を引きちぎってやるところだ。こう考えただけで全身に力がみなぎり、こぶしを固めて懸命に衝動を抑えこんだ。

ジョーダンはゆっくりと寝室を振り返り、ドアにかけた指に力をこめた。すぐに壁が揺れるほどの音をたててドアが閉まり、テイヤは思わずびくりとして目を大きく見開いた。

襲撃が起こってから、ジョーダンの目を見るのはこれが初めてだった。

ジョーダンの目を見つめて、テイヤはショックを受けた。

これまでに、あらゆる危険な状況に直面したジョーダンの姿を目にしてきた。甥が傷を負ったとき、父親が心臓発作で入院したとき、何年か前にいちばん下の甥が自動車事故で命を失うところだったとき。それでも、こんなジョーダンを目にするのは初めてだった。目の奥では激しい怒りがまるで青い炎のように燃え、憤怒のあまり表情は張りつめ、獰猛なまでに険しくなっている。荒々しい顔立ちが強調されて野蛮に見えるほどだった。

「服を着ろ」うなり声には激情が満ちていた。

テイヤは相手が言い終わる前に動きだしていた。

急いでドレッサーの引き出しを開け、数秒で必要なものをすべて引っ張り出す。二分もたないうちにベッドのはしに腰かけ、スニーカーの紐を結んでいた。

横でジョーダンも着替えている。先ほど目の奥で燃え立たせていた激しい怒りを抑えるためか、普段より時間をかけている。

ジーンズに黒いシャツという姿だ。ブーツの紐はまだ結ばずに、グロックの弾倉を確かめている。

銃に弾をこめたのち、ジョーダンは腰をおろし、足を入れた戦闘用のショートブーツの紐を結んだ。立ちあがってサイドテーブルの横に置いてあったバックパックのほうを向き、予備の弾倉を取り出してうしろポケットに押し入れている。

「今夜じゅうに敵を追うつもりなら、わたしも一緒に行くわよ」テイヤはきっぱり告げてから立ちあがり、ドレッサーに向かった。はじき飛ばされたらしく、テレビのうしろに転がっていた化粧ポーチから太いリボンを取り出す。いら立って化粧ポーチを元どおりドレッサーにどんとのせ、鏡に映る自分の顔を見つめた。ショックで青ざめた肌。異様な輝きを放っているエメラルドグリーンの目。

死人のような顔だ。

自分の目から視線をそらして鏡越しにジョーダンを見つめ、髪をまとめて結んだ。彼女を支配する力を持つジョーダンのまなざしに対抗する決意をこめてあごをあげ、目つきをとがらせた。

「今夜は追わない」ジョーダンが答えた。

ジョーダンの声にたじろがないよう、テイヤは自分をいさめた。荒々しく響く物騒な声。ジョーダンの激しい怒りは、まだ爆発する寸前だ。

「あなたはまだ普段の落ち着きを取り戻してないわね」テイヤは緊張してごくりとつばをのんだ。あの襲撃者ふたりと面と向かい合ったら、ジョーダンは理性と論理にもとづく名高い自制心を失ってしまうのではないか、と思って怖かった。「人を殺しかねない顔をしてるわよ、ジョーダン。そんな目をしてるあなた、めったに見たことない」

ジョーダンは頑としてテイヤをにらみ続けた。

「ねえ」テイヤはジーンズのポケットに両手を突き入れた。「わたしのために、後悔するまねなんかしてほしくないの」

抑えようもなく鼓動が激しくなり、パニックが襲ってくる。原因となる恐怖は、ジョーダンが傷を負い、もっと取り返しのつかないことになって、殺されてしまったらどうしようというものから、ジョーダンが自制心を失って行動し、あとでそのことでテイヤを責めたらどうしようという不安に変わっていた。

「わたしは大丈夫だ」ジョーダンは両手で髪をかきあげ、苦しげな表情で眉を寄せた。

「ジョーダン……」

「大丈夫だ、テイヤ」口調が鋭くなった。「あのくそどもを殺したりしない。どんなにそうしたくてたまらなくてもな。さあ、やつらを尋問する場に一緒にいたいなら、ついてきたほうがいいぞ。ノアがあいつらの喉をかっ切ってしまう前に身元を確かめたい」

ジョーダンは背を向けて寝室を出ていった。獲物を狙う獣のように危険な雰囲気を身にまとい、テイヤの神経を緊張させたまま。

ジョーダンはテイヤの恐怖も、不安も感じ取っていた。本能があまりにも研ぎ澄まされ、どこまでも深くテイヤを知り尽くしているから、気づかずにはいられなかった。同様に、いまテイヤを警戒させてしまっているのは自分だという事実にも気づかずにはいられない。

この点にはあとで対処しなければならないだろう。テイヤが脅威に直面しているために、自分が自制心を保てるかどうか非常に際どい状態にあるという事実に向き合わなければならないだろう。

隣のスイートルームに入り、椅子に縛りつけられてまだ意識を取り戻していないふたりの男に、獲物に近づいていった。

「誰だ？」甥に問いかけた。覆面をしたままのノアの青い目は普段より暗い色合いを帯びている。この目もまた激しい怒りを燃やしていた。

「こいつはジョン・フラックル」ノアはひとり目の男の頭を平手でたたいた。あいかわらず意識のない状態で、男の頭が横にびくりと揺れた。

ジョン・フラックルは身長一八〇センチほどで、茶色の髪を頭皮ぎりぎりまで刈りこんでいた。口には灰色のテープが貼られており、意識を取り戻したとしても声は出せない。

間もなく、テープははがされるだろう。この男が目を覚ましたらすぐに。そうしたら、ジョーダンは必ずこのくそ野郎をしゃべらせるつもりだった。話さないなら、舌を抜いてやる。いや、ひょっとしたら、また口を開くチャンスすらやらないかもしれない。

「調べたところによると、フラックルはいくつかの法執行機関のリストに載ってる、ちょっと目を引く前歴の持ち主ですよ」ノアが肩越しにぐっと突き出した親指の先では、ニックがコンピューターで情報を引き出し、プリントアウトしていた。「見た目のいい女を狙うウジ虫野郎どものために喜んで仕事をしているらしい。さらった女がヴァージンじゃなかったら、フラックルがレイプしてから、雇い主のところに届けるそうです」

ジョーダンはあらためてじろりとフラックルに視線を据え、期待の笑みを浮かべた。

「こいつを殺すのは楽しそうだ」とゆっくり言った。

声にこめられた真剣な響きに、テイヤがかすかに体を引きつらせた。

「そっちの相棒は？」

「片割れはマルコ・フィリピーニです。ただ、人のいいマルコは相棒の人となりをよく知らなかった可能性もあります。こいつのことは、おれも知ってるんですよ。マルコはおもにフランスでうろちょろしてる取るに足りない小物です。少し探りを入れてこいつの話も聞いてやろうと思いますが、役に立つ話をちょっとはするようなら、優しくしてやってもいいかもしれませんね」ノアはそう言いつつ、先ほどフラックルにしたよりもやや強く、マルコを殴りつけた。

襲撃者たちはふたりとも体格がよく、それなりの経験も積んでいるようだ。これから意識を取り戻したら、無限の苦痛も経験することになる。ジョーダンの好きにしていいのなら。

「そのふたりは今夜ボスたちが出席したパーティー会場の外にいました」コンピューターの前からニックが言った。「テイヤの家を襲撃した部隊の一員です。これまでにわかった情報によると、部隊の人間のほとんどが傭兵ですね。だが、フラックルとフィリピーニはソレルが殺される前、下っ端の戦闘員としてソレルの組織に加わっていました」

ジョーダンは片方の眉をつりあげ、フラックルとマルコを見据えた。またもやこぶしに力が入る。この男たちの血を見たいという欲求は、テイヤに対して悩ましいほど抱いてしまう欲情に負けないほど強かった。

自覚して衝撃を覚えた。甥を除けば、ここまで誰かに強い感情を抱いてしまったことはなかった。部下たちが攻撃され、傷を負わされれば腹が立った。しかし、ここまで獰猛な怒りに駆られた経験はなかった。

「こいつらは誰かから大層なおもちゃをもらってますよ」ノアがうしろで口を開いた。「そのおもちゃを使って、おれたちのセキュリティーをすり抜けるのに三秒もかからなかった」

ジョーダンはすぐさまうなずいた。「疑っていたとおり、こいつらは資金を豊富に与えられているんだ。襲撃部隊、あるいは部隊を雇っている人間は、どこかの軍隊とつながりを持っている。われわれのセキュリティーを突破するのに必要なテクノロジー機器を手に入れるには、それしか方法がないはずだからな」襲撃者ふたりを見据えたまま、口元を引きしめた。

「アメリカ以外にそんなテクノロジーを持っている国は少ない」ミカが言った。「簡単にどこかから手に入れるというわけにはいきません、ジョーダン」

「そんなことはよくわかっている」氷のように冷たく感情を欠いた声は、人を脅かす死のささやきのようだった。

「この男たちの完全な調査書がほしい」ノアに顔を向け、目を合わせた。「すべてを調べ尽くせ。こいつらが誰とつき合い、誰に雇われているか。こいつらの人生のほんのささいな部分までもらさず知りたい」

「すべて知らせますよ」ノアが請け合った。「用意ができしだいね」

テイヤもノアのことをよくわかっている。彼が叔父と築いている絆も。情報は存在するかぎりすべて、すぐさまジョーダンの手に渡るだろう。

ジョーダンは背後のドアに向かってぐいっと首を振った。ここでの用はいまのところもうない、ついてこいという合図だ。

向きを変え、テイヤのウエストに腕をまわして引き寄せ、ともに彼らのスイートルームの居間に戻った。襲撃者ふたりに目覚める時間を与えよう。しばらくたって、必要ならジョーダンが手ずから目を覚まさせてやる。あるいは、求めている答えを提供しそうにない男たちを尋問するかわりに、とるべき手段があるかもしれない。それに、テイヤの前で彼らを尋問したくはない、とジョーダンは考えていた。

自分の最悪の面をテイヤには見せたくない。テイヤが基地にいるあいだ、敵を尋問する姿を見せたことは一度もなかった。人を殺す姿を。

いまも、テイヤにはそんな姿を見せたくないと思っていた。それなのに、見せてしまいそうだ。フラックルと仲間はテイヤを奪い去る目的でジョーダンを攻撃してきた時点で、みずからの死刑執行令状にサインしたも同然だ。情報を提供しなければ、答えを差し出さなければ、今後やつらが誰かを脅かすことはない。もう二度と。ジョーダンは胸に誓った。

15

テイヤは、襲撃を行った男ふたりの顔に見覚えがあるのではないかと思っていた。かつてソレルの組織にいた人間だと、顔を見ればわかるのではないか。見知らぬ人間とは予想していなかった。以前、つけてくる姿を見たこともない人物。まったく知らない男たち。

血がつながっていただけの父親から逃げ続けた何年もの日々を、あまりにも思い出させる出来事だった。死んだにもかかわらず、あの男は墓から手を伸ばしてくる。テイヤが愛情を抱いた人、テイヤを守ろうとする人を誰でも、ひとり残らず殺す気なのだ。

スイートルームの広々とした居間に入っていきながら、ひょっとしたらジョーダンが正しいのかもしれないと思えた。本当に、愛は錯覚なのかもしれない。愛が本物なら、テイヤは無理にでも自分が直面している危険からジョーダンを遠ざけるのではないだろうか？　せめて逃げ出したり、ジョーダンから隠れている方法を探したりするのではないだろうか？　ジョーダンを守るために。それも愛ではないだろうか？

「ジョーダン、やつらは話しませんよ」ジョンもほかのエージェントたちとともに別室から出てきた。「おれたちが集めた情報が正しければ、やつらはテイヤを襲った理由を教えてはくれないでしょうね」

ジョーダンはゆっくり部下に顔を向けた。「やつらはわたしを殺したのち、すぐにテイヤに襲いかかったはずだ。やつらは話すさ。どんな手間がかかっても教えてもらう。わたしは答えがほしいんだ、ジョン。あの男たちはわれわれのセキュリティーがどんなものかも、それを突破する方法も正確に知っていた。スイートルームの配置も、どこにわたしがいるかも。そんな知識をやつらが誰に教わったのか知りたい」

「侵入者たちは、ベッドのどちら側であなたが寝ているかも知っていたわ」テイヤは指摘した。自分の声が、聞き覚えのある感情の抜けた声になっていた。「偶然じゃないわよ。あなたはめったに二晩続けて同じ側で眠らないんだから」

ジョーダンと一緒に眠るようになってからというもの、そのせいでテイヤはひどくかっかしていた。いつも決まった側で寝させてほしい。

ジョーダンにずっと生きていてほしい。

テイヤは体の奥から凍りついていく気がした。怖くなった。逃げていた何年ものあいだに、テイヤを守ろうとした人はひとり残らず命を奪われた。

娘を守ろうと闘っていた何年ものあいだに、母は信頼しようとした相手をことごとく失った。テイヤは、ジョーダンを失うことに耐えられるか？

耐えられない。そんなふうにジョーダンを失ったら、生き延びられるわけがない。

ジョーダンだけが持つどこまでも青い瞳。そこから命が奪われる原因に、自分がなるわけにはいかない。

テイヤの前で、六人の男性とふたりの女性が目を見交わしていた。

「スイートルーム内のようすを知りえた者がいるはずがない」ミカがかぶっていた覆面を乱暴に脱ぎ、たったいま自分たちが閉めてきたドアへ嫌悪もあらわな視線を投げた。「ホテルの従業員も訪問者も部屋に入れていないし、われわれが到着する前にニックが家具を移動させ、普通なら人が通るところに置いた。その配置を誰かに知られたはずがない。

おれたちはしょうもない初心者ではないんだ、テイヤ」こう告げるミカの声も、まなざしも、すっかり冷たくなっていた。テイヤは彼の気持ちを傷つけてしまったらしい。そうするつもりもなかったのに。

テイヤは時間をかけて息を吸った。まったく、今夜は男性の自尊心や繊細な心に気を使っている余裕はないのに。げんなりしてしまう。両手をぎゅっと握りしめて、同じように人をカチンとさせる言葉を返してしまわないよう我慢した。ジョーダンを殺そうとしたろくでなしたちの目をえぐり出す欲求は、抑えられなくなりそうだ。

あの男たちに、テイヤが頼れると思える数少ない人々のひとりを、もう少しで奪われてしまうところだった。テイヤがこれまでに愛した唯一の人を。ひと目見た瞬間から、愛さずにはいられなくなった唯一の男性を。

テイヤが強調したかったのは、ジョンが自分の名前でこのホテルの部屋を予約したという事実だ。テイヤがこのホテルに滞在していることを敵に知られたのは、もっとも早くてホテル入りした翌日のはずだ。そして、ミカも言っていたように、スイートルームには誰ひとり、従業員さえ入れていない。居間も一続きのダイニングも、寝室も、家具の配置を変えた。

盗撮や盗聴のためのなんらかの装置が仕掛けられていたとしたら、エリート作戦部隊のエージェントたちが到着する前に仕掛けたとしか考えられない。しかし、エージェントたちは到着後、監視装置がないか確認した。それは確かだ。テイヤ自身も調べるのを手伝い、なにも見つからなかったのだから。

暗殺未遂犯たちにそこまで運が向くことなどあるだろうか?

メイドはひとりもなかに入れなかった。ルームサービスも一度も頼んでいない。食事はエージェントの誰かが外に買いにいっていた。どのようにしてか、ある種の監視装置が寝室にあったとしか考えられない。そうでなければ、フラックルとフィリピーニが暗視装置の助けもなしに、ジョーダンがどこで眠っているか知れたはずがない。

「この居間の明かりはつけたままにしていた」ジョーダンが指摘した。暗がりでも、ベッドの白い掛け布団と、その下にいる大きいほうの人間を見分けるのは難しくなかっただろう。

「なんの目的でジョーダンを殺そうとしたんだ?」ノアが低い声で疑問を口にした。彼の静かな口調からは、ほかのエージェントたちの抑えの利いた冷ややかな口調よりも強く、うちに秘めた危険な怒りが伝わってきた。

「ジョーダンがわたしを守ってるからよ」テイヤはつらい思いで告げた。「ソレルの大好きなゲームだった。わたしを手に入れるという目標を邪魔しようとする人間をひとり残らず殺すのが。わたしの母まで殺したのよ」振り返ってジョーダンを見つめた。悲嘆で胸が詰まり、苦しくなった。自分が幼いころに流された血を思うと、胃がよじれそうになる。「この手でソレルを殺したのに。どうしてまだつきまとわれるの？」

ソレルも、あの男の息子も確かに殺した。レイヴンとソレルの生気の失せた目をこの目で見た。それぞれの心臓を銃弾が貫き、胸が血で染まった。すべて覚えている。それなのに、まだ彼らが生きているかのようだった。

手で髪をかきあげ、黙ったまま深刻な表情でこちらを見つめている仲間たちに背を向けた。哀れみの表情を見るのが怖かった。哀れまれたくない。この人たちの助けを受け入れているのが心苦しかった。

この人たちには人生があって、家族がいる。子どもも友人もいる。

ヘイガーズタウンに来るまで、テイヤにはこの人たちしかいなかった。ヘイガーズタウンでも、本当に友だちと呼べる人はいない。テイヤがいなくなったとき寂しく思ってくれるのは、いまこの部屋で一緒にいる人たちだけだろう。でも、ここにいるみんなだって、テイヤ抜きの人生を続けていくはずだ。テイヤのことを懐かしく思い出してはくれるかもしれない。テイヤの死を惜しんではくれるかもしれない。けれども、テイヤを失って本当に悲嘆に暮れるほど、彼女のことを気にかけている人はひとりもいない。

ベッドをともにしている人でさえ、そこまで気にかけてくれていないかもしれない。テイヤが心を捧げた人でさえ。

テイヤはジョーダンを見ることができなかった。自分がジョーダンの人生に持ちこんでしまった危険と向き合えない。しかも、逃げる強さも、過去に学んだ教訓を思い出す強さもなかった。

友人を作ってはいけない。死んでしまうから。

誰も愛してはいけない。殺されてしまうから。

一定の安心感や平穏がある暮らしなど、決して夢見てはいけない。

「テイヤ」突然、ジョーダンの腕に包まれていた。振り向かされ、力強くたくましい胸に抱き寄せられる。

彼は温かく、揺るぎなかった。テイヤに危害を及ぼそうとするどんなものからも、誰からも守るというように抱いてくれている。弾など自分がはね返すとでもいうように。そんなことができる人はいない、とテイヤにはしっかりわかっているのに。

「こんなこと終わってほしい」ジョーダンのゆとりのあるシャツを握りしめて、小さな声を出した。「ただ、どこかへなくなってしまってほしいの、ジョーダン。ソレルと一緒に消えるはずだったのに」

「消えるさ」ジョーダンが耳元に唇を寄せてささやきかけた。「約束だ、今度こそ過去の亡霊など完全に埋めてしまおう」

テイヤはゆっくり彼に身を任せた。

逃げ出すべきだった。ジョーダンを守るべきだった。そうできるうちに。

ジョーダンは殺しに走る寸前だった。

別室に踏みこんでいき、そこで座らされているふたりの襲撃者たちをぶち殺さずにいるために全力を尽くしていた。

「襲撃を予想してたんでしょう」テーブルの向こうからノアがこちらを見つめ、静かに、責めるように言った。

「予想していなかったらばか者だろう」ジョーダンは肩をすくめた。襲撃から一時間以上たち、ようやくミカに縫ってもらったわき腹の傷に、テイヤが包帯を巻き終えるところだ。

「単に、予想より早く動かれただけだ」

「次の襲撃は守りの手薄な外出先で起こると思っていました」ミカが椅子の背もたれに体を預けて発言した。「早すぎる」

ジョーダンは否定のしるしに首を振った。「最初の襲撃の目的はテイヤをとらえることだった。裏で糸を引いている何者かは、テイヤを守ろうとする友人たちがいると気づいていなかった」ジョン・ヴィンセントとトラヴィス・ケインに目をやる。「今夜の襲撃は好機をとらえたといったところだろう」今度はテイヤに目を向けた。「敵はいま襲うのが有利と見たから行動に出たんだ」

ジョーダンはゆったりと椅子に寄りかかった。考えこんだ表情の部下たちから見つめられておかしさを覚えたが、笑みを押し隠した。ジョーダンがエリート作戦部隊の司令官であったのには理由がある。ほかの民間の秘密工作部隊の司令官にはない自由を与えられていたのには理由があった。

なぜならジョーダンは前もって手を打っておくすべも、反応を引き出すために相手をどう追いこめばいいかも的確に心得ているからだ。

「テイヤをとらえようとしている何者かには個人的な狙いがあるということは、わかっているだろう」ふたたび口を開いた。

「どうやって、わかったんです？」身を乗り出してこの見解への疑問を表明したのはニックだった。「過去の報告書は調べたんですよ。テイヤの母親について。テイヤたち母娘を守ろうとして殺された人々について。テイヤがフランスに滞在していた数カ月と、そのとき襲撃された件についても。おれの見たところでは、ソレルの協力者たちがソレルを殺したテイヤを罰しようとしているって線のほうが強そうですが」

ジョーダンの横で、テイヤがびくりと身を震わせた。

「おれもどちらかといえばその線に賛成です」と、ミカ。「全員、過去の報告書は見直したんですよ、ジョーダン。なぜ、個人的な意図が含まれていると考えるんです？　すでにソレルもやつの息子もこの世にいないというのに」

「ソレルの協力者も、友人も、あるいは敵だろうと、テイヤをもてあそんだりはするまい」ジョーダンは説明した。「テイヤはなぜかもてあそばれているんだ。観察されている。相手の狙いどおりの反応をするよう強要されて。ソレルの死に対する復讐というより、ソレルが誘拐する犠牲者に狙いをさだめたときの特徴的な行動パターンに近い気がする。テイヤの家が襲撃されたとき、わたしもそこにいたために、テイヤが逃げもせず、無防備になって怯えもしなかったことで、計画が変更されたんだ」傭兵ふたりをとらえている部屋のあるほうへ視線を向ける。「やつらはわたしを抹殺しろと命令を受けていた」

テイヤは黙って座り、ジョーダンの説明に耳を傾けた。彼がテイヤの家に来てからの行動を段階を追って解説している。

ジョーダンの言うとおりだ。ジョーダンが現れる前からすでに、テイヤは反応を強要され、誘導され、避けようがない状況に引きずりこまれていると感じていた。

確かに、強くソレルを思い出させるやりかただ。まだ子どもだったテイヤでさえ、当時これはゲームだとわかっていた。母親と彼女を守ろうとしていた人たちは、もてあそばれていた。

テイヤを守れる者などいない。ソレルはこの考えをテイヤの頭に焼きつけようとしていた。何度か接触してきたとき、ソレルは楽しげだった。一度などは、自分の番号とともに携帯電話を残していったこともあった。テイヤは電話をかけた。これは現実ではないという思いにとらわれながら、背筋が凍るほど邪悪な怪物の、魅力的で、優しげな声を聞いた。

「どう対処するつもりなんです？」ノアの声で、会議テーブルを囲んで交わされている会話に注意を引き戻された。

ノアの声は内心で燃えている憤怒のせいで低く、険を帯びていた。

「とらえたふたりを逃がしてみるつもりだ」ジョーダンの唇が笑みのかたちにゆがんだ。「やつらを謎のパパが待つ家へ逃げ帰らせてみよう。やつらを追跡して、指示を出している者の正体がつかめるように。そのあいだに、テイヤはすみやかにホテルを出てスタントン上院議員の屋敷に身を寄せるんだ。そこから慎重にうわさを出まわらせる。かねてからわれわれを狙っていた暗殺者ふたりが狙いどおりまんまとわたしを殺したが、雇っていたボディーガードがぎりぎりで間に合ってテイヤは救われたとな」ノアに顔を向けて告げる。「ニックとミカとノアは、わたしを遺体袋に入れて運び出し、SUVに積む。ジョンとトラヴィスは、すみやかにテイヤを上院議員の屋敷に避難させろ。ノアは残って襲撃者ふたりが〝逃げる〟のを見張る。われわれは予備の車両を使い、逃げ出したふたりを追う」

「ちょっとした演出もしておきましょう」ベイリーが静かに勧めた。「あいつらが目を覚ましたら、こっちの会話を聞かせるの。ジョーダンの遺体を運び出して戻ったら、やつらをひどい目に遭わせてやるって話すのを聞かせて、ジョーダンは死んだと思いこませるのよ」

「いいか、わたしは最後の最後で撃たれたんだぞ。フラックルの気を失わせる直前に。やつらはわたしがどこに銃弾を受けたか知らない。致命傷となったと聞いても疑問は抱かないはずだ」

テイヤは座って静かに聞いていた。計画はシンプルで、うまくいきそうだ。まさしく〝ジョーダンの〟プラン。シンプルでありながら、細かな部分まで徹底していてまったく疑いようがない。

だからこそジョーダンは非常に優秀な司令官だった。

なにひとつ運任せにはしない。ほんのささいな点まで準備し、機会があれば、もっともいい結果が得られるよう残らず利用する。

「ボスが完全にゲームから姿を消すとは信じられませんね」ミカが楽しげに目を光らせた。

「たったいま、援護も必要なければ、失敗の恐れも九割方なくせるプランを用意してしまったんだから。そうでしょう?」

ジョーダンはあいかわらず抑制が利いて張りつめた表情をしていた。「その残りの一割が心配なんだ。失敗の恐れを少しでもゼロに近づけられるよう努力しなくては」

テイヤはのろのろと立ちあがった。体がこわばり、年を取ったみたいに感じた。ひとときでも心を休められる安全な場所を探して何年も逃げ、知恵を絞っていたために、早く老けてしまったようだ。

未明からこんな目に遭ったあとでは、白髪が生えて当然な気がした。

「テイヤ、大丈夫か?」ジョーダンは静かに気遣う口調で尋ね、椅子から彼女を見つめ続けた。普段より青の色濃い目をしている。

「大丈夫よ」小さな声で答えてジョーダンにつかまれた腕を引き、自然な表情に見えるよう願って笑みを浮かべた。「でも、もしよければ、トイレに行ってきたいの」

みんなに背を向け、急いで居間を出た。

激しい吐き気に襲われ、いくらほかの人たちの話に集中しようとしても、考えを別に向けようとしても、今度ばかりは我慢できそうになかった。

ジョーダンの命がさっき話していたようにあっけなく失われてしまうと考えただけで、前夜のディナーが胃からこみあげてきそうになった。

16

テイヤがバスルームから出ていくと、ジョーダンが待っていた。壁に背を預けて胸の前で腕を組み、青い目を鋭く細め、じっと黙ったまま見つめてくる。

気分が悪いのを隠すのは無理だ。

顔は洗った。それでも、どう見えているかわかりきっている。尋常でないくらい青ざめて、目がやけに大きく見え、唇の色が目立ちすぎているはずだ。

しかも、ジョーダンはなにひとつ見逃さない目でテイヤの顔を見ている。表情も、まなざしの奥の感情も。どこまで見抜かれているのだろう。

「大丈夫じゃないな」

あたり前だ。トイレに駆けこんで死ぬほど吐いてきたあとなのだから。

ジョーダンがシャツを替えて、血をぬぐってくれていてよかった。でも、まだ生え際に赤い血の跡が残っている。それを見て、さらに気分が悪くなり、記憶に心を侵された。

「もう大丈夫よ」言い張って、すばやく肩をすくめ、彼のわきを通り過ぎようとした。

また引き留められた。腕をがっしりとつかまれて、胸で息が詰まり、涙で喉がつかえる。

過去に追いつめられていた。ソレルのおぞましい所業を、耐えきれないほど何度も見せられていた。ソレルは写真を送ってきた。〝おまえのせいでなにが起こったか見てごらん、かわいいベイビー。パパのところに帰ってくるんだ。そうすれば、誰も傷つかずに済むんだよ〟

ソレルはテイヤをもてあそんでいた。いまも、同じように誰かが彼女をもてあそぼうとしている。誰？ ソレルが信頼していた仲間は、テイヤの兄しかいなかったはず。

「テイ？」ジョーダンが深い声でささやいて顔を寄せ、手を彼女の腰に滑らせた。着替えていた短いワンピースTシャツの薄い生地越しに、指が熱い感覚をもたらす。

肩の曲線に唇を押しあてられ、さらにワンピースをウエストのわきまでまくりあげられて、テイヤは目を閉じた。されるがままジョーダンの肩に頭を預け、喉で息を詰まらせる。じかにジョーダンのぬくもりを感じられた。ジョーダンの手が背を撫であげ、また腰に戻ってくる。純粋な優しさ、押し隠され、張りつめている渇望、テイヤのなかからもわきあがる欲求、口にされなくても言葉より強く伝わる想いに包まれた。

「一緒に連れていって」

抑える間もなく懇願の言葉が勝手に出ていった。いまは、目の届かないところにジョーダンが行ってしまうのが怖い。大きくなっていくパニックのせいで、またバスルームに駆けこみたくなる。

彼女を守ろうとしてくれた人と別れるたびに、その人は必ず殺されてしまう。繰り返しそう思い知らされる日々が何年も続いた。テイヤを守ろうとした人たちは何時間も責めさいなまれたあげく、命を奪われて捨てられた。

「テイ」ジョーダンがふたたびささやきかけ、テイヤの腰を支える指に力をこめた。「自分の役目を果たすんだ、スイートハート。ジョンとトラヴィスとベイリーとリリーが、きみを上院議員の家に連れていってくれる。残りの者がわたしを運び出す。わたしもすぐに上院議員の家に行くよ」

ジョーダンが身を引こうとした。

「だめ、まだ行かないで」テイヤはジョーダンの肩にすがりついた。彼をどこにも行かせてはいけないという思いで頭はいっぱいだった。「聞いて、ジョーダン。決まってるの。わたしは別の人に守られるって言ってわたしを置いていった人は、必ず殺されてしまうの」泣き声がもれた。「あなたも知ってるでしょ。みんな拷問されて……」

テイヤの頭にはそれしか浮かばなくなった。拷問されても口を開かず、苦痛に顔をゆがませるジョーダン。ジョーダンは話さない。テイヤを隠したら、彼は絶対に誰にも彼女の居場所を明かさない。そうしたら敵は、必ずジョーダンを苦しませて死なすだろう。

「わたしに任せてくれ、ベイビー」ジョーダンは顔をあげ、手のひらでテイヤの頬を包んで目を合わせた。

部隊でともに働いていたころのジョーダンとは違った。あのころテイヤが彼の命が脅かされるのではと心配したり怯えたりしようものなら、完全にジョーダンの一部と化している氷のような冷ややかさが発散されていたはずだ。

このときは違った。

ジョーダンのまなざしが信じられないくらいやわらぎ、優しくからかうように唇のはしがあがった。けれども、テイヤが頼んだとおりにしてくれるつもりはない。彼の表情を見ればわかった。

「任せてくれ」ジョーダンはもう一度言い、唇を重ね、そっとふれ合わせた。「ここを乗りきれば、問題を解決できる。そうしたら、きみは安全に暮らせるんだ。わたしが必ず、そうなるようにする」

テイヤは行かないでとさらにすがりたくなるのを、歯を食いしばってこらえなければならなかった。ジョーダンのこの表情は知っている。こんな顔をしているときのジョーダンの心を変えさせるすべはない。ジョンとトラヴィスと彼らの妻たちが、テイヤをいるべき場所に無事に送り届けてくれるだろう。

「ノアがわたしを守る」ジョーダンが約束した。「ニックとミカもノアの援護をする。今夜、わたしも上院議員の屋敷に忍びこむよ。仕事が終わったらすぐにな」

テイヤは首を横に振って、声を出そうとした。けれども、ジョーダンにあごをつかまえられ、唇を奪われて、キスに体の芯まで揺さぶられた。

重ねられた唇が愛撫するように動き、テイヤの全身にゆっくりと燃える炎を広げていく。最初のうちは、心地いいと感じられるだけの熱を。

熱はしだいに高まっていき、テイヤを包みこんだ。体のすみずみまで行き渡り、否定も隠しもできない切望を生じさせた。

両腕をジョーダンの首に巻きつけ、うなじの髪に指をくすぐられる。切ない声が唇のあいだからもれ、ジョーダンにしがみついていたいという思いが強くなっていった。

ふたりともの心が渇望に浸り始めている。ジョーダンも体を張りつめさせ、興奮のあかしをいっそう強くテイヤの太腿のつけ根に押しあて、片方の手で彼女の脚を撫であげた。

ジョーダンの指が短いワンピースの裾をもてあそび、太腿をかすめるようにふれて熱で刺激した。テイヤはワンピースの下の体でじかに動く指を感じたかった。さらに太腿を開き、声にならない声を必死に喉から発して弓なりにした体を彼に寄せた。

すっぽりとジョーダンの両腕に包まれていると思った次の瞬間、ジョーダンの唇が名残惜しげに離れ、彼は身を引いていた。

「いや」テイヤはジョーダンにしがみついていようとしたが、恐怖と欲求に震えて彼を見あげることしかできなかった。

「ジョンとトラヴィスとふたりの連れが別室で待ってる。わたしたちがホテルを出て配置についたら、ジョンたちがきみを外で待つリムジンに連れていく」

テイヤは懸命にうなずいた。

「別室のろくでなしどもは意識を取り戻してる」ジョーダンが言った。「きみが出発したら、従業員がやってきてやつらを自由にするだろう。従業員たちは、われわれがチェックアウトしたことしか知らない。わたしたちは、ここからあのふたりを追っていく」

テイヤはもう一度うなずいた。

不安が戻ってきて、久しぶりに吐いてしまっただけでもひどい。こんなまねをしたのは、ソレルの正体を暴くための作戦の前夜だけだった。あのあと、テイヤはソレルを殺した。

「さあ、ベイビー」ジョーダンがテイヤの手を取り、ドアに向かって歩きだした。「終わらせてしまおう」

テイヤを行かせるのは、ジョーダンのこれまでの人生のなかでもっとも難しい行為だった。彼が見守るなか、エージェントたちが取り囲むようにしてテイヤをすばやくホテルの裏口へ連れていき、上院議員が寄こしてくれたリムジンに乗りこませた。

テイヤのまなざしが忘れられなかった。あまりにも深く、暗く心に根差した恐怖。それを見て、テイヤが望むとおりにしてやりたくてたまらなかった。なんとかして、一緒に連れていってやりたかった。

しかし、テイヤを同行させれば、この計画の成功が危うくなる。テイヤには安全でいてもらわなければならない。それに、ジョーダンがいま監視している男に、テイヤがホテルを出るところを見せなければならなかった。

スイートルームに侵入した男ふたり以外にも仲間がいることはわかっていた。

「ホテルを出たときにリリーから電話がありました」監視場所に乗りつけた貨物バンから黒のSUVサバーバンを見張っているとき、ノアが口を開いた。「テイヤは泣いてたそうですよ」

「黙っていろ」命令は鋭かったが、本来あるべき冷ややかさには欠けていた。テイヤが泣いていたと聞いて、ジョーダンは深く考えるわけにはいかないと感じるほど激しく動揺してしまったからだ。

「テイヤは友人ですから」うしろでミカが言った。「テイヤの身の安全を守るのは当然のことです。が、テイヤが胸を引き裂かれるようなつらい思いをして、その先を生きていけなくなったままひとりにされるなんて話は、あなたから聞かされたプランには含まれていなかった」

ジョーダンは食いしばった歯が割れそうだと思いながら、運転席にいるニックをにらんだ。

「おまえにも二セントくらいの価値しかないつまらん意見があるのか?」

ニックは表情も変えずに、サバーバンとなかにいる運転手を監視し続けた。「インフレってのはひどいものでね」とものうげに言う。「いまじゃ、おれの卑見の値段は一ドル五十セントなんですよ」

やはりニックは部隊一、生意気な野郎だ。

ジョーダンはドアの肘掛けに腕をのせ、むっつりと唇の上を指で撫でた。

「あそこにいる男の身元はつかんだのか?」とうとう部下たちに尋ねかけた。テイヤの話を続けるより、話題を変えたほうがいい。

「つかんでます」ノアが答えた。「あいつもソレルのくそ戦闘員だったのが、親玉の死後、傭兵になったたって口です。ウェイン・トレヴィッツ。MI6の諜報員だったが、軍事兵器を盗んで売りさばこうとした罪で解雇された。終身刑の判決を受けたのに、一年で出てきてる。ソレルをつぶした作戦の十年前から、やつの下で働いてたようです。ソレルの手下たちがそろって、ちょっくら復讐するかと決めたみたいですね」

確かにそんなふうに見える。ジョーダンは無言で認めた。

どこを取っても、かつてソレルに雇われていた者たちが一団となって、親玉を殺したテイヤに報復しようとしているかのようだった。突き止めた情報は残らず、その線を指し示していた。

「メイドが部屋に入ります」部屋の映像を表示しているノートパソコンを見ていたミカが知らせた。「よし、入った。白髪で、つぶらな茶色の目をした小さなおばあさんだ」ぶつぶつ言っている。「固まってしまって、なかなかやつらを自由にしようとしません」

ジョーダンは待った。

「おっと、おばあさんが動きますよ。ポケットから無線機を取り出した。警備員を呼んでいる」

ジョーダンの予想したとおりだ。ホテルに滞在しているあいだに、従業員についても調べあげていた。このプランが決まってからも、もう一度ファイルを読み直し、仕立てあげた小さな騒ぎに足を踏み入れる従業員が誰になるか確認していたのだ。

誰にも危険な目には遭ってほしくなかった。このメイドなら自分で男たちの拘束を解いたりせずに、警備員に連絡するほうを選ぶと確信していた。

「さあ、今度は頼りにならなそうな弱腰の警備員がふたりやってきましたよ。やつらにこてんぱんにされるんじゃないだろうか」

そのとおりの展開になるのに数分しかかからなかった。

「やっぱり、警備員はふたりとも倒されました」ミカはため息をついている。「でも、ちゃんと生きています」

「やつらは客室の外の廊下に監視カメラがあることを知っている」ジョーダンは言った。「身元を特定される確率が高いからな」

「下へ向かっています」

ジョーダンたちも動きだした。

バンの後部ドアからおり、完全な隠密行動をとってジョーダンもニックもミカもノアも、それぞれ駐車場に停めてある作戦にふさわしく目立たない車に歩いていった。

ジョーダンがフォードのセダンに乗りこみ、黒いサングラス越しに見張っていると、テイヤが先ほど使った裏口から例の侵入者ふたりがこそこそと出てきて、待っているSUVに急いで近づいていった。

暗殺者たちは少しくたびれてはいるようだが、してやったりという顔をしていた。目的を果たしたと思いこんでいるのだ。ジョーダンを狙った暗殺未遂犯たちは彼を殺したと信じこんでいる。もうテイヤを守っているのはジョーダンの部下たちだけだと。

あの男たちは、これから直面することになる敵がどんなに手ごわいか、はっきりわかっていないらしい。これまで、ジョーダンも部下たちもようすを見るため、ゆったりと構えてテイヤを狙う者たちが自分で自分の首を絞めるのを見守ってきた。しかし、これからは、首をつる縄を絞めるのを少し手伝ってやってもいい。

あのくそどもはテイヤを怯えさせた。最初からそうするつもりで。テイヤがどんな影響を受けるかわかっている上で行動に出た。テイヤがショックで動けずにいるあいだにとらえる計画だったのだろう。ジョーダンの死をまのあたりにして動揺しているあいだに。

そんな状態のテイヤなら、取り押さえやすく、怯えさせるのもずっと容易だ。

そう考えて計画を立てていたのだろう。あいにくなことに、襲撃者たちにとってそこまで簡単にはいかなかったはずだ。ジョーダンにはテイヤがわかっている。もっと言えば、追いつめられたときのテイヤがどうなるかわかっている。ジョーダンの死によってテイヤは打ちのめされるだろうが、それはあとになってからのことだ。敵が極端な手に出てまで与えたショックがテイヤの命を救うことになり、敵の命を奪うことになるだろう。

ＳＵＶが駐車場から発進したとき、ジョーダンはセダンのなかで受信機のスイッチを入れ、起動させていた追跡装置の位置を示す小さな点も動きだしたのを確認して笑みを浮かべた。両方の暗殺者に追跡装置を仕掛けたが、いっぽうの暗殺者の盗聴器はまだ起動させていない。あちらは予備だ。予防手段。万が一の場合のための。

ジョーダンが万が一のためにプランA、B、C、D、さらにはE、F、Gまで用意するのには理由がある。そうでもしないと万全の準備ができたとは言えないときがあるのだ。すべての観点から準備を固めておきたかった。

すべての観点から準備を固め、自分と自分の部隊を守るだけでなく、頭からも心からも追い出せない女性も守る。

テイヤと会ったのは八年前、彼女が自分の父親を殺した夜だった。あの打ち砕かれた心を宿したエメラルドグリーンの瞳を見た瞬間から、彼女を抱き寄せ、外の世界から守ってやりたくてたまらなくなった。

不幸なことに、あのころすでにテイヤをなにもかから守るのは手遅れだった。世界はすでに彼女の心に傷をつけていた。ソレルがすでに彼女に教えこんでいた。まず行動し、悲しむのはあとまわしにすることを。

ジョーダンが死んだら、テイヤは悲しんでくれたに違いない。

部下たちはテイヤのそばにとどまり、隠れるよう説得を試みてくれただろう。ジョーダンの願いどおりに。それでも、テイヤは隠れなかったはずだ。

走行中、ジョーダンはミカと車の位置を替え、ノアとニックの車がSUVのうしろについた。ジョーダンは周囲に目を光らせ、彼らが暗殺未遂犯たちを追っているように彼らを追う者がいないか警戒した。

その後も何度か車の位置を替えながら尾行を続けたのち、元は工場だった建物のなかにある貸し倉庫前の駐車場に車を停めた。ジョーダンが確認したところ、この倉庫のユニットは温度調節ができ、充分なスペースがある。また、多くの犯罪者が嫌う、わずらわしい監視カメラはついていない。

静かに車からおりてミカ、ニック、ノアと合流し、倉庫に向かってすばやく頭を振って合図した。四人は周辺にある輸送車、トラック、そこかしこに置かれている輸送準備が済んでシートをかぶせられたさまざまな積み荷の山に身を隠しながら、追跡装置の信号を追って倉庫に入った。

数分後、彼らはひとかたまりになって武器を構え、可能なかぎり近づいて、集まった敵のようすを観察した。

三人の襲撃者は貸し倉庫ユニットの一室の前で壁に寄りかかり、顔を伏せて誰かを待っていた。彼らが番をしている、明々と照明のついた倉庫ユニットのなかでは動く人影があった。襲撃者たちは話をしているが、低い声はジョーダンたちのところまで届かなかった。そして、彼らが先ほどまで見せていた満足げな態度は消え失せていた。どことなく不安そうで、ジョーダンの見間違いでなければ、明らかになにかに怯えてでもいるようだ。

あの襲撃者たちの調査書は読んだが、やつらがなにかに不安を覚えるとは想像しがたかった。ましてや、これから彼らに厳しい罰を与える年長者の前に立たされようとしている三人のティーンエイジャーを思わせる態度を見せるとは。

黙って見守っていると、貸し倉庫ユニット内の人影の動きが鈍くなり、ずいぶん時間がたった気がしたあと、男が姿を現した。

グレゴール・アスカルティ。

特徴となっていたシルクのスーツに身を包み、金髪を完璧なスタイルに撫でつけている。しかし、ジョーダンの記憶に残っている姿と違い、足を引きずっていた。ソレルをつぶすための最後の作戦で、アスカルティもまた抹殺されたことになっていたのだが。

グレゴール・アスカルティは、ソレルの息子に次ぐ腹心の部下だった。後方支援の知識に長けたこの男を打ち破るのは、不可能と思えるほどの難事だった。

その敵がふたたび姿を現した。

この悪党はなぜか生き延びていただけでなく、八年間まったく存在を気取られないまま勢力を保って活動を続けてきたらしい。

悪くした足のせいで速くは動けないらしく、ゆっくりと歩くアスカルティに続いて、テイト家を見張っていた傭兵マーク・テニソンとアイラ・アルトゥールも貸し倉庫ユニットから出てきた。アスカルティはジョン・フラックルの目の前で足を止めた。

誰も行動を予想できないほど唐突にアスカルティは腕を引き、傭兵の顔に痛烈な打撃を見舞った。フラックルは勢いで壁に倒れこんだが、彼の評判を考えると驚くべきことに、相手を殴り返そうとはしなかった。

とはいえ、フラックルの顔に浮かんだ葛藤はジョーダンの目にも明らかだった。こぶしを固めまいと努力して指に力を入れているさまも。

ジョーダンは会話を聞こうと耳をそばだてたが、怒りのこもった低い響きしか聞き取れなかった。悪党たちのつねに声を潜める習性と、距離があるせいで、会話の内容まではわからない。

それでも、ひとつ確かなことがあった。アスカルティは喜んでいない。手下たちはテイヤを連れてこなかったために、アスカルティの不興を被っているらしい。

くそ、もっと近づくことさえできれば。やつらがなにを企んでいるか聞けさえすれば。

自分の精神がどんなに張りつめ、近づくための身の隠し場所を探すのに真剣になってしまっていたか、ノアが警告をこめて肩に手を置くまで気づかなかった。

ジョーダンは険しく顔をしかめてすばやくうなずき、飛び出していきはしないと伝えた。ジョーダンが見物を続けていると、アスカルティがフラックルに近づいた。ほとんど鼻と鼻がつくほど顔を寄せ、手下の胸を突いている。しかし、声のトーンをあげはしない。

いまやつらの会話を聞けるなら、ジョーダンはおよそなんだろうと差し出す。とはいえ、聞かなくても、だいたいの内容はかなり確信を持って推測できた。

フラックルたちはテイヤを連れて戻らなかった。アスカルティはテイヤをほしがっている。先ほども考えたように、あらゆる点が復讐のための攻撃であることを示唆している。けれども、険しいまなざしで敵を見つめながら、頭のなかでこれまでの出来事の推移を考え直してみると、やはり単なる復讐とは別の狙いがあるのではないかと思えてくるのだった。あそこにいる男たちはソレルの思い出を愛好しているわけではない。偶然にテイヤと接触し、襲うということならありえただろう。だが、姿を消したテイヤを、これまでずっと捜していた?

筋が通らない。

突然、アスカルティがふたたび激しい動きを見せ、手にした金属製の銃でフラックルの顔を殴って床に倒れさせた。それから呼吸も置かず、フィリピーニのあごの下に銃をあてがい、力をこめて突きあげている。

「始末に負えないばかども……」激しい怒りのせいで訛りの強いうなり声になっている。その口調の荒々しさに、ジョーダンも驚いて眉をあげた。

また声が低くなり、怒りのこもった響きしか聞き取れなくなった。

アスカルティはフィリピーニから身を引き、フラックルを見据えた。傭兵は鈍い動作で立ちあがり、わずかによろめいて壁に体を預けた。

「能なしが。次は……おまえの……」脅しの内容は明らかだった。アスカルティはフラックルのあごの下に銃を突きつけて顔を寄せ、脅し文句を言い終えた。

最後にもう一発、手下の横っつらを張ってからアスカルティは身を引き、シルクのジャケットの乱れを直し、背後にいた傭兵たちを振り向いた。

頭上のほの暗い蛍光灯の光がまともにあたり、初めてジョーダンにもアスカルティの顔がはっきりと見えた。

思わず目を見張った。

グレゴール・アスカルティの顔の左半分は恐ろしく損なわれていた。全体が傷痕に覆われ、目のまわりの皮膚は引きつり、グロテスクなゆがみを生じさせている。

ジョーダンはさらに陰のなかにさがって身を隠し、歩きだしたイタリア人の元密輸入者を見つめた。アルバ島にいたころの優雅さは見る影もない。

その場を離れていくアスカルティの右足は引きずられ、左手は妙なかたちにねじれていた。

フラックルとフィリピーニは彼に従っていき、テニソンとアルトゥールはユニットに鍵をかけて警報装置をセットし直してから、足早に仲間を追っていった。

アスカルティを狙った爆破攻撃は、やつに充分な損害を与えられなかったらしい。明らかにソレルが生きていたころとさほど変わらない組織を保ち、危険な活動を続けている。

ジョーダンはミカに注意深く手で合図を送り、アスカルティと手下の傭兵たちが倉庫を出たか、ノアとともに確かめにいかせた。

長く感じる数分ののち、貸し倉庫にはジョーダンとニックを除き誰もいなくなった。これで、薄暗い隠れ場所から出ていくことができる。

ジョーダンはバックパックから小さな革ケースを取り出し、アスカルティの傭兵がかけていった頑丈な鍵を手早くはずした。その間に、ニックは内部のセキュリティーシステムを無効にしている。

フラックルと仲間がジョーダンの部隊にまっすぐここまでつけられていたなどとは、アスカルティは疑いもしなかったらしい。当然だ。疑う理由がない。ジョーダンは死んだと相手は信じきっているのだから。

はずれた頑丈な鍵を静かに抜き、ジョーダンは慎重にドアを開けた。ポケットからペンライトを取り出し、ユニットのなかに足を踏み入れる。

「おっと、これはこれは」内部に収められていたものを眺めてつぶやき、ニックを振り返った。部下は入り口を守る配置についていた。

ニックの氷に似た薄青い目が鋭く細められ、顔に緊張が走って野蛮な怒りがあらわになった。

「あのろくでなしどもはなにを企んでるんだ？」ニックが吐き捨てるように言う。ふたりの視線の先には隠されていた武器、弾薬、そして驚くべきことに、何十台もの手持ち式ロケットランチャーまでがずらりと並んでいた。

「ソレルは死んだと言い切れると思ってましたが」ニックが続けた。「これは……」ゆっくりと首を左右に振り、武器ひとつひとつを入念に目で確かめている。「くそ、ジョーダン、こんなものを見せられたら確信が持てなくなってきましたよ」

「こんなものを見たら、麻薬取締局《DEA》は大はしゃぎするだろう」ジョーダンはぼそりと言い、覆いのかけられたいくつかの箱の前に立った。箱のひとつの掛け金をはずし、静かにふたを開ける。

　ロシア製の自動小銃もかすんでしまうほどの武器がしまいこまれていた。

　ひとつ目の箱には、イスラエル製のコーナーショット自動小銃が入っていた。ふたを閉め、隣の箱も開けた。同様に中心に銃器が収められ、まわりに弾薬の箱が詰められている。

　テイヤに、とてもよく似合いそうな銃だ。

　箱の底から銃を慎重に一丁抜き取り、簡単に確認しただけでは一丁なくなっていることがわからないよう念入りに緩衝材の位置を変え、同様の手口で弾薬も数箱盗み取り、すべてニックに渡した。

　それにしても、どこかから武器が消えたという話は聞こえてきていない。しかも、そのへんの通りでは売りさばけそうにないしろものだ。完全な軍事兵器なのだから。この倉庫と中身に非常な関心を抱きそうなDEAの部隊司令官をジョーダンはひとり知っている。

しかも、この武器はテイヤの〝サンタさんからほしいもの〟リストのトップに躍り出そうな一品だ。できたら、確実にこれをテイヤに渡してやりたい。ジョーダンが彼女のそばにいられなくなったときのために。

そう考えて一瞬たじろいだ。自分がテイヤのそばを離れるなど死んでもありえないのに。そこでさらに激しくたじろぎそうになった。これまで、恋人のもとを去るにあたって、疑問を感じた経験など一度もなかったはずだ。唯一頭に浮かんだことのある疑問といえば、今度の女性にはどれだけ早く飽きてしまうだろうか、くらいだった。

テイヤが相手では、飽きるなど想像もつかない。人生のうち一夜でも、一日でも、ほんの一瞬でも、テイヤをほしがらずにいられるとは、とても思えなかった。

愛は錯覚であるという考えを変えたわけではなかった。かわりにおのれを納得させたのだ。錯覚は維持できる。ほんのしばらくのあいだだけなら。

「これは問題ですね、ボス」箱の中身を見つめていたニックが言った。「アスカルティがこのアメリカでこれだけの武器を集めてるなら、ソレルのかわいいベイビーを捕まえようってだけじゃなく、もっと大事を企んでるのかもしれない」

ジョーダンは冷ややかに部下を見据えた。

「〝かわいいベイビー〟ってのは軽い冗談ですよ」しばらくたって失言に気づいたニックは、

うなり声を出した。「まったく、ジョーダン。彼女の指に思い切って指輪をはめてやる気もないんなら、〝おれの女だ〟的なはた迷惑な態度はよしてください。彼女のもとから去る、去ると言いながら、いつまでも守るのは無理ですからね」

「おまえの意見など求めていない」ジョーダンはぶつくさと言って部下に背を向け、武器をにらみつけた。

「無償の親切として言ってるんで」ニックはいけしゃあしゃあと答えた。

ちくしょう、契約に縛られたエージェントたちを率いるエリート作戦部隊の司令官だったころはよかった。部下たちは契約から自由になって一安心したとたん、やりたい放題にジョーダンを笑いものにしていいと思ってしまった。

心ならずもジョーダンは笑みを浮かべかけた。いや、部下たちは前からず丶っ丶と機会さえあれば司令官を笑いものにして、まったく問題ないと考えていた。特にテイヤが基地にやってきて、ジョーダンを笑いものにしても無事で済むやりかたを全員に教えてしまってからは、そうだった。

「DEAにいる連絡員に電話しておけ」ニックに命じた。「この貸し倉庫ユニットと持ち主の情報を伝えろ。まだ傭兵どもについては知らせるな。アスカルティがテイヤをとらえてなにを得ようとしているのか突き止めたい。何年もテイヤを追い続けるほどほしがっている重要なものとはなんなのか。ゲームから全員を排除してしまったら、そういう疑問への答えが得られなくなるからな」

背後で長い沈黙が流れてから、ようやくニックが尋ねた。ぞっとするほど淡々とした口調で。「部隊のベイビーを危ない目に遭わせる気ですか、ボス？」

この問いかけがおかしいとすら思えて、ジョーダンは唇のはしをあげた。テイヤを守りたがっているのはジョーダンだけではない。だが、テイヤを守り抜くと決意しているのはジョーダンだけだ。

「いま彼女を心配してるようなことを言ったのと、さっきまでのおまえは同じ男か？」ニックを振り返って言った。「どちらかにしたまえ、ニック。わたしは、彼女は自分の女だと主張しすぎているのか、彼女を危ない目に遭わせようとしているのか」

ニックの目つきが険しくなった。「どちらかいっぽうしか成り立たないとは言い切れんでしょう。彼女を利用して危ない目に遭わせるなんてまねは最低ですよ」

「そんな心配は必要ないから、わたしは最高だな」ジョーダンは乱暴に言い捨てた。話題のせいで辛抱も、機嫌もすり減っていた。「さっさとここを出るぞ。出たらすぐ電話をしておけ」

ユニットのすみにあった分厚い保護用の毛布をつかみ、ニックに投げ渡した。先ほど箱からくすねた武器を隠させるためだ。それから向きを変え、箱の重いふたを閉じた。

数秒後、入念に包んだ武器とともに、ふたりは倉庫ユニットを出た。ユニットに鍵をかけ、セキュリティーシステムを元どおり設定し直し、倉庫の出口に向かう。

ノアとミカが出口で待っていた。緊張をはらんだ鋭い目つきをして感情を押し隠している。

ジョーダンは甥と目を合わせた。部隊が解散したあとは二度と見たくないと願っていた光が、そこに宿っていた。

「やつはフラックルを殺しました」ノアは低い声で言い、倉庫を出てすぐわきにある大型ごみ容器をあごで指した。「うしろから頭に弾をぶちこんで、仲間にそのなかに捨てさせたんですよ。くそども言われたとおりにしやがった」甥の口調から強烈な嫌悪を聞き取り、ジョーダンは自分の部下たちがなぜつねに最高の部隊であったかを、あらためて実感した。

ジョーダンの部下たちは互いへの忠誠心で結ばれている。絆があるからこそ、彼らはつねに互いの背を守り合ってきた。だからこそ、すべての任務を達成できただけでなく、全員が生き延びられたのだ。

「こんなところはさっさと出るぞ」ジョーダンは抑えた声で告げ、出口の周囲に視線を走らせた。「こんな問題は完全に終わらせてしまいたい。いったいなにがどうなってるのか突き止めたいんだ、ノア。アスカルティの運もそろそろ尽きるぞ」

「テイヤの運も一緒に尽きないよう願うしかないですね」ニックがうしろで口を開いた。「彼女を守ること自体が不可能にならないように」

ジョーダンははらわたがねじれる心地がしたが、ニックの言うとおりだった。この問題を解決しなければ、しかも一刻も早く終わらせなければ、テイヤを失ってしまうかもしれない。

ジョーダンがこれまで考えもしなかった運命にテイヤを奪われる。

死に。

17

車に戻って、手に入れた銃を安全にトランクにしまいこんだのち、ジョーダンは感情を表にせず、車窓の外を見つめた。ノアが倉庫から車を出し、ワシントンDCの尽きることなく押し寄せる車の流れに加わった。

「これからどうするか計画を練るあいだ、どこか身を潜める場所を見つけないといけませんね」ノアが口を開いた。「街を出てすぐのところにスイートルームもあるホテルがあります。ボスの名前は伏せてチェックインして……」

「上院議員の邸宅に向かう」ジョーダンは最後まで聞かずに断固として言った。「明日の晩、またケルがパーティーを開く。テイヤを守るため、わたしもその場にいたい」

「会場では部隊が配置につきますって、ジョーダン」ノアが反論した。「ボスが現場にいなくても、おれたちでアスカルティを食い止められる。ここで判断を誤ってテイヤの命を危険にさらしたら、一生、自分を許せんでしょう」

しかし、テイヤから離れていることもできないのだ。もうすでに、テイヤを抱き寄せたくてたまらず、体のすみずみの細胞がうずいている。テイヤは本当に安全で傷つけられてなどいないと自分の目で確かめたがっている。

「会場では部隊とともに、わたしも配置につく」ジョーダンの口調も決意も揺るがなかった。

バックミラーに映る甥の顔がちらりと見えた。ノアのまなざしには気遣いに加え、賛成しかねるといった表情もあった。

「いい考えじゃないですね」ノアは反論を続けたが、口調は冷静で、腹を立てているようすもない。「スタントン邸で働いてる人間や、テイヤが到着してからそこを見張ってる連中にボスの姿を見られるかもしれない。死んだと見せかける計画がだめになるかもしれないじゃないですか」

ミラー越しに一瞬だけ目が合ったが、ノアはすぐに道路に視線を戻した。

テイヤのそばに行けないと考えると、拒否反応で体の奥が締めつけられる心地がした。テイヤをひとりぽつんと滞在先の部屋で座らせておくわけにはいかない。一晩じゅうテイヤを抱いて感じる熱情と悦びを知ってしまったいま、彼女をひとり寂しく眠らせるわけにはいかない。

「いい考えだと思うかどうか訊いてるんじゃない。そのとおりにしろと言っているだけだ」また一瞬だけ甥と目が合った。ジョーダンは逆らうことを決して許さない口調で命じ、ふたりの意志がぶつかった。

ノアは顔をしかめるなり、進行方向に視線を戻した。怒りを覚えているらしく、あごのわきの筋肉を引きつらせている。

「だいぶテイヤにものにされてるようですね、ジョーダン？」ノアはバイパスに乗って午後の混雑する道路に車を走らせると、ようやく口を開いた。かっとなって口調をとがらせ、

「錯覚に負けちまいそうなんですか？」とばかにする。

「ノア、おまえやサベラにとってと同じく、テイヤにとっても例の錯覚は本物なんだ。わたしがそれを信じていないからといって、テイヤが自分の感情を信じていないということにはならない」

本当にそれだけか？　愛など存在しない。この考えに対して内側から猛烈にわきあがってくる抵抗感をジョーダンは必死に抑えこんだ。これまでつねに、愛は錯覚だと信じこんできた。十代の若造だったころから。初めて愛情をほとばしらせ、裏切られ、それを信じることを自身に禁じてから。

それなのにいま、自分は間違っていたのだろうかと考えだしていた。一緒になってから、テイヤはすべてを彼に捧げてくれた。そして、ジョーダンはテイヤにふれるたびに、テイヤのことを考えるたびに、テイヤを狂おしく求めるたびに、欲求は強く、深く、熱を帯びていくばかりだと学んでいた。

「ボスは信じてなくても、その恩恵だけは受けられるってわけですか？」ノアの声に宿った失望は聞き逃しようがなかった。これはジョーダンの数少ない弱点のひとつを突いた。彼の家族を大事に思う心。そして、家族にも大事に思ってほしいと願う心を。

ジョーダンは甥の軽蔑と怒りを含んだまなざしを見ていら立ち、乱暴に髪をかきあげた。

「それを錯覚だと信じているからといって、その結果を受け入れられないというわけではないんだ」いっそう不機嫌な声で言い直した。自分が心のどこかでたじろいでしまった気がしたからだ。こんなふうに言うことで、テイヤを裏切っているという不合理な気分になぜか襲われて。

ノアはそれ以上なにも言わなくなった。唇を薄く引き結び、不満げな表情で顔つきを固めたが、さらに文句をつけようとはしなかった。

ほかの者もこのくらい親切だったらよかったのだが。

「おい、ノア、聞いたか？　ボスはいま〝それが錯覚だからといって〟じゃなく、〝それを錯覚だと信じているからといって〟と言ったぞ」ノアの隣でニックが声をあげた。ずいぶん楽しそうだ。「少しは観念してきてるみたいだな」

ジョーダンもノアも反応しなかった。上院議員の邸宅への道中、部下たちはそろって〝こいつはだめだ〟という非難の空気をひしひしと伝え、ジョーダンの心を折ろうとした。

ノアはじれったく、わいてくる怒りを懸命に押しこめていた。

くそ、テイヤとも叔父ともつき合いは長い。ジョーダンがテイヤに対して抱いている感情がなんであれ、是が非でもそれと闘おうと決意してしまっていることはわかっている。ジョーダンはこの感情をもう六年以上も抱き続けているくせに、〝あ〟のつく言葉を口にしようとはしない。この言葉を口にしてしまったら、それが本当にあることを認めてしまいそうだからだろう。

しかし、男が女を愛するように生まれついているならば、ジョーダンはテイヤを愛するために生まれてきたはずだ。ノアがサベラのために生まれてきたように。

マローン家の呪いだ。祖父はいつもそう言っていた。マローン家の男は愛する相手をくれぐれも賢明に見極めなければならない。いったん愛したら、その愛は永遠で、深く、魂まで焼き尽くすほど激しく燃えあがってしまうからだ。

ジョーダンはテイヤを愛していることを、ただ認めたくないだけだ。認めてしまったら、自分がテイヤなしでは生きていかれない現実と向き合わなければならなくなるから。

そんなに悪いものではないのにな。ノアは心に思った。彼もサベラをめぐって過ちを犯してきた。妻に自分のもとに来てもらえばよかったときに、なにも知らせず置き去りにした。おのれのくだらないプライドと恐れがあったせいで、結婚生活にも、人生にも、素性にも背を向けた。だが、ネイサン・マローンではなくノア・ブレイクとして帰還を果たし、自分のすべてを取り戻すことができた。同時に、サベラは彼の魂に二度目のしるしを刻みつけてくれたのだ。女らしい優美なつめの一振りで、女性しか持たない不屈の精神で、激しい情熱で。まったく、叔父を殴りつけて目を覚まさせてやれるなら絶対にそうするのだが。残念ながら、ジョーダン・マローンは押されれば押されるほど頑固になる男だった。

ひょっとしたら、願わくは、テイヤが何年も前から差し出してくれている贈りものに、今度こそジョーダンも気づくかもしれない。八年前からだ、と部隊の仲間たちは言い切っていた。テイヤの父であるソレルの身元を特定し、葬り去る作戦を進めていたアルバ島で、ふたりが初めて出会った夜から。

ノアは叔父のために祈った。どうか気づいてくれますように。ジョーダンが錯覚だと考えているものこそ、ノアが叔父の目の奥にかいま見る、胸をかきむしる孤独感のかたまりをやわらげる唯一の感情なのだ。もし今回もジョーダンがテイヤをひとりで行かせてしまったら、テイヤから離れていってしまったら、取り返しのつかないことになる気がした。

ノアはふたたびバックミラーに目をやり、またしてもジョーダンが鬼気迫る暗い顔つきになっているのを見て取った。もう叔父のあの顔つきを何度も見ていた。何年も前からああいう顔をする時間が増えてきている。いつか、叔父はあんな顔しかできなくなってしまうのではないかと不安になるほどだった。

ジョーダンがテイヤを追っていってからは違った。テイヤといるときだけ、叔父はあんな顔をしなくなる。テイヤがそばにいるときだけ、叔父の気持ちはやわらぐようだ。テイヤはジョーダンの最後の希望だ。だから、ノアは祈った。しょっちゅう祈っていた。どうか今度こそテイヤが叔父の魂を覆う防御を突き崩し、叔父をのみこもうとしている危険な暗いかたまりを消し去ってくれますように。

テイヤがそうしてくれなかったら、ジョーダンはエリート作戦部隊に戻るしかなくなるのではないかとノアは恐れていた。戻った場合、基地の司令官にはならないだろう。戦地で指揮を執り、いつか、そこから戻らない日が来るかもしれない。

ジョーダンの視線がバックミラーに戻ってきたとき、ノアもそちらに視線を戻して目を合わせた。叔父はノアが考えていたよりずっと危ない境界線上にいるのではないか。叔父のまなざしから察するに、あの闇をテイヤが静めてくれないかぎり、ノアはキャリアも命もかえりみずに自分を救ってくれた叔父を失ってしまうのではないかと恐ろしくなった。

稲妻の閃光が空を切り裂いた。目もくらむような電光が枝分かれして夜を貫き、スタントン邸をまぶしく照らし出した。雷が地を揺るがす音をとどろかせ、激しい雨が夜空から降り注いで大地を濡らし、外にはひどく官能を騒がせる空気が満ちた。

自然の猛威を振るう嵐は夜も、人の意識もかき乱した。テイヤは窓と向かい合わせに置いた、たっぷりと詰めものが入っている大きな椅子に座り、嵐の真っただなかにある外を見つめていた。

誰からも離れ、ひとりきりだという心地がした。恐怖と不安に胸をかきむしられ、希望を持てない精神状態になり、迫ってくる危険から逃れられないと思えた。

テイヤは三十歳だ。二十五年も、なんらかのかたちで逃げ続けてきた。生き延びるために闘い、必死で自由を求めた。そしてとにかく、疲れてしまった。隠れるのにも、背後を警戒し続けるのにも疲れた。テイヤが愛した人、テイヤを守ろうとした人が残らずその過程で命を落としてしまう状況にも。

今夜は、これまでにも何度もしてきたように人の服、今回はナイトドレスを借り、ベッドを借りている。そして、夜を見つめていた。外には怪物がいるはずだ。いつテイヤを見ていても、捕まえにきてもおかしくない。敵はこれまでに幾晩もそうしにきた。

いや、怪物ではなくジョーダンが来てくれるかもしれない。

テイヤは両脚を折って膝に頬をのせ、夜を見つめた。嵐は心のなかでも吹き荒れていた。逃げ出したい。

また見張られている気配を感じた瞬間に逃げ出すべきだった。ジョーダンが現れたとき、なぜあんなに強情に逃げるのを拒んだのだろう？　いったいなぜ、家や会社や人づき合いを、ジョーダンや部隊の仲間を危険にさらしてまで守る価値があるなどと考えたのだろう？

〝かわいいベイビー、おまえが家に帰ってきさえすればよかったんだ。そうすれば、彼女もまだ生きていただろうに……〟ソレルはテイヤに罪を着せた。しかし、テイヤは心のどこかでは真実を悟っていた。ソレルはテイヤと母親の両方を手に入れたがっていた。ソレルには両方の存在が必要だった。

〝おまえと母親は、わたしの未来、ケネスの未来を左右する鍵だったんだ〟アルバ島に向かう数カ月前に、ソレルにささやかれた。〝うちに帰っておいで、かわいいベイビー。パパになにもかも任せてごらん。約束だよ、兄の抱擁に身を任せたほうが、そうしなかった場合に待ち受けている運命よりもはるかにいいはずだ……〟

逃げ、隠れ、友人を失い、自由な暮らしを経験するほど止まってはいられなかったから、本当の意味での自由も知らなかった。

それでも、兄の抱擁に身を任せるよりははるかによかった。

考えただけで震えが走った。幼いころのテイヤにとって、ケネスはあこがれの存在だった。ケネスはテイヤと母が暮らす部屋にやってきて鍵を開け、テイヤを庭に連れ出して遊ばせた。

テイヤと一緒に声をあげて笑い、テイヤをからかい、外の世界がどんなふうか話して聞かせた。テイヤがとてもいい子にしていたら、いつか出席できるパーティーについて。言いつけに従ってさえいれば、送れる暮らしについて。

母親が逃げ出そうとしていたら、ケネスか父親にちゃんと伝えさえすれば。とてもいい子にしていさえすればいい。

胸が苦しくなり、胃が揺れ動くように感じて気分が悪くなった。母親を裏切って告げ口をしたことなどなかった。それでも、母は完全にはテイヤを信頼していなかった。テイヤにもはっきりわかっていた。母がテイヤをシスター・メアリーのところに残していったのは、娘を試すためだったのだ。そうして逃げるうちに、フランシーヌは自分と娘が直面している危険がどんなものか、まざまざと思い知らされることになった。

ソレルとケネスはもうこの世にいもしないのに、テイヤがどうしても逃れられない危険。テイヤは体を揺らし、膝を抱えた腕に力をこめた。かたまりがつかえているように胸が激しく痛んだ。痛みのかたまりを取り除きたくてたまらず、魂にナイフを突き立てられてねじられるように苦しかった。

外では雷が大地を揺るがし、目もくらむような光を放つ強烈な稲妻が世界を照らして自然の力を示している。

テイヤはなんて弱いのだろう。嵐に比べても、彼女を取り巻く危険に対しても。そんな危険に、ジョーダンや部隊の仲間たちを巻きこんでしまった。

背後でカチリと寝室のドアが開く音がして、テイヤははっとした。部屋に入ってきたのは暗い影に包まれた、背の高い、黒ずくめの姿。テイヤの胸は不意に恐怖とはまったく別の感情に駆られて高鳴り始めた。興奮、熱情。何年も前に抗うのをあきらめた感情。ふれ合いを求める気持ち。それらが相まって、体が震えだしそうだった。

顔を隠す黒い覆面は、目までは隠していなかった。まぶしい青はいつもより鮮やかでサファイアに近く、ネオンを思わせる輝きさえ放っていた。彼はドアを閉めて鍵をかけ、全身から危険な意図をかもし出しながら近づいた。

「カーテンは必ず閉めておけ」テイヤが座っている椅子の前に出て手を伸ばし、床から天井まである窓にかけられた厚手のカーテンを断固として閉じている。「これではどこからでも銃で狙えるだろう、テイ」

彼はテイヤを振り向き、ゆっくり覆面をはずして床に落とすと、彼女を見おろした。表情を張りつめさせ、いまにも襲いかからんばかりに混じり気のない飢えをあらわにしながら、体に密着する黒いシャツの裾をつかんでそれも脱いでしまった。

子宮にずんと興奮が走り、締めつけられる感覚が襲った。両脚のつけ根のなめらかな陰唇がじんわり濡れた。嵐が放つ電気が肌に伝わったかのように、乳首もクリトリスもとがる。いきなりの高波のように官能が打ち寄せて全身がぞくぞくした。

ジョーダンの顔に、まなざしにテイヤを支配する力があふれている。

「パンティをはいているのか?」うなり声に似た荒々しい声。まなざしに表れている飢えが、声にも響いていた。

両脚のつけ根の奥を襲ったしびれる刺激は強烈で、脈打つように深くまで届き、ほとんどオーガズムのようだった。ジョーダンの両手が黒いナイロンベルトにかけられるのを見て、鼓動はさらに速くなり、純粋な興奮によって胸は早鐘のように高鳴った。ジョーダンは獲物を仕留める過程を楽しむ獣さながらにゆったりと手を動かし、留め具をはずした。

テイヤはごくりと喉を動かした。「いいえ」

ジョーダンがちらりと浮かべた笑みを見て、興奮が押し寄せ、力が抜けた。そのとき、彼が黒いズボンの留め金をはずし、前がゆっくり開いて、彼の欲情のあかしが勢いよく突き出た。

太くて長いそれの頂は怒張して濃い紫色に染まり、丸い先端と小さな割れ目には潤いがにじみ出て光っている。

血管がくっきりと浮かぶ、恐ろしくエロティックで隠し立てしない欲求のしるし。この存在感のある柱を見れば彼が強硬に求めていることは明らかで、テイヤはめまいを覚えた。

テイヤは立てていた膝をゆっくりと伸ばし、身を乗り出した。視線をあげてジョーダンと目を合わせ、唇を開き、舌をのぞかせて、すぐそこでくわえてみろと言わんばかりに脈打っている、絹に包まれた鋼の感触を持つものの味を確かめた。

男性の熱い味が味蕾にはじけた。かすかな塩味と刺激的な風味。くせになって酔わされる彼の味を感じたとたん、体の内側から渇望がわきあがった。

手を伸ばし、そそり立っているものの根元に指を巻きつける。指では包みきれないそれの太い先端を開いた唇で挟み、口の奥まで吸って包みこんだ。

この行為の完全なエロティシズムはこたえられないほどだった。目を閉じ、喉で止まった声にならない声の震えが引き起こす、ジョーダンの激しい脈動を舌で感じた。

ジョーダンはテイヤの髪に手を突き入れて巻き毛を握りしめ、官能を要求する力をこめて引っ張った。熱を帯びたペニスの頂を引きこむテイヤの頭の動きを両手で導いて支え、腰を動かし始める。

「くそ、テイヤ、これを夢見ていた」ジョーダンがうなり声を発した。「もう一度、こいつできみの口を攻めるところを。かわいい唇にぴったりと包まれて奥までしゃぶられるところを見たかったんだ」

テイヤの秘所の割れ目にじんわりと愛液が広がり、濡れて、すぐにもジョーダンを迎えられる状態になった。

ジョーダンがほしい。五感がざわめいて、いても立ってもいられないほど。髪をつかむジョーダンの手に力が入って髪が引っ張られ、頭皮が刺激される。そこから興奮をかき立てる熱い感覚が広がった。

脈打つ欲求が全身の感覚に影響を及ぼしていく。炎を思わせるこの上ない興奮が肌を伝わり、テイヤは気づかぬうちに両手でナイトドレスを腿までたくしあげ、耐えがたいほどうずいていたクリトリスに指でふれていた。野火のように止めようがなく狂おしい欲求が両脚のつけ根の奥を満たし、激しく彼女を悩ませていた。

痛みにも似た快感に襲われて、くぐもった叫び声を発した。それでも、ジョーダンの愛撫には及ばない。ジョーダンのほうがテイヤ自身より彼女の体をよく知っているのではないか、テイヤには決して知りえない悦びを与える方法を知っているのではないか、と思えるときがあった。しかし、ジョーダンを口のなかにとらえ、みずからの指で花芯を愛撫していると、やはり激しい解放が迫ってきた。恍惚に包まれようとしている。

内側から熱が生まれて体の奥に力が入り、愛液は指まで濡らし始めた。

「ちくしょう。テイヤ」うなり声に激しく反応してしまい、ぞくっと背筋を震わせた。

「見せてくれ、ベイビー」ジョーダンが身を引いて、彼をきつくとらえている口から抜け出そうとした。テイヤは許さないと思った。まだジョーダンを放すわけにはいかない。この歓喜に翻弄されているあいだは無理だ。

ジョーダンが手に力をこめ、雄々しい決意もあらわにテイヤの唇から自身を自由にした。

テイヤは納得できずに目を大きく見開いた。

「だめ。まだ待って」自分の両脚のあいだにあてていた手を引き、今度は両手でジョーダンをつかまえようとする。

「見せてくれ」欲情の下に有無を言わさぬ響きをこめて命じ、ジョーダンはテイヤの手首をつかんで太腿のあいだに手を戻させた。「かわいいプッシーを自分でもてあそんでいるところを見せるんだ、ベイビー。見たいんだ。きみの指が動いて、優しく撫でるところを全部見ていたい」

ジョーダンに見せる？　クリトリスを指でもてあそび、悶えるほどの欲求に悩まされる姿を？

膝をつくジョーダンを見て、彼に求められれば自分はなんだってするだろうとテイヤは認めた。ジョーダンがそうしてほしいというのなら、なんだって。

ジョーダンはたくましい手でテイヤの片方の膝をつかみ、持ちあげて椅子の肘掛けにのせた。秘所に押しつけられたままだった手の指を、テイヤはついに動かし始めた。

またクリトリスを探りあて、ジョーダンによってかき立てられた官能と欲望の渦の中心へすぐさま飛びこんでいきながら、椅子の背もたれに頭を強く押しあてる。

ジョーダンの目は陰りを帯びたが輝きはいっそう増し、表情はさらに荒々しくなった。日に焼けた顔を赤らめ、飢えにゆがんだ唇はいつもよりセクシーだ。

「ああ、いいぞ」ジョーダンがどっと息を吐き出してささやいた。視線は、花芯をゆっくりこねまわしている指に釘づけになっている。「どうやってそのかわいらしい蕾をふくらませるのか見せてくれ、ベイビー」

硬くなった蕾がさらにぴんと立ち、テイヤの息遣いは速くなった。急に部屋が暑くなり、欲情でむっとしたように感じるなか、ジョーダンがテイヤの腿に指を滑らせ、秘所の熟れた花びらを分け開いた。

電気に似た興奮が駆け抜けた。敏感な神経の蕾に衝撃を感じ、身が張りつめるほど高ぶってあえいだ。

ジョーダンは頭をおろしていきながら、まつげをふっとあげてテイヤを見つめた。テイヤはとらわれた心地で見つめ返した。ジョーダンが潤いに満ちた割れ目に舌を走らせ、満足げな声をテイヤの体にじかに低く響かせた。

テイヤはびくりと体をはねあげ、途切れ途切れの悲鳴を発した。かけがえのない数秒のあいだ、息も止まっていたに違いない。腰を前に突き出し、燃えている入り口の近くへ彼の舌をもぐりこませようとした。

「あなたがほしいわ」ジョーダンを求めてやまず、ささやきかけた。これまでになく彼がほしくてたまらなかった。

体を重ねるごとに悦びは高まり、熱くなっていく気がする。歓喜の予感は信じられない激しさでテイヤのまわりを吹き荒れている。いまになってジョーダンを、彼とのふれ合いを失ったら、生きていけるかどうか自信が持てなくなった。

「やめるな」手を止めかけていたテイヤの手首をジョーダンがつかみ、指をふたたび柔肉に押しつけた。「いくところを見せてくれ、テイ。それが見たいんだ」

ジョーダンはなめらかなテイヤの蜜を指で受け、きつく閉じた入り口を撫でたかと思うと、二本の指で感じやすい場所を貫き始めた。内側を押し広げられ、まさぐられて、テイヤは敏感な蕾をもっと速く、強く指で刺激しだした。解放を求めて花芯は燃えだしそうだ。

「ああ、そうだ、テイ」ジョーダンは悩ましげな声を出し、ゆっくりテイヤの内側を押し開き、わざと時間をかけて指を奥へと進めている。「わたしのためにいってみせてくれ、ベイビー。見ているから……」

「ジョーダン」テイヤは彼の名を叫び、こわばり、張りつめた体をはねあげ、不意にオーガズムに襲われて震えだした。

彼女を貫いていた指が完全に離れていったことにも、ぼんやりとしか気づかなかった。それを惜しむひまもなかった。次の瞬間、ジョーダンにさらに強く押し広げられていた。いきなりの侵入によって、両脚のつけ根の奥の秘めやかな場所にかっと火がついた。ジョーダンの分身は体にずんと響くほど力強く突き入ってくる。

テイヤは目をあげ、力の抜けた手をどうにか動かして相手のたくましい腕にしがみつき、押し寄せてくる彼の腰を開いた太腿で受け止めた。

途方もなく敏感な体の奥をペニスがこすり、押し広げ、摩擦と圧力を生み出す。そこから刺激をもたらす混じり気のない興奮がふくれあがって意識をかき乱し、耐えられないほど高まった。恍惚がはじけて全身に伝わる。解放の波が打ち寄せるごとに敏感な神経に火がつき、テイヤの秘所はまるでジョーダンを体のなかに閉じこめておこうとでもするように、きつく彼を締めつけた。

ついにジョーダンが背をそらして完全に身を沈めた。彼の解放のしるしが突然ほとばしるのを受けて、テイヤの最後の興奮の波もいっそう高くうねり、怒濤の勢いで子宮まで届いた。

ジョーダンはテイヤの肩にがくりと頭を垂れ、一瞬そこに唇を押しつけたのち口を開いて強く吸いつき、胸の奥から男を感じさせる荒々しいうなり声を響かせた。

ジョーダンの悦びがテイヤのそれと合わさり、テイヤの意識を襲った。テイヤは確かに魂の奥にまでジョーダンを迎え入れた気がした。ジョーダンはテイヤをとりこにし、自分のものにしてしまった。これまでなにも、誰もそんなことはなしえなかったのに。

ジョーダンは、いきなり目を覚まさせられた心地だった。あるとも知れなかった隠れた一面が、いきなり生き生きとして現れた。目を閉じたまま、テイヤの肌を歯でとらえ、テイヤの味、香りに五感を圧倒されながら、自身のなくてはならない一部分は永遠に変えられてしまったのだと悟った。

変化が起こったのは、攻撃してみろと敵に挑むように窓の前で座っていたテイヤの姿を見た瞬間だった。

忘我をもたらす解放の最後の脈動に襲われて力を奪われ、テイヤにぐったりと身を押しつけ、呼吸を整えようとした。不意に心を取り巻いたこの安らぎと満足の霊気はなんなのだろうと考えながら。

欲求が満たされると同時にこんな心地がしたのは初めてだった。これほど親密なひとときは想像したこともなかった。

最後の解放の波に体を震わせたあと、彼を覆い尽くしていた恍惚をすり抜けて現実が迫ってきた。

テイヤはジョーダンの肩に両腕を投げかけ、身を任せている。ジョーダンと同じくらい呼吸を乱し、あえいでいる。椅子の背もたれにしどけなく寄りかかるテイヤに抱き寄せられて、ジョーダンは鎖では絶対にできないほど固く、絹のようにやわらかな絆と女性らしいぬくもりに縛られていた。

動きたくはなかったが、動かなければならなかった。頭のなかで騒がしく警告の叫びがあがり、警報が鳴り響いている。この女性だけは、過去に出会ったどんな女性よりも大切な存在になりつつある。

「まだ置いていかないで」テイヤが小さな声を発した。懇願に宿る強い想いに、ジョーダンは心を揺さぶられた。

「きみを置いてどこへも行く気はないさ、ベイビー」身を引いてテイヤのなかから抜け出して立ちあがったが、すぐに屈んで彼女を抱きあげた。

テイヤを胸に抱き寄せて、丁寧に掛け布団が折り返されているベッドに運んでいった。やわらかいマットレスの中央にテイヤを横たえ、自分の残りの服も、テイヤのナイトドレスも取り去り、彼女の隣に横たわった。

テイヤはためらいもなくジョーダンの腕のなかに身を寄せ、彼の胸に頭を預けた。くしゃくしゃになった、赤と金の混ざり合った色合いの巻き毛が、彼の腕にも腹にも広がった。そのぬくもりはまるで絹でできた鎖のように彼に巻きつき、ここに縛りつけた。

ああ、テイヤを失ったらどうすればいい？

こう考えて、ほんのいっとき息が止まった。これまでの生涯で、その人がいないと生きていけそうにないなどと思ってしまう相手と出会ったことはなかった。恐るべき事態だ。

「あの男たちを追った？」テイヤの小さな声に潜む恐怖を感じ取り、ジョーダンは胸を突かれた。

「追ったよ」片方の手をテイヤの髪に滑らせ、最後に彼の腹にかかっているカールを指に巻きつけた。

この話題を続けたくなかった。過去がよみがえってテイヤを悩ませようとしている。グレゴール・アスカルティは、テイヤが幼いころから彼女を追ってきた悪鬼のような者たちのひとりだった。くたばろうとしない悪鬼。

「なにを隠しておきたがってるの、ジョーダン？」恐怖はなくなっていた。いまテイヤの声には鋼のような鋭さがある。ジョーダンが耳にしてうれしいとは思えない、決意がみなぎっていた。

「しばらく一緒にこうして横たわっていてくれ、テイ」ジョーダンはため息をついた。「ほんの少しのあいだ、ただ抱いていさせてくれないか」

ジョーダンはテイヤにこんな話をしたくなかった。テイヤにとって、アスカルティがまだ生きていると聞かされるのは、ソレル本人が墓からよみがえったと聞かされるのと同じくらい恐ろしいことだろう。

「スタントン上院議員がエリート司令部の人たちと電話で話したみたい」ふたりもかつて属していた民間の多国籍部隊を管理する謎に包まれた司令部について話すとき、テイヤは声を潜めた。「あなたたちを援護する部隊を寄こしてもらおうとしてたのよ」

ジョーダンは頭を横に振った。「われわれにはすでに援護部隊がいるんだ、テイヤ。これ以上、援護は必要ないし、絶対にこの件に現エリート作戦部隊をかかわらせたくない」

くそ、そんなことになったら大きなお世話どころではない。ジョーダンが立てたプランを新しくやってきた部隊に乗っ取られたりしたら、テイヤのまわりに張り巡らした防御を乱されるだけだ。

「じゃあ、上院議員と話してみたほうがいいかもね」テイヤのあいまいな口調に、ジョーダンはたじろいだ。

ジョーダンになにもかも話してもらっていないと見抜いているとき、テイヤはこんな口調を使う。ジョーダンが編み出した複数の代替策のうちひとつを進行させていて、テイヤや部隊の連中にそのことを明かしていないと見抜いているときに。

「そうだな」ジョーダンは眉をひそめて天井を見あげた。「だが問題なのは、上院議員に援護部隊を呼ぶのをやめてくれと言ったら、彼もきみと同じく、自分の知らないところでなにかが進行中であると気づいてしまう点なんだ。上院議員はああいう人だから、司令部にも気づいたことを知らせるだろう。そうなったら、司令部の連中はそろって考えこんで、自分たちの身を守るために保険を立てておこうとする。そのうち、全員の身を守るのはわたしに任せておけばいいということを、すっかり忘れてしまってな」

テイヤはだいぶ長いあいだ黙りこんでいたのち、彼の胸にふっと息を吹きかけて声を発した。

「誰を見たのか教えて、ジョーダン」

事実を黙っているのは、テイヤに対して公平ではない。テイヤには知る権利がある。それでも、事実を知らされたあとテイヤの目に落ちるであろう影を、ジョーダンはどうしても見たくなかった。

「ジョーダン？」部屋の空気が張りつめ、ジョーダンの頭には八年前に出会った若い女性の記憶があふれた。

真っ青な顔のなかで目だけがひどく大きく見えた。本来の色より濃い色に髪を染めていた。あの目のなかに、ジョーダンは恐怖と勇気、それに、当時の彼女がすでに感じ始めていた絶望を見て取っていた。

「アスカルティだ、テイヤ。グレゴール・アスカルティがいた」

18

グレゴール・アスカルティ。

あの男は子どもを狙う悪鬼だ。暗いところでテイヤの名前をささやくのはグレゴールの声だった。悪意に満ちた楽しげな声。

〝おいで、隠れ場所から出ておいで、かわいいベイビー。パパが待っているよ。でもまず、グレゴールおじさんに一口おいしいきみの味見をさせておくれ……〟続いて響く笑い声。邪悪な悪魔に取りつかれたような声が頭に響く。ボイドの大きな手で口をふさがれながら、あの声を聞いた。ボイドは幼いテイヤを自分の体でかばうようにして抱き、知るかぎりの方法でテイヤを守ろうと力を尽くしてくれた。

逃げなければならなくなった夜、ふたりはもう少しで捕まるところだった。当時のテイヤはまだ十二歳で、ひょろひょろに痩せていた。あの悪い鬼が捕まえにくるといつも怯え、心配していた。

あの夜は、グレゴールに追いつかれたけれど、ボイドが守ってくれた。が、それから三カ月もたたないうちに、ボイドも殺された。

グレゴールは死んだはずだった。

テイヤは何年も、安全だという錯覚のなかで暮らしすぎた。錯覚なんてうんざりだ。疲れがテイヤにつめを食いこませ、引きずり倒そうとしている。それに、思い出させてくる。頭のなかに巣くった邪悪がテイヤを苦しめるためにささやく。終わりなどないのだ、と絶えず思い出させる。テイヤが自由になることなどない。愛情に満ちたジョーダンも、自分の死刑執行令状にサインしてしまったのだと。

アルバ島でも感じた。重くのしかかり、パニックを呼ぶ不安。あとほんの少しで、自由か死のどちらかが訪れるとわかっていた。

「答えが茂みからひょっこり飛び出してくるというわけにはいかないようだ」寝室にジョーダンが入ってきた。欲望とぞくっとする危険が同居した、凄みのある表情を浮かべて。

ジョーダンは狩りをする獣だ。狩りの準備を完璧に整えてきたらしい。根気よく、落ち着いて待っている。獲物に最適な機会と、あちらから動きだすのに必要な時間を与えて。

だが、今回の獲物はずる賢く、邪悪だ。これまでにほかの強い男たちを、狩りをするために生まれてきた男たちを何人も殺してきた。自分ならテイヤを守れると決意してくれた男たちを。

灰緑色のブラインドがゆっくりとおり、先ほどまで降り注いでいた暖かい日射しを遮って、まだらの光だけが残る薄暗い部屋にふたりを閉じこめた。

「なにかわかった？」この部屋の外では部隊の仲間たち、ノアとミカとトラヴィスとジョンとニックが、グレゴール・アスカルティを滅ぼす作戦を練ってくれている。テイヤにとって、その実現は早ければ早いほどよかった。

「適切な機関に連絡をして、武器のありかを知らせたんだ」ジョーダンは腕時計に目をやったのち、ふたたび視線をあげた。まなざしには、ぎらりと光る満足感がたたえられていた。

「いままさに、例の倉庫に突入しているころだろうな」

「わたしたち、あの男を見つけて活動をやめさせないと、ジョーダン」

「いいや、やつを見つけるのは部隊の連中の仕事だ」ジョーダンは答えた。「きみの仕事は、今夜のパーティーでとにかく美しい姿を見せ、悲しみに打ちのめされたふりをしてみせることだけだ。アスカルティは、わたしがいなくなっていることを確かめたらすぐ、襲撃をもくろむだろう。そのときだ、やつをとらえるのは。倉庫でやつが捕まっていなければな」

アスカルティは倉庫でとらえられるようなミスは犯さないだろう。

「相手がアスカルティでは、そんなに簡単にはいかないわ」テイヤははっきり首を横に一振りした。「あなただって、もうわかってるでしょ」

テイヤにはわかっていた。途方もなく長いあいだ、アスカルティの追跡を逃れて生き延びるために闘ってきたのだ。あの男が簡単に捕まるなどと考えられない。あの男がそこまで不注意なまねをしてくれたらと、希望を抱くことすらできない。

「わかっているさ、テイヤ」ジョーダンはうなり声を出した。「ただ、準備は万全だ。アスカルティが仕掛けてくれれば、われわれは必ずやつをとらえられるはずだ。多くの目で見張り、待ち構えているから絶対に逃がさない」

テイヤは胸の前で腕を組み、いまはブラインドが閉められているにもかかわらず、鋭く細めた目を窓に向けた。

ゆっくりとジョーダンを振り向いた。相手の目に残っている熱情は無視しようと努めた。テイヤの頭の先からつま先まで視線を走らせるジョーダンの混じり気のない色気と、欲望をあらわにした関心を浮かべている顔つきも。

「どうすることにしたの、ジョーダン？」なにを企んでいるのか、彼はまだ教えてくれていない。ジョーダンは午前中のほとんどをノアやケル・クリーガーや上院議員とともに過ごしていたはずだ。しかし、テイヤはその計画会議に招かれなかった。彼女がまだ眠っているうちに会議は始まっていた。

「計画は、まったくこれまでどおりだ」ジョーダンはジーンズにたくしこんでいるダークグレーのシャツの下で、たくましい肩をわずかにすくめた。「待つ」

テイヤは疑うまなざしを相手に向けた。まったくジョーダンらしくない。ただじっと待って、見張っているだけなんて。

「きみにうそをついたりしないよ、スイートハート」ジョーダンはまた微妙な笑みをふっと浮かべた。「ひたすらシンプルな行動に徹しさえすればうまくいくときがあるんだ。今回はそういうときなのさ」答えて首をかしげ、好奇心の光るまなざしを向ける。「テイ、ダーリン、その服はニューメキシコで懐かしのネイティブアメリカンの商人に作ってもらったやつじゃないか？　たっぷり武器を隠し持てる服だろう？」

テイヤは驚いて眉をあげた。覚えていたの？　テイヤがこの服を注文した日、ジョーダンはちっとも関心なんて払っていないと思っていた。あの買いもの旅行は、テイヤがエリート作戦部隊に入隊したてのころの特別な思い出として心に残っている。

　あのころ、テイヤは基地の外に出るのを怖がっていた。根拠なく、また何者かに追われると思って怯えていた。するとジョーダンとノア、通信エージェントのカイラ・リチャーズと夫のイアンがそろって買いもの旅行をすると言い出し、なかば強制的にテイヤを連れ出した。テイヤは古い服しか持っていなかったから、エリート作戦部隊の経費で適切な衣服をそろえてくれるのだろうと思っていた。あとになってから、テイヤの服代はジョーダン個人が支払っていたのだと知った。

「そうよ」胸が高鳴りだした。あの日のことをジョーダンが覚えていてくれた。そんなささいなことでドキドキしてしまうなんて、実に惨めったらしい。

　ジョーダンが歩み寄った。不意に雄の獣が獲物を追いつめるような動きを見せて、欲望で表情を張りつめさせ、飢えで目をらんらんと輝かせている。

「こんなにすぐにまた、きみをほしがってはいけないんだが」テイヤのすぐ前まで来て低い声で言い、指の背で片方の乳房の上のレザーをすっと撫でた。「それでもテイヤ、正直言って、レザーに身を包んだきみを見て、きみなら息をのむ間すら与えずに男を殺してしまえると思うと、わたしの息子は死ぬほど硬くなってしまうんだ」

　テイヤの両脚のつけ根はクリームに覆われていた。熱く潤っていく。愛液が秘所にあふれ、ジョーダンを迎える準備をしている。

「長いランチ休憩を取りましょうよ」ジョーダンに背に腕をまわされ、ぴったりと抱き寄せられて、テイヤは誘いかけた。

「きみをまたベッドに連れていってしまったら、絶対に短い時間では収められなくなる」ジョーダンは顔をさげたけれども、テイヤが求めていたキスをするのではなく、彼女の唇を軽くひとかみして官能をかき立てただけだった。「でも今回の問題が片づいたら、どこかのビーチへ連れていって、一カ月くらいずっときみを裸にさせておこう。あられもない姿で、肌の一部みたいにわたしにまとわりついてもらうんだ」

下腹部に硬い興奮のあかしを押しつけられて、欲求がわきあがってくる。テイヤは悩ましげな切望の声を必死に押しとどめた。

ジョーダンの胸に頭を預け、両腕に包まれていると、どうにかして、あとほんの少しだけでも、このひとときを引き延ばしたくなった。あと数時間、ジョーダンの腕のなかで守られていられるなら、必要とされるどんな代償でも払い、どんな相手でも殺すだろう。

「問題が片づいたらね」消え入りそうな声で繰り返して、ジョーダンの腰に両腕でしがみついた。心の奥では、つねにそこにある冷たい絶望の核が凝り固まっていった。

決して終わらない。テイヤが死ぬまでずっと。

「すぐに終わるよ、ベイビー」身を引いたテイヤに、ジョーダンが約束した。

ジョーダンを見あげて、八年前からこうなる運命だったのだとテイヤは悟った。ずっと隠れていたけれども、心のどこかではわかっていた。いつかは代償を払わなければならないときが来ることも。

「愛してるわ、ジョーダン」告白を遮られる前に、急いでささやいてしまった。「無理にわたしを愛さなくてもいいの。無理にそばにいてくれなくてもいい。ただ、これだけは知っておいて。どんなことになるか最初からわかっていたら、絶対に見つからないようにもっとちゃんと隠れていたわ。こんなことにならないように……」

「おい、テイヤ」大急ぎでなにもかもささやいてしまえないうちに、唇にジョーダンの指があてられた。「なんなんだ、ベイビー、きみひとりでこんな問題に立ち向かっていくのを許そうだなんて、いままでにわたしが一度でも考えてみたことがあったと思うか？　わたしや部隊のほかの者たちが、きみを脅かす輩がいないか見張っていなかったとでも思っているのか、テイヤ？　きみに必要とされれば、なんとしてでもそばに駆けつけるに決まっているだろう？　わたしがきみを完全に手放すことができるなどと、一瞬でも、本気で信じてしまえるのか？」

いら立ちと怒り、驚き、それにかすかな嘆きがジョーダンの声にあふれた。

この八年、彼を苦しめると同時に慰めてきた小悪魔を、ジョーダンは見おろした。あまりにも華奢で小さな体つきをしているから、強い風が吹けば飛ばされてしまうに違いないとジョーダンは本気で心配する。しかし、テイヤには純粋なチタンでできているような気骨があり、たびたびジョーダンに目を見張らせる強い意志の力もあるのだ。

「テイヤ」声をやわらげてしかりつけ、つい指の背を絹さながらになめらかな彼女の頬に滑らせて感触を楽しんでいた。「わたしは無謀なまねはしない。昔きみら親子を守ろうとした男たちのように、たったひとりで母と娘を守ろうとしているわけではない。前にも言ったはずだ。スイートハート、そろそろわたしを疑うのをやめてくれないと怒るぞ」

「あなたを疑ってるわけじゃない。でも……」テイヤは喉のつかえをのみ、まなざしに恐れを浮かべた。「運命も――幸運の女神も――善人の味方をしてくれるわけじゃないときがあるのよ、ジョーダン」

ジョーダンは思わず笑みを浮かべた。「ところがベイビー、わたしはアイルランド人なんでね。運命の女神も、幸運の女神も、詩の女神も、ほかの神々も、そろってわたしを愛してくれている」

その通りであればよいと願うものの、完全に大口をたたいただけだった。彼を守ってくれるのは運命の女神でも、幸運の女神でも、ほかの神々でもない。身を守るためには準備を怠らず、自分がなにに直面しようとしているか知り、決して何事も額面どおりには受け取らないことだ。

「アスカルティも今夜のパーティーに現れるかしら?」テイヤはジョーダンから離れていきながら尋ねた。先ほどささやきかけてくれた愛の言葉にジョーダンが答えなかったから傷ついていて、その気持ちを隠そうとしているのだろう。

答えるのを拒んだことで、ジョーダンの心も痛んでいた。昼も夜も、自分の胸にも問いかけて思い悩んでいたが、答えを出すのは拒んでいた。

準備は万端だが、未来の運を試すようなまねはできなかった。まだ将来の計画は立てられない。ときどき襲ってくるなじみのない感情について、あまりにも深く掘りさげて考えるのは避けたい。そうするのは、問題が片づいてからだ。テイヤを失うことはないと安心できてから。さもなければ、ジョーダンは断じて、テイヤや、部下たちや、部下の家族たちを守ることをやめない。

こう考えて笑みを浮かべそうになった。まるで、なんでも自分の好きにできるとでもいうように。とはいえ、考えつくかぎりすべての観点から防御を固めるため全力を尽くしたと思えれば、夜、眠りにつきやすくなるのは確かだ。

「今夜のパーティーにアスカルティが現れるとは思わない」ジョーダンはようやく答えた。

「そんなに簡単に手のうちは見せないだろう。アスカルティを使っている人間も同じだ」

「アスカルティを使っている人間?」テイヤがくるりと振り返った。魅惑の波を生む豊かな赤金の巻き毛が体のまわりで揺れ、独特の謎めいた緑の目がすっと細くなってジョーダンに向けられた。「ソレルは死んだのよ」

ジョーダンはきっぱりとうなずき、バーに向かった。テイヤの視線に追われていることを意識しながら彼女のわきを通り過ぎ、バースツールのひとつに腰かけた。

「ソレルは死んだ」と認める。「だが、アスカルティは単独で動く男ではない。強力な指導者抜きに、手下たちを効果的に率いる力量がある男でもないんだ」

この情報をテイヤには与えたくないと考えていた。誰もがそうであるように、テイヤも追ってくる悪魔の顔がわかっていたほうが、わかっていないよりは気がらくだろう。残念だが、まだテイヤに悪魔の顔を教えてやれない。

テイヤは重いため息をついた。

「やっぱり、そうなのよね」希望を欠いた声を出す。「じゃあ、いったい誰が裏で糸を引いているか、まだこれから突き止めなくてはいけないのね」

ジョーダンはうなずき、ふたたびテイヤのそばに行った。今回は身を引くチャンスをやらなかった。

テイヤのウエストをつかまえてカウンターに乗せ、やすやすと両脚のあいだに踏みこんだ。この体勢ならジョーダンのいきり立ったペニスをテイヤの熱い秘所の盛りあがりにあてがうのに最適だ。テイヤの目がすぐに興奮をたたえて陰った。顔を赤らめ、表情をやわらげている。強力な欲求の高波にのまれようとしているに違いなかった。

ジョーダンにはそれがわかる。彼も欲求に襲われていた。まるで飢えが怒濤の勢いで迫ってくるようで、抵抗は無駄に思えた。

豊かなカールのなかに手を差し入れてテイヤの頭のうしろを支え、キスを求めた。ひととき、テイヤの完璧な唇を味わいたかった。彼女から離れて死人となり、陰にまぎれこまなければならなくなる前に。

テイヤを守るためだ。

彼女の唇に舌をすばやく走らせ、そこが開くなり顔を傾けて唇を重ね、しっかりと抱き寄せた。テイヤが彼の首に両腕をまわして抱き返し、指を髪に絡ませている。そうされてジョーダン自身は苦痛を感じるまでに硬くなった。

昨夜は、ほぼ一晩じゅうテイヤのなかに入っていた。テイヤから引き出せるだけの愛撫、口づけ、かすれる悦びの声に浸りきり、夜明け近くになってふたりとも疲れ果てて倒れ伏した。

それでもまだ、テイヤがほしい。

初めて抱いたときと変わらず、いや、おそらくそのとき以上に、テイヤを必要としていた。

「くそ」離したくはなかったが重ねていた唇を離し、テイヤを見おろして荒い息をした。テイヤのジーンズを足首まで引きおろし、必死につながりを求める男のように彼女を抱いてしまいたいという欲求に負けそうだった。しかし、負けてはならなかった。パーティーはほんの数時間先に迫っている。これきり問題を解決するには、理性を完全に保っておかなければならない。テイヤの未来を守り抜くために。

テイヤが彼の腕のなかにいる未来。ジョーダンは慌てて考えまいとしたが遅く、そんな思考が頭にふっと浮かんだ。将来についても、ジョーダンとテイヤが今後どうするかも、強いて考えまいとしたが遅かった。

大事ないまを台なしにするな。確かなのは今日だけだ。大多数の人々に比べ、ジョーダンのような男に明日が来る可能性は低い。特にいまはそうだ。それを忘れるわけにはいかない。

「ドレスがもうすぐ届くからな」テイヤを放すことができない。テイヤの太腿の重みを受け止めている腰を引くことができない。「あと数時間でパーティーは始まる。ケルやエミリーと一緒に会場に入るんだ。やたらに関心を寄せてくる者や、近づいてこようとする者や、まわりの人々から引き離そうとする者に気をつけろ。もし、なにか、なんでも普通でないと感じることがあったら……」

「パーティー会場にいるケルか、ほかの仲間に知らせる」テイヤはすばやくうなずき、また心配そうに瞳を陰らせた。「あなたも、気をつけるわよね？」

「気をつけるさ。テイヤ、もっと肝心なのは、わたしはきみのそばを離れないということだ。きみがひとりになることはない、ベイビー。決して。約束する」

ジョーダンが気をつけるかどうか、この前、誰かに心配してもらったのはいったいいつだったろう？　テイヤには、胸の奥がなにやらとろけるような、おかしな気持ちにさせられる。彼を心配してくれるような、とても女らしいこと、本当に信じられないくらい思いやりに満ちたことをしてくれるたびに。テイヤには決して心配などかけたくないとジョーダンは思っているのに。

テイヤにも告げたとおり、ジョーダンのほかにも彼女を見守る者たちはいる。ジョーダンは決してひとつだけのプラン、一組だけの目にすべてをゆだねたりはしない。彼は友人たちの協力を得ていた。エリート作戦部隊とも、部隊に関係がある誰とも完全にかかわりがないふたつの部隊。ある意味では請負人である彼らになら、自分の命を任せられる。もっと重要なことに、彼らにならテイヤの命も任せられる。

バーの奥の時計に目をやり、胸を締めつける残念な気持ちに押されて出てきそうになったため息をこらえた。

「もう行かなくては」テイヤの唇にそっとキスをし、抱きあげて床におろしてやった。「一時間もしないうちに、屋敷のスタッフが戻ってくる」ジョーダンは誰にも姿を見られないように出ていかなければならない。さもないと、入念に仕立てあげたジョーダンの〝死〟が無駄になってしまう。

それは絶対に避けなければならない。テイヤの命を守ることには、彼自身の命を守ることより重要な意味がある。これを最後に、テイヤに迫っている脅威にけりをつけることは、ジョーダンにとって非常に重要だった。おそらく、テイヤにも想像がつかないほど。

もう一度、顔を寄せて唇をふれ合わせた。ありったけの自制心を振り絞って耐えていた。テイヤを抱えあげてまたカウンターに乗せ、彼女を愛してしまわないように。テイヤに包みこまれ、彼女を叫ばせてしまわないように。

テイヤの自宅にもカウンターはある、と考えることで自分を満足させた。その使いかたは、しっかり心得ている。テイヤに迫る脅威を排除しさえすれば、またチャンスがある。大事なのはそれだけだ。

顔を引いてテイヤの頬を手のひらで包み、彼女を見つめるうちにむっと口角をさげた。テイヤは心配そうで、不安げな顔つきをし、美しい緑の瞳に恐れを浮かべている。

「笑ってくれ、ラヴ」ジョーダンは父親から受け継いだアイルランド訛りを、ほんの少しだけ出した。

テイヤはそれを聞き取って、ぴくっと唇を動かした。

「次に抱いてくれるときアイルランド語でささやきかけてくれるなら、心配するのをやめるわ」テイヤは言った。

ふたりとも、心配するのをやめるというのはうそだとわかっている。それでも、ジョーダンはテイヤをまたベッドに連れていくためならなんでもする。

「約束だぞ」すばやくテイヤの唇からキスを奪った。テイヤのもとを離れ、待ち受けている暗い影にふたたびまぎれこむ前に、もう一度だけ。

このキスに、テイヤは彼女が抱いていると信じきっている愛をすべて注ぎこんだに違いなかった。

錯覚が維持され、満たされ、大事にされたなら、それが錯覚であるかどうかなど、もはや重要だろうか。ジョーダンは心に問いつつ、部屋を静かにあとにして地下室へ向かった。そこで、ノアとミカとニックが待っていた。

ノアたちとともに、ふたり一組の援護チームもいた。下の甥ローリー・マローンと、ジョーダンが過去に数回ほど海外の作戦を共同で行ったこともある、陸軍レンジャーの元隊員タークク・ギレスピーだ。

「司令官」地下の奥にあるワイン貯蔵室に入っていき、ドアを閉めたジョーダンに、タークが会釈をした。

薄暗い照明に、ずらりと並ぶワインの棚のおかげで、この一室には影に包まれた雰囲気がある。いちばん奥には開かれたドアがあり、古いトンネルと、その先の隠し出口に通じていた。

「状況は？」ジョーダンはタークとローリーに問いかけた。

「ケーシーとアイアンがミズ・タラモーシを見守っています」タークが答えた。「彼女が身に着けているベリーリングに取りつけてくださったチップは完全に機能しています。彼女を狙って何者かが行動を起こしたとしても、準備は万端です」

「アスカルティの倉庫には捜査の手が入り、武器は押収されました」ノアが報告した。「アスカルティは現場にいませんでしたが、昨夜、バーでやつのボディーガードに装置を仕掛けてやりました。そいつがクレジットカードで酒の支払いをしたときにね。いまは二日酔いで寝こんじまってモーテルにいるんで、そいつを追ってアスカルティに行き着くって具合には進んでません」

「一刻も早くアスカルティを排除したい」あの人でなしがまだ生きていると考えるたびにこみあげる激しい怒りを押しこめて、ジョーダンは甥に告げた。

「そうですよね」ノアはうなずいた。

「アスカルティのもとで働いてる傭兵のマーク・テニソンが、この屋敷の前の通りを何度も車で通過してます」と、ローリー。「追跡を試みましたが、そのたびにまかれて。いまのところ、裏で糸を引いてる者の存在を示す手がかりはなにも、誰も現れていません」

「おれもジョーダンの考えに賛成だ」ニックが口を開いた。「アスカルティが絡んできた展開は、ちょっと怪しいくらい都合がよすぎる。どうもおかしい気がする」

「パーティーのあいだは、ジョンとベイリー、トラヴィスとリリーがテイヤを護衛する」ジョーダンは考えを巡らしながら言った。「テイヤには追跡装置をつけたし、考えつくかぎりすべての事態を想定して彼女の守りを固めている。敵は今夜、動くはずだ。やつらはジョンとトラヴィスがまだテイヤを守るための対策を立てられていないと考えている。いまのうちに襲撃しようとするだろう。敵にとって最高の機会だ。テイヤをとらえるのに、これ以上のチャンスはない。ジョンとトラヴィスが、そう思わせる情報を出まわらせた」

うまくいくよう、ジョーダンは祈っていた。このプランを始動させてからすぐ、抱えている連絡員全員に情報を流させ、脅威であると特定した者たちにつながりがあることが判明した先に残らず圧力をかけてきた。

今夜のパーティーを逃せば、敵が近い将来テイヤをとらえられる見こみはない。明日の朝には部隊が到着し、誰も知りえない場所にテイヤを移動させる。そこで身元も完全に変えられるので、彼女を捜し出すことは不可能になる。このようなうわさを出まわらせた。

テイヤを追っているのがアスカルティであれ、ほかの何者かであれ、ふたたびテイヤを発見することも、身元を特定することもできなくなる事態は避けたいだろう。

「アフガニスタンにいる連絡員からも、やっと報告がありました」ノアが壁に寄りかかり、腕組みをして言った。傷痕を隠すため、短く刈りこんだひげを生やした険しい顔をしかめ、暗い表情を浮かべている。「テイヤの身元と居場所は、匿名の人間によって、かつてソレルに雇われていた低級な犯罪者タデウス・アルコーニに知らされていたらしい」

「タデウスはフランスの上流階級の生まれで、ソレルのために働く密売人であり、情報提供者であったと特定されています」ノアの目配せを受けて、ミカが説明を続けた。「連絡員から電話で報告を受けました。約十年前、ソレルが殺されてから数時間もたたないうちに、ソレルの部下たちに指示が伝えられたそうです。逃亡したソレルの妻子にかかわる情報はすべて、以降は組織内で侯爵《マーキス》と呼ばれている者に送るようにと。アルコーニはテイヤの情報をメールで送信しました。じかに会うことのできない情報提供者が使用できるよう、死亡する何年か前にソレルが構築していたシステムを介して。そのメールの追跡を試みてもらっていますが、いまのところ追加の情報は入ってきていません」

「どうしてその指示が出まわったとき、こっちに情報が入ってこなかったんだ？」ジョーダンの口調は意図したより厳しくなった。テイヤの安全にかかわる重要な詳細を、自分が見逃していたとは。

「組織全体に伝えられた指示ではなかったからでしょう」ノアがまた会話のあとを引き受けた。「数少ない上層の情報提供者のみに伝えられたんです。ソレルの死後すぐには、組織にかかわっていたと特定されなかった者たちにだけ」

「この指示は巧妙に隠されていたんです。リリーの母親や彼女の上流階級の友人たちの多くが、自分たちの活動を隠しおおせていたのと同じく」ミカが悔しげに言った。

部隊のエージェントのひとり夜鷹《ナイトホーク》が暗殺されかけたのち元の暮らしに戻ることを許され、秘められていた事実が一時に明らかになったとき、ジョーダンたちは愕然とした。途方もなく裕福な家に生まれた一部の人々が送っていた私生活は驚くべきものだった。彼らは血統を操作し、一族の女性たちをまるでペットか繁殖用の動物にすぎないかのように売り買いしていた。

男たちは愛人や、未来の妻や、息子の慰み者にするための女性を、相手が幼いうちに選び出した。彼女の父親、場合によっては母親と交渉をし、目的にかなった女性に育てあげるために特殊な訓練や嗜好の植えつけを行った。

反抗した女性はスイスにある診療所に送られ、治療と称してたびたび苦痛を与えられ、反抗する気力を奪い取られた。

彼らは娘たちを操り人形にし、息子たちを怪物にしていた。また、診療所での再調整がうまくいかなかった場合には、ソレルのような者たちが〝事故〟を仕立てあげた。あまりにも巧みな手口に、多くの場合、息子や娘を失った親たちでさえ疑いを抱かないほどだった。

やがて、ジョーダンはローリーに告げた。「おまえとタークは今後、アイアンとケーシーを援護しろ。そよ風程度でも事態が悪いほうへ向かう気配があったら、瞬時に全員が動ける態勢でいてほしい」

「悪い予感がするんですね、ジョーダン?」ノアが探りを入れた。

甥は何度もジョーダンとともに働き、叔父を知り尽くしているから、即座に感づいたのだろう。

「なにかがしっくりとこない」ジョーダンは認めた。「今夜、相手が仕掛けてくることは確かだと思うが、裏で糸を引いているのがアスカルティだとはどうしても思えない」ぶるっと頭を一振りする。「なにがしっくりこないかもはっきり言えないんだ、ノア」こうしためったにない事態にかぎって、たいてい最後の最後で作戦がめちゃくちゃになるのだ。

ノアがまなざしを険しくした。「必ず、いつでも動けるよう構えています」

なにがあっても、部下たちならそうしてくれる。ジョーダンにもわかっていたが、悪い直感がはずれたことはなかった。

こちらを見つめる部隊の面々の前で、SEALそしてエリート作戦部隊の司令官として歩んできたキャリアのなかで初めて、ジョーダンは自分の判断が正しいのかどうか迷った。

「ターク、ローリーと一緒にアイアンやケーシーと合流して配置を調整しろ。なにが起こっても対応できるようにな。どんな状況でもつねに、なんらかの方法でテイヤを見守っていてほしい。万が一、テイヤが連れ去られたとしても、一瞬たりとも彼女の居場所を見失わないように」

ローリーはきっぱりとうなずいたが、ジョーダン、それからノアに向けた目には不安が浮かんでいた。しかし、甥はそれ以上なにも言わずに、タークとともにすばやくワイン貯蔵室を出ていった。隠し扉を通って、五百メートルほど先の、緑の茂る人目につかない谷間にある出口を目指していったのだ。

「ミカ、今夜はニックと組んでパーティー会場の表の庭を守ってほしい。テイヤが連れ出される恐れのある出口がはっきり見える位置についてくれ」

「各門にはひそかにセキュリティーシステムを張り巡らし、無線カメラで屋敷周辺も監視しています」ミカが答えた。「準備は万全です、ジョーダン」

ジョーダンはすぐにうなずいた。ミカとニックも出ていくと、ジョーダンはノアを振り向いた。この作戦では、副司令官を務めてくれている。

ノアは薬で別人を妻だと思いこんでしまう状態にされ、何人もの女性を抱くようそのかされた。フェンテスとソレルは、ノアが大事にしている結婚の誓いを破らせれば、国への忠誠の誓いも破らせることができると考えたのだ。

しかし、あのときネイサン・マローンだったノアは、どちらの誓いも決して破らなかった。救い出されたあとでさえ、何年たっても破らなかった。妻も夫が生き延びている事実を知らず、夫は帰らぬ人になったと信じて何年も暮らしていた。それでも、ふたりは結婚するときに交わした誓いにそむかなかった。

いまのふたりは幸せだ。リトル・ノアと呼ばれているふたりの息子リアダン・ネイサン・ブレイクは幼稚園に通い、すっかり両親の心をとらえている。ノアは妻と子のために心から人生を楽しんでいる。

「大丈夫ですか？」ノアは静かに尋ね、叔父の目より濃い青色の目で気遣うようにジョーダンを見た。

19

ドレスは非の打ちどころがない美しさだった。そしてニックの妻ミケイラは憂いのない穏やかな心の持ち主で、まわりにいるすべての人に安らぎをもたらしてくれる女性だった。長くて健康的なブロンドは、まとめて三つ編みにされている。上品でかわいらしい顔立ちは、微笑む口元と優しげな目元のおかげでいっそう愛らしい。ミケイラが夫や娘について話すときは、いつでも混じり気のない愛情があふれ出た。

エリート作戦部隊に加わる前にニックが最初の妻とひとり娘を失ったことは、テイヤも知っていた。しかし、はたから見ていてもニックに絶えずつきまとっていたことが明らかだった苦悩は、彼がミケイラ・マーティンに出会ってから消え失せていた。テイヤはいまでも、ニックがにっこりしているたびにぎょっとしてしまう。

「思ったとおり、このドレスは完璧にあなたにぴったりだわ」テイヤが客室内にある広い着替え室兼バスルームから出ていくと、ミケイラは自分の作品の仕上がりを見て言った。

透けるように薄い白と菫色のシルクが二重になった、床まで届くドレス。シルクはふわりと肩を包んでウエストで絞られ、雲を思わせる軽やかさで、色を合わせた十センチのハイヒールまで舞いおりている。

優美で繊細な模様を描く菫色のスパンコールが肩の線に沿って縫いつけられていた。前身ごろにも同様に優しく波打つ装飾が施されていて、胸のラインが美しく見えるようになっている。細くなったウエストからヒップにかけて、それから腹部にもスパンコールの輝きがちりばめられていた。

ドレスの大胆で鮮やかな色彩のおかげで、テイヤの目の色や、ほんのりと日焼けした肌の色が映えた。しかも、ヒールは高いのに、体つきを華奢に見せてくれている。

「本当にきれい」ミケイラがため息をつき、テイヤの周囲をまわった。屈んではドレスをデザインして仕立てる人にしかわからないなにかをチェックし、ドレスのあちこちをふくらませている。

どんなチェックをしていたのかはわからないけれど、確認は無事に終わったらしい。ミケイラは屈めていた背を伸ばし、最高に満足しきった表情を浮かべた。「誇らしいわ」またため息をつき、胸にあてた指をぱたぱたと動かしている。「妖精のお姫さまみたいよ、テイヤ」

「えっ、それはどうかわからないけど」テイヤは姿見にじっと視線を向けた。「このドレスは信じられないくらいすてきよ、ミケイラ」

ミケイラは軽やかな笑い声をあげてウインクをした。「ドレスは着る女性本来の美しさを引き立てるって、いつも言ってるの。きれいなドレスを着て、ちょっとメイクをしただけでは、このドレスを着たあなたのようにはなれないのよ、テイヤ。それに、特別な女性だからこそ、例の司令官の視線とハートを射止めることができたんでしょ。ニックとノアがものすごく心配していたほどの司令官だもの。あの人が前から考えていたとおり、司令官としてではなく現場で戦うエージェントとして作戦部隊に戻ったら、遺体袋に入れられて家に帰ってくるんじゃないかって、ふたりは心配してたの」

テイヤはうつむいた。ジョーダンがそんなことを考えていただなんて知らなかった。でも、ノアがニックに相談していたくらいなら、間違いなくそうなる恐れがあったのだろう。

ミケイラが、ジョーダンはSEALに所属していると思っていても関係ない。ジョーダンがエリート作戦部隊に司令官としてではなく現場で戦うエージェントとして戻ったら、危険性はさらに高くなる。

テイヤにはジョーダンのことがよくわかっている。エリート作戦部隊が解散する前、ジョーダンが人生に対して抱いている満たされない気持ちは、彼が表に出しているよりも深刻だと感じ取っていた。それでも、ジョーダンがそんな決断を下そうとしているとは思わなかった。

「わたしがあの人のハートを射止めただなんて、ニックはどうして思ったのかしら?」真っ先に浮かんだ疑問がこれだった。

ちらりとミケイラが向けた微笑みは優しかった。「わたしがジョーダンと会ったことがあるのはほんの数回よ、テイヤ。数週間前まで、会うたびに、ぴんと張りつめた冷たそうな人だと思ってた。それがいまは、まるで雰囲気が変わってしまったみたい。ボスは恋に落ちたんだよってニックは言ってる」

まさか、ジョーダンが恋に落ちるわけがない。けれども、テイヤはかわいらしいロマンテイストの夢を壊したくなかった。

あらためて鏡に目を向けた。たっぷりのシルクと夢でできた美しいドレス。こんなドレスを思い描き、生み出すのは、ロマンティックな心の持ち主に違いない。

しかし最後には結局、ジョーダンはテイヤを置いていってしまうだろう。テイヤの前に、数えきれないほど多くの女性たちを置いてきたように。ジョーダンは愛を信じていない。ジョーダンにとって、愛は錯覚なのだから。

「あのね、ニックはどういうことが起こっているのか事情は話してくれていないわ」

テイヤははっと顔をあげ、相手の女性を見つめた。

ミケイラは小さく肩をすくめた。「でもね、わたし、夫のニックのことを愛してるだけじゃなくて、彼をよくわかってるの。ニックはわたしにちゃんとしたお話をしてくれたわ。誰かに聞かれたら、そのとおり答えられるように。わたしがあなたのために作ったドレスについて、あなたやジョーダンがどういう人なのか、なにもかもね」表情豊かに手をひらひらさせている。「だけど、今朝ニックは別の話もしてくれたの。あなたのそばにいる誰かさんが死にかけてるって。ニックはね、前までしてた仕事がなんであれ、それを辞めるときに、これからはもう任務には出かけていかないって約束してくれたの。それでも、あの人は今朝わたしのところに来て、テイヤが困ったことになってるからどうしても助けたいって言った。テイヤ、どんなトラブルに巻きこまれているのであろうと、知っておいてほしいの、わたしはすごくいい友だちになれるわ。聞き上手だし」

テイヤは急いで視線をはずした。流すわけにはいかないと決めている涙で喉が詰まった。

「いろんなことをもっとうまく隠せていたらいいと思ってたのに」小さな声を出した。

「たぶん、愛する人がいて、その愛を失うかもしれないって恐れたことのある女性しか気づかないと思うわ」ミケイラは答えた。「わたしたちはまだ何度かしか会う機会がなかったわよね、でも、あなたの目をのぞきこむたびに、わたしも泣きたくなるの。ひとりで泣くのがいちばんよくないわ。だから、友だちが必要になったら」ミケイラは軽くさっと肩をあげた。かわいらしいしぐさだ。おせっかいすぎるかしらと心配しながらも、そうせずにはいられない思いやりあふれる女性のしぐさ。

「ありがとう、ミケイラ」静かに返した。「そう言ってもらえたこと、忘れない」

絶対に忘れないけれど、テイヤがこの申し出を受けられる見こみはほとんどないはずだ。また捕まる危険は決して冒せない。つまり、また姿を消すしかない。どこかに根をおろし、自分のものと言えるなにかを手に入れ、友人や家族……それに心から求めている愛する人と暮らしたいというあこがれを無視するすべを学ばなければ。

「よかった。じゃあ、今夜はとっておきのドレスを見せびらかして、わたしのドレスがどんなにユニークでほかでは見つからなくてお高いか、みんなに広めておいてね」ミケイラは温かい笑顔を見せてから、ベッドに歩いていって彼女には大きすぎる仕事鞄を手にしてドアに向かった。「あと、遠慮はなしよ」ドアを開けてから立ち止まる。「あなたと友だちになりたいの、テイヤ」

テイヤはこくりとうなずき、また懸命に涙を抑えた。とにかく泣くのはいやだ。泣きそうになるのも。涙は出なくても目と鼻は腫れるし、くたびれた顔になってしまう。でも、広い目で見れば、それはそれで悲しみに暮れている人の印象に合っているのでいいのかもしれない。

ふうっと息を吐き、鏡に近づいた。頭頂部で巻き毛を自然にまとめている宝石をちりばめた髪留めから幾筋かカールを引っ張り出し、肩に垂れ落ちさせる。カールが無造作に顔のまわりを取り巻き、まとめずに垂らしている豊かな髪と自然に混ざり合うように。ギリシャ神話の女神風だ。テイヤはそう思って、ドレスの前に縫いつけられている小さなスパンコールを指でなぞった。

時計に目をやり、深い息を吸って勇気をかき集めようとした。まだとても小さいころに、母から教わったこつを使って。

目を閉じ、このときはいつもの自由にはばたこうとしている鳥ではなく、ジョーダンを思い浮かべた。ジョーダンの微笑み、彼が楽しい気分になったときの深みのある笑い声、ジョーダンの優しいふれかた、抱擁を。

それから、ジョーダンの勇気も思い浮かべた。母から、鳥が初めて飛び立つときの勇気を想像してみなさいと教わったように。どこまでも空高く飛ぶとき、どんなに大きな勇気が必要か。飛べなければ生き延びられないのだから。

テイヤも飛び出さなければ生き延びられない。

それにいまは、ジョーダンがそばにいなければ、ジョーダンが無事に生きていてくれなければ、テイヤが生きていける見こみもない。

今夜なにが待ち受けていようと立ち向かおう。ジョーダンに確実に生き延びてもらうためには、そうするしかない。ジョーダンが狙われたのはテイヤのせいだ。ジョーダンは何者かに命を狙われて、死んだふりをせざるをえなくなった。

テイヤのために。

テイヤが逃げるべきだったときに、そうする勇気を持てなかったから。

ジョーダンにも探しあてられないくらい完全に姿を消す勇気を持ってなかったから。だから、今夜は勇気をかき集めなければならない。逃げないでいるために。パーティー会場に歩いていって、彼女が生まれてからずっとつきまとっている誰か、あるいはなにかに挑むために。

こんなまねはしたことがなかった。いつも逃げていた。なぜなら、テイヤと母親を守ろうとしてまさに敵に挑んでしまった男たち、屈強で、大胆で、自信にあふれ、軍人として経験を積んでいた男たちの身になにが起こったか、ずっと見てきたからだ。

いきなり嗚咽がこみあげてきて、手で口と鼻を覆った。なにかがテイヤの心にひびを入れ、飛び出そうとしているみたいだった。

ひどい震えに襲われ、波のようにわきあがる激しい怒りと、視界が真っ暗になりそうな苦しみを食い止めることができなくなりそうになる。

どうして急にこんなふうになってしまったのだろう？　息は震え、呼吸するたびに体までおののくほどで、気づけばあえいでいた。懸命にまばたきを繰り返し、ようやく落ち着きを取り戻せそうになってきた。それでも、いったい自分の身になにが起こったのか、よくわからない。

それが恐ろしかった。

パニックと、恐ろしい運命が迫っているという感覚は強くなるばかりで、部屋を出ていくだけの勇気をなんとかかき集めるためには、持てるかぎりの気力を振り絞らなければならなかった。本能は逃げろといっせいに騒ぎ立てている。隠れろ。テイヤのせいでもう誰も死なせないために。

自分は臆病者だと感じた。もう誰も傷つけられないよう、自分を父親のところへ送り返してくれと母親にすがった、あのころの幼い少女のように。

テイヤは目を閉じた。

いままで思い出したことなどなかったのに、その記憶がほんの昨日の出来事のように鮮やかに、生々しく頭によみがえった。

テイヤは、シスター・メアリーが亡くなったと知って泣いていた。女子修道院で、修道院長やシスターたちがどんなふうに殺されたかを知って。母はテイヤには事情を知らせまいとしていた。テイヤはベッドを抜け出し、こっそり階段の上の踊り場まで行って、母とマシュー・トーマスが話しているのを聞いてしまったのだ。

自分を責めて泣く母を、マシューは懸命に慰めようとしていた。そのとき、マシューが視線をあげて、テイヤに気づいた。

ほんの一瞬だったけれどもマシューのまなざしに宿った〝おまえさえいなければ〟、〝おまえのせいで〟という思いをテイヤは見た。テイヤの母親が直面させられた危険、母娘につきまとう死。その原因はテイヤだと、マシューの目は責めていた。

当時のテイヤはわっと泣きだしてしまった。泣き叫び、息を詰まらせ、ソレルに電話をしてテイヤを迎えにこさせて、と母親に向かって言った。みんなが安全に暮らせるように、テイヤをソレルのところに送り返してくれと言った。

なんだか、すっかり一周してあのころに戻ったみたいだった。ソレルは死んだのに。

テイヤを囲むその輪が今夜、一気に崩壊するはずだ。

テイヤはひたすら祈った。いままでしたことがないくらい強く、誰の命も奪われませんようにと祈った。

なんとか恐怖を押しこめ、ぼろぼろになった勇気の糸をより集めたとき、ドアをすばやくノックする音がした。テイヤは上下の歯がぶつかり合って音が鳴るほど、ひどくびくりとした。

今夜は全然だめだ、と自分が情けなくなる。

ドアの前に行き、立ち止まった。「はい?」警戒心が両肩に重くのしかかっていた。あまりにもたくさんの人がテイヤのために進んで命を危険にさらしている。そう考えると、決して軽はずみな行動はとれなかった。

「ジョンだよ、テイヤ」

ゆっくりドアを開け、六年ともに働いてきた仲間のひとりであるハンサムな男を見つめた。

黒いシルクのタキシードに、まぶしいくらい白いシャツ。ジョンは危険そうに見えると同時に、チャーミングだった。額に降りかかるダークブロンドの下から、気遣う深刻な表情でテイヤを見つめている。

「パーティーへのエスコートはおれに任せてくれ」にっと笑って告げる。

テイヤはジョンのうしろに目をやった。「ベイリーは？」

いつもなら、ジョンとベイリー夫婦はいつもぴったりくっついているのに。

「舞踏室のすぐ外の玄関広間でケルやエミリーと一緒に待ってる」と、ジョン。「今夜はふたりともエスコートするぜ」

「そう、じゃあ、用意はできてるから」笑顔が硬すぎるとわかっていた。全身からにじみ出る緊張感を、思うとおりに隠せていない。

でも、計画した見せかけの現実味は増すだろう。そう自分に言い聞かせているテイヤに、ジョンが肘を差し出した。

ジョンの腕にそっとつかまって深呼吸をし、一緒に向きを変えて広い廊下を歩き、玄関広間へ曲線を描いておりる階段を目指した。

体のまわりでふわりと動くドレスに肌を撫でられ、ジョーダンの愛撫を思い出した。同時に、太腿に装着したデリンジャー式ピストルは、数年前のクリスマスにジョーダンからもらったプレゼントを思い出させる。〝特別な防護措置だ〟ジョーダンは口のはしを少しだけあげて言っていた。

「準備は万端だ」階段の近くまで来て、ジョンが安心させるように告げた。「守るべきところは残らず押さえてる」

テイヤはうなずいた。ジョーダンのことはよくわかっている。プランの上にプランを重ねて何層もの予防策を立てるのが好きなことも。

それでも、なにも変わらない。

不意にこんな考えが浮かんでもたじろぎはしなかったが、浮かばないでくれたら、そのほうがありがたかった。

とはいえ、この考えは正しい。結果はなにも変わらない。今夜、逃げ続け、母親を殺され、友人や愛する人たちを失ってきた人生に結末が訪れる。どういった結末であれ。

ジョンとともに階段をおり始めるなり、視線を感じた。ベイリー、エミリー、ケル、リチャード・スタントン上院議員のほかに、玄関広間には何十人ものゲストがとどまっている。テイヤは全員に見つめられている気がした。そんなわけはないのに。ともかく、あからさまにじろじろ見たりはしないはずだ。それに、玄関広間にはいるはずのない、悪意を持つ人間の視線も感じ、鳥肌が立った。

そこにいるはずのない敵の視線を感じる。死がじかに肌にささやきかけてくるように。

恐怖に襲われていることを隣のジョンに気づかれないため、歩き続けるしかなかった。

「大丈夫か？」大理石でしつらえられた玄関広間に入る前に、ジョンが尋ねた。

「大丈夫よ」テイヤは答えた。大丈夫なふりをする。生まれてからずっと演技の経験を積んできた。今夜のために。

「勇気が恐れに立ち向かってくれる」玄関広間への最後の数歩を踏み出しながら、ジョンはテイヤの耳元にささやきかけた。「おれたちはみんなそれを感じてる、テイ」

言葉を返すひまはなかった。ふたりは玄関広間に入り、すぐにケル、エミリー、ベイリー、上院議員に囲まれた。

ベイリーは膝までスリットの入った、深いエメラルド色のシルクのタイトドレスを着ていた。贅沢なデザインのシフォンスリップがのぞいている。優美に波打つよう整えられたヘアスタイル。首と耳をきらびやかに飾るエメラルド。場が華やぐ悠然とした美しさだ。

エミリーは日に焼けて自然なハイライトの入った豊かなダークブロンドをすっきりとまとめ、ほっそりした首筋と高い頬骨をあらわにしている。黒いシルクのストラップレスドレスが小柄な彼女をなめらかに包み、胸のラインを引き立たせていた。黒のシルクレースがウエストまで覆い、艶やかな夜の波さながらに足元まで流れ落ちている。そして、数えきれないほどの小さなクリスタルが繊細なクモの巣模様を描いてきらめいている。このドレス、すらりとして見えるハイヒール、ダイヤモンドとサファイアの宝飾品を身に着けたエミリーは、真夜中にやわらかい光を放つ星のようだった。そんな彼女がまなざしに浮かべる思いやりと気遣いを見て、テイヤはふたたび目に涙を浮かべそうになった。

ベイリーもエミリーもそれぞれ独特の感性の持ち主で、個々のセンスがドレスやアクセサリー、優しげな物腰に品よく表れていた。

リチャード・スタントン上院議員は六十歳近いにもかかわらず、いまだに壮健で魅力あふれる男性だった。青い目元の笑いじわと力強い表情で、何十年も有権者の心をつかんで離さずにいる。いまは、いずれ上院の議席を譲るつもりで、義理の息子を政治の道に進ませるべく育てているところらしい。数カ月前から華やかなパーティーを催しているのも、義理の息子のためだ。支援者、事業をともにする仲間や友人、ほかにも力強い友人になってくれそうな人々に元SEAL隊員である義理の息子を紹介し、彼が出馬した際には、ぜひとも力を貸してやってほしいと考えているからだ。

ケルならなんとかして、すばらしい政治家になるだろう。テイヤは思った。ケルは必要とされれば、難なく人々を率いて指揮を執ることができる人だ。おべっかの下のうそを非常に鋭く見抜き、取り入ろうとする人間を巧みに避けることもできる。

「今夜のきみは最高に美しいよ、テイ」リチャードが屈んでテイヤの頬に優しくキスをし、ぎゅっと抱きしめた。普通なら個人的な好意は隠されるあらたまった空気の場にあって、大きな意味のある行動だった。

「ありがとうございます、上院議員」テイヤはまたまばたきしながら小声で返した。

いったい自分はどうしてしまったのだろう？　まるで初めて危険に直面しているかのよう

に、胃が揺れ動いている。この邪悪な亡霊に、生まれたときからずっとつきまとわれてきたというのに。

「では、入場する用意はいいかい？」上院議員はテイヤたち数人に静かに問いかけてから、視線をあげて玄関広間を見渡した。「すでに到着したゲストのほとんどは舞踏室に通されている。娘と義理の息子にはそろそろあいさつまわりをして、今夜の催しを始めてもらいたいからね」

上院議員は鷹を思わせる鋭いまなざしをテイヤに戻し、肘につかまるよううながした。

「ご一緒してくださるかな、テイ？」

テイヤはなんとか控えめな微笑みを浮かべた。「ぜひ、スタントン上院議員」

舞踏室に足を踏み入れるなり、ささやき交わす声がちらほらと耳に入った。テイラー・ジョンソンと恋人とのあいだになにかが起こったとのうわさが、すでに出まわっているのだ。

舞踏室の奥へと進みながら、ベイリーが顔を寄せた。「ついさっき、裏門で動きがあったとセキュリティーから報告があったわ」耳元でささやく。「用心して」

テイヤは目立たない動きでうなずいた。腿に装着した特別デザインのガーターベルトに差している小型拳銃がとても心強い。

威力のある武器ではないけれど、敵と接近した場合、これが生死を分けるかもしれない。とらえられるか、自由になれるかを。

それにしても、こんなに早く敵が動きだすなんて。テイヤは絶望に駆られそうになった。

パーティーはまだ本格的に始まってすらいないのに。

楽団はまだ中央の演壇で演奏の準備を行っている。ビュッフェテーブルの料理はまだ手もつけられておらず、バーには酒を求める男性たちがずらりと並んでいる。シャンパンをトレーにのせた黒い制服姿のウエイターたちは熱心に会場をまわっていた。

上院議員にエスコートされて、庭に出られるバルコニードアのある壁際に並べられたテーブルに向かった。ガラスドアは大きく開け放たれ、優しい秋のそよ風が明るく照らされた舞踏室に吹きこみ、そこにあふれ返っている最高級の布地やドレスを揺らしている。広い会場のそこかしこで会話がさかんになりだしたころ、上院議員がケルとエミリーを伴って中央の演壇にあがった。

ジョン、ベイリー、トラヴィス、リリーがテイヤのいるテーブルに座った。四人とも見るともなしに視線をさまざまなところに向けているが、テイヤにはわかっていた。四人ともさりげなく警戒し、招待客ひとりひとりのようすを用心深く観察している。

「ミズ・ジョンソン」テイヤもくつろいだ表情や態度を装っていたが、それでもびくりとしてしまった。テイヤを守る配置についているジョンの椅子のすぐうしろに、ステファン・テイト、息子のクレイグ、その妻ローレン、孫娘のジャーニー・テイト、それに静かで危険を感じさせるほど暗い雰囲気を漂わせるボーレガード・グラントが立っていた。「ミスター・マローンがここを発ったと耳にしたのだが。彼とはまだ少し話がしたかったのだよ。戻る予定はあるのかね？」

ジョーダンは別の場所に発ったというのが、出まわらせた作り話だった。ジョーダンが死んだという話を信じるのは、暗殺者と関係のある者たちだけだ。

またしても耐えがたいほどの怒りと心痛が押し寄せてきて、胃が締めつけられ、表情がこわばった。

微笑みを浮かべようとしたが、唇が震えだした。いきなり向けられた関心に、思ったような反応を返せなくなる。

「どうかしら……」声がかすれ、咳払いをした。

「ミスター・マローンは思いがけない用事で発たざるをえなくなりましてね」ジョンが立ちあがってテイト家の人々のほうを向き、さらなる質問を許さない冷ややかな口調で告げた。

「ミズ・ジョンソンは仕事の関係でミスター・マローンに同行することができず、当然ながら気分が優れないんですよ」

テイヤは喉のつかえをのんだ。

「テイ?」ジャーニーがジョンをかわして歩み寄った。接近を遮ろうとしてすぐに険しい顔になったジョンのようすも気にしていない。

ジャーニーはただ、ジョンにいら立ちのこもった目を向けている。テイヤはゆっくり立ちあがった。

ジャーニーは無垢で、この世には邪悪そのものの存在もいることすら知らない。

「大丈夫よ、ジャーニー」テイヤは安心させるように言った。ふたりのいちばん深刻な問題といえば、難しいクライアントの造園計画を練りあげることだったころに戻りたい。そんなふうにさえ思えてきた。「ジョーダンが行ってしまって、なんとなくがっかりしてただけ」

この返答を聞き、ジャーニーのうしろでステファンが鼻を鳴らした。「男は仕事をしなければならんだろう」

ステファンの目は高慢に満ちていた。これが素のままの表情のようだ。母から聞かされた話に出てきたテイヤの祖父は、彼とはまったく違った。ベルナールは隠し立てのない、寛大で温かく、思いやりに満ちた心の持ち主だったという。いっぽう彼の弟は、あの冷たい外面の下に感情を隠す傾向があるようだ。

しかし、フランシーヌ・テイトは叔父のステファンのことも、いとこのクレイグのことも深く愛していた。けれども、そのフランシーヌもたびたび言っていた。クレイグは傲慢なふりをするのが正しいと信じきっているようだ、と。

とはいえ、母のフランシーヌは死の直前、テイヤと過ごしているとき、まるで家族の思い出に頼って生きているかのようだった。かつて、家族と過ごした明るい日々の記憶に。

「ミスター・マローンがいつ戻るかはわかりません」ジョンがテイヤのかわりに答えた。「テイラーもここでの仕事が片づいたらすぐ、彼のもとへ行こうと考えてるんじゃないでしょうか」

ステファンは鷹に似た目をすぐさまテイヤに向け、眉間に陰鬱なしわを刻んだ。

「行ってしまうの？」ジャーニーがひどく声を落としたので、テイヤは相手の唇の動きを読んで言われたことを解したようなものだった。「どうしても話したいことがあるの」

ジャーニーは目だけを動かして、うしろを指し示すしぐさをした。

ジャーニーが指しているのはボーレガード・グラントだ。

うしろに立つ長身のボーレガードは、暗い気を発しながら用心深くテイヤのはとこを見張っていた。

テイヤはジョンに向かって告げた。「少しのあいだ、ジャーニーと話がしてきたいの」

「ジャーニーならあとでも……」ステファンが口を挟み始めた。

「わたしはあとではだめなんです、ミスター・テイト」テイヤははっきり言った。

家族であろうとなかろうと、この年になって相手の傲慢さや優越感に屈するなどまっぴらだ。テイヤの母は、こんなことでもいつも楽しそうに話していた。ステファンの自尊心についてまで。

「ジャーニーには、おれとした先約がある」年下のはとこの目に、もうどうしようもないという思いがあふれるのを見て、テイヤはジャーニーに手を伸ばしたボーレガードに冷ややかな視線を向けた。

「そんなこと、わたしにはまったく関係ないわ」口調は穏やかに保ったままテイヤはボーレガードの手に視線を向け、それからジョンに冷静な目配せをした。

「話なんて長くはかからないだろうな」ジョンはそう言ってボーレガードを見据えた。視線にこめた命令に相手が従うことを少しも疑っていない表情だ。

相手は従った。

ボーレガードはゆっくりとジャーニーの腕から手を離した。しかし、その前にジャーニーの耳元に顔を寄せ、何事かささやきかけていた。

テイヤが見守っていると、ジャーニーは青ざめ、瞳を苦悩で陰らせた。寄り添っていた男は顔をあげ、ゆったりと身を引いた。

「一緒に歩きましょう」テイヤは年下のはとこに手を差し出して相手がその手を握ってくれるまで待ち、ジョンを振り返った。「すぐ戻ってくるから」

そう言われても二組の夫婦はそろって立ちあがり、外のテラスへ歩いていくテイヤのあとをついてきた。テイヤは外に出るなり四人を振り向き、今度は逆らわせない口調で告げた。

「ここからはジャーニーとふたりで大丈夫そうよ」

ジョンとトラヴィスはふたりして黙ったままじっとテイヤを見つめ返した。どうやってテイヤの要求を拒むか、言葉を探しているようだ。

「おしゃべりくらいふたりだけでできるから」テイヤはきっぱりと言い切った。「絶対に遠くには行かないわ」

テラスの手前に立っている人々は、テイヤたちの行動を快く受け入れるふうではなかった。あの目の光りかたからして、ボーレガード・グラントはかなり腹を立てている。

ジャーニーを連れて、小さな岩屋のすぐ向こうにある人目につかない涼しい場所に行けば、ほっと一息つけるだろう。

「どうしたの？」薔薇と藤に囲まれた静かな場所に着いてから尋ねた。

「よくわからないんだけど」ジャーニーはストレスに苦しんでいることがはっきりとわかる声で答えた。「ボーレガードのことなの、テイラー」テイヤを振り向いたジャーニーの目には涙が光っていた。「あの人、すごく悪いことにかかわっているみたい。それなのに、今夜わたしにプロポーズして、無理にでも受けさせるつもりでいる」ジャーニーは泣き声になった。「テイラー、いったいどうすればいいの？」

「ばかな女め、口を閉じておけと言われただろうが！」

テイヤは近づいてくる者の気配を感じなかった。動く影すら見なかった。が、この声は知っていた。この低い声にこもる邪悪さは知っている。とうとう敵に捕まってしまったのだとも悟った。

口を開いたのに叫び声は出せなかった。分厚い布を顔にかぶせられ、有害なにおいが鼻に入りこむ。数秒後、意識は闇にのまれた。

20

テイヤはのろのろと目を覚ました。ジャーニーも意識を取り戻し、ふたりを動けなくさせるために使われたクロロホルムの影響に苦しんでえずき、咳きこんでいる。

粗雑な作りの低いテーブルに敷かれた薄いマットレスの上でテイヤは体を起こし、床に足をおろした。ぐっとつばをのみ、わきあがってきた吐き気を押しこめる。

薬で眠らされるのは初めての経験ではない。閉じこめられている室内を見まわしつつ、これが最後にもならないのではないかとひどく恐ろしくなった。

「テイラー？」ジャーニーの声は弱々しく、震えていた。「なんなの、なにがあったの？」

「誘拐されたのよ」テイヤは室内を観察した。決して広くはない部屋だ。金属製の壁の上方に取りつけられている薄暗い照明は電気の配線に接続されているのではなく、電池式らしい。

「ここはどこ？」年下のはとこは声だけでなく表情にも恐怖をあふれさせていた。

テイヤは荒く息を吐いた。「輸送用コンテナだわ。海外に荷を送るときに使うような」

コンテナ内に泣き声が響いた。

ボーレガード。あの男がかかわっているのだろうか。そうに決まっている。しかし、彼はそこまで年を取っていない。ソレルと関係があったはずはないのだが。

「テイラー、どういうことなの？」ジャーニーが消え入りそうな声で尋ねた。

テイヤは懸命に頭をはっきりさせようとした。考えなければならない。この危機を脱する方法を考えなければ。

顔に布をかぶせられたとき、グレゴール・アスカルティの声を聞いた覚えがある。アスカルティはこの件にかかわっている。が、采配を振るっているのはあの男ではない。

考えていると、金属どうしがこすれ合う音がし、金属製コンテナのはしにある頑丈な扉が開かれた。

「出るんだ」入り口に重武装したアスカルティ、マーク・テニソン、アイラ・アルトゥールが立っていた。

テイヤはゆっくり立ちあがり、アスカルティを見据えた。

アスカルティは不快げな顔でテイヤを見つめ返した。というより、にらみつけた。

「死んだはずだったのに」テイヤは静かにつぶやいた。

アスカルティは鼻を鳴らした。「そうそう思いどおりにはならないものだ。幸いわたしは、このとおり生き延びているじゃないか」アスカルティが浮かべた笑みは爬虫類じみていて、テイヤの背筋に悪寒が走った。「きみにとっては不幸なことかもしれないな。さあ、行こうか」拳銃を振って外の闇を指している。

「どうやって上院議員の屋敷の庭に入ったの？」慎重にコンテナを出ながらテイヤは尋ねた。

「内部からちょっとした手助けを得て」アスカルティは粘着質の声に悦に入った響きを混ぜて明かした。「ほら、いい子になって、用事を済ませてしまおう。きみの友人たちに宝の隠し場所を襲撃されたせいで被った損害を取り戻せるように」

「襲撃って？」テイヤはなにも知らないふりをした。何年もかけて、そういうふりをする技を磨きあげてきた。

明らかに信じていないようすで、アスカルティは笑い声をあげた。「来るんだ、ミズ・フィッツヒュー。きみとぜひ話したいという人がいるんだよ」

テイヤは困惑しているジャーニーになにも告げずにただ引き寄せ、アスカルティのあとを歩いた。

思ったとおり、ふたりが閉じこめられていたのは、埠頭にある倉庫内に置かれた金属製の大型コンテナのなかだった。音で、外に船が停泊しているのだとわかる。作業する人の声が飛び交い、機械が動く音がした。

コンテナの前にはドアが開け放たれている事務室があった。ふたりはそこへ連れていかれた。

鼓動が激しくなり、恐怖で口が乾き、膝から力が抜けそうな状態で、テイヤはぎらつく明かりに照らされている部屋へ入っていった。そこにいる男たちを目にしたとたん、魂の一部がしおれて崩れ去った気がした。

同時に、ジャーニーが否定と混乱のこもった声をあげた。それからすぐ、ぼろぼろの革ソファにほとんど突き飛ばされるようにして座らされ、恐怖の悲鳴もあげている。駆け寄ろうとした娘を見て、父親が手下のひとりに合図したのだ。

目の前に立ってふたりを見つめていたのは、ステファン・テイトとクレイグ・テイト、そしてボーレガード・グラントだった。ステファンは古びた机のはしに寄りかかり、タキシード姿で腕組みをして、非情で慈悲のかけらもない顔つきをしている。ジャーニーの父親であるクレイグは、娘から必死に呼びかけられて嫌悪に顔をゆがめた。

完全になんの感情も浮かべていないのはボーレガードのみだった。冷静に、暗い顔つきでテイヤとジャーニーを見つめている。

テイヤはジャーニーが座らされたソファの反対はしに鈍い動きで腰をおろした。目にしている光景を懸命に理解しよう、現実だと信じようとしていた。

「ああ、その顔つきは覚えているぞ」ステファンの笑みにぬくもりはいっさいなく、残忍さがにじんでいた。「ニカラグアで捕まえてやったときに、おまえのいとしの母親がしていたのと同じ顔つきだ。しかし、確かあれは実際に涙まで流しておった」声音に、吐き気を催させる喜ばしげな響きが宿った。「ここまできたら、おまえも自分の素性を明かそうという気になったのではないかね。いまは亡きわれらがフランシーヌのひとり娘、テイヤ・フィッツヒューであると」

「そんなの、うそ」ジャーニーがかすれた声をあげた。

「本当よ」テイヤは静かにはとこに告げた。「母の死は、この男たちが仕組んだことだった」

「なにしてるの?」テイヤがまた口を開く前に、ジャーニーが叫んだ。「お父さん? おじいさま? 頭がどうかしてしてしまったの?」

ステファンは孫に情のない渋面を向けた。

「この愚かな娘がまたしゃべろうとしたら口をふさげ」父親のクレイグが命じた。

年下のはとこのまなざしに浮かんでいるに違いない感情をまのあたりにするのに耐えられず、テイヤは重く感じる頭を動かして目をそらした。ジャーニーはたった二十二歳だ。愛情あふれる父親に育てられたわけではないかもしれないが、それでも、この世界に自分の居場所はあり、それは安定しているものだと信じるだけの表面的な自信は植えつけられて育ったはずだ。それがいま奪い去られてしまった。ほかならぬ、ジャーニーが誰よりも信頼していたに違いない男たちによって。

「わたしの口もふさいでくれる?」テイヤは三人の男たちに向かって訊いた。

ステファンはしわの寄った顔をゆがめ、年少の者の過ちを笑って許す心の広い大叔父のおぞましいまねをしてみせた。「おまえの口をふさいでしまったら、これからする質問への答えを聞かせてもらえなくなってしまうだろう。おまえは答えるんだ。さもないと、ジャーニーが犠牲を払う」

思いやりありげに、孫娘に微笑みかけている。

しかし、テイヤの目を引いたのはボーレガードの反応だった。一瞬なにやら強烈な激情の気配を発して体をこわばらせ、組んでいた腕をおもむろに解いて体のわきに垂らし、身構えている。

「あ、あ、あなたたちが母を殺したのね」テイヤは麻痺した心地でステファンとクレイグを見つめた。

この男たちに捕まったとき、母はどんなに愕然とし、恐ろしい思いをしたことだろう。

ステファンは喉を鳴らして笑った。「おまえの母親は、叔父といとこが助けにきてくれたなどと思っていたのだよ。自分の父親が娘と話したあと、われわれに救出を任せたとな」笑みに満足感があふれた。「そうではなかったと知って、かなり取り乱しておった」息子のほうを向いて続ける。「だが、あれと過ごす最後の数時間を、われわれは存分に楽しんだのではなかったかな?」

クレイグは応えて楽しい思い出を懐かしむ笑みを浮かべた。ジャーニーが抑えきれない恐怖の悲鳴をあげて、テイヤの胸を切り裂いた。

いまさらテイヤにいったいなにが言えるだろう?

「さあ、いいか、テイヤ」ステファンがふたたび鬼気迫る顔つきに戻り、テイヤを凝視して、ぎらつく目の奥から内側にいる怪物をのぞかせた。「大事なはとこであるジャーニーに、これからそれなりに満足のいく人生を送らせてやりたいなら、わたしの質問に答えるんだ。面倒をかけずに。逆らったり、うそをつこうとしたりすれば、おまえと一緒にジャーニーも死ぬことになる」

「死んだほうがましよ!」ジャーニーが叫び、ソファから立って飛びかかっていこうとした。声には怒りと苦しみがはっきり表れていた。

ジャーニーは取り押さえられ、クレイグの命令どおり、背後の手下がふたりがかりで彼女の口をふさごうとした。手下ふたりが抵抗に手を焼いていると、ボーレガードがすばやく歩み寄り、ジャーニーの両腕をつかんでうしろにまわした。

ジャーニーが発する叫び、憎しみ、激しい怒りに、テイヤは胸が痛んだ。はとこの泣き声を聞いて、ひどく苦しくなった。

耐えがたい思いで見つめているテイヤの前で、ボーレガードは奇妙なほど優しい手つきでジャーニーの手首を縛り、幅の広い灰色のテープで口をふさいだ。

ジャーニーは言葉を発せなくなったが、それでも泣き叫んでいた。

足を振り出してボーレガードの脛を蹴っている。けれども、相手からはまったく反応がなく、ジャーニーは彼に不快感を与えたという満足すら得られなかった。

「面倒が済んだところで」ステファンがため息をついてテイヤに視線を戻した。「どうやったらジャーニーが今後も無事に暮らしていけるか、理解したかね？　それとも、訊きたいことがあるか？」目つきが険を帯びる。「あるいは、母親のように愚かなまねがしたいのか？」まるで知恵のない者にするように話している。この男が抱えている優越の意識が、体じゅうからもれ出てでているようだった。

ボーレガード・グラントはジャーニーの家族に本当に彼女を殺させるだろうか？　アスカルティの凶暴な手下たちにジャーニーが傷つけられないよう、ボーレガードは割って入っていた。ジャーニーは暴れて抵抗していたのに、ボーレガードは気遣っているかに見える手つきで彼女を縛り、口をふさいでいた。

「母の誘拐を仕組んだのも、あなたたちだったの？」

ステファンはティヤがおもしろい質問をしたとでも言いたげに天井を仰ぎ、首を左右に振ってみせた。「では、まずそこから説明してやろうか、お嬢さん。わたしはソレルのためにおまえの母親を誘拐してやったのだよ。だが、ソレルはわたしの狙いのものを手のうちに収めるなり、約束を反故にした。わたしの望みのものなど、フランシーヌは知らないと言い張ったのだ。ただ、それをわたしから奪ってわがものにしようとしておっただけのくせに」

「ソレルと組んでいた?」

ステファンの笑みにプライドがにじみ出た。「そうだ。しかし、これからはわたしが指揮を執る。最初からずっとそうすべきだったようにな」そう言って、孫娘にいら立ちを含んだ視線を投げる。「さあ、ジャーニーを生かしてやるのか、殺すのか?」

ステファンはジャーニーを生かしておかないだろう。ボーレガードはステファン・テイトが約束を守ると信じているのかもしれないが、この男は守らない。ステファンの顔を見て、テイヤにはわかった。ジャーニーは次の週が過ぎるまで生きていられれば、よく持ったほうだと考えられる運命をたどるだろう。

「なにが望み?」ともかく、母の命が奪われた理由は知っておきたかった。

「母親から口座番号を教わっただろう」ステファンが答えた。「暗号のようなものだ。それがほしい」

なぜ、思いつかなかったのだろう? なぜ、母親は疑わなかったのか?

おそらく、母親が自分の誘拐や、彼女を助けようとした人たち全員の死を仕組んだのが自分の家族だとは一度として疑っていなかったために、テイヤも疑いを抱かなかったのだ。

事実を知った衝撃は恐ろしいものだった。ショックで全身を貫かれ、テイヤの内面は崩れかけた。いつかそれが癒える日が来るかどうかもわからず、痛みに苦しむ魂からは血が流れ続けた。

震えが体を襲い、嗚咽がこみあげ、胸が焼けるように苦しくなった。

「お金」しゃがれた声が出た。「なにもかもお金のために？」

「かなりの大金だ」クレイグがうぬぼれに浸った声音で答えた。「わたしが計算してみたところ、おまえの母親が盗んで使った四十万ドルを引いて、いまごろは三十二億ドル近くになっているはずだ。金、現金、債券、〈テイト・インダストリーズ〉から毎年得られる利益の配当を合わせてな。フランシーヌの遺体が見つかるまでは家族にも引き渡さんとベルナールが言い張っていた遺産。テイト家のすばらしい事業の才覚によって、一世紀近くにわたって積みあげられてきた遺産だ」

「わたしの父、祖父、曾祖父が一世紀近くにわたって資金を浄化して積みあげた遺産でもある。ソレルの顧客たちが好む女を慎重に売買し、密輸して得られた資金を。ベルナールはそういった事実をいっさい知らなかった。あの遺産は決してベルナールの手に渡るべきものではなかったのだ。われらの父が没したとき、ベルナールの管理に任されたのが間違いだった」ステファンはしだいに声にすさまじい憤りをあらわにしていき、最後には憎悪に満ちた憤怒のまなざしでテイヤをねめつけた。「テイト家とフィッツヒュー家はつねにともにあった。しかし、知恵に恵まれたわれらは正体を暴かれることなく栄えてきたのだ」

なにもかも金のために。

テイヤの母親を助けようとした人全員の命を奪ったのは、この男。母が、テイヤが大切に思っていた人全員の命を奪ったのは、この男だった。

「ソレルはおまえの母親に番号を言わせ、口座の金はすべて自分のものになると考えていたらしい」クレイグが続けた。「おまえの母親に、そうしたら自由にしてやると約束したそうだ」と言って薄笑いを見せる。「それでも、フランシーヌには信用されなかったようだな」

当然、フランシーヌは自分をさらい、閉じこめ、何年ものあいだ繰り返し犯した男を信用しなかった。テイヤがその男を信用するなど、さらにありえなかった。

ステファンが机から離れて背筋を伸ばした。「さあ、死ぬのはおまえひとりか？」ちらりとジャーニーに目をやっている。「それとも、道連れがほしいか？」

テイヤは視線を移し、ジャーニーではなくボーレガード・グラントを見据えた。ボーレガードは壁にもたれて腕組みをしたまま、なんの感情も浮かべず、動じないまなざしで視線を受け止めた。

テイヤはふたたび考えていた。はたしてボーレガードは、ステファンとクレイグがテイヤとジャーニーを殺すのを許すだろうか。この男には、なにか見せかけと違うものがあると思わされる。これまで彼に充分な注意を払っていなかったことが悔やまれる。ボーレガードにソレルとのつながりがあったはずもなかったからだ。生前のソレルとのつながりはない。テイヤはソレルの周辺を調べ尽くしたが、この男の影などいっさいなかった。

この男は何者だろう？

テイヤの視線はジャーニーに移った。はとこの目に浮かんでいるのはもう恐怖ではなく、激しい怒りと苦悩だった。頬をひどく涙で濡らしているけれど、ジャーニーが心の痛みに満ちたまなざしで伝えてくる思いは読み違えようがなかった。自分の父親と祖父になにも渡すな。ジャーニーはテイヤにそう訴えていた。

なにもかも金のため。金に守る価値などない。祖父は、テイヤの母が幼いうちから遺産を受け取る方法を教えこんでいた。その遺産について、テイヤも知っていた。持ち主に想像もつかない富をもたらす番号、スイスにある銀行の金庫を開けるための番号があることも知っている。

それに命をかける価値はない。しかし同時に、この男たちにそれを手に入れる満足感を与えることも、テイヤにはどうしてもできなかった。

テイヤは大叔父とその息子に目を戻した。かつてテイヤは、この人間たちの家族の一員になりたいと夢見ていた。思い焦がれて、人生をふいにするほどに。

「口座を開く鍵になる番号は知らないわ」静かに告げた。事実にほかならなかった。「覚えられなかったから」

ステファンはすぐさま怒りをあらわにした。「うそをつくな、口の減らない女め」刺々しく言い、テイヤの首を絞めたいところを必死でこらえているようにこぶしに力をこめている。

「おまえの母親が、あんな財産をふいにするわけがない」

「あなたたちなら、そんなまねはしないから？」テイヤはささやいた。「母にとっては自分と娘の身の安全のほうが大切だったのよ。さもなければ、家に帰っていたはずだわ。自分のものと言えるものを手に入れて、二度と危害を加えられないよう充分な数の護衛を雇っていたはず」

どうして母はそうしなかったのだろう？

テイヤは、番号自体は知らない。知っているのは、母が番号を書いた紙を隠した貸金庫のありかだ。テイヤは母に誓わされていた。自分自身だけでなく、家族の身も安全だと確信できるまでは、決してその財産を手に入れようとはしないことを。

ベルナール・テイトの死でフランシーヌは恐慌状態となり、残りの家族も危険にさらされていると思いこんだ。その家族がすべてに加担しているなどと、考えもしなかったのだろう。

ステファンが荒く息を吐き出してこぶしを固め、近づいた。

するとすぐさま、ボーレガードがテイヤの前に立ちふさがった。

「ジャーニーはおれのものだ」険しい口調でステファンに告げる。「あんたがこの女になにかして、おれがジャーニーから得たいと思っているものに傷をつけるのは許さない」

ステファンの顔に驚愕が広がった。テイヤは緊張し、争いに備えた。これが逃げるチャンスを生んでくれれば、なおいい。

チャンスが手に入るかもしれないと思ったそのとき、重々しいノックの音が響き、ふたりの男の背後にあるドアに注意を向けざるをえなくなった。

「なんの用だ?」ステファンが怒鳴った。

ドアが開き、男ふたりが部屋によろめき入ってきて床に倒れた。

テイヤは驚いてその男たちを見つめた。顔の側面、後頭部にそれぞれ血をこびりつかせたローリー・マローンとターク・ギレスピーだった。

「こいつらはなんだ?」クレイグは凍りついたように立っていた。テイヤの頭を占めている驚きを、声に出している。「いったいどうなっている?」

ステファンがくるりとテイヤを振り向き、ボーレガードが制止する間も、テイヤが相手の意図を察する間もなく、彼女の顔を手ひどく殴りつけた。テイヤがソファに体をたたきつけられた瞬間、その場は大混乱に陥った。

明かりが消えた直後、激しい爆発が起こって奥の壁がなくなり、外の暗闇を照らした。大声で飛び交う指示。テイヤはソファの向こうはしにいるジャーニーに飛びついて、一緒に床に伏せさせた。それからすぐ、そばを弾丸がかすめていった。

ステファンは自分をここから脱出させろとクレイグやボーレガードにわめいている。しかし、目を開けたテイヤにはわかった。大叔父に逃げ場はない。

ステファンは床に伏せたままテイヤに視線を据えた。そのとき、突然ローリーとタークが動きだす気配がした。

ジャーニーとテイヤは床から助け起こされ、出口を目指して走りだした。

「だめだ！　許さん、行かせんぞ」ステファンの怒りに満ちた叫び声が響き、テイヤたちの前にいきなりアスカルティがよろめき出た。彼の手に握られている拳銃がテイヤの頭に突きつけられる。ローリーは両腕でテイヤのウエストを抱えたまま動けなくなった。テイヤはガーターに装着したホルスターから抜いていた小型拳銃を握りしめた。

「おまえは行かせないぞ」アスカルティがしわがれ声を出し、狂気を宿した笑みを浮かべたとき、テイヤは小型拳銃を相手の胸にあてて引き金を引いた。

これ以上、誰かが死ぬのを見る気はない。聞くつもりもない。知らされるつもりもない。許さない。

ここで終わりにする。

アスカルティの顔に驚きが浮かんだ。ショックが。

ローリーがアスカルティの手から銃をたたき落とし、テイヤは悪鬼が床に倒れるのを見てから、ローリーやタークに急き立てられて外に連れ出された。

背後では、ジョーダンと部下たち、それに誰なのかさっぱりわからないほかの者たちが事務室になだれこみ、敵を制圧した。

テイヤを守ると誓ったジョーダンが、そのとおりにしてくれた。

ジョーダンは、これで悪夢は終わると約束してくれていた。テイヤはローリーに押されてエリート作戦部隊が用意した医療設備の整ったバンの後部に乗りこみながら、本当に終わったのだと思った。

テイヤが見つめる前で、黒い覆面をした救急隊員がジャーニーの手首の縛めを解き、口からそっとテープをはがした。

テイヤとジャーニーの目が合った。

ジャーニーはすさまじいショックを受け、口も利けない状態だった。

テイヤが見守っていると、ジャーニーは両手の指を絡めて握り、そこに目を落として、ふたたび涙をこぼした。

流し去ることができそうもない悲しみ。逃れられない激しい心の痛み。

これから、なにもかもまたまともになることはないだろうと恐れる気持ちが、涙に表れていた。


ジョーダンは連邦政府の諜報部員たちのあとから倉庫を出た。諜報部員たちは大混乱に陥っていた倉庫内部から、わめき散らすステファン・テイトを引きずり出している。

ジョーダンが突入を命じる前、ステファンは倉庫の周囲を手下に守らせていた。その十数人の筋金入りの傭兵たちも、キリアン・リースの部隊によって数分のうちに排除されていた。

何年も自分のまわりの人々全員の安全と幸福を守るため彼らを巧みに操ってきたジョーダンが、今回はついに操られる側となった。

ソレルの名の知れた協力者にテイヤが死亡していないとの事実をひそかに伝えたのは、キリアンの指揮下の諜報部員だった。この協力者は、マーキスと自称する謎に包まれた人物とつながりがあるのではないかと考えられていた。フランズの捜査当局は、マーキスという名をソレルが所持していたひとつのファイルから発見していた。このマーキスという名が出てくるたった一カ所の記述から、フランシーヌやテイヤをマーキスに先に見つけられてしまうかもしれないとソレルが恐れていたらしいことが判明した。

ソレルのファイルによれば、マーキスという謎の人物もフランシーヌとテイヤを執拗に追っていた。いっぽうソレルことジョセフ・フィッツヒューも、フランシーヌ・テイトが持つ〝鍵〟をマーキスには渡すまいと決意していた。

この情報をもとに、キリアンの部隊は十年以上前から捜査を続けていたのだ。キリアンの妻が殺されたときから。キリアンがこの捜査を自分以外の者の手に任せることを拒んでいたため、ジョーダンも事情を知らされていなかった。

テイヤが連れ去られたとわかってからわずか数分後に、キリアンが上院議員の屋敷に現れるまで。

「ジョーダン、待ってくれ」キリアンがステファン・テイトを当局者の手にゆだねてから、足早に近づいてきた。

「話すことなどなにもない、キリアン」ジョーダンはにべもなく言った。「さっさと消えろ」

キリアンが驚いた表情を見せたのは一瞬だけだった。すぐに陰気な目つきになり、こうなることはわかっていたとでも言いたげに暗い笑みを浮かべた。「おまえがあの女を愛してるってことはわかってたさ。去年、基地に行ったときにもそう言っただろ?」

ジョーダンは衝動的に動きだしていた。が、意識のすみでは驚きもせず冷静に自分を見つめていた。キリアンの任務用のシャツの前をわしづかみにして、金属製コンテナに相手の体をたたきつけた。

「おまえはわたしに、彼女に殺されるぞと言ったんだろうが」怒鳴りつけた。「おまえはテイヤを信頼していなかっただろう、キリアン。テイヤに避難所を提供してやることも拒んだ。彼女を見捨てやがって！」

キリアンはいっとき目を見開いてから、疲れたようにため息をついた。「彼女にはいつだって避難する場はあったさ」ようやく口を開いて静かに答える。「おれはあの女の居場所をつねに把握していた。部下たちがつねに彼女を見守っていたんだ」ほんの短いあいだだけ、キリアンはひどくつらそうな目つきをした。「おれは心の底から愛していた女を失ったんだ、ジョーダン。おれには、おまえしか友人と呼べるやつはいない。そのおまえにとってなによりも大切な者を、おれがこの世から消すと思うか？」

ジョーダンはキリアンをはるか昔からよく知っている。この男が抱える恐れも、激しい怒りも。そして、本心を明かしていればそうとわかった。

キリアンはいま本心を明かしている。

ジョーダンは相手をつかんでいた手をゆっくりと離した。

「おれに憎まれていると、彼女に思いこませなければならなかったんだ」キリアンはジョーダンのほうを向いたまま、ため息交じりに言った。「おまえにも、そう思いこませなければならなかった。親しくなった彼女から一度でもあんな悲劇にとらわれた目で見つめられていたら、エリート司令部から下されることになっていた命令に従うなんて、とてもできなくなっていただろうさ」

「わたしには話せばよかっただろう」ジョーダンは怒りをあらわにした。「誰かがおれのところに来て、同じやりかたでキャサリンを利用しようとしているやつらがいるなんて話をしたら、おれは承諾するどころかそいつらを殺していただろう。おまえだって絶対に許さなかったはずだ」

確かにそうだ。

ジョーダンにも胸のうちで認めるだけの分別はあった。話を聞かされていたら、テイヤを連れて逃げていただろう。テイヤとともに、どこかに隠れ住んでいただろう。あらかじめ警告されていたら、こんなやりかたでテイヤが過去に追いつめられることを、決して許さなかったはずだ。

「事情を知らせなかったおまえを殺してもおかしくないところだ、キリアン」荒々しい声を発して詰め寄った。手荒なまねがしたくなって我慢が利かなくなりそうになる。「そうしても、まったく罪の意識なんざ感じないはずだ。これぽっちも後悔なんかしない。わかってるか？」

「ジョーダン……」キリアンは抑えた声で、そんなまねはするなと伝えてきた。

「わたしの女だぞ」完全に怒りに支配されて怒鳴り声をあげた。「彼女はわたしのものだ。

おまえにもわかってたはずだ」

キリアンが片方の眉をつりあげ、たちの悪い、おもしろがるような光を目に宿した。それを見て、ジョーダンのなかでふくれあがるばかりだった激怒の炎はさらに燃えあがった。

「彼女は自分のものだ、なんて言ってなかったじゃないか」キリアンが指摘した。「おまえは彼女を行かせただろ。自分の女なら自分の女だと、ほかの男にちゃんと伝わるようにしたほうがいいんじゃないか。勘違いされないように」

「おまえにも、ほかの男たちにも、テイヤに近づくやつらには全員、彼女に手を出すなと伝えていただろうが。警告し、脅し、ほかに手がないときは実力行使に出てやっただろう。わたしがテイヤは自分のものだと言っていないなどと、ふざけたことを抜かすな」

「彼女を愛しているとは一度も言っていないよな」キリアンがすかさず返した。

相手の鋭い言葉に、ジョーダンは口を開いたまま固まってしまった。

ああ、テイヤを愛している、と気づいた。錯覚など存在しなかった。もはや否定する気も起きなかった。テイヤが連れ去られたという知らせを脳が処理した瞬間、否定などやめた。

「くだらんことをわざわざ言う必要はない」ジョーダンは乱暴に口走った。「ばかが、言わなくてもわかるだろう」

「いいえ、言ってくれたほうがよかったと思うわ」

ジョーダンは凍りついた。

さっとキリアンの顔に目を向けると、相手の口元には満足げな笑みが浮かんでいた。楽しげな顔つきには決して消えない心の痛み、キリアンが失ったものの記憶もわずかに表れていた。

ジョーダンはゆっくり向きを変えた。

テイヤのドレスの肩は破れていた。泥と煤が筋状についたドレスはすっかり汚れてしまい、裾もほつれている。テイヤは靴をなくし、ずたずたになったストッキングをはき、髪は肩のまわりでくしゃくしゃになっている。

それでも、テイヤはジョーダンが目にしたことのある人のなかで、もっとも麗しい存在だった。

「わたしがばかのように否定しだしたときに、ばかなまねはよせと言ってくれる人がいたらよかったのかもしれないな」ジョーダンはテイヤにぼそりと告げた。

テイヤの顔は真っ青で、涙の跡がついている。目はまだ流すまいとしている涙と心痛で光っていた。

テイヤに近づき、手をあげ、親指で彼女の涙をぬぐったが、新たな涙がまたこぼれ落ちてきた。

「ジョーダン」唇を震わせてささやくテイヤをそっと腕のなかに引き寄せたとき、彼女を失うところだったと考えて、ひどく恐ろしい思いにのまれた。

「わたしがついている、ベイビー」テイヤを抱く腕に力がこもった。「こうして抱いている」

「苦しいわ」テイヤは息を詰まらせながら、不意にひしと両手で彼の背中にしがみついた。

「でも離さないで。お願い。お願いだから離さないで」

テイヤを離す？　そんな最悪の行為を実際にするどころか考えるのもごめんだ。そんなまねをするくらいなら、自分の胸から心臓をえぐり取ってしまったほうがましだ。

「おいで、ベイビー」テイヤを抱きあげ、ニックが停めて待っている車に運んでいった。

「帰ろう」

テイヤを抱いていられる場所に。テイヤが感じている恐怖を、できれば少しでもやわらげてやれる場所に。

医療用バンの横を通り過ぎるとき、開け放たれている前部ドアの陰で動く者の姿に気づいた。

その人物は見慣れた黒い覆面をかぶり、タキシードから任務用の服装に着替えたらしく、付属の万能ベルトを身に着けている。

ボーレガード・グラントが何者で、なにをしているのか、ジョーダンは倉庫でキリアンから話を聞くまで知らなかった。ジョーダンが十五年以上も前から部隊のためにしていたことを、ボーもしていたとは。

ボーはエリート作戦部隊にとってもっとも有用な場所に潜入するため、素性も身元も経歴も新たに作りあげていた。

生ける死人だ。だが、彼に背を向けてバンのなかのストレッチャーに座り、目を閉じて尽きぬ涙を静かに頬に伝わせている若い女性を見つめるまなざしからすると、彼は心をとらわれた男でもあるようだ。

車に押しこめられてもまだジャーニーに向かって叫ぶステファンの声がした。怒り狂い、口汚くののしって責める祖父の言葉は、若い女性の耳に入っていないかに見える。

しかし、彼女には聞こえている。ジョーダンにはわかっていた。

ジョーダンはテイヤを車に乗せてから大またでノアのもとに歩いていき、ステファンの孫娘を指してうなずいた。「彼女をここから連れ出せ。ショックが癒えるまでアイルランドで過ごさせよう。例の城に滞在させろ。彼女には時間が必要だ」

「ボスはどこへ行くんです？」ノアは首をかしげ、車の後部座席で静かに座っているテイヤを見つめた。

「帰る」ジョーダンは不意に体の奥の緊張がほぐれた気がし、息を吐いた。「わたしは帰るよ、ノア」

こうしてふたりは帰途につき、ニックが運転する車のなかでジョーダンは後部座席に座り、大事な女性を両腕に抱きかかえて、彼女の無事を神に感謝していた。

ノアは口元をゆるめずにはいられなかった。天に感謝する気持ちが胸にこみあげ、膝が折れそうになりながらもにやりとした。

途方もなく長い年月が過ぎて初めて、ジョーダンは帰る場所を見つけたようだ。

なにを信じればいいのだろう？

テイヤは本当にジョーダンに愛されていると信じていいのか怯え、ジョーダンに抱かれたままニックに案内されたスイートルームの寝室に入っていきながら、愛する人をすがる思いで見つめた。

ジョーダンはドアを足で閉めてからテイヤを慎重に床におろし、鍵をかけた。

テイヤは口を開き、尋ねなくてはいけない問いかけを口にしてしまおうとした。すると、ジョーダンが彼女の唇に指をあてた。

「まだだ」荒々しく、反論を許さない顔だ。「まだ待ってくれ、テイヤ。先にきみがちゃんと生きていると、まだわたしと一緒にいてくれていると実感させてくれ。頼むから、あんな悪夢は頭から追い払わせてくれ」

唇が重ね合わされた。

ジョーダンの声に満ちた苦悩、純粋な感情を聞き、テイヤがいなければ生きていけないかのような情熱をこめてキスをされ、テイヤの体はショックにおののいた。

ジョーダンは顔を傾けてキスを深め、舌で舌を愛撫してテイヤをうっとりさせつつ、彼女の体に両腕をまわして胸に抱えこんだ。

ドレスの残骸はあっという間に脱がされ、靴をはいていない足元に落ちた。ジョーダンは上着を脱いでいる。

不意にジョーダンにふれたくなって、テイヤは彼のシャツのボタンをはずそうとした。ボタンはいくつかちぎれ飛び、床に落ちていった。とうとうシャツの前を開くことができ、指がぬくもりのあるたくましい肉体にふれた。

ふたりのあいだで欲望が大きな炎のように燃えあがり、肌を伝わって広がり、あせって互いの服を脱がせ合うふたりの熱情を高めた。

ジョーダンに抱きあげられて、どっと吐息をもらした。相手の力強い腕に包まれると、自分が華奢で頼りなく、守られているように感じる。ベッドの中央にあおむけに横たえられた。

腕を差し伸べてジョーダンを引き寄せ、胸で息を詰まらせた。ジョーダンが完全に没頭してくれていると感じて胸がいっぱいになり、天にも昇る心地になった。

これまでとは違う。ふれ合うたびに、いままでにはなかったなにかがそこにはこめられていた。ジョーダンがこれまでずっと押しこめていた、彼女を自分のものにしたいという愛情あふれる想い。

ジョーダンは乳房に指先を滑らせて曲線をなぞり、胸の先をかすめるようにふれてそこをさらにとがらせ、テイヤの身を弓なりにした。

唇はキスで吸われ、丈夫な歯を優しく立てられている。ジョーダンはテイヤの下唇を歯で挟んでいじめたかと思うと、テイヤの味に飢えているかのようにその上をさかんになめた。

切れ切れの悩ましげな声が部屋に満ちるころ、ジョーダンが体を重ね、強健な膝をテイヤの太腿のあいだに押し入れた。口づけがテイヤの唇をあとにし、張りつめた曲線を描く喉を下り、胸にすばやく熱のこもったキスをする。

ジョーダンはつんと立った乳首をぺろりとなめつつ、テイヤの太腿のあいだに手を差し入れた。濡れてふっくらとした秘所を指で撫でてから、敏感なひだを分け開く。

「ジョーダン」太くいきり立っているペニスを押しあてられ、待ちきれない気持ちでいっぱいになった。「ジョーダン、早く」

ジョーダンがぐっと押し入り、あせらずに浅く突き始めるとテイヤの全身に熱が広がり、とりわけ花芯のまわりに集中してから体じゅうをほてらせていった。

ジョーダンの唇が乳房の頂を離れ、テイヤの顔に戻ってきた。

「こっちを見てくれ、テイ」悩ましげに求められる。ジョーダンの声は張りつめ、飢えをたたえていた。「きみの目を見せてくれ、ベイビー」

テイヤは目を開け、ジョーダンの瞳のまばゆさに魅せられて唇を開いた。

「錯覚なんかじゃなかった」ジョーダンはささやいた。こわばる喉に言葉をつかえさせながら。「愛している、テイヤ」

テイヤはジョーダンに包まれたまま固まった。

「いま、なんて?」

ジョーダンはテイヤのわき腹から太腿まで指を滑らせていき、膝の裏に手を差し入れ、彼の頭の上まで脚を持ちあげると、さらに奥まで身を沈めた。

押し広げられ、かっと熱い感覚が走り、波のように打ち寄せる快感はあまりにも刺激的で、テイヤは思わず叫び声をあげた。背をそらし、両脚をあげ、ジョーダンに腕をまわして抱き寄せる。彼の視線を受け止め、すっかり身をゆだねた。

ジョーダンが望むなら、なにもかもゆだねよう。

彼の体に。手に。深く、いつまでも続くかのようなキスに。テイヤはいつしか目を閉じて頬にまつげの影を落とし、ひとつひとつの感覚に身を任せていった。

力強く押し寄せる腰。興奮をもたらしつつ彼女を貫く、太くいきり立ったジョーダン自身。こんなふうに彼のものだとしるしをつけられることなど想像もしていなかったのに、彼のものだと運命づけられ、しるしをつけられていた。

この暗闇に包まれた部屋でふたりの悦びの声が高まっていき、ふたりのあいだに生まれた熱情が大きくなり、テイヤはついに激しいエクスタシーがはぜるのを感じた。そのあまりの強烈さに、ジョーダンの名を叫び、いっそう力をこめてすがりつくことしかできなかった。

「愛してる、テイ」ジョーダンはテイヤに打ちこみながら耳元で低い声を絞り出し、深く身を沈めた直後、テイヤのなかで硬いものをさらに張りつめさせ、解放のほとばしりで彼女を満たした。

テイヤは魂を開かれ、そこをジョーダンに満たされたかのようだった。体のうちも外もあふれんばかりの光に満たされ、ジョーダンの腕のなかで叫び声をあげた。

帰ってきた。

生まれて初めて、テイヤは帰る場所を見つけた。

重く感じるまぶたをあげて目を開け、ジョーダンを見あげた。

ジョーダンの額や肩には汗が玉になっていた。まなざしはけだるげだ。黒髪が目のまわりに降りかかっている。

「ジョーダン」テイヤは消え入りそうな声を発した。不意に、さっき聞いたと思った言葉は聞き間違いだったのではないかと不安になった。

「愛してる」ジョーダンがもう一度ささやいた。「ずっと愛してたんだ、テイヤ」

テイヤのなかにどっと流れこんで存在のすみずみまで満たした温かい光はまばゆかった。

「わたしも愛してるわ」

ずっと抱いていることも素直に認められなかった夢が、突然に現実になっていた。それがすぐそこにあった。ジョーダンのまなざしに、優しい手に、キスに。

生まれて初めて、テイヤは居場所を見つけた。

テキサス州アルパイン

アイルランド生まれの父であり祖父であるリアダン・マローン・シニア、彼の魂をいまもつかんで離さない女性のもとにいきたいと心から願っている男は、彼女の眠る墓のそばに座り、夜に目を向けていた。

感じられた。彼のエリンはいつものように笑いかけてくれた。リアダンが息子や孫息子たちについて思うところを、エリンに向かって話すとき、いつもそうしてくれたように。

まばたきをして涙を抑え、骨と筋ばかりになった手を伸ばして妻の墓石にふれた。大理石に残るぬくもりは、愛するエリンのぬくもりだと心に強く思わせた。

エリンは彼に約束させた。自分が先に逝っても、大事なぼうやたちが結婚して幸せになるまで、リアダンがちゃんとそばで見守ってやるようにと。

もうすぐ、また結婚式だな。リアダンは思った。そうしたら、あとは祖父の名を引き継ぐ若きローリーが幸せな将来を見つけるまで、見届けてやればいいだけだ。

とはいえ、いやはや、あのぼうやは時間がかかるかもしれん。あれはなにをするにも早くはこなさない子だった。しかも、身を落ち着けようといっこうにあせるようすもない。

「あの子はどうしてやったらいいかな、エリン？」ため息交じりの声は夜に吸いこまれた。

「あの子はなんでもゆっくりなんだよ。もう待つのにくたびれてきたのに。おれは帰る用意ができてるよ」

帰りたい。愛する妻の腕のなかへ。

どうしても、エリンの胸のぬくもりが恋しかった。あの優しく受け入れてくれる腕のなかが。

いとしいエリンに会いたい。

顔を寄せて墓石の上に口づけ、しばらくそこに額をのせていた。そのあと、ベンチから腰をあげた。ベンチはしばらく前に置いたものだ。

年を取りすぎて、以前のようにひざまずくこともできなくなった。だが、いつだって笑いかけてくれるいとしい恋人に、おやすみのあいさつを欠かすわけにはいかない。リアダンを一人前にしてくれている女性に。

「おやすみ、いとしいきみ」ささやきかけた。「孫ローリーも、すぐにおれたちでなんとかしてやろう、約束だよ」ため息をついた。「あのぼうやが一人前の男に育つのも、もうすぐだ。そうしたら、きみのとこに帰るからな。なあ、聞いてくれてるかい、エリン、きみのところに帰りたくて仕方がないんだ」

墓石をそっとたたき、向きを変えて小さな家へ歩きだした。エリンと暮らし、息子たち、孫息子たちを育てた家。そこで彼は年を取り、くたびれてきた。さあ、もうすぐだ、ここも息子たちに任せて旅立つのは。

もうすぐ、エリンのもとに帰れるだろう。

エピローグ

二年後
テキサス州アルパイン

家は人でいっぱいだった。

甥であるノア・〝ネイサン・マローン〟・ブレイクが妻のサベラとともに二歳になるふたりの娘ミラ・ペイジのおどけたしぐさを見て笑っているところを、ジョーダンは見守っている。いっぽう、息子のリアダン・ネイサンは、そんな妹と両親のようすにあきれ顔をしている。リトル・ノアは〝お兄ちゃん〟ぶるのは気に入っているようだが、誰かと話をするたびに、ミラは全然、大人の言うことを聞かないんだよ、とこぼしていた。

ミカは妻のリサとともに立っていた。ふたりの息子は、元気いっぱいの動きを交えて自分より年上のリトル・ノアとおしゃべりをしている。ニック・スティールも妻のミケイラと並んでそばに座り、膝の上には小さくて愛らしいブロンドの女の子を乗せている。ニックの娘はみんなのことを恥ずかしそうに見つめながらも、すぐ近くにいる男の子たちのはしゃぎぶりがおもしろいらしく、夢中になって耳を傾けていた。

リリーは伴侶であるトラヴィス・ケインの隣で、ふたりの子どもを抱いて座っていた。生まれて八カ月になる赤ん坊は夫婦にとって予期せぬたまもので、その女の子はいまだに両親をとまどわせつつ夢見心地にさせている。

同様に、ジョン・ヴィンセントと元ＣＩＡエージェントの妻のあいだにも、一年近く前に男の子が生まれていた。自分たちは子宝には恵まれないとあきらめかけていた両親は、うちの息子は奇跡の子だ、としょっちゅう感動してその子を大事にしている。

エリート作戦部隊の男たちは大きくまわり道をして戻ってきた。人生を失って〝死んだ〟男から、得られるとは思ってもみなかったすばらしい人生を楽しむ男に戻った。

加えて、作戦に次ぐ作戦をこなした八年、それから、どこにでもいる夫、普通の人間として暮らす方法を学ぶ二年を彼らとともに過ごしてくれた男たち、女たちも集まっていた。

全員がそろい、部屋には笑い声が満ちている。一同の子どもたち、ジョセフ・マッキンタイア、カイル・チャベス、エリッサ・チャベス、ジェシカ・マーチ、レイン・マーチ、リトル・メーシー・マーチ、それに、みんなよりずっと幼いリンカーン・リチャーズも加わって、あふれんばかりの笑い声が絶えない、和気あいあいとした催しを盛りあげてくれた。

今日の洗礼式の主役、この大きな家族に新たに加わったエリン・エリザベス・マローンは、鮮やかなアイルランドの目で世界を見つめている。

彼の娘。

ジョーダンは結婚して二年になる妻テイヤ・マローンのうしろに立ち、口元に浮かぶ笑みも、胸の奥をいっぱいにする誇らしい気持ちも抑えられなかった。

愛も心を満たしていた。

錯覚ではない。なにかを正当化するための苦しまぎれの理屈づけなどではない。澄みきった、岩のように揺るぎないもの。それがジョーダンという存在のすべてを満たしていた。彼は夫であり、父親であり、友人だ。人生において初めて彼を完全にしてくれたただひとりの女性のぬくもりと、彼女とともにいられる喜びに抱かれて毎朝目覚める男。

あらためてまわりを見てみると、やはり同じ愛があった。かつてジョーダンの部下だった男たちが、同じようにすばらしい奇跡によって救われ、彼らを満たされた人間にしてくれた女性たちと結ばれていた。

この女性たちが、死んだ男たちを本当の意味で生き、愛し、笑うことができる夫であり、父親に変えた。男たちは大切なものを命をかけて守るだろう。

これが生きるということか。ジョーダンは生きるのがこんなにいいものだとは知らなかった。

「ちょっと、ジョーダン、こっちへ来て、レノに詳しく話してやってくださいよ。オリオンのやつを隠れ家から追い出した作戦を、いったいどうやって思いついたか」大声で呼びかけるミカの表情は、彼が暗殺者オリオンに人生を破壊されてわずか数日後に、初めてジョーダンと会った夜に見せた顔つきとは、まったく違っていた。

ジョーダンは妻の巻き毛にそっと手を滑らせ、彼女の目の横に軽くキスをした。「すぐ戻るよ」と約束する。

返ってきた明るい微笑みに、胸の奥から温められる。

「わたしたちはずっとここで待ってるわ」約束はテイヤのまなざしのなかにあり、ジョーダンは信じて疑わなかった。

テイヤはいつまでも彼を待ち続けてくれる。生きているあいだも、その先も、ふたりでした誓いを魂に抱き続けて。

いつまでも彼のものであり続け、彼を愛してくれる。出会った日から、そうしてくれていたように。

ジョーダンがテイヤに対して抱く愛も同じだ。

「ありがとう」彼は唐突にささやきかけた。

「えっ、なに？」テイヤの笑顔はジョーダンにとって恵みのようなものだった。いつでもジョーダンの心をあふれるほど満たし、ぬくもりを与えてくれる。

「錯覚なんかじゃないと教えてくれて」

甘い唇にキスを残し、ジョーダンは部屋を歩いていった。自分たちがこれ以上ないかたちで生き延びられたことを思い出し、感謝を捧げるために。

今日は娘の洗礼式だが、ジョーダンとテイヤの新しい生きかたを記念する日でもある。愛が確かにそこにあり、よく育ち、自分はひとりではないと確認するための日。

ともに戦いに赴き、笑い合った仲間たち。ジョーダンとテイヤをくっつけようと強引に働きかけ、彼を愛してくれる女性の腕のなかでジョーダンが守られ、幸せに生きられるよう画策した仲間たちも、この日を祝ってくれている。

エリート作戦部隊の男たちはみな、帰る場所を見つけた。彼らを愛する妻や子どもたちの心とぬくもりのなかに。

訳者あとがき

〈エリート作戦部隊〉シリーズ第六弾『愛は消せない炎のように』をお届けします。各国の諜報組織、特殊部隊から集められた六人の男たちの恋模様を描いてきた本シリーズも、前作までで五人のエージェントが幸せを手に入れ、残すは本作の主人公である司令官ジョーダン・マローンのみとなりました。

数多くの戦いをくぐり抜けてきたエリート作戦部隊の面々もようやく契約満了の時期を迎え、伴侶を見つけた五人のエージェントたちはそれぞれ温かい家庭に帰っていき、司令官ジョーダンと、彼のアシスタントとしてかいがいしく寄り添っていたテイヤだけが山中の基地に残される……そんな夜から、この物語は始まります。シリーズの最初のほうから、ジョーダンとテイヤの関係は気になって仕方ありませんでした。テイヤがちらりちらりとジョーダンへの気持ちをのぞかせているのに、ジョーダンは「愛？　くだらん」と公言しつつ、部隊のみんなには〝仲人団長〟と呼ばれるなど、部下の幸せを邪魔したいのか、実は面倒見のいい恋のキューピッドおじさんなのかわからない存在だったのですから。

本書で、その謎に包まれたジョーダンの本性が徐々に明らかになっていきます。ローラ・リーは登場人物たちの強さをその人たちの弱さを通じて伝えてくれて、読んでいるだけで苦しくなったり、ええっと驚いたりと大変な展開でしたが、最後はほっと感動でした。

それにしても、この人たちの愛は重いです。互いを思う気持ちが深いゆえに疑い、警戒し、不安をかき立てられながら、ぶつかり合わずにはいられないふたりのロマンスを、どうぞご堪能ください。

さて、エリート作戦部隊の面々のなかでお気に入りのヒーロー、ヒロインは見つかりましたでしょうか。迷いに迷いますが、訳者はリサとミカのふたりが好きです。それぞれの巻で主人公は決まっていますが、シリーズを通して各エージェントたちの個性、部隊の仲間意識なども描かれているので、ぜひ合わせて読んでいただけたら幸いです。

すでに刊行されている〈エリート作戦部隊〉シリーズは次のとおりです。

1　『禁じられた熱情』ノア・ブレイク〈ワイルドカード〉が主人公。
2　『闇の瞳に守られて』ミカ・スローン〈マーヴェリック〉が主人公。
3　『復讐はかぎりなく甘く』ジョン・ヴィンセント〈ヒートシーカー〉が主人公。
4　『令嬢の危険な恋人』トラヴィス・ケイン〈ブラックジャック〉が主人公。
5　『凍てつく瞳の炎』ニック・スティール〈レネゲイド〉が主人公。
6　『愛は消せない炎のように（本書）』ジョーダン・マローン〈ライブワイヤー〉が主人公。

番外『秘めやかな隣人』（『理想の恋の見つけかた』所収）エリート作戦部隊の援護部隊を指揮するイーサン・クーパーが主人公。

番外の『秘めやかな隣人』のイーサンは、本書で作戦に協力する元レンジャー部隊の隊長として名前があがっていました。どうやらジョーダンの甥ローリーは成長を遂げ、この部隊にかかわっているようですが、ジョーダンはそんな甥を少し心配している模様。しかし、ジョーダンに負けず劣らず熱い男イーサンのもとで、ローリーも立派なヒーローになるのではないかと期待がふくらみます。また、イーサンのほかにも、本書と『秘めやかな隣人』の両方に登場する人物たちがいて、彼らの正体や今後が気になります。実際、イーサンの部隊の面々を主人公にした作品は『秘めやかな隣人』を一作目として〈Wounded Warriors（傷を負った戦士たち）〉というシリーズになっていて、こちらも続きが楽しみな展開を見せています。

ほかに本シリーズと関連が深い〈誘惑のシール隊員〉シリーズ（二見書房より刊行されています）では、のちにエリート作戦部隊の援護部隊となる海軍特殊部隊の隊員たちを中心に、『禁じられた熱情』以前の出来事が語られています。

最後になりましたが、本書を訳すにあたって大変お世話になりましたオークラ出版編集部、株式会社トランネットのかたがたに、そして、本シリーズを読んでくださった皆様に、この場をお借りして心よりお礼を申し上げます。

二〇一二年十一月　　多田　桃子

禁じられた熱情

ローラ・リー 著／菱沼怜子 訳

定価／1100円(税込)

危険なかおりのする男に、
心を奪われて……。

SEALに所属する夫を持つサベラは、夫のネイサンが作戦遂行中に命を落としたと告げられた。何年たっても彼への思いを捨てられないサベラだが、夫が残してくれた自動車修理工場を手放さないためにも働きつづけた。そんな彼女の前に、危険なかおりのする男が現れた。ノアと名乗る男は、どことなく雰囲気がネイサンに似ている。ノアに魅力を感じるものの、亡き夫を裏切ることはできないと彼女は葛藤して――。

闇の瞳に守られて

ローラ・リー 著／多田桃子 訳

定価／1050円(税込)

死にそうなんだ、
きみがいないと死んでしまう！

実の父親に醜いと言われつづけ、十代のときには父の仲間の手で誘拐されたリサ。二十六になったいま、そのときに負った心と体の傷が癒えずにひっそりと生きるリサは、現状を打開するために恋人をつくる決意をする。友人に紹介されたのは、ミカと名乗るSEAL隊員だ。夜の闇のようにどこまでも深く黒い瞳をした彼に、リサは惹かれずにはいられない。しかし、ミカがリサに近づいたのには、理由があって……。

復讐はかぎりなく甘く

ローラ・リー 著／多田桃子 訳

定価／990円(税込)

ずっと君を愛し続ける
息絶えるまでだ。

両親や親友を殺されたベイリーは、名家の出で有数の富を手にしていながらも、真相を突き止めるためにCIAのエージェントとなった。だが、両親の死の陰にはウォーバックスというテロリストの存在があることを知り、捨てたはずの華麗な社交界へ戻ることにした。そんな彼女の前に、ジョン・ヴィンセントと名乗る男が現れる。ジョンは、かつてベイリーを捕らえた謎の部隊の一員であり、死んだ恋人を思わせる男で……。

マグノリアロマンス／既刊本のお知らせ

令嬢の危険な恋人

ローラ・リー 著／多田桃子 訳

定価／930円(税込)

彼はあまりにもハンサムで、
危険すぎる。

何者かに命を狙われたリリーは、エージェントとして活動した六年間の記憶を失ってしまった。エージェントになる前にはイギリス貴族の令嬢として暮らしていた彼女は、失われた記憶を取り戻せぬまま、もとの生活へと戻った。リリーを見守るのは、エリート作戦部隊に属するトラヴィスだ。かつて、彼女とともに任務にあたっていた彼は、記憶のないリリーが任務を遂行できるかを見極めなくてはならず……。

凍てつく瞳の炎

ローラ・リー 著／多田桃子 訳

定価／1050円(税込)

どうしてきみは
死んだ男に夢を見させる？

ミケイラは、殺人の瞬間を目撃する。けれど、殺人者にはアリバイがあり、彼女の証言は信じてもらえなかった。犯人と名指しされたマディックスは、なぜミケイラが彼を犯人扱いするのかを知るために、ニコライ・スティールに調査を依頼した。過去の自分を捨て、コードネーム〈レネゲイド〉としてエリート作戦部隊に所属する彼がミケイラを見張りはじめると、彼女が何者かに襲われる現場に遭遇して――。

理想の恋の見つけかた

ローラ・リー、ほか 著／多田桃子 訳

定価／960円(税込)

一度だけでいいから、愛して！

小さな町で暮らすセーラには秘密があった。体に残る六本の細長い傷痕。それは、彼女の捨てたはずの過去を思い出させるもので――。秘密を抱えるセーラの恋のゆくえを描いたローラ・リーの「秘めやかな隣人」、亡き夫の親友に誘惑されるヒロインを描く、ローリ・フォスターの「ルーシーを誘惑して」。そして、シェイエンヌ・マックレイとハイディ・ベッツという米国の人気作家による『理想の恋の見つけかた』を集めた一冊。

愛は消せない炎のように

2013年03月09日　初版発行

著　者　ローラ・リー
訳　者　多田桃子
（翻訳協力：株式会社トランネット）
装　丁　杉本欣右
発行人　長嶋正博
発　行　株式会社オークラ出版
〒153-0051　東京都目黒区上目黒1-18-6　NMビル
営　業　TEL：03-3792-2411　FAX：03-3793-7048
編　集　TEL：03-3793-4939　FAX：03-5722-7626
郵便振替　00170-7-581612（加入者名：オークランド）
印　刷　図書印刷株式会社

定価はカバーに表示してあります。
乱丁・落丁はお取り替えいたします。当社営業部までお送りください。

ISBN978-4-7755-1995-0